U0147469

同道中国

韩愈古文的思想世界

刘　宁　著

生活·讀書·新知 三联书店

Copyright © 2023 by SDX Joint Publishing Company.
All Rights Reserved.

本作品版权由生活·读书·新知三联书店所有。
未经许可，不得翻印。

图书在版编目（CIP）数据

同道中国：韩愈古文的思想世界 / 刘宁著 . —北
京：生活·读书·新知三联书店，2023.5
（文史新论）
ISBN 978-7-108-07653-3

Ⅰ.①同… Ⅱ.①刘… Ⅲ.①韩愈（768-824）－古
典文学研究 Ⅳ.① I206.423

中国国家版本馆 CIP 数据核字 (2023) 第 079824 号

责任编辑 冯金红
装帧设计 薛　宇
责任印制 李思佳
出版发行 **生活·讀書·新知** 三联书店
　　　　 （北京市东城区美术馆东街 22 号 100010）
网　　址 www.sdxjpc.com
经　　销 新华书店
印　　刷 天津图文方嘉印刷有限公司
版　　次 2023 年 5 月北京第 1 版
　　　　 2023 年 5 月北京第 1 次印刷
开　　本 635 毫米 × 965 毫米　1/16　印张 29.5
字　　数 382 千字
印　　数 0,001－6,000 册
定　　价 69.00 元
（印装查询：01064002715；邮购查询：01084010542）

目 录

———— 中编　造语 ————

下编　明道

导论 | 百代文宗、千年立法

　　韩愈是中国文化史上的巨人，在从中唐到 20 世纪初的一千多年时间里，他是深受推重的古文宗师。北宋诗文大家欧阳修景仰韩愈，谈到当时的士人追慕韩愈的盛况，曾云："学者非韩不学。"[1] 从南宋到明清，古文的创作与传播持续深入，形成了以"唐宋八大家"为代表的古文经典谱系。韩愈作为八大家之首，其影响更是家喻户晓、深入人心。古文是士人的必修课，塑造着士人的思想、表达和行为方式，是中唐以后一千年间，中华文教的核心载体。对于古文的建构，"唐宋八大家"都有重要贡献，但若论开凿鸿蒙、发凡起例的创辟之功，则非韩愈莫属。苏轼在《潮州韩文公庙碑》中，称韩愈"匹夫而为百世师，一言而为天下法"[2]。在他看来，韩愈以古文为天下立法，他是文章宗师，更是精神的立法者。如此崇高的评价该如何理解？韩愈古文有着怎样的独造之处，为什么能在中国历史上影响千载？这些问题的解答，对于理解中国文化有重要意义。

一　韩愈古文建构精神传统

　　韩愈古文是明道之文，寄托了复兴儒道的深刻思考。他说："学古

---

[1] 欧阳修著，洪本健校笺，《欧阳修诗文集校笺》（上海：上海古籍出版社，2009），外集卷二三，下册，页 1927。

[2] 苏轼撰，茅维编，孔凡礼点校，《苏轼文集》（北京：中华书局，1986），卷一七，第 2 册，页 508。

道则欲兼通其辞，通其辞者，本志乎古道者也。"(《题哀辞后》）〔1〕"愈之所志于古者，不唯其辞之好，好其道焉尔。"(《答李翊南秀才书》）〔2〕从文道合一的角度来认识韩愈古文的精神艺术创造，是宋代以来绵延不绝的传统。

北宋欧阳修尊崇韩愈，时人誉之为"今之韩愈"〔3〕。他认为"韩氏之文、之道，万世所共尊，天下所共传而有也"(《记旧本韩文后》）〔4〕。欧阳修自称"我所谓文，必与道俱"(《祭欧阳文忠公夫人文》）〔5〕，直接发扬了韩愈文道合一的追求。苏轼继欧阳修之后推尊韩愈，称其"文起八代之衰，而道济天下之溺"(《潮州韩文公庙碑》）〔6〕。"唐宋八大家"之一的古文家曾巩，称韩愈："韩公缀文辞，笔力乃天授。并驱六经中，独立千载后。"(《杂诗五首》其三）〔7〕南宋王十朋称："韩子以忠犯逆鳞、勇叱三军之气，而发为日光玉洁、表里六经之文。"(《蔡端明文集序》）〔8〕元人李涂云："退之诸文，多有功于吾道，有补于世教。"(《文章精义》）〔9〕

然而自宋代开始，韩愈的儒学思想逐渐受到"见道不精"的批评。王安石认为韩愈在本体论上建构不足，批评韩愈《原性》未能深探性之本体，所谓"性者，五常之太极也，而五常不可以谓之性。

〔1〕 韩愈著，刘真伦、岳珍校注，《韩愈文集汇校笺注》（北京：中华书局，2010），卷一二，第 3 册，页 1296。
〔2〕 同上书，卷六，第 2 册，页 725。
〔3〕《苏轼文集》，卷十，第 2 册，页 316。
〔4〕《欧阳修诗文集校笺》，卷二三，下册，页 1928。
〔5〕《苏轼文集》，卷六三，第 5 册，页 1956。
〔6〕《苏轼文集》，卷一七，第 2 册，页 508。
〔7〕 曾巩撰，陈杏珍、晁继周点校，《曾巩集》（北京：中华书局，1984），卷四，第 1 册，页 55。
〔8〕 曾枣庄、刘琳主编，《全宋文》（上海：上海辞书出版社，2006），卷四六二八，第 208 册，页 391。
〔9〕 王水照编，《历代文话》（上海：复旦大学出版社，2007），第 2 册，页 1167。

此吾所以异于韩子"(《原性》)[1]。朱熹认为韩愈于儒道"亦徒能言其大体,而未见其有深讨服行之效"(《读唐志》)[2],明末清初的王夫之"尝判韩退之为不知道"[3]。在这些批评者看来,韩愈古文并未对道有深刻发明。朱熹很重视韩文,晚年倾力校勘韩集,成《韩文考异》,付出很多心血;但他认为韩愈"裂道与文以为两物",韩愈的文章并非辞与道俱。

宋代以下,虽然朱熹的看法不断获得各种形式的应和,但众多的文章家仍然认为韩文是文道合一的典范。明代宋濂认为:"文之至者,文外无道,道外无文。"(《徐教授文集序》)[4]而"六经"是天下至文,"六籍之外,当以孟子为宗,韩子次之,欧阳子又次之"(《文原》)[5]。明代唐宋派代表人物茅坤,称赞韩愈是"因文以见道者"[6]。

有清一代,韩文研习之风十分兴盛,影响巨大的桐城文派,追求"学行继程、朱之后,文章介韩、欧之间"(方苞语)[7]。桐城诸子奉韩文为圭臬,尤重其文道合一之成就。方苞认为:"若古文则本经术而依于事物之理,非中有所得不可以为伪。""韩子有言:'行之乎仁义之途,游之乎《诗》《书》之源。'兹乃所以能约六经之旨以成文,而非前后文士所可比并也。"(《答申谦居书》)[8]姚鼐同样继承韩愈的

---

〔1〕 王安石撰,刘成国点校,《王安石文集》(北京:中华书局,2021),卷六八,第4册,页1187。

〔2〕 郭齐、尹波点校,《朱熹集》(成都:四川教育出版社,1996),卷七十,第6册,页3655。

〔3〕 王夫之著,舒芜校点,《薑斋诗话》(北京:人民文学出版社,2005),卷二,页176。

〔4〕 宋濂著,《芝园后集》,卷一,《宋濂全集》(杭州:浙江古籍出版社,2012),第5册,页1536。

〔5〕 同上书,页1592。

〔6〕 高海夫主编,薛瑞生、淡懿诚执行主编,《唐宋八大家文钞校注集评·昌黎文钞》(西安:三秦出版社,1998),卷四,页185。

〔7〕 方苞著,刘季高校点,《方苞集》(上海:上海古籍出版社,2008),附录三,原集三序,页906—907。

〔8〕 同上书,卷六,页164。

"文道并重"，认为"夫文者，艺也。道与艺合，天与人一，则为文之至"（《敦拙堂诗集序》)[1]。他还在此基础上，提出"义理、考据、辞章"兼用相济的著名观点："学问之事，有三端焉：曰义理也，考证也，文章也。是三者苟善用之，则皆足以相济。"（《述庵文钞序》)[2]晚清桐城派代表曾国藩，亦对韩文推崇备至，进一步发挥文道合一之旨。[3]

回首韩愈古文自北宋以来的千年传承，不难看出，历代文章家始终视韩文为文道合一的典范，对韩文精神与艺术的内在联系，做出丰富的探索。这个认识传统值得高度关注。朱熹作为理学大家，对韩愈"见道不精"的批评固有所见，但由此认为韩愈文道割裂，韩文只是以文辞取胜，于道并无建树，就不免片面。这种看法也封闭了理解韩文精神内涵的更多可能。韩文丰富的思想探索，就蕴含在其古文千变万化的文法、笔意与结构创新之中，曾国藩云："而稍知道者，又谓读圣贤书，当明其道，不当究其文字，是犹论观人者，当观其心所载之理，不当观其耳目言动血气之末也，不亦诬乎？知舍血气无以见心理，则知舍文字无以窥圣人之道矣。"（《致刘孟容书》)[4]而韩愈的古文，其精神气息亦与文字血脉相连。沉潜其中，涵咏体会，才能充分领略其精神追求与思想结构。如果将文、道割裂，只把韩文的文笔百态，看作辞章技法，无与于道，如此眼光，是否能见韩愈思想之大者、全者，也是很令人存疑的。明人薛瑄认为，批评韩愈不知道，是妄论前贤。[5]话说得很尖锐，但也值得思考。

---

〔1〕 姚鼐著，刘季高标校，《惜抱轩诗文集》（上海：上海古籍出版社，1992），卷四，页49。
〔2〕 同上书，页61。
〔3〕 参见杨进，《曾国藩文道观研究》，辽宁大学硕士学位论文，2017年。
〔4〕 李翰章编纂，李鸿章校勘，《足本曾文正公全集》（长春：吉林人民出版社，1995），页1861。
〔5〕 薛瑄著，《读书录》，《薛瑄全集》（太原：山西人民出版社，1990），卷三，页1084—1085。

20 世纪以来，对韩愈古文的认识，遭遇了很大曲折。一重曲折来自反传统思想的影响。五四运动提倡打倒"孔家店"，韩愈作为儒学的代表人物，与反传统思想难以相容。新文化运动提倡白话文，古文的形式也成为保守落后的象征而受到排斥。当时所谓"桐城谬种，选学妖孽"，其中的"桐城谬种"就是继承韩愈等八家之文的桐城派。对韩愈儒学思想的批判，在 20 世纪 70 年代"评法批儒"思潮中，还有鲜明的体现。这一重曲折，来自 20 世纪思想文化的巨大转变；其间的偏激片面，无疑是极其明显的。但这种偏激的批判，并未能彻底遏制韩文巨大的影响力。20 世纪上半叶的各级中小学课本中，仍有大量韩文入选。[1] 有不少学者、论者仍然在努力肯定韩愈的贡献。进入 20 世纪后半叶，陈寅恪作于 1956 年的《论韩愈》，从唐宋文化转型的高度，充分肯定了韩愈的历史贡献；20 世纪 80 年代以后，韩愈研究日益受到关注，在任继愈、卞孝萱、傅璇琮、孙昌武、张清华、刘真伦等学者的推动下，全面认识韩愈历史文化贡献的"韩学"研究积极展开。与此同时，随着全社会传统文化学习热潮的兴起，韩愈古文大量入选中小学课本以及各类古诗文选本。

韩愈古文的生命力并未被反传统思潮所遏制，但它在 20 世纪所遭遇的另一重曲折，则更可关注，那就是在 20 世纪新的思想与知识格局中，韩愈古文的内涵被严重窄化。追求明道的韩文，是文道合一之文，韩愈对古文文体形式、语言表达、写作旨趣的全新创变，传达了极为丰富的儒学思考。晚清古文大家吴汝纶有云："（中国）所有精心结撰的微言奥义，大抵埋藏于隐奥之间，隐约于言辞之表。苟非精通文学，何能了其奥义？"[2] 要理解古文宗师韩愈的儒学思考，就更需要深通其

---

〔1〕 参见聂柳娟，《民国中小学课本唐宋古文选录研究》，中国社会科学院大学硕士学位论文，2017 年。

〔2〕 吴闿生，《莲池讲学院开学演词》，《莲池讲学院讲义》，保定协生印书局印。

古文写作的精微之处。

　　然而在现代学术格局中，文学与哲学研究，判为两途，韩愈古文在两个学科中都难以充分安放。在哲学史研究中，人们只关注《原道》《原仁》《原鬼》《原性》等少数符合哲学史一般讨论兴趣的文字，韩文大量篇章完全不进入思想讨论的视野，由此呈现的哲学史上的韩愈，是一个不太重要的角色，对复兴儒学有倡导之功，但思想颇为肤浅。历史上对韩愈思想相当窄化的认识，延续到了如今的哲学史教科书中。事实上，如果韩愈的思考只是新儒学的起点和低级形态，那么当作为高级思想形态的理学出现之后，韩愈古文将很难再打动人心，韩文的影响也将逐渐式微。但事实上，在南宋以迄明清理学高度成熟并发展的同时，韩文不仅没有被遗忘，反而持续产生着重要影响。韩愈所建构的古文传统，与理学共同为士林传习不绝。这说明韩文所蕴含的思想，绝非理学初阶那样简单。

　　再看文学史上的韩愈，其意义虽然受到研究者的高度重视，但对韩文的分析，往往缺少对其思想文本意义的充分观察。韩文文体、语言、构思的种种巨大创造，固然体现了作者创辟江山的艺术伟力，但绝非只是逞奇炫才的体现，而是有着内在思想创造的深刻动力。遗憾的是，文学研究者多着眼于韩文艺术特色的分析，很少思考韩文复杂的文法创新与其思想探索的内在联系。对于韩愈的思想成就，大体是因循哲学史上的成说，韩愈所作所为就往往成了用生动的古文来表达还不够深刻的儒学思想。这极而言之，会带来一个不无轻浅的看法，即韩愈思想不深刻，但会写文章。然而，在长达千年的历史上，无数慕韩者心中的韩愈，绝不是一个以精巧的文辞来渲染肤浅思想的文章写手，苏轼在《潮州韩文公庙碑》中称韩愈"一言而为天下法"。在他看来，韩愈为天下人立法，如此立法者的神圣意义，才是韩愈的思想贡献之所在，才是包括欧阳修、苏轼、曾国藩在内的无数慕韩者，被韩愈古文文道合一之深邃造诣深深打动的原因所在。

曹丕云："盖文章，经国之大业，不朽之盛事。"（《典论·论文》）[1]这是对文章意义的高度推重。然而在现代学术分科后，当人们不再能充分领略文章与思想文化的血肉关联时，文章就难免不被视为表面的装饰和一般的宣传工具。陈寅恪《论韩愈》文中论韩愈的六点贡献，将"改进文体，广收宣传之效用"作为第五点，置于"建立道统""直指人伦""排斥佛老""呵诋释迦"等贡献之后。[2]这里，古文被视为宣传工具。事实上，古文承载着韩愈思想文化的综合建树。苏轼称韩愈"文起八代之衰"，如果深入中国古今文体之演变，就可以看到韩愈的古文是发凡起例的独创，绝非只是对旧文体修修补补的改良；其所发挥的也绝不仅仅是宣传工具的作用。古文塑造了中国人的思想与表达方式，是中国文化史上的壮丽景观。但是在 20 世纪以来的思想学术格局中，其重要的精神价值，很难得到充分认识。

沉潜涵咏韩愈古文之精神命脉，就会发现其中表达了对儒学普遍性、绝对性和内在性的深刻思考。只有全面理解韩愈古文文法所蕴含的思想结构，才能理解他复兴儒学，绝不仅止于抗声护教，而是有着丰富的思想建树；才能看到其攘斥佛老，并非简单的狭隘封闭，而是反思佛老挑战，在儒佛对抗中展开隐形对话，创新儒学内涵；才能充分领略他彻底改变中古文化结构，开拓新思想格局的创造伟力。在韩愈古文精神的影响下，士人可以拥有同道情怀、向往绝对之善、追求自励品质、充满勇毅激情。古文的化育让士人同道相应，成为超越乡土家族、身份门第的"同道共同体"。这是古文生生不息的精神力量。

---

[1] 萧统编，李善、吕延济、刘良、张铣、吕向、李周翰注，《六臣注文选》（北京：中华书局，1987），卷五二，页 967。

[2] 陈寅恪，《金明馆丛稿初编》（上海：上海古籍出版社，1980），页 285—297。

二 "天下公言"：重建儒学普遍性

韩愈的儒学思考，诞生于思想文化激烈变动的中唐时代。理解他独特的思想取向，不能简单地站在后世理学的立场去回溯，而要深入他所处的时代，理解他在回应怎样的时代挑战。一般认为，中唐时期儒学衰微，激发了韩愈的弘道之志。这个看法虽然准确，但还比较粗疏。儒学是唐王朝的正统思想，安史之乱以后的儒学衰微意味着什么，是什么触发了韩愈"道不明于天下"的焦虑？

宋代理学高度关注心性问题，而韩愈长期被视为理学先声，因此不少论者认为韩愈对儒学不振的焦虑，是慨叹心性之学暗而不彰。有关的讨论进而勾勒出中唐士人开始关注性命之学的潮流，认为韩愈也是这潮流的重要组成。韩愈当然关注心性之学，他对孟子的自觉继承，所著《原性》讨论人性问题，都体现了对心性之学的高度关注。但这是否是他最强烈的弘道动力呢？

一个值得关注的现象是，在韩愈弘扬儒学极具纲领意义的《原道》一文中，看不到对心性之学的充分阐发。《原道》所阐述的道统，是一整套人伦日用：

> 夫所谓先王之教者何也？博爱之谓仁，行而宜之之谓义，由是而之焉之谓道，足乎己无待于外之谓德。其文：《诗》《书》《易》《春秋》；其法：礼、乐、刑、政；其民：士、农、工、贾；其位：君臣、父子、师友、宾主、昆弟、夫妇；其服：麻、丝；其居：宫室；其食：粟米、蔬果、鱼肉。其为道易明，而其为教易行也。[1]

---

[1]《韩愈文集汇校笺注》，卷一，第1册，页4。

仔细推敲此文，韩愈是要阐明，儒家人伦日用之道，每个人都须臾不能离开，是对天下每一个人都有意义的"天下之公言"，而佛老才是"一人之私言"。故而《原道》开篇即表达了儒为"天下公言"的高亢之旨：

> 老子之小仁义，非毁之也，其见者小也。坐井而观天，曰天小者，非天小也。彼以煦煦为仁，孑孑为义，其小之也则宜。其所谓道，道其所道，非吾所谓道也；其所谓德，德其所德，非吾所谓德也。凡吾所谓道德云者，合仁与义言之也，天下之公言也；老子之所谓道德云者，去仁与义言之也，一人之私言也。[1]

从韩愈对老子的批评可以看出，韩愈所着力弘扬的是儒道的普遍性意义。由这种大力的弘扬与标举，我们也可以体会到，韩愈所感受到的儒学危机，首先不是心性之学的暗淡，而是儒学在中唐的时代危机之下，面对佛老的挑战，越来越丧失普遍性的思想吸引力，亟须重建其普遍性价值，使之真正成为"天下公言"。

为什么韩愈有如此焦虑？为什么中古时期佛老长期流行，并未对儒学构成如此尖锐的冲击，而韩愈却为儒学的命运忧心不已？这与中唐时代的深层社会矛盾息息相关。安史之乱打破了唐王朝的和平安定，使社会陷入兵连祸结、经济凋敝、财政窘迫、民生动荡的种种矛盾之中，这些固然是值得关注的时世危局；然而更值得关注的是，中唐这一特殊历史时期出现了更为深刻的危机与矛盾。中国社会在唐宋时期经历了显著的变化，从魏晋南北朝以来的门阀社会，转向宋代以后的士大夫官僚社会，所以清人叶燮说，中唐不是一代之中，"乃古今百代

---

[1]《韩愈文集汇校笺注》，卷一，第1册，页1。

之中，非有唐一代所独得而称中者也"（《唐百家诗集序》）[1]。

忠孝观念在维系人心上的乏力，是中唐儒学衰微最尖锐的体现。唐王朝作为统一的大帝国，其赖以维系的精神力量主要来自儒家的忠道与孝道。这是汉代在统一王朝格局下所确立的儒家立国之道。汉唐时期，忠孝家国之间的对立与冲突一直存在，这个问题也困扰着中唐士人。

孝子复仇一直是儒家士人思考礼法家国关系的重要话题。韩愈与柳宗元讨论过初唐孝子徐元庆为父复仇杀人一案。同州下邽县尉赵师韫，杀死徐爽。数年后赵升任御史，徐爽之子元庆伺机复仇，杀死了赵师韫并自缚到官。[2]此案引发了激烈的争论，初唐陈子昂主张既要维护国家法律的尊严，也不可废弃孝子复仇的人伦之义。对于两者的矛盾，他建议先将杀人犯法的孝子正法，然后再加以旌表："谓宜正国之法，置之以刑，然后旌其闾墓，嘉其徽烈。"（《复仇议状》）[3]此议看似礼法两全，但其中的旌诛并行，无疑让礼法冲突更趋尖锐。柳宗元对此颇为不满，认为如此处理，礼与法的原则实际都受到破坏，天下人将无所依归，所谓"旌与诛莫得而并焉。诛其可旌，兹谓滥，黩刑甚矣。旌其可诛，兹谓僭，坏礼甚矣。果以是示于天下，传于后代，趋义者不知所以向，违害者不知所以立，以是为典，可乎？"（《驳复仇议》）[4]。他援引《公羊传》来解决这个矛盾，认为孝子复仇是否可以宽宥，要看其父是否有罪足以犯死刑："《春秋公羊传》曰：'父不受诛，子复仇可也。父受诛，子复仇，此推刃之道。复仇不除害。'今若

---

〔1〕叶燮著，《己畦集》，卷八，《四库全书存目丛书》（济南：齐鲁书社，1997），第244册，页82。

〔2〕欧阳修、宋祁，《新唐书》（北京：中华书局，1975），卷一九五，第18册，页5585。

〔3〕陈子昂撰，徐鹏校点，《陈子昂集（修订本）》（上海：上海古籍出版社，2013），卷七，页176。

〔4〕柳宗元撰，尹占华、韩文奇校注，《柳宗元集校注》（北京：中华书局，2013），卷四，第1册，页292。

取此以断两下相杀，则合于礼矣。"[1]柳宗元处理方式的重心，是放在维护国法一边，同时注意寻找礼法间的协调。韩愈的《复仇状》也讨论了这一案件，他认为礼法都应当尊重，但每一个复仇的案件，都有其不同的情况，除了柳宗元所援引《公羊传》"父不受诛"这一情况之外，还有许多其他的因素会影响对孝子的处置方式，因此需要经义之士就每一个案件做具体讨论，"凡有复父仇者，事发，具其事由下尚书省，尚书省集议奏闻，酌其宜而处之"[2]。

　　韩愈似乎并没有提出确定的解决办法，但这不是对问题敷衍躲避，而是深知问题复杂而务求审慎。他去世后，弟子皇甫湜为他撰写的《神道碑》中特别提到韩愈在朝廷参与廷议的风采："朝有大狱大疑，文武会同，莫先发言。先生援经引决，考合传记，侃侃正色，伏其所词。"[3]韩愈论事所以令人折服，一定是充分考虑到问题的复杂情态，提出了切实的办法。他对孝子复仇问题的处理，之所以希望"集议奏闻"，是希望找到礼法之间最佳的平衡点。这种审慎，也反映出他对礼法矛盾的复杂性的深入认识。

　　对于忠孝礼法在中唐社会面临的困境，韩愈有很深的体会和思考。唐朝统治者大力提倡忠道，武则天仿效《帝范》，撰著《臣轨》，特别提倡忠道，其《至忠》云："古之忠臣事其君也，尽心焉，尽力焉。"[4]但是，安史之乱以来叛乱相仍，令忠道无比脆弱，唐德宗希望平定藩镇之乱，反倒被朱泚逼迫，逃到奉天，在翰林学士陆贽的建议下，下诏罪己。这篇诏书出自陆贽之手，言辞非常恳切，德宗检讨自己"长于深宫之中，暗于经国之务，积习易溺，居安忘危，不知稼穑之艰难，不察征戍之劳苦……天谴于上而朕不悟，人怨于下而朕不知……上辱

---

[1]《柳宗元集校注》，卷四，第1册，页292—293。
[2]《韩愈文集汇校笺注》，卷二七，第6册，页2828—2829。
[3] 董诰编，《全唐文》（北京：中华书局，2013），卷六八七，页7039。
[4] 武后撰，《臣轨》，《丛书集成初编》（北京：中华书局，1985），页6。

于祖宗，下负于黎庶。痛心靦貌，罪实在予。永言愧悼，若坠深谷"
（《奉天改元大赦制》）[1]。据说许多武将读后，都感动落泪，开始愿意帮
助朝廷平定叛乱。经过奉天之难，唐德宗再也不敢对藩镇轻举妄动，
只能继续维持"姑息之政"，所谓"方镇相望于内地，大者连州十余，
小者犹兼三四。故兵骄则逐帅，帅强则叛上。或父死子握其兵而不肯
代；或取舍由于士卒，往往自择将吏，号为'留后'，以邀命于朝。天
子顾力不能制，则忍耻含垢，因而抚之，谓之姑息之政"[2]。中央朝廷
对于藩镇的割据，完全无力左右和控制。

忠道在安史之乱的动荡中，何以如此脆弱？这与唐王朝移孝于忠，
借孝道以立忠道的思想努力不无关系。汉代的国家治理，即通过大力
提倡孝治来巩固王朝的统治。唐朝同样重视忠孝一体。武则天《臣轨》
提出："非夫纯孝者，则不能立大忠也。"[3]"君亲既立，忠孝形焉。奉
国奉家，率由之道宁二"；"事君事父，资敬之途斯一。"[4]武则天之后，
玄宗亲自注解《孝经》，颁行天下，其序文清晰地表达了移孝作忠的期
望："圣人知孝之可以教人也，故'因严以教敬，因亲以教爱'，于是
以顺移忠之道昭矣，立身扬名之义彰矣。子曰'吾志在《春秋》，行在
《孝经》'，是知孝者德之本欤！"[5]

当然，希望移忠作孝的唐朝统治者，还是时时要强调国重于家，
忠在孝先，《臣轨》云："欲尊其亲，必先尊于君"；"欲安其家，必
先安于国"。"故古之忠臣，先其君而后其亲，先其国而后其家。何
则？君者，亲之本也，亲非君而不存；国者，家之基也，家非国而不

〔1〕 陆贽撰，王素点校，《陆贽集》（北京：中华书局，2006），卷一，上册，页2—5。
〔2〕《新唐书》，卷五十，第5册，页1329。
〔3〕 武后撰，《臣轨》，《丛书集成初编》（北京：中华书局，1985），页10。
〔4〕 同上书，序，页3—4。
〔5〕 李隆基注，邢昺疏，邓洪波整理，《孝经注疏》，李学勤主编，《十三经注疏》（北京：北
京大学出版社，2000），页13—14。

立。"〔1〕《臣轨》还提出"君臣同体"，其情有过于父子："夫人臣之于君也，犹四肢之载元首，耳目之为心使也。……故臣之事君，犹子之事父。父子虽至亲，犹未若君臣之同体也。"〔2〕这些想法都体现了忠的思考，始终离不开其与孝的复杂纠葛。

随着门阀制的进一步解体、科举制的推行、官僚体制的发展，"孝"这根精神纽带，必然越来越薄弱。在士人生活中，孝亲与仕宦之间的矛盾就日益突出。王维《观别者》云："爱子游燕赵，高堂有老亲。不行无可养，行去百忧新。"〔3〕这首诗反映了士人相当普遍的禄养矛盾，不出外仕宦没有经济能力养亲，然长期在外，又不能照顾亲人。"受仕宦体制变革的影响，唐代士人从追求任官资格起就普遍必须离家宦游，从开始担任品官便必须回避本贯。士人宦游并非新的时代现象，但大量士人普遍而持续地宦游迁转，确实前所未有。韩愈《送杨少尹序》曰：'士大夫以官为家，罢则无所于归。'因宦而游，以官为家，不是少数士人的经历，而是唐代士人普遍的生命经验。"〔4〕中晚唐时期，这种以官为家的现象更为普遍。这必然带来人们对于亲情的重新认识，人们需要突破亲情，与社会成员建立更广泛的联系。朋友之情、同僚之情的意义更加突出。〔5〕亲情孝道既有如此的变化，忠道也很难完全依赖孝道来激发其精神力量。

忠孝凝聚力的减弱，反衬出佛教的普遍性意义。佛教主张众生平等，突破家族血缘、身份地位等种种现实的束缚，体现普遍性关怀。儒学如果不能重建其普遍性价值，就很难与佛教的影响力抗衡。这是

---

〔1〕《臣轨》上，页11。

〔2〕同上书，页1—2。

〔3〕王维撰，陈铁民校注，《王维集校注》（北京：中华书局，2017），卷一，第1册，页68。

〔4〕郑雅如，《亲恩难报：唐代士人的孝道实践及其体制化》（台北：台湾大学出版中心，2014），页9。

〔5〕中唐士人对友情的关注与独特书写，在田安的分析中有细致的揭示，参见田安著，卞东波、刘杰、郑潇潇译，《知我者：中唐时期的友谊与文学》（上海：中西书局，2021）。

中唐儒学复兴面对的核心挑战。

韩愈积极地回应了这个挑战，《原道》开篇"博爱之谓仁"[1]即以"博爱"释"仁"。《原道》全篇都流露出儒家为"天下公言"的博大气象。圣人的"博爱之仁"，就是关注所有人的人生日用，为所有人建构一整套安顿身心的礼仪制度，"其为道易明，而其为教易行也"。如此视角，呈现出强烈的普遍性关怀。对于倡导兼爱之论的墨子，韩愈并未如孟子般拒斥，其《读墨子》云："孔子泛爱亲仁，以博施济众为圣，不兼爱哉？……余以为辩生于末学，各务售其师之说，非二师之道本然也。孔子必用墨子，墨子必用孔子。不相用，不足为孔墨。"[2]孔子的泛爱博施与墨子的兼爱，彼此可相为用，如此的"孔墨相用"，无疑表露了韩愈追求儒学普遍性的强烈心声。

当然，韩愈所说的孔墨相用，是相互启发，而非两者等同。他所提倡的"博爱"，和墨子的"兼爱"还是有明显的区别。这一点通过梳理"博爱"的渊源流变，可以有更清晰的认识。

先秦儒家之论"仁"，并未直接出现以"博爱"释"仁"的说法。在孔子的言论中，与"博爱"比较接近的是"泛爱"与"博施济众"。《论语》："弟子入则孝，出则弟，谨而信，泛爱众而亲仁。行有余力，则以学文。"[3]其中"泛爱"，邢昺疏："'泛爱众者'，宽博之语。君子尊贤而容众。或博爱众人也。"[4]"博施济众"见于《论语·雍也》："子贡曰：'如有博施于民而能济众，何如？可谓仁乎？'子曰：'何事于仁，必也圣乎！尧舜其犹病诸！夫仁者，己欲立而立人，己欲达而达

---

〔1〕《韩愈文集汇校笺释》，卷一，第1册，页1。

〔2〕同上书，页126—127。

〔3〕何晏注，邢昺疏，朱汉民整理，张岂之审定，《论语注疏》，李学勤主编，《十三经注疏》（北京：北京大学出版社，2000），卷一，页8。

〔4〕同上。

人，能近取譬，可谓仁之方也已。'"〔1〕

最先将"博爱"作为仁论的重要内容加以讨论的，就今天所见的材料来看，是西汉董仲舒。《春秋繁露》云："忠信而博爱，敦厚而好礼，乃可谓善，此圣人之善也。"〔2〕"圣人之道，不能独以威势成政，必有教化，故曰：'先之以博爱，教以仁也。'"〔3〕后者脱化于《孝经·三才》："先王见教之可以化民也，是故先之以博爱，而民莫遗其亲。"〔4〕

汉晋之际，以"博爱"论"仁"，乃至直接以"博爱"释"仁"的意见大量出现，如东汉末年徐幹所著之《中论》，其文云："夫君子仁以博爱，义以除恶，信以立情，礼以自节。"〔5〕《国语·周语》三国韦昭注云："博爱于人谓仁。"〔6〕《后汉纪》袁宏曰："故博爱之谓仁，辨惑之谓智。"〔7〕这些意见相当集中地出现在汉晋之际，是很可注意的现象。此后，以"博爱"与"仁"并举之论，渐次流行，唐人文献中，类似记载，所在多有，如朱正则《五等论》云："盖明王之理天下也，先之以博爱，本之以仁义"〔8〕；张九龄称赞东汉徐稚"博爱以体仁"（《后汉征君徐君碣铭》）〔9〕；常衮称赞杨灵崱"德行孝悌，温良博爱，故宗族称其仁"（《滑州匡城县令杨君墓志铭》）〔10〕。"博爱"与"仁"相连的说法，在唐代已经相当流行。

韩愈以"博爱"释"仁"，继承了汉唐儒学仁为外治的精神，与墨

---

〔1〕《论经注疏》，《十三经注疏》，卷六，页91。

〔2〕苏舆撰，钟哲点校，《春秋繁露义证》（北京：中华书局，1992），卷十，页304。

〔3〕同上书，卷一一，页319。

〔4〕《孝经注疏》，卷三，页24。

〔5〕徐幹撰，孙启治解诂，《中论解诂》（北京：中华书局，2014），页151。

〔6〕徐元诰撰，王树民、沈长云点校，《周语》下第三，《国语集解》（北京：中华书局，2002），页88。

〔7〕张烈点校，《后汉纪》，《两汉纪》（北京：中华书局，2002），页38。

〔8〕刘昫，《旧唐书》（北京：中华书局，1975），卷九十，第9册，页2915。

〔9〕张九龄撰，熊飞校注，《张九龄集校注》（北京：中华书局，2008），卷二十，页1075。

〔10〕董诰编，《全唐文》（北京：中华书局，1983），卷四一九，页4287。

子之"兼爱"不同。汉唐儒学的"博爱"是以尊重礼的原则为前提。《孝经·天子章》云:"子曰:'爱亲者,不敢恶于人。'"唐玄宗注云:"博爱也。"宋邢昺疏云:"博,大也。言君爱亲,又施德教于人,使人皆爱其亲,不敢有恶其父母者,是博爱也。"[1]"博爱"与"亲亲"紧密相连,体现了"以礼化民"的精神,其与墨子兼爱之义的区别,是一目了然的。

韩愈所说的孔墨相用,是希望拓宽儒学的普遍性意义,他重建普遍性价值的努力,没有背离儒学的基本立场,他在《原人》中提出"圣人一视而同仁,笃近而举远"[2],圣人的"一视同仁",与"笃近而举远"的原则始终联系在一起。

三 儒家伦理:绝对信念和内在责任

韩愈希望儒学成为"天下之公言",努力为儒家伦常建立更加普遍性的思想基础。而在具体的做法上,则是通过确立儒家道德的绝对性和内在性来实现这一点。对此,不妨通过他著名的古文《祭十二郎文》来加以观察。

韩愈早岁丧父,由其长兄韩会抚养成人,韩会嗣子韩老成,与韩愈年岁相当,两人一同长大,感情十分深厚。韩愈在长安为官时,突然接到老成去世的噩耗,悲痛难抑,写下这篇千古传诵的祭文。韩愈并没有花很多笔墨回忆亲情,而是把行文的重心放在因宦游而对亲人疏于照顾的痛苦与自责。韩愈几次希望与老成团聚,终因漂泊宦海、身不由己而未能实现。唯一能令他自我宽慰的是,老成比自己年轻,有时间等待团聚的那一天,谁知老成的早逝令团聚的希望彻底破灭了。

---

[1]《孝经注疏》,页6—7。
[2]《韩愈文集汇校笺注》,卷一,第1册,页67。

韩愈在文中写道：

> 去年孟东野往，吾书与汝曰："吾年未四十，而视茫茫，而发苍苍，而齿牙动摇。念诸父与诸兄皆康强而早世，如吾之衰者，其能久存乎？吾不可去，汝不肯来，恐旦暮死而汝抱无涯之戚也！"孰谓少者殁而长者存，强者夭而病者全乎？呜呼！其信然邪？其梦邪？其传之非其真邪？[1]

面对无情的命运，在巨大的痛苦中，韩愈没有一丝自我宽宥，而是表达了不留任何余地的痛楚的自责：

> 呜呼！汝病，吾不知时；汝殁，吾不知日。生不能相养以共居，殁不得抚汝以尽哀。敛不凭其棺，窆不临其穴，吾行负神明，而使汝夭。不孝不慈，而不得与汝相养以生，相守以死。一在天之涯，一在地之角。生而影不与吾形相依，死而魂不与吾梦相接。吾实为之，其又何尤！彼苍者天，曷其有极！自今已往，吾其无意于人世矣！当求数顷之田于伊颍之上，以待余年。教吾子与汝子幸其成，长吾女与汝女待其嫁。如此而已。
>
> 呜呼！言有穷而情不可终，汝其知也邪？其不知也邪？呜呼哀哉！尚飨。[2]

在韩愈看来，自己对亲人的疏于关爱，不论有多少无奈的缘由，都是不可宽恕的，自己就是一个"不孝不慈"之人。痛楚的自责将背负终生，这是亲情的伤痛，更是失责的愧疚。这篇痛彻心扉的千古名

〔1〕《韩愈文集汇校笺注》，卷一三，第4册，页1470。
〔2〕同上书，页1471。

文，有对命运的苍茫泣诉，更充满对自我的反省。文中表达着人生的孤弱无助，但是再孤弱的肩膀，也要承担起责任，因为这责任是内在的信念。

韩愈对儒学普遍性的探索，正是来自道德的绝对化和内在化。当伦理成为绝对信念和内在责任，对它的践行，就不受人情世事所左右，而是成为士君子自我实现的内在追求，成为人之为人的绝对意义的体现。儒学正是在这个意义上，成为更具普遍性的精神价值。

韩愈为文追求"明道"，而"道"在很大程度上，就是儒学的普遍性、绝对性和内在性。韩愈在古文中所书写的，不是抽象的玄思，而是人伦日用，他努力通过"文"来揭示人伦道德的普遍、绝对而内在的意义，这就是"文以明道"。

韩愈古文包含着对儒学超越性价值的深刻思考，但是他不像后来的理学家，以形上哲思的方式探索儒学的超越性，宋儒对儒学宇宙论、本体论的探索更趋精深，他们对韩愈这方面的粗疏很不满意。先秦儒学和汉唐儒学，都注重人伦道德的提倡，但对道德的形上学探索，比较薄弱。先秦时期孔子论"道"，如"士志于道"[1]、"朝闻道，夕死可矣"[2]，这主要是在人伦实践的层面上讲，"道"是他所提倡的人伦道德原则的整全的综合。他很少离开具体的人伦实践，去谈抽象的道，例如他的学生子贡就说："夫子之文章，可得而闻也；夫子之言性与天道，不可得而闻也。"[3]

孟子继承了孔子论"道"的实践性品格，同时关注心性修养问题，因而所论之道，包含了心性修养的内容。孔孟论"道"，都不太强调形上的层面；荀子注重礼法，注重知识论，因此他论"道"，带有追求客

---

〔1〕《论语注疏》，卷四，页54。
〔2〕同上。
〔3〕同上书，卷五，页67。

观真理的意味，并非纯粹的道德形上学。先秦道家所论之"道"，具有超越和形上的内涵，汉唐时期，儒家多借鉴道家的"道"论来构建天道体系，如董仲舒的天道思想就可以看出道家的影响。

与韩愈关系十分亲近的李翱，其著《复性书》思考性命问题，继承了《中庸》的传统。《中庸》开篇云："天命之谓性，率性之谓道，修道之谓教。"[1]认为天性来自上天，按天性做事即为天道。这种形上思考，被李翱继承，他提出："性者，天之命也，圣人得之而不惑者也。"[2]我们看到，韩愈虽然也著《原性》谈人性问题，但并没有从天道的角度来着眼。他在讨论上品之性时，提到了善的不可移易，表达了对"绝对之善"的肯定（这个问题参见本书第二章的讨论），然而这个"绝对之善"，韩愈并没有从天道形上的层面去发明，这是他与李翱显著的差异。李翱的形上之思，被宋儒所继续，不循此途的韩愈，则受到宋儒的嘲讽与贬低。

然而事实上，韩愈对"绝对之善"的思考，绝非一个简单的口号，在其古文中，善的绝对性，呈现出丰富而深刻的内涵。他围绕张巡、许远"双忠"所倡导的"天性忠诚"，树立了全新的忠臣典范；忠摆脱了对孝的依赖，获得绝对的道德价值。而他《祭十二郎文》等作品中所发明的亲情孝道，也超越了一般的血缘情感，成为士人的绝对信念和内在责任。如果说在西方的哲学史上，康德的道德哲学深刻探索了道德的绝对意义，那么韩愈的古文则深邃地发明了"绝对之善"在精神与情感世界中的光芒，令这一信念情理兼备、血肉丰满。

韩愈通过古文展现了儒学的普遍价值，在绝对而内在的意义上发明儒学伦理，这些都体现了他对儒学的超越性思考，在韩文为中华士

---

[1] 郑玄注，孔颖达疏，龚抗云整理，王文锦审定，《礼记正义》，李学勤主编，《十三经注疏》（北京：北京大学出版社，2000），卷五三，页1689。
[2] 郝润华、杜学林校注，《李翱文集校注》（北京：中华书局，2021），卷二，页13。

人诵习的千余年时间里，无数人正是通过古文的化育，深深感受到儒学普遍而超越的力量。古文的读者可能没有沿形上哲思去思索天理，但他们在古文所描绘的人伦日用中，却可以感受儒学的超越性精神光芒，领略道德律令的意义。

四　缔造"同道中国"

韩愈古文对儒学普遍价值的重建，使它拥有了强大的精神感染力。宋代以下，士人代代诵习以韩文为代表的古文，深切体会儒家伦理作为绝对信念和内在责任的意义，在古文的化育下，成为彼此同道相应的精神共同体。这个"同道共同体"立足于对绝对信念的信仰、对内在责任的承当，其同道情怀无须依赖亲情的纽带和礼法的牵系。韩愈《师说》对此有最好的表达："是故无贵无贱，无长无少，道之所存，师之所存。"[1] 这既是表达韩愈所理解的师生关系，也是其所建构的"同道共同体"的真实写照。在中唐到 20 世纪初的一千年时间里，这个"同道共同体"一直是士人的理想追求，为新儒学奠定了最广大的社会基础。虽然理学家对古文家多有批评，但离开了古文所涵育的"同道共同体"，理学也将失去其基础而成为空中楼阁。

要理解韩愈古文的思想建树，就不能不提到柳宗元。柳宗元与韩愈是中唐提倡古文的同路人，但其思想与文章的特点，都与韩愈有很大差异。"扬韩抑柳"或"扬柳抑韩"的争论，从宋代一直延续至今。对于柳宗元思想的有关讨论和分析，同样存在忽视其诗文的问题。事实上，只有深入柳文，柳宗元思想上的独特之处，才能获得更深切的认识。柳宗元是理性气质极其浓厚的人，他面对中唐社会的困局，希望通过儒学的理性化来整顿混乱的现实。他推崇"大公之道"与"大中之道"，就

---

〔1〕《韩愈文集汇校笺注》，卷二，第 1 册，页 139。

是希望通过贯彻"大公"与"大中"之理，来解决一切社会问题，以安顿个人身心。他的心性思考尤其突出"明"和"志"两点，所谓"明"，就是智慧，是指人拥有理性；所谓"志"，就是坚持运用理性的意志。这种强烈的理性追求，在柳宗元的文章中有鲜明的呈现。

然而，将儒学理性化，是否可以增强儒学的精神力量，让儒学更具普遍意义？问题显然没有这么简单。理性化的儒学，无法充分解决内心修养的问题。柳宗元在贬谪中，始终痛苦难以自解。对于社会问题，理性化的儒学能促进礼法的建设，柳宗元就高度重视礼法问题，尤其重法。然而，单有礼法，还不足以实现人心的凝聚。柳宗元的理性化之路，无法充分完成儒学普遍性重建的重任。对于儒学复兴来讲，韩愈的贡献无疑在柳宗元之上。关于韩愈和柳宗元儒学思考的差异，本书在许多章节都做了探讨。通过韩柳的对比，更可以感受到韩愈儒学思考的独特意义。对于生活在高度理性化社会中的现代人来讲，柳宗元的许多思考，更容易让人感到亲切，但无论在古文的传统中，还是在新儒学的发展中，韩愈的影响都远在柳宗元之上，这一现象的原因何在，是本书很希望思考的问题。

韩愈所建构的"同道共同体"，还有一个十分需要关注的特点，就是它有着鲜明的中国文化自觉。谈到这一点，就不能不谈到韩愈的"排佛"。韩愈排斥佛教态度之坚决，在后世一直受到批评。这种态度和他追求"博爱""一视同仁"的普遍性努力是什么关系，很值得思考。韩愈认为儒家之道、先王之教，是"中国之法"，佛教是"外国之法"，其排佛流露出鲜明的国家意识，体现了对中国精神文化的自觉。本书在第九章，将围绕夷夏观详细分析这种鲜明的国家文化自觉对韩愈思想的影响。韩愈在超越家族血缘、身份礼法的束缚上，多有建树，其"无贵无贱，无长无少"、唯道是求的同道理想，无疑为儒学赋予了更开阔的普遍性内涵。然而，韩愈所建构的普遍性，没能突破"国"的限制，在排佛中所体现的"中国自觉"，以及由此带来的对"外国"

的排斥，使其未能在"国"的层面有更开阔的建构。他的同道追求，超越了"家"的羁绊，却止步于"国"。

近代以来，中国文化要打开国门面对世界的挑战，如何超越国家，建构更广大的文化普遍性成为时代课题。在这样的背景下，韩愈强烈的"中国"意识，以及由此带来的排斥"外国之法"的排佛，显然会受到越来越大的质疑。然而，理解历史要从历史处境出发，韩愈所处的中唐时代，面临着与当今不同的时代环境。传统的儒家天下观，缺少国家意识的深入自觉；传统夷夏观所讨论的"中国"，主要是文化概念，较少国家政治实体的自觉意识。中唐王权重振呼声强烈、边患压力加大，这些都增强了时人的国家意识。这种国家意识，融合了政治实体与精神文化传统的多重内涵。韩愈在排佛中，希望树立"中国之法"，反映了时代的要求。这种国家意识，对韩愈建构超越血缘家族束缚的儒学普遍性，树立作为"中国之法"的道统，发挥了促进作用。韩愈所建构的"同道中国"，其鲜明的"中国自觉"与"无贵无贱、无长无少"的"同道"追求，结合成内涵极为独特的社会理想，对中国社会产生了持续千年的深远影响。

当今中国要打开国门，以开阔的胸襟认识世界，探索超越国家的人类大同之道。这种探索不能简单取法传统的天下观，因为天下观缺少深入的国家自觉，而今天的人类大同之道，必然要面对和尊重各国的国家自觉、文化自觉，如何在这个前提下建构人类大同的普遍性，是一个艰巨的课题。韩愈所建构的"同道中国"，是在鲜明的国家文化自觉的前提下，建构儒学的普遍性，它对于国家文化自觉与普遍性之关系的思考，在今天很值得关注并加以反思。

五　重视"诗文"对理解中华文明的意义

韩愈开创古文传统，建构"同道中国"，这是对中华文明的重大贡献。通过"古文"这种独特的文教形式，儒学的超越性、绝对性价值，以情理兼备的方式得以广泛传播、深入人心，使中华文明拥有了更为丰富的超越家族血缘意识、乡土意识、阶层意识的普遍性追求。

对于理解中国，我们既要看到费孝通先生立足乡村社会所揭示的"乡土中国"，也要看到以古文为代表的中华文教所建构的"同道中国"。费先生着力关注的是地方乡村，是对亲情血缘依赖很深的社会。乡土社会无疑是中国社会极为重要的组成部分。但是，我们也必须关注在中华强大文教传统塑造下所形成的士人精神群体。韩愈是宋代以下千余年间文教的核心典范，他所开创的古文，养育了一代代士人，建构了超越血缘、地域与乡土的"同道中国"。

儒家自其诞生之日起，就有普遍主义的追求，但是韩愈之前的儒学，多立足家族伦理、亲情伦理的推衍，来实现普遍之仁爱。韩愈古文则将儒学的普遍性立足于绝对之善和内在道德责任，在很大程度上超越了对"家"的依赖。"同道中国"激扬同道情怀，向往绝对之善，追求道德自励，崇尚勇毅果敢。这是精神的共同体，是士人的理想世界，影响着中国政治、经济、文化的诸多走向。中国文化有"乡土"根深，也有"同道"开阔。

如果不能充分认识"同道中国"的精神建构，我们对中国文化的理解无疑会有诸多局限。而认识"同道中国"，当然离不开对古文之学的深入把握。中国是文教大国，古典诗文尤其构成了文教的核心。古文之学绵延千载的巨大影响，对中华文教的重大意义，不仅不应被忽视，而且需要给予充分的关注。

当前有关中国思想、社会和文化的研究，对古典诗文的意义关注不足，研究上的"诗文盲区"十分明显。这个问题不始于今日，而是深植于现代文化学术转型的内在困境。近代以来，传统诗文之学日见衰落，新文化运动推翻"桐城谬种，选学妖孽"，消解了古典诗文的神圣内涵。现代学科体系中的文学学科，也缺少对诗文综合文化意义的关注。对于理解中国文明，古典诗文之学的意义日见边缘，很多人将其简单视为词章雅好，无关宏旨。这是诗文之学的损失，也是中国文明研究的巨大损失。20世纪阐释中国文化最为活跃的学科是史学、哲学和以社会学为代表的社会科学，在这些学科中，"文"的意义很难得到充分关注。

此外，中外学术交流是近代以来推动中国学术前进的巨大动力。然而，古典诗文作为中国古典传统最精微的内容，在中外学术交流中往往遇到很大的困境。由于语言和文化的隔阂，中国古典诗文的跨语际交流困难很多，解读会遇到很大的挑战，大量海外有关中国社会、思想、文化的研究，就没有充分关注中国古典诗文。当然，也有优秀的海外学者对古典诗文有很深的认识，例如提出"唐宋变革说"的内藤湖南，就有很高的古典诗文造诣，而"唐宋变革说"对唐宋文化变迁大势的观察，与中国古典诗文中的中唐之变，颇多联系。对诗文的精深造诣，让内藤湖南能深入感知中华文明内在变化的精神消息，他的"唐宋变革说"，虽然是从社会、政治、经济等多种视角展开，但对唐宋之变基本大势的把握，是精神上的传神写照，对分析中国社会和文化，具有相当深透的解释力。但是，像内藤湖南这样深通诗文之学的研究者，还是凤毛麟角。至于大量哲学社会科学理论的引进，也对20世纪的学术产生重大影响，但这些理论对于阐释中国的诗文之学，普遍存在明显的局限。中外学术交流打开了观察中国社会文化的新视野，但这些新视野都难以充分关注古典诗文，"诗文盲区"的存在，是现代学术发展中的一个结构性困境。

诗者天地之心，文之为德也大矣。研究者无论从社会、历史、政治、经济哪一个角度观察中国社会，倘能对古典诗文有深入体会，就可以更好地理解中国人的精神，理解由具有独特精神世界的中国人所构成的中国社会。韩愈古文追求"拟圣"，但绝非一味道德说教，而是以生气淋漓的情感、磅礴的气象，在凡圣相即、情理圆融中，表达道德的普遍主义和理想主义。这就是中国人精神世界的精深与精微之处，如果只将古文视为一般的遣兴随笔，就无法在古文的带领下，进入中华文明之精髓。中华文明研究，需要充分走出"诗文盲区"。

本书对韩愈古文文明意义的思考，也是走出"诗文盲区"的一次尝试。费孝通先生在 20 世纪 30 年代关注"乡土中国"，他终生都在思考，中国如何从"乡土"走向世界。韩愈古文所缔造的"同道中国"，正是传统中国走出"乡土"的一次巨大努力，只有走出中国研究的"诗文盲区"，才能在古文的带领下，认识这一巨大努力的意义，才能发现近代以来中国走向世界的征程，其实并不完全是从"乡土"、从"家"起步，曾经伴随古文的传习而影响千年的"同道中国"理想，为这个征程做了更充分的准备，也在很大程度上影响了这个征程的行进方式。

韩文所呈现的拟圣精神、定名追求、绝对信念、勇毅激情，以及激进求变的态度，随着韩文在千年间的代代传诵，深深地镌刻在中国人的文化气质之中，影响着中国人如何对待世界、如何与世界交流、如何在文化差异中实现融合。在 20 世纪以来复杂的时代环境中，"同道中国"的精神遗产，并非那么容易被抛弃，它所特有的精神品质，还在潜移默化地产生影响。面向世界建设中国文化的未来，离不开对"同道中国"的深刻反思。

探索古典诗文的精神建构有多种方式，对韩愈古文艺术的独特创造，本书将围绕"成体""造语""明道"三个问题来展开讨论。

上编讨论"成体"。"成体"是指韩愈在古文文体、文法上的巨大创造。韩愈创造了影响深远的古文文体和写作法度，宋代秦观称韩文为"成体之文"，"成体"之"成"，是集大成之"成"，韩愈以集大成的气魄，成就文体之创新。北宋秦观《韩愈论》云：

> 臣闻先王之时，一道德，同风俗，士大夫无意于为文。故六

艺之文，事词相称，始终本末，如出一人之手。后世道术为天下裂，士大夫始有意于为文。故自周衰以来，作者班班相望而起，奋其私知，各自名家；然总而论之，未有如韩愈者也。

何则？夫所谓文者，有论理之文，有论事之文，有叙事之文，有托词之文，有成体之文。探道德之理，述性命之精，发天人之奥，明死生之变，此论理之文，如列御寇、庄周之所作是也。别白黑阴阳、要其归宿，决其嫌疑，此论事之文，如苏秦、张仪之所作是也。考同异，次旧闻，不虚美，不隐恶，人以为实录，此叙事之文，如司马迁、班固之作是也。原本山川，极命草木，比物属事，骇耳目，变心意，此托词之文，如屈原、宋玉之作是也。钩列、庄之微，挟苏、张之辩，撼班、马之实，猎屈、宋之英，本之以《诗》《书》，折之以孔氏，此成体之文，韩愈之所作是也。盖前之作者多矣，而莫有备于愈；后之作者亦多矣，而无以加于愈。故曰总而论之，未有如韩愈者也。[1]

韩愈古文的文体与文法，在集成前代的基础上，创造出新的形态，垂范后世。如此成体之功，与其思想追求息息相关。本书希望聚焦韩愈古文极为丰富而复杂的文体、文法创新，辨析其间的涂层思想结构，分析其中所蕴含的精神创造，探索古文与思想的内在联系：第一章"拟圣精神"，从韩愈古文写作形态与中古子学著作的差异入手，分析其回避"家言"、志在"拟圣"的创作追求，以及对古文修养内涵的申发；第二章"追寻'定名'"，围绕韩愈《原道》《师说》以及碑志等作品，探讨其对名学传统的创变，以及由此形成的独特写作形态；第三章"开放的师道"，探讨韩愈"师道"的开放精神，及其古文以"师其

---

〔1〕秦观撰，徐培均笺注，《淮海集笺注》（上海：上海古籍出版社，2000），卷二二，中册，页750—751。

人"为特色的师古之道；第四章，围绕《张巡中丞传后叙》《毛颖传》等篇章分析韩愈对"天性忠诚"的建构；第五章，围绕"屈骚之变"观察韩愈古文抒情方式的创变。

中编讨论"造语"。韩愈古文"务去陈言"，在骈散对立中，以散变骈，表现出鲜明的激进色彩；韩文创造了独特的动作语，诗文语言呈现出狠重色彩，这些与其独特的身体观以及身心超越的独特追求息息相关。第六章，围绕韩愈以散变骈的语言特色、造句之奇，揭示韩愈语言革新的强烈激进色彩；第七章，分析韩愈诗文的狠重文风、动作语艺术，以及《论佛骨表》的身体关切，由此观察其充满身体力量的伟辞所呈现的自我超越意义。

下编讨论"明道"，聚焦韩愈对"文道观"的建构。韩愈追求文道并重，对文道观的建构做出了重要贡献。自韩愈以后，"文道观"逐渐成为文论核心话语，中古流行的"文质论"理论话语趋于衰落。韩愈的古文同道不乏谈及文、道者，但唯有韩愈论文道，彻底摆脱了"文质"的束缚，展现出全新的理论追求。"文道观"的意义绝不仅止于文论，它是理解中华文教的核心理论。本书第八章讨论了"文质论"在汉唐的流行，第九章讨论了韩愈对"文道观"的重要理论建构。

韩愈是百代文宗，是千年的立法者，他塑造了中国人的思想、表达和行为方式，为中华文章立法，为中华文明立法。韩愈古文的成体之功、造语之力，以及对文道观的全新建构，树立了新的文化理想和文化结构，对中华文明产生重要影响。韩愈称赞孟子"功不在禹下"[1]。他本人即以孟子为法。《尚书·禹贡》中的大禹，是开启中华文明的标志性人物，他在治水的基础上，划定中国九州版图。韩愈的"一言而为天下法"则为中华文明划定新的精神版图。对韩愈的"立法"之功，同样身为文化伟人的苏轼，表达了无限的景仰。中国历史

---

[1]《韩愈文集汇校笺注》，卷八，页888。

上的无数士人，也都被韩愈文化创造的伟力强烈震撼。为了更好呈现韩愈对中华文明精神版图的开辟，本书对韩愈与柳宗元、韩愈与杜甫，做了多重对比，梳理了汉唐间思想文化嬗变的若干轨迹，希望能对相关问题做更丰富的讨论。

循着"成体""造语""明道"三个方向，本书希望走进韩愈古文的思想世界，从最贴近古文语言、文体和结构的角度，理解其开辟之功，领略其为中华文明千年立法的意义，感受"同道中国"的壮丽景观。这是一次艰苦的探索，希望中国古典诗文的文明意义能引起更多关注，希望中外学界能充分走出中国研究的"诗文盲区"，获得对中华文明更加深邃的理解。

上编

成体

第一章 | 拟圣精神

韩愈创作"古文",所追求的并非"成一家之言",而是"拟圣"。中古士人视撰写"成一家之言"的子书为立言之盛事,而韩愈似乎在自觉回避这个著述传统。他为"古文"赋予了"存圣人之志""约六经之旨"的崇高价值,古文的学习与创作,也具有了修身成圣的重要修养意义。从中唐到五四运动,绵延千载的古文传统,虽然艺术上变态百出,但其灵魂所寄,始终是"拟圣精神"。这种深层的追求,绝不是行文之间的一两句希圣的表态那样简单,而是在古文的体制形态、运思命笔以及阅读体验上,都贯穿着"拟圣"的旨趣。这一点需要在中国思想文化演变的大背景下来加以观察。

第一节 古文不是"家言"

钱穆先生曾将"古文"的兴起,视为"家言复起",即"成一家之言"的子学传统的重振。他在《读姚铉〈唐文粹〉》中说:"韩柳以下之古文,大体可谓是上承儒道名法诸子著书之意,此当是古者百家言之遗说。清儒章实斋《文史通义》,尝谓家言衰而集部与之代兴,以此论建安以下之集部,实更不如以此论韩柳以下之集部为尤贴切。"[1] 又

---

〔1〕 钱穆,《中国学术思想史论丛》(合肥:安徽教育出版社,2004),卷四,页80。

云："韩柳古文运动乃古者家言之复起。"[1]

钱氏之说，承清人章学诚《文史通义》"子史衰而文集之体盛；著作衰而辞章之学兴"[2]之义而来，但并不十分准确。韩愈的确广泛学习"三代两汉之书"，其中当然包括先秦和汉代的子书，韩愈《进学解》提到自己"沉浸浓郁"时所罗列的著作中，就包括《庄子》，此外《读墨子》《读鹖冠子》《读荀》等杂文的写作，也透露出他对诸子的关注。他所创作的《后汉三贤赞》，特别称扬了王充、王符、仲长统和他们创作的子学论著《论衡》《潜夫论》《昌言》。但是，若从韩愈古文写作的思想抱负来看，他的立意又不在"成一家之言"的子书格局，甚至对于中古时期的子学著述传统有着十分自觉的回避，要理解这一点，还要回到对先唐子学的观察。

一、中古"家言"的核心：专论式子学"论著"

子学的内涵颇为复杂。古代目录对"子部"的划分，经历了由狭到广的变化。刘歆《七略》、班固《汉志》有"诸子略"一类，所著录的是反映一家一派思想学说的著作。待至《隋书·经籍志》，"子部"内容扩展得甚为丰富，《汉志》"兵书""数术""方技"三类皆囊括其中。"子部"在四部分类中，成为内容和形式相对明确的"经""史""集"之外比较驳杂的类目。

子部虽然出现上述变化，但《汉志》"诸子略"所收录的反映一家一派之思想的著作，始终是其核心。先秦时期，诸子之书非由一人创制，而由学派中人集体完成；汉代以下，由个人独立完成的思想著作，成为子书的重要形式。近人江瑔云："古人著书必持之有故，言之成理，卓然成一家言，而后可以名曰子书。"[3]

---

[1] 钱穆，《中国学术思想史论丛》，卷四，页83。
[2] 章学诚著，叶瑛校注，《文史通义校注》（北京：中华书局，1985），卷一，页61。
[3] 江瑔著，张京华点校，《读子卮言》（上海：华东师范大学出版社，2012），卷一，页3。

先秦诸子之书，并未形成严格意义上的"论著"。其撰作成于学派众手，且以单篇形式流传，各篇写作形式也十分多样，或如《孟子》出之以论辩，或如《庄子》贯穿以感悟与寓言的"荒唐谬悠"之辞，条理化、理论化的说理特色并不明显。秦汉以后的子学著作，则在篇章的理论化表达上有突出呈现，有些还具备了自觉的结撰全书的意识，形成了连缀专题论文而成的"论著"体式。这样的子学"论著"，在汉唐之间，是士人"立言"的核心形式。

张之洞《书目答问》在"周秦诸子"之后，分类著录汉代以下的子学著作，第一类儒家，就首标"议论经济之属"，著录有《法言》、《新语》、《新书》、《盐铁论》、《论衡》、《潜夫论》、《新论》、《申鉴》、《典论》、《中论》、《人物志》、《傅子》、《物理论》、《中说》、《因论》、《续孟子》、《伸蒙子》、《公是先生弟子记》、《郁离子》、《明夷待访录》、《潜书》、《法书》、《群书治要》、古格言十二论等二十四种著作，张氏曰："此类兼综事理，亦尚修辞，后世古文家，〔即〕出于此类，此类多唐以前书，故列前。"〔1〕这些著作中的《新语》《新书》《论衡》《潜夫论》《新论》《申鉴》《典论》《中论》《人物志》《傅子》《物理论》《明夷待访录》《潜书》十三种都是典型的连缀专论而成的"论著"形态。正如张氏所言，这些著作构成了唐前儒家子书的主体。汉代以来，九流十家多归式微，而杂家独大，张氏于子部杂家所著录的《淮南子》《抱朴子》《金楼子》《刘子》《颜氏家训》《长短经》《两同书》等也是专论连缀而成的"论著"。

士人欲立言传世，最重要的形式便是创作这种专论式子学"论著"。东汉王充在《论衡》中高下"文"之等第，认为："文人宜遵五经六艺为文，诸子传书为文，造论著说为文，上书奏记为文，文德之操为文。立五文在世，皆当贤也。造论著说之文，尤宜劳焉。何则？

---

〔1〕 张之洞撰，范希曾补正，《书目答问补正》（上海：上海古籍出版社，2010），页126。

发胸中之思，论世俗之事，非徒讽古经、续故文也。论发胸臆，文成手中，非说经艺之人所能为也。"（《佚文》）[1] 这里所说的"造论著说"，即是创作专论式子学"论著"，其意义显然极为重要。建安时期，曹植谈及自己的人生理想，表示倘若"戮力上国，流惠下民"的立功之愿不能实现，就要"采庶官之实录，辩时俗之得失，定仁义之衷，成一家之言，虽未能藏之于名山，将以传之于同好，非要之皓首，岂今日之论乎！"（《与杨德祖书》）[2]。著书立说以成"一家之言"，是崇高的事业，是生命的寄托。

然而，韩愈对这样的"立言"之举，似乎并不措意。韩愈文集中有两封写给张籍的书信，其内容很可注意：

> 然吾子所论"排释老不若著书，嚣嚣多言，徒相为訾"，若仆之见，则有异乎此也。夫所谓著书者，义止于辞耳。宣之于口，书之于简，何择焉？孟轲之书，非轲自著，轲既殁，其徒万章、公孙丑相与记轲所言焉耳。仆自得圣人之道而诵之，排前二家有年矣。不知者以仆为好辩也。然从而化者亦有矣，闻而疑者又有倍焉。顽然不入者，亲以言谕之不入，则其观吾书也，固将无所得矣。为此而止，吾岂有爱于力乎哉！然有一说：化当世莫若口，传来世莫若书。又惧吾力之未至，至之不能也。三十而立，四十而不惑。吾于圣人既过之犹惧不及，矧今未至，固有所未至耳。请待五六十然后为之，冀其少过也。（《答张籍书》）[3]

在《重答张籍书》中，韩愈又云：

---

〔1〕 王充著，黄晖校释，《论衡校释》（北京：中华书局，1990），页867。
〔2〕 萧统编，李善注，《文选》，卷四二，第5册，页1936。
〔3〕 《韩愈文集汇校笺注》，卷四，第2册，页553—554。

然观古人，得其时，行其道，则无所为书。书者，皆所为不行乎今而行乎后世者也。今吾之得吾志、失吾志未可知，俟五六十为之未失也。[1]

张籍劝韩愈"著书"，信中虽未明言是著何种之书，但从上下文推测，极大的可能是劝他早日著书立说，写下一部类似中古子学论著那样的大著，如此可以传之后世。张籍是与韩愈十分投契的友人，他劝韩愈不要过多陷入与时人的争论，而要像古人那样写下自己的名山之作，传之后世。这番建议，当然是在委婉规劝韩愈不要太过好辩，同时也表达了对他极高的期待。但是，韩愈明确拒绝了这样的建议，在视著书立言为士人崇高事业的时代环境里，这样的拒绝可谓突兀奇崛。

韩愈一方面是说自己尚力有未逮，请待五六十以后再从事于此，冀其少过。另一方面则认为"化当世莫若口，传来世莫若书"。那种皇皇著述可以传之后世，但要真正影响和改变当世，还要不断倡言发论；所谓著书，是失志于当世的无奈之举。

韩愈的谦辞不过一种客套，而他认为著书立言不能"化当世"，则是心声的流露，只是这心声究竟该如何理解，还不能只从字面去看。事实上，汉魏以来的许多子学论著，其作者都有强烈的现实关怀，著作本身也并非都没有现实影响。韩愈在《后汉三贤赞》中就高度赞扬王充、王符、仲长统，赞扬他们不阿附时俗的品行与卓越的著述成就，这三位都是以子书的创作名世。从写作特点上看，中古子书往往用语平易，说理翔实。王充创作《论衡》，用语不尚艰深，他主张："夫笔著者，欲其易晓而难为，不贵难知而易造，口论务解分而可听，不务深迂而难睹。"（《论衡·自纪》）[2]这样的语言风格，不会形成很大的阅

---

〔1〕《韩愈文集汇校笺注》，卷四，第 2 册，页 562。
〔2〕《论衡校释》，卷三十，页 1197。

读障碍,从而更好发挥"化当世"的效果。相反,追求"化当世"的韩愈,其创作的古文反而有许多好为艰深、怪怪奇奇之笔。关心现实,且语言易知易晓的子书写作传统,为什么满足不了韩愈"化当世"的要求?

事实上,韩愈所追求的"化当世",不是单纯反映现实、表达现实思考那样简单,他希望以自己独特的精深志趣来影响当世,而子书长期形成的创作传统无法传达这样的心志。子书所特有的运思结构和表达方式,和韩愈的"拟圣"追求是格格不入的。

二、子学"论著"之魂:《荀子》"述圣"

汉唐间的子学"论著",具有独特的思维形态,与《荀子》关系颇为紧密。这些子书具有侧重治术讨论、思维经验化与以"述论"结构为主等特点,都可以看到《荀子》的显著影响。

子学"论著"多表达政治伦理思考,很少涉及抽象玄远的形上问题。例如《吕氏春秋》以清晰的条理,讨论为政治国的各方面内容,称得上是"我国封建社会初期一部最完整的治国法典"[1]。《新语》所讨论的"道基""术事""辅政""无为""辨惑""慎微""资质""至德""怀虑""本行""明诫""思务",都关乎汉初立国之政的思考,受到高祖赞赏。

东汉的专论式子学"论著"如王符《潜夫论》、桓谭《新论》、王充《论衡》等都有丰富的社会政治思考。王符《潜夫论》中《赞学》《务本》《遏利》《本政》《断讼》等三十六篇,都关乎现实风俗政治。桓谭《新论》言其著述之由,在于"术辨古今,亦欲兴治也"(《本造》)[2]。汉末曹丕《典论》、荀悦《申鉴》、徐幹《中论》,西晋傅玄

---

〔1〕 牟钟鉴,《〈吕氏春秋〉与〈淮南子〉思想研究》(济南:齐鲁书社,1987),页23。
〔2〕 桓谭撰,朱谦之校辑,《新辑本桓谭新论》(北京:中华书局,2009),页1。

《傅子》，东晋葛洪《抱朴子外篇》，北齐《刘子》，都沿袭了这样的内容特点。

在思想方式上，专论式子学"论著"呈现出经验化的特点，例如，西汉初年成书的《淮南子》，思想来源十分复杂，其中道家的影响最为显著，但一个值得注意的现象是，《淮南子》在表达方式上已经明显削弱了老庄反常合道、玄远思辨的特色，例如对于"道"的描述，《老子》否认经验和理性认知对于理解"道"的有效性，指出"视之不见名曰希"、"听之不闻名曰夷"、"恍兮惚兮，其间有容；惚兮恍兮，其间有象"、"反者，道之动也"。但在《淮南子》之《原道训》中，对"道"的描述充满夸张和铺叙，呈现为一种经验式的认知：

> 夫道者，覆天载地，廓四方，柝八极，高不可际，深不可测，包裹天地，禀授无形。源流泉浡，冲而徐盈，混混汩汩，浊而徐清。故植之而塞于天地，横之而弥于四海，施之无穷而无所朝夕。舒之幎于六合，卷之不盈于一握。约而能张，幽而能明，弱而能强，柔而能刚，横四维而含阴阳，纮宇宙而章三光。甚淖而滒，甚纤而微。山以之高，渊以之深，兽以之走，鸟以之飞，日月以之明，星历以之行，麟以之游，凤以之翔。[1]

东晋葛洪《抱朴子内篇》首篇《畅玄》，对"玄"的描述，与《淮南子》亦颇为近似：

> 玄者，自然之始祖，而万殊之大宗也。眇昧乎其深也，故称微焉。绵邈乎其远也，故称妙焉。其高则冠盖乎九霄，其旷则笼罩乎八隅。光乎日月，迅乎电驰。或倏烁而景逝，或飘滭而星流，

---

[1] 张双棣，《淮南子校释》（北京：北京大学出版社，1997），卷一，页1。

或混漾于渊澄，或雾霏而云浮。因兆类而为有，托潜寂而为无。沦大幽而下沈，凌辰极而上游。金石不能比其刚，湛露不能等其柔。方而不矩，圆而不规。来焉莫见，往焉莫追。乾以之高，坤以之卑，云以之行，雨以之施。[1]

老子哲学中反思性的"道"，在这里变成了一个空间式的经验存在。

在论辩方式上，子学"论著"也类似《荀子》，表现出侧重经验教诲的"述论"格局，缺少逻辑与思辨上的深入推进。《荀子》之文，表达意见的"述"，是行文之重心，而思辨之"论"，则从属于"述"。在这样的"述论"格局中，逻辑与思辨的发展，要受制于"述"的根本精神。

《荀子》中《劝学》《修身》《不苟》《荣辱》《王制》《富国》《王霸》《君道》《臣道》《致士》《君子》这些篇章，直接表达对礼仪修养、治国为政之具体修为的认识，在内容上关注具体的社会人生问题，直接表达主观认识，没有进入玄远而抽象的问题领域。而在思想阐述的基本方式上，这些篇章以经验教诲的格局为主。其引人之处，在于作者丰富而独到的主体见解，而非论证思辨手段的丰富，例如《劝学》提出的君子贵其全[2]，《修身》中所讨论的"治气养心之术，莫径由礼，莫要得师，莫神一好"[3]，《荣辱》提出的"君子道其常而小人道其怪"[4]，《王制》提出的明分使群，"道不过三代，法不贰后王"[5]等，都是作者精彩的主观见解。这些见解的提出，往往是作者直标其说，并无逻辑的推导。

〔1〕 王明撰，《抱朴子内篇校释·畅玄》（北京：中华书局，1985），卷一，页1。
〔2〕 王先谦撰，沈啸寰、王星贤点校，《荀子集解》（北京：中华书局，1988），卷一，页20。
〔3〕 同上书，页26。
〔4〕 同上书，卷二，页63。
〔5〕 同上书，卷五，页158。

总的来看，《荀子》的专论，比之老庄之文的抽象玄远、墨子之文的逻辑丰富、法家之文的条理明晰，都有明显不同。它的松散结构、"述论"格局，以及偏经验而少玄远的特点，都与荀子的思想有密切的联系。《荀子》对于儒家的义理缺少超越层面的探讨，而更注重在经验层面融会百家、辨其同异，以阐发儒家义理之精神。因此，《荀子》之文，所长在于经验层面的"述说"和"辨析"，而不在超验的体悟与发明。秦汉以后，《荀子》超越诸家之文，支配性地影响了子学"论著"的写作。战国诸子极具锋芒的论辩，在秦汉以下的子书中已然消失，折中群言成为子书作者提出己见的重要方式，例如王充之《论衡》，讥刺时弊，有很深的现实关怀，也多有论辩内容，但在表达上比较理性节制，如《非韩》《刺孟》等篇，其辞气远未如先秦诸子那样透达无遗。

《荀子》式的"述说"与"辨析"，形塑了汉唐子学"论著"的结构脉理，为什么两者有如此紧密的联系？余嘉锡先生曾指出，东汉魏晋时期的子书，其思想形态是以儒家统摄九流十家之说：

> 东汉以后，以儒立教，以农立国，故所著子书，惟儒家著作得其近似。农家如《齐民要术》之类，亦出儒者之手。道家以魏、晋人重《老》《庄》，作者较繁，然亦惟传注义疏之类多。若《参同契》《抱朴子内篇》之流，名为道家，实则神仙家言耳。法家若崔寔、刘廙之《政论》，桓范之《世要论》，皆本儒术，与管、商、申、韩之说异，至如唐律《疑狱集》之类，旧皆入史部刑法，其入之法家者，后人以意为之耳。名家惟有刘邵《人物志》，意在论辨人才，分别流品，与邓析、公孙龙之学不同。墨家无新著，纵横家仅《唐志》有梁元帝《补阙子》，已无一字之存。杂家者"兼儒墨，合名法，知国体之有此，见王治之无不贯"，故必杂取各家之长，如《吕览》《鸿烈》而后可。后世杂家，若《抱朴子外篇》《刘子新论》之兼道家，《金楼子》《颜氏家训》之兼释家，《长短

经》之兼纵横家，此特于儒家之外，有所兼涉耳，未尝博综以成
一家之学也。其他号称杂家者，大抵小说、类书之流耳……然则
古之诸子号称九流者，东汉以后，惟有儒家耳，其他诸家，大率
以别子旁宗入继，非其嫡系。必求其学之所自出，几于无类可归，
目录家自以其意，强为分隶。[1]

这种"儒家统摄九流十家"的格局，与《荀子》的思想结构最为
接近。《荀子》之学是以"述圣"为其特色，在儒家根本义理上的超越
性思考比较少，但能从丰富的经验层面融会百家，对根本义理做出阐
发。深受《荀子》影响的汉唐子学论著，虽然是士人"立一家之言"
的名山事业，但就其基本的思想格局而言，仍然是融会百家、实现
"述圣"的追求。

第二节　古文的"拟圣"追求

韩愈对子学著述传统的疏离，最深刻的原因来自他强烈的"拟圣"
追求，这种追求与子学"论著"所蕴含的"述圣"旨趣，判然有别。
"拟圣精神"激励韩愈"自树立，不因循"，创造出"古文"这种全新
的文体形式。

韩愈自称为文是"约六经之旨而成文"[2]，追求"修其辞以明其
道"[3]，而其所说的"道"，是自周公、孔子一脉相承而来。"虽诚有之，
抑非好己胜也，好己之道胜也；非好己之道胜也，己之道乃夫子、孟
轲、杨雄所传之道也，若不胜，则无以为道。"（《重答张籍书》）[4]可

---

〔1〕　余嘉锡，《古书通例》（上海：上海古籍出版社，1985），页75—76。
〔2〕　《韩愈文集汇校笺注》，卷六，第2册，页646。
〔3〕　同上书，卷四，第2册，页469。
〔4〕　同上书，页562。

见，韩愈志在发明圣道、拟议圣人。

隋唐之际王通模仿《论语》创作《中说》，汉代扬雄模仿经传创作《太玄》《法言》，都是"拟圣"之举。汉代以来，如此的"拟圣"之举饱受非议。《汉书·扬雄传》云："诸儒或讥以为雄非圣人而作经，犹春秋吴越之君僭号称王，盖诛绝之罪也。"[1]《四库全书总目》林慎思《续孟子》之提要云："昔扬雄作《太玄》以拟《易》，王通作《中说》以拟《论语》，儒者皆有僭经之讥，蔡沈作《洪范九畴数》，《御纂性理精义》亦以其僭经，斥之不录，慎思此书，颇蹈此弊。"[2]

扬雄如此著述格局，在汉代罕有其匹。提倡罢黜百家、独尊儒术之汉代儒宗董仲舒，其著述格局绝无"拟圣"之心，《汉书·董仲舒传》云："仲舒所著，皆明经术之意，及上疏条教，凡百二十三篇。而说《春秋》事得失，《闻举》《玉杯》《蕃露》《清明》《竹林》之属，复数十篇，十余万言，皆传于后世，掇其切当世施朝廷者著于篇。"[3]董仲舒最著名的著作《春秋繁露》，从体制上来讲属于"传记"体，而其所著"百二十三篇"上疏条教之作，《汉志》著录于"诸子略"之"儒家类"，大概与贾谊《新书》、陆贾《新语》等类似，今已不可确知其篇目内容。可见，董仲舒虽为汉代儒宗，但其写作定位在传述圣人之学的贤人著述上，其"百二十三篇"属于子学。西汉末年，对扬雄给予高度评价的刘歆，对董仲舒的评价并不甚高。他认为董仲舒不过位在贤人，远未优入圣域。

韩愈推重扬雄，而"拟圣"是两人之间的重要精神纽带。唐代贞元、元和之际，儒学复兴，士人屡屡标举董仲舒、刘向等人为汉代儒宗，裴度《寄李翱书》云："董仲舒、刘向之文，通儒之文也，发明经

〔1〕 班固撰，颜师古注，《汉书》（北京：中华书局，1962），卷八十七下，第11册，页3585。
〔2〕 永瑢等，《四库全书总目》（北京：中华书局，1965），卷九一，上册，页775。
〔3〕《汉书》，卷五十六，第8册，页2525—2526。

术，究极天人，其实擅美一时，流誉千载者多矣。"〔1〕又柳宗元《寄许京兆孟容书》："董仲舒、刘向……为汉儒宗。"〔2〕柳冕《与徐给事论文书》："（文章本于教化）此文之病也，雄虽知之，不能行之，行之者，惟荀、孟、贾生、董仲舒而已。"〔3〕又柳冕《答徐州张尚书论文武书》云："文而知道，二者兼难，兼之者，大君子之事，上之尧舜周孔也，次之游夏荀孟也，下之贾生董仲舒也。"〔4〕《旧唐书·儒林》："大历、贞元间，文字多尚古学，效扬雄、董仲舒之述作，而独孤及、梁肃最称渊奥，儒林推重。愈从其徒游，锐意钻仰，欲自振于一代。"〔5〕然而不难看到，在一片推重董仲舒的声音里，韩愈似从未留意于这位大儒，这与他对扬雄的态度形成了鲜明对比。

韩愈的"拟圣"带有高自树立的神圣性追求，他理解儒道常常流露出圣虑深微的感受。《论语·先进》："子张问善人之道，子曰：'不践迹，亦不入于室。'"〔6〕韩愈于《论语笔解》解之曰："善人即圣人异名尔。……盖仲尼诲子张，言善人不可循迹而至于心室也。圣人心室惟奥惟微，无形可观，无迹可践，非子张所能至也。"〔7〕又《论语·子张》："大德不逾闲，小德出入可也。"〔8〕韩愈解之曰："吾谓大德，圣人也；言学者之于圣人，不可逾过其门阈尔。小德，贤人也，尚可出入窥见其奥也。"〔9〕韩愈认为"圣可慕而不可齐"："古圣人言通者，盖

---

〔1〕《全唐文》，卷五三八，第 3 册，页 5461。

〔2〕《柳宗元集校注》（北京：中华书局，2013），卷三十，第 6 册，页 1957。

〔3〕《全唐文》，卷五二七，第 3 册，页 5357。

〔4〕同上书，页 5358。

〔5〕《旧唐书》，卷一六〇，第 13 册，页 4195。

〔6〕刘宝楠撰，高流水点校，《论语正义》（北京：中华书局，1990），卷十四，下册，页 460。

〔7〕韩愈、李翱注，《论语笔解》（北京：中华书局，1991），卷下，页 16。关于《论语笔解》的性质，本书同意查屏球的见解，即此书是宋人对韩愈《论语》注十卷的整理本，《笔解》的真实性是可信的。参见所著《韩愈〈论语笔解〉真伪考》，《文献》1995 年第 2 期。

〔8〕《论语正义》，卷二二，下册，页 741。

〔9〕韩愈、李翱注，《论语笔解》（北京：中华书局，1991），卷下，页 29。

百行众艺备于身而行之者也，今恒人之言通者，盖百行众艺阙于身而求合者也；……将欲齐之者，其不犹矜粪丸而拟质随珠者乎？且令今父兄教其子弟者，曰：'尔当通于行如仲尼'，虽愚者亦知其不能也。曰：'尔尚力一行，如古之一贤'，虽中人亦希其能矣。岂不由圣可慕而不可齐，贤可及而可齐邪？今之人行未能及乎贤，而欲齐乎圣者，亦见其病矣。"（《通解》）[1]

当然，韩愈对圣人的神圣性理解，并没有像汉人那样走向怪诞神秘，也反对圣人不可学的看法，认为圣人并非怪诞其形，虽然圣境高远，仍然要努力学习。但是，我们在看到韩愈强调个人"师圣为贤"的能动性的同时，也始终不能忽视他对"圣不可齐"的信仰。

韩愈鲜明的"拟圣"追求，与中古子书的"述圣"意趣，明显有别。这是韩愈拒绝撰著子书最深层的心曲。中古子书多综合九流十家之说，在内容上往往不能醇守儒家，议论所及，常常博涉兼综。许多作品在古代目录中的著录，多难统一，或见于儒家，或见于杂家，例如王充《论衡》《颜氏家训》《两同书》都是很有代表性的例子。杂家中的《长短经》有不少儒家的因素。近人江瑔云："自汉以后，凡以论说名书而涉于政治者，如陆贾《新语》、贾谊《新书》、桓宽《盐铁论》、刘向《新序》《说苑》《世说》、王充《论衡》、王符《潜夫论》、应劭《风俗通义》、桓谭《新论》、荀悦《申鉴》、徐幹《中论》、刘邵《人物志》、仲长统《昌言》、王通《中说》、黄宗羲《明夷待访录》之类，均当入杂家。"[2]这就是着眼于上述子书博涉兼综之特点的极端性概括。就是在中唐，对子学的论著传统并未像韩愈一样排斥的柳宗元、刘禹锡，其思想也更多地体现出兼容三教的特点。可见，中古子书的体式品格，与韩愈志在"拟圣"的醇儒追求颇不协调。

---

[1]《韩愈文集汇校笺注》，卷三十四，第7册，页3150。
[2]《读子卮言》，卷二，页123。

总之，古文的灵魂是"拟圣"，围绕"拟圣"形成独特的古文艺术结构，对此本书将在后面的章节做进一步讨论。[1]

第三节　古文的修养意义

"拟圣"对韩愈古文的影响，首先值得注意的是一种精神修养意义的融入。韩愈的古文思想有鲜明的修养论内涵。对于古文的学习和写作，在韩愈看来，具有修身成德的重要意义。韩愈对古文之修养内涵的阐发，融合继承了荀子与孟子的修养思想，丰富了中唐士人日益关注的修养论思考。宋儒对工夫论的探讨，虽然相对于韩愈发生了许多明显的变化，但与韩愈的复杂联系仍然值得关注。追求理性化的柳宗元，虽然也关注修养问题，但他的思考与韩愈有明显的不同。

一、古文思想的"修养论"内涵

韩愈古文思想的核心是文道关系，提倡以写作古文来发明圣人之道。注重文章的思想文化价值，是儒家一贯的追求，但在韩愈之前，论者对"文道"关系的阐述，往往着眼于对文章"教化"功能的提倡。韩愈的前辈萧颖士、独孤及等人即是如此。

萧颖士的《赠韦司业书》是自剖心志的文字，其中写道："丈夫生遇升平时，自为文儒士，纵不能公卿坐取，助人主视听，致俗雍熙，遗名竹帛，尚应优游道术，以名教为己任，著一家之言，垂沮劝之益，此其道也。"[2]独孤及在《唐故殿中侍御史赠考功郎中萧府君文章集录序》中，也倡言文章弘道、垂之不朽的卓越意义："足志者言，足言

---

[1] 关于韩愈古文与中古子学论著的差异，参见拙著《汉语思想的文体形式》（上海：华东师范大学出版社，2012），页 1—62。

[2] 萧颖士著，黄大宏、张晓芝校笺，《萧颖士集校笺》（北京：中华书局，2017），卷三，页 72。

者文。情动于中，而形于声，文之微也；粲于歌颂，畅于事业，文之著也。君子修其词，立其诚，生以比兴宏道，殁以述作垂裕，此之谓不朽。"[1]

这些宏大而庄严的论述，表达了文章能够寄托经世教化价值的神圣意义。然而，韩愈对古文价值的阐发，则将立足点从实现"教化"功能，更多地转向了士君子内在的成德。韩文对文道关系的阐述，很少着眼教化的宏大立论，在《谏臣论》中，韩愈不满意阳城的不尽职，提出士君子的职责，当为"居其位，则思死其官；未得位，则思修其辞以明其道"[2]。这是今传文献所见韩愈唯一一次明确提出"修辞以明道"的说法。在其他的场合，韩愈谈到"文"与"道"，常常是从自己的志趣和体会出发，例如他在《答陈生师锡书》中说："愈之志在古道，又甚好其言辞。"[3]在《答李秀才书》中说："然愈之所志于古者，不唯其辞之好，好其道焉尔。"[4]这不是一般性的敷扬文道大义，而是从自我对"文""道"的亲切体认，来揭示两者之间的深刻联系。

韩愈要将圣人之道落实到自我，当张籍批评他持论峻急、不够和缓时，他说："虽诚有之，抑非好己胜也，好己之道胜也；非好己之道胜也，己之道乃夫子、孟轲、杨雄所传之道也，若不胜，则无以为道。"（《重答张籍书》）[5]如果说萧颖士、独孤及倡言文章以比兴述作垂世，表达了士人宏大的抱负，那么韩愈"己之道乃夫子、孟轲、杨雄所传之道"的表白，则传达了自我作为传道主体的强烈自信。

韩愈不仅以弘道为己任，更以提倡古文来促进士人的修身成德。他的古文思想表达了鲜明的修养论思考，《答李翊书》中对古文学习体

---

[1]《萧颖士集校笺》，卷三八八，第 2 册，页 3941。
[2]《韩愈文集汇校笺注》，卷四，第 2 册，页 469。
[3] 同上书，卷六，第 2 册，页 731。
[4] 同上书，页 725。
[5] 同上书，卷四，第 2 册，页 562。

验的深刻描绘，就十分值得关注：

> 抑不知生之志，蕲胜于人而取于人邪？将蕲至于古之立言者
> 邪？蕲胜于人而取于人，则固胜于人而可取于人矣！……愈之所
> 为，不自知其至犹未也。虽然，学之二十余年矣。始者非三代两
> 汉之书不敢观，非圣人之志不敢存。处若忘，行若遗，俨乎其若
> 思，茫乎其若迷。当其取于心而注于手也，惟陈言之务去，戛戛
> 乎其难哉！其观于人也，不知其非笑之为非笑也。如是者亦有年，
> 犹不改，然后识古书之正伪，与虽正而不至焉者，昭昭然白黑分
> 矣，而务去之，乃徐有得也。当其取于心而注于手也，汩汩然来
> 矣。其观于人也，笑之则以为喜，誉之则以为忧，以其犹有人之
> 说者存也。如是者亦有年，然后浩乎其沛然矣。吾又惧其杂也，
> 迎而距之，平心而察之，其皆醇也，然后肆焉。[1]

正是在这个不断沉浸揣摩圣人之"文"的过程中，他才体会到圣
人之志。而其间自己的修养不断提升的标志，就是能够越来越清晰地
分辨"文"之正伪与精粗，所谓"古书之正伪，与虽正而不至焉者"。
显然，这已经不仅仅是一个文学的研摹与创作状态，更是一个精神上
不断砥砺以优入圣域的过程。

值得注意的是，韩愈在这同一封信中，进一步提出了"气盛言宜"
的著名观点，所谓："气，水也；言，浮物也。水大而物之浮者大小毕
浮，气之与言犹是也，气盛则言之短长与声之高下者皆宜。"[2]"气盛言
宜"无疑要以"养气"为本，而"养气"同样是身心修养的重要方式。

韩愈古文思想对修养论的关注与阐发，虽然颇具新意，但如果从

---

〔1〕《韩愈文集汇校笺注》，卷六，第2册，页700。

〔2〕同上书，页701。

中唐前后的某些思想变化趋势来看，这一思考新意的出现又并非偶然。面对礼乐隳颓的社会现实，中唐的儒学复兴者，特别意识到教化的实现需要文德俱备的士君子，李华就提出"六义"之兴有赖文行兼备之"作者"，所谓："文章本乎作者，而哀乐系乎时；本乎作者，六经之志也；系乎时者，乐文武而哀幽厉也。立身扬名，有国有家，化人成俗，安危存亡，于是乎观之。宣于志者曰言，饰而成之曰文，有德之文信，无德之文诈。……论及后世，力足者不能知之，知之者力或不足，则六义浸以微矣，文顾行，行顾文，此其与于古欤！"（《赠礼部尚书清河孝公崔沔集序》）[1] 士君子的文德修养，显然成为教化兴废的根本所在。

士君子培养的迫切性以及如何培养，也成为很受关注的问题。柳冕对"养才"的认识，就表达了中唐士人的焦虑和思考，在《答杨中丞论文书》中，他说：

> 天地养才而万物生焉，圣人养才而文章生焉，风俗养才而志气生焉，故才多而养之，可以鼓天下之气，天下之气生，则君子之风盛。……嗟乎，天下才少久矣。文章之气衰甚矣，风俗之不养才病矣。才少而气衰使然也。故当世君子，学其道，习其弊，不知其病也，所以其才日尽，其气益衰，其教不兴，故其人日野，如病者之气，从壮得衰，从衰得老，从老得死，沈绵而去，终身不悟，非良医孰能知之。夫君子学文，所以行道，足下兄弟，今之才子，官虽不薄，道则未行，亦有才者之病。君子患不知之，既知之，则病不能无病，故无病则气生，气生则才勇，才勇则文壮，文壮然后可以鼓天下之动，此养才之道也。[2]

---

〔1〕《全唐文》，卷三一五，第 2 册，页 3196。
〔2〕同上书，卷五二七，第 3 册，页 5359。

文中"无病则气生，气生则才勇，才勇则文壮，文壮然后可以鼓天下之动，此养才之道"的论述，虽然还很单薄，但其中毕竟呈现出对士人修养问题的关注。

中唐前后，佛、道两家对修养论的探索，其精深程度，都远在儒家之上。盛唐道士司马承祯的服气养命与坐忘修心之论，以及道士吴筠对神仙可学、形神可固的论述，都具有丰富的修养论内涵。[1]作为中唐古文运动的前辈，梁肃深研佛理，对佛教重要修持理论天台止观学说极为关注。他认为《止观》是"救世明道之书"，并有感于《止观》因过于繁细而不便学习，不能光大于时，亲加精简条析而为《止观统例》。[2]这一工作，无疑也体现了梁肃对于修持修养问题的高度重视。

韩愈古文思想对修养论的关注，与中唐士人关心修养问题的时代风气密切相关；然而与柳冕思考之粗疏以及梁肃转向佛理不同的是，韩愈的古文修养思想，表现出对儒家修养传统的深入继承。

从基本的修养路径来看，韩愈通过学习古文来体会进而发明圣人之道的修养方式，是以外在的学习来改变内在的气质，因此与荀子"学以成德"的修养之路颇为接近。荀子持"性恶论"，主张"化性起伪"，强调通过对外在圣人之道的学习，改变内在的本性与气质。更为值得注意的是，荀子对通过"学"来"化性起伪"的修养方法做了细致的探讨，提出以"虚壹而静"追求"全粹"和"成人"。

所谓"虚壹而静"，是指以虚心而专注的态度来接受圣人之道的影响："未得道而求道者，谓之虚壹而静。"（《荀子·解蔽》）[3]学道者，

---

[1] 关于司马承祯、吴筠等人的心性形神修养理论，参见卿希泰主编、詹石窗副主编，《中国道教思想史》（北京：人民出版社，2009）中的有关讨论，页149—170。

[2] 关于梁肃编撰《止观统例》的有关思考，参见其本人所撰《〈止观统例〉议》，梁肃著，胡大浚、张春雯整理校点，《梁肃文集》（兰州：甘肃人民出版社，2000），卷一，页25—30。

[3] 《荀子集解》，卷一五，上册，页396。

"礼恭而后可与言道之方，辞顺而后可与言道之理，色从而后可与言道之致"（《荀子·劝学》）[1]。专注持久地浸淫于圣人之道，即可"真积力久则入，学至乎没而后止也"（《荀子·劝学》）[2]。这样一个身心修养的过程，是以追求"全粹"来达于"成人"，《荀子·劝学》对此有详细的论述：

> 君子知夫不全不粹之不足以为美也，故诵数以贯之，思索以通之，为其人以处之，除其害者以持养之，使目非是无欲见也，使耳非是无欲闻也，使口非是无欲言也，使心非是无欲虑也。及至其致好之也，目好之五色，耳好之五声，口好之五味，心利之有天下。是故权利不能倾也，群众不能移也，天下不能荡也。生由乎是，死由乎是，夫是之谓德操，德操然后能定，能定然后能应。能定能应，夫是之谓成人。天见其明，地见其光，君子贵其全也。[3]

这个通过专注的学习而达于"成人"的过程，与韩愈《答李翊书》中对古文学习体验的论述，十分接近。"使目非是无欲见也，使耳非是无欲闻也，使口非是无欲言也，使心非是无欲处也"[4]，这个学习中的专注，与韩愈所论"非三代两汉之书不敢观，非圣人之志不敢存"[5]的状态颇相一致，而韩愈古文学习中"浩乎沛然""醇而能肆"的化境，也是"全粹"与"成人"之境的一种呈现。

在《答李翊书》中，韩愈还提出"气盛言宜"的著名观点。这一观点所体现出的修养论意涵，则与荀子有了明显的差异，呈现出与孟

---

〔1〕《荀子集解》，卷一，上册，页17。
〔2〕同上书，页11。
〔3〕同上书，页18—20。
〔4〕同上书，页19。
〔5〕《韩愈文集汇校笺注》，卷六，页700。

子更为接近的面貌。孟子主张涵养内心的"浩然之气",指出"浩然之气"是礼义涵养所生,所谓"其为气也,至大至刚,以直养而无害,则塞于天地之间。其为气也,配义与道。无是,馁也。是集义所生者,非义袭而取之也。行有不慊于心,则馁矣"(《孟子·公孙丑上》)[1]。而韩愈对古文养气的认识,与此颇为接近,韩文亦对此有所论及:"虽然,不可以不养也。行之乎仁义之途,游之乎《诗》《书》之源,无迷其途,无绝其源,终吾身而已矣。"[2]

"浩然之气"是内在德性的体现。而荀子提出的"治气养心",所论之"气"则着眼人的自然气质,"治气养心"则是以礼义调节气质,所谓"治气养心之术,血气刚强,则柔之以调和;知虑渐深,则一之以易良;勇胆猛戾,则辅之以道顺;齐给便利,则节之以动止;狭隘褊小,则廓之以广大;卑湿重迟贪利,则抗之以高志"(《荀子·修身》)[3]。韩愈"气盛言宜"之论,以"气盛"为古文成功的重要基础,其所谓"气",显然与孟子推重的"浩然之气"一脉相承。

总的来看,韩愈继承荀子"学以成德"的道路,而更加强调内在德性的长养;接续孟子对内在德性的重视,而又非常关注外在学习的意义。从某种意义上说,韩愈的古文修养论,是对荀孟的独特融合,之所以会形成这样的特点,与他围绕"古文"来思考修养论的立足点很有关系。

荀子认为,对圣人经典的学习,是"化性起伪"的重要方式:"故《书》者,政事之纪也;《诗》者,中声之所止也;《礼》者,法之大分,类之纲纪也;……《礼》之敬文也,《乐》之中和也,《诗》《书》之博也,《春秋》之微也,在天地之间者毕矣。君子之学也,入乎耳,

───────────────

〔1〕 赵岐注,孙奭疏,《孟子注疏》,李学勤主编,《十三经注疏》(北京:北京大学出版社,2000),卷三,页90—91。
〔2〕《韩愈文集汇校笺注》,卷六,页700。
〔3〕《荀子集解》,卷一,上册,页25—26。

箸乎心，布乎四体，形乎动静，端而言，蠕而动，一可以为法则。"（《荀子·劝学》）[1]孟子则强调通过"反身而诚""尽性知天"来培养德性。这是一个内在长养而非外在学习的方式。韩愈所提倡的"古文"是能够发明圣人之道的文章，圣人的典籍固然是"古文"的重要代表，但"古文"又并不简单地等同于圣人典籍，不简单等同于"三代两汉之文"，而是一切承载和体现了"圣人之道"的文章。因此，"古文"的内涵兼具历史和价值、权威典范与个体创造。学习古文、创作古文，既对圣人典籍表现出高度的尊重，又对个体发明圣人之道的自主性打开空间。可见，韩愈基于"古文"这一独特的立足点来思考修养问题，为他创造性地继承、融合荀孟之修养论奠定了基础。荀孟的修养论思想，自六朝以来长期不受关注，士人思考身心修养问题，多从佛道入手，韩愈的古文思想，继承并融合荀孟的修养思想，这在中唐的思想环境中，是非常值得关注的思想创造。

二、古文与"修养"的紧密连接

韩愈的古文思想能够呈现出深刻的修养论关怀与思考，这在中唐古文作者中也十分罕见。虽然韩愈的古文同道，不少人也表现出对修养问题的关注，但他们很少将"古文"与身心修养如此紧密地结合起来。

古文运动的前辈柳冕重视"养才"，也很推重"文"之于"道"的意义，提出："圣人之道，犹圣人之文也。学其道，不知其文，君子耻之；学其文，不知其教，君子亦耻之。"（《答徐州张尚书论文武书》）[2]"夫君子之儒，必有其道，有其道必有其文。道不及文则德胜，文不知道则气衰，文多道寡，斯为艺矣。"（《答荆南裴尚书论文书》）[3]

---

〔1〕《荀子集解》，卷一，上册，页11–12。
〔2〕《全唐文》，卷五二七，第3册，页5358。
〔3〕同上书，页5357。

但是，对"文"之于修身成德的内在意义，柳冕并没有做更深入的思考，与韩愈相比，他的文章理论并没有多少修养论的内涵。

被视为韩愈门人的李翱，在注重古文写作上，与韩愈十分投契；对精神修养问题，也有深入的思考。其著名的《复性书》的讨论主题，就是人如何可以成圣，开篇云："人之所以为圣人者，性也；人之所以惑其性者，情也。"[1]文章所论即是如何复性成圣，其"中篇"更集中讨论了"复性"的修养成圣方法：

> 或问曰："人之昏也久矣，将复其性者，必有渐也，敢问其方。"曰："弗虑、弗思，情则不生，情既不生，乃为正思。正思者，无虑、无思也。《易》曰：'下何思、何虑？'又曰：'闲邪存其诚。'《诗》曰：'思无邪。'"[2]

文中所讨论的复性之"方"，以"灭情复性"为核心，其思想渊源颇为复杂，研究者指出其与佛教、道教思想都有密切的联系。[3]但显而易见的是，这些思考与"文道"关系等问题完全无涉。李翱虽为韩愈的古文同道，"文"对于他，并非如韩愈那样是一个不可或缺的身心修养方式，因此写作古文与思考身心性命问题，也就没有必然的联系。

与韩愈同为中唐古文运动之代表的柳宗元，其古文思想同样表现出对修养论的思考，但是，由于柳宗元的文道观具有鲜明的理性化特

---

[1] 李翱撰，郝润华、杜学林校注，《李翱文集校注》（北京：中华书局，2021），卷二，页13。

[2] 同上书，页18—19。

[3] 冯友兰、T. H. Barrett 比较深入地分析了李翱思想的佛教来源，陈弱水对李翱思想的道教来源有比较细致的揭示，参见冯友兰，《中国哲学史新编》（北京：人民出版社，1998），中册，页696—699；T. H. Barrett, *Li Ao: Buddhist, Taoist, or Neo-Confucian?* (Oxford University Press, 1992), pp. 33–57；陈弱水，《唐代文士与中国思想的转型》（桂林：广西师范大学出版社，2009），页290—356。

点，其古文思想的修养论内涵与韩愈多有不同；而在将"文"与身心修养联系的深度上，他明显不及韩愈。

柳宗元著名的《答韦中立论师道书》中对习文、作文状态的描述，也很有修养论的意味：

> 故吾每为文章，未尝敢以轻心掉之，惧其剽而不留也；未尝敢以怠心易之，惧其弛而不严也；未尝敢以昏气出之，惧其昧没而杂也；未尝敢以矜气作之，惧其偃蹇而骄也。抑之欲其奥，扬之欲其明，疏之欲其通，廉之欲其节，激而发之欲其清，固而存之欲其重，此吾所以羽翼夫道也。本之《书》以求其质，本之《诗》以求其恒，本之《礼》以求其宜，本之《春秋》以求其断，本之《易》以求其动，此吾所以取道之原也。参之穀梁氏以厉其气，参之《孟》《荀》以畅其支，参之《庄》《老》以肆其端，参之《国语》以博其趣，参之《离骚》以致其幽，参之太史公以著其洁，此吾所以旁推交通而以为之文也。[1]

在《报袁君陈秀才避师名书》中，他还谈到修道当持之以恒、毋求速进：

> 秀才志于道，慎勿怪、勿杂、勿务速显。道苟成，则慤然尔，久则蔚然尔。源而流者岁旱不涸，蓄谷者不病凶年，蓄珠玉者不虞殍死矣。然则成而久者，其术可见。虽孔子在，为秀才计，未必过此。[2]

---

〔1〕《柳宗元集校注》，卷三四，第 7 册，页 2178。
〔2〕同上书，页 2200—2201。

这些带有修养论色彩的思考，如果与韩愈的有关思考做一对比，会发现柳宗元更侧重于自我约束，讲求抉择与鉴别。对自我芜杂气质的鉴别与克制，对圣贤之作不同特长的判定，以及对修道中各种"怪""杂""速显"之弊的自警，都偏重思想上的鉴识与修身上的克制。从儒家的修养传统来看，这些思考接近荀子"治气养心之术"中，对自身不良气质的调节与治理，但缺少荀子"虚壹而静"，通过全身心沉浸于圣人之道以达致"全粹"之境的修养追求；至于孟子那种存心养气的修养传统，柳宗元更与之颇为疏离。而如前所述，荀子的"虚壹而静"与孟子的"养浩然之气"，正是韩愈古文修养思想的重要渊源。与柳宗元相比，韩愈的修养论首先不强调思辨与抉择，而更注重对圣人之文全身心的涵养学习，以及对内在德性的长养。

柳宗元的古文修养思想，何以形成这样的面貌，与他文道观强烈的理性色彩很有关系。与韩愈相比，他对儒道的理解，显然更加理性化。韩愈在《原道》中所阐述的儒"道"，并非一系列抽象的概念，而是一整套"先王之教"，柳宗元则反复以"大中"与"大公"这种抽象的理念来阐发儒道。在对圣人的理解上，柳宗元也比韩愈更加理性化与常情化，他强烈反对对圣人做神秘化的理解，其《非国语上·料民》云："圣人之道不穷异以为神，不引天以为高，故孔子不语怪与神。"[1]在《天爵论》中，他认为圣人与常人的差别，在于天赋的"明"与"志"有所不同，"圣贤之异愚也，职此而已"[2]，这种自然气禀的差异，在柳宗元看来并非神秘的天命，而是一种自然的差别："或曰：'子所谓天付之者，若开府库焉，量而与之耶？'曰：'否，其各合乎气者也。庄周言天曰自然，吾取之。'"[3]这种对"自然"的解释，在今

---

〔1〕《柳宗元集校注》，卷三四，第 8 册，页 3143。
〔2〕同上书，卷四四，第 1 册，页 236。
〔3〕同上书，卷三，第 1 册，页 236。

人看来，仍有虚玄的色彩，但与神秘的天命论相比，则体现了理性化的倾向。

对儒道理解颇为理性化的柳宗元，在讨论"文""道"关系时，也更有理性的色彩，他提出"文以明道"，认为"文"最重要的价值，在于发明"道"，掌握"圣人之文"，就是要"之道"。他说："始吾幼且少，为文章以辞为工。及长，乃知文者以明道，是固不苟为炳炳烺烺，务采色，夸声音而以为能也。"（《答韦中立论师道书》）[1]又说："圣人之言，期以明道，学者务求诸道而遗其辞。辞之传于世者，必由于书。道假辞而明，辞假书而传，要之，之道而已耳。"（《报崔黯秀才论为文书》）[2]

从柳宗元理性化的观点来看，"圣人之文"的核心是"圣人之道"，得其"道"，则"文"不必拘泥，如果能够"之道"，甚至可以"遗其辞"。而对于韩愈，"圣人之文"与"圣人之道"共在，通过学习"圣人之文"来达到"圣人之道"，并非从"文"中提炼出一些理性概念那样简单，而是要通过对"圣人之文"的深入涵养体验来感知。韩愈比柳宗元更多地关注"文"的正伪与精粗。这种细腻而深刻的体验，只有在对"文"全身心的沉浸之中才能清晰分辨，并做出抉择。理性化的柳宗元，在"中道"的原则下，看到了前代之"文"各自具备的长处，但在对"文"的复杂层次的细腻体验上，则不如韩愈。

由于缺少韩愈那样的对"文"之于"道"不可或缺的意义的认识，柳宗元就不像韩愈那样，对"文"的身心修养价值有更为丰富和深刻的阐发。他对修养问题的关注更多地借助佛理来表达，也就并非偶然。他重视佛教的修持论，对于当时洪州禅不重修持的狂荡之风颇为不满，主张"佛以律持定慧，去之则丧"（《南岳大明寺律

---

[1]《柳宗元集校注》，卷三四，第7册，页2178。
[2] 同上书，页2214。

和尚碑》）[1]。其《东海若》一文宣扬净土思想，同时强调修证。

可见，韩愈对"古文"之修养内涵的关注与深入阐发，以"文"与修养论紧密联系的方式继承融合了儒家荀孟的修养思想，在中唐的古文家中也是很特别的。

三、韩愈古文修养论对宋儒的影响

宋儒对儒学工夫论的思考，倾注了极大的热情。他们"对人心负面有了更深刻的认识，就不能再空洞地只谈道德生命的理想，而是要落实在细密的道德修养工夫论上。而事实上，自我修养的工夫，如何成为圣人的研究，正是宋明儒学最独特的成就和贡献"[2]。

宋儒追求以"工夫"达于"本体"，强调对"心性"的体认，这与韩愈古文思想中的修养论有明显差异。韩愈虽有"气盛言宜"之说，也关注到长养内在德性气质的重要，但在宋儒看来，他缺少对德性内在的察识体认，诚意工夫不足，是论道不精的表现。朱熹曾在高度评价二程之贡献时，指出韩愈的局限："天命之性，若无气质，却无安顿处。且如一勺水，非有物盛之，则水无归着。程子云：'论性不论气，不备；论气不论性，不明，二之则不是。'所以发明千古圣贤未尽之意，甚为有功。大抵此理有未分晓处，秦汉以来传记所载，只是说梦。韩退之略近似。千有余年，得程先生兄弟出来，此理益明。"[3]

韩愈期望通过学习古文来修养身心，在宋儒看来，这对于明心见性也是一条歧路，朱熹对韩愈陷溺于"文"而迷失本源就多有批评，《朱子语类》云：

---

〔1〕《柳宗元集校注》，卷七，第2册，页492。
〔2〕温伟耀，《成圣之道：北宋二程修养工夫论之研究》（开封：河南大学出版社，2004），"导言"，页1。
〔3〕黎靖德编，王星贤点校，《朱子语类》（北京：中华书局，1986），卷四，第1册，页66—67。

才卿问："韩文《李汉序》头一句甚好。"曰："公道好，某看来有病。"陈曰："文者，贯道之器。且如六经是文，其中所道皆是这道理，如何有病？"曰："不然。这文皆是从道中流出，岂有文反能贯道之理？文是文，道是道，文只如吃饭时下饭耳。若以文贯道，却是把本为末。以末为本，可乎？其后作文者皆是如此。"因说："苏文害正道，甚于老佛，且如《易》所谓'利者义之和'，却解为义无利则不和，故必以利济义，然后合于人情。若如此，非惟失圣言之本指，又且陷溺其心。"[1]

可见，"文"之于"道"，是外在的，朱熹认为韩愈如此看重"文"之于"道"的意义，是"把本为末，以末为本"。

如前文所述，韩愈主张通过学习"古文"来修身，与荀子"学以成德"的思路有一脉相承之处，这当然与宋儒工夫论追求明心见性的孟学旨趣明显不同，但学习"古文"毕竟不同于对圣人经典的被动学习，而是包含着丰富的主体能动因素，因此，韩愈的古文修养论，就不能简单等同于荀子的以学修身，而是容纳了孟学尊重主体德性的因素。朱熹一方面批评韩愈由"文"之"道"的路径是错误的，但也承认韩愈确有所见，承认他所谓"气盛言宜"之论也关注到存养工夫的问题。《近思录》云："学本是修德，有德然后有言。退之却倒学了，因学文，日求所未至，遂有所得。如曰：'轲之死，不得其传。'似此言语，非是蹈袭前人，又非凿空撰得出，必有所见。若无所见，不知言所传者何事。"[2]

《朱子语类》更明确谈到"气盛言宜"与存养工夫的近似：

---

〔1〕《朱子语类》，卷一三九，第 8 册，页 3305—3306。
〔2〕朱熹、吕祖谦撰，严佐之导读，《朱子近思录》（上海：上海古籍出版社，2000），卷一四，页 128。

（释氏）虽是说空理，然真个见得那空理流行。自家虽是说实理，然却只是说耳，初不曾真个见得那实理流行也。释氏空底，却做得实；自家实底，却做得空，紧要处只争这些子。如今伶利者虽理会得文义，又却不曾真见；质朴者又和文义都理会不得。譬如撑船，着浅者既已着浅了，看如何撑，无缘撑得动。此须是去源头决开，放得那水来，则船无大小，无不浮矣。韩退之说文章，亦说到此，故曰："气，水也；言，浮物也。水大，则物之小大皆浮。气盛，则言之短长与声之高下皆宜。"广云："所谓'源头工夫'，莫只是存养修治底工夫否？"曰："存养与穷理工夫皆要到。然存养中便有穷理工夫，穷理中便有存养工夫。穷理便是穷那存得底，存养便是养那穷得底。"[1]

可见，韩愈的古文修养论，在宋儒眼中有着复杂的面貌。如果进一步考察，会发现宋儒对格物致知的思考，与韩愈的古文修养论之间，有着相当值得关注的联系。

"格物致知"是宋儒工夫论的重要课题，"格物"是达于"本体"、明乎"心性"的重要手段。"格物"究竟应如何理解，宋儒展开了丰富的讨论，其中程颐、朱熹的思考最具代表性。他们都认为，对圣人典籍、前代书史的虚心学习、深入领会、从容涵养，是"致知"的重要基础。朱熹尤其把这个涵养典籍的读书过程，视为修养工夫的重要内涵。而对于如何沉潜涵养，朱熹特别注重虚心涵味，以期实现一种完整的、精粹的把握。在《四书集注》中，他对"格物"有如下阐释：

《大学》始教，必使学者即凡天下之物，莫不因其已知之理而益穷之，以求至乎其极。至于用力之久，而一旦豁然贯通焉，

---

〔1〕《朱子语类》，卷六三，第 3 册，页 1538—1539。

则众物之表里精粗无不到，而吾心之全体大用无不明矣。此谓物格，此谓知之至也。[1]

这个"众物之表里精粗无不到"的"格物"境界，需要依靠虚心的沉潜，不能追求一蹴而就，朱熹对这一沉潜过程的体会，明显地受到韩愈的影响，他曾说："韩退之苏明允作文，只是学古人声响，尽一生死力为之，必成而后止。今之学者为学，曾有似他下工夫到豁然贯通处否？"[2]在他看来，韩愈等人"下工夫到豁然贯通处"，正与儒者涵养修养工夫的努力相近似：

> 如今读一件书，须是真个理会得这一件了，方可读第二件；……少间渐渐节次看去，自解通透。……韩退之所谓"沈潜乎训义，反覆乎句读"，须有沈潜反覆之功，方得。所谓"审问之"，须是表里内外无一毫之不尽，方谓之审。……只如韩退之、老苏作文章，本自没要紧事。然他大段用功，少间方会渐渐扫去那许多鄙俗底言语，换了个心胸，说这许多言语出来。如今读书，须是加沈潜之功，将义理去浇灌胸腹，渐渐荡涤去那许多浅近鄙陋之见，方会见识高明。[3]

可见，在朱熹看来，韩愈虽然在求道的路径上有所偏差，但他那种深刻的沉潜之功，是十分可取的，倘若用之于正确的方向，无疑是入道的梯航。

在韩愈与柳宗元之间，朱熹对柳宗元的批评更多，而他对柳宗元

---

〔1〕 朱熹撰，《四书章句集注》（北京：中华书局，1983），页7。
〔2〕 《朱子语类》，卷三一，第3册，页788。
〔3〕 同上书，卷一〇四，第8册，页2613。

的不满，与柳氏过于理性化、缺少从容涵养不无关系。朱熹认为，读书要完整地体会，不要只是枝枝节节地去领会，柳宗元富于思理、精于分析，用这样的态度理解圣人典籍，长于条分缕析，但失去了完整浑融的把握。朱熹曾这样比较韩、柳的不同：

> 大凡义理积得多后，贯通了，自然见效。不是今日理会得一件，便要做一件用。譬如富人积财，积得多了，自无不如意。又如人学作文，亦须广看多后，自然成文可观。不然，读得这一件，却将来排凑做，韩昌黎论为文，便也要读书涵味多后，自然好。柳子厚云，本之于六经云云之意，便是要将这一件做那一件，便不及韩。[1]

柳宗元富于怀疑精神，而朱熹认为，读书明理，虽然需要独立思考，但先要沉潜，不能一开始就去质疑，倘若如此，就难以虚心体会，难有真正的收获，他说：

> 某向时与朋友说读书，也教他去思索，求所疑。近方见得，读书只是且恁地虚心就上面熟读，久之自有所得，亦自有疑处。盖熟读后，自有窒碍，不通处是自然有疑，方好较量。今若先去寻个疑，便不得。又曰："这般也有时候。旧日看《论语》，合下便有疑。盖自有一样事，被诸先生说成数样，所以便着疑。今却有《集注》了，且可傍本看教心熟。少间或有说不通处，自见得疑，只是今未可先去疑着。"[2]

---

〔1〕《朱子语类》，卷九，第 1 册，页 157—158。
〔2〕同上书，卷一一，第 1 册，页 186。

在朱熹看来，注重沉潜的韩愈，对圣人典籍的把握完整深厚，其文章"议论正，规模阔大"[1]；柳宗元长于理性的思辨，文章"较精密"[2]，但学习柳文"会衰了人文字"[3]。比较而言，深厚浑融的韩文，比思理精细的柳文更难学，所谓"韩文大纲好，柳文论事却较精核，如辨《鹖冠子》之类。《非国语》中尽有好处。但韩难学，柳易学"[4]。

值得注意的是，程颐论及工夫修养很少提到韩愈。程颐的格物论，与朱熹多有差异。朱熹的格物论更多地强调对于外在事物的考究。[5]在这一点上，韩愈古文修养论与之多有可以相互启发之处。朱熹虽然批评韩愈路径有差，但他对韩愈、欧阳修等人的古文成就是很关注的。他的工夫论思考与韩愈古文修养论的联系，从一个独特的角度再次反映了韩愈古文观在思想史上的重要意义。

---

[1]《朱子语类》，卷一三九，第8册，页3302。

[2] 同上。

[3] 同上。

[4] 同上书，页3303。

[5] 陈来，《宋明理学》（北京：生活·读书·新知三联书店，2011），页199。

第二章 | 追寻"定名"

韩愈古文许多独特的运思脉理，与其对"定名"的追求颇有关系。在《原道》中，韩愈标举儒家价值的绝对意义，提出"仁与义为定名，道与德为虚位"。这里的"定名"一语极可关注。追寻"定名"是韩愈对儒家"正名"传统的发展。韩文的议论与叙事，皆自出新意，不践古人；其许多澎湃的议论篇章，细察其命笔方式，可以看到由"正名"而"定名"的运思结构。在叙事方面，韩愈的碑志大变前代体格，影响后世至深至巨。中古碑志长期受到蔡邕范式的影响，蔡碑受人物才性品评影响所形成的独特笔法，在韩碑中被彻底疏离。

中古文学观念与创作，深受形名学影响。蔡邕碑文的才性品评特色，即带有形名学的背景。本章的附论，分析了形名学对中古文体观念的显著影响，以及这种影响在佛教渗透下的变化。韩愈古文易"形名"而为"正名"，更由"正名"而寻求"定名"，是在文章的精神脉理上大变八代之文。

第一节 "五原"文体创新："正名"走向"定名"

一、"原"体与正名

《原道》《原毁》《原性》《原人》《原鬼》是韩愈弘扬儒道的代表作，这组作品被后人称为"五原"。"五原"以探求本原为核心，文体形式极富创新，后世追随仿效者众。

明人将"五原"的文体称为"原"体，明人徐师曾云："若文体谓之'原'者，先儒谓始于退之之五原，盖推其本原之义以示人也。……石守道亦云：'吏部《原道》《原人》等作，诸子以来未有也。'"[1]徐氏认为"原"体文的核心是推原本义，但这种文体有怎样的文体特征，徐氏言之未详。明人许学夷认为，"原"体与一般论说文没有明显差别："按字书云：'原者，本也，谓推论其本原也。'自唐韩愈作五'原'，而后人因之，虽非古体，然其溯源于本始，致用于当今，则诚有不可少者。至其曲折抑扬，亦与论说相为表里，无甚异也。"[2]这个看法显然过于笼统。

"五原"都是概念解析之文，一方面对重要思想概念的内涵加以界定；另一方面，则对不同概念之间的差异进行辨析，实现推原本义、破斥邪说的目的。"立本义"与"破邪义"，这两者构成了"原"体文的核心。

《原道》以"仁义"界定"道德"之内涵，揭示佛、老之道与儒道的差异，表达弘扬儒道、攘斥佛老之义[3]；《原性》以仁、义、礼、智、信界定"性"之内涵，再以三品言性的方式，辨析中品、下品之性与上品之性的差异[4]；《原人》在与天、地的相互关系中，确立人的独特位置，再辨析人与禽兽的区别，提出"圣人一视而同仁，笃近而举远"[5]。《原鬼》从音声、形状、气息之有无等，确立鬼"无声无形"，一旦人有悖谬之举则托于形声"而下殃祸焉"的内涵，对"鬼"与

---

〔1〕吴讷著，于北山校点；徐师曾著，罗根泽校点，《文章辨体 文体明辨序说》（北京：人民文学出版社，1998），页44。
〔2〕同上书，页132。
〔3〕韩愈，《原道》，《韩愈文集汇校笺注》，卷一，第1册，页1—4。
〔4〕韩愈，《原性》，同上书，页47—48。
〔5〕韩愈，《原人》，同上书，页67。

"物"做出辨析。[1]《原毁》指出"毁"之根源，在于违背儒家为己之道的荒忽懈怠与嫉贤妒能。文章在树立古之君子为己进取之义的同时，对今之君子不能"为己"的种种表现做出批评。[2]

"原"体在"破邪义"方面是十分用心的。"五原"破邪义之非，不是通过往复曲折的复杂辩难来实现，而是在明确树立核心概念之本义的基础上，通过对本义与歧义邪说的"别同异"来达成。例如《原道》并未对佛老之义理展开深细的辩难，只是指出其崇尚清静无为，"外天下国家"，与儒家之道判然有别，是与作为"天下之公言"的儒道所不同的"一人之私言"。《原人》在天、地、人相互关系中确立人的位置，在此基础上辨析人与禽兽之关系，《原鬼》论鬼与物之别，《原性》论三品之异，也都是在区别同异后不再有更多辩难。

"原"体文这种不骋辩锋的特点，与论议、辩难等议论文体颇为不同。"论"体文强调"辩证然否"，就是对各种相关观点进行辩证讨论，辩、议等文体则有更丰富的论辩内容。如果说所有的议论文皆是以明辨是非为旨归，那么一般的论议辩难之文，往往出之以丰富曲折的论辩，而"原"体文则注重揭示概念之间的差异。理解"原"体文的核心，不在于寻绎其是否具有复杂的论辩技巧，而在于深入理解其如何对思想概念进行界定，如何揭示概念之间的差异。这种独特的文体特点，带有鲜明的名学色彩，折射出儒家正名思想的显著影响。

中国古代的名学思想颇为丰富，而韩愈所着力继承的，是以孔子正名思想为核心的儒家名学传统。孔子期望通过"正名"实现"正政"。与更具逻辑色彩的墨家名辩思想相比，孔子注重伦理教化，期望通过正名，对礼崩乐坏加以拨乱反正。荀子面对战国晚期诸子争鸣、儒道不彰的局面，接续并大力深化孔子的正名学说，希望实现"正道

---

〔1〕 韩愈,《原鬼》,《韩愈文集汇校笺注》,卷一,第1册,页70—71。

〔2〕 韩愈,《原毁》,同上书,页58—60。

而辨奸"[1]、"邪说不能乱，百家无所窜"[2]的目的。汉代董仲舒亦接续正名之论，做出独特阐发，目的是罢黜百家、独尊儒术。可见，汉唐以来，正名是儒家回应思想挑战、树立自身思想权威的重要方式。韩愈继承了这个思想传统。

"五原"这样的"原"体文，和《淮南子·原道训》《文心雕龙·原道》并不存在渊源关系。《淮南子·原道训》之"原道"，集解云："原，本也。本道根真，包裹天地，以历万物，故曰'原道'。"可见，"原道"之义，是天地万物皆以道为本，与韩愈《原道》探求"道"之本原有明显不同。《文心雕龙·原道》之所谓"原道"，同样是"以道为本原"之义，天地万物之文，与人所创造的语文文章之文，都源于道，是"道之文"。上述两篇作品都以直接阐述观点为主，没有界定概念内涵和区别同异等内容，行文与韩愈《原道》差别显著。韩愈所创造的"原"体，体制新颖，确如明人徐师曾所说，是"诸子以来未有"。

二、由"正名"而"定名"：绝对的"本义"

"原"体文的第一要义，即是"立本义"。韩愈之"五原"，志在推求所讨论的核心概念的本义，为了鲜明地揭示本义，"五原"都用明确的本质定义的方式界定概念内涵。这是韩愈继承儒家之正名思想而又颇富创变的地方。

《原道》提出："博爱之谓仁，行而宜之之谓义；由是而之焉之谓道，足乎己无待于外之谓德。仁与义为定名，道与德为虚位。"[3]这里，"仁义"被界定为"道德"的确定内涵。《原性》明确提出恒常不变的

---

〔1〕《荀子集解》，卷一六，下册，页281。
〔2〕同上。
〔3〕《韩愈文集汇校笺注》，卷一，第1册，页1。

儒家伦理德性是人性的本体，以此回应各种关于人性的曲说。《原鬼》则明确树立儒家的鬼神观，批评各种荒诞物怪之说的淆乱。

"五原"对"本义"追求一种绝对而明确的界定，这在儒家正名思想的发展史上，颇具特色。孔子十分注重对概念的界定，但是面对许多道德、思想范畴的复杂内涵，他并未做出清晰确定的本质说明，例如对"性"与"道"这样的概念，孔子从未做出明确的界定，子贡感慨"夫子之文章，可得而闻也；夫子之言性与天道，不可得而闻也"[1]。孔子云"性相近也，习相远也"[2]，"道不行，乘桴浮于海"[3]，这些都不是对性、道的直接定义。孔子大量使用描述的方式来说明概念，例如对"仁"这个概念的含义，他有多种描述，如"樊迟问仁，子曰：'爱人'"[4]、"克己复礼为仁"[5]等；又如何谓君子，《论语》中亦有大量的描述。他常常针对具体的对象，抓住概念的某一特征进行界定。

荀子在深化孔子正名思想的过程中，进一步丰富了概念的界定方法，他"更多的是从一件事物的发生方面，或从它的作用方面，或从它和其他类似事物的不同方面，互相对比，或用性质的分析来下定义"[6]。这对孔子侧重描述的概念界定法做出进一步推进。董仲舒将正名建立在天意的基础上，对概念的定义常常借助声训、形训的方法，说明"名"所体现的天意，例如："名之为言，鸣与命也。"[7]"君者元也，君者原也，君者权也，君者温也，君者群也。"[8]"心止于一中者，

<hr />

[1] 《论语注疏》，卷五，页 67。
[2] 同上书，卷一七，页 265。
[3] 同上书，卷五，页 62。
[4] 同上书，卷一二，页 190。
[5] 同上书，页 177。
[6] 温公颐，《先秦逻辑史》（上海：上海人民出版社，1983），页 283。
[7] 《春秋繁露义证》，卷十，页 285。
[8] 同上书，页 290。

谓之忠。"[1] 这样的概念界定法,相较于孔、荀,增添了天意的基础和背景,但偏于描述式的界定特点没有改变。

韩愈"五原"改变了描述式的概念界定法,对概念做出明确的本质界定。"原"体之"原",就是要揭示核心概念的本质内涵,离开这一目的,"原"体文即失去其内在的文体意义。韩愈创造"原"体,背后是回应佛老挑战、弘扬儒道的深刻用心。"原"体文中儒学概念本质定义的提出,也成为儒家伦理本体论的重要先声。

在《原性》中,韩愈用恒常不变的德性来界定人性的本质,这一点极可关注。只是,由于《原性》以三品言性的形式展开,如果不细致辨析其与汉唐人性思想的复杂关系,就难以体会韩愈此文的思想创见,故而在此稍做梳理。

韩愈《原性》将人性区分为上、中、下三品,这与董仲舒、王充的人性论思想十分接近。《春秋繁露》将人性区分为圣人之性、中民之性、斗筲之性。王充《论衡》将人性区分为中人以上、中人和中人以下三品,所谓"余固以孟轲言人性善者,中人以上者也;孙卿言人性恶者,中人以下者也;扬雄言人性善恶混者,中人也"[2]。

韩愈虽然在形式上与董、王近似,但在思想内涵上,则颇具新意。《原性》提出:"性也者,与生俱生也。情也者,接于物而生也。性之品有三,而其所以为性者五。"[3] 所谓"为性者五",是指仁、义、礼、智、信五种德性。《原性》依据五种德性对人性三品的划分标准做出了独特的说明:"上焉者之于五也,主于一而行于四;中焉者之于五也,一不少有焉则少反焉,其于四也混;下焉者之于五也,反于一而悖于四。"[4] 五种德性,以"仁"为核心,德性的有无及纯粹与否,是人性

---

〔1〕《春秋繁露义证》,卷一二,页346。

〔2〕《论衡校释》,卷十,第2册,页143。

〔3〕《韩愈文集汇校笺注》,卷一,第1册,页47。

〔4〕同上。

品级划分的根本依据。韩愈相当明确地为人性确立了以仁为核心的德性本体。这与董、王性三品说有明显不同。

董仲舒认为性是人先天具有的资质："如其生之自然之资谓之性。性者质也。"[1]他肯定人有先天的善质，但善质并不等同于善，需要得到后天的教化才能成为善，所谓"善如米，性如禾。禾虽出米，而禾未可谓米也。性虽出善，而性未可谓善也"[2]。又云："性有似目，目卧幽而瞑，待觉而后见。当其未觉，可谓有见质，而不可谓见。今万民之性，有其质而未能觉，譬如瞑者待觉，教之然后善。当其未觉，可谓有善质，而不可谓善，与目之瞑而觉，一概之比也。"[3]

董仲舒承认人先天具有善质，这与孟子认为人具有善端十分接近；但是孟子认为善端即善，进而以人性为善；董仲舒则认为善端与善质皆不同于善，因此不能以善来定义人性，其《深察名号》云："性有善端，动之爱父母，善于禽兽，则谓之善，此孟子之善。循三纲五纪，通八端之理，忠信而博爱，敦厚而好礼，乃可谓善，此圣人之善也。……圣人之所谓善，未易当也，非善于禽兽则谓之善也。……圣人以为无王之世，不教之民，莫能当善，善之难当如此，而谓万民之性皆能当之，过矣。质于禽兽之性，则万民之性善矣；质于人道之善，则民性弗及也。万民之性善于禽兽者许之，圣人之所谓善者弗许。吾质之命性者异孟子。孟子下质于禽兽之所为，故曰性已善；吾上质于圣人之所为，故谓性未善。善过性，圣人过善。"[4]

---

〔1〕《春秋繁露义证》，卷十，页291—292。

〔2〕同上书，页311。

〔3〕同上书，页297—298。

〔4〕同上书，页303—305。关于董仲舒的人性论思想，学界多有讨论，参见冯友兰，《中国哲学史新编》，第2册；曾振宇，《董仲舒人性论再认识》，《史学月刊》2002年第3期，页16—23；王琦、朱汉民，《论董仲舒的人性论建构》，《北京大学学报（哲学社会科学版）》2014年第5期，页44—52；黄开国，《董仲舒的人性论是性朴论吗？》，《哲学研究》2014年第5期，页34—38等。

董仲舒以圣人的标准来确定善，而万民本性所具之善质，显然难以企及这样的善。他认为作为先天资质的性，只能由中民之性来规定："圣人之性不可以名性，斗筲之性又不可以名性，名性者，中民之性。中民之性如茧如卵。卵待覆二十日而后能为雏，……性待渐于教训而后能为善。善，教训之所然也，非质朴之所能至也，故不谓性。……善出于性，而性不可谓善。"[1]可见，董仲舒的人性论看重后天教化对人性的影响，他以人的先天资质来看待人性，这其中虽然包含善质，但也有贪性："人之诚，有贪有仁。仁贪之气，两在于身。身之名，取诸天。天有两阴阳之施，身亦两有贪仁之性。"[2]他通过对善端非善的剖辨，反对性善之说，淡化了善之于人性的根本意义。

王充《论衡》也有人性讨论，韩愈一定关注过王充的意见。《原性》对性善、性恶说的批评，所举的例子都与王充颇为一致。王充批评孟子性善说，举羊舌食我为例："羊舌食我初生之时，叔姬视之，及堂，闻其啼声而还，曰：'其声，豺狼之声也。野心无亲。非是莫灭羊舌氏。'遂不肯见。及长，祁胜为乱，食我与焉。国人杀食我，羊舌氏由是灭矣。"[3]韩愈《原性》亦援引此例。王充又举"丹朱"与"商均"，证明中人以下之恶，虽有后天善习亦无法改变；韩愈《原性》同样举出类似的例子，证明后天善习无法改变之恶。对于荀子之性恶说，王充以后稷为例言其非是，韩愈也援引了同样的例证。[4]

王充用元气来说明人性，认为"人之善恶，共一元气"[5]，"人禀元

---

〔1〕《春秋繁露义证》，卷十，页311—312。

〔2〕同上书，页294—296。

〔3〕《论衡校释》，卷三，第1册，页132。

〔4〕关于王充的人性论思想，学界多有讨论，参见冯友兰，《中国哲学史新编》，第2册；丁四新，《世硕与王充的人性论思想研究——兼论〈孟子·告子上〉公都子所述告子及两"或曰"的人性论问题》，《文史哲》2006年第5期，页43—54。

〔5〕《论衡校释》，卷二，第1册，页81。

气于天，各受寿夭之命，以立长短之形"[1]。人禀受的元气有厚薄多少之不同，因此人性有善恶贤愚的差别："禀气有厚泊，故性有善恶也。残则受［不］仁之气泊，而怒则禀勇渥也。仁泊则戾而少愈，勇渥则猛而无义……人之善恶，共一元气。气有少多，故性有贤愚。"[2]这里的五常，是指元气中的五常之气，即仁之气、义之气、礼之气、智之气、信之气。人性作为人的自然材质，也含道德之义。但人性的根本是元气，元气有善有不善，人性亦有善有不善，可见，以元气为人性之本的王充，也不认为善之于人性有根本的意义。

韩愈与王充不同，他在《原性》开篇虽然提出"性者，与生俱生也"[3]，但并没有从先天自然资质和禀赋的角度来理解性，而是明确提出"所以为性者五"，以仁、义、礼、智、信五种德性来确立性的内涵，并认为中品之性所以为中品，在于五种德性不够坚牢纯粹；下品之性所以为下品，在于完全违背五种德性。从这个意义上看，他继承了孟子的性善论，确立了善之于性的根本意义。孟子认为后天之恶，在于善端的破坏与丢失，而韩愈以五种德性之多寡有无对中品与下品之性所进行的定义，与孟子以放心论后天之恶的思路颇为接近。从这个意义上看，韩愈的三品说相对于董仲舒、王充有了明显的新创造，也直接启发了宋儒的人性思考。

然而值得思考的是，韩愈的人性讨论，虽然意多新创，但在形式上为什么仍然采用似乎显得陈旧的三品言性方式？后人对此多有批评，韩愈的用意又何在？首先，以三品言性，使韩愈能在继承孟子性善的基础上，进一步提出人的善性是不可变易的。韩愈对孟子的性善说有批评，认为孟子性善与荀子性恶、扬雄性善恶混之说，都是对中品之

---

[1]《论衡校释》，卷二，第1册，页59。
[2] 同上书，页80—81。
[3]《韩愈文集汇校笺注》，卷一，第1册，页47。

性的言说，认为"三子之言性也，举其中而遗其上下者也，得其一而失其二者也"[1]。孟子多次谈到善端遗失所造成的后天之恶，主张求其放心。在韩愈看来，孟子所说的善端是会变化的，其所论之性善，是会变化的善。主张性恶论的荀子，认为后天的学习、教化可以改变先天之性恶，实现"化性起伪"，因此性恶也是可以变化的。韩愈认为，可变之善与可变之恶，都只能是中品之性的特点，所谓："孟子之言性曰：人之性善；荀子之言性曰：人之性恶；扬子之言性曰：人之性善恶混。夫始善而进恶，与始恶而进善，与始也混而今也善恶，皆举其中而遗其上下者也，得其一而失其二者也。"[2]

中品之性可以变化，与之相对的上品之性，就是恒常不变之善。韩愈三品言性，其中的上品之善，是不可变易的善性，这就突出了人性之善的绝对性。

性三品说源自孔子的"唯上智与下愚不移"[3]，但无论是董仲舒抑或王充，都未对上品与下品之性的"不移"给予充分的关注。董仲舒论性，着眼于中民之性，极少涉及圣人之性与斗筲之性；王充依据禀赋元气的多寡厚薄来品第人性，也极少从"不移"的角度看待中人以上与中人以下之性。他对于孟子与荀子人性论，主要从人有先天之善与先天之恶来反对孟荀的性善与性恶论，所谓"性本自然，善恶有质。孟子之言情性，未为实也"[4]；"性恶者，以为人生皆得恶性也；伪者，长大之后，勉使为善也。若孙卿之言，人幼小无有善也。稷为儿，以种树为戏；孔子能行，以俎豆为弄。石生而坚，兰生而香。禀善气，长大就成，故种树之戏，为唐司马；俎豆之弄，为周圣师。禀兰石之

---

〔1〕 韩愈，《原性》，《韩愈文集汇校笺注》，卷一，第1册，页48。
〔2〕 同上。
〔3〕 《论语注疏》，卷一七，页265。
〔4〕 《论衡校释》，卷三，第1册，页120。

性，故有坚香之验。夫孙卿之言，未为得实"[1]。这种批评的视角，和韩愈认为荀孟皆从变易言性，故所论止于中品之性的批评，着眼点大为不同。韩愈突出了人性的德性本体。

韩愈对汉唐的人性论思想进行了深入改造，借助性三品说上品之善的恒定不移，确立人性之善的绝对性，在这个基础上明确用儒家伦理的五常之德规定人性本质。这与其《原道》明确以"仁义"规定"道德"本质，体现了完全一致的思想追求。

《原道》与《原性》对儒家伦理做本体化思考，这一点尤其具有回应佛老挑战的深刻意义。《原性》所提出的永恒不变的道德人性，在某种意义上可以看作对佛教之佛性说的回应。佛教的佛性观，虽然有比较复杂的内涵，但很重要的一点即是佛性的常住不变，《佛性论》讲到"如来性"或"法身"的六种"无异"："一无前后际变异，二无染净异，三无生异，四无转异，五无依住异，六无灭异。"[2]天台宗智颉主张"三因佛性"，《金光明经玄义》卷上："云何三佛性？佛名为觉，性名不改。不改即是非常非无常，如土内金藏，天魔外道所不能坏，名正因佛性。了因佛性者，觉智非常非无常，智与理相应，如人善知金藏，此智不可破坏，名了因佛性。缘因佛性者，一切非常非无常，功德善根资助觉智，开显正性，如耘除草秽，掘出金藏，名缘因佛性。"[3]佛性之非常非无常，即是佛性不改之义。韩愈以恒常不移的上品之善界定人性的本质内涵，使道德人性同佛性一样具有常住不变的性质，这无疑呈现出回应佛教挑战，使儒家伦理更具本体论色彩的努力。

三、"原"体之"破邪义"

"原"体文的第二要义，即"破邪义"。韩愈"五原"在具体的论

---

[1]《论衡校释》，卷三，第 1 册，页 138。
[2] 世亲，《佛性论》，《大正藏》，第 31 册，页 806 下。
[3] 智颉，《金光明经玄义》卷上，《大正藏》，第 39 册，页 4 上。

证中，极其注重"别同异"和"明高下"，强调对概念本义和歧义邪说做清晰的辨析，在揭示其区别的同时，又强调其高下之别。这种做法与正名思想"别同异、明贵贱"的意味息息相通。

《原道》在揭示儒道与佛、老的根本差异的同时，表达了对佛、老作为"一人之私言"的蔑视，鲜明地流露出儒道优于佛老的自信。《原人》对人与禽兽的辨析，也有主次高下之别，故云："圣人一视而同仁，笃近而举远。"[1]《原性》的三品言性，也是"明贵贱"的集中表达。

先秦的人性论思考，并未形成为人性区分品级的做法，汉代以后董仲舒、王充则以品级论性。黄开国曾将先秦孟、荀为代表的人性论，称为"性同一说"，将汉唐时期的人性论，称为"性品级说"。[2]如果细致分析"性品级说"的内容与形式，就可以看到，为人性区分品级，是运用儒家正名逻辑与方法来认识人性的结果，是"别同异、明贵贱"在人性论中的折射。

董仲舒《春秋繁露》有大量的正名思考，其中《深察名号》云："治天下之端，在审辨大。辨大之端，在深察名号。名者，大理之首章也，录其首章之意，以窥其中之事，则是非可知，逆顺自着，其几通于天地矣。是非之正，取之逆顺；逆顺之正，取之名号；名号之正，取之天地，天地为名号之大义也。"[3]董仲舒对人性的讨论，即大量出现在《深察名号》一篇中。另一集中谈论人性的《实性》，也是以孔子"名不正则言不顺"开篇，体现出"正名"对其人性思考的深入影响。他运用"诘其名实，观其离合"[4]的方式，对"性"与"善"、"性含善质"与"性善"之同异，做了极为细密的辨析，指出"性"与"善"有别，"性含善质"亦不同于"性善"。

---

〔1〕 韩愈，《原人》，《韩愈文集汇校笺注》，卷一，第 1 册，页 67。
〔2〕 黄开国，《儒家性品级说的开端》，《哲学研究》2000 年第 9 期，页 37—43。
〔3〕 《春秋繁露义证》，卷十，页 284—285。
〔4〕 同上书，页 291。

董仲舒对人性不同品级的划分，正与其对"性"与"善"、"性含善质"与"性善"的深入辨析，在逻辑上相一致。正是有"善质"与"善"的不同，才有圣人之性、中民之性和斗筲之性的差别。对性区分品级，是运用正名的逻辑和方法认识人性的结果。

如前所述，儒家的正名理论以伦理教化为目的，依据正名原则所进行的别同异、明高下，并不完全是对客观实际的反映，而更多体现了主观上的价值判断。董仲舒对"性""善"等概念的辨析，也并不完全是在探索人性的客观实际，而是渗透了浓厚的教化民性之义。他对"性含善质"与"性善"之差异的辨析，尤其体现了这一点："天生民性有善质，而未能善，于是为之立王以善之，此天意也。民受未能善之性于天，而退受成性之教于王，王承天意，以成民之性为任者也。今案其真质，而谓民性已善者，是失天意而去王任也。万民之性苟已善，则王者受命尚何任也？其设名不正，故弃重任而违大命，非法言也。"[1]可见，"性含善质"与"性善"的差异，体现了上天希望以人间的君王来教化万民的用心，如果将这两个概念混同，上天教化万民之意就无法安置，设名不正，会导致"弃重任而违大命"的严重后果。在这个意义上，圣人之性、中民之性、斗筲之性三者之名，也不完全是对客观人性的概括，而是体现了圣人如何教化人性的伦理标准和价值体系。

董仲舒的人性思考，多可溯源于荀子。荀子提出制名之枢要，在于"明贵贱、别同异"，所谓"故知者为之分别，制名以指实，上以明贵贱，下以辨同异。贵贱明，同异别，如是则志无不喻之患，事无困废之祸，此所为有名也"[2]。在荀子看来，治国的关键是明分使群，即依据礼义确立名位职分，化解群体内部的纷争，所谓"离居不相待则

---

〔1〕《春秋繁露义证》，卷十，页302—303。
〔2〕《荀子集解》，卷一六，下册，页415。

穷，群而无分则争。穷者患也，争者祸也，救患除祸，则莫若明分使群矣"[1]；"上在王公之朝，下在百姓之家，天下晓然皆知其非以为异也，将以明分达治而保万世也"[2]。基于礼义的"明分"，既包含差异，也包含贵贱，由此《荀子》一书中大量别同异的正名内容，既着眼于名与名之间的性质之别，也着眼于其品级之异，例如荀子认为"辩"有圣人之辩、士君子之辩、奸人之辩。圣人之辩："不先虑，不早谋，发之而当，成文而类，居错迁徙，应变不穷。"[3]士君子之辩："先虑之，早谋之，斯须之言而足听，文而致实，博而党正。"[4]奸人之辩："听其言则辞辩而无统，用其身则多诈而无功，上不足以顺明王，下不足以和齐百姓，然而口舌之均，噡唯则节，足以为奇伟偃却之属。"[5]类似这样的品级分殊之论，在《荀子》一书中十分常见。

荀子对于人性的核心见解，亦出现在《正名》篇中，他提出人性可以靠后天的"知"与"勇"化性起伪而向善："涂之人者，皆内可以知父子之义，外可以知君臣之正，然则其可以知之质，可以能之具，其在涂之人明矣。今使涂之人者以其可以知之质，可以能之具，本夫仁义之可知之理，可能之具，然则其可以为禹明矣。"[6]不同的人，因"知"与"勇"的不同，化性起伪的程度也出现差异："小人君子者，未尝不可以相为也，然而不相为者，可以而不可使也。故涂之人可以为禹则然，涂之人能为禹，未必然也。"[7]

具体到"知"与"勇"的不同层次，荀子认为有圣人之知、士君子之知、小人之知、役夫之知，有上勇、中勇、下勇。圣人之知："多

---

[1]《荀子集解》，卷六，上册，页176。
[2]同上书，卷八，上册，页238。
[3]同上书，卷三，上册，页88。
[4]同上。
[5]同上书，卷三，上册，页89。
[6]同上书，卷一七，下册，页443。
[7]同上书，页443—444。

言则文而类，终日议其所以，言之千举万变，其统类一也。"[1] 士君子之知："少言则径而省，论而法，若佚之以绳。"[2] 小人之知："其言也诣，其行也悖，其举事多悔。"[3] 役夫之知："齐给、便敏而无类，杂能、旁魄而无用，析速、粹孰而不急，不恤是非，不论曲直，以期胜人为意。"[4] 上勇则是："天下有中，敢直其身；先王有道，敢行其意；上不循于乱世之君，下不俗于乱世之民；仁之所在无贫穷，仁之所亡无富贵；天下知之，则欲与天下同苦乐之；天下不知之，则傀然独立天地之间而不畏。"[5] 中勇："礼恭而意俭，大齐信焉而轻货财，贤者敢推而尚之，不肖者敢援而废之。"[6] 下勇："轻身而重货，恬祸而广解，苟免不恤是非然不然之情，以期胜人为意。"[7] 这是辨析人们"化性起伪"之能力的不同品级层次，体现了以"明分"为核心的正名思考对人性论的显著影响。

荀子对人的"化性"能力所做的品级区分，和董仲舒圣人之性、中民之性、斗筲之性三品的品级区分，虽然在内涵上不无差异，但其间的联系也明显可见，在某种程度上可以视为汉唐时期性品级说的先声。

可见，汉唐时期的以品级言性，折射出儒家正名思想对人性讨论的重要影响，韩愈《原性》以三品言性，也体现了对正名思维方式的接受，这与"五原"深受"正名"影响的整体运思追求是一致的。值得注意的是，如上节所述，韩愈通过三品言性，建构了富有绝对意义的上品之善，这又是汉唐人性论所没有的新创造，体现了韩愈继承

---

〔1〕 《荀子集解》，卷一七，下册，页 445。

〔2〕 同上书，页 446。

〔3〕 同上。

〔4〕 同上。

〔5〕 同上书，页 446—447。

〔6〕 同上书，页 447。

〔7〕 同上书，页 447—448。

"正名"而又进一步追寻"定名"的思想探索。

综上所述，韩愈以一种定名化的正名思路，创造了结构独特的"原"体文。这种新文体，对树立儒家伦理本体与权威地位，发挥了很好的作用。"五原"在后世称扬者多，仿效者众，就在于它呼应了宋代以下思想领域重建儒学本体和权威地位的需要。

"五原"的"原"体文，将儒学的本体论探索，凝聚在极具创新的文体形式中，新思想落实为一种影响深远的新文体。这是韩愈作为文章家和思想家，对中国文化最值得重视的贡献。

在佛教的挑战下，中国思想也在不断深化本体论思考。初盛唐以来的三教论争，其中佛道论争中，有大量内容涉及"道体"，尤其是在显庆、龙朔年间的佛道论争，多有涉及"本际"问题的讨论。"本际"犹"体用"，其相关讨论皆涉及本体的思考。[1] 与韩愈大体同时的权德舆，其文有云："初论当世之理要，次陈情性之大端，终语道德之原极。"（《答左司崔员外书》）[2]"语道德之原极"，表达了探究"道德"本原的用心。但是，这些思考并没有创造出一种新的思维形式，更没有形成一种新的表达文体。

韩愈"五原"，从中国的文体传统和思想传统中汲取资源，创为新声。其《原道》虽然和《淮南子·原道训》《文心雕龙·原道》立意不同，但"原"的根本、本原之义，被韩愈汲取以为己用；儒家的正名思想，被韩愈化用其神髓，以定名化正名的独特思路，表达本体思考。通过创造性的努力，"原"体为人们思考儒学的本体意义和权威意义，创立了一种全新的表达形式。当然，"原"体文在辩论的丰富性上有所欠缺，例如从"破邪义"一面看，中古佛教传入后，针对"格义"之

〔1〕 参见卢国龙，《道教哲学》（北京：华夏出版社，2007），页222—224。
〔2〕 权德舆撰，郭广伟校点，《权德舆诗文集》（上海：上海古籍出版社，2008），卷四二，下册，页640。

得失的讨论，其本体思辨相当丰富，但"原"体文显然没有积极吸收这些思想方法。宋人儒家本体思考更深入，也呈现出思想方式上的更多探索。但是，宋人并没有像韩愈那样创造出一种表达本体探索的新文体。当然，用这样的标准来要求思想家，不免苛责，但这恰恰反衬出韩愈的独特。这位文道合一的古文宗师，让精神的建树化为代代相传的文章体式，让卓越的思考化为深入人心的表达。

四、宗密《原人论》与"五原"

宗密是佛教华严宗五祖及禅宗菏泽系传人，与韩愈大致同时，他作有一篇《原人论》。"五原"与《原人论》孰先孰后，学界一直存在争议。学界从《原人论》的思想内容，判断它是宗密的晚期作品，但由于"五原"的创作时间尚未论定，因此争议一直未决。从文体形式上看，"五原"和《原人论》多有不同，其间的差异反映了"原"体文和中古时期流行的"论"体文的不同。从这一角度，可以对两者的关系获得进一步认识。

"论"体文的流行从东汉开始，其基本特征是以辨析群言的方式，对抽象义理进行反思。[1]《文心雕龙·论说》将之概括为"述经叙理"、"弥纶群言，而研精一理者也"。[2]"论"体文辩难论议的内容较为丰富。如前所述，"原"体文辩难论议的内容是大大简化的。宗密《原人论》对儒道二教，以及人天教、小乘教、大乘法相教、大乘破相教等的批评，辨析深入，带有鲜明的辨析群言的特点。在这一点上，其"论"的色彩十分鲜明，例如其破斥儒道二教之妄：

---

〔1〕 参见拙作《"论"体文与中国思想的阐述形式》，《北京大学学报（哲学社会科学版）》2010 年第 1 期，页 31—39。
〔2〕 刘勰著，范文澜注，《文心雕龙注》（北京：人民文学出版社，2006），卷四，上册，页 327。

儒道二教说人畜等类，皆是虚无大道生成养育。谓道法自然生于元气，元气生天地，天地生万物，故愚智贵贱贫富苦乐，皆禀于天，由于时命；故死后却归天地，复其虚无。然外教宗旨，但在乎依身立行，不在究竟身之元由。所说万物不论象外，虽指大道为本，而不备明顺逆起灭染净因缘，故习者不知是权，执之为了。今略举而诘之。

所言万物皆从虚无大道而生者，大道即是生死贤愚之本、吉凶祸福之基。基本既其常存，则祸乱凶愚不可除也，福庆贤善不可益也，何用老庄之教耶？又道育虎狼、胎桀纣、夭颜冉、祸夷齐，何名尊乎？

又言万物皆是自然生化非因缘者，则一切无因缘处悉应生化，谓石应生草，草或生人，人生畜等。又应生无前后，起无早晚，神仙不藉丹药，太平不藉贤良，仁义不藉教习，老庄周孔何用立教为轨则乎？

又言皆从元气而生成者，则欻生之神未曾习虑，岂得婴孩便能爱恶骄恣焉？若言欻有自然便能随念爱恶等者，则五德六艺悉能随念而解，何待因缘学习而成？……

又言贫富贵贱、贤愚善恶、吉凶祸福皆由天命者，则天之赋命，奚有贫多富少、贱多贵少？乃至祸多福少？苟多少之分在天，天何不平乎！况有无行而贵，守行而贱，无德而富，有德而贫，逆吉义凶，仁夭暴寿，乃至有道者丧，无道者兴？既皆由天，天乃兴不道而丧道？何有福善益谦之赏，祸淫害盈之罚焉？又既祸乱反逆皆由天命，则圣人设教，责人不责天，罪物不罪命，是不当也。然则《诗》刺乱政，《书》赞王道，礼称安上，乐号移风，岂是奉上天之意，顺造化之心乎？是知专此教者，未能原人。[1]

---

〔1〕 宗密，《原人论》"斥迷执第一"，《大正藏》，第45册，页708上—下。

这里宗密将儒道二教的原人观归纳为大道生成论、自然论、元气论和天命论，逐一加以分析和批评，指出其理论矛盾及与现实之间的矛盾；具体针对上述每一种错误观念，宗密又区别不同层次加以辨析纠谬。例如对天命论的批评，分三层进行：一责问天的不公，二以死难生，三指出天命论的理论和实践的矛盾。[1]这种行文结构，是"论"体文最典型的文体特征。

《原人论》与"五原"又一明显差异，在于它破斥各教的迷执与偏浅之后，揭示出真心的终极地位，再由真心出发，对所破斥的各教进行融合会通，其会通本末第四云：

> 所起之心，展转穷源，即真一之灵心也。究实言之，心外的无别法。元气亦从心之所变，属前转识所现之境，是阿赖耶相分所摄。从初一念业相，分为心境之二，心既从细至粗，展转妄计乃至造业，境亦从微至著，展转变起乃至天地。业既成熟，即从父母禀受二气，与业识和合，成就人身。据此则心识所变之境，乃成二分：一分即与心识和合成人，一分不与心识和合，即成天地、山河、国邑。三才中唯人灵者，由与心神合也。佛说内四大与外四大不同，正是此也。
>
> 哀哉！寡学异执纷然。寄语道流，欲成佛者，必须洞明粗细本末，方能弃末归本，返照心源。粗尽细除，灵性显现，无法不达，名法报身；应现无穷，名化身佛。[2]

这种破斥之后的会通融合，是佛教判教的思想追求。如前所述，"原"体文通过别同异与明高下，破斥异端曲说，运用儒家的正名思想来树

---

〔1〕 参见董群译注，《原人论全译》（成都：巴蜀书社，2008），页13—27。

〔2〕 宗密，《原人论》"会通本末第四"，《大正藏》，第45册，页710下。

立儒道的权威。这与判教之追求会通圆融，旨趣颇为不同。

总的来看，宗密《原人论》是运用佛教的判教思维探求人之本原的作品，带有浓厚的"论"体文色彩。从其与韩愈"五原"的差异来看，《原人论》很可能是出于"五原"之后，是宗密针对韩愈《原人》所提出的"原人"这样一个独特话题，运用长期流行的"论"体形式，依据其佛教判教思维创作而成。韩愈在话题上启发了宗密。具有独特思想与文体形式内涵的"原"体文，其首创之功，当如后人所说，是属于韩愈的。

五、"原"体构思：背景里的禅宗

"五原"所追求的定名化正名思路，在韩愈其他一些重要篇章中也多有呈现。韩文议论之高亢，与这种思路的影响不无关系。

《师说》开篇以"传道、受业、解惑"对"师"的本质内涵做出界定，进而通过"无贵无贱，无长无少，道之所存，师之所存"来对"师"的内涵做进一步阐发。文章大量笔墨，着眼于传道之师与"巫医乐师百工"之师、童子之师、圣人之师之间的比较。对士君子只重童子之师，从师态度尚不及巫医乐师百工之人，表达了不满。对"师"的意义不花过多笔墨来辨析，形成一种无须深辨、其义自见的高亢文风。

又如著名的《送孟东野序》一文。全文通过论证孟郊是"善鸣者"来宽解其愁闷。"善鸣者"是韩愈以奇思构造之"名"。文章开篇以"物不得其平则鸣"来界定其内涵，说明"善鸣者"受命于天的伟大意义；进而列举历代之善鸣者，阐明这一概念的外延。篇末点题，说明孟郊就是这样的"善鸣者"，所有鼓励劝慰之意，亦尽在不言之中。文章没有斤斤于牢骚怨艾之辞，而是从宏大的天命立论，以纵横开阔的笔墨阐明何谓"善鸣者"，只在结尾处以"东野之仕于江南也，有若不释然者"将孟郊的失意一笔带过。文章具有实大声弘的气势。学界多将韩文高亢气势的成因归于孟子"浩然之气"这一思想传统的影响。

从上文的分析可以看出，韩文高亢的笔意，其思想内涵颇多独造之处。

"五原"是韩愈定名化正名思路最集中的体现，我们不妨将这种思路称为"原"体构思。这种构思与禅宗之间的联系，也很值得思考。韩愈一生接触过不少僧人，其诗文中提到的有十四位：澄观、惠师、灵师、诚盈、僧约、文畅、澹然、无本、广宣、颖师、秀禅师、高闲、大颠、令纵。韩醇注云："公与浮屠氏游，……皆取其行不取其名焉，不然，则排释老为虚语矣。"[1]其实，虽然在义理上对佛教明确排斥，但佛教的思维方式、思想风格，对于韩愈也会存在一种刺激。韩愈"原"体构思具有的不逞辞辩、直揭本原的特点，与唐代禅宗的思维方式有某种类似之处，或许韩愈正是用这样的方式来回应禅宗的广泛影响。

韩愈所接触的澄观为华严四祖。澄观在阐释华严思想的过程中，特别吸收禅宗心性思想和天台止观学说，注重发挥心性思想并强调宗教实践。文畅为马祖门下南泉普愿的弟子，与柳宗元交往密切，并由柳宗元介绍给韩愈。大颠为石头希迁法嗣。马祖和希迁都对南宗禅的发展起了重要作用。禅宗不重经教，注重内心证悟，马祖没有著作留世，主张"自心是佛，此心即是佛心"[2]，"心外无别佛，佛外无别心"[3]。《祖堂集》记载，他辩论的主要对象，是洪州大安寺主兼座主，座主一般是经论的主讲人，他着重清算的是以经论教人清净解脱的法门，理由是"言语说诸法，不能现实相"[4]。他着力把禅推进世俗生活之中，使禅生活化，他很注意在日常的待人接物中发明禅理，启迪后学，而避免长篇说教，空泛议论。希迁石头禅系的思想是在般若学和

---

〔1〕《韩愈文集汇校笺注》，卷三三，第 7 册，页 3134。

〔2〕静、筠二禅师编纂，孙昌武等点校，《祖堂集》（北京：中华书局，2007），卷一四，页610。

〔3〕同上书，页 611。

〔4〕同上书，页 612。

三论宗的基础上形成，其性学是禅门中标准的理学，与提倡率性而行的洪州禅系之属于禅门心学明显不同，但到了后代，《祖堂集》所记石头禅系这些重要特征模糊起来，看不出与道一的差别。[1]

韩愈所接触的文畅、大颠，与马祖、希迁有密切的渊源关系，他对南宗禅的广泛影响，及其不由经教、直指人心、顿悟成佛的宗风，应当是有所了解的。在南宗禅影响如此广泛的时代背景下，他弘扬儒道，也需要在具体做法上回应佛教的挑战。"五原"、《师说》和中古流行的长篇议论文相比，具有主旨鲜明、行文精练的特点，其直揭本原、不逞辞辩的"原"体构思，为弘扬儒道赋予了一种新的形式。

与韩愈相比，柳宗元对佛教有深入的了解。他对南宗禅多有批评，十分反对那种完全抛却经论和修持的做法。他说："佛之迹去乎世久矣，其留而存者，佛之言也。言之著者为经，翼而成之者为论。其流而来者，百不能一焉，然而其道则备矣。法之至莫上乎般若，经之大莫极乎涅槃。世之上士，将欲由是以入者，非取乎经论，则悖矣。"（《送琛上人南游序》）[2]因此，他主张会通禅教，将心法与讲求经论和修持结合起来。[3]柳宗元本人的议论文创作，深入继承中古"论"体文的写法，注重辨析讨论，其风格与韩文之议论迥乎有别。

韩愈排佛的态度很明确，对佛理的理解，远远不能与柳宗元相比，但这并不意味着他对佛教不关注。他不像柳宗元这样以禅教合一的追求批评南宗禅之空诞，而是充分关注到南宗禅简洁直接之宗风的巨大影响力，为回应由此所形成的思想挑战，创立了风格简明的弘扬儒道新形式。当然，依据现有文献，还难以寻绎到韩愈与佛教之互动关系的更多记载，但从韩愈攘斥佛老的自觉用心，从南宗禅在中唐的广泛

---

〔1〕 参见杜继文、魏道儒，《中国禅宗通史》（南京：江苏古籍出版社，1993），页231—232，282—283。

〔2〕 《柳宗元集校注》，卷二五，第5册，页1696。

〔3〕 参见张勇，《柳宗元儒佛道三教观研究》（合肥：黄山书社，2010），页67—82。

影响，从韩愈将儒家传统的正名思想创造性地发展为一种新的议论形式，都透露出韩愈崇儒的新方式与禅宗之间可能并非毫无关联，其间的联系值得做不断的观察与思考。

第二节　韩碑之变：对才性品评的疏离

从名学的视野来观察韩愈古文的思理，会有丰富的发现。在议论方面，韩文改造正名，发明了独特的"原"体构思；在叙事方面，韩愈碑文的独特创造，也与名学多有关联。

钱基博云："碑传文有两体：其一蔡邕体，语多虚赞而纬以事历，魏、晋、宋、齐、陈、隋、唐人碑多宗之；其一韩愈体，事尚实叙而裁如史传，唐以下欧、苏、曾、王诸人碑多宗之。"[1]蔡碑与韩碑是中国碑文史上两种最具影响力的典范。蔡碑对中古碑文产生了长期的、笼罩式的影响。韩碑取而代之成为新的典范，这期间所展现的艺术创变之力，绝非寻常。韩碑对蔡碑才性品评笔法的疏离，是其艺术去故就新的关键所在。要理解这创变的种种曲折，需要先进入蔡碑来观察其结构运思的脉理。

一、蔡碑的才性品评笔法

《文心雕龙·诔碑》称赞蔡邕碑文："其叙事也该而要，其缀采也雅而泽。"[2]蔡碑叙事的"该要"，究竟应如何理解，是很值得思考的问题。该是详细周备的意思，蔡碑的周备，主要须从叙事的视角来看。蔡邕始终以比较全面的视角来叙写碑主，关注到其德行、家世、政事、才干、气质、性情等多方面的特点，虽然不同侧面的叙写或轻或重，

---

〔1〕　钱基博，《中国文学史》（上海：上海古籍出版社，2011），页333—334。
〔2〕　《文心雕龙注》，卷三，上册，页214。

有详有略，但观察的视角始终比较全面，以至带有面面俱到的特点。孙德谦《六朝丽旨》云："碑志之文，自蔡中郎后，皆逐节敷写。"[1] 这里的"逐节敷写"，正是为满足"面面俱到"的需要而形成的写作方式。

蔡邕影响深远的《郭有道碑》就体现出"该要"的特色。文中称赞郭泰的才干："先生诞膺天衷，聪睿明哲"；赞扬其品行："孝友温恭，仁笃柔惠"；"砥节厉行，直道正辞，贞固足以干事，隐括足以矫时"；称赏其器识风度："夫其器量弘深，姿度广大，浩浩焉，汪汪焉，奥乎不可测已"；更赞叹其学识："遂考览六籍，探综群纬，周流华夏，游集帝学，救文武之将坠，拯微言之未绝。"[2] 如此敷写之后，才写到其为士林钦仰的卓越声誉，以及高蹈隐逸的超迈之姿。郭林宗作为高逸隐士，其一生经历并不复杂，蔡碑虽于其清誉令闻以及高蹈超逸多所着墨，但并不因此省略对其德行、才干、气局的丰富而全面的记叙。

蔡邕集中多有一人数碑之作，如果对比这些作品，更可见出蔡邕对"该要"的追求。为同一位碑主撰写数篇碑文，彼此落笔着墨都要有所不同。蔡邕的这类作品往往各有侧重，或着重写其德行，或着重写其为政建树，但即使如此，每一篇仍会面面俱到地述及碑主德行、才干、气质等多方面特点，例如蔡邕集中有三篇陈寔碑文，其中《陈太丘碑（一）》着重记叙陈寔身陷党锢之祸的不幸遭遇，以及不应征辟、高蹈自守的超迈节操：

> 会遭党事，禁锢二十年，乐天知命，淡然自逸。交不诌上，爱不黩下，见机而作，不俟终日。及文书赦宥，时年已七十，遂隐丘山，悬车告老。四门备礼，闲心静居。大将军何公、司徒袁

---

[1] 孙德谦撰，《六朝丽旨》，王水照主编，《历代文话》（复旦大学出版社，2007），第9册，页8450。

[2] 蔡邕撰，邓安生编，《蔡邕集编年校注》（石家庄：河北教育出版社，2002），页142。

公前后招辟，使人晓喻，云欲特表，便可入践常伯，超补三事，纡佩金紫，光国垂勋。先生曰："绝望已久，饰巾待期而已。"皆遂不至。弘农杨公、东海陈公，每在衮职，群寮贺之，皆举手曰："颍川陈君，绝世超伦，大位未跻，惭于文仲窃位之负。"故时人高其德，重乎公相之位也。[1]

《文范先生陈仲弓铭》则着重叙写陈寔的德性与为政才干。叙其德性云：

> 夫其仁爱温柔，足以孕育群生；广大宽裕，足以包覆无方；刚毅强固，足以威暴矫邪；正身体化，足以陶冶世心。先生有［此］四德者，故言斯可［法、行斯可乐、动斯可］象，静斯可效。是以邦之子弟，遐迩后生，莫不同情瞻仰，由其模范，从其趣向，戾很斯和，争讼化让。虽严君猛政，迫以刑戮，未若先生潜导之速也。[2]

叙述其为政之绩：

> 其立朝事上也，恭顺贞厉，含章直方，无显谏以彰墨，不割高而引长。常干州郡腹心之任，义则进之以达道，否则退之以光操，然后德立名宣，盖于当世。辟司徒府，纳规建谋，匡弼三事，人用昭明，台阶允宁。迁闻喜长，清风畅于所渐，俭节溢于监司。郡政有错，争之不从，即解绶去。复辟太尉府，迁太丘长。民之治情敛欲，反于端懿者，犹草木之偃于翔风，百卉之挺于春阳也。[3]

---

〔1〕《蔡邕集编年校注》，页375。
〔2〕同上书，页369。
〔3〕同上。

这部分内容，在前《陈太丘碑（一）》中，则以简约数笔带过："四为郡功曹，五辟豫州，六辟三府；再辟大将军，宰闻喜半岁，太丘一年。德务中庸，教敦不肃，政以礼成，化行有谧。"[1]

对比这两篇碑文不难看出，即使命笔各有侧重，都没有省略对碑主面面俱到的介绍，《陈太丘碑（一）》虽然没有《文范先生陈仲弓铭》对"四德"的详细叙述，但也有"兼资九德，总修百行"之笔以写碑主之德行。两者亦皆有碑主器识风度的刻画，《文范先生陈仲弓铭》云："君膺皇灵之清和，受明哲之上姿，凭先民之遐迹，秉玄妙之淑行，投足而袭其轨，施舍而合其量。"[2]《陈太丘碑（一）》则云："用行舍藏，进退可度，不徼讦以干时，不迁贰以临下。"[3]

《陈太丘碑（二）》于三篇碑文中篇幅最短，然而也叙述周备，言其气质风度："含圣哲之清和，尽人材之上美，光明配于日月，广大咨于天地。"述其为政："辟四府，宰（三）〔二〕城，神化著于民物，形表图于丹青。巍巍焉其不可尚也，洋洋乎其不可测也。"言其高蹈恬退，则云："俭约违时，悬车致仕，征辟交至，遂不屑就。"[4]

蔡邕碑文对周备该要的追求，与东汉末年逐渐兴起的才性论人物品评思想，颇有值得关注的联系。中国人物品评思想由来已久，先秦儒家即有不少人物品评的见解，孔子提出的德行、言语、政事、文学"四科"之说，即是重要的人物品评之论，对后世产生了深远影响。东汉晚期以至魏晋时期的才性论人物品评思想，则更加注重人物的气质、个性、才干。蔡邕碑文对碑主的叙写，不仅关注孔门四科，也关注器局、气质、风度、才干、个性等特点，这说明他不仅沿袭了儒家的人物品评传统，而且受到了汉末开始兴起的才性论人物品评的显著影响。

---

〔1〕《蔡邕集编年校注》，页 375。

〔2〕同上书，页 369。

〔3〕同上书，页 375。

〔4〕同上书，页 389。

尤其值得关注的是，蔡邕以"该要"的眼光叙写碑主方方面面的特质，这种周详的观察视角，与才性论人物品评的"兼材""通人"理想，有着极为密切的关联。刘邵《人物志》推重身兼多种才能品性的"兼材"之人。《流云》云："兼有三材，三材皆备：其德足以厉风俗，其法足以正天下，其术足以谋庙胜，是谓国体，伊尹、吕望是也。兼有三材，三材皆微：其德足以率一国，其法足以正乡邑，其术足以权事宜，是谓器能，子产、西门豹是也。"[1] 如果完善地具备了清节家、法家、术家三种素质，就可以称为国体，如伊尹、吕望。如果具有了三种素质而不完美，可称为器能，如子产、西门豹。越是肩负重任，越需要综合的才能，如果才能不全面，只是偏至独胜，就是偏材之人："凡偏材之人，皆一味之美。故长于办一官，而短于为一国。何者？夫一官之任，以一味协五味；一国之政，以无味和五味。又国有俗化，民有剧易，而人材不同，故政有得失。"（《材能》）[2]

《人物志》还推重"通人"，《材理》云："通材之人，既兼此八材，行之以道。与通人言，则同解而心喻。"这里所说的"通人"，即"通材之人"。通人"聪能听序，思能造端，明能见机，辞能辩意，捷能摄失，守能待攻，攻能夺守，夺能易予"[3]，是兼具上述八种才能的全面人才。《材理》又云："兼此八者，然后乃能通于天下之理。通于天下之理，则能通人矣。"[4] 这里的"通人"，是通晓人材之理的意思，着眼的是通材之人的能力。

对"兼材"与"通人"的推重，体现的是以中庸、中和为尚的才性观念。《九征》云：

---

〔1〕 刘邵撰，王晓毅译注，《人物志译注》（北京：中华书局，2019），卷上，页61。

〔2〕 同上书，页113。

〔3〕 同上书，页93。

〔4〕 同上书，页96。

故偏至之材，以材自名。兼材之人，以德为目。兼德之人，更为美号。是故兼德而至，谓之中庸；中庸也者，圣人之目也。具体而微，谓之德行；德行也者，大雅之称也。一至，谓之偏材；偏材，小雅之质也。一征，谓之依似；依似，乱德之类也。一至一违，谓之间杂；间杂，无恒之人也。无恒、依似，皆风人末流。[1]

这里指出，中和了各种美德的人，可以称之为"中庸"，这是圣人的称号；具备了多种美德却不能尽善尽美，可称之为"德行"，这是综合型人材的称号。只具备一种好品质，可称之为"偏材"，这是专门型人材的称号。似乎具备某种偏材品质的表征而实际没有，可称之为"依似"（似是而非型），这是一种容易鱼目混珠的伪人材；同时具备善与恶两种品质，可称之为"间杂"（善恶混杂型），这是一种没有固定品行的劣质人，亦可称为"无恒"之人（无常性型）。"依似"和"间杂"都属于伪劣材质，不在人材之列。[2]这里所谈到的人才品类等第，鲜明地流露出中庸、中和的趣尚，呈现了"兼材""通人"理想的精神内涵。

蔡邕碑文以"该要"之笔，对碑主做全面敷写，可以看到才性品评"兼材""通人"理想的显著影响。蔡邕碑文的语言成就深受瞩目。刘勰称之"清词转而不穷，巧义出而卓立"。其"清词"之美，主要体现在品评语言的丰富变化，其中有多姿多彩的品评词汇，也有富于变化的句式，还有大量类比的手法。灵活多样的品评语言艺术，多角度地呈现了碑主身为兼材、通人的形象，令蔡碑追求"该要"的叙事理想得到很好的实现。

---

[1]《人物志译注》，页33—34。
[2] 同上书，页34。以上参考了王晓毅的疏释。

考察蔡邕的传世碑文可以看到，这些作品运用了许多具有品评色彩的双音节词，其中不少词汇在其之前的传世典籍中基本没有出现过，如贞纯、忠清、高姿、清朗、弘姿、典术、谦克、玄懿、雅操、皓素、纯性、逸群、瑰琦、上姿、则度、真一、器量、姿度、形表、嘉声、绝轨、威暴，等等，这充分体现出蔡邕在品评语言上的巨大创新性。

蔡碑中还有许多排比句式，形式灵活变化，多角度地呈现碑主的德行才干：

> 宽裕足以容众，和柔足以安物，刚毅足以威暴，体仁足以劝俗。(《太傅安乐乡文恭侯胡公碑》)[1]
>
> 夫其仁爱温柔，足以孕育群生；广大宽裕，足以包覆无方；刚毅强固，足以威暴矫邪；正身体化，足以陶冶世心。(《文范先生陈仲弓铭》)[2]
>
> 明洁鲜于白珪，贞操厉乎寒松，朗鉴出于自然，英风发乎天骨。(《荆州刺史度侯碑》)[3]
>
> 夫蒸蒸至孝，德本也；体和履忠，行极也；博闻周览，上通也；勤劳王家，茂功也。(《胡公碑》)[4]

这些排比句式的使用，不仅增添了行文气势，更重要的是展现了碑主多方面的才能素质，实现叙事该备的理想。

蔡碑还有不少空灵蕴藉的品评笔法：

---

〔1〕《蔡邕集编年校注》，页153。
〔2〕同上书，页369。
〔3〕同上书，页95。
〔4〕同上书，页161。

温温然弘裕虚引，落落然高风起世，信荆山之良宝，灵川之明珠也。(《荆州刺史度侯碑》)[1]

为万里之场圃，九陂之林泽，挹之若江湖，仰之若华岳，玄玄焉测之则无源，汪汪焉酌之则不竭，可谓生民之英者已。(《翟先生碑》)[2]

洋洋乎若德，虽崇山千仞，重渊百尺，未足以喻其高、究其深也。(《汝南周巨胜碑》)[3]

其教人善诱，则恂恂焉，罔不伸也，引情致喻，则闿闿焉，罔不释也。(《文烈侯杨公碑》)[4]

这些品评语，充分表现了碑主的才性、气质和风度。这些抽象的才性气质，运用如此空灵形象的笔法，使人可以充分领略其神韵。这些笔法在魏晋人物品评中多有运用。

蔡碑还有一些品评句式，渗透了中庸的旨趣：

佥谓公之德也，柔而不犯，威而不猛，文而不华，实而不朴，静而不滞，动而不躁，总天地之中和，览生民之上操。(《胡太傅碑》)[5]

威厉不猛。(《琅邪王傅蔡朗碑》)[6]

蔡碑有时还通过解释谥号，来表达品评之义，例如：

---

〔1〕《蔡邕集编年校注》，页95。
〔2〕同上书，页502。
〔3〕同上书，页23。
〔4〕同上书，页361。
〔5〕同上书，页167。
〔6〕同上书，页7。

谥曰文范先生，传曰："郁郁乎文哉！"《书》曰："洪范九畴，彝伦攸叙。"文为德表，范为士则，存诲没号，不亦宜乎！[《陈太丘碑（一）》][1]

上述品评的语言、手法，经常是综合运用，造就了蔡碑许多经典名篇，例如《郭有道碑》：

先生诞应天衷，聪睿明哲，孝友温恭，仁笃柔惠。夫其器量弘深，姿度广大，浩浩焉，汪汪焉，奥乎不可测已。若乃砥节厉行，直道正辞，贞固足以干事，隐括足以矫时。[2]

又如《汝南周巨胜碑》：

君应坤乾之淳灵，继命世之期运，玄懿清朗，贞厉精粹，体仁足以长人，嘉德足以合礼。总《六经》之要，括《河》《洛》之机，援天心以立钧，赞幽明以揆时。沉静微密，沦于无内，宽裕弘博，含乎无外，巨细洪纤，罔不总也。是以实繁于华，德盈乎誉。[3]

如此灵动变化、多姿多彩的品评表达，使读者目不暇接，随着作者叙写视角的变化，了解到碑主多方面的品性素质。

蔡邕还大量运用类比的手法来品评人物：

事亲以孝，则行侔于曾、闵；结交以信，则契明于黄石。

---

〔1〕《蔡邕集编年校注》，页375—376。
〔2〕同上书，页142。
〔3〕同上书，页23。

（《荆州刺史度侯碑》）[1]

史鱼之劲直，山甫之不阿。（《故太尉乔公庙碑》）[2]

夙夜严栗，孝配大舜。……操迈伯夷，色过孔父。（《太尉汝南李公碑》）[3]

治身则伯夷之洁也，俭啬则季文之约也，尽忠则史鱼之直也，刚平则山甫之励也。（《司空房植碑》）[4]

爰在上世，作者七人焉。有该百行，备九德，齐光日月，洞灵神明，如君之至者与？寔所谓天民之秀也。（《汝南周巨胜碑》）[5]

人物类比与人物品评思维，有着相当直接的联系。品评即是对人物区别品类，人物之间的类比即是区别品类的基础。从修辞上看，蔡碑的这些人物类比，表现为用典艺术，但这些用典所产生的效果，并不仅仅是修辞艺术的丰富，更传达出一种区分人物品类的内在追求。

可见，蔡碑的"清词转而不穷，巧义出而卓立"，很大程度上呼应了对人物做才性品评的内在要求。在碑文创作史上，蔡邕对碑文的骈俪化产生很大影响，他对排比、对偶、用典等要素的强调，直接推动了碑文的骈俪化；而他所以偏好这些语言、修辞艺术，又是与才性品评的追求息息相关。

二、韩碑对才性品评的疏离

韩愈的"自树立，不因循"，在其碑文创作上，就是彻底不走蔡碑之路，对才性品评的种种笔法表现出明确的疏离。

---

[1]《蔡邕集编年校注》，页95。
[2] 同上书，页315。
[3] 同上书，页195。
[4] 同上书，页112。
[5] 同上书，页23。

钱基博认为："蔡邕体，语多虚赞而纬以事历。"[1]正是指蔡碑有着大量的品评语。事实上，韩愈碑文与蔡邕碑文的不同，并不仅仅是前者不用品评语，而是首先体现为韩碑叙事不再追求"该要"。叙事视角往往集中于碑主的某些突出品质，不对其才能、禀赋、气质、风度、姿容做面面俱到的历叙。例如《曹成王碑》着力刻画李皋"既孝且忠"的形象，言其孝，则云："王之遭诬在治，念太妃老，将惊而戚，出则囚服就辩，入则拥笏垂鱼，坦坦施施。即贬于潮，以迁入贺。及是，然后跪谢告实。"[2]言其忠义，则详细记叙其平定王国良、李希烈叛乱的勇武。至于李皋其他方面的才能、成绩，则多从简省。韩愈在碑文中特别述及李皋除温州长史、行刺史事时，开仓赈济饥民，不计个人后果、敢于担当的气概。而同样是关于李皋担任地方官的政绩，《旧唐书》本传记载："江陵东北有废田傍汉古堤二处，每夏则溢，皋始命塞之，广田五千顷，亩得一钟。规江南废洲为庐舍，架江为二桥，流人自占二千余户。自荆至乐乡凡二百里，旅舍乡聚凡十数，大者皆数百家。楚俗佻薄，不穿井，饮陂泽，皋始命合钱开井以便人。"[3]李皋兴修水利，造福百姓，功绩颇著，但韩愈在碑文中无一语提及。韩愈所注重的，是李皋的忠孝大节，以及勇于担当的强烈责任感。而为地方兴修水利，则是偏于为政才能的体现，韩碑略过不表，正是一种鲜明的取舍。

　　对于权德舆，韩愈的《唐故相权公墓碑》则着力记叙其宽厚长者的作风、宽仁大度的举措，其典贡举时的广得人才，拜相时"其所设张举措，必本于宽大，以几教化，多所助与"；在地方官任上，"勤于选付，治以和简人以宁便"。还特别记叙权德舆为于頔说情（于頔因儿子杀人而失位自囚，其宽厚形象跃然纸上。值得注意的是，权德舆文

---

〔1〕　钱基博，《中国文学史》，页 360。
〔2〕　《韩愈文集汇校笺注》，卷一八，第 5 册，页 1942。
〔3〕　《旧唐书》，卷一三一，第 11 册，页 3640。

名隆盛，但在韩愈的碑文中，对于其文才则只有寥寥数语，言其"公生三岁，知变四声，四岁能为诗"；"凡撰命词九年，以类集为五十卷，天下称其能"。[1]权德舆曾为一代文坛领袖，碑文对其文才的评语如此简单，很能见出韩碑主次剪裁的鲜明倾向。蔡碑虽然对人物不同角度的叙写也有详略之别，但其间的差异远未如韩碑这样悬殊。

韩愈的《南阳樊绍述墓志铭》，对樊绍述的文才极力铺陈：

> 樊绍述既卒，且葬，愈将铭之，从其家求书，得书号《魁纪公》者三十卷，曰《樊子》者又三十卷，《春秋集传》十五卷，表笺、状策、书序、传记、纪志、说论、今文赞铭，凡二百九十一篇，道路所遇及器物门里杂铭二百二十，赋十，诗七百一十九。曰：多矣哉！古未尝有也。然而必出于己，不袭蹈前人一言一句，又何其难也！必出入仁义，其富若生蓄，万物毕具，海含地负，放恣横从，无所统纪，然而不烦于绳削而自合也。呜呼！绍述于斯术，其可谓至于斯极者矣。[2]

至于樊绍述曾为地方官，墓志则一语带过："以此出为绵州刺史。一年，征拜左司郎中，又出刺绛州。绵绛之人，至今皆曰：'于我有德。'"剪裁轻重如此之不同。

韩愈碑文如此鲜明的取舍倾向，使得他笔下的碑主往往不是诸善备美的兼材通人，而是或忠孝仁爱、或才学超众、或性情卓荦的奇绝之士，而在尚奇的旨趣中，他又表现了复兴儒学、以忠孝仁爱为立身大节的追求。《曹成王碑》中李皋的忠孝担当、《唐故相权公墓碑》中权德舆的宽爱仁厚，都得到浓墨重彩的记述。与此相对应的，是韩愈

---

〔1〕《韩愈文集汇校笺注》，卷二十，第5册，页2167—2170。
〔2〕同上书，卷二四，第6册，页2575。

对有违忠义或落入好道服食之歧途的人物，表达了明确的批评。他与柳宗元为挚友，其《柳子厚墓志铭》刻画柳宗元文才超群、政绩卓著和笃于友谊，辛辣地讽刺见利忘义甚至对朋友落井下石的小人。但对于柳宗元参与王叔文永贞革新，则终以为憾。墓志云："子厚前时少年，勇于为人，不自贵重顾藉，谓功业可立就，故坐废退。"[1]仅此数语，直指其短。又如《唐故太学博士李君墓志铭》直接记叙墓主李干服食丹药而死，并记述工部尚书归登、殿中御史李虚中、刑部尚书李逊、逊弟刑部侍郎建、襄阳节度使工部尚书孟简、东川节度御史大夫卢坦、金吾将军李道古等人服食而亡的惨状：

> 工部既食水银得病，自说若有烧铁杖自颠贯其下者，摧而为火，射窍节以出，狂痛号呼乞绝。其茵席常得水银，发且止，唾血十数年以毙。殿中疽发其背死。刑部且死，谓余曰："我为药误。"其季建一旦无病死。襄阳黜为吉州司马，余自袁州还京师，襄阳乘舸邀我于萧洲。屏人曰："我得秘药，不可独不死。今遗子一器，可用枣肉为丸服之。"别一年而病，其家人至，讯之，曰："前所服药误，方且下之，下则平矣。"病二岁，竟卒。卢大夫死时溺出血，肉痛不可忍，乞死乃绝。金吾以柳泌得罪，食泌药，五十死海上。[2]

《唐故监察御史卫府君墓志铭》记载卫中立合药不成。[3]这些都打破了碑志文注重颂美、"称美不称恶"的一般原则，直接揭露墓主之短。值得注意的是，韩愈碑志文所讥刺的对象，基本是有违忠义或误入信道

〔1〕《韩愈文集汇校笺注》，卷二二，第6册，页2408。
〔2〕同上书，卷二四，第6册，页2656。
〔3〕同上书，卷二十，第5册，页2105。

歧途的人物，这与其称美碑主尤其注重忠孝大节，恰是一体两面。

韩碑完全走出蔡碑范式，也与复兴儒学的追求大有关系。汉末兴起并在魏晋流行的才性论人物品评，深受玄学思潮影响，以自然中和为尚。而韩愈复兴儒学、攘斥佛老，其对人物的评价以仁义为本。魏晋才性品评对自然中和趣味的追求，对兼材通人的向往，在韩愈的人物评价中彻底淡化。他注重人物的忠孝节概、仁爱品性，欣赏不苟流俗、渴望有所建树的奇崛之士，这些士人虽无赫赫功业，但其不甘平庸、渴望有为的性情，正是儒者胸怀的体现。韩愈的碑志文，将其全副精神聚焦于忠孝仁爱的儒者德行与心性，无意于全面观察碑主、墓主的才干、性情、器量等素质。如此的精神立意，迥异于才性论人物品评的精神追求。

韩碑在语言上也极大摆脱了蔡碑的品评文风。韩碑的人物评价，蕴含在对人物事迹、行为的叙述之中，极少直接以形容词性的品评语来加以评价，更极少使用具有品评特色的双音节词汇。上文举出的蔡碑双音节形容词性的品评词汇，在韩碑中几乎都不再使用，韩碑偏重使用动词性结构的词汇、词组来表达人物评价，例如《静边郡王杨燕奇碑文》评价杨燕奇：

> 公结发从军四十余年，敌攻无坚，城守必完，临危蹈难，歔歔感发，乘机应会，捷出神怪，不畏义死，不荣幸生，故其事君无疑行，其事上无间言。[1]

其中的"乘机应会，捷出神怪，不畏义死，不荣幸生"都是动词性结构，与蔡碑形容词性的双音节品评词汇截然不同。韩碑或以叙事描写的笔法来表达评价之意："君天性和乐，居家事人，与待交游，初持一

---

[1]《韩愈文集汇校笺注》，卷一四，第 4 册，页 1562。

心，未尝变节有所缓急、曲直、薄厚、疏数也。不为翕翕热，亦不为崖岸斩绝之行。"(《唐故朝散大夫尚书库部郎中郑君墓志铭》)[1]

另外，韩愈碑志在运用散体句式的过程中极少用典。蔡碑通过人物类比来进行品评，反映在语言修辞上则是用典。韩愈碑志文，特别是序文部分，基本不用典，极少人物类比，如此语言风格，凸显了碑主、墓主独一无二的特殊性。此外，蔡邕碑文对排比、骈俪句式的运用，体现了叙事的周备该要；韩愈碑志文运用散体文，不仅是语言风格的改变，同时也更加呼应了其重儒学、尚奇崛、不以兼材通人为尚的人物评价追求。

三、韩碑艺术在唐代的巨大创新性

唐代的碑志文创作，一直深受蔡邕范式的影响。唐代绝大多数的古文作者虽然以散易骈，在语言风格上远离了蔡邕范式，但在内容上仍留有才性品评的显著影响。

张说的碑文在唐代极受推重，《旧唐书·张说传》："掌文学之任凡三十年。为文俊丽，用思精密，朝廷大手笔，皆特承中旨撰述，天下词人，咸讽诵之。尤长于碑文、墓志，当代无能及者。"[2]张说就明确表示要以蔡邕为法，其《唐赠丹州刺史先府君碑》云："缅寻前哲之所以闻无声于四海，视不见于百代者，匪铭颂欤？桓麟、蔡邕，其则不远。"[3]

张说碑文也像蔡邕碑文一样，追求对碑主做周详该备的介绍，其《贞节君碑》备述阳鸿多方面的德行品质，所谓："君子以为急友成哀，高义也；临危抗节，秉礼也；矫寇违祸，明知也；保邑匦勋，近仁也。

---

〔1〕《韩愈文集汇校笺注》，卷二二，第6册，页2450。
〔2〕《旧唐书》，卷九七，第9册，页3057。
〔3〕张说著，熊飞校注，《张说集校注》(北京：中华书局，2013)，卷二十，第3册，页977。

义以利物，智以周身，礼以和众，仁以安人：道有五常，鸿擅其四；武有七德，鸿秉其二。"其《唐西台舍人赠泗州刺史徐府君（神道）碑（铭并序）》亦述及徐齐聃德业之备美："经天地，揭日月，文之义也；掌邦籍，出王命，位之崇也。本乎言行，君子之枢机；成乎易简，贤人之德业，则徐公其人也。"[1]张说碑文在语言上也与蔡碑颇多近似。

唐代古文作者的碑文，很多都受到蔡邕范式的显著影响，在内容上多有才性品评的笔法，语言上也带有骈俪的特点。陈子昂《临邛县令封君遗爱碑》："冲和诞命，光大含章，实公侯之子孙，有山河之气象。明不外饰，默昭于元机；敏实内融，养蒙于用晦。故其廉不直物，恕不由衷，崇善足以利仁，自强足以从事。有朋友之信焉，有闺门之肃焉。"[2]这一段对碑主的评价，变换多种骈俪句式排宕而下，涉及碑主多方面的德行品质，是蔡碑中十分常见的语言风格。又如陈子昂《汉州雒县令张君吏人颂德碑》："府君体英奇之姿，冲希默之量，齐敏内肃，端简外融。夫其孝友睦姻，研几成务，深断守节之固，拨烦简要之能。"陈子昂《唐故袁州参军李府君妻张氏墓志铭》："夫人即刺史之第若干女也，禀柔成性，蕴粹含章，承礼训于公庭，习威仪于壸则。夫其窈窕之秀，婉娈之姿，贞节峻于寒松，韶仪丽于温玉。铅华不御，饰环佩之容；浣濯是衣，勤黼黼之彩。"这些品评语，以富于变化的骈俪句式，对碑主做全面评价，也完全是蔡碑的语言风格。从这些碑文，很容易看到陈子昂作为初唐古文家以散变骈的创作追求，反映出蔡邕范式对唐代碑文创作的深刻影响。

天宝后期登上文坛的古文家中，萧颖士的碑文少有传世之作，李华的碑志文也有蔡邕风格的影响，他为李白撰写的《故翰林学士李君墓志并序》云："夫仁以安物，公其懋焉；义以济难，公其志焉；识以

〔1〕《张说集校注》，卷一八，第3册，页898。
〔2〕《全唐文》，页2172。

辩理，公其博焉；文以宣志，公其懿焉。宜其上为王师，下为伯友。"[1]
这里的排比句式列举李白仁义的德行品质、博识明理的才能以及文采
的美好，呈现出对碑主做全面叙写的笔法。这也是与蔡碑十分接近的
品评语。

中唐古文家独孤及，其以散变骈的语言追求更加自觉，但他的碑
志文仍然受蔡碑的影响，例如《唐故特进太子少保郑国李公墓志铭》
云："公聪朗奇伟，豪迈旷达，率性忠孝，临节有勇。"[2]这里所运用的
以双音节品评词汇为基本结构的品评语，在后来韩愈的碑文中已基本
消失，但在独孤及的碑文中还是很常见。其《唐故衢州司士参军李府
君墓志铭》云："公纯孝忠厚，贞信廉让。直而逊，明而晦，朴而不
固，静而应物。克己复礼，时然后言。"[3]这里的品评语，一方面运用
双音节品评词汇，如纯孝、忠厚、贞信、廉让；一方面运用带有中庸
意味的词组，如"直而逊""明而晦""朴而不固"等。又如《唐故洪
州刺史张公遗爱碑（并序）》称赞碑主"秉中庸之德，含光大之量"；
"燕颔犀额，山立玉色，森然若大厦栋梁、清庙祭器"。[4]这些也是蔡
碑中常见的品评语汇。

在提倡古文方面与韩愈颇多投契的柳宗元，其碑志文并未能如韩
愈一样创变，而是保留了大量蔡碑式的风格，如《故殿中侍御史柳公
墓表》："惟公敦柔峻清，恪慎端庄。进止威仪，动有恒常。英风超伦，
孤厉贞方。居室孝悌，与人信让。当职强毅，游刃立断。"[5]又如《亡
友故秘书省校书郎独孤君墓碣》："独孤君之道和而纯，其用端而明，
内之为孝，外之为仁，默而智，言而信。其穷也不忧，其乐也不淫。

〔1〕《全唐文》，页 3150。
〔2〕同上书，页 3974。
〔3〕同上书，页 3975。
〔4〕同上书，页 3966。
〔5〕《柳宗元集校注》，卷一二，第 3 册，页 799。

读书推孔子之道，必求诸其中。其为文深而厚，尤慕古雅，善赋颂，其要咸归于道。"〔1〕这些都可以看到蔡碑"该要"文风及其品评语言艺术的明显影响。

上述古文作者，或为韩愈之前辈，或为其同道，然而都不能彻底摆脱蔡碑范式的影响，这更体现出韩愈碑志艺术的巨大独创。精神的去故就新，令韩愈走出蔡碑围绕才性品评所建构的写作格局，而巨大的语言创造功力，为其精神的突围助力添翼。精神上的开辟之功与艺术上的独创伟力，塑造了韩碑这样的典范。

附论　形名学对中古文体观念的影响

韩愈古文与名学的复杂关系，揭示了其所以大变文体的内在理路。对名学传统的继承与创变，使韩愈古文的结构、语言，都呈现出与八代之文极为不同的面貌。形名学对中古文体观念有深刻影响，围绕《文选》《文心雕龙》《文章缘起》的文体观，可以看到这种深入的影响以及这种影响所受到的来自佛教的挑战。这是理解韩愈名学思考创新价值的重要背景。

中国古代文体观念的早期生成与演变，与名学理论的发展有密切的关系。温公颐先生曾将先秦名家区分为"正名派"与"辩者派"。前者以儒家正名学说为代表，关注"名"对于伦理与社会规范的意义；后者以公孙龙和墨辩等为代表，关注辩论中判明是非的原则与法则，注重以"辩"判断是非。〔2〕战国中后期形成的黄老之学，吸收名学思考，建立了道、名、法相结合的思想体系，发展了"形名之学"。对于中国古代的政治生活与文化思考，儒家的正名思想以及黄老的

---

〔1〕《柳宗元集校注》，卷一一，第3册，页717—718。
〔2〕　温公颐，《先秦逻辑史·前言》。

"形名学"都产生了巨大的影响，而注重知识逻辑的公孙龙、墨辩一派的名学思考，其影响远不如前者巨大。中国早期文体观念的生成，与儒家的正名观念以及黄老之学的形名观，其间的深刻联系就很值得关注。

东汉蔡邕《独断》中对"策"等文体的说明，是目前所见最早的文体辨析：

> 策书。策者，简也。礼曰："不满百文，不书于策。"其制，长二尺，短者半之，其次一长一短，两编。下附篆书，起年月日，称皇帝曰，以命诸侯王、三公。其诸侯王、三公之薨于位者，亦以策书诔谥其行而赐之，如诸侯之策。三公以罪免，亦赐策。文体如上策而隶书，以尺一木两行，唯此为异者。[1]

这一段从形制、书写方式、赐策的原因与对象等方面对"策书"这种文体做了说明。对"制书"的说明，则更详细：

> 制书者，制度之命也。其文曰制诏三公，赦令、赎令之属是也。刺史、太守相劾奏，申下土，迁文书，亦如之。其征为九卿，若迁京师近臣，则言官具言姓名，其免若得罪，无姓。凡制书，有印使符，下远近皆玺封。尚书令印重封。唯赦令、赎令，召三公诣朝堂受制书。司徒印封，露布下州郡。[2]

这是一段关于"制书"的文体说明，对"制书"所包含的次文体的种类、适用对象、书写形式、符印玺封的方式、传布方式都一一做了交代。

---

[1] 蔡邕，《独断》，《丛书集成初编》（北京：中华书局，1991），页3—4。
[2] 同上书，页4。

《独断》还有对认识讹误的辨析，但十分简略：

> 戒书。戒敕刺史太守及三边营官。被敕文曰：有诏敕某官，是为戒敕也。世皆名此为策书，失之远矣。[1]

蔡邕这些文体论述，在今天看来只是一些详细的说明文字，但其含义并非如此简单。上述《独断》内容，乃沿袭其师胡广《汉制度》中的有关记载，《后汉书》卷九十四《礼仪志上》李贤注引谢沈《后汉书》云："太傅胡广博综旧仪，立汉制度，蔡邕依以为志，谯周后改定《礼仪志》。"[2]可见，胡广所记是"立汉制度"，对诏书、策书、制书、戒敕的定性说明，其实有着立制度、正名号的用心。因此，蔡邕《独断》这一早期的文体记载，与儒家的"正名"思想有密切的联系。孔子认为"正名"是为了"正政"，"正名"即以名正实，用"名"所规定的内容去规范现实。荀子继承这一思想，提出"故王者之制名，名定而实辨"[3]，虽然荀子构筑了由名、辞、辩说所组成的一整套正名逻辑，但这套逻辑的核心是对"名"的规定与说明，而辩说讨论只有在靠说明不足以把握"名"之内涵的前提下才有意义。因此，在儒家的"正名"传统中，"辩"并不占有重要位置。蔡邕《独断》对文体重在说明，而少有辩正然否的内容，就带有鲜明的"正名"特点。

如果把蔡邕《独断》对文体的说明，与《文心雕龙》的"文体论"做一个对比，其间的差异不可谓不巨大。在"论文叙笔"的二十篇文体论中，刘勰的讨论已经远远不是单纯的说明与介绍，其《序志》

---

[1] 蔡邕，《独断》，《丛书集成初编》，页4。

[2] 对于《独断》的体制、内容、渊源，刘跃进先生有全面的研究，关于《独断》与《汉制度》之关系，亦有深入讨论，参见刘跃进，《〈独断〉与秦汉文体研究》，《秦汉文学论丛》（南京：凤凰出版社，2008），页146—171。

[3] 《荀子集解》，卷一六，下册，页414。

云："若乃论文叙笔，则囿别区分，原始以表末，释名以章义，选文以定篇，敷理以举统。"[1]这非常全面地概括了《文心雕龙》文体论的观察角度和论述格局，其间主要包含三方面的内容：其一，通过"释名"与"敷理"来阐释文体的内涵；其二，通过"原始"与"举统"来观察文体的源流演变；其三，通过"选文以定篇"来讨论历代创作得失。在对每一类文体的论述中，刘勰都基本综合了这三方面的内容，例如同样是讨论"诏策"，《文心雕龙·诏策》对诏策体制特点有更详细的说明：

> 夫王言崇秘，大观在上，所以百辟其刑，万邦作孚。故授官选贤，则义炳重离之辉；优文封策，则气含风雨之润；敕戒恒诰，则笔吐星汉之华；治戎燮伐，则声有洊雷之威；眚灾肆赦，则文有春露之滋；明罚敕法，则辞有秋霜之烈；此诏策之大略也。[2]

同时，《诏策》还显著增加了对历代创作得失的分析：

> 观文景以前，诏体浮新；武帝崇儒，选言弘奥。策封三王，文同训典；劝戒渊雅，垂范后代。及制诏严助，即云厌承明庐。盖宠才之恩也。孝宣玺书，赐太守陈遂，亦故旧之厚也。逮光武拨乱，留意斯文，而造次喜怒，时或偏滥。诏赐邓禹，称司徒为尧，敕责侯霸，称黄钺一下。若斯之类，实乖宪章。暨明帝崇学，雅诏间出。安和政弛，礼阁鲜才，每为诏敕，假手外请。建安之末，文理代兴，潘勖九锡，典雅逸群。卫觊禅诰，符命炳耀，弗可加已。自魏晋诰策，职在中书。刘放张华，互管斯任，施命发

---

〔1〕《序志》，《文心雕龙注》，卷十，下册，页727。
〔2〕《诏策》，《文心雕龙注》，卷四，上册，页359—360。

号，洋洋盈耳。魏文帝下诏，辞义多伟，至于作威作福，其万虑之一弊乎！晋氏中兴，唯明帝崇才，以温峤文清，故引入中书。自斯以后，体宪风流矣。[1]

当然，对文体源流深入细密的揭示也是引人注目的内容：

> 昔轩辕唐虞，同称为命。命之为义，制性之本也。其在三代，事兼诰誓。誓以训戎，诰以敷政，命喻自天，故授官锡胤。易之姤象，后以施命诰四方。诰命动民，若天下之有风矣。降及七国，并称曰令。令者，使也。秦并天下，改命曰制。汉初定仪则，则命有四品：一曰策书，二曰制书，三曰诏书，四曰戒敕。敕戒州部，诏诰百官，制施赦命，策封王侯。策者，简也。制者，裁也。诏者，告也。敕者，正也。[2]

如果说《文心雕龙》的"释名"与"敷理"，还多少可以看到儒家"正名"思想的影子，那么它在观察文体源流、辨析历代创作得失上所表现出的浓厚兴趣，则已经显露出与儒家之"正名"颇为不同的名学内涵，而在这个问题上，我们不能不关注黄老之学形名思想的深刻影响。《文心雕龙》的文体思想与名学传统的内在联系，从这个角度才能得到更为贴切的认识。

魏晋时期，人们对"名"的思考重新倾注了极大的热情。这一时期的"名学"思考虽有丰富的内涵，继承了不同的名学传统，但其中来自黄老形名之学的影响非常值得关注。黄老之学形成于战国晚期，在当时拥有巨大的影响力，蒙文通先生称为"黄老独盛，压

〔1〕《诏策》，《文心雕龙注》，卷四，上册，页359。
〔2〕同上书，页358。

倒百家"〔1〕。黄老之学在道法结合的格局中，对战国思想进行总结，而"名"则是黄老之学极为关注的问题。《尹文子·大道上》云："大道不称，众有必名，生于不称，则群形自得其方圆。名生于方员，则众名得其所称也。"〔2〕"形"谓有形的具体事物，"名"是具体事物的名称。任何有形之物，皆生于道，皆有其相应之名。"形"与"名"皆是自然之道的体现，通过审察"形""名"，确立符合自然之道的"正名"与"恒形"，就确立了是非标准，就可以进而推行法治。如此，"道""名""法"三者得以贯通。可见，黄老之学所注重的审察形名，是立足自然之道，对"恒形""正名"的追求，对事物终始之迹的观察，是确立"恒形""正名"的重要手段，而"恒形""正名"确立之后，又可以说明人们认识"福祸死生存亡兴坏之所在"，《经法》云：

> 故执道者之观于天下也，必审观事之所始起，审元（其）刑（形）名。刑（形）名已定，逆顺有立（位），死生有分，存亡兴坏有处。然后参之于天地之恒道，乃定祸福死生存亡兴坏之所在。是故万举不失理，论天下而无遗笑。（《经法·论约》）

> 故执道者之观于天下（也），见正道循理，能与曲直，能与冬（终）始。故能循名厩（究）理，刑（形）名出声，声实调合，祸〈福〉灾废立，如景（影）之隋（随）刑（形），如向（响）之隋（随）声，如衡之不臧（藏）重与轻。（《经法·名理》）〔3〕

〔1〕 蒙文通，《略论黄老学》，《蒙文通文集》，第1卷，《古学甄微》（成都：巴蜀书社，1987），页276。
〔2〕 王恺銮校正，《尹文子校正》，《民国丛书》（上海：上海书店出版社，1996），第5编，页1。
〔3〕《经法》文本，据裘锡圭主编，湖南省博物馆、复旦大学出土文献与古文字研究中心编纂，《长沙马王堆简帛集成》（北京：中华书局，2014），第4册。关于《黄帝四经》中"名"的含义，本书参考了曹峰先生的分析，见所著《近年出土黄老思想文献研究》（北京：中国社会科学出版社，2015），页410—411。

这种通过观察事物自然终始之变化来审察"形""名",是黄老形名学的重要特点。《文心雕龙》在文体辨析中对追源溯流的浓厚兴趣,正体现出与黄老形名之学的显著关联。"文体"之名,只有在详查其终始变化的过程中,才能确立"恒形"与"正名",才能确立判定是非、历观得失的标准。因此,《文心雕龙》对文体源流的探究,不是简单的知识兴趣,而有深刻的思想需要。

至于《文心雕龙》对历代创作得失的讨论,则更多地体现出"循名责实"的名学追求。《邓析子·转辞》:"循名责实,实之极也;按实定名,名之极也。"[1]按照名去寻绎相应的实,就可以认识这类实的全貌。循名责实,强调"名""实"的相应。黄老之学也在自然之道的基础上,强调"名""实"相应,"名者,圣人之所以纪万物也"(《管子·心术上》)[2],"执其名,务其应,所以成之,应之道也"(《管子·心术上》)[3],"物固有形,形固有名,此言不得过实,实不得延名"(《管子·心术上》)[4],"名功相抱(孚),是故长久。名功不相抱(孚),名进实退,是胃(谓)失道"(《经法·四度》)[5]。魏晋时期兴盛的人物品评,以观察名实关系为核心,而对人物名实的认识,也是以自然为本,因此与黄老形名思想有密切的关系。以此人物品评为基础推行九品中正制,正是"名""法"相合的黄老形名的特点所在。学界都注意到魏晋时期曹丕《典论·论文》、陆机《文赋》对文体特性、作家才性的讨论,与魏晋人物品评多有近似,而这说明魏晋文体观对文体名实的观察,也可以看到来自黄老形名思想的影响。《文心雕龙》历论创作

〔1〕 王恺銮校正,《邓析子校正》,《民国丛书》第5编(上海:上海书店出版社,1996),页11。
〔2〕 黎翔凤撰,梁运华整理,《管子校注》(北京:中华书局,2004),卷一三,中册,页776。
〔3〕 同上书,页771。
〔4〕 同上。
〔5〕 谷斌、张慧姝、郑开注译,《黄帝四经今译·道德经今译》(北京:中国社会科学出版社,1996),页58。

得失，循名责实，与黄老形名之学的内在联系同样值得关注。[1]

在观察了《文心雕龙》与黄老形名学的多重联系之后，可以再观察挚虞的《文章流别论》，其对文体源流的关注，对文体内涵的辨析，与《文心雕龙》文体分析法多有近似。或许可以这样讲，从曹丕《典论·论文》、陆机《文赋》、挚虞《文章流别论》到刘勰《文心雕龙》，魏晋以下日益兴起和充实的文体讨论，都与黄老形名思想有密切的联系，《文心雕龙》对黄老形名学的理论内涵做了最为充分的发挥，在很大程度上形塑了其文体观独特的理论架构。

无论是《文章流别论》，还是《文心雕龙》，对于文体之始的认识都有着鲜明的"文源六经"的看法，且着力从"六经"来追溯文章之始。例如挚虞论诗、颂之源，即推源于《诗经》：

> 王泽流而《诗》作，成功臻而《颂》兴，德勋立而铭著，嘉美终而诔集。祝史陈辞，官箴王阙。《周礼》太师掌教六诗：曰风，曰赋，曰比，曰兴，曰雅，曰颂。言一国之事，系一人之本，谓之风；言天下之事，形四方之风，谓之雅；颂者，美盛德之形容；赋者，敷陈之称也；比者，喻类之言也；兴者，有感之辞也。后世之为诗者多矣。其功德者谓之颂，其余则总谓之诗。颂，诗之美者也。古者圣帝明王，功成治定，而颂声兴，于是史录其篇，工歌其章，以奏于宗庙，告于鬼神；故颂之所美者，圣王之德也。则以为律吕，或以颂形，或以颂声，其细已甚，非古颂之意。昔班固为《安丰戴侯颂》，史岑为《出师颂》《和熹邓后颂》，与《鲁颂》体意相类，而文辞之异，古今之变也。扬雄《赵充国颂》，颂而似

---

[1] 杨清之从校练名理的角度讨论了形名学对刘勰的影响，本书对此的思考，与杨文有所不同，杨氏意见参见所著《形名学的复兴与刘勰的论文叙笔》，《海南师范学院学报》2003年第3期。

雅，傅毅《显宗颂》，文与《周颂》相似，而杂以风雅之意；若马融《广成》《上林》之属，纯为今赋之体，而谓之颂，失之远矣。[1]

又如言"诔"之源起，追溯到《左传》："诗、颂、箴铭之篇，皆有往古成文，可放依而作，惟诔无定制，故作者多异焉，见于典籍者，《左传》有鲁哀公为孔子诔。"[2]

《文心雕龙》对文体的思考，追求"原始以表末"，而这个"原始"，就体现为对文体"六经"之源的追溯，在"论文叙笔"的二十篇中，这种溯源于六经的做法，贯穿在对各类文体的剖析之中。

从黄老形名学的影响，可以对"文源六经"之说何以深刻影响挚虞、刘勰的文体论，做出理论上的解释。在黄老形名学中，"名"出于"道"，审察"形""名"，要历观事物终始，以"道"为本。黄老之学在西汉以后亦有重要影响，而其在西汉之后的重要变化，就是儒、道融合，作为世界之根本的"道"，和儒家的伦理结合起来。董仲舒《春秋繁露》中"天不变，道亦不变"，就是从天道的角度，确立儒家伦理原则至高无上的权威。这种儒学与黄老之学的融合，在《文心雕龙》中就表现为"道沿圣以垂文，圣因文而明道"（《文心雕龙·原道》）[3]。文源于自然之"道"，而儒家经典则是"道"最典范的体现。因此，"文源六经"，就是"文源于道"。"六经之源"之所以在文体讨论中不可忽视，就因为"道"不可违背，"六经"作为"道"的体现，是所有文体成立的前提与基础。与黄老形名学深具关联的理论结构不被消解，"文源六经"的观念在文体认知中就始终会有重要影响。

在这样一个文体观发展的背景下，任昉《文章缘起》对"文源六

[1] 挚虞，《文章流别论》，引自严可均辑，《全晋文》卷七七，《全上古三代秦汉三国六朝文》（北京：中华书局，2012），第 3 册，页 1905。
[2] 同上。
[3] 《原道》，《文心雕龙注》，卷一，上册，页 3。

经"的淡化，就有非常重要的意义。《文章缘起》求文章之"始"，这种对文体的溯源并不是任昉的独创。魏晋以下的文体思考，都有自觉的溯源意识，但《文章缘起》从秦汉以下的文章创作实践中观察文章之"始"，则是一个非常重要的变化。《文章缘起》虽然在序言中也提到"六经素有歌、诗、书、诔、箴、铭之类"，并认为这是"文章名之始"，但这里对"六经"的看法与挚虞和刘勰有所不同。挚、刘深入阐发后世文章对"六经"在内容实质上的继承，"六经"对于确立后世文章之"实"非常重要，甚至有规范的意义；而《文章缘起》则更多地认为后世文章对"六经"不过是袭用甚至借用其中出现的一些"名"，如"歌、诗、书、诔、箴、铭之类"，是"沿着为文章名之始"，而其通过秦汉以下之作品来确立"文章之始"，则是强调后者在确立文体内涵实质上的重要性。有学者认为，《文章缘起》对文章之始的具体论列，没有涉及"六经之源"，但这并不意味着它不重视后者，因为限于讨论"秦汉以后之文"的体例，它不可能论列先秦文章。[1]事实上，《文章缘起》从秦汉以下作品来确立"文章之始"这一做法本身，就是淡化"文源六经"的体现。无论挚虞还是刘勰，他们对秦汉以下文体创作的梳理，都没有将某一作家作品视为该体之始的自觉意识。对于他们而言，六经是规定后世文体内涵的终极榜样；而对于任昉来讲，这些作为"文章之始"的作品，才是认识文体内涵的重要依据。《文章缘起》弱化了"六经之源"在文体认识中的重要意义。如果从魏晋以来文体观演进的基本理论基础来看，《文章缘起》对"六经之源"的弱化，有很重要的观念变化意义。

"六经之源"在文体实际认知中的退场，不仅仅是一个传统观念的退场，更意味着传统文体学的理论基础和思维结构发生重要的改变，特

---

[1] 参见吴承学、李晓红，《任昉〈文章缘起〉考论》，《文学遗产》2007 年第 4 期，页 14—25；朱迎平，《〈文章缘起〉考辨》，《古籍整理研究学刊》1996 年第 6 期，页 19—22。

别是黄老形名学对文体认知的理论影响趋于弱化。在黄老形名学影响下发展的文体讨论，会形成一些观察文体的模式，如探寻源流、审核名实、辨析功能，但文体作为艺术创作的表现，本身有极为丰富的内涵和灵活的变化，朱光潜先生就曾指出"搜罗古佚的办法永远不会寻出诗的起源"，"诗的起源实在不是一个历史问题，而是一个心理学问题"。[1]这就指出了探寻源流之方法的局限。任昉列举了八十五种文体[2]，随缘立名，虽然烦琐，但表现出文体分类上灵活而开放的态度，以及立足更丰富的功能和表达特色去认识文体的追求，这就为文体认知的新角度、新方式打开探索的大门。任昉对魏晋以来文体学传统的突破，或许与佛教的影响不无关系。佛教对"名"的认识十分复杂，章太炎的《原名》，综合古代名学传统对"名"进行阐释，其中从佛教唯识的角度，对"名"的形成进行了概要说明：

> 名之成，始于受，中于想，终于思。领纳之谓受，受非爱憎不箸。取像之谓想，想非呼召不征。造作之谓思，思非动变不形。……接于五官曰受，受者谓之当簿。传于心曰想，想者谓之征知；一接焉一传焉曰缘。凡缘有四。增上缘者，谓之缘耳知声、缘目知形，此名之所以成也。[3]

这很精要地说明了佛教对"名"的认识。可见，佛教论"名"以缘起性空为要。黄老形名以"道"为根本。名实辨析中对"实"的执着，

---

〔1〕 朱光潜，《诗论》（北京：生活·读书·新知三联书店，1998），页36。

〔2〕 《文章缘起》的八十五种文体，应当包含张绩补撰的内容，朱迎平先生认为：经张绩所补的《文章始》应仍保留了任昉原作的大部分。参考朱先生的意见，笔者认为，《文章缘起》的文体数量多，也多有琐细之处，例如"表"分"表"与"让表"，复有"谢恩"一体，都过于琐细，整体来看，《文章缘起》的文体分类是比较烦琐的。朱迎平先生的意见，参见所著《〈文章缘起〉考辨》，《古籍整理研究学刊》1996年第6期。

〔3〕 章太炎，《国故论衡》（上海：上海古籍出版社，2006），页99。

是佛教破除的对象。

根据史书目录的记载，《文章缘起》最初名《文章始》，在唐宋流传间被称为《文章缘起》，但这个名称带有鲜明的佛教意味，"缘起"正是佛教所理解的"名"成立的依据。限于材料，我们对佛教之于任昉文体观的影响，只能推论至此，但有一个后世的例子，可以提供一个参照。南宋诗论家严羽深受佛教影响，在《沧浪诗话》中以禅喻诗，深有发明，而他在《沧浪诗话》中对"诗体"的讨论，同样不循故辙，独辟蹊径，其文云：

> 以时而论则有：建安体，黄初体，正始体，太康体，元嘉体，永明体，齐梁体，南北朝体，唐初体，盛唐体，大历体，元和体，晚唐体，本朝体，元祐体，江西宗派体。
>
> 以人而论则有苏、李体，曹、刘体，陶体，谢体，徐庾体，沈、宋体，陈拾遗体，王、杨、卢、骆体，张曲江体，少陵体，太白体，高达夫体，孟浩然体，岑嘉州体，王右丞体，韦苏州体，韩昌黎体，柳子厚体，韦柳体，李长吉体，李商隐体，卢仝体，白乐天体，元、白体，杜牧之体，张籍、王建体，贾浪仙体，孟东野体，杜荀鹤体，东坡体，山谷体，后山体，王荆公体，邵康节体，陈简斋体，杨诚斋体。
>
> 又有所谓选体，柏梁体，玉台体，西昆体，香奁体，宫体。……[1]

这样的诗体区分因过于烦琐，在严羽之后并未广泛流行。但对于严羽来讲，则体现了突破诗体讨论传统，对诗体之丰富做充分把握的努力。

---

[1] 严羽著，郭绍虞校释，《沧浪诗话校释》（北京：人民文学出版社，2005），页52—53，59，69。

深受佛教影响的严羽对诗体的这种认识，似可以作为一个旁证，促使我们思考任昉的文体观是否与佛教的影响有某种联系。

《文章缘起》对魏晋以来深着形名色彩的文体观的重要改变，对于理解《文选》的文体观无疑有重要的启发意义。对文体之"首"与文章之"始"的关注，以及从秦汉以下文章来确立文章之"始"的做法，是《文选》在神髓上更接近《文章缘起》的体现。任昉在对文章之"始"的独特确立中，淡化了他自己在序言中对"六经之源"的标示，体现出魏晋南朝文体观的变化。《文选》同《文章缘起》一样，也在序言中保留了对"六经之源"的尊重：

> 诗者，盖志之所之也。情动于中，而形于言。《关雎》《麟趾》，正始之道著；《桑间》《濮上》，亡国之音表。故《风》《雅》之道，粲然可观。自炎汉中叶，厥涂渐异。退傅有"在邹"之作，降将著"河梁"之篇。四言五言，区以别矣。又少则三字，多则九言，各体互兴，分镳并驱。《颂》者，所以游扬德业，褒赞成功。吉甫有穆若之谈，季子有至矣之叹。舒布为诗，既言如彼，总成为颂，又亦若此。次则箴兴于补阙，戒出于弼匡，论则机理精微，铭则序事清润，美终则诔发，图像则赞兴。又诏、诰、教、令之流，表、奏、笺、记之列，书誓、符檄之品，吊祭、悲哀之作，答客、指事之制，三言、八字之文，篇辞、引序，碑碣、志状，众制锋起，源流间出。[1]

但这些对"六经之源"的追溯，在《文选》具体的文体分类和篇目设定中，基本只是一个虚悬的背景。《文选》的文体首篇，立足秦汉以下的创作实际，勾勒了文章之"始"，这与《文章缘起》十分接近，也因

---

[1] 萧统，《文选序》，萧统编，李善注，《文选》，第1册，页2。

为这一点，《文选》像《文章缘起》一样，相对于《文心雕龙》所代表的魏晋以来的流行文体观，发生了重要的改变。

萧统在《文选序》中以发展变化的观点表达了对"文"的认识：

> 若夫椎轮为大辂之始，大辂宁有椎轮之质？增冰为积水所成，积水曾微增冰之凛，何哉？盖踵其事而增华，变其本而加厉。物既有之，文亦宜然。随时变改，难可详悉。[1]

这种对"文""踵其事而增华，变其本而加厉"的变化特点的肯定，表明《文选》更为看重六经之后"文"的发展变化，这种实际上的关注重心，也许就决定了《文选》更加接近《文章缘起》，而不是《文心雕龙》。

《文选》和《文章缘起》的关系，对于理解《文选》何以产生巨大深远的影响，也有重要的启发意义。如前所述，《文章缘起》并非一部寻常的文章学著作，它呈现出对魏晋以来文体观的重要变化，打破了传统文体观认识文体的框架与模式，以更开放灵活的方法面对文章的创作实际，其文体总结也许更加贴近文章之实。《文选》在采用与《文章缘起》类似的文体认识框架的同时，又对其加以规范和集中，因此《文选》既突破了《文心雕龙》所代表的传统文体观的束缚，又调整了任昉新的文体观在认知中的烦琐随意[2]，其文体分类与选篇能更好地反映文章创作的实际，而文体体系又不失规范，因此在很长一段时间里都具有典范意义。这一点也很类似严羽诗体思想的命运。严羽论诗体虽然很繁碎，但他从人、时代等角度来讨论文体的方式，对于反映唐

---

〔1〕《文选》，页1。

〔2〕按照朱迎平先生的观点，《文章缘起》的八十五种文体，其大部分为任昉原作，因此《文选》的三十九种文体，相较于《文章缘起》数量应少了许多。见所著《〈文章缘起〉考辨》。

宋诗歌的创作特点很有帮助，因此在明清的诗体讨论中，严羽的诗体思想就在精练与规范的前提下，成为被普遍接受的一些诗体认知。如果说对严羽的规范与精练，出现在明清时期，那么任昉《文章缘起》则是在同时代就遇到了《文选》，《文选》取其新意而加以调整，因而获得持久的生命力。

当然，由于传世文献有限，《文选》和《文章缘起》的关系，很多还只是一种推测。《隋书·经籍志》著录的二十七部文章总集，除《文选》外，都已亡佚。魏晋南朝时期编纂的文章总集，其面貌十分模糊，这里只是从《文章缘起》的"文章之始"观念所打开的视角着眼，就《文选》《文章缘起》《文心雕龙》等书所呈现的文体观来进行分析，围绕形名学与中古文体论的关系，观察其理论内涵的异同变化。

以上的分析，从一个角度反映出形名学对中古文学的重要影响。在这样的背景下，更可以体会，韩愈古文围绕名学新追求所形成的运思理路，有着大变八代文章之神髓的意味。

第三章 | **开放的师道**

　　韩愈对中国文化的一大贡献，是重振师道。苏轼称其"匹夫而为百世师"，这既是对他身为百代宗师的精神影响力的高度评价，也称扬了他弘扬师道的卓越贡献。韩愈的尊师之论，充满以道为本的开放精神，其传诵千载的《师说》就体现了鼓舞士人从师向道的激劝之力，开篇的"受业"，长期被误解为"授业"，遮蔽了此文的真精神，需要做出辨析。国学学官经历对韩愈师道思考的影响，很值得分析。古文艺术的师古之法，韩愈和柳宗元多有不同，其间的差异亦可见出彼此师道理解之不同。

第一节　《师说》：唯自尊者能尊师

　　韩愈的《师说》大概是中国教育史上影响最深远的一篇文字。宋元明清近一千年间，它几乎入选了所有重要的古文选本。20 世纪以来，时代巨变，许多以往家弦户诵的古文篇章，都退出了公众视野，但《师说》受到的关注从未减弱。在近百年来的中学课本中，它始终是必选篇目。如此影响，不是任何刻意的宣传使然。《师说》充盈着使人激扬鼓舞的力量，这力量的核心，绝非对师的一味尊崇与膜拜，而是求学者因自尊自励而激扬从师之志。唯自尊者能尊师，这是《师说》意在激劝而非训导的真精神，也是它穿越古今的力量所在。

一、"受业"不当作"授业"：《师说》的学生视角

要领略《师说》中的"自尊"之义，需要先澄清一处经常出现的误解。《师说》开篇云："古之学者必有师，师者，所以传道、受业、解惑也。"[1]不少人引用这一句，会把其中的"受业"写作"授业"，这是不妥的。

"受"是接受之义，"授"是传授付与之义，虽然在古汉语中，"受"可假借为"授"，"授"亦可假借为"受"，但《师说》对两者的使用，有着明确区分。同样是在《师说》中，下文有"彼童子之师，授之书而习其句读者"[2]。其中"授之书"之"授"，是传授付与之义。开篇之"受业"，在传世的韩集宋刊本中，皆无作"授业"者，与下文"授之书"的"授"，判然有别。吴小如先生即据此对"受业"不当作"授业"做出了明确的辨析。他在 1982 年撰写的《韩文琐札》中指出："自世彩堂本《韩集》以下诸本，'受''授'二字皆前后不同，而坊间选本如《古文眉诠》《唐宋文醇》则擅改上'受'字为'授'，其实非也。"[3]

"受业"不当作"授业"，这是关系到如何认识《师说》立意的大问题。《师说》开篇"师者，所以传道、受业、解惑也"，其命笔的学生视角不可忽视。此句之文义，吴小如先生有精当的疏解："言学者求师，所以承先哲之道，受古人之业，而解己之惑也。"[4]意即"传道、受业、解惑"三者，是学生因从师而所获之益。事实上，《师说》不是一篇直白宣讲教师作用的"教师论"，而是处处从学生立场着眼，阐述

---

[1]《韩愈文集汇校笺注》，卷二，第 1 册，页 139。
[2] 同上。
[3]《文献》1982 年第十一辑，页 39—40。后收入吴小如，《含英咀华：吴小如古典文学丛札》（北京：北京大学出版社，2012）。
[4] 同上。

为学者当如何择师、如何坚定从师之志的"学习论"。它要通过激发学者的向道向善之志，鼓励其从师而学。

用今人形式逻辑的眼光来看，《师说》的论证似乎并不那么严谨。它交织着何者为师、应当从师和如何从师等多方面的内容，但倘若从《师说》的激劝之道来观察，其行文的步骤次第，并非无迹可寻。

首先，《师说》运用了许多对比，这是在巧妙化用儒家传统的"正名"逻辑。这包含两方面内容，其一是确立"名"之内涵，其二是通过"名"与"名"之间的"别同异""明贵贱"来弘扬伦理原则。例如，荀子以正名逻辑对"辩"进行讨论，就区分了圣人之辩、士君子之辩、奸人之辩的同异和高下。儒家围绕"正名"原则展开的讨论，总是贯穿着多重对比。韩愈古文常常在"立本义"与"别异同、明高下"中推衍论证。《师说》开篇以"传道、受业、解惑"来界定师之内涵，这是"正名"中的"立本义"；接下来则展开多重对比，其一是古之圣人与今之众人乐于和耻于从师的不同；其二是"句读之师"与"传道之师"的差异；其三则是"巫医乐师百工之人不耻相师"[1]与士大夫讥笑从师的尖锐对照。同异既别，高下亦现，从师求道之义尽在其中。[2]

韩愈如此阐扬师道，还有更深的用心。士人立身高远，所欲求教者，当然不应是童子之师；内心期许远过于常人的士大夫，又何以在相师的问题上，还不及"巫医乐师百工之人"？如此对比，其实是要唤醒士大夫内心的自尊与自重。而这自尊的目标，是指向成圣的理想。《师说》云："古之圣人，其出人也远矣，犹且从师而问焉；今之众人，其下圣人也亦远矣，而耻学于师。是故圣益圣，愚益愚，圣人之所以

---

〔1〕《韩愈文集汇校笺注》，卷二，第1册，页139。
〔2〕 参见本书第二章的相关讨论。

为圣，愚人之所以为愚，其皆出于此乎？"〔1〕这个圣愚的对比，倘若不是面对内心希圣希贤的读者，又何以能产生警示与激劝的效果？《师说》反复的对比论证，与其说是以严密的逻辑阐明从师之理，不如说是意在激发士人内心的圣贤之志。古人常说，韩愈之文有涵煦长养之力，阅读《师说》，每一位读者都会感到自己内心的自尊被唤醒，因自尊自重而带来的奋发有为，成为尊师最大的动力。

二、自尊才能尊师：不要片面的师道尊严

唯自尊者能尊师，《师说》这样的尊师之论，在中国历史上并不多见。《礼记·学记》云："师严然后道尊，道尊然后民知敬学。"〔2〕如此的师道尊严之说，是更为流行的。

对严师的强调在《荀子》中大量出现。荀子十分关注师的意义，注重"化性起伪"，强调礼对人性的约束控制，而老师正是发挥着教化、教导的作用。《荀子》说："礼者，所以正身也；师者，所以正礼也。"（《修身》）〔3〕又说："今人之性恶，必将待师法然后正。"（《性恶》）〔4〕可见，人们尊师重教，就是要接受礼义的教化与约束。从约束的角度看待师的作用，就会十分强调师的威严，尊师也充满恭谨与服从。《吕氏春秋》谈到学生敬奉师长："必恭敬，和颜色，审辞令。疾趋翔，必严肃。此所以尊师也。"〔5〕至于老师的教导，更不能违背，违背师训就成为贤主与君子所不齿的背叛之人："听从不尽力，命之曰背；说义不称师，命之曰叛。背叛之人，贤主弗内之于朝，君子不与交友。"〔6〕《管

---

〔1〕《韩愈文集汇校笺注》，卷二，第1册，页139。
〔2〕孙希旦撰，沈啸寰、王星贤点校，《礼记集解》（北京：中华书局，1989），页968。
〔3〕《荀子集解》，卷一，上册，页33。
〔4〕同上书，卷一七，下册，页435。
〔5〕许维遹撰，梁运华整理，《吕氏春秋集释》（北京：中华书局，2009），卷四，孟夏纪第四，页95。
〔6〕同上。

子·弟子职》要求弟子奉事严师"朝益暮习，小心翼翼"[1]。清代的蒙学教材《弟子规》，其行文立意和《弟子职》如出一辙，不过是更加通俗而已。

韩愈的《师说》，完全看不到严师的威仪和弟子的恭谨，对于为学者不能从师向道虽然充满忧虑，但并没有严词指斥，而是在唤醒其自尊、激励其奋进中循循善诱。北宋初年柳开尊崇韩愈，曾创作《续师说》期望发扬韩愈的师道精神，提出："师存而恶可移，师亡，虽善不能遽明也。……今世之人，不闻从师也。善所以不及于古，恶乃有过之者。"[2]在柳开看来，只有从师才能摆脱人性中的"恶"，今世之人因为不能从师，故而其恶逾于古人。在这篇短短的文字中，柳开抓住今人之"恶"，再三言之："今之以禄学为心也，曰：'吾学，其在求王公卿士欤！'大之以蕃其族，小之以贵其身，曰：'何师之有焉？'苟一艺之习已也，声势以助之，趋竞以成之，孰不然乎？去而是以不必从于师矣。"[3]对时人的禄利之学如此痛心疾首，如此揭露批判，完全是一副严师规训弟子的口吻。再看《师说》，虽然也提出圣人从师而愈圣，今人耻学于师而愈愚，但并没有在今人之"愚"上反复渲染，大做文章，而是笔锋转向唤起学者的自尊与奋进。柳开其实没有得到韩愈的真精神。

韩愈难道没有看到柳开看到的问题吗？恰恰相反，他创作《师说》，在很大程度上就是针对为学之人群趋禄利之途的风气而发。这一点要特别回到此文的创作背景来看。《师说》一般认为作于贞元十八年（802）韩愈担任国子四门博士期间。韩愈一生曾四度担任国学学官，国学的重心是培养官人子弟以继承父业，国学学生的重要出路是门荫

---

〔1〕《管子校注》，卷一九，下册，页1144。
〔2〕柳开撰，李可风点校，《柳开集》（北京：中华书局，2015），卷一，页7。
〔3〕同上。

入仕，本来无须涉足科举，然而随着科举制的不断发展，国学和科举的联系也越来越紧密。韩愈担任四门博士的四门学，以招收下级官员子弟为主，同时也招收出身庶人弟子的俊士生，这两项加起来的人数，在国学中是最多的。这些学生由于父辈所能提供的荫庇十分有限，或者根本没有荫庇可享，要在仕途上求得较大发展，主要依靠科举。韩愈身边充满了为科举仕进焦虑的国学生，他创作的《送陈密序》《太学生何蕃传》，其中的陈密、何蕃都是累举不进的太学生，韩愈很为其际遇感慨。科举的焦虑带来奔竞之风，学生趋奉权门颇为流行。李蟠问学于韩愈，其"不拘于时"、不陷利禄之风的脱俗之志，正是激发韩愈成就此文的直接原因（这个问题，本章第二节有详细讨论）。韩愈创作《师说》，恰恰是有感于学者利禄萦怀的风气之恶，倘若其欲在文中批判时人，绝不会缺少例证和材料；但是，《师说》全无申说斥责之语，而是以激劝鼓励行文。如此对学生自尊的呵护，在中国历史上无数尊师论述中，虽不能说是空谷足音，也是颇为罕见的。

三、圣人无常师：自主开放的师生关系

以自尊为本的尊师，才能突破门户意识，建立"道之所存、师之所存"的师生关系。韩愈《师说》明确反对从师的门户意识，提出"无贵无贱，无长无少，道之所存，师之所存"[1]。如此自主开放的师生关系，可以让师生超越现实身份、地位、处境的种种羁绊，成为相互砥砺的精神同道。

为了进一步强调开放型师生关系的不拘形迹，《师说》在结尾处特别阐发"圣人无常师"之理："孔子师郯子、苌弘、师襄、老聃。郯子之徒，其贤不及孔子。孔子曰：三人行，则必有我师。是故弟子不必

---

[1]《韩愈文集汇校笺注》，卷二，第1册，页139。

不如师，师不必贤于弟子。"[1]站在儒家的立场上，老聃之徒，其贤不及孔子，但他们也有孔子愿意向其学习的长处，师生之间也可彼此相师。"圣人无常师"，"弟子不必不如师，师不必贤于弟子"。这大概是中国历史上最开放、最活泼的师生关系。

韩愈收招后学、奖掖后进，社会上就有了"韩门弟子"的说法（见李肇《唐国史补》）。韩愈和韩门弟子，多数都没有直接的学校师生关系，更不是科举中的"座主"与"门生"，他们成为师生，是基于共同的求道之志。当然，儒家提倡入世行道，韩愈也关心弟子的科举进身，但这种关心并不是为了追逐功名，而是希望弟子能得志行道。用一般的标准来看，韩愈与其门弟子的关系颇为松散多元，亦师亦友。钱基博《韩愈志》记韩门弟子主要有十人：张籍、李翱、皇甫湜、沈亚之、孙樵、孟郊、贾岛、卢仝、刘叉、李贺；张清华《韩愈大传》认为韩愈有四友：孟郊、李观、樊宗师、欧阳詹，弟子有八人：张籍、李翱、皇甫湜、沈亚之、贾岛、李贺、卢仝、刘叉；其他研究者还有各种不同的统计，例如刘海峰《韩门弟子与中唐科举》就统计韩门弟子有三十七人。事实上，这个名单不可能完全统一，韩愈所建立的师生关系就是"道之所存，师之所存"的开放关系。

如此开放的师生关系，在后世产生了很大影响，最直接的体现就是宋代以后出现了许多士人结盟的开放型同道群体。在北宋围绕欧阳修所建立的"欧门"文人群体、围绕苏轼所建立的"苏门"文人群体，都是以一位盟主为中心的相对开放的同道群体。欧阳修与苏轼以其道德文章对士人产生巨大的吸引力，受其感召，一些士人追随门下，视欧、苏为师长，尊之为文坛盟主，但这样的关系，以切磋求道为本，并没有盟主威严莅下、追随者恭谨奉事的师道尊严作风。苏轼推重韩

---

〔1〕《韩愈文集汇校笺注》，卷二，第 1 册，页 139。

愈，誉之为"百世师"〔1〕。他自己的为师之道就很得韩愈的真精神，从不以严师威仪自重。一个有趣的例子即是其著名的《留侯论》。文中对张良为圯上老人纳履的故事，做了别开生面的阐释。这个故事完全可以从弟子事师恭谨的角度去解读，圯上老人欲向张良传授稀世兵法，故而以命其纳履的倨傲来考验其对待师长是否有足够的谦恭。苏轼没有将此解读为严师对弟子的考验，而是从老人启发张良变化其鲁莽刚勇之气的角度去分析。这固然是苏轼"出新意于法度之中，寄妙理于豪放之外"〔2〕的为文之妙，但又何尝不是其淡然于严师威仪这一流俗叙事的心声流露！从游于苏轼门下的士人，也完全看不到小心翼翼的恭谨敬慎。

这样的同道群体，也并不以严格的门户自限。以"苏门"为例，虽然有"苏门四学士""苏门六君子"等群体中活跃的主角，但也包含了众多服膺苏轼道德文章、追随从游的士人，这的确是接续了《师说》自主开放的精神。

《师说》中的师生关系，在学校教育中往往很难完全落实。宋代的道学家注重师道，同时将学校教育视为弘扬师道的必由之路，在学校中，他们很强调师严道尊、威仪持重的做法。胡瑗教授湖州时，"虽盛暑必公服坐堂上，严师弟子之礼"〔3〕。胡瑗不仅重视师道尊严的威仪，也有很强的门户之见，他与孙复同在太学教授时"常相避"。学校中的师生关系不容易做到开放自由；而韩愈的《师说》也正是饱含着对学校师生关系的反思，虽然具有浓厚的理想色彩，但对于纠正过分师道尊严而忽视学生自主自尊的偏颇，有着重要的意义。

---

〔1〕 苏轼撰，茅维编，孔凡礼点校，《苏轼文集》（北京：中华书局，2004），卷一七，第2册，页508。
〔2〕 同上书，卷七十，第5册，页2210—2211。
〔3〕 脱脱等，《宋史》（北京：中华书局，1985—1986），卷四三二，第37册，页12837。

四、"受业"因何致误？

历史上，大量的《师说》读者还是带着学校教育中常见的师道尊严去理解韩愈的用意，忽视此文的激劝之义。这就产生了一个普遍的误解，将开篇的"受业"理解为"授业"，将"传道、受业、解惑"理解为对教师意义的直接阐述，忽视其间所隐含的学生视角。如此解读，《师说》一开篇就似乎有教师居高临下传授教化的威仪，与韩愈所希望树立的开放型师生关系颇相扞格。元代以后，绝大多数选录《师说》的古文选本，开篇的"受业"一词，不复存留宋本之旧而皆作"授业"，《师说》的真精神，也多随之受到障蔽。

吴小如先生认为"受业"作"授业"，是坊本妄改所致，其实，如此大量的选本皆作"授业"，恐怕不是妄改那样简单。唐宋文献中，有将"受"写作"授"的例子，例如《唐少林寺同光禅师碑铭》："乃演大法义，开大法门，二十余年，振动中外，从师授业，不可胜言。"[1]这里的"授"，当为"受"之假借。但是在"受""授"的含义已有明确区分的前提下，使用"授"这个假借字来指代"受"的用例并不多见。元代以后，大量选本于《师说》开篇的"受业"作"授业"，不是在使用假借字，而是人们普遍忽视了韩愈此处的行文特点，直接从教师传授学业来解读此句，以为此处当作传授之"授"，而非接受之"受"。清储欣辑、汤寿铭增订、蒋抱玄评注的《注释评点韩昌黎文全集》流传颇广，其中"受业"即作"授业"，且蒋抱玄注："授业，传以学业。"[2]可见，将韩愈所谓"受业"理解为传授学业，已经是一个相当普遍的误解。当前的一些古文选本，对"受业"之"受"，径注为

---

[1]《全唐文》，卷四四一，第 5 册，页 4495。
[2] 储欣辑，汤寿铭增订，蒋抱玄评注，《注释评点韩昌黎文全集》（上海：会文堂书局，1925），卷三，页 1—2。

"同'授'";人教版普通高中语文教科书必修上，选录《师说》，亦以"受"同"授"，为传授之义，可见误解流传之广。

《师说》之"受业"不当为"授业"，这个问题并不是可有可无，或义得两通。"受业"是从学生的视角立论，体味这一视角，才能更好地理解《师说》从学者自尊出发倡言尊师的深刻用心，才能更好地理解何以在中国古往今来不绝于耳的各种尊师之论中，《师说》能显示出巨大的感染力。尊师的提倡，倘若不是发乎内在自尊向上的愿望，难免落入说教；而《师说》恰恰看不到任何说教的气息。韩愈对自主而开放的师生关系的期盼，是不无理想化的，或许永远不能完全落实在人间，历史上就曾有那么多人误解了开篇的"受业"；但理想让韩愈提倡的师道，拥有了超越的光芒，这光芒会不断点燃每个人心中追求理想的火焰。

第二节　国学学官经历的影响

一、"尊士"与"士之自尊"

韩愈一生曾四度担任国学学官，最初是从贞元十七年到贞元十九年，担任国子四门博士。其著名的《师说》，学界一般认为是作于贞元十八年国子四门博士任上。此后，韩愈在元和元年到四年、元和七年，曾两度任国子博士，元和十五年秋到长庆元年任国子祭酒。其担任国学学官的经历之复杂，在当时士人中颇为独特。

韩愈在四门博士和国子博士任上，一直很有牢骚。他的《送穷文》称"太学四年，朝齑暮盐"[1]，狼狈困窘，为人所嫌。这虽是假穷鬼之口的游戏之言，但也有很多真实的成分。元和四年，他在国子博士任上，代助教侯继撰写祭文，祭奠同为助教的薛达，其间很是感叹身为

---

[1]《韩愈文集汇校笺注》，卷二六，第6册，页2742。

学官的无奈："吾徒学而不见施设，禄又不足以活身。"(《祭薛公达助教文》)[1] 元和七年，他再任国子博士，创作《进学解》，其中"学生"对"先生"的嘲笑、"先生"的无奈与自嘲，虽然是继承汉赋的辞章笔墨，但嘲弄先生的"学生"，未尝没有现实太学中"生徒凌慢"的影子。对国学中风气恶劣的种种情状，柳宗元曾有很详细的描绘：

> 于戏！始仆少时，尝有意游太学，受师说，以植志持身焉。当时说者咸曰："太学生聚为朋曹，侮老慢贤，有堕窳败业而利口食者，有崇饰恶言而肆斗讼者，有凌傲长上而诟骂有司者。其退然自克，特殊于众人者无几耳。"仆闻之，恟骇恒悸，良痛其游圣人之门，而众为是沓沓也。遂退托乡间家塾，考厉志业，过太学之门而不敢局顾。(《与太学诸生喜诣阙留阳城司业书》)[2]

太学如此"校风"，不能不使柳宗元望而却步。

学风颓败的背后，是官学的严重衰落。韩愈做学官的贞元、元和之际，太学的衰落触目惊心，贞元年间，李观上疏请求振兴太学，其《请修太学疏》云：

> 呜呼！在昔学有六馆，居类其业；生有三千，盛倖于古。近年祸难，浸用耗息。泊陛下君临，宿弊尚在。执事之臣，顾不为急。升学之徒，罔敢上达，积微成愿，超岁历纪。贱臣极言，诚合要道。具六馆之目，其曰国子、太学、四门、书、律、算等，今存者三，亡者三。亡者职由厥司，存者恐不逮修。舆人有弃本之议，群生有将压之虞。至有博士助教，锄犁其中，播五稼于三

---

〔1〕《韩愈文集汇校笺注》，卷一二，第 3 册，页 1330。
〔2〕《柳宗元集校注》，卷三四，第 7 册，页 2168。

时，视辟雍如农郊。堂宇颓废，磊砢属联，终朝之雨，流潦下淳。既夕之天，列宿上罗，群生寂寥，攸处贸迁。而陛下不以问，学官不以闻，执政之臣不以思。所谓德宇将摧，教源将干，先圣之道将不堪。犹火之炎上，焰焰至焚。其为不利也，岂不畏哉！[1]

国学馆舍之中，居然锄犁播稼，其荒芜残败，也是触目惊心了。其后李绛《请崇国学疏》也提到这一让人难以忍受的情形：“顷自羯胡乱华，乘舆避狄，中夏凋耗，生人流离，儒硕解散，国学毁废，生徒无鼓箧之志，博士有倚席之讥，马厩园蔬，殆恐及此。”[2]

韩愈在太学中的冷官之叹，反映了官学学官困窘的心声。而对于韩愈本人来讲，他一生历经许多挫折屈抑，有科场辗转的无奈，有奔走幕府的狼狈，也有因抗言直谏而遭受的远谪；而国学中身为教师的困窘，他要比当时一般士人体会得更深切。其不顾流俗，抗颜为师，对师道重建表现出强烈的关切，既是出于很深的现实感慨，也折射了内心的痛楚。然而需要细察的是，中唐贞元、元和时期，官学衰落、学风不振的关键原因是什么？弄清这一问题，才能对韩愈提倡师道的深层关怀有进一步的理解。

中央直系的国子监，包括国子、太学、四门、律、书、算六学，玄宗天宝九载，增设广文馆。国子学招收高级官员（三品以上）子弟，太学招收中级官员（五品以上）子弟，四门学招收下级官员（七品以上）子弟。显然，国学的重心是培养官人子弟以继承父业，而国学学生的一个重要出路，就是门荫入仕，只要取得一定的学习成绩即可以荫入仕，无须涉足科举。[3]

---

〔1〕《全唐文》，卷五三二，第3册，页5401—5402。
〔2〕同上书，卷六四五，第3册，页6530。
〔3〕吴宗国，《唐代科举制度研究》（沈阳：辽宁大学出版社，1992），页124—132。

然而，随着科举制的不断发展，国学和科举的联系也越来越紧密。国学中的四门学，以招收下级官员的子弟为主，同时也招收出身庶人弟子的俊士生，这两项加起来的人数，在国学的六学中是最多的。《旧唐书·百官志》谓两者总共定额500名，据统计，元和七年（812），长安国学共计550人，其中四门学学生300人；洛阳国学学生100人，其中四门学学生50人。[1] 四门学的学生，由于父辈所能提供的荫庇十分有限，或者根本没有荫庇可享，要在仕途上求得较大发展，主要依靠科举。同时，随着科举在官员仕进中重要性的不断加强，士人要跻身通显，仍更多地需要通过科举，因此即使是国子学、太学中的高官子弟，虽有更多父荫可享，但也越来越倾向于科举之途。

以科举进身的学生不断增多，而朝廷也采取了一定措施，来加强学校与科举的联系。开元二十一年五月敕："诸州县学生，年二十五已下，八品九品子，若庶人生年二十一已下，通一经已上，及未通经，精神通悟，有文词史学者，每年铨量举选，所司简试，听入四门学，充俊士。即诸州人省试不第，情愿入学者听。国子监所管学生，尚书省补；州县学生，长官补。"（《唐会要》）[2] 如此一来，州县学校中"通一经以上，及未通经，精神通悟，有文词史学者"，以及省试落第之人，都可以进入四门学，经过学习，可以进一步参加贡举。国学的学习直接为科举做准备。

国学的学生经由国学推荐而参加科举，录取的希望也比较大。开元十七年，国子祭酒杨玚上书，要求对国学学生开放更多的名额：

> 伏闻承前之例，监司每年应举者，尝有千数，简试取其尤精，上者不过二三百人。省司重试，但经明行修，即与擢第，不

[1] 高明士，《中古中国的教育与学礼》（台北：台湾大学出版中心，2005），页224。
[2] 王溥，《唐会要》（北京：中华书局，1998），卷三五，中册，页634。

限其数。自数年以来，省司定限，天下明经、进士及第，每年不过百人，两监惟得一二十人，若常以此数而取，臣恐三千学徒，虚废官廪，两监博士，滥縻天禄。臣窃见流外入仕，诸色出身，每岁尚二千余人，方于明经、进士，多十余倍，则是服勤道业之士，不及胥吏浮虚之徒，以其效官，岂识于先王之礼义？……监司课试，十已退其八九，考功及第，十又不收其一二。若长以为限，恐儒风渐坠，小道将兴。(《谏限约明经进士疏》)[1]

虽然杨玚对目前的状况不满，但从中还是可以看出，国学学生参加科举，享有更多机会，《唐摭言》云："开元已前，进士不由两监者，深以为耻。"[2]李华、萧颖士、赵骅、邵轸等人，都是由太学而登第。

然而天宝之后，国学推荐士人科举及第的权重趋于下降，士人由京兆、同州、华州乡贡而登第的比重明显上升，开元、天宝之际，京兆府解送人数可达百人之多，其中前十名谓之等第，一般都被录取，至少也十得其七八。士子"以京兆为荣美，同、华为利市"[3]。为了扭转国学受冷落的趋势，天宝十二载七月十三日诏："天下举人，不得充乡赋，皆须补国子学士及郡县学生，然后听举。"(《唐会要》)[4]《唐摭言》云："故天宝二十载敕：天下举人不得言乡贡，皆须补国子及郡学生。广德二年制，京兆府进士，并令补国子生。"[5]但这样的措施并没有挽救国学的颓势，《唐摭言》云："斯乃救压覆者耳。奈何人心既去，虽拘之以法，犹不能胜。矧或执大政者不常其人，所立既非自我，

---

[1] 《全唐文》，卷二九八，第2册，页3027—3028。
[2] 王定保撰，黄寿成点校，《唐摭言》(西安：三秦出版社，2011)，卷一，页7。
[3] 同上。
[4] 《唐会要》，卷七十六，下册，页1384。
[5] 《唐摭言》，卷一，页7。

则所守亦不坚矣。由是贞元十年已来，殆绝于两监矣。"[1]越来越多的国学学生需要通过科举来进取，而国学能为科举提供的便利又在降低，这无疑会令学生在国学中的学习热情受到影响，导致学风颓败。

韩愈在国学中，自然要面对许多高官子弟。这些人有充分的门荫可享，也容易沾染骄纵暴慢的习气。国学中贵游子弟的恶态，自初唐以来便时有记载，韩愈《进学解》中骄慢的学生，未尝不是在模仿这些人的声口。韩愈虽才华卓著，但在"侮老慢贤"的贵游子弟这里，也不会获得多少尊重。《师说》中"无贵无贱"的从师态度，也一定折射了其对现实处境的愤激。[2]

同时，国学中也不乏为科举进身而焦虑的学生，特别是韩愈曾担任四门学博士，所面对的四门学学生，更是科举兴趣浓厚的群体。今天流传下来的韩愈为太学生所作的作品，也经常发出对其科第屈抑的感叹，例如《送陈密序》就很感慨陈密的"举明经者累年，不获其选"[3]。《何蕃传》于此最为典型：

> 太学生何蕃入太学者二十余年矣。岁举进士，学成行尊。自太学诸生推颂，不敢与蕃齿，相与言于助教博士，助教博士以状升于司业、祭酒，司业、祭酒撰次蕃之群行焯焯者数十余事，以升之于礼部，而以闻天子。京师诸生以荐蕃名为文说者，不可选纪。公卿大夫知蕃者比肩立，莫为礼部。为礼部者率蕃所不合者，以是无成功。
>
> ……惜乎蕃之居下，其可以施于人者不流也。譬之水，其为泽，不为川乎？川者高，泽者卑。高者流，卑者止。是故蕃之仁

---

[1]《唐摭言》，卷一，页7。
[2] 张清华，《韩学研究》（南京：江苏教育出版社，1998），上册，页195—216。
[3]《韩愈文集汇校笺注》，卷九，第3册，页1027。

义充诸心，行诸太学，积者多，施者不遐也。天将雨，水气上，无择于川泽涧溪之高下。然则泽之道，其亦有施乎？抑有待于彼者欤？故凡贫贱之士，必有待然后能有所立，独何蕃欤？吾是以言之，无亦使其无传焉。[1]

何蕃入太学二十余年，岁举进士而不第。德行过人，而科第坎坷至此。从韩愈为之不平的慨叹中，显然也可以读出何蕃的屈抑之痛。

科举的压力，极大地左右了国学的学风。唐代国学的教学，以讲授儒家经典为主。这种教育形式原是以道德教育为重，以养士为本，也是前代国学相沿不断的立学传统；但是国学既与利禄相联系，养士的超脱就难免不被功利化的风气所熏染。这在汉代即已如此："自武帝立五经博士，开弟子员，设科射策，劝以官禄，讫于元始，百有余年，传业者浸盛，支叶蕃滋，一经说至百余万言，大师众至千余人，盖禄利之路然也。"（《汉书·儒林传》）[2]

科举之学最令人厌恶的习气，就是士人学风功利、喜好趋附权门。如此追逐科举，自然无暇专心修习圣人经典。《师说》称赞李蟠"好古文，六艺经传皆通习之，不拘于时，请学于余"[3]。李蟠能不受功利的时风影响，在韩愈看来极为难得。

至于士人趋附权门，更是韩愈极为反感的。由于唐代科举保留鲜明的荐举色彩，权要的推荐对士子进身极为重要，因此科场请托奔竞不已。对此，有关研究已有丰富的讨论，此处不赘。士子请托的对象多是有权势者，其中很多人并无多少才德。《唐摭言》记载："薛保逊好行巨编，自号'金刚杵'。太和中，贡士不下千余人，公卿之门，卷

---

[1]《韩愈文集汇校笺注》，卷四，第 2 册，页 545—546。
[2]《汉书》，卷八八，第 11 册，页 3620。
[3]《韩愈文集汇校笺注》，卷二，第 1 册，页 140。

轴填委，率为阉媪脂烛之费，因之平易者曰：'若薛保逊卷，即所得倍于常也。'"[1]公卿门下，行卷堆积，甚至成了"阉媪脂烛之费"，斯文没有任何尊严。而奔走权门的士子，常常对权要自称门人，用师生关系来包装庸俗的请托。及第士子与考官之间，也以"门生""座主"相称。[2]

韩愈与"韩门"士人之间，是以道相合，其创作《师说》、提倡师道时，不过是官卑职冷的一介学官。以如此身份地位倡言师道，难免不为时俗之人所嘲弄。柳宗元曾提到韩愈"抗颜为师"引发人言汹汹："独韩愈奋不顾流俗，犯笑侮，收召后学，作《师说》，因抗颜而为师。世果群怪聚骂，指目牵引，而增与为言辞。愈以是得狂名。"（《答韦中立论师道书》）[3]

权要子弟的侮老慢贤、寒门子弟的科场辗转，既令韩愈深切感受到才德之士的屈抑之痛，也令其对科举利禄之风所带来的士风颓败，有痛切体会。其《师说》，正是不顾流俗、力矫时弊的一篇狂言。其以道为师的呐喊，不仅抒发了才德之士对抗门第权势的呼声，同时也针对被科举功利庸俗之风所汩没的士人，期望其以道自立，建立超越的精神力量。如果说前一方面是呼吁"尊士"，那么后一方面则是倡言"士之自尊"，希望士人摆脱庸俗化的追求。

目前学界对韩愈提倡师道的用心，较多地着眼于"尊士"一面，强调韩愈师道观对门阀士族文化的摧陷廓清意义，如吕正惠指出，韩愈提倡师道，"其实质在于要求将教育权与思想传播权，从门阀士族的掌控中解放出来，交由那些具有正确思想和道德勇气的'师'来掌握，反映了庶族地主崛起后的文化要求"[4]。这无疑是重要的。但韩愈所表

---

〔1〕《唐摭言》，卷一二，页187。
〔2〕陈寅恪，《唐代政治史述论稿》（北京：生活·读书·新知三联书店，2001），页268。
〔3〕《柳宗元集校注》，卷三四，第7册，页2177。
〔4〕吕正惠，《韩愈〈师说〉在文化史上的意义》，《文学与文化》2011年第1期，页15—24。

达的"士之自尊"的声音，同样意义重大。如果说"尊士"表达了摧陷门阀文化、愤激时世的激昂；"士之自尊"则传达了振作士风、精神自励的高亢。北宋以后的士大夫，在门阀士族文化式微的时代环境中，仍大力继承韩愈、弘扬师道，就在于韩愈师道观具有追求"士之自尊"的自励超越的精神内涵。

二、提倡师道：孤独的声音和担当的勇气

韩愈提倡师道，这在他所生活的中唐时代，是十分孤独的精神探索，更体现了其不顾流俗的担当勇气。

初盛唐倡言儒道者，多强调自上而下的兴学施教。陈子昂《谏政理书》云：

> 臣闻天子立太学，可以聚天下英贤，为政教之首。故君臣上下之礼于是兴焉。揖让樽俎之节于此生焉。是以天子得贤臣，由此道也。今则荒废，委而不论，而欲睦人伦，兴礼让，失之于本，而求之于末，岂可得哉？况君子三年不为礼，礼必坏；三年不为乐，乐必崩，奈何天子之政而轻礼乐哉？臣所以独窃有私恨者也。陛下何不诏天下胄子，使归太学而习业乎？斯亦国家之大务也。[1]

其后张说亦有《（上东宫）劝学启》：

> 臣愚，伏愿崇太学，简明师，重道尊儒，以养天下之士。今礼经残缺，学校陵迟，历代经史，率多纰缪，实殿下阐扬之日，刊定之秋，伏愿博采文士，旌求硕学，表正九经，刊考三史。则圣贤遗范，粲然可观。况殿下至性神聪，留情国体，幸以问安之

---

[1]《陈子昂集（修订本）》，卷九，页233。

暇，应务之余，引进文儒，详观古典，商略前载，讨论得失。降温言，开谠议，则政途理体，日以增益，继业承祧，永垂德美。[1]

如果说陈子昂、张说的兴学之请，体现了"尊士"的呼声，那么在中唐以后，面对士风的衰颓，如何端正士风，则引发有识之士越来越多的关注。李华《正交论》就痛切地描绘了士风之弊：

> （士子）多寄隶京师，随时聚散，怀牒自命，积以为常。吠形一发，群响雷应，铨擢多误，知之固难，使名实两亏、朋友道薄，盖由此也。况众邪为雄，孤正失守，诱中人之性，易于不善；求便身之路，庸知直道。不从流俗，修身俟死者益寡焉。加以三尊阙师训之丧，朋友无寝门之哭，学府无衰服之制。礼亡寝远，言者为非，人从以偷，俗用不笃。[2]

如此浮薄的风气，正是柳宗元何以拒师之名的重要背景。

柳宗元在贬谪期间，对于前来问学的后学士子虽多有教导，但拒师之名。其实，对于师友之道本身，柳宗元并不反对，其《师友箴》云：

> 不师如之何？吾何以成！不友如之何？吾何以增！吾欲从师，可从者谁？借有可从，举世笑之。吾欲取友，谁可取者。借有可取，中道或舍。仲尼不生，牙也久死。二人可作，惧吾不似。中焉可师，耻焉可友。谨是二物，用惕尔后。道苟在焉，佣丐为偶。道之反是，公侯以走。内考诸古，外考诸物。师乎友乎，敬

---

〔1〕《张说集校注》，页1307。
〔2〕《全唐文》，卷三一七，第3册，页3216。

尔无忽。[1]

柳宗元之拒师名，有很现实的原因。前面提到，唐代士子趋奉权门，"师"亦成为权要的专利。贬谪中的柳宗元，希望远离流俗是非。这一点《答韦中立论师道书》言之甚明：

> 仆自谪过以来，益少志虑。居南中九年，增脚气病，渐不喜闹，岂可使呶呶者早暮咈吾耳、骚吾心？则固僵仆烦愦，愈不可过矣。平居望外，遭齿舌不少，独欠为人师耳。……取其实而去其名，无招越、蜀吠怪，而为外廷所笑，则幸矣！[2]

如此心迹，柳宗元曾对后学反复言及，其《答严厚舆秀才论为师道书》云："苟去其名，全其实，以其余易其不足，亦可交以为师矣。如此，无世俗累而有益乎己，古今未有好道而避是者。"[3]言辞中种种避祸远过的无奈，也从另一个角度反映出当时师生关系与现实权力的复杂纠葛。

以拜师之名，行奔竞之实，这也是柳宗元十分厌恶的。他力拒师名，也是希望摆脱奔竞之人的打扰，其《复杜温夫书》云：

> 凡生十卷之文，吾已略观之矣。吾性骏滞，多所未甚谕，安敢悬断是且非耶？书抵吾必曰周孔，周孔安可当也？拟人必于其伦，生以直躬见抵，宜无所谀道，而不幸乃曰周孔，吾岂得无骇怪？且疑生悖乱浮诞，无所取幅尺，以故愈不对答。来柳州，见

---

〔1〕《柳宗元集校注》，卷十九，第 4 册，页 1339。
〔2〕同上书，卷三四，第 7 册，页 2177—2179。
〔3〕同上书，页 2197。

一刺史,即周孔之。今而去我,道连而谒于潮,之二邦,又得二周孔。去之京师,京师显人为文词、立声名以千数,又宜得周孔千百,何吾生胸中扰扰焉多周孔哉![1]

杜温夫恭维柳宗元是今之周孔,柳宗元讽刺他如此阿谀,一路奔竞下去,不知多少达官显贵要被他称为周孔:"何吾生胸中扰扰焉多周孔哉!"

面对现实中的士风浇薄,李华提出士君子要大力提高文德修养,成为"文""行"兼备之人,然而,他并没有强调师道对于养成文德之士的意义,其《赠礼部尚书清河孝公崔沔集序》云:

> 文章本乎作者,而哀乐系乎时;本乎作者,六经之志也;系乎时者,乐文武而哀幽厉也。立身扬名,有国有家,化人成俗,安危存亡,于是乎观之。宣于志者曰言,饰而成之曰文,有德之文信,无德之文诈。……夫子之文章,偃、商传焉,偃、商殁而孔伋、孟轲作,盖六经之遗也;屈平、宋玉哀而伤,靡而不返,六经之道遁矣。论及后世,力足者不能知之,知之者力或不足,则文义浸以微矣,文顾行,行顾文,此其与于古欤![2]

这些中唐的有识之士,在是否提倡师道以振作士风的问题上,或尚未认识到其意义,或迫于现实压力而不能申发。与此不同的是,吕温曾明确谈论师的重要:

> 魏晋之后,其风大坏,学者皆以不师为天纵,独学为生知,

---

〔1〕《柳宗元集校注》,卷三四,第 7 册,页 2221。

〔2〕《全唐文》,卷三一五,第 2 册,页 3196。

译疏翻音，执疑护失，率乃私意，攻乎异端，以讽诵章句为精，以穿凿文字为奥，至于圣贤之微旨，教化之大本，人伦之纪律，王道之根源，则荡然莫知所措矣。其先进者，亦以教授为鄙，公卿大夫，耻为人师，至使乡校之老人，呼以先生，则勃然动色。痛乎风俗之移人也如是。是以今之君子，事君者不谏诤，与人交者无切磋，盖由其身不受师保之教诲，朋友之箴规，既不知己之损益，恶肯顾人之成败乎？而今而后，乃知不师不友之人，不可与为政而论交矣。且不师者，废学之渐也，恐数百年后，又不及于今日，则我先师之道，其陨于深泉。是用终日不食，终夜不寝，驰古今而慷慨，抱文籍而太息。(《与族兄皋请学春秋书》)[1]

吕温对师道沦丧的不满与韩愈颇为近似，但从今天留存的文献，还见不到他弘扬师道的具体实践，上述的时事批评，或者只是亲友之间的议论。与此相比，韩愈不顾流俗，抗颜为师，其卓越之识见与勇气迥出众人之上。

从今天传世的资料来看，韩愈提倡师道在唐代并未获得广泛响应。晚唐皮日休曾请求朝廷令韩愈配享太学[2]，并未得到准许。北宋士大夫复兴儒学，推尊韩愈。欧阳修取法韩愈，其成就被苏轼称为"斯文有传，学者有师"[3]，师道之复兴，在宋代以后逐渐蔚为风气。

国学学官经历为韩愈的师道建树提供了十分独特的机缘。国学无论呈现怎样的衰颓之状，都是唐代社会最重要的教育机构，自初唐以来就寄托着如陈子昂、张说这样的有道之士的文化社会理想，无论世风与士风如何混乱，这里都应该是当时社会的一片相对的净土。然而

---

〔1〕《全唐文》，卷六二七，第 3 册，页 6332—6333。

〔2〕皮日休著，萧涤非、郑庆笃整理，《皮子文薮》(上海：上海古籍出版社，2017)，页104—105。

〔3〕《祭欧阳文忠公文》，《苏轼文集》，卷六三，第 5 册，页 1937。

长期的学官经历，让韩愈对这一片"净土"中的颓败之状有了深入的认识。"净土"尚且如此，全社会师道之沦丧不传，该是何等触目惊心！在担任国子四门博士之前，韩愈对结交同道、奖掖后学已倾注很大热情，但这时还没有明确的师道意识；担任四门博士之后，他写作《师说》，对师道观做集中的标举，其对后学的奖掖荐举，师道意识颇为明确。这其中显著的变化，应该说在很大程度上是国学学官的经历所促成。

国学也为韩愈实践自己的师道理想提供了重要舞台。他鼓励国学士子"以道为师"。当有能力为国学选拔教师时，他更是不遗余力地选拔才德之士。元和十五年，从潮州贬所返回长安的韩愈，出任国学最高长官国子祭酒，他大力选拔"有经艺堪训导生徒者"来担任教师，其《国子监论新注学官牒》云：

> 准今年赦文，委国子祭酒选择有经艺堪训导生徒者以充学官。近年吏部所注，多循资叙，不考艺能，至令生徒不自劝励。伏请非专通经传，博涉坟史，及进士五经诸色登科人，不以比拟。其新受官上日，必加研试，然后放上，以副圣朝崇儒尚学之意。[1]

韩愈在引发其师道之痛切体验的国学，努力践行其师道理想。可见，国学之于韩愈师道观的形成与实践，意义非同寻常。

第三节 "师其人"与"明其理"

韩愈和柳宗元的古文创作，皆善于融会百家、自铸伟辞，但二人取法前人的方式有所不同。韩愈对于前代作者，常能深得其家法；柳

---

[1]《韩愈文集汇校笺注》，卷三十，第 7 册，页 2997。

宗元则更善于把握前代文章长期形成的艺术传统，究明文理，发挥个人创造。韩、柳之师古，或重"师其人"，或重"明其理"，由此为其古文创作带来颇为不同的风貌。

一、"师其人"：韩文师古之道

韩愈对于前代作者，常能在"师其人"的过程中，入而能出，自成面目；其文章常可见出前代作者个性化风格与表现手法的影响。要理解这一点，不妨先看一看欧阳修对韩愈的取法方式。

欧阳修对于韩愈，精神上衷心景仰，艺术上也认真追摹。他前期的诗作，不少都带有明显的学韩特色；在古文写作中，其《送杨寘序》学习韩愈《送王含秀才序》之结构笔法，《梅圣俞诗集序》取法韩愈《送孟东野序》的命意布局，《释秘演诗集序》《释惟俨文集序》亦深得韩愈《送浮屠文畅师序》之文势。如此师古，倘深陷前人藩篱，自然会落入剿袭模仿，但如果入而能出，学习就不是创新的羁绊而是滋养。欧阳修即在师韩中自成一家。林纾尝云："欧之学韩，神骨皆类，而风貌不类。但观惟俨、秘演诗文集二序，推远浮屠之意与韩同，能不为险语，而风神自远，则学韩真不类韩矣。"（《春觉斋论文》）[1]

专心地学习前代作家以至于"神骨皆类"，并且入而能出，形成自家面目，这是"师其人"的师古之道的精要所在。对此，欧阳修固然是极典型的范例，而作为欧阳修所取法的韩愈，其对前代艺术的学习，也在很大程度上具有"师其人"的特点。韩愈为文追求"词必己出"，但这种艺术创新不是凭空臆造，而是在师法前人、与前代作者深入交流的过程中形成的。

韩文气势涵泓、"抑遏蔽掩，不使自露"（苏洵《上欧阳内翰第一

---

[1]《历代文话》，第 7 册，页 6384。

书》）〔1〕。粗看之下，似乎很难指明其师承之迹，然仔细观察其为文之道，并结合同时之人与后世论者的分析，还是可以看到他对某些前代作家的深入追摹，其中司马迁与扬雄二人的影响，最可注意。

韩愈本人自道为文之旨，称"非三代两汉之书不敢观"（《答李翊书》）〔2〕，而对于两汉作家，最常称道的则有司马迁、司马相如、刘向、扬雄四人，其《送孟东野序》云："汉之时，司马迁、相如、杨雄，最其善鸣者也。"〔3〕其《答刘岩夫书》云："汉朝人莫不能为文，独司马相如、太史公、刘向、杨雄为之最。"〔4〕论及古来最能"自树立，不因循"的作家，亦云："夫君子之于文，岂异于是乎？今后进之为文，能深探而力取之，以古圣贤人为法者，虽未必皆是，要若有司马相如、太史公、刘向、杨雄之徒出，必自于此，不于循常之徒也。"（《答刘岩夫书》）〔5〕

这四人中，司马迁和扬雄的影响又最为深入。作为韩愈的文章知音，柳宗元特别指明："退之所敬者，司马迁、扬雄。"（《答韦珩示韩愈相推以文墨事书》）〔6〕后人亦屡屡呼应柳宗元的看法，指出韩愈最有得于迁、雄二人。《旧唐书》韩愈本传，亦称卓越自立的韩文，是有得于"迁、雄之气格"，所谓："（愈）常以为自魏、晋已还，为文者多拘偶对，而经诰之指归，迁、雄之气格，不复振起矣。故愈所为文，务反近体；抒意立言，自成一家新语。后学之士，取为师法。当时作者甚众，无以过之，故世称'韩文'焉。"〔7〕《新唐书》韩愈本传也有类似

---

〔1〕 苏洵著，曾枣庄、金成礼笺注，《嘉祐集笺注》（上海：上海古籍出版社，1993），卷一二，页328。
〔2〕《韩愈文集汇校笺注》，卷六，第2册，页700。
〔3〕 同上书，卷九，第3册，页983。
〔4〕 同上书，卷八，第2册，页865。
〔5〕 同上书，页866。
〔6〕《柳宗元集校注》，卷三四，第7册，页2204。
〔7〕《旧唐书》，卷一六〇，第13册，页4203—4204。

记载："愈之才，自视司马迁、杨雄，至班固以下不论也。"[1]这里明确点出，韩愈以迁、雄自视，东汉班固以下的作者皆略不措意。

韩愈从"气格"的角度取法二家，而所谓"气格"包含独特的精神气局以及相应的表现形式。从精神层面讲，韩愈为文的"感激怨怼"，与司马迁的"发愤著书"多有呼应；而他的抗俗自立，与扬雄的寂寞著书，也有精神上的投契。更值得关注的是，这种精神上的相知，被韩愈落实到具体创作的学习取法之中，对迁、雄独特的表现手法和艺术风格都能"得其神骨"。

韩愈一生的创作，都可以看到来自司马迁的显著影响。其早年辗转世路时所写的许多书信，特别是向友人表达坎壈屈抑之苦的那些作品，都深得司马迁《报任少卿书》之神情气息。司马迁在《报任少卿书》中，将自己最屈辱无助的一面呈露给友人：

> 仆以口语遇此祸，重为乡党所笑，以污辱先人，亦何面目复上父母丘墓乎？虽累百世，垢弥甚耳！是以肠一日而九回，居则忽忽若有所亡，出则不知其所往。每念斯耻，汗未尝不发背沾衣也。身直为闺阁之臣，宁得自引深藏于岩穴邪！故且从俗浮沉，与时俯仰，以通其狂惑。[2]

司马迁以知己倾诉之语，书写了发愤著书最为沉痛也最为激越的篇章。韩愈早年的许多书信，都以这种知己血泪倾诉的笔墨给人留下深刻印象，例如《与李翱书》自述穷愁无奈屈辱之状，字字血泪中深藏愤郁：

> 仆在京城八九年，无所取资，日求于人，以度时月，当时

---

[1]《新唐书》，卷一七六，第17册，页5269。
[2]《文选》，卷四一，第5册，页1899。

行之不觉也，今而思之，如痛定之人思当痛之时，不知何能自处也。……嗟乎！子之责我诚是也，爱我诚多也，今天下之人有如子者乎？自尧舜以来，士有不遇者乎？无也。子独安能使我洁清不污，而处其所可乐哉？非不愿为子之所云者，力不足、势不便故也。仆于此岂以为大相知乎？累累随行，役役逐队，饥而食，饱而嬉者也。其所以止而不去者，以其心诚有爱于仆也。然所爱于我者少，不知我者犹多，吾岂乐于此乎哉？将亦有所病而求息于此也。

嗟乎！子诚爱我矣，子之所责于我者诚是矣，然恐子有时不暇责我而悲我，不暇悲我而自责，且自悲也。及之而后知，履之而后难耳。孔子称颜回："一箪食、一瓢饮，在陋巷，人不堪其忧，回也不改其乐。"彼人者，有圣者为之依归，而又有箪食瓢饮足以不死，其不忧而乐也，岂不易哉！若仆无所依归，无箪食，无瓢饮，无所取资则饿而死，其不亦难乎？[1]

文中以层层反问、跌宕起伏的句式，抒写内心的沉痛和愤郁；以"若仆无所依归，无箪食，无瓢饮，无所取资，则饿而死，其不亦难乎"这样决绝的笔墨，写自己绝望到极点的处境。这些都可以看到与《报任少卿书》颇相类似的神情气质。这样的作品，还有《与崔群书》《与孟东野书》等。至于其回应张籍的《答张籍书》《重答张籍书》，也坦陈自己对世事的无奈、前途的茫然，即便如此，仍然不放弃传承先圣之道的使命。全文跌宕起伏，像《报任少卿书》一样，交织着痛苦屈辱与自信坚忍的旋律。

在"唐宋八大家"中，韩愈的叙事成就极为突出，而在不同的叙事文体中，碑文又是他极为擅长的。刘勰称碑文之作"标叙盛德，必

---

[1] 《韩愈文集汇校笺注》，卷六，第 2 册，页 738—739。

见清风之华；昭纪鸿懿，必见峻伟之烈。"[1]要展现"盛德鸿懿"，就需要在叙事上具有总揽全局、观其大体的笔力。《史记》的叙事笔法常有如此气魄，韩愈的碑文亦笔力开阔，例如《南海神庙碑》之开篇：

> 海于天地间为物最钜，自三代圣王，莫不祀事。考于传记，而南海神次最贵，在北东西三神河伯之上，号为祝融。天宝中，天子以为古爵莫贵于公侯，故海岳之祀，牲币之数，放而依之，所以致崇极于大神。今王亦爵也，而礼海岳尚循公侯之事，虚王仪而不用，非致崇极之意也。由是册尊南海为广利王，祝号祭式，与次俱升。因其故庙，易而新之，在今广州治之东南，海道八十里，扶胥之口，黄木之湾。常以立夏气至，命广州刺史行事祠下，事讫驿闻。[2]

如此"高揭祀典，郑重王仪"[3]，其叙事之宏括紧健，与《史记》八书及十表之表序，神气颇为近似。八书及十表之表序，叙述古今典制之变，能于纷乱中剖析源流，宏纤备举，这样的大气魄、大眼光，被韩愈取法，并融会在碑文的创作中。钱基博称"此文前路叙典制，鲜明紧健，学太史公"[4]，正揭示了韩文胎息《史记》之处。《平淮西碑》叙述头绪纷繁的战争过程，亦要言不烦而得其大体：

> 颜、胤、武合攻其北，大战十六，得栅、城、县二十三，降

---

[1]《文心雕龙注》，卷三，上册，页214。

[2]《韩愈文集汇校笺注》，卷二一，第5册，页2245。

[3] 林纾著，武晔卿、陈小童校注，《韩柳文研究法》（北京：低音·北京联合出版公司，2019），页63。

[4] 钱基博，《韩愈文读》，傅宏星主编、傅宏星校订，《钱基博集·韩愈志·韩愈文读》（武汉：华中师范大学出版社，2012），页115。

人卒四万。道古攻其东南，八战，降万三千，再入申，破其外城。文通战其东，十余遇，降万二千。愬入其西，得贼将辄释不杀，用其策，战比有功。[1]

这一段运用较长的排比句式，既以全局在胸的眼光，清晰勾画战争的主要脉络，又传达出官军勇猛进军的气势。清人刘熙载云："太史公文，韩得其雄。"[2]所谓"雄"，主要是指《史记》行文之雄奇，而这与司马迁在叙事中所体现的大气魄、大眼光密切相关。韩愈碑文的叙事笔力，颇有得于此。

《史记》文风之"雄"，还常体现在陡健的文势、突兀的发端[3]，例如《西南夷列传》之开篇：

> 西南夷君长以什数，夜郎最大；其西靡莫之属以什数，滇最大；自滇以北君长以什数，邛都最大……自巂以东北，君长以什数，徙、筰都最大；自筰以东北，君长以什数，冉駹最大。……自冉駹以东北，君长以什数，白马最大，皆氐类也。[4]

李景星称此开篇"如青山霹雳，如平地奇峰，突兀得势；入后步步照应，有破竹之妙"[5]。韩愈之《送廖道士序》开篇之句法承此而来："五岳于中州，衡山最远。南方之山巍然高而大者以百数，独衡为宗。"[6]值得注意的是，柳宗元《游黄溪记》构思亦类此：

---

〔1〕《韩愈文集汇校笺注》，卷二十，第 5 册，页 2197。
〔2〕刘熙载，《艺概》（上海：上海古籍出版社，1978），卷一，页 13。
〔3〕俞樟华，《史记艺术论》（北京：华文出版社，2002），页 242—243。
〔4〕《史记》（北京：中华书局，1982），卷一一六，第 9 册，页 2991。
〔5〕李景星著，韩兆琦、俞樟华校点，《四史评议》（长沙：岳麓书社，1986），页 108。
〔6〕《韩愈文集汇校笺注》，卷十，第 3 册，页 1095。

北之晋，西适豳，东极吴，南至楚越之交，其间名山水而州者以百数，永最善。环永之治百里，北至于浯溪，西至于湘之源，南至于泷泉，东至于黄溪东屯，其间名山水而村者以百数，黄溪最善。[1]

比较而言，柳文较为舒缓，而韩文句式短促、气势劲健，更接近《史记》。韩文亦多有发端突兀者，如《送温造处士赴河阳军序》之开篇："伯乐一过冀北之野，而马群遂空。"[2]《师说》开篇之"古之学者必有师"[3]，《送孟东野序》开篇之"大凡物不得其平则鸣"[4]，皆奇崛高迥、文风陡健。

《史记》之"雄"，又与"奇"紧密地结合在一起。扬雄尝云："子长多爱，爱奇也。"（《法言》）[5]鲁迅亦称司马迁"传畸人于千秋"[6]。对于卓异特立的历史人物，表现了极大的关注。韩愈的《毛颖传》不仅在写法上严格遵循史传体裁，对毛颖的刻画也渗透了浓厚的"奇"趣。毛颖之身世、才学，处处关合毛笔之特点，又呈现出奇才卓荦的人物特性，篇末一段"太史公曰"，亦是为奇才志士鸣不平。取法《史记》可谓形神皆肖。

在深入《史记》"雄奇"之境的同时，韩愈也对《史记》独特的议论风格、构思方式、语言特色，表现出多方面的继承。性情淋漓的议论，是《史记》的一大特色，这些议论常常融会司马迁本人的所见所闻与所思所感，例如《伯夷列传》，不仅直接抒发议论，司马迁还提

---

[1]《柳宗元集校注》，卷二九，第 6 册，页 1879。
[2]《韩愈文集汇校笺注》，卷一一，第 3 册，页 1198。
[3] 同上书，卷二，第 1 册，页 139。
[4] 同上书，卷九，第 3 册，页 982。
[5] 汪荣宝撰，陈仲夫点校，《法言义疏》（北京：中华书局，1987），卷一八，页 507。
[6] 鲁迅著，《汉文学史纲》第十章，《鲁迅全集》（北京：人民文学出版社，2005），第九卷，页 435。

到自己"登箕山，其上盖有许由冢云"〔1〕的经历。《孟子荀卿列传》以"太史公曰"开篇：

> 余读孟子书，至梁惠王问"何以利吾国"，未尝不废书而叹也。曰：嗟乎，利诚乱之始也！夫子罕言利者，常防其原也。故曰"放于利而行，多怨"。自天子至于庶人，好利之弊何以异哉！〔2〕

这一段"太史公曰"，由司马迁本人阅读孟子书的经历感触，领起传文的叙述。类似这种与叙事紧密结合而又非常个性化的议论，在韩文中也多有呈现。《张中丞传后叙》通过自叙与张籍阅李翰《张巡传》，对其疏漏感到不满，引出对张巡、许远以及南霁云事迹的补叙。行文中亦夹叙夹议，以对诋诬之辞的大段驳斥，凸显了张、许的英雄形象。

韩文一些著名的议论篇章，亦可看到《史记》"太史公曰"的风神，例如《送董邵南序》这篇短小的文字，唱叹淋漓，开阖曲折，而仔细体会其间的运思结构，很可见出《史记》的影响。全篇"古""今"对照，通过燕赵古今风俗之移易，寄寓对董生的劝阻。文中希望董邵南"观于其市"来了解风俗之变化，如此构思，与《史记·樊郦滕灌列传》之"太史公曰"不无联系：

> 太史公曰：吾适丰沛，问其遗老，观故萧、曹、樊哙、滕公之家，及其素，异哉所闻！方其鼓刀屠狗卖缯之时，岂自知附骥之尾，垂名汉廷，德流子孙哉？余与他广通，为言高祖功臣之兴

---

〔1〕《史记》，卷六一，第7册，页2121。
〔2〕同上书，卷七四，第7册，页2343。

时若此云。[1]

类似的笔墨，还可见于《史记·孟尝君列传》：

> 太史公曰：吾尝过薛，其俗闾里率多暴桀子弟，与邹、鲁殊。问其故，曰："孟尝君招致天下任侠，奸人入薛中盖六万余家矣。"世之传孟尝君好客自喜，名不虚矣。[2]

至于《送董邵南序》行文之曲折委婉、感慨深长，也与《史记》"太史公曰"的语言风格颇为近似。

对于《史记》的语言特色，韩愈也多有取法，脱胎点化、效其声口，例如《获麟解》："角者，吾知其为牛；鬣者，吾知其为马。犬豕豺狼麋鹿，吾知其为犬豕豺狼麋鹿，惟麟也不可知。"[3]此句式取法《史记·老子韩非列传》："孔子去，谓弟子曰：'鸟，吾知其能飞；鱼，吾知其能游；兽，吾知其能走。走者可以为罔，游者可以为纶，飞者可以为矰。至于龙，吾不能知，其乘风云而上天。'"[4]刘壎《隐居通议》卷十八，特别指出韩文语言取法《史记》之处：

> 《史记》云"胜不敢复相士"云云，"胜不敢复相士"；韩碑云"汝何敢反"云云，"汝何敢反"。《史记·荆轲传》云："轲真倾危之士哉。"韩《毛颖传》云："秦真少恩哉"……若此者，殆

---

[1]《史记》，卷九五，第 8 册，页 2673。

[2] 同上书，卷七五，第 7 册，页 2363。

[3]《韩愈文集汇校笺注》，卷二，第 1 册，页 135。

[4]《史记》，卷六三，列传卷三，页 2140。此例宋人吴子良曾指出，见所著《荆溪林下偶谈》，卷一，《景印文渊阁四库全书》（台北：台湾商务印书馆，1983），第 1481 册，页 489。

不胜纪。然则世之工作文者，固不得舍《史》《汉》而他求也。[1]

可见，韩愈对于《史记》，不仅呼应其奇节卓荦、志士感愤之情，而且在艺术的方方面面心追口摹。这种全方位的学习，对韩文艺术的成熟发挥了极大的作用。如果是一位精神世界单薄、艺术才力不足的作家，这样的学习方式，或许会令其失却自家面目而沦为优孟衣冠，但韩愈在追随景仰之中，以丰沛的精神和绝大的才力，入而能出，卓然有以自立。

在司马迁之外，扬雄是韩愈深入取法的又一典范。虽然在《原道》中，韩愈认为扬雄对于儒道"择焉而不精，语焉而不详"，但扬雄的宗经明道还是受到韩愈的高度肯定。在《重答张籍书》中，韩愈明确说："己之道乃夫子、孟轲、杨雄所传之道也。"[2]他认为自己弘扬儒道、攘斥佛老，即是上承孟子、扬雄：

> 愈不助释氏而排之者，其亦有说。孟子有云："今天下不之杨，则之墨。"杨墨交乱，而圣贤之道不明。圣贤之道不明，则三纲沦而九法斁，礼乐崩而夷狄横，几何其不为禽兽也！故曰："能言距杨墨者，皆圣人之徒也。"杨子云曰："古者杨墨塞路，孟子辞而辟之，廓如也。"(《与孟简尚书书》)[3]

扬雄在人生态度上，选择寂寞著书、"知玄守默"，不追求建功立业、富贵显达，这固然有时命之悲的无奈，但体现了儒家为己之学的

---

[1] 刘壎著，《隐居通议》，卷一八，《丛书集成初编》（北京：中华书局，1985），页190。此处"轲真倾危之士哉"之语，不见于《史记》，当是《史记·张仪苏秦列传》之"太史公曰"误记于此，其文云："此两人真倾危之士哉。"

[2] 《韩愈文集汇校笺注》，卷四，第2册，页562。

[3] 同上书，卷八，第2册，页887。

精神。韩愈也深受儒家为己之学的影响，"五原"中的《原毁》热情赞扬了"其责己也重以周，其待人也轻以约"[1]的古君子之风。韩愈与友朋后进论及学行的修养，常以志存古道，无须在意时俗相砥砺，其《答陈生师锡书》云：

> 盖君子病乎在己而顺乎在天，待己以信而事亲以诚。所谓病乎在己者，仁义存乎内，彼圣贤能推而广之，而我蠢然为众人。所谓顺乎在天者，贵贱穷通之来，平吾心而随顺之，不以累于其初。[2]

他称赞齐皡虽被屈落第而不怨：

> 齐生之兄为时名相，出藩于南。朝之硕臣皆其旧交。齐生举进士，有司用是连枉齐生。齐生不以云，乃曰："我之未至也，有司岂枉我哉？我将利吾器而俟其时耳。"抱负其业，东归于家。吾观于人，有不得志则非其上者众矣，亦莫计其身之短长也。若齐生者，既不得志矣，而曰："我未至也。"不以闵于有司，其不亦鲜乎哉！吾用是知齐生后日诚良有司也。(《送高阳齐皡下第序》)[3]

韩愈所以引扬雄为自己的异代知音，"为己"是两人重要的精神纽带。在《与冯宿论文书》中，韩愈谈到作文当志存高远，不要以时俗为意，并标举扬雄："昔杨子云著《太玄》，人皆笑之。子云之言曰：

---

〔1〕《韩愈文集汇校笺注》，卷一，第1册，页58。
〔2〕同上书，卷六，第2册，页731。
〔3〕同上书，卷九，第3册，页1019。

'世不我知，无害也；后世复有杨子云，必好之矣。'……以此而言，作者不祈人之知也明矣，直百世以俟圣人而不惑，质诸鬼神而不疑耳，足下岂不谓然乎？"[1]扬雄之寂寞著述，应和了韩愈抗流俗而为文的追求。

在精神相契的同时，韩愈为文亦多有得于扬雄。其同道张籍曾云："执事聪明，文章与孟轲、扬雄相若。"（张籍《与韩愈书》）[2]韩愈对扬雄的取法，首先使人想到的便是二人都用力于"造语"。前人多次指出韩文的一些用语承扬雄而来，例如《曹成王碑》用语精强怪奇，洪兴祖称"此造语法子云"[3]。又如《南海神庙碑》，其中描写海怪纷至的奇谲之笔，也与扬雄多有胎息之迹。刘大櫆称此文："从《上林》《羽猎》来，故其语雄奇。"[4]具体来讲，扬雄与韩愈，在"造语"的丰富性上十分近似。扬雄之《法言》模拟《论语》，用语以仿古为主；而《扬雄集》中的篇章，则兼容雅丽之词，甚至流行之语，创造出不少富有生命力的新词汇。韩愈之"造语"，同样兼取经史、故训以及当时之口语，自铸伟辞。扬雄创造了许多新成语，例如"金科玉条""云谲波诡""势不得已""参差不齐"，等等，而韩愈集中同样富于这样脍炙人口的新成语，例如"业精于勤""蝇营狗苟""焚膏继晷""细大不捐"，等等。至于《进学解》《送穷文》等作品，直接模仿扬雄《解嘲》《逐贫赋》的命意、格局，在对扬雄的"亦步亦趋"中翻出新意，自铸伟辞。

扬雄多有模拟古圣贤之作。《汉书》本传云：

---

〔1〕《韩愈文集汇校笺注》，卷七，第 2 册，页 817。

〔2〕张籍撰，徐礼节、余恕诚校注，《张籍集系年校注》（北京：中华书局，2011），卷一〇，页 994。

〔3〕《韩昌黎文集校注》，卷一八，第 5 册，页 1953。

〔4〕吴孟复、蒋立甫主编，《古文辞类纂评注》（合肥：安徽教育出版社，2004），中册，页 1314。

以为经莫大于《易》，故作《太玄》；传莫大于《论语》，作
《法言》；史篇莫善于《仓颉》，作《训纂》；箴莫善于《虞箴》，作
《州箴》；赋莫深于《离骚》，反而广之；辞莫丽于相如，作四赋；
皆斟酌其本，相与放依而驰骋云。用心于内，不求于外，于时人
皆忽之；唯刘歆及范逡敬焉，而桓谭以为绝伦。[1]

扬雄《太玄》《法言》《训纂》《反离骚》等，皆在模拟师古中创新，
而韩愈以"师其人"为核心的师古之道，与扬雄的做法多有神似。韩
愈《进学解》《送穷文》之于扬雄《解嘲》《逐贫赋》，也是在模拟中
创新。

韩愈对迁、雄二人，从精神气象到为文之法，入之深而不落藩篱。
柳宗元曾比较韩愈与迁、雄的异同："迁于退之，固相上下。若雄者，
如《太玄》《法言》及《四愁赋》，退之独未作耳，决作之，加恢奇，
至他文过扬雄远甚。雄之遣言措意，颇短局滞涩，不若退之猖狂恣睢、
肆意有所作。"(《答韦珩示韩愈相推以文墨事书》)[2]在柳宗元看来，韩
愈学司马迁而能与之颉颃，学扬雄而后来居上。韩愈自道为文"师古
圣人"，并且"师其意，不师其辞"(《答刘岩夫书》)。[3]他的艺术创新，
并非对前人之"辞"全然不以为意的凭空臆造，而是在全面涵泳前人
之"辞""意"基础上的自成面目。

二、"明其理"：柳宗元的师古

与韩愈相比，柳宗元的师古之法，则是以"明其理"为核心，即
把握前代文章长期形成的艺术传统，究明文理，发挥个人创造。其作

---

[1]《汉书》，卷八七下，第 11 册，页 3583。
[2]《柳宗元集校注》，卷三四，第 7 册，页 2204。
[3]《韩愈文集汇校笺注》，卷八，第 2 册，页 865。

品虽兼取百家，但后人很难看出他对哪一位前代作家全力沉潜。他更善于立足文体、文类的表现传统成一家之文，这在他取得突出成就的骚体文、论体文、山水游记等的创作中，都有鲜明的体现。

柳宗元对于屈骚传统有深入的继承，但柳文之深于骚，并非立足于对屈原、宋玉、贾谊等具体楚辞作者的追随仿效，而是通过提炼骚之理，把握屈骚文学特有的创作传统来创作。《新唐书》柳宗元本传称其在贬谪中，"仿《离骚》数十篇"[1]，今天已经很难确认这"数十篇"的篇目，但今传柳集中"古赋"类的《佩韦赋》《惩咎赋》《闵生赋》《梦归赋》《囚生赋》，是"感士不遇赋"传统的变化；而《吊苌弘文》《吊屈原文》《吊乐毅文》，则是贾谊《吊屈原赋》的绍续。这是汉赋发扬楚辞精神的两个主要表现传统，围绕这两个传统，前代许多作家进行了创作，每个人既遵循传统的基本艺术格局，又有自己个性化的发挥。柳宗元创作这类作品，并不刻意追摹某个前代作者的个性风格，而着眼于上述两个表现传统的基本艺术之理，并在此基础上形成自己个性化的风格。

柳宗元继承屈骚传统，还有十分新颖的创造。今传柳宗元文集，基本都是四十五卷本，其中一卷为"骚"类文，共收作品十篇：《乞巧文》《骂尸虫文》《斩曲几文》《宥蝮蛇文》《憎王孙文》《逐毕方文》《辨伏神文》《愬螭文》《哀溺文》《招海贾文》。这十篇作品，除《招海贾文》在形式上明显模仿《招魂》，其余九篇文体形式十分独特，最能见出柳宗元对骚体文学的创变。

柳宗元这类作品，在基本结构上暗含了方术中厌劾之法的祈祷诅咒之义，情感的表达依托对神灵的祈祷而展开，其新颖的形式带有很强的自我作古的意味，罕有先导，少见来者；从精神内涵上看，又与以原始宗教为背景的屈骚神人关系有某种内在的继承，是作者以新颖

---

[1]《新唐书》，卷一六八，第16册，页5132。

独创的形式发挥骚之"理"的艺术创造。对于这个问题，本书第五章第二节有关柳宗元屈骚艺术的讨论中，将有详细分析。

柳宗元善于著论，其《封建论》《四维论》《断刑论》《天爵论》《时令论》《六逆论》《守道论》等，都是脍炙人口的作品。前代作者多有善于著论者，如嵇康、陆机等，但柳宗元并没有表现出对哪一位前代作者特别的偏好，其著论也是在深察论之"理"的基础上驰骋锋芒。"论"体文的核心要素是辨正群言，柳宗元著论即注重在辨析成俗旧说的基础上，提出对问题的见解。例如，《四维论》在对管子以"礼义廉耻"并立为"四维"之说予以否定的基础上提出对"礼义"的认识；《六逆论》则在驳斥《左传》"贱妨贵""远间亲""新间旧"为六逆的基础上提出任人为贤之理。他特别指出，言论纷纭，正是使圣人之道泪没不明的原因，所谓："建一言，立一辞，则龊龊而不安，谓之是可也，谓之非亦可也，混然而已，教于后世，莫知其所以去就。明者慨然将定其是非，则拘儒瞀生相与群而咻之，以为狂为怪，而欲世之多有知者，可乎？夫中人可以及化者，天下为不少矣，然而罕有知圣人之道，则固为书者之罪也。"（《六逆论》）[1]柳宗元所创作的"论"，体现出鲜明的辨正成说的特点。其《封建论》能区分封建、郡县等问题的不同层面来进行讨论，不再笼统分析二者之优劣，形成了层次丰富、逻辑井然的论述体制。[2]这些作品接续"论"之神理，但在具体的论辩风格上，并不模仿前代论家的个性特色，而是充分展现柳宗元独特的风格神情，如此的师古之道，与其骚体文深得骚之"理"的创作方式，颇为近似。

柳宗元最为世人传诵的山水游记，同样体现了类似的师古之道。

---

〔1〕《柳宗元集校注》，卷三，第 1 册，页 273。

〔2〕参见拙著《汉语思想的文体形式》（上海：华东师范大学出版社，2012），页 56—78，101—111。

东晋以来，山水文学的发展取得了辉煌成就，形成了重要的艺术表现传统，柳宗元的山水文学成就受到后人高度肯定，他与谢灵运、陶渊明、王维、孟浩然、韦应物并称为山水田园文学最重要的代表作家。虽然有谢灵运、王维这些成就卓越的作家在前，但柳宗元并没有用韩愈取法迁、雄的态度来学习他们，而同样是在深得山水之"理"的基础上，形成自己的独特文风。其《永州八记》中所呈现的幽独空寂之趣，正是山水文学重要的表现传统。东晋山水文学意识所追求的"澄怀观道"，经佛理禅心的深刻浸润，形成幽独空寂的表现意趣，在王维、孟浩然、韦应物等人的山水之作中多有呈现，各人的表现风格各异。柳宗元刻画小石潭的"凄神寒骨，悄怆幽邃"[1]，使人联想到王维辋川之作中的《竹里馆》《鹿柴》，其幽独空寂之神情相通，但彼此又有明显的风格差异。又如《袁家渴记》描写山间景色：

> 其中重洲小溪，澄潭浅渚，间厕曲折，平者深黑，峻者沸白。舟行若穷，忽又无际。有小山出水中，山皆美石，上生青丛，冬夏常蔚然。其旁多岩洞，其下多白砾，其树多枫柟石楠，楩槠樟柚，草则兰芷。又有异卉，类合欢而蔓生，轇轕水石。每风自四山而下，振动大木，掩苒众草，纷红骇绿，蓊葧香气，冲涛旋濑，退贮溪谷，摇扬葳蕤，与时推移。其大都如此，余无以穷其状。[2]

文中对山间景物色彩的描绘，亦承袭了南朝山水诗写景着色的独特传统。谢灵运山水诗在澄澈的状态下观察山水景象，其色彩清澈、对比鲜明，常形成强烈的视觉印象，由此形成山水诗表现景物色彩的独特

---

[1]《柳宗元集校注》，卷二九，第6册，页1912。
[2] 同上书，页1918。

传统。这一传统亦被融会在柳宗元的山水文学中。

总的来看，柳宗元的师古，更重"明其理"，在遵循文体、文类的表现传统的基础上创新。如果说韩愈"师其人"的师古之法，在创作中要避免优孟衣冠而落入僵硬模仿，柳宗元在"明其理"基础上的创新，则要避免被文章程式所束缚。柳宗元虽明乎规矩，但不落窠臼，正如韩愈虽"师其人"而能自成面目一样，体现了极高的艺术创造力。

三、韩柳古文师古之道的成因

韩柳文章师古的不同方式，与其儒道思想的差异有深刻联系。韩愈弘扬儒道，以"拟圣"为本。他更愿意通过标举有得于"道"的先圣、先贤这些人格榜样，来阐发对"道"的理解，表现出道由人传的强烈信念。

韩愈弘扬儒道的纲领性文章《原道》，虽然开篇对仁义道德做出辨析和论定，但全篇对此并无更深入的理论阐发，而是详细列举一位位先王先圣典范，列举其具体的为政之道。在他看来，"道"就包含在先王、先圣其人其行之中。韩愈自称为文是"约六经之旨而成文"（《上宰相书》）[1]，但"六经之旨"究竟是什么，他并不做理论化的深入表述，而是不遗余力地标举三代两汉的伟大作者，这些文道合一之人，才是"六经之旨"最充分的体现。在《送孟东野序》中，他把这些人称为"善鸣者"，并把穷愁的孟郊放到了"善鸣者"之列，以此表达对他的高度肯定与深切期许。

韩愈继承儒家思孟学派的传统，注重"人能弘道"，强调积极能动的士君子个体是弘道的基础，而士君子要通过师法圣贤，才能实现传道的使命，这是他大力提倡师道的思想依据。儒家所倡导的师道，即

---

[1]《韩愈文集汇校笺注》，卷六，第2册，页646。

是以学以成人为目标。老师之于学生，不是简单地传授知识，而是培养和塑造可以弘道的人格；学生之于老师，也不是单纯学习知识技能，掌握原理教条，而是要全面取法老师，亦即通过对老师的"师其人"，以造就自身的完善人格。

通过师法古人、养成人格来弘扬儒道，不像掌握一些原理那样简单，必须从容涵养，韩愈的古文学习也正经历了这样一个长期沉潜的过程。由于韩愈是通过对一个个具体的先圣、先贤的学习取法进入古书，这些前代人物身上既有典范的一面，也必然有粗疏之处，如何在取法先贤中去粗取精、辨其正伪，显然不是一蹴而就之事，因此这一学习的过程就不无漫长和艰苦。其古文创作在"师其人"的过程中寻求自家面目，其间的艰苦也正在于此。

柳宗元虽然是韩愈提倡古文的同道，但他对儒道的理解显然更加理性化，认为"理"可以超越历史之具体与人物之特殊。这种对普遍之"理"的追求，无疑也直接影响到他的为文师古之道是以"明其理"为核心。

韩、柳两种师古之道，本身并无高下之别；从两人的整体创作来看，他们也不会只拘守一途。韩愈古文亦明乎文理，其叙事、议论，皆能继承不同文体长期形成的艺术传统。而柳宗元也关注前代作家的不同特点，但对于任何一位前代作家，他都没有达到像韩愈那样全力追摹的程度。他与司马迁的关系，尤其可以反映这一点。韩愈称赞柳宗元的文章"雄深雅健，似司马子长"。这个评价得到了刘禹锡、皇甫湜的认可（刘禹锡《唐故尚书礼部员外郎柳君集纪》）。[1]这说明柳宗元于太史公文亦深有所得。只是，从柳宗元对司马迁的认识，以及柳文所呈现出来的面貌，可以看出他对司马迁的取法还是很理性，与韩

---

〔1〕 刘禹锡著，陶敏、陶红雨校注，《刘禹锡全集编年校注》（长沙：岳麓书社，2003），下册，页1061—1063。

愈的师法方式多有不同。

柳宗元所欣赏于《史记》者，在于"峻洁"。其《报袁君陈秀才避师名书》云："大都文以行为本，在先诚其中。其外者当先读六经，次《论语》、孟轲书，皆经言；《左氏》、《国语》、庄周、屈原之辞，稍采取之；穀梁子、太史公甚峻洁，可以出入。"[1]他在《答韦中立论师道书》中谈到自己能清晰地认识前代之文的不同优点，并兼收并蓄，其中特别谈到对司马迁要"参之太史公以著其洁"，可见他非常看重的，仍是一个"洁"字。这个"洁"的含义，要联系柳宗元的思想意趣做综合分析。他推重西汉文风，以其合于文章之中道，所谓："殷、周之前，其文简而野，魏、晋已降，则荡而靡，得其中者汉氏。"(《柳宗直西汉文类序》)[2]《春秋》三传中，《左传》文辞丰赡，《公羊传》语多奇辞，唯《穀梁传》平实。柳宗元以《穀梁传》为"峻洁"，这是他反迷信、疾虚妄的理性精神，以及追求文章之中道的反映。因此，他对《史记》的推重，是重在事核文直，以及文风合乎中道。

从具体的创作来看，柳文在精神内涵和行文特点上都与《史记》有较大差别。柳宗元在贬谪中愤郁苦痛，其困厄压抑之处，很容易与司马迁怅望相感。而其《与李翰林建书》《寄许京兆孟容书》《与杨京兆评书》等书信，备述贬谪中的呜咽苦痛，茅坤认为是自司马迁《报任少卿书》中来。然而更多论者不赞同茅坤的意见，方苞认为茅氏之见是"未察其形，并未辨其貌"[3]。姚鼐亦认为柳之于太史公"诚为不逮远甚"[4]。比较而言，柳书更多对自身遭遇的无奈与反省，因而郁结凄恻；《报任少卿书》则更多不屈不甘，因而慷慨感愤。显然，韩愈更能呼应太史公的精神旋律。至于在文章的表现手法上，柳宗元对《史

---

〔1〕《柳宗元集校注》，卷三四，第7册，页2200。
〔2〕同上书，卷二一，第4册，页1454。
〔3〕方苞，《古文约选评文》，《历代文话》，第4册，页3970。
〔4〕《古文辞类纂评注》，中册，页983。

记》也不像韩愈那样广泛而深入地学习取法。

　　总之，对"师其人"与"明其理"的不同偏好，形塑了韩柳古文不同的神情品貌。这对于理解后世文章学的师古之论，理解古文创作的内在机制，都很有启发意义。

"忠"是韩愈古文的重要主题,近代以来,韩文的这个主题引发了激烈的争论。严复的《辟韩》,对韩愈维护君主之专制颇为不满。但这种批判明显脱离历史语境。韩愈在其所处的时代,很难去设想君主制以外的制度,不能对君主制形成更深入的批评,这当然是他的局限;但他并没有强调君臣关系中等级与专制的一面,而是强调君臣之间的"相生养"。其《原道》认为,儒家一切入世有为的建构,目的都是建立一种"相生养"之道,是"博爱之谓仁"的体现。其文云:

> 古之时人之害多矣。有圣人者立,然后教之以相生养之道。为之君,为之师,驱其虫蛇禽兽而处之中土。寒然后为之衣,饥然后为之食;木处而颠,土处而病也,然后为之宫室。为之工以赡其器用,为之贾以通其有无,为之医药以济其夭死,为之葬埋祭祀以长其恩爱,为之礼以次其先后,为之乐以宣其湮郁,为之政以率其怠倦,为之刑以锄其强梗。相欺也,为之符玺斗斛权衡以信之;相夺也,为之城郭甲兵以守之。害至而为之备,患生而为之防。[1]

在韩愈看来,圣人与后世的君王,与其臣民之间,是在"相生养"原

---

[1]《韩愈文集汇校笺注》,卷一,第1册,页2。

则下联系起来的管理者与被管理者：

> 君者，出令者也；臣者，行君之令而致之民者也；民者，出
> 粟米麻丝，作器皿、通货财，以事其上者也。君不出令，则失其
> 所以为君；臣不行君之令而致之民，民不出粟米麻丝，作器皿、
> 通货财，以事其上，则诛。[1]

这里的"诛"，是"责罚"的意思，并非血腥的"杀戮"。韩愈更多地从社会分工的差异来阐发君臣职责。这其中不仅没有对君主专制的刻意强调，反而是努力从"相生养""博爱之谓仁"的角度，阐发君主制度的意义。

韩愈古文的"忠君"书写，有许多值得关注之处。他的《张中丞传后叙》，在后世引发巨大反响。此文颂扬张巡、许远抗击叛军的忠义之举，驳斥加诸二人的种种非议。在为张、许二人平反辩污的过程中，韩愈树立了以"天性忠诚"为核心的忠臣形象。"双忠"的"天性忠诚"，使"忠"在很大程度上摆脱对亲情、天道的依傍，成为绝对而内在的道德追求。杜甫的"恋阙"之情，柳宗元对睢阳忠臣的思考，与韩愈的思考多有不同，显示出安史之乱后忠义观念的多重取向。在《毛颖传》中，韩愈讽刺对待忠臣"老而见疏"的功利实用态度，其才情焕发的俳谐之笔，令"忠"的绝对道德价值，得到进一步彰显。

第一节 "双忠"的"天性忠诚"

韩愈《张中丞传后叙》的写作缘由，据文中所云，是元和二年韩愈与张籍阅家中旧书，见到李翰所作《张巡传》，以其有所缺漏，故而

---

〔1〕《韩愈文集汇校笺注》，卷一，页3。

加以补叙。李翰所作传记令韩愈不满的，首先是缺少对许远的传述。许远与张巡并肩战斗，李翰为张巡立传而不及许远，这并非偶然的疏漏。

张巡之子张去疾，曾经上书严厉指责许远。睢阳城是在许远把守处被攻破，且许远并未如张巡那样直接被叛军杀害，而是被俘后押送洛阳，在张去疾看来，这些都说明许远与敌军暗中勾结。《新唐书》许远传记载：

> 大历中，巡子去疾上书曰："孽胡南侵，父巡与睢阳太守远各守一面。城陷，贼所入自远分。尹子琦分郡部曲各一方，巡及将校三十余皆割心剖肌，惨毒备尽，而远与麾下无伤。巡临命叹曰：'嗟乎，人有可恨者！'贼曰：'公恨我乎？'答曰：'恨远心不可得，误国家事，若死有知，当不赦于地下。'故远心向背，梁、宋人皆知之。使国威丧衄，巡功业堕败，则远于臣不共戴天，请追夺官爵，以刷冤耻。"

张去疾甚至提出张巡生前已知许远之奸，睢阳战败时含恨而终，还言之凿凿地说："梁、宋人皆知之。"可见，对许远的非议，在民间颇有流传，张去疾本人对此深信不疑，并以许远为不共戴天的杀父仇人。针对张去疾的控诉，朝廷令其与许远之子许岘及百官进行辩论：

> 诏下尚书省，使去疾与许岘及百官议。皆以去疾证状最明者，城陷而远独生也。且远本守睢阳，凡屠城以生致主将为功，则远后巡死不足惑。若曰后死者与贼，其先巡死者谓巡当叛，可乎？当此时去疾尚幼，事未详知。且艰难以来，忠烈未有先二人者，事载简书，若日星不可妄轻重。议乃罢。然议者纷纭不齐。[1]

---

[1]《新唐书》，卷一九二，第18册，页5541—5542。

朝臣认为，张去疾指责许远的唯一证据，是许远在睢阳陷落后被敌军俘虏，并未如张巡一样被杀害。然而许远本是睢阳太守，敌军屠城以生擒主将为功，其不杀许远，并不足怪。许远被俘至洛阳后不久遭到杀害，与张巡被害不过是时间先后之异。如果遇害的时间晚一点就可以视为叛徒，那么在张巡之前遇害的人，是不是可以认为张巡是叛徒呢？

朝臣的反驳不为无力，但并未能彻底平息张去疾诬陷之辞所引发的流言，其原因何在？首先，许远被敌军生擒，这一点容易予人口实。据记载，安史之乱平定后，朝廷褒赠功臣，与许远一同被执赴洛阳的程千里，就因"生执贼庭"而未得褒赠。[1]第二，张去疾作为张巡之子，其特殊的身份使得他所叙述的张巡对许远的仇恨，容易获得人们的信任。特别是他提到张巡临终时痛恨许远之语，这是很难为外人所知的细节。张去疾以亲人之口来讲述这个细节，更增添其可信性。然而，朝臣也指出，张巡遇害时，张去疾年尚幼小，其关于张、许交恶的说法，未必可信。

可见，张巡之子的诬陷，其阴谋论叙事，利用了亲人讲述的特殊方式，产生了很大的迷惑性，李翰不为许远立传，与许远遭受流言非议很可能是有关的。韩愈《张中丞传后叙》就是针对张去疾的诬陷，从人性、从忠臣的忠义天性为许远辩白。他要用人人可以感知体会的人性，驳斥张去疾利用所谓亲人独家之秘所制造的谣言；要以天下之公言、天下之公是的力量，击溃对英雄的阴暗诽谤。他指出许远之被生俘，绝不能证明其"畏死"：

> 远诚畏死，何苦守尺寸之地，食其所爱之肉，以与贼抗而不降乎？当其围守时，外无蚍蜉蚁子之援。所欲忠者，国与主耳。

---

[1]《新唐书》，卷一九二，第18册，页5546。

而贼语以国亡主灭误之。远见救援不至，而贼来益众，必以其言为信。外无待而犹死守，人相食且尽，虽愚人亦能数日而知死处矣，远之不畏死亦明矣。乌有城坏其徒俱死，独蒙愧耻求活？虽至愚者不忍为。呜呼！而谓远之贤而为之邪？[1]

从人之常情来讲，一个人如果畏惧死亡，就绝不可能忍受许远困守孤城的绝境。许远在"国亡主灭"、"外无待而犹死守，人相食且尽"的情况下还在坚守，这当然是不畏死的最好证明。这是人心之所同然。不需要靠什么私家秘闻的证明，只需人同此心、心同此理，就可以判断流言之非。

韩愈对许远的辩护，直面了一个张、许二人共同遭受的指责，即"守城食人"。张巡等人在粮绝之时靠食人自存，《旧唐书》记载："乃括城中妇人，既尽，以男夫老小继之，所食人口二三万。"[2]平乱之后，这一点引发了巨大的非议。《新唐书》张巡本传记载："时议者或谓：'巡始守睢阳，众六万，既粮尽，不持满按队出再生之路，与夫食人，宁若全人？'于是张澹、李纾、董南史、张建封、樊晃、朱巨川、李翰咸谓巡蔽遮江、淮，沮贼势，天下不亡，其功也。翰等皆有名士，由是天下无异言。"[3]又据《唐国史补》记载："张巡之守睢阳，粮尽食人，以至受害。人亦有非之者。上元二年，卫县尉李翰撰《巡传》，上之。因请收葬睢阳将士骸骨。又采从来论巡守死立节不当异议者五人之辞，著于篇。"[4]

李翰在《张巡传》中对"食人"问题所做的辩解，带有浓厚的功利主义色彩：

---

[1]《韩愈文集汇校笺注》，卷三，第1册，页296。
[2]《旧唐书》，卷一八七下，第15册，页4901。
[3]《新唐书》，卷一九二，第18册，页5541。
[4] 李肇，《唐国史补》（上海：上海古籍出版社，1979），卷上，页19。

今巡握节而死，非亏教也；析骸而爨，非本情也。春秋之义，以功覆过，咎繇之典，容过宥刑，故大易之戒。遏恶扬善，为国之体，录用弃瑕，今众议巡罪，是废君臣之教，绌忠义之节，不以功掩过，不以刑恕情，善遏恶扬，录瑕弃用，非所以奖人伦、明劝戒也……巡所以固守者，非惟怀独克之志，亦以恃诸军之救。救不至而食尽，食既尽而及人，乖其本图，非其素志，则巡之情可求矣。设使巡守城之初，已有食人之计，损数百之众，以全天下，臣犹曰功过相掩，况非其素志乎！[1]

李翰提出了两条原则，其一是《春秋公羊传》的以功覆过，其二是董仲舒由《春秋》所引发的原心之旨。张巡"析骸而爨"固然失当，但其保全江淮、维护国家的大功，足以弥补其过失，按照《春秋》"以功覆过"的原则，应当给予宽宥；张巡坚持抗敌，因粮绝而不得已食人，"乖其本图，非其素志"，从原心定罪的角度，亦无过失。对于这两点辩护，李翰皆有详细论证，但显然更加重视"以功覆过"原则，甚至认为即使张巡真有食人之情，他为保全国家所立下的功劳，也足以令其无罪，所谓："设使巡守城之初，已有食人之计，损数百之众，以全天下，臣犹曰功过相掩，况非其素志乎！"这种"以功覆过"的判断，带着鲜明的功利主义态度。

韩愈《张中丞传后叙》谈到张、许二人的"死守"问题，则很大程度上回避了功利判断，体现出鲜明的道德主义立场：

当二公之初守也，宁能知人之卒不救？弃城而逆遁，苟此不能守，虽避之他处何益？及其无救而且穷也，将其创残饿赢之余，虽欲去，必不达。二公之贤，其讲之精矣。守一城，捍天下。以

---

〔1〕 李翰，《进张巡中丞传表》，《全唐文》，卷四三〇，第5册，页4377。

千百就尽之卒，战百万日滋之师，蔽遮江淮，沮遏其势，天下之不亡，其谁之功也？当是时，弃城而图存者，不可一二数；擅强兵坐而观者相环也。不追议此，而责二公以死守，亦见其自比于逆乱，设淫辞而助之攻也。[1]

从道德主义的原则来看，张、许"食人"是忠义之士所遭遇的尖锐道德难题。忠义之善与食人之恶，都是绝对的，两者在发生冲突的时候，如果用功利主义的方式权衡取舍，虽然看起来可以解决冲突，但这一解决方式本身就破坏了道德主义的原则。

韩愈行文的特出之处，就在于他着力呈现忠臣面对道德困境的无奈与不得已。不得已的"食人""死守"，是忠臣的艰难。上面一段论述中出现了"天下之不亡，其谁之功"之语，但整体词旨不是站在一个旁观者的立场对忠臣的行为进行功过衡量，而是深入忠臣的内心天性，呈现其"以千百就尽之卒，战百万日滋之师，蔽遮江淮，沮遏其势"的忠义之志。韩愈没有寻找功利主义的帮助，只能从别无选择的无奈来回应道德难题，用看似无力的无奈，表达对"忠义"与"爱人"两个绝对原则的坚持。

或许可以说，韩愈的道德主义，对于解决现实问题有其迂腐无力之处，但绝不能因此得出他视"忠义"高于"爱人"而以"守城食人"为可以接受。《张中丞传后叙》通篇是不掺杂任何功利之思的道德主义旋律，"暴赤心之英烈，千载之下，凛凛生气"[2]，《新唐书》许远本传赞扬韩愈《后叙》"于褒贬尤慎"[3]。韩愈从道德主义出发对张、许"天性忠诚"的揭示，在唐人围绕张、许的议论中卓尔不群，对后世产生

---

[1]《韩愈文集汇校笺注》，卷三，第1册，页296—297。
[2] 黄震撰，《黄氏日抄》，卷五九，《景印文渊阁四库全书》(台北：台湾商务印书馆，1983)，第208册，页471。
[3]《新唐书》，卷一九二，第18册，页5542。

深远影响。

宋代以后，张巡、许远逐渐成为广受尊崇的忠臣典范，"双忠"信仰广泛传播，如此影响，与韩愈对"双忠""天性忠诚"的揭示与阐发密切相关。"天性忠诚"所具有的道德绝对主义，更好地表达了对国家的绝对信念；由此形成的"双忠"信仰，承载了深厚的国家意识。

第二节 《南霁云睢阳庙碑》的文体与忠臣思考

柳宗元《南霁云睢阳庙碑》和韩愈《张中丞传后叙》，两者皆表达了对睢阳忠臣的褒扬之义。韩愈之作在后世成为深受推重的古文经典，柳文因采用骈俪之体却颇受后人非议。蒋之翘云："南公固是伟人，子厚乃以此靡靡之文属之，几无生气。"[1]储欣云："子厚晚年痛除夙习，出拔骈俪，……不应于南公乃有此作。"[2]面对这些非议与困惑，何焯以"相避"作解："当时睢阳死守，李翰既为之传南八事首尾，韩氏又书之矣，此碑用南朝文体，盖相避也。"[3]柳宗元是韩愈提倡古文的同道，创作上虽不排斥骈俪，但像《南霁云睢阳庙碑》这样典型的四六骈俪之体，在柳集中还是十分罕见。

激劝英风的褒忠之作，柳宗元为何出之以如此平正典丽、文气内敛的骈俪之笔？前人的非议与困惑，如果抛开骈散对立的门户之见，的确反映了此文所带给读者的不解。这个问题透露出睢阳忠臣时代境遇的重要信息，也反映了柳宗元对此的独特思考。

---

〔1〕《柳宗元集校注》，卷五，第2册，页439。

〔2〕同上书，页440。

〔3〕同上。

一、睢阳褒忠：朝野态度不同

《南霁云睢阳庙碑》是柳宗元贬谪永州期间，应南霁云之子南承嗣之请而作。南承嗣贞元末任涪州刺史[1]，元和元年刘辟叛乱，因守备不力贬永州[2]，元和四年量移澧州。[3]柳宗元此碑当作于元和二年至四年之间，此时距睢阳郡立南霁云之庙，已近五十年。

唐肃宗在睢阳保卫战刚刚结束的至德二年十二月，即褒赠张巡等人，并命令在睢阳为张巡、许远、南霁云三人立庙。《旧唐书》记载：

> 其年十二月，上御丹凤楼大赦，节文曰："忠臣事君，有死无贰；烈士徇义，虽殁如存。其李憕、卢奕、袁履谦、张巡、许远、张介然、蒋清、庞坚等，即与追赠，访其子孙，厚其官爵，家口深加优恤。"[4]

《新唐书》张巡本传记载：

> 天子下诏，赠巡扬州大都督，远荆州大都督，霁云开府仪同三司、再赠扬州大都督，并宠其子孙。睢阳、雍丘赐徭税三年。巡子亚夫拜金吾大将军，远子玫婺州司马。皆立庙睢阳，岁时致祭。[5]

按照一般习惯，唐人立庙之后往往随之树碑。例如柳宗元去世三

---

〔1〕郁贤皓，《唐刺史考全编》（合肥：安徽大学出版社，2000），卷二二一，第5册，页2921—2922。
〔2〕《新唐书》，卷一九二，第18册，页5543。
〔3〕《柳宗元集校注》，卷二三，第5册，页1539。
〔4〕《旧唐书》，卷一八七下，第15册，页4904。
〔5〕《新唐书》，卷一九二，第18册，页5541。

年后，柳州人为之立庙，一年后，韩愈应州人之请为之撰成碑文，即著名的《柳州罗池庙碑》。[1] 但张、许、南三人的祠庙在睢阳建立后，立碑之事一直不太受关注。[2] 柳宗元《南霁云睢阳庙碑》作于元和二年至四年之间，《金石录》卷九载："《张中丞许使君南特进庙碑》，元和十五年，韦臧孙撰。"[3]（《中州金石考》作韦臧撰，赵晏正书[4]）则此碑上距立庙，已逾六十年。柳宗元《南霁云睢阳庙碑》即有"惧祠宇久远，德音不形"[5] 之语，反映了作为子嗣的南承嗣对先人祠庙久未树碑的焦虑。

睢阳忠臣庙树碑之事不受重视，透露出很值得关注的问题，那就是中唐朝野对待安史忠臣，其态度有着明显的差异。唐肃宗在睢阳为张、许、南三人立庙，有两点颇为特殊：其一，立庙对象为当代忠臣；其二，立庙地点在忠臣的立功之地。这在中唐以前的祠庙制度里，都是比较罕见的。

从现存史料来看，中唐以前，官方支持的立庙祭祀对象极少涉及当代的忠臣义士。唐玄宗曾在天宝七载下诏规定地方政府的祭祀对象，其中包括山川神、前代帝王、忠臣、义士、孝妇、烈女等，《加应道尊号大赦文》云：

> 其历代帝王肇迹之处，未有祠宇者，宜令所隶郡县，量置一庙，以时享祭。仍取当时将相德业可称者二人配祭，仍并图画立

---

〔1〕《韩愈文集汇校笺注》，卷二一，页 2291。

〔2〕《金石录》卷八载有唐《双庙记》，齐嵩撰，杜劝正书，大历四年八月（中国东方文化研究会历史文化分会，《历代碑志丛书》〔南京：江苏古籍出版社，1998〕，第 1 册，页 229）。此《双庙记》是否为张巡、许远双庙所撰，尚无其他史料可以佐证。

〔3〕《历代碑志丛书》，第 1 册，页 241。

〔4〕黄叔璥，《中州金石考》，卷三，《石刻史料新编》（台北：新文丰出版公司，1977），第 1 辑，第 18 册，页 13687。

〔5〕《柳宗元集校注》，卷五，第 2 册，页 420。

像。如先有祠宇霑享祭者，亦宜准此。式阖表墓，追贤纪善，事有劝于当时，义无隔于异代。其忠臣义士，孝妇烈女，史籍所载，德行弥高者，所在亦置一祠宇，量事致祭。[1]

其中祭祀的忠臣包括：傅说、箕子、微子、比干、夷吾、晏子、叔向、季孙行父、子产、乐毅、蔺相如、屈原、霍光、萧望之、邴吉、诸葛亮；义士：吴太伯、伯夷、叔齐、季札、段干木、鲁仲连、申包胥、纪信；孝妇：太姜、太任、太姒、敬姜、孟轲母、陈宣孝妇、曹大家；烈女：齐姜、恭姜、樊姬、楚昭王女、宋公伯姬、梁宣高行、齐杞梁妻、赵括母、班婕妤、冯昭仪、王陵母、张汤母、严延年母、淳于缇萦。[2] 这份名单中的人物，皆出汉代之前。《资治通鉴》曾记载李泌对唐德宗欲为白起立庙的不满，很可以反映唐代官方祭祀专以古人为对象的特点：

> 咸阳人或上言："臣见白起，令臣奏云：'请为国家扞御西陲。正月，吐蕃必大下，当为朝廷破之以取信。'"既而吐蕃入寇，边将败之，不能深入。上以为信然，欲于京城立庙，赠司徒，李泌曰："臣闻'国将兴，听于人。'今将帅立功而陛下襃赏白起，臣恐边臣解体矣！若立庙京城，盛为祈祷，流闻四方，将长巫风。今杜邮有旧祠，请敕府县葺之，则不至惊人耳目矣。且白起列国之将，赠三公太重，请赠兵部尚书可矣。"上笑曰："卿于白起亦惜官乎！"对曰："人神一也。陛下倘不之惜，则神亦不以为荣矣。"上从之。[3]

---

〔1〕《全唐文》，卷三九，第1册，页429。
〔2〕雷闻，《郊庙之外：隋唐国家祭祀与宗教》（北京：生活·读书·新知三联书店，2009），页260—261。
〔3〕《资治通鉴》（北京：中华书局，2011），卷二三三，第16册，页7632。

唐德宗将平定吐蕃的战功不归于浴血奋战的边将，而是归于遥远的古人白起，进而要为之立庙京城，厚重古人如此不近情理，无怪乎李泌不满。但德宗之所以有这样的想法，与唐代官方祭祀皆着眼于古人显然是有关系的。

对于当代的忠臣义士，唐朝官方极少为之特别立庙。其间的重要原因，是唐代有完善的家庙体制。朝廷对当代功臣的褒扬立庙是在家庙基础上加以施行。五品以上官员皆有家庙。朝廷希望褒扬的忠臣，若已有家庙，则无须另立庙宇，只有在官员未有家庙的情况下，才由官方为之立庙，而立庙后的树碑祭祀，官方虽有参与，但在很大程度上也要依靠子孙家族以家庙的形式来实行。唐太宗时忠臣戴胄，去世后由官方为之立庙："卒，帝为举哀，赠尚书右仆射，追封道国公，谥曰忠；以第舍陋不容祭，诏有司立庙。聘其女为道王妃。"[1]这里当是指官方为戴胄建立家庙。这就可以解释，在抵抗安史叛军的战斗中，颜杲卿同样忠勇献身，其忠义并不在张巡等人之下，但平乱后朝廷并未为其立庙，原因当在于颜氏家庙已十分完备，颜真卿所撰写的《唐故通议大夫行薛王友柱国赠秘书少监国子祭酒太子少保颜君碑铭》（又称《颜氏家庙碑》）备述颜氏家世之盛，铭曰："流光盛，庙貌融。永不祧，垂无穷"[2]，是一篇典型的"家庙碑"，颇为脍炙人口。

中唐德宗时期的忠臣段秀实，当廷抗击叛将朱泚被害，兴元元年，唐德宗赐以御制纪功碑文以褒其忠勇，并命为段立庙。《赠太尉段秀实纪功碑》云：

> 公能杀身徇国，朕得不以重位报之哉？乃诏有司，册赠太尉，谥曰忠烈。赐实封五百户，庄宅各一所。嗣子授三品正员官，

〔1〕《新唐书》，卷九九，第 13 册，页 3916。
〔2〕《全唐文》，卷三四〇，第 4 册，页 3451。

诸子各授五品正员官。表其闾里，护其丧葬，官立祠宇，史载忠勋，哀荣之典备矣，君臣之义极矣。[1]

但据《新唐书》本传记载，段秀实的祠庙，迟至近五十年后的唐文宗太和年间，才由其子段伯伦建立起来："兴元元年，诏赠太尉，谥曰忠烈。赐封户五百，庄、第各一区；长子三品，诸子五品，并正员官。帝还都，又诏致祭，旌其门闾，亲铭其碑云。大和中，子伯伦始立庙，有诏给卤簿，赐度支绫绢五百，以少牢致祭。"[2]这可以进一步看出，唐朝官方为褒奖忠臣而下诏立庙，是在忠臣没有家庙的情况下给予其建立家庙的资格。对于段秀实来讲，其子伯伦是具体负责修庙者，延迟多年才得建立。

唐肃宗下令在睢阳为张巡、许远、南霁云三人立庙。此举性质十分特殊。睢阳忠臣庙不是张、许、南三人之家庙，其立庙之地，不在三人子孙生活之地[3]，而在三人立功之地。岁时致祭者主要是睢阳地方百姓。这种在当代忠臣立功之地由朝廷为之立庙的举措，从传世史料来看，唐廷此前尚无先例。唐肃宗的立庙之命，在很大程度上固然与三人家世不显、皆无家庙有关，但其立庙方式已与家庙没有任何关系。作为地方百姓的祭祀场所，睢阳忠臣庙与唐代地方为赞颂官员功德所建立的生祠有某种接近之处，但在庙宇的性质上又有显著不同。唐代不少官员因造福一方，地方百姓为其建立生祠。生祠的建造由地方主持，睢阳忠臣庙的建立则来自朝廷之命。可见，在唐代的祠庙制度中，睢阳忠臣庙是一个罕见的特例，它体现了安史之乱后中央朝廷在地方宣示褒忠之义的用心。

并非家庙的睢阳忠臣庙，其祭祀、维护等事，要由睢阳地方负责，

[1]《全唐文》，卷五五，第1册，页594。

[2]《新唐书》，卷一五三，第16册，页4852—4853。

[3]唐代家庙一般是在子孙家人生活地附近，参见甘怀真，《唐代家庙礼制研究》（台北：台湾商务印书馆，1991），页102—108。

维护的状况如何有赖于地方对待朝命的态度。忠臣庙立庙之后树碑之事不受重视，就说明这一态度并不是那么积极。一般庙碑的撰写，于家庙多出于子孙之请，如韩愈受袁滋之托，为其撰写《袁氏家庙碑》；于生祠则多出于地方之请，如代宗年间，华州刺史周智光及奉天县令程遒都曾向朝廷申请为郭子仪立碑与生祠。[1]睢阳忠臣庙的树碑，自然要依赖睢阳地方对此事的关注。南霁云的庙碑由其子亲自向柳宗元请求，树碑之事搁置如此之久，这并不是一个偶然的疏忽，而是反映出睢阳当地对此事的冷漠。

在从立庙到柳宗元撰写碑文的五十年间，朝廷不止一次褒赠张巡等人："德宗差次至德以来将相功效尤著者，以颜杲卿、袁履谦、卢弈及巡、远、霁云为上。又赠姚訚潞州大都督，官一子。贞元中，复官巡他子去疾、远子岘。赠巡妻申国夫人，赐帛百。"[2]然而朝廷的褒扬，似乎都未令地处睢阳的忠臣庙宇得到更多关注。

张巡等人曾浴血奋战的睢阳，何以在忠臣身后有如此的反应，这个颇令人费解的现象，透露出中唐时期朝野对待忠义的复杂态度。从国家的立场看，保卫睢阳无疑有巨大的意义，这场艰苦的战争，对于抵抗叛军、保全江淮、维护唐王朝的统治，发挥了巨大的作用。但从睢阳地方的角度看，这场战争代价极为惨烈，对于睢阳地方百姓，尤其意味着痛苦的牺牲。张巡等人在粮绝之时靠食人自存，食人达二三万之众，如此难以置信的惨烈，就发生在睢阳的土地上，无疑带给当地百姓难以愈合的精神创伤。平乱之后，张巡等人因食人多受非议，这未尝不是战争创痛的反映。

倘若忠义深入人心，这样的创痛或许会更容易平复和调整，然而

---

〔1〕 邵说，《为郭子仪让华州及奉天县请立生祠堂及碑表》，《全唐文》，卷四五二，第5册，页4618—4619。
〔2〕《新唐书》，卷一九二，第18册，页5541。

唐朝立国以来，朝野上下，忠义观念远未如宋代以后那样浓厚。清人赵翼云："盖自六朝以来，君臣之大义不明，其视贪生利己背国忘君已为常事。有唐虽统一区宇已百余年，而见闻习尚犹未尽改，颜常山、卢中丞、张睢阳辈，激于义愤者，不一一数也。至宋以后，始知以忠义为重，虽力所不及者，犹勉以赴之，岂非正学昌明之效哉。"[1]

安史之乱中大量从贼官员的出现，使唐王朝意识到提倡忠义的必要与紧迫，多有倡导忠义之举措，然效果并不明显。睢阳地方对张巡等人庙宇树碑之事的漠然，与发生在德宗建中年间几乎是昙花一现的武成王庙祀扩大之举，从朝野的不同层面反映了唐王朝提倡忠义的尴尬遭遇。德宗建中三年，礼仪使颜真卿奏请扩大武成王庙配飨，建议配飨的名单不仅包括先秦至隋历代功臣，还包括唐代名将"唐司空河间郡王孝恭、礼部尚书闻喜公裴行俭、兵部尚书同中书门下三品代国公郭元振、朔方节度使兼御史大夫张齐丘、太尉中书令尚父汾阳郡王郭子仪"[2]。这项诏令颁布的第二年，李希烈、朱泚叛乱，德宗逃难，颜真卿本人命丧藩镇之手，配飨的历代诸将也被撤去，"唯享武成王及留侯，而诸将不复祭矣"[3]。

安史之乱后，无论朝野，仍然笼罩在藩镇骄横的浓重阴影里，这无疑是朝廷提倡忠义所遇到的最大阻力。睢阳所处的汴宋之地，在中晚唐藩镇势力极强。睢阳南门外开元寺，立有颜真卿于大历七年撰并书的《宋州八关斋会记石幢》，此石幢为当时河南节度使田神功病重，宋州刺史徐向为其禳祈报恩所竖。《苍润轩碑跋》云："唐世藩镇跋扈，此碑因公所费不下千万，当时烜耀者，今皆澌灭，而田独以鲁公所书而传。"[4]虽然田神功本人在安史之乱中平叛有功，但在安史乱之后担

〔1〕赵翼著，王树民校证，《廿二史札记校证》（北京：中华书局，1982），卷二〇，页434—435。
〔2〕《新唐书》，卷一五，第2册，页378。
〔3〕同上书，页379。
〔4〕《中州金石考》，卷三，《石刻史料新编》，第1辑，第18册，页13686。

任河南节度使时，则是烜赫于地方的藩镇，宋州刺史为之树碑祈福，所费不下千万，这与张巡等人祠庙树碑之事无人关注，无疑形成强烈反差。朝廷对忠臣的褒奖，在藩镇骄横的地方显然难以产生积极的回应。睢阳忠臣庙宇的遭遇，反映了中唐朝野的深刻矛盾。

二、骈体"王言"褒忠臣

柳宗元贬谪永州期间，受南霁云之子南承嗣之托创作《南霁云睢阳庙碑》。这篇褒扬忠义的作品，采用了富含四六句式的工整骈俪文体。骈俪之文，以潜气内转为尚，与激劝英风的锋芒颇有不易协调之处。柳宗元是韩愈提倡古文的同道，何以在如此重要的褒忠之作中，做出这样的文体选择？

与韩愈相比，柳宗元的确对骈体表现出更多的包容，但柳集中典型的骈文并不多见，绝大多数作品是在散体的基础上融合一些骈句，这些骈句往往字数灵活多样，较少工整的四六句式。柳集中收录碑铭文二十篇，只有《南霁云睢阳庙碑》以工整的四六骈对为主，其他都是在散体中融合灵活多样的骈句，例如《箕子碑》：

> 当纣之时，大道悖乱，天威之动不能戒，圣人之言无所用。进死以并命，诚仁矣，无益吾祀，故不为。委身以存祀，诚仁矣，与去吾国，故不忍。具是二道，有行之者矣。是用保其明哲，与之俯仰，晦是谟范，辱于囚奴，昏而无邪，隤而不息。故在《易》曰"箕子之明夷"，正蒙难也。[1]

又如骈句更多的《龙安海禅师碑》，仍是以灵活多样的句式为主：

---

[1]《柳宗元集校注》，卷五，第 2 册，页 365。

师之言曰："由迦叶至师子二十二世而离，离而为达摩。由达摩至忍，五世而益离，离而为秀为能。南北相訾，反戾斗狠，其道遂隐。呜呼！吾将合焉。且世之传书者，皆马鸣、龙树道也。二师之道，其书具存。征其书，合于志，可以不愿。"于是北学于惠隐，南求于马素，咸黜其异，以蹈乎中，乖离而愈同，空洞而益实。作《安禅通明论》。[1]

《南霁云碑》中的骈句则有大量四六句式：

> 急病让夷义之先，图国忘死贞之大。利合而动，乃市贾之相求；恩加而感，则报施之常道。睢阳所以不阶王命，横绝凶威，超千祀而挺生，奋百代而特立者也。
>
> 时惟南公，天与拳勇，神资机智，艺穷百中，豪出千人。不遇兴词，郁龙眉之都尉；数奇见惜，挫猿臂之将军。
>
> 贼徒乃弃疾于我，悉众合围，技虽穷于九攻，志益专于三板。偪阳悬布之劲，汧城凿穴之奇。息意牵羊，羞郑师之大临；甘心易子，鄙宋臣之病告。诸侯环顾而莫救，国命阻绝而无归。以有尽之疲人，敌无已之强寇。[2]

《南霁云碑》所运用的四六骈俪之体，不无南朝徐庾体的遗风，初盛唐之四杰、燕许，中唐之陆贽都对这一文风多有变革。身为古文运动之倡导者的柳宗元，虽然包容骈体，但在《乞巧文》中亦以为"骈四俪六"之文失之太巧，所谓"眩耀为文，琐碎排偶。抽黄对白，嘷唬飞走。骈四俪六，锦心绣口"[3]。对于他十分推重的忠臣义士南霁云，他

---

〔1〕《柳宗元集校注》，卷六，第 2 册，页 469。
〔2〕同上书，卷五，第 2 册，页 418—419。
〔3〕同上书，卷一八，第 4 册，页 1220。

何以运用骈四俪六之体来创作表达褒扬之义的庙碑文？这显然有颇为特殊的用心。

骈四俪六的骈文文风，是唐代翰林学士写作王言朝命的通行文体。中唐以下，皇帝多有对臣下的赐碑之举，例如唐德宗御制的《赠太尉段秀实纪功碑》《西平王李晟东渭桥纪功碑》《韦皋纪功碑》，以及众多的御赐功德碑、纪功碑等，这些御赐碑文，皆由翰林学士创作，例如陆贽任翰林学士时，受命撰写田承嗣遗爱碑。[1]元稹被命令为田弘正撰写德政碑。这些御赐碑文既出翰林学士之手，其文风也多为工整的骈四俪六。德宗御制《赠太尉段秀实纪功碑》无疑会成为这类创作的典范，其文云：

> 立人之道，曰君与臣；为臣之义，曰忠与节。忠莫极于卫国，节莫大于忘身。存其诚德，贯乎天地；致其功用，施于社稷。独断剿凶愍之命，沈谋安宇宙之危。其智勇足以拯时，其义烈足以宏教。非昊穹锡庆，敷佑皇家，重振纪纲，再激污俗，何遘迪之会，而获见斯人。……
>
> 公始以天宝四载，奋笔从戎。才为时生，官为才达。得司马战阵之法，参将军帷幄之筹。累典方州，更践台寺，出拥旌节，入为卿士，位历十七，岁逾三纪。封王列于异姓，开府比于台司，参职六官，食赋百室。言不伐善，虑常下人，恒持顺信之规，罔居疑悔之地。利刃在手，投节皆虚，贞松有心，老而弥劲。吞大憨于方寸之内，定危疑于晷刻之间。力可屈而志不可迁，身可杀而节不可夺；所谓有始有卒，为臣之极致者欤！[2]

---

〔1〕 陆贽，《请还田绪所寄撰碑文马绢状》，《全唐文》，卷四七五，第5册，页4844—4845。
〔2〕《全唐文》，卷五五，第1册，页594—595。

如果加以对照就会发现，柳宗元创作的《南霁云睢阳庙碑》，其骈俪之体与此颇为接近。翰林学士写作的御赐碑文，骈俪文风虽然缺乏创新，但体现了来自最高统治者的褒扬崇重之义。在柳宗元看来，用这种不无程式化的翰苑文风来写作庙碑，或许比用自己个性化的文笔，更能为南霁云庙带来荣光，彰显此庙所承载的朝廷褒忠之义。如此文风的碑文树于庙前，可以令地方之人在仰希忠臣节概的同时，进一步增进对朝廷权威的感受。

与韩文相比，柳宗元《南霁云睢阳庙碑》以王言褒忠臣，更多地体现出树立朝廷权威、让朝廷的褒忠之义推阐于地方的自觉意识。虽然尊王是忠义的旨归，也是中唐朝野矛盾下推扬忠义必须强调的内容，但仅仅通过强调中央权威来树立忠义精神，是有失简单化的。韩愈面对同样的现实矛盾，以"天性忠诚"的道德主义立意回应对忠臣的冷漠与非议。清人焦循曾建议《张中丞传后叙》与《南霁云睢阳庙碑》对读。[1] 两者对读，对韩柳思考立意之不同的确可以获得更清晰的认识。

第三节　《毛颖传》中的忠臣

韩愈的《毛颖传》，誉之者以为"千古奇文"，此文寄兴深微，其托讽旨意究竟为何，有不少争议。如果联系韩愈对忠臣的认识来看，此文是慨叹对待忠臣不能"老而见疏"，不能以实用工具来对待；文章充满奇思的俳谐之笔，亦颇可玩味。

一、《毛颖传》的托讽旨意

《毛颖传》究竟寄寓了韩愈何种感慨？从今天所见的材料来看，柳

---

[1]《柳宗元集校注》，卷五，第 2 册，页 441。

宗元是最早对此做出解释的人。他认为"凡古今是非六艺百家，大细穿穴而用不遗"的毛颖，就是韩愈的夫子自道。[1]郭预衡认为此文"虽说所写不过一篇'兔传'，实际则写一个多才多能而终被废弃之人。……韩愈对毛颖之'以老见疏'无限同情，这里又一次流露了韩愈痛惜人才不尽其用的一贯的思想"[2]。孙昌武认为，此文"暗示了统治阶级的内部矛盾和刻薄寡恩"[3]。这些见解很有启发意义，但犹有未尽。毛颖之"以老见疏"[4]并非人才不能尽其用，因为年老的毛颖已经"不中书"[5]。韩愈的感慨当别有所寄。

毛颖因年老而不再被召见，"归封邑，终于管城"[6]，这是"致仕还乡"。元和时期，朝臣围绕致仕有诸多争论。唐制"年七十以上应致仕，若齿力未衰，亦听釐务"[7]。从唐太宗《致仕朝参在见任本品之上诏》来看，大臣年过七十而犹不致仕的现象，自唐初以来就多有存在。贞观朝臣杜正伦《弹将军张瑾等文》云："且七十致仕，古今通规，近代以来，贪竞不息。"[8]杜氏对张瑾年满七十而不致仕的做法深为不满，但类似的意见在初、盛唐并不常见。

元和时期，对朝臣年满七十而不致仕的批评突然增多。元和二年即年满七十的朝廷重臣杜佑，拖到元和七年才致仕。据正史记载，这是因为朝廷不允其致仕请求。《新唐书》本传云："岁余，乞致仕，不听，诏三五日一入中书，平章政事……后数年，固乞骸骨，帝不得已，

〔1〕 柳宗元，《读韩愈所著毛颖传后题》，《柳宗元集校注》，卷二一，第4册，页1436。

〔2〕 郭预衡，《中国散文史》（上海：上海古籍出版社，2000），中册，页193。

〔3〕 孙昌武，《唐代古文运动通论》（天津：百花文艺出版社，1984），页110。

〔4〕《韩愈文集汇校笺注》，卷二六，第7册，页2718。

〔5〕 同上。

〔6〕 同上。

〔7〕 王溥，《唐会要》，卷六七，中册，页1173。

〔8〕《全唐文》，卷一五〇，第2册，页668。

许之。"[1]但笔记的记载则是另一番情形。《唐国史补》卷中云："高贞公致仕，制云：以年致政，抑有前闻，近代寡廉，罕由斯道。是时杜司徒年七十，无意请老，裴晋公为舍人，以此讥之。"[2]又明蒋一葵云："元和初，杜佑为司徒，年过七十，犹未请老。裴晋公时知制诰，因高郢致仕命词曰：'以年致仕，抑有前闻；近代寡廉，罕由斯道。'盖讥佑也。"[3]据此推测，杜佑迁延不致仕，并非朝廷挽留，而是自身恋位不去。对此朝臣多有不满，白居易集中有《不致仕》一诗，其词云：

> 七十而致仕，礼法有明文。何乃贪荣者，斯言如不闻。可怜八九十，齿堕双眸昏。朝露贪名利，夕阳忧子孙。挂冠顾翠緌，悬车惜朱轮。金章腰不胜，伛偻入君门。谁不爱富贵？谁不恋君恩？年高须告老，名遂合退身。少时共嗤诮，晚岁多因循。贤哉汉二疏，彼独是何人？寂寞东门路，无人继去尘。[4]

汪立名认为，此诗就是针对杜佑而发，称："此诗所指当与裴同，盛为当时传诵，厥后杜牧之每于公多不足语，形之诗篇，至托李戡之言，极口诋诮，文章家报复可畏如此。"[5]

汪氏此说是否有据尚待考证，但白居易一向主张"以年致仕"，却是事实。他所撰写的《赠高郢官制》称赞高郢"以年致仕，可以言礼"[6]。其《与杨虞卿书》云："及与独孤补阙书，让不论事，与卢侍郎书，请不就职；与高相书，讽成致仕之志；志益大而言益远，而仆爱

---

〔1〕《新唐书》，卷一六六，第 16 册，页 5089。

〔2〕《唐国史补》，卷中，页 40。

〔3〕蒋一葵，《尧山堂偶隽》（明刻本，国家图书馆藏），卷三，页 3。

〔4〕白居易著，朱金城笺校，《白居易集笺校》（上海：上海古籍出版社，1988），卷二，第 1 册，页 88。

〔5〕《白香山诗集》（清康熙年间汪立名一隅草堂刊本），卷二，页 4。

〔6〕《白居易集笺校》，卷五四，第 5 册，页 3141。

重之心，繇是加焉。"〔1〕其中提到的《与高相书》今已不传，白居易对其"讽成致仕之志"的肯定，与他的一贯主张相一致。与白居易情志相得的元稹，也有类似的主张，在《有唐赠太子少保崔公墓志铭》中，他十分赞赏崔俊年满七十主动请求致仕的行为，称"近世未有心胆既强，声势方稳，而能自引去者"〔2〕；可见当时官员年满七十而不致仕的现象相当普遍，白居易、元稹等人所论有很强的现实针对性。

韩愈对待致仕问题的态度则与上述诸人不同。长庆三年，孔戣年满七十，请求致仕，获得朝廷批准。韩愈认为孔戣是忧国忘家的忠臣，不应允其致仕，上《论孔戣致仕状》以论此事，其词云：

> 戣为人守节清苦，议论平正，今年才七十，筋力耳目未觉衰老，忧国忘家，用意深远，所谓朝之耆德老成人者。……然如戣辈在朝不过三数人，实可为国爱惜。自古已来及圣朝故事，年虽八九十，但视听心虑苟未昏错，尚可顾问委以事者，虽求退罢，无不殷勤留止，优以禄秩，不听其去，以明人君贪贤敬老之道也。《礼》曰："大夫七十而致事，若不得谢，则必赐之几杖安车。"七十求退，人臣之常礼，若有德及气力尚壮，则君优而留之，不必年过七十尽许致仕也。《诗》曰："虽无老成人，尚有典刑。"此言老成人重于典刑，不可不惜而留也。今戣幸无疾疹，但以年当致事，据礼求退，陛下若不听许，亦无伤于义，而有贪贤之美。况左丞职事亦极清简，若戣尚以繁要为辞，自可别授秩崇而务少者。〔3〕

韩愈的请求并未获得朝廷应允，但此奏状中流露的思想很可注意。

---

〔1〕《白居易集笺校》，卷四四，第4册，页2771。
〔2〕 元稹著，周相录校注，《元稹集校注》（上海：上海古籍出版社，2011），卷五四，下册，页1328。
〔3〕《韩愈文集汇校笺注》，卷三十，第7册，页2979—2980。

官员的致仕虽然是一个小问题，但韩白等人对此的不同态度，却折射出元和士人不同的政治取向。白居易认为以年致仕是不淫于富贵，他一向认为，遏制人欲、提倡廉退是政治清明的重要基础。在早年所写的策论中，他提出为人君者当以谦让自处（《策林·美谦让》）[1]，推行黄老之术，所谓"夫欲使人情俭朴，时俗清和，莫先于体黄、老之道也；……陛下诚能体而行之，则人俭朴而俗清和矣"（《策林·黄老术》）[2]。他认为"人之困穷，由君之奢欲"（《策林·人之困穷由君之奢欲》），而为臣子者，当以清廉为本。[3] 白居易的看法，在当时得到不少士人的呼应。薛苹身无疾患，年龄一到主动请退。《旧唐书》本传称："时有年过悬车而不知止者，唯苹年至而无疾请告，角巾东洛，时甚高之。"[4] 他这样的以年致仕，颇得时人认可。

然而值得注意的是，白居易等人提倡廉退之风，并非简单的敦励风俗，其中也包含了谨立制度的用心。白居易论政十分重视制度的作用，在《策林·立制度》中，他提出"夫制度者，先王所以下均地财，中立人极，上法天道者也"，而要真正做到"节财用、均贫富、禁兼并、止盗贼、起廉让"，也就是真正匡救由于人欲不禁而导致的种种社会弊病，不能靠简单地遏制人欲，而要通过谨立制度，使之有节。他提出"是以地力人财皆待制度而均也，尊卑贵贱皆待制度而别也"；认为"富安温饱，廉耻礼让"尽生于"制度"，"然则制度者，出于君而加于臣，行于人而化于天下也。是以人君者莫不唯欲是防，唯度是守。……寝食起居，必思其度，思而不已，则其下化之，诗曰：'仪刑文王，万邦作孚'，此之谓也"。[5] 官员七十致仕，乃是朝廷制度的明

---

〔1〕《白居易集笺校》，卷六二，第 5 册，页 3442。
〔2〕同上书，页 3451。
〔3〕同上书，卷六三，第 5 册，页 3473。
〔4〕《旧唐书》，卷一八五，第 15 册，页 4832。
〔5〕《白居易集笺校》，卷六三，第 5 册，页 3481—3482。

文规定，虽在具体实行中允许有例外，但从严明制度的角度出发，就应该严格地执行。

至于君主该如何对待臣子致仕，白居易没有直接论及，但从他对君臣关系的理解来看，他一定认为君主让臣子以年致仕绝非寡恩之举。白居易认为君之待臣，当严于控驭，精考殿最，严明赏罚（《策林·君不行臣事委任宰相》）。[1]在强调君主对臣下的控驭时，他的不少主张可以明显见出法家的影响，如认为刑法是加强君主权力的重要手段，君主当掩藏自己的好恶以控制臣下；他甚至提出，君王对待臣下，当如猎师之控制苍鹰，"不可使长饱，不可使长饥"（《放鹰》）[2]，这与法家所论已经颇多近似。在这种君臣关系中，臣子是君王为政的工具，而君王之责任，在于控制和管理好这个工具。由此，人君让臣下以年致仕，并非刻薄寡恩，而是符合治理天下之需要，因为年高臣子精力衰退，已经失去了完成职守之能力。

韩愈所理解的君臣关系并非如此。他认为君臣相待当本之以仁爱，在致仕这个问题上当尽量宽厚而不应过分苛严。为了劝朝廷挽留孔戣，他甚至提出让孔戣担任清闲的职务，所谓"别授秩崇而务少者"（《论孔戣致仕状》）[3]。在他看来，孔戣为"耆德老成之人"，留在朝廷，可以树立典型、仪范百官。尊贤重于用能，养士重于御人，对致仕问题要求过严，显然有损君主优礼臣下之仁爱，不无刻薄寡恩之弊。

在《毛颖传》中，韩愈的愤郁恰恰是针对毛颖的"以老见疏"[4]而发，文章结句对秦始皇"真少恩哉"[5]的不满，则是点睛之笔。毛颖为秦始皇尽心竭力，然而秦始皇对毛颖的识拔任用，并非尊贤礼士，不

〔1〕《白居易集笺校》，卷六四，第5册，页3502—3503。
〔2〕同上书，卷一，第1册，页51。
〔3〕《韩愈文集汇校笺注》，卷三十，第7册，页2980。
〔4〕同上书，卷二六，第7册，页2718。
〔5〕同上。

过是将其当鹰犬与工具来使用，一旦年老才衰"不中书"[1]，遂"不复召"[2]。这正是韩愈所认为的寡恩绝情之处。有趣的是，韩愈将毛颖的故事安排在以法家治国的秦朝，这固然是因为蒙恬发明毛笔这个传说的影响，但韩愈所设计的"以老见疏"的情节，其实也有秦朝政事的影子。据《史记·白起王翦列传》记载，秦始皇欲破荆，年少壮勇的秦将李信声称自己只需二十万军队即可，而老将王翦则认为非六十万不可。"（秦）始皇曰：'王将军老矣，何怯也！李将军果势壮勇，其言是也。'"[3]王翦遂谢病，归老于频阳。后李信大败，秦始皇无奈亲自请王翦出山。王翦虽同意，但"请美田宅园池甚众"，并解释说："为大王将，有功终不得封侯，故及大王之向臣，臣亦及时以请园池为子孙业耳。"[4]尽管他解释此举是为了巩固秦始皇的信任，但读者不难从中读出另一番滋味。王翦为秦出生入死，但当初谢病归老之际，不仅没有得到秦始皇的挽留，而且没有得到什么恩赏，所以他趁自己此时又重新被起用，抓紧请求赐赏。秦皇待臣下之寡恩，读之令人不胜唏嘘。韩愈对毛颖的感慨，取秦事以为背景，颇见为文匠心。

据考证，韩愈创作《毛颖传》在元和初年[5]，此时杜佑的致仕问题，正引起裴度、白居易等人的许多议论，虽然目前传世材料缺少直接证据，但从这种时间上的接近，我们或许可以推测，韩愈很可能对裴度、白居易等人的意见不满，故借俳谐之笔以泄胸中积郁。

---

[1]《韩愈文集汇校笺注》，卷二六，第7册，页2718。

[2] 同上。

[3]《史记》，卷七三，第7册，页2340。

[4] 同上。

[5] 关于《毛颖传》的创作时间，史无明确记载，柳宗元《与杨诲之书》提到此文，柳文作于元和五年；柳宗元于顺宗永贞元年九月贬邵州刺史，十一月再贬永州司马，贬前在长安未见《毛颖传》，到永州后听来人所述，始知有此文，又"久不克见"。杨诲之元和四年七月自京兆尹贬贺州临贺尉，经永州，付柳以《毛颖传》，柳读《毛颖传》应在此时，再上溯与南来者所述到始见之相距时间为久推断，则《毛颖传》的写作时间当在元和初年为宜。参见张清华，《韩学研究》，下册，页253。

二、俳谐笔法

《旧唐书》韩愈本传对《毛颖传》有严厉的批评，认为它"讥戏不近人情，此文章之甚纰缪者"[1]。古人一向有轻视俳谐的传统，但《旧唐书》的批评并非这一传统的简单延续，它认为《毛颖传》大谬不当，这已经超出了一般对于俳谐之文的轻视与嗤笑。要理解《旧唐书》的批评何以如此严厉，还要从《毛颖传》独特的俳谐笔法入手来观察。

在韩愈之前，俳谐艺术有丰富的发展；而韩愈创作《毛颖传》则是集中运用了一种特定手法，即通过微末之物模仿庄重之举来构成谐谑与幽默。[2]从现存文献来看，最早运用这种手法的是南朝的袁淑与沈约。[3]袁淑的俳谐文，今天传世的只有《劝进表》《鸡九锡文》《常山王九命文》《大兰王九锡文》《庐山公九锡文》等。[4]它们使用了共同的手法，那就是以朝廷劝进、封赐的章表、诏书形式写成，而劝进与封赐的对象则是鸡、驴等动物。沈约的《修竹弹甘蕉文》是以弹劾文体写成[5]，内容是修竹对甘蕉的弹劾。这种笔法的谐谑之处何在？

这些文字都使用了拟人手法，但这并不是产生幽默的主要因素。先秦有大量动物寓言，有些就运用了拟人手法；唐代柳宗元《三戒》《黑说》等动物寓言，拟人笔法更生动，但都没有多少幽默的意味。袁、沈俳谐文的另一个特点，是用庄重的笔法、口气来写微末的动物

---

〔1〕《旧唐书》，卷一六○，第13册，页4204。

〔2〕关于古代俳谐艺术的渊源变化，《文心雕龙·谐隐》有系统的描述。李鹏飞《论唐代谐隐精怪类型小说的渊源及流变》一文（《唐研究》〔北京：北京大学出版社，2000〕，第6卷，页109—133），对谐隐艺术自先秦至唐代的发展做出了深入的分析，对谐隐艺术不同手法的历史渊源与创作变化，也有详细的考论，请参看。

〔3〕对于韩愈《毛颖传》上承袁淑、沈约等人的文章笔法，宋人叶梦得已经提及，李鹏飞文对这一艺术渊源也有深入的分析。笔者的思考受其启发，但着重分析这一独特笔法的幽默因素产生的艺术原因，以及韩愈在其中寄托感慨的微妙笔意。

〔4〕《全宋文》，卷四四，《全上古三代秦汉三国六朝文》，第3册，页2680。

〔5〕《全梁文》，卷二七，同上书，第3册，页3111。

与植物，但这种反差本身，也并非幽默的来源。古人有不少含有比兴寄托之意的文字，其言近旨远的措辞，往往也包含了类似的笔法。这方面的例子很多，姑以《荀子·赋篇》中对针的刻画为例：

> 有物于此，生于山阜，处于室堂。无知无巧，善治衣裳。不盗不窃，穿窬而行。日夜合离，以成文章。以能合从，又善连衡。下覆百姓，上饰帝王。功业甚博，不见贤良。时用则存，不用则亡。[1]

普通的缝衣针被塑造为一个有德君子，针的穿引缝缀被形容为君子"合从""连衡"的功业。笔致虽然巧妙，但并不幽默。

袁、沈俳谐文的幽默感，主要来自微末之物对庄重之举进行模仿的过程本身，因此文中的叙事方式极可关注。这些作品无一例外地采用了庙堂诏书、章奏的体裁，在详细的劝进、封赐表达中，读者仿佛看到动物王国里，使臣宣命、鸡驴俯首受命的滑稽形象。不登大雅之堂的鸡与驴，一本正经地行朝堂之礼，令人忍俊不止。沈约所写的"弹文"，比袁淑的文字更生动。其中修竹以第一人称的口气讲到自己如何听到泽兰、萱草对甘蕉的起诉，又如何亲自前去调查，这一番举动，俨然一位刚直不阿、深察时弊的御史，也令读者很感滑稽有趣。

微末之物模仿庄重之举的这个过程，为什么如此幽默？德国戏剧理论家里普斯认为，"喜剧性乃是惊人的小"，"它是这样一种小，即装作大，吹成大，扮演大的角色，另一方面却仍然显得是一种小，一种相对的无，或者化为乌有。同时，主要在于这种化为乌有是突然发生的"。[2]袁、沈等人运用诏书章奏体，这种文体的叙事方式，淋漓尽致

---

〔1〕《荀子集解》，卷一八，下册，页479。
〔2〕里普斯，《喜剧性与幽默》，见伍蠡甫、胡经之主编，《西方文艺理论名著选编》（北京：北京大学出版社，1986），页454。

地展现了小装作大、吹成大、扮演大这种喜剧性的幽默因素。动物们一身严肃地接受封赏，修竹俨然御史弹劾甘蕉，这种种情态都令人捧腹，因为人们在貌似大的背后，一眼看到了小。

韩愈的《毛颖传》直接继承和发展了这种俳谐手法。此文取法《史记》的纪传笔法，特别善于表现传主的性情面目。其描写毛颖被俘进宫，为秦始皇鞠躬尽瘁，直到"以老见疏"，将一种忠恳勤敬的性情举止描绘得历历在目，而当读者想到这一切行为的主体不过是一支普通的毛笔，谐谑滑稽的意趣就自然产生了。应该说，韩文的妙处在于，他把握了袁、沈之创意的幽默所在，并通过更成熟的叙事笔法加以充分发挥。

《毛颖传》贯穿了两个视角，其一是毛颖的自视。他对待秦始皇尽心竭力、鞠躬尽瘁，不仅是一位能吏，更是一位忠臣，他没有仅仅以毛笔自视；另一方面，秦始皇虽然起用毛颖，甚至日夜自随，但他始终只是把毛颖当作一支毛笔。两个视角的冲突，尤其聚焦于这样一个情节：

> 上见其发秃，又所摹画不能称上意。上嘻笑曰："中书君老而秃，不任吾用。吾尝谓君中书，君今不中书邪？"对曰："臣所谓尽心者。"[1]

毛颖的回答虽然简短，但全是尽心奉上的勤勉忠敬。正是这个情节，表面上点破了毛颖身为毛笔却以忠臣自期的"荒唐"，但"荒唐"的揭穿却引发读者感叹秦皇的冷酷、怜惜毛颖的无奈。如此谐谑中的深沉，是袁、沈之文所没有的。

《毛颖传》问世后引起不少责难。古人一向有轻视俳谐的传统，但

---

〔1〕《韩愈文集汇校笺注》，卷二六，第 7 册，页 2718。

唐人对《毛颖传》的不满还有更具体的背景。《旧唐书》韩愈本传史臣批评它"讥戏不近人情"[1]。要理解此语的含义，还要回到裴度对韩愈的批评。裴度认为韩愈写作游戏之文，是"不以文立制，而以文为戏"[2]。这虽然不是直接针对《毛颖传》而发，但基本的精神应该是适用的。而裴度追求的"以文立制"，其实就是他与白居易等人提倡的谨立制度在文章著述上的体现。"以文立制"是指文章著述要讲求规范性。韩愈的《毛颖传》让微末之物行庄重之举，这个幽默的构思，在传统俳谐文的诸多艺术手法中带有不伦的意味，与礼法规范的冲突尤为尖锐。值得注意的是，柳宗元为《毛颖传》所做的辩护，多引《礼记》之文，如："故学者终日讨说答问，呻吟习复，应对进退，掬溜播洒，则罢惫而废乱，故有'息焉游焉'之说，不学操缦，不能安弦；有所拘者，有所纵也。"[3]柳宗元如此论证的用意，也许是为了证明，《毛颖传》之俳谐笔法与儒家之礼制并无矛盾，这或许就是针对当时批评韩文的议论而发。

《旧唐书》在著述观念上倾向于白居易等人，强调为文的中正之道，白居易本传史臣所论，认为元稹和白居易的作品，避免了"向古者伤于太僻，徇华者或至不经，醒醒者局于宫商，放纵者流于郑卫"的种种偏颇，因此"元和主盟，微之、乐天而已"。[4]从这个背景来看，其对韩愈《毛颖传》不满就不为无因，而"不近人情"的批评与裴度"不以文立制"[5]的不满也有内在关联。

韩愈《毛颖传》反对君主对待忠臣的实用主义态度，这从另一个角度呼应了他在忠君问题上的道德主义追求，以及对功利主义原则的拒斥。

---

〔1〕《旧唐书》，卷一六〇，第 13 册，页 4204。
〔2〕裴度，《寄李翱书》，《全唐文》，卷五三八，第 6 册，页 5462。
〔3〕《柳宗元集校注》，卷二一，页 1435。
〔4〕《旧唐书》，卷一六六，第 13 册，页 4360。
〔5〕《全唐文》，卷五三八，第 6 册，页 5462。

第四节　杜甫的“恋阙”之情

要认识韩愈对“忠”的思考的独特性，更值得关注的背景人物是杜甫。杜甫精神世界的一个显著特点，就是苏轼所说的“一饭未尝忘君”。尽管明清以来不断有人对此提出异议，但无可否认，杜甫对君主确有深厚眷恋之情，但这并不妨碍他察君之失与讽君之过。杜甫为“忠”的内在体验赋予了亲厚眷恋的情感色彩。与他相比，韩愈所追求的“天性忠诚”，虽然同样注重忠的内在性，但更向往追求道德绝对价值的信念力量。杜诗多沉郁顿挫，韩文多慷慨义气，两者都为塑造作为内在价值的“忠”做出了独特贡献。

一、“恋阙”：杜甫的忠君

宋元丰六年，苏轼在《王定国诗集叙》中写道：

> 太史公论《诗》，以为“《国风》好色而不淫，《小雅》怨悱而不乱”。以余观之，是特识变风、变雅耳，乌睹《诗》之正乎？昔先王之泽衰，然后变风发乎情，虽衰而未竭，是以犹止于礼义，以为贤于所止者而已。若夫发于性止于忠孝者，其诗岂可同日而语哉！古今诗人众矣，而杜子美为首，岂非以其流落饥寒，终身不用，而一饭未尝忘君也欤。[1]

在苏轼眼中，杜甫所以是古今诗教的典范，与其“一饭未尝忘君”颇有关系。

杜甫的“一饭未尝忘君”，绝非是对君主的“愚忠”。所谓“愚忠”，一是缺少是非原则，对君主盲目遵从；二是缺少社稷苍生之

---

〔1〕《苏轼文集》，卷十，第1册，页318。

念，阿附君主以求个人的功名富贵。这样的"愚忠"，都与杜甫相去甚远。20世纪以来大量关于杜甫"忠君"的讨论，已经充分说明了这一点。[1] 杜甫不仅能察君之失、匡君之误，而且时刻系念于家国的中兴与民生的安定。

但是，如何理解杜甫对君主的认识，仍然有许多值得讨论的问题。杜甫的忠君既包含理智的政治认识，也富于深厚的情感体验。现代人对杜甫并非愚忠的辩驳，往往能呈现其忠君观中理智的政治思考，却没有充分认识其中独特的情感体验。事实上，杜甫的时政思考与天下之念，经常是在殷殷"恋阙"之情中展开。

杜甫对君主的"眷恋"，终其一生都有很鲜明的呈现。在旅食京华的困顿中，他并非没有潇洒江湖的归隐之念，但"生逢尧舜君，不忍便永诀"[2]，即使在"当今廊庙具，构厦岂云缺"[3] 的慨叹中，仍然辗转于坎坷的求仕之途。在安史之乱中，他历尽千辛万苦，赴凤翔追随肃宗，"麻鞋见天子，衣袖见两肘"（《述怀》）[4]，"所亲惊老瘦，辛苦贼中

---

〔1〕 关于杜甫的"忠君"，学界多有探讨，代表性的成果有：郭沫若，《李白与杜甫》（北京：人民文学出版社，1971），页179—180；萧涤非，《杜甫研究》（济南：齐鲁书社，1980），页8—9；廖仲安，《漫谈杜诗中的忠君思想》，《江汉论坛》1981年第4期；葛晓音，《略论杜甫君臣观的转变》，《中州学刊》1983年第6期；康伊，《杜甫君臣观新探》，《草堂》1986年第2期；李绪恩，《杜甫忠君辨》，《山东教育学院学报》1987年第2期；郑文，《杜甫爱国爱民与忠君思想是否必须分开》，《四川师范大学学报（社会科学版）》1987年第5期；许总，《再论杜诗"忠君"说》，《杜诗学发微》（南京：南京出版社，1989），页350—356；刘明华，《论杜甫的"忠臣"类型及恋阙心态》，《杜甫研究学刊》1992年第2期；杜晓勤的有关评介，见所著《隋唐五代文学研究》（北京：北京出版社，2001），页894—897。新世纪的研究参见孙微，《论杜甫的君臣观》，《河北大学学报（哲学社会科学版）》2000年第6期；赵海菱，《杜甫与儒家文化传统研究》（济南：齐鲁书社，2007），页9—17。
〔2〕 《自京赴奉先县咏怀五百字》，仇兆鳌注，《杜诗详注》（北京：中华书局，2015），卷四，第2册，页325。
〔3〕 同上。
〔4〕 同上书，卷五，第2册，页436—437。

来"(《自京窜至凤翔喜达行在所》其三)[1]。在被肃宗墨敕放还、离开朝廷之时，他眷恋不舍、忧端百结，写下了"虽乏谏净姿，恐君有遗失。君诚中兴主，经纬固密勿。东胡反未已，臣甫愤所切。挥涕恋行在，道路犹恍惚"(《北征》)[2]。而在漂泊西南的岁月里，对京华的怀念又是他最重要的精神支撑。

杜甫希望亲近圣颜，从仕进经历来看，早年科举失利之后，他辗转于长安"富儿门"，干谒权贵以求汲引，但再未踏入科举考场。天宝五载参加制科考试，李林甫以"野无遗贤"对应试者尽行黜落；天宝十载，玄宗祠太清宫、太庙，祀南郊，杜甫作三大礼赋，投延恩匦以献。制举和献赋与科举相比，都是更为快捷的仕进之路，而且与皇帝的联系更为紧密。

许多年后，垂老江潭的杜甫，在回忆往昔的诗作中，仍然深情地记起自己诏试集贤的场景："忆献三赋蓬莱宫，自怪一日声烜赫。集贤学士如堵墙，观我落笔中书堂。往时文采动人主，此日饥寒趋路旁。"(《莫相疑行》)[3]显贵的集贤学士奉皇帝之命，对尚在寒微的诗人环视监考的场景，令杜甫终生难忘。这一幕也是他亲近圣颜之渴望的一种实现。

献赋求仕失败，对杜甫打击很大，但他对君主的眷恋并未消减。在自长安赴奉先县探家的路上，他写下了《自京赴奉先县咏怀五百字》。诗中奔涌而出、顿挫无已、堪与终南齐高的身世之悲、生民之叹，其重要的激发，正来自诗人路过玄宗正在避寒的骊山、与天颜近在咫尺的强烈触动。诗中写道：

> 岁暮百草零，疾风高冈裂。天衢阴峥嵘，客子中夜发。霜严

---

[1] 《杜诗详注》，卷五，第2册，页424。
[2] 同上书，页481。
[3] 同上书，卷一四，第5册，页1467。

衣带断，指直不能结。凌晨过骊山，御榻在嵽嵲。蚩尤塞寒空，蹴踏崖谷滑。瑶池气郁律，羽林相摩戞。君臣留欢娱，乐动殷樛嶱。赐浴皆长缨，与宴非短褐。彤庭所分帛，本自寒女出。鞭挞其夫家，聚敛贡城阙。圣人筐篚恩，实愿邦国活。臣如忽至理，君岂弃此物。多士盈朝廷，仁者宜战栗。况闻内金盘，尽在卫霍室。中堂有神仙，烟雾蒙玉质。暖客貂鼠裘，悲管逐清瑟。劝客驼蹄羹，霜橙压香橘。朱门酒肉臭，路有冻死骨。荣枯咫尺异，惆怅难再述。[1]

在山路上冲寒而行的诗人，与皇帝离得从未如此之近，守卫的羽林军兵器碰撞的声音清晰可闻；山路寒冷的空气里，一阵阵飘来华清池温泉的暖意。在长安深宫大内，遥不可及的皇帝权臣，此刻就在身旁的行宫中欢宴。

天颜如此之近，而自己只是一个在冰冷的山路上赶路的行人。诗中的"朱门酒肉臭，路有冻死骨"，正切合诗人在严寒中攀爬山路的寒冻，与骊宫内欢娱奢靡的强烈对比。无疑，这其中传达了愤懑与批判，而诗中"况闻内金盘，尽在卫霍室。中堂有神仙，烟雾蒙玉质"诸语，也深刻地表达了对朝政的批评。但如果单纯从愤讯与伐挞来解读杜甫"荣枯咫尺异"的惆怅，则不无简单。诗人在离天颜从未如此之近的时候，荣枯咫尺的尖锐对比，让他体味到自己离天颜实际上是如此遥远。体会这种深刻的感慨，可以更好理解诗人何以在一篇探家行旅之作中，对自己的人生怀抱有如此透彻而又沉郁的展示：

> 杜陵有布衣，老大意转拙。许身一何愚，窃比稷与契。居然成濩落，白首甘契阔。盖棺事则已，此志常觊豁。穷年忧黎元，

---

[1]《杜诗详注》，卷四，第 2 册，页 328—331。

叹息肠内热。取笑同学翁，浩歌弥激烈。非无江海志，萧洒送日月。生逢尧舜君，不忍便永诀。当今廊庙具，构厦岂云缺。葵藿倾太阳，物性固难夺。顾惟蝼蚁辈，但自求其穴。胡为慕大鲸，辄拟偃溟渤。以兹悟生理，独耻事干谒。兀兀遂至今，忍为尘埃没。终愧巢与由，未能易其节。沈饮聊自遣，放歌颇愁绝。[1]

从这些沉郁的诗句中可以看出，天颜的遥远，并非杜甫在骊山的道路上才体会到的。诗人"致君尧舜"的理想，等来的只是疏弃与冷落，"栋梁之材"似乎并不匮乏的朝廷，根本不需要他的忠悃。而骊山路上，天颜咫尺却遥不可及的触动，不过把其内心长久以来深切的落寞再一次汹涌地呼唤出来。

但是，落寞并没有冷却杜甫对君主的眷恋与期待。他对社会问题有清醒的认识，但认为这些问题的改善，需要依靠皇帝清明的政治，因此当他在《同诸公登慈恩寺塔》中以"秦山忽破碎，泾渭不可求"[2]抒写社会问题的阴影之后，仍把清明的希望寄托在贤明如太宗的君主身上，所谓"回首叫虞舜，苍梧云正愁"[3]。而忧端百结的《自京赴奉先县咏怀五百字》由骊山路上的独特体验所触发、所推展，萦绕其间的是虽遭疏弃而不曾冷却的对君主的期望与信赖。

安史之乱爆发后，杜甫历尽千辛万苦追随肃宗。拜官左拾遗使他可以时时亲近君王，在《紫宸殿退朝口号》中他写道："户外昭容紫袖垂，双瞻御座引朝仪。香飘合殿春风转，花覆千官淑影移。昼漏稀闻高阁报，天颜有喜近臣知。宫中每出归东省，会送夔龙集凤池。"[4]前人或认为此诗有讥刺之意，但从全诗来看，它更多地表现了诗人

---

〔1〕《杜诗详注》，卷四，第2册，页324—327。

〔2〕同上书，卷二，第1册，页130。

〔3〕同上书，页131。

〔4〕同上书，卷六，第2册，页531。

能为近臣的欣喜。在《春宿左省》中，诗人对宿直经历、省中景物的描绘，也充满亲切的笔墨："花隐掖垣暮，啾啾栖鸟过。星临万户动，月傍九霄多。不寝听金钥，因风响玉珂。明朝有封事，数问夜如何。"[1] 杜甫的"近臣"体验，在《端午日赐衣》中更有淋漓的展现："宫衣亦有名，端午被恩荣。细葛含风软，香罗叠雪轻。自天题处湿，当暑着来清。意内称长短，终身荷圣情。"[2] 诗中写自己厕身御赐宫衣的名单之中，所赐宫衣穿来竟完全合身。诗人被荷圣恩的惊喜感动，历历如绘。

这样的"近臣"生活，很快因为政治斗争的风浪而结束，杜甫被肃宗以墨敕放还。离开长安时，他是如此的眷恋不忍离去，在《至德二载甫自京金光门出间道归凤翔乾元初从左拾遗移华州掾与亲故别因出此门有悲往事》中写道："无才日衰老，驻马望千门。"[3] 而《北征》开篇，更是充分抒写了他离别朝廷，"怵惕久未出"[4] 的踌躇不忍。

这一次去朝，对杜甫有很大的打击。他感叹"唐尧真自圣，野老复何如"（《秦州杂诗》其二十）[5]。在随后的坎坷流离中，他再也没有机会重回朝廷。混乱动荡的时世，也让他看到了更多的社会矛盾，但对朝廷与君主的眷恋并未冷却。漂泊西南时期，代宗即位。与玄宗、肃宗相比，杜甫与代宗是疏远的，此时他的"恋阙"之情，主要表现为京华故国之思，《秋兴八首》对此有集中的书写：

> 夔府孤城落日斜，每依北斗望京华。听猿实下三声泪，奉使虚随八月槎。画省香炉违伏枕，山楼粉堞隐悲笳。请看石上藤萝

〔1〕《杜诗详注》，卷六，第 2 册，页 533。
〔2〕 同上书，页 581。
〔3〕 同上书，页 584。
〔4〕 同上书，卷五，第 2 册，页 481。
〔5〕 同上书，卷七，第 2 册，页 709。

月，已映洲前芦荻花。[1]

在漂泊晚境中，杜甫还大量地表达了对玄宗的缅怀。这种缅怀并非抽象的书写，而是经常从与玄宗有直接联系的人事切入：善舞剑器而受玄宗赏识的公孙大娘的弟子、在玄宗朝活跃于王侯府第的乐人李龟年，这些人在杜甫荒凉而孤独的漂泊之路上，一次次唤起诗人心底对玄宗和开天盛世最亲切的留恋：

> 昔有佳人公孙氏，一舞剑器动四方。观者如山色沮丧，天地为之久低昂。㸌如羿射九日落，矫如群帝骖龙翔。来如雷霆收震怒，罢如江海凝清光。绛唇珠袖两寂寞，晚有弟子传芬芳。临颍美人在白帝，妙舞此曲神扬扬。与余问答既有以，感时抚事增惋伤。先帝侍女八千人，公孙剑器初第一。五十年间似反掌，风尘澒洞昏王室。梨园子弟散如烟，女乐余姿映寒日。金粟堆南木已拱，瞿塘石城草萧瑟。玳筵急管曲复终，乐极哀来月东出。老夫不知其所往，足茧荒山转愁疾。（《观公孙大娘弟子舞剑器行》）[2]
> 岐王宅里寻常见，崔九堂前几度闻。正是江南好风景，落花时节又逢君。（《江南逢李龟年》）[3]

甚至曾为杨妃所喜爱的荔枝也令诗人惆怅："先帝贵妃今寂寞，荔枝还复入长安。炎方每续朱樱献，玉座应悲白露团。"（《解闷十二首》其九）[4]

看罢公孙剑舞，在荒山路上翻动百忧的诗人会想起什么呢？会不

---

[1]《杜诗详注》，卷一七，第6册，页1793—1794。
[2] 同上书，卷二十，第7册，页2198—2200。
[3] 同上书，卷二三，第8册，页2495。
[4] 同上书，卷一七，第6册，页1832。

会想起他在骊山路上与玄宗的咫尺天涯？透过公孙大娘弟子依然"天地低昂"的剑舞、李龟年婉转的歌喉，九重深远、如今则是幽冥两隔的玄宗，从未像现在这样与杜甫离得如此之近。如此一种眷恋，跨越了时代的动荡与沉沦、生死异域的阻隔。

杜甫带着这种持久不衰的眷恋，走向他人生的终点。杜甫对君主的眷恋，既非无原则的盲从，也非图一己之私的狭隘。他对君主的过错有清醒的认识，在忠君中寄托了天下清明、民生安定的理想。但是，在看到他的是非原则与政治理想的同时，我们还要充分体会其忠君之思深刻而内在的情感体验，这种既有清醒的理性思考，又融合了眷恋、执着、信赖、敬爱等深厚体验的忠君之情，是杜甫精神世界极为独特的内容。在这个意义上，感情色彩更为强烈的"恋阙"一词，较之"忠君"，更能传达杜甫对"忠"的内在化体验。

二、忠："天道"抑或"人事"

忠君思想有着悠久的历史，而在专制国家体制得以建立的汉唐时期，"忠君"更成为政教的核心观念。杜甫的恋阙之情，为"忠"赋予了很独特的内涵。

在以法治国的秦朝，皇帝享有绝对权力，而汉代在反思秦亡之弊中重树君主的权威，就需要不同于法家的新思路。汉武帝采纳董仲舒之议，罢黜百家、独尊儒术，即希望在儒家伦常的基础上，树立君尊臣卑的统治秩序。董仲舒从天道阴阳的角度，对君臣伦常的合法性做出论证。其《春秋繁露·顺命》云："天子受命于天。"[1]《天辨在人》云："不当阳者臣子是也；当阳者君父是也。故人主南面，以阳为位也，阳贵而阴贱，天之制也。"[2]《天地之行》云：

---

〔1〕《春秋繁露义证》，卷一五，页412。
〔2〕同上书，卷一一，页337。

为人臣者，其法取象于地，故朝夕进退，奉职应对，所以事贵也；供设饮食，候视疢疾，所以致养也；委身致名，事无专制，所以为忠也；竭愚写情，不饰其过，所以为信也；伏节死难，不惜其命，所以救穷也。[1]

董仲舒论君尊臣卑，并不同于法家主张的君主威权，而是以天道为基础的纲纪伦常观念，其《顺命》云："天子受命于天，诸侯受命于天子，子受命于父，臣妾受命于君，妻受命于夫。诸所受命者，其尊皆天也，虽谓受命于天亦可。"[2]因此，臣下对君主的服从尽忠，不是法家统治下对权力的屈服，而是对天道的服从。即使贵为君主，亦须服从天道，履端行直，其《王道》云："道，王道也，王者，人之始也。王正则元气和顺、风雨时、景星见、黄龙下。王不正则上变天，贼气并见。"[3]在这个意义上，董仲舒树立了超越于君权之上的天道，对君权亦形成某种制约。

董仲舒还从五行相生的角度论证忠臣孝子的意义。他将孝子之行、忠臣之义比作土德："土者，火之子也，五行莫贵于土。土之于四时无所命，不与火分功名。……忠臣之义，孝子之行，取之土。土者，五行最贵者也，其义不可加矣。"（《五行对》）[4]这与对天道的论证一样，都体现了他对儒家伦常之超越性意义的认识。可见，董仲舒所提倡的忠义，带有以道从君的色彩。当然，在专制集权政治中，董仲舒的天道观对君主的制约，并不能够顺利地实现；而他所提倡的忠孝服从，又往往为威权所利用，这是历史的复杂所在。

西汉时期，董仲舒这种"以道从君"的忠君观，在士人中是并不

〔1〕《春秋繁露义证》，卷一七，页459。
〔2〕同上书，卷一一，页412。
〔3〕同上书，卷四，页101。
〔4〕同上书，卷十，页316。

孤独的声音。西汉奏议中，论谏时政的锋芒十分犀利，而以通经致用为要义的今文经学的盛行，也充分体现了士人经世的用心。刘向《说苑》之《君道》篇，就反复强调君主当善待大臣。"人君之道，清净无为，务在博爱，趋在任贤。"[1] "人君之事，无为而能容下。"[2] "凡处尊位者，必以敬下，顺德规谏，必开不讳之门，撙节安静以藉之，谏者勿振以威，毋格其言，博采其辞，乃择可观。"[3]

与西汉相比，东汉更注重从崇节义、励名实、尚孝廉等方面入手，促进忠君观念的树立。东汉政府将西汉已经设立的孝廉科制度化并逐步完善，高度重视孝廉科取士的意义。傅燮劝灵帝远离宦官时，就说："忠臣之事君，犹孝子之事父。子之事父，焉得不尽其情？"（《后汉书·傅燮传》）[4] 这些做法，将忠君意识建立在孝子廉吏个体修身的基础之上。《白虎通》阐发"三纲六纪"，在继承董仲舒以天道证纲常的理论传统的同时，也对纲纪之于个体修身的"成己"之用有所阐发："三纲法天地人，六纪法六合。君臣法天，取象日月屈信，归功天也。父子法地，取象五行转相生也。夫妇法人，取象人合阴阳，有施化端也。六纪者，为三纲之纪者也。师长，君臣之纪也，以其皆成己也；诸父、兄弟、父子之纪也，以其有亲恩连也；诸舅、朋友、夫妇之纪也，以其皆有同志为己助也。"（《三纲六纪》）[5]

东汉著名学者马融所撰著的《忠经》，也鲜明地表达了忠君与士人敦励名节、恪尽职守之自我修身的高度一致："夫忠，兴于身，著于家，成于国，其行一焉。是故一于其身，忠之始也；一于其家，忠之中也；一于其国，忠之终也。身一则百禄至；家一则六亲和；国一则

---

〔1〕 刘向著，向宗鲁校证，《说苑校证》（北京：中华书局，1987），卷一，页1。

〔2〕 同上书，页2。

〔3〕 同上书，页2—3。

〔4〕 范晔撰，李贤等注，《后汉书》（北京：中华书局，1965），卷五八，第7册，页1874。

〔5〕 陈立撰，吴则虞点校，《白虎通疏证》（北京：中华书局，1994），卷八，页375。

万人理。《书》云：'惟精惟一，允执厥中。'"（《天地神明》）[1]

　　作为冢宰，其尽忠并非单纯的临难死节，更重要的是恪尽职守："在乎沉谋潜运，正国安人，任贤以为理，端委而自化。"（《冢臣》）[2]作为百工："守位谨常，非忠之道。故君子之事上也，入则献其谋，出则行其政，居则思其道，动则有仪。秉职不回，言事无惮，苟利社稷，则不顾其身。上下用成，故昭君德，盖百工之忠也。"（《百工》）[3]作为守宰，要做到"在官惟明，莅事惟平，立身惟清"，要尽责尽职："宣君德，以弘其大化，明国法，以至于无刑。视君之人，如观乎子，则人爱之，如爱其亲，盖守宰之忠也。"（《守宰》）[4]作为庶民百姓，则"祗承君之法度，行孝悌于其家，服勤稼穑，以供王赋，此兆人之忠也"（《兆人》）[5]。这种将忠君与士人个体修身相联系的做法，无疑促进了忠君观的强化。

　　杜甫一方面继承了两汉忠君观重道义、尚名节的影响，另一方面则使"忠"的尊尊之义，有了更为眷恋亲厚的情感内涵。他将道义与思考寄托在对君主深厚的情感之中，在表达方式上也更沉郁、更富于他特有的克制。

　　儒家的家国理想，是试图在推展家族血缘亲情的基础上建立政治秩序；然而从亲亲到尊尊，一旦越出家族血缘关系之外，就面临许多困难。孟子主张通过"推恩"，将仁爱推展到天下百姓，以建立王政；而没有任何血缘关系的君臣之间如何建立深切的情感联系，则是一个更为困难的问题。两汉时期的忠君观，对忠君作为纲常伦纪的意义，不遗余力地予以强调，但如何让这种纲常的践行发乎君臣深厚的情感

---

〔1〕 马融著，郑玄注，《忠经》，《丛书集成初编》（北京：中华书局，1985），页1。

〔2〕 同上书，页3。

〔3〕 同上。

〔4〕 同上书，页4。

〔5〕 同上。

联系，则言之不多。东汉时期提倡孝廉，认为求忠臣必于孝子之门，孝子事父的纲纪观念，容易移至君臣之间；但父子之间的亲情，却不那么容易推展于君臣之际。更何况东汉士人还在时时警惕忠孝的冲突，担心孝被逾扬太过，损害了君臣忠义的实现。马融《忠经》就提出孝必须服从忠：

> 夫惟孝者，必贵于忠。忠苟不行，所率犹非道。是以忠不及之而失其守，匪惟危身，辱其亲也。故君子行其孝必先以忠，竭其忠则福禄至矣。故得尽爱敬之心以养其亲，施及于人，此之谓保孝行也。(《保孝行》)[1]

杜甫深厚的"恋阙"之情，是为"忠君"赋予亲厚眷恋的情感体验，这与初盛唐的政治环境有很密切的关系。对初盛唐政治产生重要影响的太宗、武后以及玄宗，都非常注重加强君臣关系。从专制中央集权之政治体制的演变来看，太宗、武后与玄宗，都体现了削弱旧有门阀势力、强化君权的努力，对此有关的研究已有丰富的讨论。而对君臣关系的强化，在某种意义上，正是加强君主集权、削弱门阀影响的重要举措。唐太宗对君臣之道有很深入的思考，他曾亲自撰著《帝范》，特别提出为君之道首在宽容包举、致人怀远，其《君体》云：

> 夫人者国之先，国者君之本。人主之体，如山岳焉，高峻而不动；如日月焉，贞明而普照。兆庶之所瞻仰，天下之所归往。宽大其志，足以兼包；平正其心，足以制断。非威德无以致远，非慈厚无以怀人。抚九族以仁，接大臣以礼。奉先思孝，处位思

---

〔1〕《忠经》，《丛书集成初编》，页6。

恭。倾己勤劳，以行德义，此乃君之体也。[1]

他十分重视纳谏，而且对如何在君臣之间建立一种良好的进谏、纳谏关系，有很细致的思考。他提倡臣下直言进谏，并要求自己虚心接纳直言；但另一方面，他也理解在现实中臣子真正做到忠贞直谏的艰难："朕每思之，人臣欲谏，辄惧死亡之祸，与夫赴鼎镬、冒白刃，亦何异哉？故忠贞之臣，非不欲竭诚者，敢竭诚者，乃是极难。"（《贞观政要·求谏》）[2] 他认为如纳谏不行，像箕子那样佯狂避世，而非偷安重位，也是可以接受的。魏征曾与太宗论忠臣、良臣之别：

> 良臣，稷、契、咎陶是也。忠臣，龙逢、比干是也。良臣使身获美名，君受显号，子孙传世，福禄无疆。忠臣身受诛夷，君陷大恶，家国并丧，空有其名。以此而言，相去远矣。[3]

太宗于此深表嘉纳。可见，太宗并不赞成一味冒死直谏。这种对臣子的宽容，对建立良好的君臣关系无疑有重要的意义。

太宗之后，武则天仿效《帝范》撰著《臣轨》，其中着力阐发了"君臣同体"的思想，其《同体》云："夫人臣之于君也，犹四肢之载元首，耳目之为心使也。相须而后成体，相得而后成用。"[4]《臣轨》提出，人臣与君主，同体相连、休戚与共："《汉名臣奏》曰：'夫体有痛者，手不能无存；心有惧者，口不能勿言。'忠臣之献直于君者，非愿触鳞犯上也，良由与君同体，忧患者深，志欲君之安也。"[5]《臣轨》认

---

〔1〕 唐太宗，《帝范》，《丛书集成初编》（北京：中华书局，1985），卷一，页 2—3。
〔2〕 吴兢撰，谢保成集校，《贞观政要集校》（北京：中华书局，2003），卷二，页 88。
〔3〕 《魏征传》，《旧唐书》，卷七一，第 8 册，页 2548。
〔4〕 《臣轨》，《丛书集成初编》，页 1—2。
〔5〕 同上书，页 4。

为君臣"同体"之义，超过了父子至亲之情："唱和相依，同功共体。然则君亲既立，忠孝形焉。奉国奉家，率由之道宁二；事君事父，资敬之途斯一。臣主之义，其至矣乎！休戚是均，可不深鉴。"[1]这与前揭马融《忠经》的阐发相比，显示了初唐君主对建立密切的君臣关系的高度重视。

太宗与玄宗都善于通过崇文之政密切君臣关系。太宗在《帝范》中特别提到"崇文"的重要性，这是着眼于广义的文教建设。太宗与玄宗大量从事君臣之间的诗歌唱和，而且其诗歌与政治活动形成密切联系。玄宗对即将到地方任官的官员往往作诗相送，传达其政治期望。丰富的君臣唱和，密切了君臣的精神联系。汉代君主与臣下之间缺少这样的诗文酬唱；南朝君臣虽多有酬唱，但内容与政治疏远。太宗与玄宗的君臣酬唱，却有很强的文教意义。

杜甫对君主的眷恋之意、休戚与共之感，正是"君臣同体"的一种体现。初盛唐君主的"同体"之论，尽管有许多标榜不实之处，但他们在密切君臣关系上的努力，还是为政治风气带来了变化，为杜甫"恋阙"之情的形成，构筑了重要的时代政治背景。在这个意义上，杜甫之忠君反映了初盛唐君权强化、门阀影响衰落、专制中央集权政治体制发展的要求。"君臣同体"所表达的君臣关系，在很大程度上，和宋代以后所建立的士大夫文官政治体制的要求是一致的。"皇帝与士大夫共治天下"的格局中，同样需要强化"君臣同体"的深刻联系。宋代以后的士大夫普遍被杜甫之"忠君"深深打动，原因也正在于此。

从更深的层面来看，两汉忠君之重"纲纪名节"，与杜甫忠君之重伦常的内在体验，折射了君臣伦常从重"天道"到重"人事"的转变。如前所述，董仲舒从天道阴阳的角度，对君臣伦常的合法性做出论证，君主的权威得到天道神圣的支撑，这一点在汉代的政教思想中产生了

---

[1]《臣轨》，《丛书集成初编》，序，页3—4。

极为深刻的影响。而在初盛唐的政教格局中，这种对天道的强调远未如汉人那样显著；太宗、武则天、玄宗对"君臣同体"的强调，更多着眼于伦常本身的经验性强化。当然，初盛唐时期建明堂、行封禅等礼仪活动也受到相当重视，但在政教观念中，汉人引天道以证纲常的风气明显弱化。杜甫君臣之思的内在化体验，正是一种"人事"之情，杜甫从未从天道神圣的角度来书写君权，其忠君恋阙之情，是发乎内在的深厚的情感体验。然而令人震撼的是，他在不依赖天道神圣以恢廓情感格局的前提下，把这种情感书写得如此深沉广大，拥有了超越性的品质。

韩愈和杜甫一样，都追求对"忠"的内在性体验。所不同的是，韩愈更多地表达对忠的内在而绝对的信念，杜甫的"忠君"则更具亲厚眷恋的情感体验。值得注意的是，杜甫"恋阙"的亲厚之情，虽然远远超越了一般的亲情，但还是有某种亲情的影响在其中。杜甫外祖父、外祖母两个家族，都是李唐皇室的直系血亲。[1]这种特殊的家世，对其"忠君"体验的形成，也有不可忽视的影响。忠爱的情感和信念的力量，都是忠诚内在的体现，杜甫与韩愈从不同角度，表现出对"忠"的内在性追求，两人对后世都产生了深远的影响。

---

〔1〕 冯至，《杜甫传》（天津：百花文艺出版社，2007），页5—8；孙微、张学芬，《杜甫传》（成都：天地出版社，2020），页12—14。

屈骚艺术对古典诗文的创作一直有重要影响，这种影响在汉唐时期更为显著。韩愈大变八代之文的新创造，很重要的一点即是改变了屈骚长期影响下所形成的抒情范式。他的古文不乏感激怨怼之辞，却没有简单因袭屈骚之怨刺，而是呈现出"抑遏蔽掩"的新旋律。屈骚之变在杜甫的诗歌中也颇为明显。杜甫立足其独特的儒家伦常体验，改变了屈骚艺术中的愤激怨刺之情，形成沉郁顿挫的抒情特征。韩文杜诗所以能开创艺术新局、垂范后世，与其改变屈骚传统、探索新抒情范式、塑造新审美的努力息息相关。这一点如果和深得骚体精髓的柳宗元做一对比，可以有更深的体会。

第一节 "抑遏蔽掩"：韩文改变屈骚旋律

北宋苏洵对韩愈古文有一个非常著名的评价："韩子之文，如长江大河，浑浩流转，鱼鼋蛟龙，万怪惶惑，而抑遏蔽掩，不使自露，而人望见其渊然之光，苍然之色，亦自畏避，不敢近视。"（苏洵《上欧阳内翰第一书》）[1] 后世论者普遍认为，其中的"抑遏蔽掩"道出了韩文雄壮中的深沉、磅礴中的掩抑，颇能探得韩文之妙。

很多深入韩文三昧的人，也从各种角度回应苏洵的见解。明代茅

---

[1]《嘉祐集笺注》，卷一二，页328。

坤认为韩文浑涵，胜过"卓荦峭直处，但太露气岸"的柳文[1]；清代文论家储欣称赞韩文"俯仰呼应处，深意顿挫"[2]；余诚则认为韩愈"笔意曲折浑涵，绝不轻露"[3]。近代大力提倡古文的林纾，自称涵泳韩文达四十年，其古文创作也被昌黎笔意潜移默化，初识桐城派古文大家吴汝纶时，吴就称赞他的古文"是抑遏掩蔽，能伏其光气者"（林纾《赠马通伯先生序》)[4]。吴沿用苏洵"抑遏蔽掩"之语来评价林，这是对林纾学韩而能入于精妙的高度肯定。

苏洵所谓"抑遏蔽掩"究竟具有怎样的内涵，为什么后世论者以此为韩文妙境而倾心不已？力大思雄的韩文，有着长江大河一样奔涌的气势，这条大河又在什么意义上让人感到深沉与含藏？这是很值得思考的问题。事实上，诚如历代论者所言，如果没有这种深沉而徒逞气势，韩文就不成其为韩文，就不会成为有着强烈感染力、深受推重的文章典范。

"抑遏蔽掩"作为韩文所树立的新美学范型，与充满锋芒的屈骚艺术迥乎不同。韩文形成如此风貌，并非因作者缺少激越不平之气，事实上，韩愈为文多有"感激怨怼奇怪之辞"，但许多更为内在的艺术追求，令韩愈古文呈现出"不怨之怨"与深意顿挫的独特面貌。

一、"不平则鸣"与"不怨之怨"

韩愈大量古文作品都充塞着不平之气，但韩愈本人在《上宰相书》中只把自己的某一类作品称为"感激怨怼奇怪之辞"[5]。这篇《上宰相书》作于贞元十一年，韩愈此前的作品传世不多，无法判断他自己定

---

〔1〕《唐宋八大家文钞校注集评》，卷一九，页1014。
〔2〕清储欣评注，《唐宋八大家类选》，清乾隆十年（1745）刻本，卷一〇。
〔3〕余诚编，吕莺校注，《古文释义》（北京：北京古籍出版社，1998），页485。
〔4〕林纾著，《畏庐续集》（上海：商务印书馆，1923；上海书店影印，1992），页25。
〔5〕《韩愈文集汇校笺注》，卷六，第2册，页646。

义的"感激怨怼奇怪之辞"是什么样的文章。后人一般将《进学解》《送穷文》《毛颖传》《石鼎联句序》等视为这样的文章。事实上,这些文章可以说是"奇怪之辞",但倘若衡之以"感激怨怼"这一标准,那么韩愈的大量作品都是很符合的,它们也充分体现了韩愈的不平之鸣。

韩愈的不平包含着丰富的社会内容,其中最核心的,是为自身与天下志存古道之士的有才无位而愤郁。《进学解》《送穷文》两篇"奇怪之文"自然是最典型的代表。韩愈集中《感二鸟赋》《复志赋》《闵己赋》三篇辞赋作品,也鲜明地抒发了身世之叹。此外,韩愈许多书、序、墓志铭、祭文、厅壁记等实用文体的创作,也常为自己和他人一发志士不遇之悲,特别是大量与友人来往或干谒权贵的书信,尽达内心之款曲,是韩愈不平之鸣最细致而真实的体现。

自春秋战国以来,随着士阶层的兴起,士自身的发展与政治权势之间的矛盾成为不可回避的问题,不遇之悲也成为士人人生反思与艺术创作的重要内容。屈原的《离骚》强烈抒写失路之悲,影响深远。诗人对自己忠心被谤、怀才失位的遭遇表达了强烈的不满,对理想的执着、对自身高洁品格的自信、对怀王的忠恳、对故土的眷恋、对自身遭际的愤郁,交织成宏大的旋律,显示出巨大的抒情力量。其中所体现的坚贞与执着,成为中国传统士大夫回应人生失意的坚强声音。韩愈对贤人失路、寒士屈抑所表达的不平,以及由此激发的感愤,同样回荡着这一强音。只是就具体的抒情方式来看,韩愈的不平之鸣,与《离骚》的牢骚之辞多有不同。

《离骚》的感情热烈而奔放,主人公的形象光华而高洁。无论是屈原对自身高洁品行的坚定自信、对理想的执着追求,还是对谗毁小人的愤怒与憎恨,都表现得激扬澎湃。虽然屈原自拟弃妇以抒发被君王疏远的痛苦,语致哀婉缠绵,但这一比喻有特定文化背景,并不包含人格上自我屈抑的意味,因此,《离骚》全篇对诗人主体人格形象的表现仍然是光华而高洁。诗人迥脱凡俗,对理想有无比的执着,面对恶浊的时世和艰难的处境，宁可献出生命也绝不改变操守。诗人自比于香草与美人，而将谗毁的小人喻之为恶草，并将这一比喻反复渲染与铺衍，在君子与小人、正直与邪恶激烈的冲突之中，将怨愤之情、失路之悲抒写得波澜壮阔。

韩愈的不平之鸣，虽然也有动人心魄的力量，但艺术表现上不像《离骚》那样奔放，而是多了低回吞抑之气，内心的愤激往往以曲折的方式来展开。《离骚》不遗余力地表现自身的美好，韩愈却时时以自嘲的笔调写到自身，如其最典型的"感激怨怼奇怪之辞"《进学解》与《送穷文》，前者有大段文字嘲笑自己"学虽勤而不繇其统，行虽修而不显于众"，并称自己能"月费俸钱，日糜廪粟，子不知耕，妇不知织。乘马从徒，安坐而食"[1] 已属大幸，绝无非分之想。这些话，尽管在读者看来，处处暗藏讥世之意，但毕竟是以自嘲、自讽之笔出之，绝不同于屈原自述人格高洁的自信笔致。《送穷文》描绘五个穷鬼，并且以穷鬼的无赖之状写自己对穷鬼驱而难去的窘迫，富于奇趣的笔墨生动地传达了自嘲的姿态。[2] 当然，读者在其中可以读出作者的倔强、傲岸，就这种傲岸本身来讲，与屈原之《离骚》并无不同，但令人感兴趣的是，韩愈为什么要以这种自抑的笔墨来曲折地表现其内心的孤傲呢？

也许人们会将《进学解》《送穷文》视为游戏文字，将其中自嘲的怪异笔墨视为作者的"一时之好"，但倘若我们放眼韩愈的其他"感激怨怼"之文，会发现韩愈经常以卑抑的笔调写到自身，如《与李翱书》云：

> 仆之家本穷空，重遇攻劫，衣服无所得，养生之具无所有，家累仅三十口，携此将安所归托乎？舍之入京，不可也；挈之而行，不可也。足下将安以为我谋哉？此一事耳。足下谓我入京城

〔1〕《韩愈文集汇校笺注》，卷二，第 1 册，页 148。
〔2〕同上书，卷二六，第 6 册，页 2741—2743。

有所益乎？仆之所有，子犹有不知者，时人能知我哉？

　　仆在京城八九年，无所取资，日求于人，以度时月。当时行之不觉也，今而思之，如痛定之人思当痛之时，不知何能自处也。……嗟乎！子之责我诚是也，爱我诚多也，今天下之人有如子者乎？自尧舜已来，士有不遇者乎？无也。子独能使我洁清不污，而处其所可乐哉？非不愿为子之所云者，力不足、势不便故也。[1]

　　在这里，韩愈谈到自己"日求于人"的无奈，迫于生计而不能"洁清不污"的痛苦，写尽了自己最无能、无力、无助的一面。韩愈另一篇发乎真情的文字《祭十二郎文》，在无尽的痛悔之情中，也流露了自己汩没于世路奔波、身不由己的无力与无助。自己对于最亲爱的人，竟显得如此薄情。[2] 由此可以看出，《进学解》与《送穷文》中自嘲的笔调并非"一时之好"，它在很大程度上反映了韩愈的自我体认，而这与屈原式的自我体认是非常不同的。

　　韩愈不平之鸣的吞抑之处，还来自对"怨"这种情绪的独特处理。《离骚》充满自伤身世、指斥谗佞的怨激之辞；而韩愈的不平之鸣，虽意在愤世，行文中却并不像《离骚》那样着力渲染牢骚之情，其内在之"怨"，经常通过表面的"不怨"来传达。例如《进学解》与《送穷文》，字句间有无限愤郁，但表面的文字，却处处在平息自己的怨气，表白自己的平和与知足。字里字外形成奇妙的张力。韩愈不喜铺张表面的刺世嫉邪之辞，不像《离骚》那样直斥谗邪，其笔致是吞抑中的激荡、含藏中的发扬。有些作品甚至将一腔感愤寄托在不动声色的文字之中，仿佛列焰化作沉郁的地火，如《蓝田县丞厅壁记》，韩愈在其中刻画了奇行之士崔斯立在无所事事的职位上的痛苦与压抑，寥寥数

---

〔1〕《韩愈文集汇校笺注》，卷六，第 2 册，页 738。
〔2〕同上书，卷一三，第 4 册，页 1469—1471。

语写尽多少感愤与不平。[1]这一笔法与自嘲的笔调,共同展示出与《离骚》的显著差异。

韩文中还有一些庄重正大的不平之辞,其中的"不怨"则出自深刻的精神寄托。我们不妨从韩愈直接标举"不平则鸣"的《送孟东野序》来开始对这一问题的观察。

《送孟东野序》一向被认为是集中体现了韩愈不平之鸣的文章。经历了多年的科场坎坷,孟郊年届五十才得一卑官。在赴任之际,韩愈写下这篇文字来劝勉。此时孟郊内心一定充满人生失意的痛苦,而作为相知多年、志同道合的朋友,韩愈也必能深切体会。这篇送行文字,本可以直斥谗佞之当道,感愤有司之不公,这是《离骚》着眼的视角,但韩愈并没有将它写成"无韵之离骚",而是气势磅礴地申发了"大凡物不得其平则鸣"一段宏大的议论。[2]韩愈此文所谓的"不平",究竟是专指坎壈愁怨、愤激不平,还是既包括愤激愁怨,也包括"鸣国家之盛"的欢乐之鸣,历来论者颇有争议。持前者观点的,以宋人洪迈和清人何焯为代表。何焯在《义门读书记》中说:"吾终疑'不平则鸣'四字与圣贤善鸣及鸣国家之盛处,终不能包含。"[3]持后者观点的,以钱锺书先生为代表,他说:"韩愈的'不平'和'牢骚不平'并不相等,它不但指愤郁,也包含欢乐在内。"[4]前一种观点有很大影响,但由于后一种观点更符合文义,有越来越多的学者表示赞同。[5]然而值得思考的是,如果韩愈所谓"不平则鸣",不仅仅指坎壈愁怨之情的抒发,那么文章开篇这一大段议论,无疑就有些游离

---

〔1〕《韩愈文集汇校笺注》,卷三,第1册,页372—373。

〔2〕同上书,卷九,第3册,页982—983。

〔3〕何焯,《义门读书记》(北京:中华书局,1987),卷三二,页563。

〔4〕钱锺书,《诗可以怨》,《七缀集》(上海:上海古籍出版社,1985),页125。

〔5〕赵松如、廖省如《"不平则鸣"综议》一文,对围绕"不平则鸣"的争论做了详细的综述,并论述了后一种观点的合理性,可以参看。见张清华、陈飞主编,《韩愈与中原文化》(北京:学苑出版社,2005),页478—495。

为为孟郊失意之悲而感愤的主旨，有的学者因此批评韩愈此文立论有失严谨。[1]

其实，如果从韩愈抒写"不平之鸣"的独特手法来理解此文的行文逻辑，上述争论就可以获得协调。韩愈"不平则鸣"的议论，就其所表述的理论内容来讲并无特别的深意，不过是用新的方式表达了人心兴发感动、触物起情这一传统认识，其中当然既包含愤激之鸣，也包含欢乐之鸣。韩愈的立论之所以囊括了悲哀与欢乐的情绪，就在于他要以宇宙万物兴发感动这种普遍的现象，来树立高绝而神圣的天命，其不局限于愁怨而着眼于万物兴感的常情与一般，正体现出立论的宏大。他认为，志士的价值在于与天命相合。他所希望于孟郊的，是要将个人安顿在这个伟大的天命之下。韩愈不无傲岸地指出，在历史上，只有最优秀的人才最善鸣，也才最能体现天命。魏晋以下之人，"其声清以浮，其节数以急，其辞淫以哀"[2]，自然去天命愈远；而孟郊虽是一介寒士，但他是善鸣者，身上体现着伟大的天命。《送孟东野序》没有斤斤于牢骚怨艾之辞，全文从宏大的天命立论，以纵横开阔的笔墨概括古今善鸣者的伟大价值，只在结尾处以"东野之仕于江南也，有若不释然者"[3]将孟郊的失意在看似不经意间一笔带过。韩愈要用伟大的天命激励孟郊，令其心胸恢廓而淡然于一时得失。钱基博对此文有一个极为精妙的点评，他说此文：

> 凭空发论，妙远不测，如入汉武帝建章宫、隋炀帝迷楼，千门万户，不知所出；而正事正意，止瞥然一见，在空际荡漾，恍

---

[1] 周振甫先生认为："韩愈讲'不平则鸣'，却希望孟郊得意而'鸣国家之盛'，倘孟郊得意了，就谈不上不平了，他得意而'鸣国家之盛'，更谈不上'不平则鸣'，违反全篇的论点了。"参见周振甫，《怎样学习古文》（北京：中华书局，2004），页71。

[2] 《韩愈文集汇校笺注》，卷九，第3册，页983。

[3] 同上。

若大海中日影，空中雷声。[1]

在钱氏看来，宽慰孟郊之愁怨，这是此文的"正事正意"，然而韩愈没有斤斤于此。他对"不平则鸣"的磅礴议论，全然着眼于天道之常，似与具体的牢骚怨艾全不相关，仿佛是在长篇书写一种"不怨"之语。其树立天命的高绝立意，"如入汉武帝建章宫、隋炀帝迷楼，千门万户"，广大开阔。具体的人事牢骚，不过在高绝的立意中瞥然一见。这就形成了"不怨之怨"的独特笔致，易楚骚之激越而为抑遏深沉。

然而，韩愈对天命的标举，并非要消弭志士之悲的锋芒，而是在天命的背景下，充分肯定志士之悲的价值。因此在"不平则鸣"的磅礴议论里，读者还是能深刻地感受到愤激时世的不平，只是高绝的立意含藏了愤激之辞的表面锋芒，使之传达得更加深沉。韩文"不怨之怨"的力量也正在于此。

类似这样的笔法，还可以见于《送高阳齐皞下第序》。文章对齐皞因受连累而下第深感不平，但行文先以大段文字论述"古之所谓公无私者，其取舍进退，无择于亲疏远迩"[2]的道理，再写到齐皞对自身的遭遇没有一丝怨恨之情，由此赞扬其乃"公无私者"。文章虽不乏对当世的批评，但并没有斤斤于怨愤之辞，而是着力标举"公而忘私"的境界，其对时世的愤激之情，因含蕴在文章高绝的立意之中而更显沉郁。

二、自励与爱人：深意顿挫之美

韩愈古文之深意顿挫，还体现在命意的委婉。其千古传诵的名篇

---

[1]《韩愈志　韩愈文读》，页89。
[2]《韩愈文集汇校笺注》，卷九，第3册，页1018。

《送董邵南序》，就是其中最值得玩味者。董邵南科举坎坷，人生陷入困境，不得不远赴河北投靠藩镇以求得进身之路。河北藩镇对中央朝廷怀有异心，从忠于唐王室的角度来讲，董的做法显然是有问题的，其选择的不妥与失当，显而易见。韩愈完全可以对他直接加以劝阻和批评。然而这篇临别赠序，完全没有简单地从讥责落笔。其行文没有一句批评，反而一步步劝勉鼓励，但在劝行中暗寓规谏和阻拦。吴楚材、吴调侯称此文"仅百十余字，而有无限开阖，无限变化，无限含蓄"（《古文观止》卷八）[1]。其开阖变化处，就在于明送而暗留。那么，韩愈靠什么来挽留董呢？清人林云铭认为："通篇以'风俗与化移易'句为上下过脉，而以'古今'二字呼应，曲尽吞吐之妙。"[2]这个看法注意到韩愈以河北风俗的变化，来提醒董邵南不要一意孤行，不要对河北抱不切实际的幻想。然而以"古今"勾连意脉还只是形式上的巧妙，韩愈的深刻用心，在于着眼董邵南之为豪杰来立意。

文章开篇说："燕、赵古称多感慨悲歌之士，董生举进士，连不得志于有司。怀抱利器，郁郁适兹土。吾知其必有合也。"[3]韩愈没有把董邵南视为一个仅仅到河北去谋求仕途出路的落魄士子，而是将其视为"怀抱利器"、身负才识的豪杰之士。董希望奔赴的河北，则是"古称多感慨悲歌之士"的豪杰之地。豪杰之士而到豪杰之地，韩愈相信他一定会遇到知音、改变际遇。然而文章进一步从古今变化落笔，疑虑燕、赵作为豪杰之地，是否早已不复往昔。这种从豪杰之士落笔的立意，正大而委婉，没有将董邵南远赴河北的行为视为一种功名利禄的寻求，而是看到其中英雄落魄的失意与无奈。韩愈深知，功名利禄之徒，不会以投靠藩镇为耻；而只有道义为守的豪杰之士，才会懂得

---

〔1〕 吴楚材、吴调侯选，《古文观止》（北京：中华书局，1959），卷八，下册，页368。

〔2〕 林云铭著，胡佳点校，《韩文起》（上海：华东师范大学出版社，2015），卷四，页143。

〔3〕《韩愈文集汇校笺注》，卷十，第3册，页1055。

去就与操守。他写作此文，就是要唤起董邵南心中的豪杰之气。他相信作为豪杰的董邵南，一旦看到今之燕、赵早已不复往昔，一定会幡然悔悟。文章最后一段，更直接点出豪杰之士当报效朝廷的命意："吾因子有所感矣。为我吊望诸君之墓，而观于其市，复有昔时屠狗者乎？为我谢曰：'明天子在上，可以出而仕矣！'"[1]文章对董的河北之行，一步步写来皆是劝勉，而劝勉的种种，其实都是在逐步唤醒其心中的豪杰之气，盼其能以豪杰自立而醒悟自己此行之不妥。如此委婉的规谏，显然已不仅仅是辞章布局的巧妙，而是与董邵南在精神上以豪杰相待而期其自省的良苦用心。

韩文澎湃激情中的沉郁，还表现在深沉的自责与自律。他的《祭十二郎文》就饱含深深的自责。因游宦在外，韩愈对老成生病的情况没能及时了解，更没有料到老成如此年轻竟然这么快就撒手人寰。老成于贞元十九年（803）去世。韩愈从贞元二年到长安求仕，至此已经在仕进之路上奔波十几年，饱经坎坷，年未四十，"而视茫茫，而发苍苍，而齿牙动摇"[2]。在失去亲人的巨大悲痛中，他没有一味倾泻怀才不遇、人生失意的愤激，却为自己没能照顾好老成而深深自责："呜呼！汝病吾不知时，汝殁吾不知日，生不能相养以共居，殁不能抚汝以尽哀。敛不凭其棺，窆不临其穴，吾行负神明而使汝夭，不孝不慈，而不得与汝相养以生，相守以死；一在天之涯，一在地之角，生而影不与吾形相依，死而魂不与吾梦相接。吾实为之，其又何尤？"[3]这段悲怆的文字，是整篇文章的高潮。千百年来它撞击在无数读者的心上，是古今祭文中最沉痛的旋律。深长的凄怆无奈中，回荡着无法宽释的自责，令人沉痛难以自拔。其实，世路身不由己，无法照顾好

---

〔1〕《韩愈文集汇校笺注》，卷十，第 3 册，页 1055。
〔2〕 同上书，卷一三，第 4 册，页 1470。
〔3〕 同上书，页 1471。

家人，别人不会以此苛责韩愈，韩愈却以此"苛责"自己。在这种苛责里，我们读出了他对亲人的爱，更读出了他永不放弃的对责任的承当。而这样的自我"苛责"，难道不正是人面对死亡和命运永不放弃的抗争、永不放弃的尊严！当然，在凄怆的祭悼中，仍然回荡着作者对自己坎坷遭遇的无奈与不甘，但如果只有愤激的失意之悲，而没有作者在深沉自责中的承当，就不会形成此文如此震撼人心的力量。作为祭文中的"千年绝调"，文章所书写的，是精神的痛苦，更是精神的悲壮，唯有悲壮，才会撞响艺术的洪钟大吕。

委婉的劝谏、深沉的自责，这些独特的笔法，在更丰富的意义上呈现了韩文"不怨之怨"的深刻内涵，让韩文于奔涌中有低回、澎湃中有沉郁。这正是苏洵所谓长江大河"抑遏蔽掩"的体现。这种独特的文风，体现了韩愈强烈的淑世之心，以及对道德内守的深刻追求。韩愈关切世事，心中有愤激，有不平，然而他同样非常关注士君子要以道自守，立身高远，不要斤斤于外在的、一时的荣辱得失。在《答李翊书》中他说："待用于人者，其肖于器邪？用与舍属诸人，君子则不然，处心有道，行己有方，用则施诸人，舍则传诸其徒，垂诸文而为后世法。如是者，其亦足乐乎，其无足乐也。"[1] 他期望士君子追求精神的自立，不要被他人的好恶所左右。在谈到古文学习体会时，他认为一个有志于学古文的人，一定立意高绝、以圣人为法，必须摆脱时俗趣味的干扰；甚至提出，如果时俗之人称赞自己，那就深可忧虑，因为这说明自己古文的造诣还很有欠缺："其观于人也，笑之则以为喜，誉之则以为忧，以其犹有人之说者存也。"[2] 在《与冯宿论文书》中他说："作者不祈人之知也明矣，直百世以俟圣人而不

---

〔1〕《韩愈文集汇校笺注》，卷六，第 2 册，页 701。
〔2〕同上书，页 700。

惑，质诸鬼神而不疑耳。"[1]这种对外在毁誉全然蔑弃的态度，造就了韩文傲岸的骨力，也是他能含藏愤激的锋芒而使文风趋于浑涵的原因所在。

强烈的用世之心与高绝的内圣追求，这两者在韩愈身上形成微妙的融合。在《答陈生书》中，他劝慰失意的陈生："贵贱穷通之来，平吾心而随顺之，不以累于其初。"[2]然而，韩愈真能彻底做到"平吾心而随顺之"吗？在《答李翊书》中他说"仁义之人，其言蔼如"，然而韩文似乎并非纯然的"蔼如"。事实上，强烈的忧世之念，使韩愈难以摆脱世事不公所带来的愤郁不平，但内圣所追求的精神超越与超脱，让他的愤激有了顿挫和内敛。清代桐城三祖之一的刘大櫆，称韩文"雄硬直达之中，自有起伏抑扬之妙"[3]，韩文"不怨之怨"这种饱含张力的笔法，就是其文风张力、精神张力的折射。

在韩文流传的一千多年里，苏洵的"抑遏蔽掩"之说获得无数响应，成为极经典的评语。"抑遏蔽掩"作为一种更为深沉内在的抒情范式，成为宋代以下文章创作广为取法的新典范。韩愈不仅开创新的思想，更塑造新的情感审美。他对屈骚艺术的改变，从精神气质上大变八代之文。提出新的思想固然不易，但塑造新的神韵气格更为艰难。韩愈的新创造，令中国文化神思俱变。

第二节　杜诗改变屈骚艺术

杜甫的诗歌也对屈骚艺术多有创变，屈骚之怨刺变而为沉郁顿挫。这种变化与前面谈到的杜甫独特的忠君体验多有关联。

---

[1]《韩愈文集汇校笺注》，卷七，第 2 册，页 817。
[2] 同上书，卷六，第 2 册，页 731。
[3] 余祖坤编，《历代文话续编》（南京：凤凰出版社，2013），页 1709。

杜甫追慕"风雅"，说"别裁伪体亲风雅"。这里，"风雅"是一个比较笼统的概念。杜甫并没有留下明确阐发"风雅"内涵的文字，对此有所涉及的只有《同元使君舂陵行并序》：

> 览道州元使君结《舂陵行》兼《贼退后示官吏作》二首，志之曰：当天子分忧之地，效汉朝良吏之目。今盗贼未息，知民疾苦，得结辈十数公，落落然参错天下为邦伯，万物吐气，天下小安可待矣。不意复见比兴体制，微婉顿挫之词，感而有诗，增诸卷轴，简知我者，不必寄元。
>
> 遭乱发尽白，转衰病相婴。沈绵盗贼际，狼狈江汉行。叹时药力薄，为客羸瘵成。吾人诗家秀，博采世上名。粲粲元道州，前圣畏后生。观乎舂陵作，欻见俊哲情。复览贼退篇，结也实国桢。贾谊昔流恸，匡衡常引经。道州忧黎庶，词气浩纵横。两章对秋月，一字偕华星。致君唐虞际，纯朴忆大庭。何时降玺书，用尔为丹青。狱讼永衰息，岂唯偃甲兵。凄恻念诛求，薄敛近休明。乃知正人意，不苟飞长缨。凉飙振南岳，之子宠若惊。色阻金印大，兴含沧浪清。我多长卿病，日夕思朝廷。肺枯渴太甚，漂泊公孙城。呼儿具纸笔，隐几临轩楹。作诗呻吟内，墨澹字欹倾。感彼危苦词，庶几知者听。[1]

他称赞元结的《舂陵行》与《贼退示官吏》是"比兴体制，微婉顿挫之词"，其原因并不仅仅在于这两篇作品揭露了时弊与百姓的痛苦，更重要的是它们表达了一个忠臣良吏的内心矛盾。元结的两首作品，内容如下：

---

〔1〕《杜诗详注》，卷一九，第6册，页1691—1693。

军国多所需,切责在有司。有司临郡县,刑法竞欲施。供给岂不忧,征敛又可悲。州小经乱亡,遗人实困疲。大乡无十家,大族命单羸。朝餐是草根,暮食仍木皮。出言气欲绝,意速行步迟。追呼尚不忍,况乃鞭扑之。郭亭传急符,来往迹相追。更无宽大恩,但有迫促期。欲令鬻儿女,言发恐乱随。悉使索其家,而又无生资。听彼道路言,怨伤谁复知。去冬山贼来,杀夺几无遗。所愿见王官,抚养以惠慈。奈何重驱逐,不使存活为。安人天子命,符节我所持。州县忽乱亡,得罪复是谁。逋缓违诏令,蒙责固其宜。前贤重守分,恶以祸福移。亦云贵守官,不爱能适时。顾惟孱弱者,正直当不亏。何人采国风,吾欲献此辞。(《春陵行》)[1]

昔岁逢太平,山林二十年。泉源在庭户,洞壑当门前。井税有常期,日晏(宴)犹得眠。忽然遭世变,数岁亲戎旃。今来典斯郡,山夷又纷然。城小贼不屠,人贫伤可怜。是以陷邻境,此州独见全。使臣将王命,岂不如贼焉。今彼征敛者,迫之如火煎。谁能绝人命,以作时世贤。思欲委符节,引竿自刺船。将家就鱼麦,归老江湖边。(《贼退示官吏》)[2]

在《春陵行》中,诗人说自己面对百姓困顿穷蹙的生活,不愿一味顺从诏命;《贼退示官吏》更表达了"使臣将王命,岂不如贼焉。今彼征敛者,迫之如火煎"的愤激之辞。诗人欲为忠臣良吏,却不得不在是顺从王命还是关心百姓之间,做痛苦的抉择。这样的内容在汉乐府以来的作品中很少见。汉乐府表现民间疾苦是单纯呈现民瘼。杜甫的"三吏"、"三别"、《兵车行》等作品,也着力刻画百姓之不幸。元结的这两首诗,笔墨的重心在书写忠臣良吏的内心痛苦。经历战乱、

〔1〕 彭定求等,《全唐诗》(北京:中华书局,1960),卷二四一,第 8 册,页 2704。
〔2〕 同上书,页 2705。

漂泊西南的杜甫，内心同样煎迫着元结一样的痛苦。

杜甫称赞元结之作是"比兴体制，微婉顿挫之词"。无论是"比兴"还是"顿挫"，都指向曲折含蓄的表现艺术。张安祖细致讨论了"顿挫"一词的来源与内涵，指出它具有含蓄见讽之义。[1] 然而元结之作在表现民生痛苦上，完全是直陈的笔法，并无含蓄。杜甫所说的"微婉顿挫"，应该是针对诗中忠臣良吏的痛苦而言。"比兴"与"顿挫"，是指发乎忠爱、曲折顿挫的讽谏之情与讽谏艺术。

杜诗追求顿挫，与楚辞相比艺术上有显著变化。这种变化的动力，和杜甫独特的忠君体验很有关系。汉唐时期抒写忠君之情的重要艺术典范即是楚辞。屈原虽然身受谗害，但对楚怀王的忠恳眷恋之情沉厚深挚。汉代士人在将《离骚》经典化的过程中，以儒家诗教精神阐发《离骚》，将屈原视为忠信的典范。西汉刘安作《离骚传》，对《离骚》给予高度评价。司马迁《史记·屈贾列传》引述刘安之语："国风好色而不淫，小雅怨诽而不乱。若《离骚》者，可谓兼之矣。"[2] 司马迁本人则明确将屈原的《离骚》视为"忠而被谤"的怨激之辞："屈平正道直行，竭忠尽智以事其君，谗人间之，可谓穷矣。信而见疑，忠而被谤，能无怨乎？屈平之作《离骚》，盖自怨生也。"[3] 西汉末年，刘向编《楚辞》，作《九叹》附于其末，希望发扬屈骚"忠正之恻诚"。王逸《九叹小序》云："向以博古敏达，典校经书，辩章旧文，追念屈原忠信之节，故作《九叹》。叹者，伤也，息也。言屈原放在山泽，犹伤念君，叹息无已，所谓赞贤以辅志，骋词以曜德者也。"[4] 此处以"追念屈原忠信之节"来阐发刘向发扬屈原之义，是比较符合刘向本意的。

东汉王逸《楚辞章句》着力从"忠"的角度阐发屈原的价值，其

---

〔1〕 张安祖，《杜甫"沉郁顿挫"本义探源》，《文学遗产》2004 年第 3 期，页 137—140。

〔2〕《史记》，卷八四，第 8 册，页 2482。

〔3〕 同上。

〔4〕 洪兴祖撰，白化文等点校，《楚辞补注》（北京：中华书局，1983），卷一六，页 282。

《离骚经章句序》云："屈原执履忠贞而被谗邪，忧心烦乱，不知所诉，乃作《离骚经》。离，别也；骚，愁也；经，径也。言己放逐离别，中心愁思，犹依道径，以风谏君也。"[1] 王逸对楚辞文义的阐发，亦屡屡从"忠"立言。

当然，屈原的怨刺锋芒，以及以自沉坚守素志的激烈，在两汉之世也不断受到批评，扬雄和班固即为其中的代表。扬雄认为屈原不知时命："又怪屈原文过相如，至不容，作《离骚》，自投江而死，悲其文，读之未尝不流涕也。以为君子得时则大行，不得时则龙蛇，遇不遇命也，何必湛身哉！乃作书，往往摭《离骚》文而反之，自岷山投诸江流以吊屈原，名曰《反离骚》。"[2] 班固《离骚序》批评屈原"露才扬己"："今若屈原，露才扬己，竞乎危国群小之间，以离谗贼。然责数怀王，怨恶椒兰，愁神苦思，非其人，忿怼不容，沈江而死，亦贬絜狂狷景行之士。"[3] 但尽管有这些批评的意见，屈原及楚辞艺术，在汉代成为忠君书写的典范，在两汉儒学天道神圣的超越性格局中，楚骚艺术将忠恳眷恋与愤激怨刺相结合的独特忠君表达获得广泛流行。

追求"风骚共推激"[4]的杜甫，对屈原十分景仰。他的忠君之情，亦如屈原对楚王一样，"虽九死吾犹未悔"。但他对于屈原指斥谗佞、愤激身世的一面，做了极大的淡化。八代以来，诗歌中的咏怀艺术有深入的发展，阮籍《咏怀》、陈子昂《感遇》、李白《古风》都是其中的代表。这类作品，以表现理想与现实的激烈矛盾为主，书写士人的身世之叹、时命之思，艺术上与楚辞有很密切的渊源关系。杜甫则表现出对此的显著变化，他的《自京赴奉先县咏怀五百字》，开篇仍然可

---

〔1〕《楚辞补注》，卷一六，页2。

〔2〕《汉书》，卷八七上，第11册，页3515。

〔3〕《全后汉文》，卷二十五，《全上古三代秦汉三国六朝文》，第1册，页611。

〔4〕《夜听许十一诵诗爱而有作》，《杜诗详注》，卷三，第1册，页305。

以看到传统咏怀艺术的影响，表达了对个人出处去就的反思，但随之以更丰富的笔墨，转入对家国君臣的思考；《北征》取法班彪《北征赋》，但班彪集中于对个人命运的思考，杜甫则从去国辞君落笔，将殷殷恋阙之情与家国之思融合成波澜壮阔的旋律。

杜甫一生政治坎坷，早年"残杯与冷炙，到处潜悲辛"[1]，献赋求仕被李林甫黜落，在拾遗任上忠而被谤。他多尝谗害嫉恨之苦，但笔下很少见到指斥谗佞的刻露之语。天宝中应制举，被李林甫以"野无遗贤"黜落，其作于天宝十一载的《奉赠鲜于京兆二十韵》流露了内心的愤懑："破胆遭前政，阴谋独秉钧。微生沾忌刻，万事益酸辛。"[2]辞锋仍以沉郁为主。其《独立》直接表达忧谗之义，但也很含蓄，云："空外一鸷鸟，河间双白鸥。飘摇搏击便，容易往来游。草露亦多湿，蛛丝仍未收。天机近人事，独立万端忧。"[3]这些都与楚辞传统颇为不同。

汉人在反思屈原的过程中，多有时命的思考，这也成为咏怀传统的重要内容。陈子昂在《感遇》中就对时、才、命有大量的咏叹。杜甫对时命问题则比较淡漠。这里不妨对比他与李商隐在歌咏诸葛亮时的不同侧重：

> 丞相祠堂何处寻，锦官城外柏森森。映阶碧草自春色，隔叶黄鹂空好音。三顾频繁天下计，两朝开济老臣心。出师未捷身先死，长使英雄泪满襟。（杜甫《蜀相》）[4]

> 猿鸟犹疑畏简书，风云长为护储胥。徒令上将挥神笔，终见降王走传车。管乐有才真不忝，关张无命欲何如。他年锦里经祠

---

〔1〕《奉赠韦左丞丈二十二韵》，《杜诗详注》，卷一，第1册，页94。
〔2〕同上书，卷二，第1册，页177。
〔3〕同上书，卷六，第2册，页601。
〔4〕同上书，卷九，第3册，页890。

庙，梁父吟成恨有余。(李商隐《筹笔驿》)〔1〕

在杜甫笔下，诸葛亮是尽忠竭诚的忠臣志士。其报效蜀国，不是因为蜀国逢时得命，而是感激于刘备对自己的信任和诚恳，是士为知己者死。而在李商隐笔下，诸葛亮更多地表现为一个谋臣的形象，其悲剧只因"有才而无命"。类似这样的时命思考，杜甫笔下是不多见的。

杜诗的沉郁顿挫，是一种儒家伦常的亲厚之情。如上章所述，杜甫对儒家伦常的体验，不再强调天道神圣的超越意味，而是为"尊尊"赋予亲厚眷恋的情感体验，并使之深沉而广大。这种独特的儒家伦常体验，是他走出屈骚传统的深层精神动因。杜诗像韩文一样大变屈骚传统，也像韩文一样，成为后人追摹取法的新抒情典范。

第三节　柳宗元倾心屈骚及其心曲

与韩愈和杜甫创变屈骚传统不同，柳宗元对屈骚艺术有相当深入的继承。宋人严羽云："唐人惟子厚深得骚学。"〔2〕

今传柳集中"古赋"类的《佩韦赋》《惩咎赋》《闵生赋》《梦归赋》《囚生赋》，是"感士不遇赋"传统的变化，而《吊苌弘文》《吊屈原文》《吊乐毅文》，则是贾谊《吊屈原赋》的绍续。这是汉赋发扬楚辞精神的两个主要表现传统。今传柳集基本都是四十五卷本〔3〕，其中一卷为"骚"类文，共收作品十篇：《乞巧文》《骂尸虫文》《斩曲几文》《宥蝮蛇文》《憎王孙文》《逐毕方文》《辨伏神文》《愬螭文》《哀溺文》《招海贾文》。这十篇作品，除《招海贾文》在形式上明显模仿《招

---

〔1〕　刘学锴、余恕诚集解，《李商隐诗歌集解》(北京：中华书局，2004)，第3册，页1471。
〔2〕　《沧浪诗话校释》，页171。
〔3〕　《柳宗元集校注·整理说明》，页1。

魂》，其余九篇文体形式十分独特，最能见出柳宗元对骚体文学的创变。以往对这组作品的阐释，多从楚辞比兴托讽艺术来认识，但仔细体会文章的艺术构思和情感内涵，会发现它们与作者独特的天人体验有值得关注的联系。柳宗元何以对骚体倾注如此强烈的热情？在坎坷的经历与狷介的个性这些人们普遍注意到的原因之外，其天人体验与屈骚传统的复杂关系同样值得思考，而极富新变特色的柳集"骚"类文，是进入这一思考的关键。

一、"骚"类文与独特的宗教仪式

今传柳集的"骚"类，其类目的确立和篇目的选择，是否出自柳宗元的本意，今天已难以考知。柳宗元临终前嘱托刘禹锡为其编定文集，刘禹锡《唐故尚书礼部员外郎柳君集纪》云："（柳宗元）病且革，留书抵其友中山刘某曰：'我不幸，卒以谪死，以遗草累故人。'某执书以泣，遂编次为三十通，行于世。"[1]因此刘禹锡编定的柳集当为三十卷。以刘柳之间的相契，刘禹锡所编的这个本子，应当能反映柳宗元对自己文章体类的看法。然而遗憾的是，刘禹锡所编柳集早已失传，北宋天圣初年穆修所见柳集，已经是一个四十五卷重编本，出自谁手已无法考知，今传柳集基本是四十五卷本，即是以此本为源头。

"骚"类十文的文体都很独特。按照郭建勋先生对"骚体赋"的界定[2]，这些作品，其标题皆无"赋"字，故而不能算"骚体赋"。如果按照运用"兮"字句作为"骚体"的标准，《骂尸虫文》《憎王孙文》《逐毕方文》《辨伏神文》《愬螭文》《哀溺文》《招海贾文》等七篇包含"兮"字句，可归为"骚体"，但文中也大量包含非"兮"字句。此外还有三篇：《乞巧文》《斩曲几文》《宥蝮蛇文》，完全没有"兮"字句。今

---

〔1〕《刘禹锡全集编年校注》，下册，页 1061。
〔2〕 郭建勋，《辞赋文体研究》（北京：中华书局，2007），页 6—21。

传柳集将这十篇作品全部归入"骚"类，其根据是什么，已经很难有确切的答案，但北宋时期柳文的分类标准，可以为此提供一些参照。

北宋初年《文苑英华》于卷三五七"杂文七（骚四）"，选录《愬螭文》《哀溺文》《憎王孙文》《逐毕方文》《骂尸虫文》《招海贾文》六篇[1]，在卷三五八"杂文八（骚五）"中，选录沈亚之《为人撰乞巧文》。[2]此文或取法柳宗元《乞巧文》，但《文苑英华》独取沈文，其原因大概是沈文使用了"兮"字句，而柳文全文无"兮"字。北宋深于楚辞学的晁补之，编撰有《重编楚辞》《续楚辞》《变离骚》，在《变离骚》中，选录了《乞巧文》《骂尸虫文》《憎王孙文》《宥蝮蛇文》；在《续楚辞》中选录了《招海贾文》。晁补之选录《乞巧文》的原因，主要取其继承了屈骚之"意"，所谓："传曰：'周鼎铸而使吃其指'，先王以见大巧之不可为也。故子贡教抱瓮者为桔槔，用力少而见功多，而抱瓮者羞之。夫鸠不能巢，拙莫比焉。而屈原乃曰：'雄鸠之鸣逝兮，吾犹恶其佻巧。'原诚伤世浇伪，故诋拙以为巧，意昔之不然者，今皆然矣，甚之也。柳宗元之作，虽亦闵时奔骛，要归诸厚，然宗元愧拙矣。"[3]

《文苑英华》成书后，直到南宋才刊刻，而晁补之的时代更是晚于穆修所见四十五卷重编本的成书。柳集"骚"类的文体标准，并非受上述两者的影响，但它们可以提供参照，说明柳集"骚"类十文的选录，是综合了运用"兮"字句和继承屈骚之"意"两个尺度。这种文体界定标准上的复杂，恰恰反映了这组文章作为骚体文的独特性。这组文章的构思与写法，在以往的骚体文中十分罕见，孙梅《四六丛话》云："柳子厚作楚辞，卓诡谲怪，韩退之不能及。"[4]"骚"类十文正是

---

〔1〕 李昉等编，《文苑英华》（北京：中华书局，1966），卷三五七，第3册，页1832—1834。

〔2〕 同上书，卷三五八，第3册，页1835—1839。

〔3〕 《柳宗元集校注》，卷一八，第4册，页1229。

〔4〕 孙梅编，李金松点校，《四六丛话》（北京：人民文学出版社，2010），卷三，页58。

最"卓诡谲怪"者。晁补之以楚辞的比兴托讽阐释其构思，认为："《离骚》以虬龙鸾凤托君子，以恶禽臭物指谗佞。王孙、尸虫、蝮蛇、小人谗佞之类也，其憎之也，骂之也，投畀有北之意也；其宥之也，以远小人不恶而严之意也。盖《离骚》备此义，而宗元仿之焉。"[1]

晁补之的阐释对后世影响很大，但它虽能揭示柳文嫉邪恶谗的怨愤基调，却难以完全呈现这组文章在独特构思下所蕴含的情感结构。柳宗元这组文章，构思命意非常接近，许多都带有祝祷、诅咒的意味，而且反复以类似的命意来创作，这本身就是不同寻常的现象。前人或将这类文字溯源于扬雄之《逐贫赋》、韩愈之《送穷文》；但从写作形式上看，这类文字和民间方术中的厌劾妖祥和祝由术多有联系。厌劾妖祥亦称厌胜，是驱鬼除邪的巫术。它在使用巫术的同时，还结合着祭祀祈祷，其内容是对所驱逐的鬼怪妖邪给予严厉斥责。睡虎地秦简《诘》篇，列有刺鬼、丘鬼等71种鬼怪妖祥，详述其特点和厌劾之法。此外，还有以咒禁治病的祝由术，也以攘除鬼怪妖祥为目的。

厌劾中的祈祷之辞，包含告神与禁止妖祥两部分内容，例如《诘》篇的第一段云："诘咎，鬼害民（罔）妄行，为民不羊（祥），告如诘之，召，道（导）令民毋丽凶央（殃）。"李零指出，这里的"诘咎""告如诘之"，其中"告"是告神之义，"诘"是禁止之义，"咎"指祸殃不祥，"诘咎"是禁止凶咎的意思，"告如诘之"是告神以除凶的意思。[2] 如此的结构，在柳宗元《骂尸虫文》《逐毕方文》《憎王孙文》《愬螭文》中都有很鲜明的呈现，例如《骂尸虫文》上告天帝，诅咒尸虫，其结尾云："祝曰：'尸虫逐，祸无所伏，下民百禄，惟帝之功，以受景福。尸虫诛，祸无所庐，下民其苏，惟帝之德，万福来符。

---

〔1〕《柳宗元集校注》，卷一八，第4册，页1262。
〔2〕参见《中国方术考》，页71—84，330—342。

臣拜稽首，敢告于玄都。'"[1]这是很典型的告神逐邪之语。又如《逐毕方文》，斥责毕方为祟，使"皇斯震怒兮，殄绝汝类"。文章以严厉的措辞，驱逐毕方远走他方以保其生："海之南兮天之裔，汝优游兮可卒岁。皇不怒兮永汝世，日之良兮今速逝。急急如律令。"[2]

又如《憎王孙文》亦祷告于"山之灵"，以求驱斥为恶之王孙：

> 湘水之浟浟兮，其上群山。胡兹郁而彼瘁兮，善恶异居其间。恶者王孙兮善者猿，环行遂植兮止暴残。王孙兮甚可憎，噫，山之灵兮胡不贼殄？跳踉叫嚣兮，冲目宣龂。外以败物兮，内以争群。排斗善类兮，哗骇披纷。盗取民食兮，私己不分。充嗛果腹兮，骄傲欢欣，嘉华美木兮硕而繁，群披竞啮兮枯株根。毁成败实兮更怒喧，居民怨苦兮号穹旻。王孙兮甚可憎，噫！山之灵兮，胡独不闻？[3]

《愬螭文》则向神灵告愬，期望能驱逐为恶之螭："惟神高明，胡不降罚，肃川坻兮，舟者欣欣，游者熙兮。蒲鱼浸用，吉无疑兮，牲轾玉帛，人是依兮。匪神之愬，将安期兮！神之有亡，于是推兮。"[4]

可见，柳宗元这类文章的写作，在基本结构上，暗含了方术中厌劾之法的祈祷诅咒之义，其情感的表达依托在对神灵的祈祷中展开。这暗含了对神灵可以为祸福，而且只有依靠神灵才可以驱邪逐恶的信任。其《愬螭文》"匪神之愬，将安期兮"[5]，正是此意。

柳宗元通过祝祷神灵来驱逐鬼怪，其对于神灵的严肃态度，倘若

---

[1]《柳宗元集校注》，卷一八，第 4 册，页 1236。
[2] 同上书，页 1265。
[3] 同上书，页 1258。
[4] 同上书，页 1275。
[5] 同上。

与韩愈做一对比，就可以更清楚地看出。柳宗元《乞巧文》对自己才拙的检讨，带有"反语"的意味，后世也不乏将之与扬雄《解嘲》、韩愈《进学解》相提并论的意见。但是扬雄与韩愈之作，其间的对话都不是发生在人神之间，是人与人的问难与反驳，因此辞锋犀利、辞气激越。特别是韩愈《进学解》，以自嘲来嘲世，满纸是不平的牢骚。柳文则是在人神之间展开，作者以自称臣下、向天孙祝祷的方式来陈述人生的失意，其间说到人巧己拙的种种困窘，虽然也有"胡执臣心，常使不移"[1]以自责为自傲之语，但傲世嫉俗的锋芒，远未如扬雄与韩愈般犀利。笔端萦绕的更多是委屈压抑的痛苦：

> 臣有大拙，智所不化，医所不攻，威不能迁，宽不能容。乾坤之量，包含海岳，臣身甚微，无所投足。蚁适于垤，蜗休于壳，龟鼋螺蚌，皆有所伏。臣物之灵，进退唯辱。仿佯为狂，局束为谄，吁吁为诈，坦坦为忝。他人有身，动必得宜，周旋获笑，颠倒逢嘻。己所尊昵，人或怒之。变情徇势，射利抵巇。中心甚憎，为彼所奇。忍仇佯喜，悦誉迁随。[2]

文中自述人世碰壁的窘迫，也十分沉痛："跪呈豪杰，投弃不有。眉蹙颊蹙，喙唾胸欧。大叛而归，填恨低首。"[3]这些沉痛的文字，不无自我忏悔的意味，这使得作者文末对"天孙"的乞求，读来也十分虔诚：

> 敢愿圣灵悔祸，矜臣独艰。付与姿媚，易臣顽颜。凿臣方心，规以大圆。拔去呐舌，纳以工言。文词婉软，步武轻便。齿

---

[1]《柳宗元集校注》，卷一八，第4册，页1220。
[2] 同上。
[3] 同上。

牙饶美，眉睫增妍。突梯卷脔，为世所贤，公侯卿士，五属十连。彼独何人，长享终天。[1]

虽然作者通过天孙的鼓励，再度坚定守拙之志，并认为这是"天之所命"，但这一巧设笔墨的"翻转"之辞，并不能改变真诚的祝祷与沉痛的忏悔为文章奠定的基调。文中对天神的祝祷是严肃的，与韩愈《进学解》的牢骚反语、怪怪奇奇，有很大差别。

对祝祷神灵的重视，也体现在《骂尸虫文》《愬螭文》《憎王孙文》等作品中，这些篇章与扬雄《逐贫赋》、韩愈《送穷文》的显著不同，就在于鲜明地表达了依靠"神灵"来驱逐鬼怪的愿望。扬雄与韩愈都着眼于人鬼之间的相互辩难，其行文都只是着墨于对穷鬼的斥逐，而缺少对神的祈祷。文中的起伏矛盾，只发生在抒情自我与穷鬼之间，并不依凭神之外力。而且有趣的是，"逐贫"与"送穷"的结果，是反被穷鬼教训，穷鬼不仅未能逐去，反而更加理直气壮，被延之上座。这当然是游戏笔墨，但问题在于，柳宗元的创作何以严守厌劾之辞的祈祷与诅咒，谨守尺寸，而扬雄与韩愈却游戏文辞、嬉笑怒骂？

韩愈这种着眼于人鬼之间挥斥笑傲的文字并不罕见，《鳄鱼文》就是一个很突出的例子。对地方的民间宗教，唐代士人的态度颇为复杂，从维护正统礼教的立场出发，不少为政地方的士人，对地方神灵信仰的"淫祠"有很明确的排抑态度。例如，狄仁杰在江南废止淫祠。打击淫祠的目的是树立中央王朝对地方信仰的权威，戴孚《广异记》记载："高宗时，狄仁杰为监察御史，江岭神祠，焚烧略尽。至端州，有蛮神，仁杰欲烧之，使人入庙者立死。仁杰募能焚之者，赏钱百千。时有二人出应募，仁杰问：'往复何用？'人云：'愿得敕牒。'仁杰以牒与之，其人

---

[1]《柳宗元集解校注》，卷一八，第4册，页1221。

持往、至庙，便云有救。因开牒以入宣之，神不复动，遂焚毁之。"[1]这里，应募者正是凭恃中央王权的权威震慑蛮神，得以焚毁其庙。[2]

韩愈为官潮州期间驱逐鳄鱼，创作《鳄鱼文》，也正是以大唐天子的权威威吓鳄鱼。其文云：

> 今天子嗣唐位，神圣慈武。四海之外，六合之内，皆抚而有之。况禹迹所揜扬州之近地，刺史、县令之所治，出贡赋以供天地宗庙百神之祀之壤者哉？鳄鱼其不可与刺史杂处此土也。……今与鳄鱼约：尽三日，其率丑类，南徙于海，以避天子之命吏。三日不能至五日，五日不能至七日，七日不能，是终不肯徙也，是不有刺史听从其言也。不然，则是鳄鱼冥顽不灵，刺史虽有言，不闻不知也。夫傲天子之命吏，不听其言，不徙以避之；与冥顽不灵，为民物害者皆可杀。刺史则选材技吏民，操强弓毒矢，以与鳄鱼从事，必尽杀乃止。其无悔。[3]

如此态度显然与柳宗元驱邪诸文的命意不同。狄仁杰与韩愈，期望以人间秩序统摄天地神灵，而柳宗元则依循民间宗教本有的神灵信仰来达成祈祷与诅咒。值得注意的是，韩愈这种淡化神灵祝祷，而在人鬼之间斥逐辩难的文字，在后世的影响更为突出，例如晚唐古文家孙樵《逐痁鬼文》，取法韩愈《送穷文》，希望驱逐使自己立身忠信的"痁鬼"，招邀谄鬼、矫鬼、巧鬼、钱鬼[4]，完全是游戏笔墨，其间并无祝祷神灵之意；皮日休《祝疟疠文》亦是着眼于人对"疟"的斥逐，但其构思是期望"疟"能效神灵之行事，去亲近那些为恶之人，使其

---

〔1〕 戴孚撰，方诗铭辑校，《广异记》（北京：中华书局，1992），页46。
〔2〕《郊庙之外：隋唐国家祭祀与宗教》，页255—258。
〔3〕《韩愈文集汇校笺注》，卷二六，第6册，页2753。
〔4〕《全唐文》，卷七九五，第9册，页8331。

染病，以代天行其责罚：

> 呜呼！疠之能祸人，是非有知也。既有知，奚不效神为聪明
> 正直，不加祟于君子焉。遂为文祀（祝）而逐之曰：疠乎疠乎，
> 有事君不尽节，事亲不尽孝，出为叛臣，入为逆子，天未降刑，
> 尚或窃生，尔宜疠之。有专禄恃威，僭物行机，上弄国权，下戏
> 民命，天未降刑，尚或窃生，尔宜疠之。……见仁义而勿疠，遇
> 奸佞而肆凶。非惟去乎物患，抑亦代乎天功。疠乎疠乎，苟依吾
> 言若是，吾将达尔于帝聪。[1]

文章通篇运用祝祷的形式，但并非祝祷真正的神灵，而是以"祝"
为"逐"，表达对疠的斥逐之义，同样是怪怪奇奇的游戏笔墨，与韩愈
《送穷文》有更深的渊源关系。

柳宗元《骂尸虫文》《愬螭文》这类以对神灵严肃祝祷来驱逐鬼怪
的篇章，在后世的影响十分有限。但这些在前代罕有先导、在后世少
见来者的篇章，恰恰揭示了柳宗元精神世界中一些被后世逐渐忽视的
内容，这就是在鲜明的理性精神之外的宗教体验，他对于超验神灵力
量未曾泯灭的信仰。

二、倾心屈骚与柳宗元天人观

柳宗元倾心屈骚并不能简单地归之于性格的狷介磊砢，他独特的
天人观，是令其亲近屈骚的重要精神基础。

楚辞艺术的"发愤抒情"，具有重要的原始宗教背景。屈原对楚怀
王的忠诚与眷恋，是通过"香草美人"的模式来表达，以男女之情来
比喻君臣关系。《离骚》所传达的君臣之间的怨愤犹疑，与男女之情中

---

〔1〕《皮子文薮》，页49—50。

独特的情感体验，颇多类似。苏雪林以人神恋爱阐释《九歌》，认为作品中所表达的对神的爱慕，与男女的恋情是类似的，所谓："无论男女向对方进行恋爱时，常恐对方无情于我，既有情矣，又愁他或她是中道变心，故常发生疑惑的心理。人对神的恋爱，到了极热烈时，也是如此。"[1] 从人神交感的宗教体验出发所传达的君臣伦常之思，与纯粹凡俗经验化的伦常体验颇为不同。[2]

因此，楚辞发愤抒情艺术的流传延续，仍然有赖于类似宗教的超越性文化背景的存在，而汉代士人对楚辞的接受，正说明了这一点。

屈原愤激时世、指斥谗佞的怨刺精神，在两汉文学中有显著的继承。贾谊《吊屈原赋》对屈原身遭恶浊之世表现了极大同情："鸾凤伏窜兮，鸱枭翱翔，阘茸尊显兮，谗谀得志；贤圣逆曳兮，方正倒植。世谓随、夷为溷兮，谓跖、蹻为廉，莫邪为钝兮，铅刀为铦。"[3] 类似的怨刺之语，司马迁《悲士不遇赋》亦有激烈的呈现："何穷达之易惑，信美恶之难分"[4]；"天道微哉，吁嗟阔兮，人理显然，相倾夺兮。"[5] 东汉赵壹《刺世嫉邪赋》更着力抒写对"邪夫显进，直士幽藏"[6]的愤激。

面对由时之不平所激发的胸中块垒，汉人更多地从时命的角度加以反思和化解。贾谊《吊屈原赋》就认为屈原的悲剧是"遭世罔极""逢时不祥"[7]。此后，"感士不遇"成为汉人重要的表现主题。董

---

〔1〕 苏雪林，《屈赋论丛》（武汉：武汉大学出版社，2007），页93。
〔2〕 苏雪林、过常宝从"人神恋爱"的角度，对楚辞与原始宗教的关系做了细致的讨论，参见苏雪林，《〈九歌〉中的人神恋爱》，载所著《屈赋论丛》，页75—95；过常宝，《楚辞与原始宗教》（北京：东方出版社，1997），页150—203。
〔3〕 费振刚、胡双宝、宗明华辑校，《全汉赋》（北京：北京大学出版社，1993），页8。
〔4〕 同上书，页142。
〔5〕 同上。
〔6〕 同上书，页555。
〔7〕 同上书，页8。

仲舒有《士不遇赋》、司马迁有《悲士不遇赋》，而前揭《答客难》《解嘲》一系列自嘲自解式的作品，也是从时命的角度，化解个人遭际的不满。因此，汉人大量的时命思考，也是从另一个角度呈现了怨刺之情难以被磨灭的锋芒。

这样的怨刺之情，尽管有来自扬雄、班固的明确批评，但如果我们放眼汉代屈原楚辞艺术接受的大势，就可以发现，它们还是在很大程度上被包容在忠君之情可以容许的范围之内。王逸《楚辞章句》称赞屈原"放逐离别，中心愁思，犹依道径以风谏君也。故上述唐、虞、三后之制，下序桀、纣、羿、浇之败。冀君觉悟，反于正道而还己也"[1]，认为屈原愤激的话语，仍然合于"道径"。

屈原的怨刺之情，何以能够被汉人包容，这其中的原因还要到汉代注重天道神圣的伦常体验中去寻找。汉代前期，道家思想流行，而汉武帝采纳董仲舒的建议，罢黜百家、独尊儒术，其所尊崇的是董仲舒在天道阴阳体系中重建的儒家伦常。因此，汉人所理解的儒家伦常，就有鲜明的天道神圣的超越性意涵。在这个意义上，楚辞带有人神交感之宗教色彩的君臣之思，就会与汉人的君臣体验有更多契合。汉代文人看起来被现实所激发的怨刺之情，从其抒情的原型来看，则十分类似楚辞在人神交感中的猜测、怨望与犹疑。应该说，汉人始终难以被彻底磨平的刺时嫉邪、感时伤世，在很大程度上，和汉代天道神圣的儒家伦常观念有着内在深刻的联系。汉人以"时命"的思考来化解怨刺的锋芒，而这样的视角显然着眼于对"天道"的反思，带有天人对话的鲜明色彩。因此，屈原及楚辞艺术在汉代成为忠君书写的典范，其将忠恳眷恋与愤激怨刺相结合的独特忠君表达能够广泛流行，只有放在两汉儒学天道神圣的超越性格局中，才能很好地理解。

汉代以后，楚辞发愤抒情传统趋向衰落，世俗常情与雕琢词采弥

---

[1]《楚辞补注》，卷一，页2。

漫于骚体文的创作，这一情形，直到初盛唐陈子昂等人重新发扬屈骚述怀言志传统，才得以扭转。值得注意的是，追复屈骚感怀传统的陈子昂等人，往往对政教中的天道施设表现出兴趣。陈子昂在《感遇》组诗中，深刻反思时、才、命的关系，抒发人生的咏叹。而在政治理想上，陈子昂十分关心天道设教的层面，其上武则天的《谏政理书》，就不遗余力地主张建设"明堂"，将此作为政治复兴的核心要务。[1]在创作上同样追复屈骚的张九龄、张说、李白，皆生当玄宗朝大倡礼乐的时代风气中，亦多着眼天道，对政教的超越性建设表现出兴趣。

柳宗元如此倾心屈骚艺术，透露出其隐秘的心曲。如果只看其《贞符》一类文章，会感到柳宗元有着强烈的理性精神。他否定汉代的天命论，提出"天人相分"。他认为，所谓"天"，不过是自然的阴阳寒暑，并无赏功罚祸的神奇力量，对于建立在汉代天命观基础上的许多符瑞灾祥之说，他表达了明确的否定，如《贞符》云："是故受命不于天，于其人；休符不于祥，于其仁。惟人之仁，匪祥于天；匪祥于天，兹惟贞符哉！未有丧仁而久者也，未有恃祥而寿者也。"[2]在《祭吕衡州温文》中，他甚至说："吾固知苍苍之无信，漠漠之无神。"[3]因此，当人遇到艰难困苦，没有必要去"怨天"。在《天说》中，他明确提出：

> 彼上而玄者，世谓之天；下而黄者，世谓之地；浑然而中处者，世谓之元气；寒而暑者，世谓之阴阳。是虽大，无异果蓏、痈痔、草木也。假而有能去其攻穴者，是物也，其能有报乎？蕃而息之者，其能有怒乎？天地，大果蓏也；元气，大痈痔也；阴阳，大草木也，其乌能赏功而罚祸乎？功者自功，祸者自祸，欲望其赏

---

〔1〕《陈子昂集（修订本）》，卷九，页229—233。

〔2〕《柳宗元集校注》，卷一，第1册，页79。

〔3〕同上书，卷四十，第8册，页2558。

罚大谬；呼而怨，欲望其哀且仁者，愈大谬矣。子而信子之仁义以游其内，生而死尔，乌置存亡得丧于果蓏、痈痔、草木耶？[1]

如前所述，屈原发愤抒情的"疾痛惨怛"[2]，在宗教的背景下，体现了对天之赏罚的信任，而柳宗元以"苍苍"为"无信""无神"，显然与屈原颇异其趣。但是，柳宗元对"天"的理解，是否真的完全如他所说的这样？

柳宗元在"骚"类十文中对厌劾、祝由仪式的谨守，祝祷神灵的严肃，都透露出其对方术中神灵妖祥问题的理解，与他在《天说》《贞符》等文中所表达的理性追求有微妙的差异。柳宗元这组文章主要创作于贬谪永州期间，而他的《贞符》等主张"天莫之为祸福"的文字，则主要创作于长安期间。身处贬谪痛苦之中的诗人，面对南方的民间宗教，是否呈露出内心的某种隐衷，这是很值得思考的。

柳宗元所追求的理性，是超越历史和经验的；他所强调的"大中之道""大公之道"，作为儒学的核心精神，并非为历史和经验所印证，而是基于理念的合理总结。在《封建论》中，他推重郡县而否定封建，根据在于"郡县"之合理。历史上的圣人曾实现"封建"，这样的经验事实并不能驳倒郡县的优长。他认为作为"理"之化身的圣人，之所以推行封建，是因为"势"的逼迫，而非出于其本意，所谓"封建非圣人意也，势也"[3]。柳宗元对古书记载之虚诞的驳斥，就体现了理性对于经验的超越。与柳宗元不同的是，韩愈对儒道的理解需要依托历史和经验来展开，韩愈从未对儒道作抽象的概括，而只是将其归结为

〔1〕《柳宗元集校注》，卷一六，第4册，页1090。
〔2〕《史记》，卷八四，第8册，页2482。
〔3〕《柳宗元集校注》，卷三，第1册，页185。

圣人所设立的一整套制度、教化的施设，对此，《原道》有很鲜明的表达。只有进入圣人的历史，模仿其经验，才能发明古道。因此，先圣往哲的历史与经验，就可以为韩愈的精神提供有力的支撑，他并不需要超越与超验性的支持。韩愈也经常流露出对天的复杂态度，但他所理解的"天命"，仍然呈现为历史与经验的展开，例如《送孟东野序》中以"天命"宽解孟郊的痛苦，而所谓"天命"，不是抽象的理念，而是往古来今、不平则鸣的先贤往哲。[1]

追求超越经验与历史理性的柳宗元，其精神只有理性本身可以安顿，但面对世界的复杂、个体命运的曲折坎坷，理性不能解释所有的疑难，更难以充分地安顿身心、化解精神的忧郁。他努力通过理性来反省人生痛苦，殊不知，当理性不能依托在历史与经验之中，纯然依理而行的时候，往往因触及事物的复杂面向而引发更深的思想痛苦。对于历史和经验十分淡漠的柳宗元，对超验、超越性精神力量的需要，也许比韩愈要强烈得多，这在仕途畅达、身心较为平稳的时期也许并不突出，但在贬谪永州，身心憔悴无可宽解之时，也许就会变得强烈。但这毕竟是其精神上隐秘的需要，我们只有透过他独特的骚体创作才可以窥见。

柳宗元不仅受到屈骚传统"天人"体验的吸引，而且从他独创的"骚"类十文，从他的一些骚体创作来看，他对"天"的依赖更加强烈。同样是相信天可以为赏罚，屈原《离骚》对怨愤的倾诉，带有强烈的自信与自我张扬。以原始宗教为背景的屈骚人神关系，以男女恋情为模式，人神之间犹如恋情般的猜忌犹疑与信赖依恋，是屈骚艺术最为独特的精神内涵。两汉以来，骚体文学发愤抒情的表现传统，传达了士人强烈的自信与对时世的怨愤。柳宗元的骚体文学创作，则淡化了自信的锋芒，增添了沉痛、绝望的低回色彩。

---

〔1〕《韩愈文集汇校笺注》，卷九，第 3 册，页 983。

柳宗元在贬谪中回思自己往昔的人生遭遇，固然有愤世的激越，但也有对自己未能从容中道的反省，在《与杨诲之第二书》中，他力劝杨凭要及早懂得"由乎中道"的道理：

> 至永州七年矣，蚤夜惶惶，追思咎过，往来甚熟，讲尧、舜、孔子之道亦熟，益知出于世者之难自任也。今足下未为仆向所陈者，宜乎欲任己之志，此与仆少时何异？然循吾向所陈者而由之，然后知难耳。今吾先尽陈者，不欲足下如吾更讪辱，被称号，已不信于世，而后知慕中道，费力而多害，故勤勤焉云尔而不已也。[1]

这番诚恳的劝诫，无疑包含着柳宗元反思过往的叹悔。这种自我反省，深深地增强了他的自责与痛苦，其骚体赋《惩咎赋》就表达了他惶惶忧惧的心情："既明惧乎天讨兮，又幽栗乎鬼责。惶惶乎夜惊寤而昼骇兮，类麏麚之不息。"[2]《闵生赋》的刻画亦有许多栖遑与沉痛："闵吾生之险厄兮，纷丧志以逢尤，气沉郁以杳眇兮，涕浪浪而常流。膏液竭而枯居兮，魄离散而远游，言不信而莫余白兮，虽遑遑欲焉求？"[3]

在传统的屈骚艺术中，"远游"是突出的抒情主题，屈原的《离骚》在"远游"中抒发了"路漫漫其修远兮，吾将上下而求索"[4]的不屈意志。在汉代以下的骚体文学中，"远游"也是一个被反复咏叹的主题。但柳宗元的骚体文中，"拘囚"的感伤更为突出，贬谪的痛苦对于他是形同"拘囚"的绝望，其《惩咎赋》云："为孤囚以终世兮，长

---

[1]《柳宗元集校注》，卷三三，第6册，页2136—2137。
[2] 同上书，卷二，第1册，页139。
[3] 同上书，页151。
[4]《楚辞补注》，卷一，页27。

拘挛而辙轲。"〔1〕这种"拘囚"的绝望，在《囚山赋》中得到集中的书写："圣日以理兮，贤日以进，谁使吾山之囚吾兮滔滔。"〔2〕而只有在梦中，他才能回归故乡："罹摈斥以窘束兮，余惟梦之为归。"（《梦归赋》）〔3〕然而梦醒时分，则更尝故土难归的苦痛："魂恍惘若有亡兮，涕汪浪以陨轼。类曛黄之黬漠兮，欲周流而无所极。纷若喜而怡儃兮，心回互以壅塞。钟鼓喤以戒旦兮，陶去幽而开窹。曾蔚蒙其复体兮，孰云桎梏之不固？精诚之不可再兮，余无蹈夫归路。"（《梦归赋》）〔4〕

去国远游是孤独的，而"拘囚"更是无可挣脱的绝望。柳宗元内心的自省与自责，对人生处境的绝望感受，与屈骚的自信与愤世颇为不同。屈骚以恋情般的猜忌犹疑与依恋来表达人神关系，而柳宗元在"骚"类十文中所表现的对"天"与"神灵"的信仰，则更多的是虔敬。

可见，柳宗元的倾心屈骚，并不仅仅是艺术上的好尚，而是寄托了很多内心深处的精神需要。犀利的理性思考，能让他有力地反思社会问题，却难以安顿自己动荡漂泊、痛苦无助的身心。从他的骚体文创作可以看到，他在精神上还很依赖屈骚所蕴含的天人观来支撑自己，需要到上天与神灵那里寻求安慰。与韩愈和杜甫大变屈骚、开拓新局不同的是，柳宗元未能充分走出屈骚传统。

---

〔1〕《柳宗元集校注》，卷二，第 1 册，页 139。

〔2〕同上书，页 171。

〔3〕同上书，页 160。

〔4〕同上书，页 161。

中 编

——

造 语

第六章 | 语言激变

　　韩愈追求"唯陈言之务去"，他以惊人的才华，推动古典文章语言产生大变。他创造的许多词语、词组，都传诵不绝，成为人们长期使用的成语，例如含英咀华、种学绩文、去故就新、阅中肆外、雷厉风行、同工异曲、不平则鸣、垂头丧气、语言无味、面目可憎、曲尽其妙，等等。一些语简意丰的表达也播在人口，例如"业精于勤荒于嬉，行成于思毁于随"、"弟子不必不如师，师不必贤于弟子"、"闻道有先后，术业有专攻"，等等。

　　面对这些精彩的语言创造，后世文章家倾心取法，但深入观察其创新的动力和原理者并不多。韩愈务反近体，希望在彻底的以散变骈中，去陈言，造新语，其文章复古的激进方式，对后世的文学文化变革产生了重要影响。

第一节　激进的"务反近体"

　　《旧唐书》韩愈本传称其为文"务反近体，抒意立言，自成一家新语"[1]。其中"务反近体"一语，清晰地揭示了韩愈排斥"近体"的激进而极端的态度。后世论者曾提出不要忽视韩愈对骈文艺术的吸收，

---

〔1〕刘昫等撰，中华书局编辑部点校，《旧唐书》（北京：中华书局，1975），卷一六〇，第2册，页4204。

例如清人刘熙载认为："韩文起八代之衰，实集八代之成。"〔1〕这虽然看似更为融通，但弱化了对韩愈"务反近体"之激进色彩的认识。文学上的集成千差万别，集古今诗人大成的杜甫，主观上追求"不薄今人爱古人"〔2〕，自觉以兼综并包的态度融会古今艺术。韩愈之集成，则与此颇为不同。他排斥"近体"十分鲜明而自觉，在古今之间，绝无任何调和折中之论。其"集八代之成"，是在激进追求下实现的骈散"对抗性融合"，这与杜甫式的兼综性融合十分不同。

一、在一切文体中避骈就散

韩愈在一切文体创作中，都尽可能避骈就散。这种极端化的语体追求，在唐代作家中十分罕见。

初盛唐以来，礼仪性质浓厚的启文、表文以及碑志文，一直以骈俪文风为主。这些文体在韩愈笔下都转向了以散体为主。韩集启文三篇皆是散体；表文十九篇中，十二篇是散体；即使是礼仪色彩浓厚的贺表，如《贺雨表》〔3〕《贺太阳不亏表》〔4〕等，也出之以散体。

初盛唐以来，唐人表文的写作，一直以骈俪为主，一些提倡文章复古的作者，虽然创作了散体表文，但并未撼动骈体在表文创作中的主导地位。初唐作者陈子昂有《为乔补阙论突厥表》〔5〕《为人陈情表》〔6〕等散体表文，但其文集中大量的表文出之以骈体，如《为陈侍御上奉和秋景观渡诗表》〔7〕《为丰国夫人庆皇太子诞表》〔8〕《为赤县父老劝封禅

---

〔1〕《艺概》，卷一，页20。
〔2〕《杜诗详注》，卷一一，第4册，页1089。
〔3〕《韩愈文集汇校笺注》，卷三十，第7册，页2987。
〔4〕同上书，页2990。
〔5〕《陈子昂集（修订本）》，卷四，页98—99。
〔6〕同上书，卷三，页68—69。
〔7〕同上书，页75—76。
〔8〕同上书，页71—72。

表》[1]《为永昌父老劝追尊中山王表》[2]《为司刑袁卿让官表》[3]《谢免罪表》[4] 等。盛中唐之际的著名复古作者萧颖士，其表文也多有鲜明的骈俪之风，如《为扬州李长史贺立皇太子表》[5]《为李北海作进芝草表》[6]《为扬州李长史作千秋节进毛龟表》[7]《为从叔鸿胪少卿论旱请掩骼埋胔表》[8]《为陈正卿进〈续尚书〉表》[9]《为李中丞贺赦表》[10] 等。中唐古文作者元结和独孤及，其表文较多使用散体，不仅少用对偶，辞气也是典型的散体风格，如元结《谢上表》："臣在道路，待恩命者三月。臣以五月二十二日到州上讫，耆老见臣，俯伏而泣；官吏见臣，以无菜色。城池井邑，但生荒草；登高极望，不见人烟。岭南数州，与臣接近，余寇蚁聚，尚未归降。臣见招辑流亡，率劝贫弱，保守城邑，畲种山林，冀望秋后，少可全活。"[11] 独孤及《谏表》云："然顷者陛下虽容其直，而不录其言。进匦上封者，大抵皆事寝不报，书留不下，但有容谏之名，竟无听谏之实。遂使谏者稍稍自引，钳口就列，饱食偷安，相招为禄仕，此忠鲠之士所以窃叹，而臣亦耻之。十室之邑，必有忠信如孔丘者，况以朝廷之大、卿大夫之众，而陛下选受之精与。假令不能如文王之多士、尧舜之比屋，其中岂不有温故知新，可使懋陈政要而亿则屡中者乎？"[12] 但元结和独孤及这两位韩愈古文前辈这种

〔1〕《陈子昂集（修订本）》，卷三，页79。

〔2〕同上书，页80。

〔3〕同上书，卷四，页85。

〔4〕同上书，卷三，页70—71。

〔5〕黄大宏、张晓芝校笺，《萧颖士集校笺》（北京：中华书局，2017），卷二，页46。

〔6〕同上书，页64。

〔7〕同上书，页48。

〔8〕同上书，页50。

〔9〕同上书，页56。

〔10〕同上书，卷三，页67。

〔11〕元结著，孙望校，《元次山集》（北京：中华书局，1960），页123—124。

〔12〕独孤及撰，刘鹏、李桃校注，蒋寅审定，《毗陵集校注》（沈阳：辽海出版社，2006），卷四，页84。

散体写作表文的做法，并未被广泛继承。

韩愈同时代作者的表文，骈俪之风颇为盛行，如柳宗元的表文多为工丽的骈文，其《柳州谢上表》除开篇略有散语，主体部分极为骈俪典雅：

> 伏惟陛下光被之德，道已洽于区中，忧济之勤，心每遍于天下。常以万邦共理，必借于循良；一物不遗，尚延于愚藐。假臣宠渥，重领方州，驽骀复效于奔驰，枯朽更同于华秀。臣闻潢污易竭，抑有朝宗之愿；犬马无识，犹知恋主之诚。揣分则然，惟天知鉴。况臣昔因左官，一纪于外，子牟驰心于魏阙，汲黯积思于汉庭，岂非夫人，独无斯恋？去就者荣辱之主；朝廷者仕进之源，臣子之宜，忠贞所志。[1]

又如白居易，其文章多吸收散体，但表文基本出以工整骈体，例如《苏州刺史谢上表》："必拟夕惕夙兴，焦心苦节。唯诏条是守，唯人瘼是求，谕陛下忧勤之心，布陛下慈和之泽。则亭育之下，疲人自当感恩；而岁时之间，微臣或希报政。尘渎皇鉴，吐露赤诚。宠至空惊，恩深未答。"[2]柳宗元和白居易是贞元、元和时期的代表性作家，两人的文风都骈散兼行，但在表文的创作上皆尚骈俪，这反映出中唐表文骈风颇著。在这样的时代风气中，韩愈的表文仍上继元结、独孤及等古文前辈，大量运用散体，其"务反近体"可谓特立独行。

唐人碑志写作，骈俪的影响一直十分显著。初唐陈子昂的碑文虽不乏散体，但他也有《临邛县令封君遗爱碑》[3]《汉州洛县令张君吏人

---

〔1〕《柳宗元集校注》，卷三八，第 7 册，页 2454。
〔2〕谢思炜校注，《白居易文集校注》（北京：中华书局，2011），卷三一，第 4 册，页 1847。
〔3〕《陈子昂集（修订本）》，卷五，页 108—111。

颂德碑》[1]等骈俪之作；中唐古文作者李华，在主要创作散体碑志的同时，也创作了《台州乾元国清寺碑》[2]《庆王府司马徐府君碑》[3]等骈俪色彩浓厚的作品。元结和独孤及的碑志之作，基本出之以散体，但他们这种回避骈俪的创作取向，在韩愈同时代的作者中仍少有继承。柳宗元文集中有碑志作品六十九篇（包含碑铭、表铭碣诔、志和表志），其中至少有七篇为骈体。白居易的碑志也有骈俪之作。韩愈碑志彻底摆脱骈体影响，韩集中现存碑志七十六篇，基本都是散体。

韩愈对待"序"这一文体的态度，也是"务反近体"。陈子昂有许多骈俪典雅的赠序，例如《送吉州杜司户审言序》："秉不羁之操，物莫同尘；合绝唱之音，人皆寡和。群公爱祢衡之俊，留在京师；天子以桓谭之非，谪居外郡。苍龙阖茂，扁舟入吴，告别千秋之亭，回棹五湖之曲。朝廷相送，驻旌盖于城隅；之子孤游，森风帆于天际。"[4]独孤及在赠序的创作中，也有浓厚的骈俪之风，如《华山黄神谷宴（临汝）裴明府序》："楚歌徐动，沂咏亦发，清商激于琴韵，白云起于笔锋。是日也，高兴尽而世绪遣，幽情形而神机王。颓然觉形骸六藏，悉为外物，天地万有，无非秋毫。"[5]又如《郑县刘少府兄宅月夜登台宴集序》："声同而形骸相忘，道契故机事不入。是以有高会远望，危言浩歌。或心惬清机，寓兴于物；或语及陈迹，盱衡而笑。"[6]独孤及表文和碑志皆以散体为本，序文却有如此的骈俪之笔。韩愈作序甚多，但全无骈俪笔墨，与其古文前辈颇为不同。

韩愈避骈就散的选择如此鲜明而自觉。当然，他在一生的创作中，

〔1〕《陈子昂集（修订本）》，卷五，页115—119。
〔2〕《全唐文》，卷三一八，第4册，页3224。
〔3〕同上书，页3225—3226。
〔4〕《陈子昂集（修订本）》，卷七，页183。
〔5〕《毗陵集校注》，卷一四，页319。
〔6〕同上书，页318。

并非一篇骈体不作，其传世作品中也有十余篇骈文，但这在其传世三百余篇作品中占比极小。韩愈对近体的排斥不仅超过了同时代作者，就是与其古文前辈相比，也表现得更为执着。

二、骈散对抗性融合

韩愈的"务反近体"，还表现为语言上的以散变骈。他没有简单回避骈语，而是以散体为本改造骈体，实现骈散的对抗性融合。

围绕对偶、用典、造语这三种骈散文共有的艺术要素，韩愈依据散体的特点做了充分的发挥。无论是骈文还是散文，两者都包含对偶、用典、造语等表现要素，但这些要素在骈散文中的具体呈现有着极为不同的面貌。韩文中的对偶、用典、造语，都有着鲜明的散体风格。散体对偶、散体用典和散体造语方式的普遍运用，使韩愈古文呈现出以散变骈的独特面貌，实现了语言的巨大创新。

对偶虽然是骈文的核心艺术要素，却并不为骈文所独有，散体文也并不排斥对偶的运用。韩愈为文以"三代两汉"为法，尤其对西汉之文多所措意，而西汉之文，在跌宕起伏的行文中就包含大量对偶内容。例如韩愈视为典范的扬雄，其文章即多含对偶，《剧秦美新》云："是以发秘府，览书林，遥集乎文雅之囿，翱翔乎礼乐之场，胤殷周之失业，绍唐虞之绝风。懿律嘉量，金科玉条，神卦灵兆，古文毕发，焕炳照耀，靡不宣臻。"[1]这些对偶，与六朝以后所形成的追求典丽精工的骈文中的对偶，在艺术特点上有很大不同，可称为"散体对偶"。韩愈文章多用散体对偶，不追求语言的精巧典丽，更注重排宕的气势。

骈文的对偶，其语言形态极为丰富，唐初上官仪创立所谓"六对""八对"之说。"六对"包括正名对、同类对、连珠对、双声对、叠韵对、双拟对；八对包括的名对、异类对、双声对、叠韵对、联绵

---

〔1〕 张震泽校注，《扬雄集校注》（上海：上海古籍出版社，1993），页221。

对、双拟对、回文对、隔句对。^[1]弘法大师《文镜秘府论·东卷》提出有二十九种对：的名对、隔句对、双拟对、联绵对、互成对、异类对、赋体对、双声对、叠韵对、回文对、意对、平对、奇对、同对、字对、声对、侧对、邻近对、交络对、当句对、含镜对、背体对、偏对、双虚实对、假对、切侧对、双声侧对、叠韵侧对、总不对对。^[2]由此反观韩愈古文中的对偶，会发现其在语言特色的丰富性上明显削弱，大量运用的是比较直白的正名对、同类对，例如：

> 化当世莫若口，传来世莫若书。(《答张籍书》)^[3]
>
> 是故学成而道益穷，年老而身愈困。(《答窦存亮秀才书》)^[4]
>
> 沈潜乎训义，反覆乎句读，砻磨乎事业，而奋发乎文章。(《上兵部李巽侍郎书》)^[5]
>
> 大之为河海，高之为山岳，明之为日月，幽之为鬼神。(《上兵部李巽侍郎书》)^[6]
>
> 本深而末茂，形大而声宏，行峻而言厉，心醇而气和。(《答尉迟生书》)^[7]

很能体现骈文之美的双声对、叠韵对、连珠对、回文对、流水对等，在韩文中极为罕见。即使是用正名对和同类对的标准来看，韩文的不少对偶不避重复，着力追求语气的奔放纵逸，极少于细部加以推

---

〔1〕魏庆之著，王仲闻点校，《诗人玉屑》（北京：中华书局，2007），卷七，上册，页229。

〔2〕遍照金刚撰，卢盛江校笺，《文镜秘府论校笺》（北京：中华书局，2019），东卷，页208。关于骈文的对偶，参见张仁青，《丽辞探赜》（台北：文史哲出版社，1985），页9—50。

〔3〕《韩愈文集汇校笺注》，卷四，第2册，页554。

〔4〕同上书，页578。

〔5〕同上书，卷五，第2册，页600。

〔6〕同上。

〔7〕同上书，页608。

敲，例如：

> 是故圣益圣，愚益愚，圣人之所以为圣，愚人之所以为愚，其皆出于此乎？（《师说》）[1]
>
> 余言之而德者谁欤？余唱之而和者谁欤？（《与孟东野书》）[2]
>
> 其行道，其为书，其化今，其传后，必有在矣。（《重答张籍书》）[3]

这些对偶，以气势为尚，语言直白平实已近于粗放，更是呈现出鲜明的散体风格。

韩愈对最具骈体特色的偶句对、长偶对也极少使用。骈文中的偶句对，又名"双句对""隔句对""偶对"，即第一句与第三句对，第二句与第四句对，例如：

> 关山难越，谁悲失路之人。萍水相逢，尽是他乡之客。（王勃《秋日登洪府滕王阁饯别序》）[4]
>
> 七年远谪，不知骨肉之存亡；万年生还，自笑音容之改易。（苏轼《答丁连州朝奉启》）[5]

所谓"长偶对"，是指两句以上相对者，例如：

> 圣人之行法也，如雷霆之震草木，威怒虽甚，而归于欲其

---

〔1〕《韩愈文集汇校笺注》，卷二，第1册，页139。

〔2〕同上书，卷五，第2册，页571。

〔3〕同上书，卷四，第2册，页562。

〔4〕王勃著，蒋星翊注，《王子安集注》（上海：上海古籍出版社，1995），卷八，页233。

〔5〕《苏轼文集》，卷四七，第4册，页1367。

生；人主之罪人也，如父母之谴子孙，鞭挞虽严，而不忍致之死。（苏轼《乞常州居住表》）[1]

这两类对偶，对于奠定骈文的句式特征起了重要作用，也因此成为骈文体貌的突出体现。长偶对在韩文中几乎绝迹，偶句对仅有少量应用，例如：

> 草木之无声，风挠之鸣；水之无声，风荡之鸣。（《送孟东野序》）[2]
> 与其誉于前，孰若无毁于其后；与其乐于身，孰若无忧于其心。（《送李愿归盘谷序》）[3]

韩文这些偶句对，由于语言平直、复沓，表达效果更多地转换成散体富于气势的排比句。类似这样的排比式偶句对，还有如下一些例子：

> 自夫子而至乎孟子，未久也；自孟子而至乎杨雄，亦未久也。（《重答张籍书》）[4]
> 孰能长育天下之人材，将非吾君与吾相乎？孰能教育天下之英才，将非吾君与吾相乎？（《上宰相书》）[5]

韩文最常见的对偶运用方式，是将对偶融会在参差错落的散体句式中，千变万化，令人目不暇接，例如：

---

[1] 《苏轼文集》，卷二三，第 2 册，页 657。参见张仁青，《丽辞探赜》，页 12—13。
[2] 《韩愈文集汇校笺注》，卷九，第 3 册，页 982。
[3] 同上书，卷九，第 3 册，页 1031。
[4] 同上书，卷四，第 2 册，页 562。
[5] 同上书，卷六，第 2 册，页 646。

将蕲至于古之立言者，则无望其速成，无诱于势利，养其根而俟其实，加其膏而希其光，根之茂者其实遂，膏之沃者其光晔。(《答李翊书》)[1]

这一段包含三组对偶，每一组的字数与结构都不相同，将对偶之端严，融会在散体抑扬起伏的开阖变化之中，文势极为奇妙，又如：

故其文章言语与事相侔。惮赫若雷霆，浩汗若河汉，正声谐韶濩，劲气沮金石；丰而不余一言，约而不失一辞；其事信，其理切。(《至邓州北寄上襄阳于頔相公书》)[2]

这一段则包含四组对偶，虽对偶结构灵动变化，而整体文气一脉贯通，如河汉奔涌，又如：

实之美恶，其发也不掩，本深而末茂，形大而声宏，行峻而言厉，心醇而气和。昭晰者无疑，优游者有余；体不备不可以为成人，辞不足不可以为成文。(《答尉迟生书》)[3]

韩文还有许多似对非对的不严格对偶，有的是在极工整的结构中，出现一两处率意之笔，例如：

踵常途之促促，窥陈编以盗窃。(《进学解》)[4]

---

[1] 《韩愈文集汇校笺注》，卷六，第2册，页700。
[2] 同上书，卷五，第2册，页619。
[3] 同上书，页607—608。
[4] 同上书，卷二，第1册，页148。

其中"促促"与"盗窃"非对仗；

> 焚膏油以继晷，恒兀兀以穷年。(《进学解》)[1]

其中"膏油"与"兀兀"非对仗；

> 补苴罅漏，张皇幽眇。寻坠绪之茫茫，独旁搜而远绍。障百
> 川而东之，回狂澜于既倒。(《进学解》)[2]

其中"寻坠绪"两句，似对而非对；

> 坐茂树以终日，濯清泉以自洁。(《送李愿归盘谷序》)[3]

其中"终日"和"自洁"非对仗；

> 脱然若沈疴之去体，洒然若执热者之濯清风也。(《答张
> 籍书》)[4]

"沈疴之去体"与"执热者之濯清风"结构相同但不严格相对。

> "夫牛角之歌辞鄙而义拙；堂下之言不书于传记。"(《上
> 兵部李巽侍郎书》)[5]

---

[1]《韩愈文集汇校笺注》，卷二，第 1 册，页 147。
[2] 同上。
[3] 同上书，卷九，第 3 册，页 1031。
[4] 同上书，卷四，第 2 册，页 553。
[5] 同上书，卷五，第 2 册，页 600。

"浚其源，导其所归，溉其根，将食其实。"（《重答张籍书》）[1]

这两者的结构非常类似偶句对，但又包含完全不对仗的内容。

韩文中这种似对非对的不严格对偶极为常见，大量的是在对偶结构中驰骋笔墨，似于束缚中突然纵逸奔涌，例如：

> 四举于礼部乃一得，三选于吏部卒无成，九品之位其可望，一亩之宫其可怀。遑遑乎四海无所归，恤恤乎饥不得食，寒不得衣，滨于死而益固，得其所者争笑之。（《上宰相书》）[2]

至于有些笔墨，只留有对偶模糊的轮廓，例如：

> 其所读皆圣人之书，杨墨释老之学无所入于其心。其所著皆约六经之旨而成文，抑邪与正，辨时俗之所惑。（《上宰相书》）[3]
> 其小得盖欲以具裘葛、养穷孤，其大得盖欲以同吾之所乐于人耳。（《答崔立之书》）[4]

可见，韩文着力开拓散体对偶，不在遣词用字上追新逐异；极少运用偶句对和长偶对，而是根据表达的需要错综安排对偶，甚至在对偶的结构中脱逸奔放，似对非对。因此对偶运用虽多，但全文并无骈体体貌。

用典也是骈散文共同具有的艺术要素。韩文用典也与骈文颇为异趣。骈文用典繁密，主要包括"用古事"与"用成辞"两类。刘永济

---

〔1〕《韩愈文集汇校笺注》，卷四，第 2 册，页 561。

〔2〕 同上书，卷六，第 2 册，页 646。

〔3〕 同上。

〔4〕 同上书，页 687。

《文心雕龙校释·事类篇》云："文家用典，亦修辞之一法。用典之要，不出以少字明多意，其大别有二：一用古事，二用成辞。用古事者，援古事以证今情也；用成辞者，引彼语以明此义也。"[1]

关于"用古事"，韩文虽有这类用典，但在行文中出现的频率并不高，例如《重答（李）翊书》：

> 愈白李生：生之自道其志，可也，其所疑于我者，非也。人之来者虽其心异于生，其于我也皆有意焉。君子之于人，无不欲其入于善。宁有不可告而告之，孰有可进而不进也？言辞之不酬，礼貌之不恭，虽孔子不得行于互乡，宜乎余之不为也。苟来者，吾斯进之而已矣，乌待其礼逾而情过乎？虽然，生之志，求知于我邪？求益于我邪？其思广圣人之道邪？其欲善其身而使人不可及邪？其何汲汲于知而求待之殊也？贤不肖固有分矣！生其急乎其所自立，而无患乎人不已知。未尝闻有响大而声微者也，况愈之于生恳恳邪？属有腹疾，无聊，不果自书。愈白。[2]

全文只运用了"孔子互乡"这一古事。如此用典风格在韩文中十分普遍。这与骈文用典之繁密形成明显差异。骈文往往在一句之中融会数个典故，例如柳宗元《礼部为百官上尊号第一表》："伏惟皇帝陛下协周文之孝德，齐大禹之约身，弘帝尧之法天，过殷汤之解网。"[3]

"用成辞"这种用典方式，刘永济将之概括为四项："一曰全句，二曰隐括，三曰引证，四曰借字。"[4] 意即对前人成语，或全用其语，或略易数字，或仅摘字面。韩愈对于此种方式有所采用，但更令人瞩

〔1〕刘永济校释，《文心雕龙校释》（北京：中华书局，2010），页133。
〔2〕《韩愈文集汇校笺注》，卷六，第2册，页710—711。
〔3〕《柳宗元集校注》，卷三七，第7册，页2311。
〔4〕《文心雕龙校释》，页136。

目的是他善于脱离成语依傍创造新语。其行文用语多自出手眼，略无化用成辞之迹，如著名的《潮州刺史谢上表》就有许多新创语汇：

> 自天宝之后，治政少懈，文致未优，武克不刚，孽臣奸隶，蠹居棋处，摇毒自防，外顺内悖，父死子代，以祖以孙，如古诸侯自擅其地，不贡不朝，六七十年。四圣传序，以至陛下，陛下即位以来，躬亲听断；旋乾转坤，关机阖开，雷厉风飞，日月所照。天戈所麾，莫不宁顺，大宇之下，生息理极。[1]

这一段语言奇崛的文字，很多是出于韩愈独特组合创造的"新语"，如"奸隶""天戈""宁顺""蠹居棋处""摇毒自防""以祖以孙""魂神飞去"等，至于"雷厉风飞""生息理极"，虽沿用"雷厉""生息"等语，但"雷厉"与"风飞"之组合，"生息"与"理极"之搭配，也十分新警。这样的造语风格，和骈文颇为不同。

韩文善于创造新词，而其所创新词，大量表现为复杂动词所构造的四字语，与骈文中四字句的结构多有不同，例如：

> 蠹居棋处，摇毒自防，外顺内悖，父死子代。……躬亲听断；旋乾转坤，关机阖开；雷厉风飞，……具著显庸，明示得意，负罪婴衅。(《潮州刺史谢上表》)[2]
>
> 掩手覆羹，转喉触讳，……磨肌戛骨，吐出心肝。企足以待，置我仇冤。……饥我寒我，兴讹造讪。……张眼吐舌，跳踉偃仆。抵掌顿脚，失笑相顾。(《送穷文》)[3]

---

〔1〕《韩愈文集汇校笺注》，卷二九，第7册，页2922—2923。
〔2〕同上书，页2922。
〔3〕同上书，卷二六，第6册，页2742—2743。

方今圣贤相逢，治具毕张，拔去凶邪，登崇畯良。……爬罗剔抉，刮垢磨光。……沈浸浓郁，含英咀华……登明选公，杂进巧拙……吐辞为经，举足为法，绝类离伦，优入圣域。(《进学解》)[1]

这些具有复杂动词结构的四字句，和骈文的句法多有不同。骈文常见的四六句，每一句中动词往往只出现一次，例如庾信《哀江南赋序》：

中兴道销，穷于甲戌。……天道周星，物极不反。……潘岳之文采，始述家风；陆机之辞赋，先陈世德。……《燕歌》远别，悲不自胜；楚老相逢，泣将何及！畏南山之雨，忽践秦庭；让东海之滨，遂餐周粟。下亭漂泊，高桥羁旅。[2]

文中四字句对动词的运用，一句中往往只有一个动词，与韩愈四字句对动词的频密运用很是不同。

总的来看，韩愈在对偶、用典方面形成与骈文颇为不同的特色。在这个意义上，他是立足散体，对骈体艺术进行了深刻改造。[3]他对八代艺术的集成，也是通过这种方式实现。

韩愈之前的唐代古文作者，其排斥近体之坚决，以散体为本改造骈体之深入，都远远不及韩愈。韩愈积极开拓对偶、用典的散体表达，

---

[1] 《韩愈文集汇校笺注》，卷二，第1册，页146—148。

[2] 庾信撰，倪璠注，许逸民点校，《庾子山集注》(北京：中华书局，1980)，卷二，上册，页94—95。

[3] 关于韩愈如何对待骈体艺术，莫山洪从增加句子字数改变对仗、对句改为不对句、对仗演变为排比等角度分析了韩愈如何"破骈为散"；谷曙光从骈文中故意避免对仗、单复并用、撰结偶俪长对、使用虚字语助等角度，分析了韩柳援古入骈。参见莫山洪，《论中唐骈散相争与韩愈的"破骈为散"》，《中国文学研究》2009年第1期，页66—69；谷曙光，《韩柳骈文写作与中唐骈散互融之新趋势》，《文学评论》2015年第3期，页188—197。本书则侧重从以散变骈的角度，分析韩愈对骈散艺术的对抗性融合，以期对韩愈文章复古激进追求的独特内涵做进一步观察。

而其他复古作者则在对偶的运用上，或尽可能回避，或袭用骈体、典雅精工，前一种倾向元结表现得最为突出，例如其《茅阁记》：

> 己巳中，平昌孟公镇湖南，将二岁矣。以威惠理戎旅，以简易肃州县，刑政之下，则无挠人。故居方多闲，时与宾客尝欲因高引望，以纾远怀。偶爱古木数株，垂覆城上，遂作茅阁，荫其清阴。长风寥寥，入我轩槛，扇和爽气，满于阁中。世传衡阳暑湿郁蒸，休息于此，何为不然？今天下之人正苦大热，谁似茅阁，荫而庥之？於戏！贤人君子为苍生之庥荫，不如是耶？诸公咏歌以美之，俾茅阁之什，得系嗣于风雅者矣。[1]

全文只运用了一处对偶。至于后一种倾向，则表现为前文所述陈子昂、萧颖士、李华、独孤及等人，在一些文体的创作上，径出之以骈体。无论是避骈还是用骈，都难以形成骈散艺术的深入交锋。可见，韩愈的古文前辈未能表现出以散变骈的深刻艺术改造力。

柳宗元作为韩愈提倡古文的同道，其运用对偶也存在类似问题。他的散体创作似乎力避骈语，一些在贬谪中创作的散体书信，对偶几乎绝迹，例如《与杨京兆凭书》：

> 今之世言士者先文章，文章，士之末也。然立言存乎其中，即末而操其本，可十七八，未易忽也。自古文士之多莫如今。今之后生为文，希屈、马者，可得数人；希王褒、刘向之徒者，又可得十人。至陆机、潘岳之比，累累相望。若皆为之不已。则文章之大盛，古未有也。后代乃可知之。今之俗耳庸目，无所取信，杰然特异者，乃见此耳。丈人以文律通流当世，叔仲鼎列，天下

---

〔1〕《元次山集》，卷八，页129。

号为文章家。今又生敬之。敬之，希屈、马者之一也。天下方理平，今之文士咸能先理。理不一，断于古书老生，直趋尧舜之道、孔氏之志，明而出之，又古之所难有也。然则文章未必为士之末，独采取何如耳！[1]

当然，柳宗元的散体文也并非全然排斥偶对，但大量转入排比，例如《与友人论文书》："嗟乎！道之显晦，幸不幸系焉；谈之辩讷，升降系焉；鉴之颇正，好恶系焉；交之广狭，屈伸系焉。则彼卓然自得以奋其间者，合乎否乎？是未可知也。"[2] 又《柳宗直西汉文类序》："以文观之，则赋、颂、诗、歌、书、奏、诏、策、辨、论之辞毕具；以语观之，则右史纪言，《尚书》《国语》《战国策》成败兴坏之说大备，无不苞也。"[3] 韩愈虽然也有排比式对偶，但更有连缀对偶的复杂变化，柳宗元在这一方面则变化甚少。总的来看，柳宗元在骈散对抗性融合方面，未如韩愈这样深入。罗联添指出："韩愈要求文体复古，用散文；内容复古，载儒道；气格复古，具浑厚的精神风格，但不是文辞复古，文辞要创新。"[4] 韩愈对骈散的对抗性融合，极大地开拓了新文辞的创造空间。

三、排斥中和趣味

韩愈很排斥中和的艺术趣味。大诗人杜甫追求"不薄今人爱古人"（《戏为六绝句》）[5]，表达了对古今兼收并蓄、融会贯通的追求。韩愈则反复强调古今对立，认为"有志乎古者希矣，志乎古必遗乎今"（《答

〔1〕《柳宗元集校注》，卷三十，第 6 册，页 1978。
〔2〕同上书，卷三一，第 6 册，页 2080。
〔3〕同上书，卷二一，第 4 册，页 1454—1455。
〔4〕罗联添，《韩愈研究》（天津：天津教育出版社，2012），页 200。
〔5〕《杜诗详注》，卷一一，第 4 册，页 1089。

李翱书》）[1]。他自述学习古文的经历，是"非三代两汉之书不敢观"[2]，而学习的过程，则是一个不断摆脱"今"之干扰，企向古人的艰苦历程。韩愈之所以有如此极端化的态度，与其文章复古的文道思考有着密切联系。在他看来，古圣人之道包含在古文之中，他之所以"非三代两汉之书不敢观"，是因为追求在思想上"非圣人之志不敢存"[3]。"近体"之文产生于圣人之道衰落的时代，因此需要排斥。

唐代其他复古作者，其思考都或多或少地带有折中古今的中和艺术趣味，一个突出的体现就是他们都深受儒家文质论的影响，而文质论的核心即是文质彬彬的中和理想。例如，陈子昂大力提倡汉魏风骨和建安诗歌，其友人卢藏用称赞他"卓立千古，横制颓波，天下翕然，质文一变"（《右拾遗陈子昂文集序》）[4]。柳冕在《答荆南裴尚书书》中谈论复古之志，亦标举文质彬彬的理想。这些作者认为文章之复古，是于文弊之时以质救文，其目的是归于文质彬彬的中道。独孤及在《唐故殿中侍御史赠考功郎中萧府君文章集录序》中高度评价萧颖士文章复古的成就，原因即在于后者扭转了汉代以来"文质交丧"的衰落局面，使之归于"中道"："尝谓扬、马言大而迂，屈、宋词侈而怨，沿其流者，或文质交丧、雅郑相夺，盍为之中道乎？故夫子之文章，深其致，婉其旨，直而不野，丽而不艳。"[5]李华创作《质文论》，更以文质相救的理念表达对提倡简易、挽救时弊的认识："天地之道易简，易则易知，简则易从。先王质文相变，以济天下。易知易从，莫尚乎质，质弊则佐之以文，文弊则复之以质。不待其极而变之。"[6]这些思

〔1〕《韩愈文集汇校笺注》，卷六，页701。

〔2〕同上书，页700。

〔3〕同上。

〔4〕《全唐文》，卷二三八，第3册，页2402。

〔5〕《毗陵集校注》，卷一三，页293。

〔6〕《全唐文》，卷三一七，第4册，页322。

考，无不带有浓厚的中和趋尚。关于这个问题，本书在第八章第二节有详细讨论，可参看。韩愈的复古追求，则不再以这种文质论为其理论基础。

柳宗元虽然也主张文以明道，但他的古文思想仍然有比较浓厚的中和色彩。他提出为文当兼擅众长，归于中道，偏至则为逊色，所谓："文有二道：辞令褒贬，本乎著述者也；导扬讽谕，本乎比兴者也。……兹二者，考其旨义，乖离不合，故秉笔之士，恒偏胜独得，而罕有兼者焉。厥有能而专美，命之曰艺成。虽古文雅之盛世，不能并肩而生。"（《杨评事文集后序》）[1] 在《柳宗直西汉文类序》中，柳宗元谈到历代文章之优劣："殷、周之前，其文简而野；魏、晋以降，则荡而靡，得其中者汉氏。汉氏之东，则既衰矣。"[2] 他认为汉代的文章以其文质兼备而代表了文章完美的中道。韩愈相当彻底地疏离了这种中和的艺术趣味，其"务反"不无偏执；但正是在"偏执"中，他打开了艺术的新天地。

后世论者，特别是清中期以来主张骈散融合的文论家，似乎在尽量回避韩愈的"偏执"，为他赋予更兼综中和的色彩。有人笼统称赞韩文能吸取骈文精华："融其液而遗其滓。"（王芑孙）[3] 刘开称韩愈对八代艺术"取其精而汰其粗，化其腐而出其奇。其实八代之美，退之未尝不备有也"（《与阮芸台宫保论文书》）[4]。这些意见与刘熙载以"集八代之成"称赞韩文是一致的。有的则直以古文与骈俪相参的调和之道，来认识韩文的艺术，如朱一新云："古文参以排偶，其气乃厚，马、班、韩、柳皆如此。"[5]

---

[1] 《柳宗元集校注》，卷二一，第 4 册，页 1462。
[2] 同上书，页 1455。
[3] 凌扬藻撰，《蠡勺编》，《丛书集成初编》（上海：商务印书馆，1936），卷三八，页 621。
[4] 刘开著，《刘孟涂集·文集》，《续修四库全书》，第 1510 册，页 350。
[5] 朱一新著，吕鸿儒、张长法点校，《无邪堂答问》（北京：中华书局，2000），卷二，页 89。

20 世纪以来，学界对韩愈复古创作的认识，多从批判继承的辩证角度看待，认为其能对骈文取其精华、去其糟粕。例如袁行霈主编的《中国文学史》认为，韩、柳一致反对骈文末流，又尽量吸收骈文的优长。[1] 孙昌武深入讨论了韩愈如何消化、改造骈文的语言技巧。[2] 这些讨论都很有意义，但在这些讨论的基础上，还需对韩愈文章复古的激进极端化色彩给予足够关注。事实上，批判继承理论是以辩证法对立统一规律和否定之否定规律为核心。辩证法所说的矛盾有对抗性矛盾和非对抗性矛盾。对抗性矛盾，需要以激进激烈的方式来解决；非对抗性矛盾，则以渐进调和的方式来化解。韩愈是将骈散矛盾视为对抗性矛盾，其对骈文的批判继承，不是对骈散的兼综调和，而是在骈散激烈对抗中，彼此实现隐性融合。运用批判继承理论来分析韩愈的复古观，倘若不能充分关注韩愈的激进态度，就会落入一种骈散融合的肤泛解读。

　　韩愈的复古追求带有强烈的现实批判色彩，锋芒直指当时最为流行的科场文字和翰苑文风。其态度鲜明而坚决，极少虚与折中的调和之论。韩愈早年虽然也以骈俪的科场文字进身，但对于科场文字极其反感，他在《答崔立之书》中明确表达了这种态度："退因自取所试读之，乃类乎俳优者之辞，颜忸怩而心不宁者数月。"[3] 对翰林学士的翰苑文风，他也表现出明显的疏离。翰林学士为朝廷文士最显赫者，其创作朝廷公文所普遍采用的骈俪文风，产生极大影响。韩愈在宪宗朝虽文名日隆，但始终未入翰林。他于元和九年冬担任考功郎中知制诰，十一月，令狐楚自职方员外郎知制诰入翰林院为学士；元和十年八月，段文昌自祠部员外郎充翰林学士。令狐楚极擅骈俪章奏，贞元中期至

〔1〕　袁行霈主编，《中国文学史（第三版）》（北京：高等教育出版社，2014），页308。

〔2〕　孙昌武，《韩愈散文艺术论》（北京：中华书局，2019），页43—52。

〔3〕　《韩愈文集汇校笺注》，卷六，第2册，页687。

元和初期均在河东幕府，其间所起草的奏疏为时所称。《旧唐书》令狐楚本传记载："楚才思俊丽，德宗好文，每太原奏至，能辨楚之所为，颇称之。"[1]段文昌传世的文字，如《平淮西碑》，也是精工的骈俪之文。[2]在韩愈由郎官知制诰，但未能进入翰林院的同时，令狐楚、段文昌这样的骈俪作手入为翰林学士，亦可见翰苑文风的倾向。

韩愈排斥科场和翰苑文风的抗俗自立，无疑会招致巨大的现实压力，但他在元和时期却文名日隆。《旧唐书》本传云："后学之士，取为师法。当时作者甚众，无以过之，故世称'韩文'焉。"[3]韩文在当时产生如此大的影响，有独特的历史机缘，其卓越的文名是靠同道、亲友、学生的支持逐步获得。韩愈元和初期担任国子博士，其提倡古文就对年轻学子产生影响。他由郎官知制诰，与当时的宰相李吉甫、武元衡等对他的提拔当有密切关系。赖瑞和对唐代词臣升迁有详细梳理，指出以郎官知制诰，和宰相的关系十分密切，荐任是由宰相主导，和皇帝的关系比较疏远。[4]翰林学士院属内廷，翰林学士被视为皇帝之私人，与皇帝的关系十分密切。宪宗熟知韩愈的文才，韩愈传世的文章中两次提到宪宗钦命其创作，一次是为田弘正之父撰写先庙碑，一次则是撰写《平淮西碑》。其《唐魏博节度观察使沂国公先庙碑》云：

> 元和八年十一月壬子，上命丞相元衡、丞相吉甫、丞相绛，召太史尚书比部郎中韩愈，至政事堂传诏曰："田弘正始有庙京师，朕维弘正先祖、父，厥心靡不向帝室，讫不得施，乃以教付

〔1〕《旧唐书》，卷一七二，第 2 册，页 4459。
〔2〕令狐楚、段文昌翰林学士经历，参见傅璇琮，《唐翰林学士传论》（沈阳：辽海出版社，2005），页 480—490，511—516。
〔3〕《旧唐书》，卷一六〇，第 13 册，页 4204。
〔4〕赖瑞和，《唐代高层文官》（北京：中华书局，2017），页 165—166。

厥子。维弘正衔训事嗣，朝夕不怠，以能迎天之休，显有丕功。维父子继忠孝。予维宠嘉之，是以命汝愈铭。钦哉。"[1]

这样的任务本应由翰林学士来做，但宪宗委任给担任史馆修撰的韩愈。从文中读者不难感受到韩愈受命撰文的激动。同样，《平淮西碑》的撰写本应委任翰林学士，宪宗委任韩愈，也是特殊的信任。韩愈《进撰平淮西碑文表》云："闻命震骇，心识颠倒，非其所任，为愧为恐，经涉旬月，不敢措手。"[2]又云："今词学之英，所在森列；儒宗文师，磊落相望。外之则宰相公卿郎中博士，内之则翰林禁密游谈侍从之臣，不可一二遽数。召而使之，无有不可。至于臣者，自知最为浅陋。顾贪恩侍，趋以就事。丛杂乖戾，律吕失次。乾坤之容，日月之光，知其不可绘画。强颜为之，以塞诏旨，罪当诛死。其碑文今已撰成，随表谨录封进。无任惭羞战怖之至。"[3]李商隐《韩碑》称："古者世称大手笔，此事不系于职司。"正是对韩愈受命时激动心情的吟咏。

宪宗既然如此信任，何以韩愈未能入翰林院？从当时身在翰林院的令狐楚、段文昌等人的文风特点来看，韩文显然不符合翰苑要求。韩文虽才情卓越，却是风格独具的别调，只可以令其在特殊场合发挥，并不适合召入翰林。宪宗很清楚这一点，但韩愈与李吉甫、裴度等主张削藩的强硬派朝臣关系甚笃，在一些特殊场合给予韩愈文才以殊荣，可借以表达对李、裴等重臣的信任；而宪宗钦命韩愈撰写碑文的殊荣，也极大提升了韩愈的文名。元和时期的时代环境，为韩愈文章的复古与独创，提供了特殊的成长机缘。

_____

〔1〕《韩愈文集汇校笺注》，卷一六，第4册，页1825。
〔2〕同上书，卷二八，第7册，页2882。
〔3〕同上书，页2883。

四、激进之路的历史影响

韩愈文章复古的激进追求产生了深远影响。复古思想在中国思想史和文学史上都由来已久，但韩愈之前的复古思想，普遍缺少激进和极端化的色彩。先秦汉唐儒学主张复古，但像韩愈这样将古今的对立强调到如此尖锐难以调和的程度，并不多见。在追慕三代的同时，儒家普遍希望同时通过因革损益、随时而变的历史变化眼光，建立古今之间的联系。孔子主张"吾从周"[1]，但同时也主张古今之间因革损益的内在联系。《论语》云："子张问：'十世可知也？'子曰：'殷因于夏礼，所损益，可知也；周因于殷礼，所损益，可知也。其或继周者，虽百世，可知也。'"[2]汉代董仲舒提出"奉天法古"，但并不主张以激烈革命的方式复古，而是以三统说、文质说、四法说来强调古今之间的历史继承性。《春秋繁露》称："故王者有不易者，有再而复者，有三而复者，有四而复者，有五而复者，有九而复者，明此通天地、阴阳、四时、日月、星辰、山川、人伦。"[3]黄开国指出："其中二而复是指一文一质的文质递变；三而复是指三统说的三统循环；四而复是指四法说的主地法夏而王等的循环；五而复是指五帝；九而复是指九皇，都是指三统的变化而引起的五帝、九皇构成的变化，属于三统说的内容。""董仲舒由三统说等表现的历史观，是一种强调历史继承性的发展观。"[4]

汉唐文学有丰富的拟古创作，但是这些创作往往只是作家的某种创作好尚，注重对前代创作的模拟，并未普遍形成一种古今激烈对抗的创作取向。《文心雕龙》提倡"宗经""征圣"，认为"圣文之雅

〔1〕《论语正义》，卷二，上册，页63。
〔2〕 同上书，页71。
〔3〕《春秋繁露义证》，卷七，页200。
〔4〕 黄开国，《董仲舒三统说历史观及其评价》，《河北学刊》2012年第6期，页54。

丽，固衔华而佩实者也"（《征圣》）[1]，《通变》中说："黄唐淳而质，虞夏质而辨，商周丽而雅，楚汉侈而艳，魏晋浅而绮，宋初讹而新。从质及讹，弥近弥淡。"[2]但是，刘勰同样推重新变，肯定文学艺术的发展，《通变》云："文律运周，日新其业。变则其久，通则不乏。"[3]《定势》："若爱典而恶华，则兼通之理偏。"[4]在古今之间，刘勰并没有崇古斥今的极端态度。总之，先秦汉唐复古思想无论在思想领域，还是在文学领域，都没有趋于过分的激进和极端化；前面提到唐代其他复古作家，虽然提倡复古，但仍然有浓厚的中和趣味，这也是先秦汉唐复古思想激进色彩不浓的重要体现。

韩愈文章复古的激进追求，在其身后不断引发深刻回响，吸引了众多的追随者。北宋的古文运动正是在柳开取尚古文、排斥今文的极端化呼声中发端，柳开云："欲行古人之道，反类今人之文，譬乎游于海者，乘之以骥，可乎？"（《应责》）[5]南宋诗论家严羽论诗以盛唐为法，《沧浪诗话·诗辨》称："不作开元、天宝以下人物。"[6]明代前后七子的复古思想也有相当极端的表达，李梦阳提倡"文必秦汉，诗必盛唐"，《明史·文苑传》称其"卓然以复古自命……倡言文必秦、汉，诗必盛唐，非是者弗道"[7]。这种极端化的复古诉求，虽然受到多方面的批评，但其影响始终绵延不绝。这种对激进复古的强烈共鸣，成为宋代以下中国文学文化史上的重要现象。

当然，这些宋元明清的作者，往往未能像韩愈那样在激进的复古追求下，实现古今艺术的对抗性融合，常常落入机械模拟古人的歧路，

---

〔1〕《文心雕龙注》，卷一，上册，页16。
〔2〕 同上书，卷六，下册，页520。
〔3〕 同上书，页521。
〔4〕 同上书，页530。
〔5〕《柳开集》，卷一，页11。
〔6〕 何文焕辑，《历代诗话》（北京：中华书局，2004），下册，页687。
〔7〕 张廷玉等撰，《明史》（北京：中华书局，1974），卷二八六，第24册，页7348。

这其中的原因是很复杂的。艺术的对抗性融合需要极高的艺术才华，而在古今作者里，韩愈的力大思雄罕有其匹，后世的许多作者在艺术才力上远远不能望其项背。同时也要看到，需要融合的艺术因素彼此差异越大，对抗性融合越有足够的创新空间。骈体与散体，作为语言特点差异极大的两种语体，其对抗性融合激发出面貌一新的艺术创造。韩愈之后的不少复古论者，其所尚之古与所斥之今，差异远未如骈散这样巨大。例如严羽推崇的盛唐诗与其所贬低的宋诗、李梦阳推重的秦汉文与其所排斥的韩欧文，两者在诗文基本语言形式上差异不大，彼此只是艺术风格的不同。这在对抗中开创新艺术的空间就比较狭小。宋元明清虽然有不少人希望走韩愈这条独特的复古之路，但没有创造出可以与其比肩的创新成就。

20世纪初的五四新文化运动，虽然在文化取向上提倡新文化、反对旧文化，与复古截然相反，但其激进的革新追求，与韩愈复古的激进品格颇多近似。胡适、鲁迅等人提倡白话文、反对文言文的语言革新，就有强烈的激进色彩。胡适在《建设的文学革命论》中说："（要）用白话作各种文学。我们有志造新文学的人，都该发誓不用文言文，无论通信、做诗、译书、做笔记、做报馆文章、编学堂讲义、替死人作墓志、替活人上条陈……都该用白话来做。"[1]20世纪20年代后期，鲁迅在《朝花夕拾·二十四孝图》中说："我总要上下四方寻求，得到一种最黑、最黑、最黑的咒文，先来诅咒一切反对白话、妨害白话者。……只要对于白话加以谋害者，都应该灭亡！"[2]从这种各种文学都要用白话来作的追求中，可以看到韩愈避骈就散、务反近体激进气质的回响。同时，文白之争如何创造新的语言艺术，是一个极其艰巨的课题。胡适全面排斥文言文，而鲁迅并不彻底回避。他早期的《文

---

〔1〕《新青年》，第四卷第四号（1918年4月15日）。
〔2〕《鲁迅全集》，第二卷，页258。

化偏至论》《摩罗诗力说》等文章皆是精美的文言,《中国小说史略》《汉文学史纲要》也出之以文言。鲁迅大量的白话文创作,也呈现出以白话为本改造文言的追求,当然,这样的探索相当艰巨,一些不成熟的做法就表现为半文半白的艰涩之感。白话文与文言文作为两种差异极大的"语体",彼此的对抗性融合,与韩愈的骈散对抗性融合颇多接近;只是前者的复杂性更在后者之上,因此直到今天,文白对抗性融合的探索还在不断进行中。韩愈文章复古的激进追求,不仅创造了古文新文体,更作为一种文学文化追求,深刻地塑造了中国人对文学创新和文化变革的理解。

第二节 为何"务反近体":骈文的思想性格

韩愈为何如此激进地"务反近体"?不少论者认为,这是因为骈文堆砌辞藻,难以表达充实的思想。这个看法未必准确。骈文并非内容空洞,而是在思想表达上有其独特的侧重。如果说文体也有思想性格的话,那么骈文的思想性格和韩愈的精神追求多有格格不入之处。这一点可以围绕骈文说理这个问题进行分析。

一、骈文能说理吗?

骈文是否适合说理,前人有不同的意见,有人认为骈文不宜议论,以骈文著论,是"工用所短"。章太炎在《文学略说》中提出:"叙事者,止宜用散;议论者,骈散各有所宜。"[1]在他看来,议论既可以用散体表达,也可以用骈体表达。可见,骈文是否适合说理议论,不可一概而论,需要仔细辨析。

孙梅在《四六丛话》中,比较详细地记叙了对骈文不宜议论的批评:

---

[1] 章太炎,《国学讲演录》(上海:华东师范大学出版社,1995),页243。

今体之文，尤工笺奏。词林之选，雅善颂铭。占词著刻楮之能，叙事美贯珠之目。质缘文而见巧，情会景以呈奇。尚已！夫文采葩流，枝叶横生，此骈体之长也。……若乃命微言以藻思，责奥义于胠词，以妃青媲白之文，求辨博纵横之用，譬之蚁封奔骋，佩玉走趋，舌本闲强，恐类文家之吃；笔端繁拥，终滋腹笥之贫，固难以作致其情，工用所短也已。〔1〕

其大义是说，以藻饰刻画为能的骈文，不适合辨博纵横的议论。

但孙梅紧接着以大量例证反驳了这一看法，他指出建安七子以下，骈体之论，云蒸霞蔚，"论屈百家，文包异采"，其中《典论》《诗品》《文心雕龙》《史通》堪称"论说之精华，四六之能事"，此外单篇论文也多骈俪华章：

其他若《非有》之轶群，《四子》之大雅，《博弈》《养生》之俊迈，《辨命》《劳生》之奇伟。而《广绝交》一篇，云谲波诡，度越数子。此皆艺苑之琼瑶，词林所脍炙。与夫匡刘经术，韩柳文豪，西晋老庄，北宋策判，固将骧首而振剧骖，不甘垂翅而同退鹢也。〔2〕

孙梅援引众作，固然很有说服力，但对骈文何以能产生议论佳作，则解释得颇为简单。其文云："盘根错节，利器斯呈，染涣游睢，锦章自显。化刚为柔，百炼有以致其精；以难而易，累丸所以喻其至。"〔3〕其意是说，以骈文议论，可以更多推敲锻炼，表达也可以更为精致。

---

〔1〕《四六丛话》，卷二二，页426。
〔2〕同上书，页427。
〔3〕同上书，页426。

这个解释显然太过笼统。富于藻饰、讲求推敲，是骈文的基本特点。这个特点，为什么有时成为议论的牵绊，而有时又成为议论的助益？孙梅并没有解释个中原因。今天要回答这个问题，需要回到中国古代议论文的内在体制来观察。

叙事、议论、抒情这种对文章表达功能的三分法，是近代才有的观念。按照今人的议论概念，古人许多文体都包含议论的内容。但从整体上看，中古时期的议论表达主要有两个传统，其一是理论化的论理传统，其二是实用化的议事传统。前者的主要代表是学理化的子学"论著"和"论"体文，后者则包括针对现实问题的策议、书檄、奏疏等。这两个传统在中古时期都与骈文相结合，但结合的方式并不相同。论理传统与骈文结合十分紧密，因此中古时期产生了大量传诵千古的骈俪论理文。实用化的议事之文，也大量吸收骈俪，并因此增强了藻饰，强化了表现效果；但议事之文在篇法上与骈文的均衡性存在矛盾，因此与骈文的结合受到不少限制。后人对骈文不适合议论的看法，也多来自议事之文与骈俪的不协调。[1]

二、中古论理与议事之源：《荀子》与《韩非子》

孙梅在《四六丛话》中为论证骈文适宜著论，主要援引的例证是曹丕《典论》、钟嵘《诗品》、刘勰《文心雕龙》、刘知几《史通》，以及中古时期著名的单篇论文，例如《博弈论》《养生论》《辨命论》《劳生论》《广绝交论》等，这些都是理论化的论著、论文；至于实用化

---

[1] 这里所说的"中古"，是指三国两晋魏晋南北朝时期。"骈文"之名，在清代才出现，中古时期，虽然骈俪化十分流行，但当时并无"骈文"之称。清人"骈文"概念，包含了骈体自觉的复杂内涵，而这里所运用的"骈文"概念，则只是取语言上与散体相对的"骈俪之文"这一基本含义。关于"骈文"概念的辨析，莫道才、吕双伟有详细讨论，参见莫道才，《骈文通论》(济南：齐鲁书社，2010)，页 1—8；吕双伟，《清代骈文理论研究》(北京：人民出版社，2011)，页 1—25。

的议事之文，则仅仅提到"陈、阮"之书檄。[1] 显然，中古的论理文是骈文说理最突出的代表。为什么这些论理文成为骈文说理佳作的渊薮？对这个问题的解答，要回到论理文的内在表现体制上来。

中古的子学"论著"，其写作体式受《荀子》的影响最深。这一点，本书在第一章第一节已经有详细分析，请参看。《荀子》中《劝学》《修身》《不苟》《荣辱》《非相》《非十二子》《王制》《富国》《王霸》《君道》《臣道》《致士》《天论》《正论》《礼论》《乐论》《解蔽》《正名》《性恶》《君子》这二十篇，往往是围绕篇题的论点，汇萃众多之修身规范，所罗列的规范之间，并无鲜明的递进推衍关系，而是表现为一种平行、综合的结构，形成一种"集义"的格局。

《劝学》一篇谈到了有关"学"的多方面内容，而每一方面都归结为君子之行为规则：

> 君子曰：学不可以已；
>
> 君子生非异也，善假于物也；
>
> 君子居必择乡，游必就土，所以防邪僻而近中正；
>
> 君子慎其所立；
>
> 君子结于一；
>
> 君子如响；
>
> 君子不傲、不隐、不瞽，谨顺其身；
>
> 君子贵其全。

全文就是在对这一系列君子立身规范的说明论证中，连缀完成对于"劝学"主旨的论述。这些规范或者说明"学"的重要，或者说明君子当如何"学"，与中心论点之间仿佛轮运辐辏、点染烘托，而彼此

---

[1]《四六丛话》，卷二二，页 426—427。

并不存在明显的推进深化关系。

《不苟》亦是汇总君子立身之规范而成：

> 君子行不贵苟难，说不贵苟察，名不贵苟传，唯其当之为贵；
>
> 君子易知而难狎；
>
> 君子能亦好，不能亦好；
>
> 君子宽而不僈；
>
> 君子崇人之德、扬人之美；
>
> 君子大心则天而道，小心则畏义而节；
>
> 君子治治，非治乱也；
>
> 君子絜其辩而同焉者合矣；
>
> 君子养心莫善于诚；
>
> 君子位尊而志恭，心小而道大。

类似的结构还体现在《修身》篇中，全文罗列士人修身之道，读来好似一篇修身守则的总汇。

《荀子》行文的"集义"格局，造成了平行与均衡的章法与文气，刘师培评蔡邕："文章之重规叠矩，则又胎息于荀子《礼论》《乐论》，故虽明白显露，而文章自然含蕴不尽，文能含蕴则气自厚矣。"[1]刘师培对蔡文"重规叠矩"的分析，即看到了其与《荀子》的胎息关系。[2]《荀子》的"集义"格局，对中古子学"论著"影响颇多，而这也与骈文的均衡性章法多有接近。

中古时期的议事文，则更多地渊源于《韩非子》《战国策》等先秦著作。《韩非子》的专论篇章，在章法上更多离合变化，行文更具锋芒

---

〔1〕《中国中古文学史讲义》，页176。

〔2〕关于《荀子》行文的"集义"格局，参见拙著《汉语思想的文体形式》的分析，页5—8。

与波澜，完全不同于"集义"的散缓。例如《二柄》，全篇先总论"刑德"之于君王的重要，所谓"明主之所导制其臣者，二柄而已"，然后从"刑""德"两端分别加以论述，言"刑"则云"人主将欲禁奸，则审合刑名"；言"德"则云"人主有二患：任贤，则臣将乘于贤以劫其君；妄举，则事沮不胜"。从篇法上看，开篇总论一段极言刑德之重要，充分渲染、气势夺人，而其下从"刑""德"两端分论，又波澜更盛。论述之中，或顿挫回转，或推衍递进，例如开篇一段：

> 明主之所导制其臣者，二柄而已矣。二柄者，刑、德也。何谓刑、德？曰：杀戮之谓刑，庆赏之谓德。为人臣者畏诛罚而利庆赏，故人主自用其刑德，则群臣畏其威而归其利矣。故世之奸臣则不然，所恶则能得之其主而罪之，所爱则能得之其主而赏之。今人主非使赏罚之威利出于己也，听其臣而行其赏罚，则一国之人皆畏其臣而易其君，归其臣而去其君矣。此人主失刑德之患也。[1]

文中"故人主自用其刑德，则群臣畏其威而归其利矣"，已然将核心观点推出，其下"故世之奸臣则不然"一句，文义陡然为一顿挫，以下数句，再从反面论证人主失去"二柄"的巨大危害。一正一反，文气更胜于前，形成跌宕之势。

文中还善于援引史证对论点进行申述，其排宕的气势，更强化了文意递进的效果，例如《二柄》开篇正反申述核心论点，本已富有跌宕递进的效果，其下以比喻和援引史证将论证更形强化：

> 夫虎之所以能服狗者，爪牙也，使虎释其爪牙而使狗用之，则虎反服于狗矣。人主者，以刑德制臣者也，今君人者释其刑德

〔1〕 陈奇猷校注，《韩非子新校注》（上海：上海古籍出版社，2000），卷二，上册，页120。

而使臣用之，则君反制于臣矣。故田常上请爵禄而行之群臣，下大斗斛而施于百姓，此简公失德而田常用之也，故简公见弑。子罕谓宋君曰："夫庆赏赐予者，民之所喜也，君自行之；杀戮刑罚者，民之所恶也，臣请当之。"于是宋君失刑而子罕用之，故宋君见劫。[1]

在比喻与史证之后，文章再次总结核心论点：

> 田常徒用德而简公弑，子罕徒用刑而宋君劫。故今世为人臣者兼刑德而用之，则是世主之危甚于简公、宋君也。故劫杀拥蔽之主，兼失刑德而使臣用之，而不危亡者，则未尝有也。[2]

值得注意的是，对核心论点的总结，其实到"故今世为人臣者兼刑德而用之，则是世主之危甚于简公、宋君也"这一句，从文意上已十分完美；但其下又从反面再次申说。这并没有带给人冗赘的感觉，反而增强了论证的气势。这正是韩非之文富于波澜、气势腾跃的地方。

《荀子》之文的"集义"与《韩非子》之文的错综变化，是后世论理之文与议事之文行文结构差异的重要渊源，也是观察骈文与说理如何结合的重要切入点。无论是《荀子》，还是《韩非子》，都有许多排句偶语。对先秦文献中排句偶语的钩稽，是骈文史学者认识骈文起源的重要视角；而值得注意的是，这些排句偶语对骈文研究的意义，也许并不单单止于对骈文起源的说明，其在先秦不同文献中的运用情况，更有助于理解后世骈文的表现功能。

---

〔1〕《韩非子新校注》，卷二，上册，页120—121。
〔2〕同上书，页121。

姜书阁先生沿袭《文心雕龙》而以"丽辞"称之[1]，《荀子》之"丽辞"与《韩非子》之"丽辞"，其表现多有不同。《荀子》之文，经常出现一偶一义、连偶成段的现象，文义的展开十分均衡，例如：

> 积土成山，风雨兴焉；积水成渊，蛟龙生焉；积善成德，而神明自得，圣心备焉。故不积跬步，无以致千里；不积小流，无以成江海。骐骥一跃，不能十步；驽马十驾，功在不舍。锲而舍之，朽木不折；锲而不舍，金石可镂。蚓无爪牙之利，筋骨之强，上食埃土，下饮黄泉，用心一也。蟹六跪而二螯，非蛇蟮之穴无可寄托者，用心躁也。是故无冥冥之志者，无昭昭之明；无惛惛之事者，无赫赫之功。行衢道者不至，事两君者不容。目不能两视而明，耳不能两听而聪。螣蛇无足而飞，梧鼠五技而穷。诗曰："尸鸠在桑，其子七兮。淑人君子，其仪一兮。其仪一兮，心如结兮。"故君子结于一也。[2]

这段从一开始连用九组偶句，中间只插入个别单句，每组偶句，都从一个新角度，以新的句式论证"君子结于一"的道理。这种结构不同于以相同句式构成的排比句，其文义随一层层的偶句在变化中延伸，又如：

> 吾尝终日而思矣，不如须臾之所学也；吾尝跂而望矣，不如登高之博见也。登高而招，臂非加长也，而见者远；顺风而呼，声非加疾也，而闻者彰。假舆马者，非利足也，而致千里；假舟楫者，非能水也，而绝江河。君子生非异也，善假于

---

〔1〕 姜书阁，《骈文史论》（北京：人民文学出版社，1986），页39—66。
〔2〕《荀子集解》，卷一，上册，页7—9。

物也。〔1〕

这一段中的单句更少，更鲜明地体现出一偶一义、连偶成段的特点。

《韩非子》对"丽辞"的运用与此不同。首先，由于篇法富于变化，没有形成一偶一义的结构，而是经常出现散句，并且将偶句包含在散句之中，例如：

> 智术之士，必远见而明察，不明察不能烛私；能法之士，必强毅而劲直，不劲直不能矫奸。人臣循令而从事，案法而治官，非谓重人也。重人也者，无令而擅为，亏法以利私，耗国以便家，力能得其君，此所为重人也。智术之士明察，听用，且烛重人之阴情；能法之士劲直，听用，且矫重人之奸行。故智术能法之士用，则贵重之臣必在绳之外矣。是智法之士与当涂之人，不可两存之仇也。〔2〕

这一段有非常典型的偶句，例如：

> 智术之士，必远见而明察，不明察不能烛私；能法之士，必强毅而劲直，不劲直不能矫奸。

> 智术之士明察，听用，且烛重人之阴情；能法之士劲直，听用，且矫重人之奸行。

除了这两个典型偶句之外，其他句子就基本结构而言则为散句：

---

〔1〕《荀子集解》，卷一，上册，页4。
〔2〕《韩非子·孤愤》，《韩非子新校注》，卷四，上册，页239。

人臣循令而从事，案法而治官，非谓重人也。

重人也者，无令而擅为，亏法以利私，耗国以便家，力能得其君，此所为重人也。

故智术能法之士用，则贵重之臣必在绳之外矣。

是智法之士与当涂之人不可两存之仇也。

这些散句令行文跌宕转折，与《荀子》一偶一义、连偶成段的行文方式极为不同。

其中特别值得注意的是，这些散句的内部包含偶对的因素，例如第一句中的"循令而从事，案法而治官"；第二句中的"无令而擅为，亏法以利私，耗国以便家"。这种"散中之偶"在《韩非子》中非常常见，例如：

则法术之士欲干上者，非有所信爱之亲，习故之泽也。[1]

这样的偶对，与一偶一义、自为起讫的偶句相比，表现效果颇为不同。从某种意义上讲，由于它们被包裹在散句的句法之中，因此是对散句语势的增强。

《韩非子》对偶句的运用，还大量以排比的形式展开，例如《孤愤》：

夫以疏远与近爱信争，其数不胜也；以新旅与习故争，其数不胜也；以反主意与同好争，其数不胜也；以轻贱与贵重争，其数不胜也；以一口与一国争，其数不胜也。[2]

—————————

〔1〕《韩非子·孤愤》，《韩非子新校注》，卷四，上册，页241。
〔2〕同上。

百官不因则业不进，故群臣为之用。郎中不因则不得近主，故左右为之匿。学士不因则养禄薄礼卑，故学士为之谈也。此四助者，邪臣之所以自饰也。[1]

　　这些排比句，以相同句式的不断重复，强烈地推进行文气势，造成一种腾跃的章法，这在《荀子》中非常罕见。《韩非子》吸收偶句的方式和《战国策》多有近似，例如《秦策·苏秦始将连横》：

　　大王之国，西有巴、蜀、汉中之利，北有胡貉、代马之用，南有巫山、黔中之限，东有肴、函之固。田肥美，民殷富，战车万乘，奋击百万，沃野千里，蓄积饶多，地势形便。此所谓"天府"，天下之雄国也。以大王之贤，士民之众，车骑之用，兵法之教，可以并诸侯，吞天下，称帝而治。愿大王少留意，臣请奏其效！[2]

　　此段大量运用排比，而且以散运骈，形成起伏跌宕的文气。《战国策》是策士之文，透过与《战国策》接近，更可以看出《韩非子》之文吸收骈俪的独特方式，与其类似"上书""进策"的议论体制，有直接关系。

　　总的来看，《荀子》之文是在均衡的篇法中吸收偶对，一偶一义，一偶一变，连偶成段。《韩非子》则是在错综变化的篇法中吸收偶对，偶对或者被吸收进散句增强语势，或以多句的排比形成飞腾的气势，因此从总的格局来看，《荀子》之文，更容易与偶句相协调，而《韩非子》变化的章法，则与偶对不无矛盾。

---

[1]《韩非子·孤愤》，《韩非子新校注》，卷四，上册，页240。
[2] 刘向辑录，《战国策》（上海：上海古籍出版社，1985），卷三，上册，页78。

三、中古论理文的深度骈俪

中古时期理论性的论理之文，其体制受《荀子》影响较大，对骈俪的吸收颇为充分；实用性的议事之文，因针对实事进行讨论，章法上更接近《韩非子》，文中更多保留散句。

孙梅论证骈文宜于著论时，所列举的例证以子学论著、论文为主。中古时期的子学论著，多由专题论文构成，行文体制十分接近《荀子》，其骈俪化也多采用一偶一义、连偶成段的方式，例如《抱朴子·畅玄》：

> 夫玄道者，得之乎内，守之者外，用之者神，忘之者器，此思玄道之要言也。得之者贵，不待黄钺之威。体之者富，不须难得之货。高不可登，深不可测。乘流光，策飞景，凌六虚，贯涵溶。出乎无上，入乎无下。经乎汗漫之门，游乎窈眇之野。逍遥恍惚之中，倘佯仿佛之表。咽九华于云端，咀六气于丹霞。俳佪茫昧，翱翔希微，履略蜿虹，践跚旋玑，此得之者也。[1]

中古时期的"论"，也多采用类似的骈俪体制，例如阮籍《乐论》：

> 夫乐者，天地之体，万物之性也。合其体，得其性，则和；离其体，失其性，则乖。昔者圣人之作乐也。将以顺天地之性，体万物之生也。故定天地八方之音，以迎阴阳八风之声，均黄钟中和之律，开群生万物之情气。故律吕协则阴阳和，音声适而万物类，男女不易其所，君臣不犯其位，四海同其观，九州一其节，奏之圜丘而天神下，奏之方岳而地祇上。天地合其德则万物合其

---

[1]《抱朴子内篇校释》，卷一，页2。

生，刑赏不用而民自安矣。[1]

通脱自然如《达庄论》，也是类似的格局：

> 天地生于自然，万物生于天地。自然者无外，故天地名焉；天地者有内，故万物生焉。当其无外，谁谓异乎？当其有内，谁谓殊乎？地流其燥，天抗其湿。月东出，日西入，随以相从，解而后合，升谓之阳，降谓之阴。在地谓之理，在天谓之文。蒸谓之雨，散谓之风；炎谓之火，凝谓之冰；形谓之石，象谓之星；朔谓之朝，晦谓之冥；通谓之川，回谓之渊；平谓之土，积谓之山。男女同位，山泽通气，雷风不相射，水火不相薄。天地合其德，日月顺其光，自然一体，则万物经其常。[2]

实用性的议事之文，在骈俪之风流行的时代风气里，仍然保留了更多散体因素，例如陈琳《为袁绍檄豫州》：

> 左将军领豫州刺史郡国相守。盖闻明主图危以制变，忠臣虑难以立权。是以有非常之人，然后有非常之事；有非常之事，然后立非常之功。夫非常者，故非常人所拟也。曩者强秦弱主，赵高执柄，专制朝权，威福由己，时人迫胁，莫敢正言，终有望夷之败，祖宗焚灭，污辱至今，永为世鉴。及臻吕后季年，产禄专政，内兼二军，外统梁赵，擅断万机，决事省禁，下凌上替，海内寒心。于是绛侯、朱虚兴兵奋怒，诛夷逆暴，尊立太宗，故能王道兴隆，光明显融。此则大臣立权之明表也。司空曹操祖父中

---

〔1〕 陈伯君校注，《阮籍集校注》（北京：中华书局，2012），页78—79。
〔2〕 同上书，页138—139。

常侍腾，与左悺、徐璜并作妖孽，饕餮放横，伤化虐民。[1]

陈琳之檄文，受到孙梅的高度评价，认为是骈文议论的佳作，但从上引一段文字来看，其间非骈俪化的句子甚多。

西晋以下，随着骈俪化程度的加深，议事之文也更趋工整，但其间的散句仍十分常见，例如郭璞《省刑疏》：

> 臣窃观陛下贞明仁恕，体之自然，天假其祚，奄有区夏，启重光于已昧，廓四祖之遐武，祥灵表瑞，人鬼献谋，应天顺时，殆不尚此。然陛下即位以来，中兴之化未阐，虽躬综万机，劳逾日昃，玄泽未加于群生，声教未被乎宇宙，臣主未宁于上，黔细未辑于下，《鸿雁》之咏不兴，康衢之歌不作者，何也？杖道之情未著，而任刑之风先彰，经国之略未震，而轨物之迹屡迁。夫法令不一则人情惑，职次数改则觊觎生，官方不审则秕政作，惩劝不明则善恶浑，此有国者之所慎也。臣窃为陛下惜之。[2]

文中"然陛下即位以来"至"何也"，将骈句融化在散句之中，使行文顿挫起伏，"夫法令不一则人情惑"至"惩劝不明则善恶浑"数句，则是颇具气势的排比，由此形成的章法起伏变化，与论理之文的均衡性颇为不同。

议事之文与骈俪化的矛盾，还体现在议事常要叙事，而骈俪不适合叙事。章太炎明确指出，骈文不宜叙事。叙事是指对具体事实的记叙，而非在提炼事实基础上形成的"事典"。具体的叙事，涉及时、地、人物、事件经过的具体介绍，很难以骈句出之。论理之文可以回

---

〔1〕《文选》，卷四四，第5册，页1967—1968。
〔2〕《全晋文》，卷一二〇，《全上古三代秦汉三国六朝文》，第3册，页2150。

避具体的叙事，仅以"事典"说理，但议事之文则很难回避。

沈约为文骈俪色彩很重，但涉及具体情事的叙述，也难以贯彻骈偶，例如《奏弹王源》，言及王源恶行，则以散句出之：

> 臣实儒品，谬掌天宪，虽埋轮之志，无屈权右，而狐鼠微物，亦蠹大猷。风闻东海王源，嫁女与富阳满氏，源虽人品庸陋，胄实参华。曾祖雅，位登八命；祖少卿，内侍帷幄；父璿，升采储闱，亦居清显。源频叨诸府戎禁，豫班通彻，而托姻结，唯利是求，玷辱流辈，莫斯为甚。源人身在远，辄摄媒人刘嗣之到台辩问，嗣之列称吴郡满璋之，相承云是高平旧族。宠奋胤胄，家计温足，见托为息鸾觅婚。王源见告穷尽，即索璋之簿阀。见璋之任王国侍郎，鸾又为王慈吴郡正阁主簿。源父子因共详议，判与为婚。璋之下钱五万，以为聘礼。源先丧妇，又以所聘余直纳妾。如其所列，则与风闻符同。[1]

中古时期的议事文，特别是朝廷奏疏之文，即使在骈俪风行的环境中，也不乏以散体为主者，例如西晋阎式《上疏定班位》：

> 夫为国制法，勋尚仍旧，汉晋故事，惟太尉、大司马执兵，太傅、太保父兄之官，论道之职，司空司徒，掌五教九土之差。秦置丞相，总领万机。汉武之末，越以大将军统政。今国业初建，凡百未备，诸公大将，班位有差降，而竞请施置，不与典故相应，宜立制度，以为楷式。[2]

---

[1]《文选》，卷四十，第4册，页1814—1815。
[2]《全晋文》，卷一五六，《全上古三代秦汉三国六朝文》，第3册，页2361。

议事、论理与骈文相结合的不同特点，从阮籍《与晋王书荐卢播》与《答伏义书》的区别，可以看得很清楚。《与晋王书荐卢播》意在举荐卢播，涉及具体情事，故行文时有散句：

> 伏惟明公公侯，皇灵诞秀，九德光被，应期作辅，论道敷化，开辟四门，延纳羽翼贤士，以赞雍熙。是以英俊之士愿排皇闼，策名委质，真荐之徒辐辏大府；诚以邓林、昆吾、翔凤所栖；悬黎和肆，垂棘所集。伏见鄹州别驾，同郡卢播，年三十二，字景宣，少有才秀之异，长怀淑茂之量。眈道悦礼，仗义依仁。研精坟典，长堂睹奥。聪鉴物理，口通玄妙。贞固足以干事，忠敬足以肃朝，明断足以质疑，机密足以应权，临烦不惑，在急弥明。[1]

《答伏义书》则是抽象的论理之作，全文皆出以工整典雅的骈对：

> 籍白：承音览旨，有心翰迹。夫九苍之高，迅羽不能寻其巅；四溟之深，幽鳞不能测其底。矧无毛分所能论哉！且玄云无定体，应龙不常仪：或朝济夕卷，翕忽代兴；或泥潜天飞，晨降宵升。舒体则八维不足畅迹，促节则无间足以从容；是又瞽夫所不能瞻，琐虫所不能解也。然则弘修渊邈者，非近力所能究矣；灵变神化者，非局器所能察矣。何吾子之区区而吾真之务求乎！[2]

可见，同一位作家，同一种体裁的创作，因议论性质的不同，其骈俪化的程度也不相同。

---

〔1〕《阮籍集校注》，页64—65。
〔2〕同上书，页67—68。

议事之文可以靠骈俪增强文辞修饰，但其难以避免的叙事需要、因议论实事而来的曲折章法，都与骈文存在体制上的矛盾。在骈俪风行的环境中，这些矛盾可以被强势的骈俪风气所掩盖，但当骈俪受到批评和质疑时，人们会首先关注到骈文与实用性议事目的的扞格。文风的骈散变革也往往是从实用性议事文转向散体开始。

论理和议事之文与骈俪的结合既如此不同，再看《文心雕龙》的骈文说理特色，就比较好理解。《文心雕龙》以骈文说理，前人有不同的评价，清人叶燮讥之为"不能持论"（《原诗》）[1]，清人刘开赞其"至于宏文雅裁，精理密意，美包众有，华耀九光，则刘彦和之《文心雕龙》，殆观止矣"（《与王子卿太守论骈体书》）[2]。

从论理、议事两种议论体制的骈俪化背景来看，《文心雕龙》是论理之文的代表作，就其基本议论体制来讲，是上承《荀子》而以平行均衡的章法为主，其中也吸收了以散运骈、使用排比、散体叙事等议事之文的行文之法，以造成文气的流动，例如《征圣》：

> 夫作者曰圣，述者曰明，陶铸性情，功在上哲，夫子文章，可得而闻，则圣人之情，见乎文辞矣。先王圣化，布在方册；夫子风采，溢于格言。是以远称唐世，则焕乎为盛；近褒周代，则郁哉可从。此政化贵文之征也。郑伯入陈，以文辞为功；宋置折俎，以多文举礼。此事迹贵文之征也。褒美子产，则云言以足志，文以足言；泛论君子，则云情欲信，辞欲巧。此修身贵文之征也。然则志足而言文，情信而辞巧，乃含章之玉牒，秉文之金科矣。[3]

---

〔1〕 叶燮著，霍松林校注；薛雪著，杜维沫校注；沈德潜著，霍松林校注，《原诗·一瓢诗话·说诗晬语》（北京：人民文学出版社，1979），外编上，页54。

〔2〕 刘开，《刘孟涂集》，卷二，《续修四库全书》，影印清道光六年姚氏檗山草堂刻本，第1510册，页424。

〔3〕 《文心雕龙注》，卷一，上册，页15。

这一段文字以偶对开篇，紧接着以"陶铸性情，功在上哲。夫子文章，可得而闻，则圣人之情，见乎文辞矣"打破偶对，其下"远称唐世，则焕乎为盛；近褒周代，则郁哉可从""情欲信，辞欲巧"又嵌入散句，但总的来看，行文仍以骈俪工稳为主，并没有发展到议事之文起伏开阖的程度，保持了论理之文均衡的骈俪之美。

综上所述，中古时期骈文与论理之文的结合最为深入，而中古的论理之文，其体制结构又多胎息于《荀子》。中古骈文的思想性格也是被《荀子》所影响的。韩愈古文追求高绝的"拟圣"精神，与《荀子》之"述圣"不同。因此，他对骈文的反感，不仅仅是对流行文风的厌恶，也不是反对一种空洞的形式主义文风，而是对中古思想的精神传统及其流行表达方式的排斥。

第三节　韩碑"造句之奇"

韩愈的语言创造，学界多从词汇的角度来分析。但是，韩愈不仅构造了大量富有生命力的新词汇，更突破上古汉语的束缚，对文言句法形式做出丰富开拓。韩文的造句成就，同样值得深入观察。

韩愈一生都在探索造句艺术。他在贞元十七年写作的《答李翊书》，就谈到自己为文追求陈言务去，戛戛其难。[1] 但在后人看来，其古文在造句方面最为生新奇险的作品，是在元和时期创作的一些碑文，最典型的当推《曹成王碑》《唐故司徒兼侍中中书令赠太尉许国公神道碑铭》（以下简称《许国公碑》）和《平淮西碑》。其《曹成王碑》被茅坤

---

[1] 本节所引《曹成王碑》，皆据刘真伦、岳珍校注，《韩愈文集汇校笺注》，（北京：中华书局，2010），卷一八，第5册，页1941—1988；所引《唐故司徒兼侍中中书令赠太尉许国公神道碑铭》，皆据该书，卷二二，第6册，页2363—2406；所引《平淮西碑》，皆据该书，卷十八，第5册，页2195—2244。

称为"句字生割，不免昌黎本色"[1]；孙琮称之"字句奇崛，读者不免惊顾骇愕"[2]。其《许国公碑》被茅坤称为"中多险棘句"[3]；其《平淮西碑》被李商隐称为"句奇语重喻者少"（《韩碑》）。对这种奇崛的语言风格，有些论者径以复古视之，如康熙《御览古文渊鉴》称《许国公碑》"古气盘纡，风格峭拔，大类先秦文字"[4]；称《平淮西碑》"浑噩似诰铭，高古如《雅》《颂》，体裁弘巨，断为唐文第一"[5]。李商隐亦称《平淮西碑》"点窜《尧典》《舜典》字，涂改《清庙》《生民》诗"（《韩碑》）。韩愈对先秦古文的确取法甚多，但绝非简单模仿。上述三篇碑文的句法，其顿挫奇拗之处，并非对先秦文言句法的亦步亦趋。[6]

当然，韩愈这些碑文的造句之奇，有过于生割奇拗之处，后世的古文家对此也多有批评。但是，韩愈碑文的造句之奇，对于开拓古典散文新的语言形式起了重要的作用。

一、造句之奇的语法美学特点

在《曹成王碑》《许国公碑》《平淮西碑》三篇碑文中，前两篇语

---

〔1〕 高海夫主编，《唐宋八大家文钞校注集评》（西安：三秦出版社，1998），卷一一，页633。

〔2〕 同上书，页634。

〔3〕 同上书，卷一二，页714。

〔4〕 同上书，页715。

〔5〕 同上书，卷一一，页659。

〔6〕 对韩愈造语成就的探索，张清华《韩学研究》（南京：江苏教育出版社，1998）、孙昌武《韩愈散文艺术论》（北京：中华书局，2019）都有细致的讨论。谢思炜以韩愈诗歌为中心，进行了深入的分析，参见所著《试论韩愈诗歌的"造语"》，《文学遗产》2015年第5期，页98—106。这些讨论多关注韩愈在词汇上的创新。谢序华从汉语史研究的角度，对唐宋古文的句法特点进行了综合的探讨，有关见解值得关注，但将唐宋古文综合起来观察，对韩愈文章的句法特点还缺少集中的分析，参见所著《唐宋仿古文言句法》（北京：中华书局，2011）。谢琰在分析宋祁小学成就对其文章创作之影响时，提出韩愈重视造句创新，但未能展开对韩文造句的分析，参见所著《〈宋景文公笔记〉的字学好尚与文章观念——兼论唐宋散文发展中的语言革新问题》，《文学遗产》2016年第6期。上述研究成果，都对笔者的思考多有启发。

言最为奇险，而《平淮西碑》较多吸收《尚书》句法影响。从语法结构上看，这些碑文的句式有如下一些明显的特征：

1. 复杂的状语结构

得间走蜀从天子（《曹成王碑》）。"得间"通常作谓语，《史记·齐太公世家》"欲与晋合谋袭齐而不得间"，《管子》"而外贼得间"，其"得间"皆为谓语。此句中"得间"作状语，用法十分罕见，"走蜀"为"从天子"之状语。此句两个动词短语"得间""走蜀"充当状语，前一动词表示后一动词的方式、手段和目的，动词之间无连词，亦十分罕见。两重状语且无连词连接，语势陡峭。

悉弃仓实与民（《曹成王碑》）。此句中动宾结构"悉弃仓实"充当状语，"悉"又充当"弃"之状语，两重状语，句式紧健。

以与贼遷（《曹成王碑》）。"与贼"为状语，"遷"以往多用于动宾结构，如班固《幽通赋》："曰乘高而遷神兮，道遷通而不迷。"此处的状中结构，十分少见。

即柄授之（《许国公碑》）。以名词"柄"作状语，依习惯用法，当为"以柄授之"，此处用法十分少见。

会诸军击少诚许下（《许国公碑》）。"会诸军"作状语，表示"击少诚"之手段，其间无连词连接。

王弃部随丧之河南葬（《曹成王碑》）。其中"弃部随丧之河南"为"葬"之状语，"弃部随丧"为"之河南"之状语，"弃部"与"随丧"为并列动宾结构。

自公始大著（《许国公碑》）。"大著"前极少加状语，而此处加状语"始"。

以武勇游仕许、汴之间（《许国公碑》）。"游仕"，仅见于《史记·孙子吴起列传》，此以介词短语"以武勇"作状语。

2. 复杂的动词谓语

跪谢告实（《曹成王碑》）。"跪谢"为状中结构，"告实"为动宾结构，两者联合为谓语，十分少见。

良羞畏乞降（《曹成王碑》）。并列动词谓语，"羞畏"为双音节动词，"乞降"为动宾结构，两者联合，十分少见。

禁无以家事关我（《曹成王碑》）。"禁"与"无以家事关我"为并列动词结构，且两者同义，此用法极为少见。

衰兵大选江州（《曹成王碑》）。"大选江州"为"衰兵"之手段，若依状中连动关系则为"大选江州以衰兵"，此处将"衰兵"置前，语序生涩。

再换节临荆及襄（《曹成王碑》）。"换节"与"临荆及襄"为两个动宾结构，连动谓语。

民皆走死无吊（《曹成王碑》）。"走死"与"无吊"并列谓语。

司徒叹奇之（《许国公碑》）。"叹奇"，并列动词谓语。

悉主悉臣（《平淮西碑》）。"主"与"臣"作动词谓语，含义丰富。

3. 四字格短语作谓语，四字格结构复杂

主谓+主谓：法成令修、治出张施、声生势长（《曹成王碑》），诈穷变索（《许国公碑》），物众地大、文恬武嬉（《平淮西碑》）。

动宾+动宾：掊锁扩门、曹诛伍界（《曹成王碑》），赞元经体、飞谋钓谤（《许国公碑》），受报收功（《平淮西碑》），持官持身（《曹成王碑》，"持身"常见，而"持官"则殊为生僻）。

偏正+偏正：贱敛贵出（《曹成王碑》）。

非并列式四字格：狐鼠进退、牢不可破（《平淮西碑》），重知人情、急世之要、耻一不逮（《曹成王碑》），极炽而丰、何敢不力、不为无助（《平淮西碑》），群能著职（《曹成王碑》，"著职"从《汉书·王尊传》"功著职修"脱化而来）。

4. 不加介词的补语

以太宗子国曹（《曹成王碑》）。其中"国曹"，依汉以下习惯当作"国于曹"，如《史记·宋微子世家》"国于宋"。韩文于此不用介词"于"，用法十分罕见。

敛兵荆黔洪桂，伐之（《曹成王碑》）。"荆黔洪桂"为"敛兵"之补语，表示处所，其间没有介词"于"相连。

会诸军击少诚许下（《许国公碑》）。"许下"为"击少诚"之补语，其间没有介词"于"相连。

唉之以陈归汴（《许国公碑》）。"以陈归汴"状中结构作补语，"唉之"与"以陈归汴"之间，没有介词相连。

5. 独特的介词短语充当补语

成王嗣封在玄宗世（《曹成王碑》）。此句中"在玄宗世"，"在××"这一介词短语，极少充当补语，韩文《瘗砚铭》有"始从进士贡在京师"，与此句类似，"在京师"亦可理解为以"从进士贡"做状语，表示"在京师"之目的，如此则"在京师"非为补语，然"成王嗣封在玄宗世"之"在玄宗世"只能从补语角度理解，十分奇涩。

今传次在予（《平淮西碑》）。"在予"作补语，"传次"为韩愈新造语。

遭诬在治（《曹成王碑》）。"在治"作补语。

6. 复杂的宾语结构

王亲教之抟力勾卒嬴越之法（《曹成王碑》）。此为双宾语，其中第一个"之"为指代动作受事者的第一宾语。这一结构先秦常见，如《礼记·乡饮酒义》："教之乡饮酒之礼"，然汉代以后少见。韩愈《原道》大段运用此句式："为之君，为之师，驱其虫蛇禽兽，而处之中土。寒，然后为之衣，饥，然后为之食；木处而颠，土处而病也，然后为之宫室。为之工以赡其器用，为之贾以通其有无，为之医药以济其夭死，为之葬埋祭祀以长其恩爱，为之礼以次其先后，为之乐以宣其郁，为之政以率其怠倦，为之刑以锄其强梗。相欺也，为之符玺斗斛、权衡以信之；相夺也，为之城郭、甲兵以守之。"先秦复有"教之以×"的动补结构，如《左传》"臣闻爱子，教之以义方"。汉代以下多沿用这一结构，如《晋书》"教之以军旅"[1]。唐人亦常用，如于邵《送崔判官赴容州序》："夫教之以礼，化之以仁。"[2]然韩愈运用很少见的双宾语结构。

不纵为子弟华靡邀放事（《许国公碑》）。"子弟华靡邀放事"为宾语，又是主谓结构作定语的偏正结构。

自是迄公之朝京师二十一年（《许国公碑》）。"公之朝京师二十一年"主谓补结构作宾语。

悉有其舅司徒之兵与地（《许国公碑》）。"其舅司徒之兵与地"为定中结构作宾语，"其舅司徒"为同位语。

7.新的短语结构

以直前谩（《曹成王碑》）。《礼记》"敬以直内"，化用"直内"这一动宾结构。汉代以下，"直"作动词搭配名词形成的动宾结构，以"其"相连，如晋傅咸《御史中丞箴》"既直其道"，极少有不加连词者，此处"以直前谩"，上承先秦用法。

始政于温，终政于襄（《曹成王碑》）。"政"极少作动词例。

从上面的分析可以看出，韩碑造句之奇，在复杂状语与复杂动词谓语两方面的表现相当突出。在复杂状语方面，韩愈大量使用动词及

---

〔1〕《晋书》，卷一二七，页3171。
〔2〕《全唐文》，卷四二七，页4356。

动词短语来充当状语，这就在动词与动词短语的连缀中，形成对动作不断递进强化之势。在复杂的动词谓语方面，韩愈大量运用并列、连动的动词来构成复杂的动词谓语，亦使句式富于强烈的动感。还有大量结构复杂的四字格短语被创造使用。这些四字格多充当谓语，也增强了语言凝练生动的表现力。韩碑在使用补语时，常不用起连接作用的介词，使动词谓语和补语直接连接，这也增强了对动词谓语的强调，强化了句式的动感。

至于复杂的宾语结构，则往往将分作数句表达的内容，浓缩在一个句子中，在句子容量扩大的同时，也使其呈现出一种凝练的张力。张裕钊称，以《曹成王碑》为代表的工于造句的韩文，直叙处"简古不可及"[1]。这一简古的艺术张力，并非一味在文句上求简求古可得，而是以复杂的结构浓缩更为丰富的句义所产生的独特效果，如"不纵为子弟华靡遨放事"（《许国公碑》），即是通过复杂的宾语结构容纳丰富内容。这与复杂状语与动词谓语的运用一起，共同为韩文造句带来强力之美。

韩愈这些碑文中也有许多新创造的词汇，例如，斩斩（《曹成王碑》）、嗋媚（《曹成王碑》）、沉塞（《许国公碑》）。韩愈还偏爱运用一些生僻的词汇，《曹成王碑》造句之奇与大量勇武、狠重之词汇的运用，共同烘托了奇崛的文风，例如"王亲教之抟力勾卒嬴越之法，曹诛伍界。舰步二万人，以与贼遝。嘁锋蔡山，蹹之。剜蕲之黄梅，大鞣长平，铍广济，掀蕲春，撇蕲水，掇黄冈，筊汉阳，行趾汉川，还，大膊蕲水界中，披安三县，詶其州斩伪刺史，标光之北山，醋随光化，梏其州，十抽一，椎救兵州东北厉乡。"其中"嘁、蹹、剜、鞣、铍、掀、撇、掇、筊、趾、膊、詶、醋、梏"等词，与其句式于奇拗中所呈现的美学感受，颇为一致。

---

[1]《唐宋八大家文钞校注集评》，卷一一，页635。

韩愈碑文的造句之奇，摆脱故常，不避生新僻涩，在很大程度上改变了上古汉语的句法传统，探索了散体文言的新形式，其对复杂状语、复杂动词谓语、复杂宾语的运用，都对古文语言的发展产生了重要影响，体现了"务去陈言"的激进追求。

二、造句之奇与崇尚勇力

韩愈上述碑文何以在造句之奇上如此穷力追新，这与其整体的创作追求有怎样的联系？这是很值得思考的问题。《曹成王碑》《许国公碑》《平淮西碑》都是为武臣军功所做的碑文。如果综合观察韩愈文章创作的整体面貌，会发现韩愈之"陈言务去"，词汇方面的创新，在诗文中有广泛的体现，而造句之奇险生新，则相当集中地体现在武臣军功之碑文中。韩集中墓志铭的铭主多为普通官员与士人，而碑文的碑主，则多涉及武臣与军功。总体来看，碑文最能体现其在造句上奇险生新的探索，墓志铭则相对逊色。韩愈为樊宗师所撰墓志铭，是在后人看来颇为僻涩的作品，但如果与前举《曹成王碑》《许国公碑》相比，其句式就显得通顺平实：

> 樊绍述既卒，且葬，愈将铭之，从其家求书。得书号《魁纪公》者三十卷，曰《樊子》者又三十卷，《春秋集传》十五卷，表笺、状策、书序、传记、纪志、说论、今文赞铭凡二百九十一篇，道路所遇及器物门里杂铭二百二十，赋十，诗七百又十九。曰：多矣哉！古未尝有也。然而必出于己，不袭蹈前人一言一句，又何其难也！必出入仁义，其富若生蓄，万物必具，海含地负，放恣横从，无所统纪，然而不烦于绳削而自合也。呜呼！绍述于斯术，其可谓至于斯极者矣。
>
> 生而其家贵富，长而不有其藏一钱。妻子告不足，顾且笑曰："我道盖是也。"皆应曰："然。"无不意满。尝以金部郎中告

哀南方，还，言某帅不治，罢之，以此出为绵州刺史。一年，征拜左司郎中，又出刺绛州。绵、绛之人，至今皆曰："于我有德。"以为谏议大夫，命且下，遂病以卒，年若干。

绍述讳宗师，父讳泽，尝帅襄阳、江陵，官至右仆射，赠某官。祖某官，讳泳。自祖及绍述，三世以军谋堪将帅策上第以进。

绍述无所不学，于辞于声，天得也。在众若无能者。尝与观乐，问曰："何如？"曰："后当然。"已而果然。铭曰：

惟古于词必己出，降而不能乃剽贼，后皆指前公相袭。从汉迄今用一律。寥寥久哉莫觉属，神徂圣伏道绝塞。既极乃通发绍述，文从字顺各识职，有欲求之此其躅。[1]

不难看到，全文最为生新怪奇的笔墨是铭文，后人称此文之难读，亦多举铭文为证。然而此铭文以七言为句，吸收了诗歌句法的特点，与《曹成王碑》《许国公碑》在散体中求生新的做法颇为不同。铭前之志文部分，句式多通顺可诵，其中新警处若"其富若生蓄，万物毕具，海含地负，放恣横从，无所统纪"，主要体现在四字格短语的创造，与《曹》《许》二碑在文言散体句式上翻空出奇还是有所不同。

在韩愈的碑文中，如为当时著名文臣权德舆所写的《唐故相权公墓碑》，其造句也多平顺畅达，少有刻意求奇尚怪之处，与《曹》《许》二碑有明显的差别，其文云：

公生三岁知变四声，四岁能为诗，九岁而贞孝公卒。来吊哭者见其颜色声容，皆相谓"权氏世有其人"。及长好学，孝敬祥顺。贞元八年，以前江西府监察御史征拜博士，朝士以得人相庆。改左补阙，章奏不绝，讥排奸幸，与阳城为助。转起居舍人，遂

---

〔1〕《韩愈文集汇校笺注》，卷二四，第6册，页2575—2577。

知制诰，凡撰命词九年，以类集为五十卷，天下称其能。十八年，以中书舍人典贡士，拜尚书礼部侍郎。荐士于公者，其言可信，不以其人布衣不用；即不可信，虽大官势人交言，一不以缀意。奏广岁所取进士、明经，在得人，不以员拘。转户、兵、吏三曹侍郎、太子宾客，复为兵部，迁太常卿，天下愈推为巨人长德。时天子以为宰相宜参用道德人，因拜礼部尚书同中书门下平章事。公既谢辞不许，其所设张举措，必本于宽大，以几教化，多所助与。维匡调娱，不失其正；中于和节，不为声章；因善与贤，不务主己。以吏部尚书留守东都，东方诸帅有利病不能自请者，公尝与疏陈以布露。复拜太常，转刑部尚书，考定新旧令式为三十编，举可长用。其在山南、河南，勤于选付，治以和简，人以宁便。以疾求还，十三年某月甲子，道薨于洋之白草。奏至，天子恫伤，为之不御朝，郎官致赠锡。官居野处，上下吊哭，皆曰："善人死矣！"其年某月日，葬河南北山，在贞孝东五里。……乃作铭，文曰：权在商周，世次不存。灭楚徙秦，嬴刘之间。甘泉始侯，以及安丘。诋诃浮屠，皇极之扶。贞孝之生，凤鸟不至。爵位岂多，半途以税。寿考岂多，四十而逝。惟其不有，以惠厥后。是生相君，为朝德首。行世祖之，文世师之。流连六官，出入屏毗。无党无仇，举世莫疵。人所惮为，公勇为之；人所竞驰，公绝不窥。孰克知之，德将在斯。刻诗墓碑，以永厥垂。[1]

统观序文，造句奇特处不多，如"即不可信，虽大官势人交言，一不以缀意"，"前后考第进士及庭所策试士踵相蹑为宰相达官，与公相先后，其余布处台阁外府，凡百余人"，是较为复杂的复句，曲折顿挫，但句式生新之处不多。

---

〔1〕《韩愈文集汇校笺注》，卷二十，第5册，页2168—2195。

韩愈古文"造句之奇",集中体现在武臣军功碑文中。《曹成王碑》《许国公碑》《平淮西碑》等皆作于元和年间。元和时期韩愈诗文的狠重风格日趋显著,这些奇崛的碑文,也是狠重文风的重要组成。

从以上分析可以看出,韩愈对古典散文语言进行了激进的创新,其创新力度之大,可谓前无古人,后无来者;而其激进创新的独特理路,更产生了深远的影响。

韩愈古文自铸伟辞，很多词句都焕发着一种勇猛的身体力量。文中大量奇妙的动作语，读来惊心动魄。后世的古文作者，虽然对韩文心追口摹，但再也不能复现韩文动作语的神采。韩愈将精神的意志通过身体的形态和力量来传达，其《论佛骨表》崇儒排佛的思考，就体现了强烈的身体关切。在元和时期独特的文武关系影响下，他对勇猛力量的追求，又激发出狠重的文风。韩文对身体勇力的强烈渲染，改造了古典文章语言，建构了全新的艺术境界，展现了以有限的身体追求无限精神力量的超越努力。

第一节　惊心动魄的动作语

韩愈古文对动作语十分偏爱，且运用得千姿百态，形成极强的艺术表现力。动作语并不简单等同于动词，它是表现人物形体动作的一类特殊动词。形体动作是造型艺术和戏剧艺术中重要的艺术表现手段，但在抒情叙事的诗文艺术中，受关注的程度远较前者为低。在韩愈之前，中国古典诗文中的动作语数量少、表现力不强，但韩愈对动作语的运用十分神妙。

一、韩愈《画记》的动作语

韩愈古文动作语运用最丰富生动的作品，当首推《画记》：

杂古今人物小画共一卷。骑而立者五人，骑而披甲载兵立者十人，一人骑执大旗前立，骑而披甲载兵行且下牵者十人，骑且负者二人，骑执器者二人，骑拥田犬者一人，骑而牵者二人，骑而驱者三人，执羁靮立者二人，骑而下倚马臂隼而立者一人，骑而驱涉者二人，徒而驱牧者二人，坐而指使者一人，甲胄手弓矢铁钺植者七人，甲胄执帜植者十人，负者七人，偃寝休者二人，甲胄坐睡者一人，方涉者一人，坐而脱足者一人，寒附火者一人，杂执器物役者八人，奉壶矢者一人，舍而具食者十有一人，挹且注者四人，牛牵者二人，驴驱者四人，一人杖而负，妇人以孺子载而可见者六人，载而上下者三人，孺子戏者九人。凡人之事三十有二，为人大小百二十有三，而莫有同者焉。[1]

这一段对画面人物的刻画，作者最关注的是人物的形体动作，不遗余力地给予细腻的记录。这些做着各种动作的人物，他们身份为何，相互关系如何，神态怎样，皆非作者所关心。他将全部的注意力聚焦于人物动作。同样是骑马者，还区分出十二种各不相同的动作姿态。紧接其后的一段，叙画中之马，也将全部笔墨集中于马的各种动作姿态：

马大者九匹。于马之中又有上者、下者、行者、牵者、奔者、涉者、陆者、翘者、顾者、鸣者、寝者、讹者、立者、人立者、龁者、饮者、溲者、陟者、降者、痒磨树者、嘘者、嗅者、喜而相戏者、怒相踶啮者、秣者、骑者、骤者、走者、载服物者、载狐兔者。凡马之事二十有七，为马大小八十有三，而莫有同者焉。[2]

---

〔1〕《韩愈文集汇校笺注》，卷三，第 1 册，页 357。
〔2〕同上书，页 357—358。

文中所叙"凡马之事二十有七"即是马的二十七种动作，对于马的品种、肥瘠、神态，以及这些马匹活动的环境与相互关系等，也不置一词。

在韩愈之前，对绘画的记录与题写，往往着眼于画面人物、动物的神态气韵，例如杜甫《韦讽录事宅观曹将军画马图歌》，刻画曹霸所绘骏马即有如下笔墨：

> 贵戚权门得笔迹，始觉屏障生光辉。昔日太宗拳毛䯄，近时郭家师子花。今之新图有二马，复令识者久叹嗟。此皆骑战一敌万，缟素漠漠开风沙。其余七匹亦殊绝，迥若寒空杂霞雪。霜蹄蹴踏长楸间，马官厮养森成列。可怜九马争神骏，顾视清高气深稳。[1]

诗中描绘图上的骏马，意气神骏、气象深稳，但骏马究竟在画中是何种动作姿态，并无细致的交代。又如《丹青引赠曹将军霸》：

> 凌烟功臣少颜色，将军下笔开生面。良相头上进贤冠，猛将腰间大羽箭。褒公鄂公毛发动，英姿飒爽犹酣战。先帝御马玉花骢，画工如山貌不同。是日牵来赤墀下，迥立阊阖生长风。诏谓将军拂绢素，意匠惨淡经营中。斯须九重真龙出，一洗万古凡马空。玉花却在御榻上，榻上庭前屹相向。[2]

诗中对曹霸笔下的凌烟功臣，只描绘其须发飘动，并以"英姿飒爽来酣战"一句勾勒其英俊与刚猛。至于画面上的御马玉花骢，只以

---

〔1〕《杜诗详注》，卷一三，第 4 册，页 1153—1155。

〔2〕同上书，页 1147—1150。

"一洗万古凡马空"一句，以侧面烘托的方式刻画其神态与勃勃生气，没有一句提到玉花骢是何种动作与姿态。

韩愈《画记》聚焦动作的独特笔墨，在当时并未产生重要的影响。[1]白居易《画西方帧记》，就是以大量的议论和简略的记叙成文。文章先以一大段议论，阐述西方极乐世界的意义：

> 我本师释迦如来说，言从是西方过十万亿佛土，有世界号极乐，以无八苦四恶道故也。其国号净土，以无三毒五浊业故也。其佛号阿弥陀，以寿无量、愿无量、功德相好光明无量故也。谛观此娑婆世界，微尘众生，无贤愚，无贵贱，无幼艾，有起心归佛者，举手合掌，必先向西方。怖厄苦恼者，开口发声，必先念阿弥陀佛。又范金合土，刻石织文，乃至印水聚沙，童子戏者，莫不率以阿弥陀佛为上首，不知其然而然。由是而观，是彼如来有大誓愿于此众生，此众生有大因缘于彼国土明矣。不然者，东南北方，过去现在未来佛多矣，何独如是哉？[2]

文章接下来对画面内容的介绍，着眼点在画面的尺寸、主要构图，并无胪列画面人物、器具的笔墨：

> 唐中大夫、太子少傅、上柱国、冯翊县开国侯、赐紫金鱼袋白居易，当衰暮之岁，中风痹之疾，乃舍俸钱三万，命工人杜宗敬按《阿弥陀》《无量寿》二经，画西方世界一部，高九尺，广丈有三尺，弥陀尊佛坐中央，观音、势至二大士侍左右。天人瞻仰，

---

〔1〕 关于《画记》的文体源流及其经典化，参见蔡德龙，《韩愈〈画记〉与画记文体源流》，《文学遗产》2015 年第 5 期，页 107—119。

〔2〕《白居易文集校注》，卷三四，第 4 册，第 2007—2008。

眷属围绕，楼台妓乐，水树花鸟，七宝严饰，五彩彰施。烂烂煌煌，功德成就。弟子居易焚香稽首跪于佛前，起慈悲心，发弘誓愿。[1]

这一段只有"弥陀尊佛坐中央"、"弟子居易焚香稽首，跪于佛前"直接包含动作语。至于"观音、势至二大士侍左右"、"眷属围绕"，虽然有动词，但不是典型的形体动作语。这种写法和韩愈的《画记》迥乎不同。又如舒元舆《录桃源画记》对画面的景物、人物有更细致的记述，但笔墨意趣也与韩文有异：

> 画有桃源图。图上有溪，溪名武陵之源。……其夹岸有树木千万本，列立如揖，丹色鲜如霞，擢举欲动，灿若舒颜。山铺水底，草散茵毯。有鸾青其衿，有鹤丹其顶，有鸡玉其羽，有狗金其色。毛傞傞亭亭间而立者十有八九。岸而北有曲深岩门，细露室宇，霞槛缭转，云磴五色，雪冰肌颜，服身衣裳皆负星月文章。岸而南有五人，服貌肖虹玉，左右有书童玉女，角发而侍立者十二。视其意况，皆逍遥飞动……中有溪艇泛上，一人雪华鬓眉，身着秦时衣服。手鼓短枻，意状深远。合而视之，大略山势高，水容深，人貌魁奇，鹤情闲暇，烟岚草木，如带香气。熟得详玩，自觉骨戛清玉，如身入镜中，不似在人寰间，眇然有高谢之志从中来。[2]

文中的记述，注重仙源缥缈气氛的渲染和色彩的刻画，其中涉及人物动作的描写有"岸而南有五人，服貌肖虹玉，左右有书童玉女，

〔1〕《白居易文集校注》，卷三四，第4册，页2008。
〔2〕《全唐文》，卷七二七，第8册，页7494—7495。

角发而侍立者十二。视其意况，皆逍遥飞动"；"一人雪华鬓眉，身着秦时衣服。手鼓短枻，意状深远"。这里只是对人物动作稍做介绍，马上转入"逍遥飞动""意状深远"的神态刻画。

宋代苏轼对《画记》评价不高，认为"仆尝谓退之《画记》近似甲名帐耳，了无可观，世人识真者少，可叹亦可愍也"（《记欧阳论退之文》）[1]。他的《净因院画记》就与韩愈《画记》颇为不同：

> 余尝论画，以为人禽宫室器用皆有常形。至于山石竹木，水波烟云，虽无常形，而有常理。常形之失，人皆知之。常理之不当，虽晓画者有不知。故凡可以欺世而取名者，必托于无常形者也。虽然，常形之失，止于所失，而不能病其全，若常理之不当，则举废之矣。[2]

苏轼着力阐发常形、常理之义，笔墨集中于议论而非记述，更谈不上像《画记》一样穷力描摹竹木的动作情态。如此对比，更可以见出韩愈《画记》对动作倾力叙写的独特追求。

二、韩文动作语的创新

韩愈《画记》如此运用动作语，并非偶一为之之举，善用动作语在其很多作品中都有体现。

如《蓝田县丞厅壁记》刻画县吏的骄矜与崔斯立的无奈压抑："文书行，吏抱成案诣丞。卷其前，钳以左手，右手摘纸尾，雁鹜行以进。平立睨丞，曰：'当署。'丞涉笔占位署惟谨，目吏，问：

---

〔1〕《苏轼文集》，卷六六，第5册，页2056。
〔2〕同上书，卷一一，第2册，页367。

'可不可'，吏曰'得'。则退，不敢略省，漫不知何事。"〔1〕县吏"卷其前，钳以左手，右手摘纸尾，雁鹜行以进，平立睨丞"，其中"卷""钳""摘""睨"几个动作语十分具体，而县丞崔斯立"涉笔占位署惟谨""目吏"等动作也细腻传神。

又如《唐故河南县令张君墓志铭》："半岁，邑管奏君为判官，改殿中侍御史，不行，拜京兆府司录，诸曹白事，不敢平面视；共食公堂，抑首促促就哺歠，揖起趋去，无敢间语。"〔2〕文中刻画张署之严肃、诸曹在其面前不敢轻率之状，亦是以"不敢平面视""抑首促促就哺歠，揖起趋去"等动作来表现。《送穷文》中刻画穷鬼的狡黠丑态，以动作摹状其神情："言未毕，五鬼相与张眼吐舌，跳踉偃仆，抵掌顿脚，失笑相顾。"〔3〕

又如前面章节提到的《曹成王碑》，刻画李皋在战争中的勇猛，对行军、征战、克敌，没有用泛泛的动词来表现，而是使用一系列刚猛有力而又造语奇僻的动作语刻画，如"嗫""蹭""剟""铩""掀""撇""掇""笑""跐""膊""披""斩""蹹""梏""抽""椎"等。这形成了一种十分奇异的表达效果。各种战争的行为仿佛全化作各具特色的动作姿态。战争描写中如此运用动作语，在韩愈之前十分罕见。

韩愈古文运用动作语最独特的，是将抽象的义理通过动作形象来表达。例如《柳子厚墓志铭》：

> 呜呼！士穷乃见节义。今夫平居里巷相慕悦，酒食游戏相征逐，诩诩强笑语以相取下，握手出肺肝相示，指天日涕泣，誓生死不相背负，真若可信。一旦临小利害，仅如毛发比，反眼若不

〔1〕《韩愈文集汇校笺注》，卷三，第1册，页372—373。
〔2〕同上书，卷二十，第5册，页2116。
〔3〕同上书，卷二六，第6册，页2743。

相识，落陷阱不一引手救，而反挤之，又下石焉者皆是也。[1]

文中将背信弃义的丑恶，通过"握手出肺肝相示，指天日涕泣"、"落陷阱不一引手救，而反挤之，又下石焉者"等一系列动作勾画出来。又如《答窦存亮秀才书》："当朝廷求贤如不及之时，当道者又皆良有司，操数寸之管，书盈尺之纸，高可以钓爵位，若循次而进，亦不失万一于甲科。"[2]其中"操数寸之管，书盈尺之纸"、"高可以钓爵位"等都以充满画面感的动作，传达士人读书仕进的追求。

韩愈描绘孟郊苦吟为诗，则有"刿目鉥心，刃迎缕解，钩章棘句，掏擢胃肾，神施鬼设，间见层出"[3]之句（《贞曜先生墓志铭》）。苦吟化作一系列触目惊心的动作："刿目鉥心""掏擢胃肾"。又如《答刘岩夫书》："今后进之为文，能深探而力取之，以古圣贤人为法者，虽未必皆是，要若有司马相如、太史公、刘向、杨雄之徒出，必自于此，不于循常之徒也。"[4]文中以"深探而力取"这个形象的动作，表达对古圣贤为文的深刻追求。

对抽象之道的动作化呈现，在《答李翊书》中有最精彩的表现：

> 当其取于心而注于手也，惟陈言之务去，戛戛乎其难哉！……当其取于心而注于手也，汩汩然来矣。……如是者亦有年，然后浩乎其沛然矣。吾又惧其杂也，迎而距之，平心而察之，其皆醇也，然后肆焉。[5]

---

[1]《韩愈文集汇校笺注》，卷二二，第6册，页2408。
[2] 同上书，卷五，第2册，页578。
[3] 同上书，卷一九，第5册，页2047。
[4] 同上书，卷八，第2册，页866。
[5] 同上书，卷六，第2册，页700。

文中谈到把内在的精神体验表现于创作，则云"当其取于心而注于手"，仿佛写作古文的文以明道就是一个独特的动作过程，是创作者从内心掏取出精神，灌注到正在进行创作的手中。当谈到作者要检验自己对道的体会是否纯正，则云"吾又惧其杂也，迎而距之"，作者通过迎与距这两个动作，来表达自己迎接检验。

这样的表达，在《进学解》中更达到出神入化的境界：

> 先生口不绝吟于六艺之文，手不停披于百家之编，记事者必提其要，纂言者必钩其玄。贪多务得，细大不捐，焚膏油以继晷，恒兀兀以穷年。先生之于业，可谓勤矣。抵排异端，攘斥佛老；补苴罅漏，张皇幽眇。寻坠绪之茫茫，独旁搜而远绍。障百川而东之，回狂澜于既倒。先生之于儒，可谓有劳矣。沈浸浓郁，含英咀华。[1]

文中"口吟""手披""提要""钩玄""不捐""补苴""旁搜而远绍""障百川而东之，回狂澜于既倒""含英咀华"，都是生动的动作语组成的动作形象。其中"障百川而东之，回狂澜于既倒"，更是以一个力挽狂澜的动作形象，将韩愈弘扬儒学、攘斥佛老、博观百家的精神志向和文化追求展现出来。精神的动作化呈现在这里达到了新高峰，行文中出现了不少颇具生命力的新语汇，例如提要钩玄、补苴罅漏、旁搜远绍、含英咀华等。

韩愈的古文同道罕有人能创造这样的语言之妙。柳宗元的文章在动作语使用上，完全乏善可陈，例如其著名的《答韦中立论师道书》：

> 故吾每为文章，未尝敢以轻心掉之，惧其剽而不留也；未尝

---

[1]《韩愈文集汇校笺注》，卷二，第 1 册，页 147。

敢以怠心易之，惧其弛而不严也；未尝敢以昏气出之，惧其昧没而杂也；未尝敢以矜气作之，惧其偃蹇而骄也。抑之欲其奥，扬之欲其明，疏之欲其通，廉之欲其节，激而发之欲其清，固而存之欲其重，此吾所以羽翼夫道也。本之《书》以求其质，本之《诗》以求其恒，本之《礼》以求其宜，本之《春秋》以求其断，本之《易》以求其动，此吾所以取道之原也。参之穀梁氏以厉其气，参之《孟》《荀》以畅其支，参之《庄》《老》以肆其端，参之《国语》以博其趣，参之《离骚》以致其幽，参之太史公以著其洁，此吾所以旁推交通而以为之文也。[1]

这一段所运用的动词，多不是典型的动作语，而是很抽象的动词，如抑、扬、疏、激、本、参等。韩愈那种将精神动作化呈现的语言艺术，在柳文中很难看到。即使是深受韩愈影响的皇甫湜、李翱、樊宗师等人的文章，同样罕见如此精妙的语言艺术。

韩愈以三代两汉为法，但先秦两汉散文对动作语的运用相当有限。从历史散文来看，《尚书》《国语》《战国策》这些有大量记言内容的文献，其中动作语不是表达的主体。《左传》《史记》这些以记事为主的史乘，有一些生动的人物动作描写，如僖公二十三年，晋文公重耳与怀嬴成亲时，对怀嬴有轻慢之举："秦伯纳女五人，怀嬴与焉，奉匜沃盥，既而挥之。怒曰：'秦、晋匹也，何以卑我！'公子惧，降服而囚。"[2]怀嬴"奉匜沃盥"，而重耳"挥之"，恭谨与轻慢的对照，正是通过细腻的动作书写来表达。又襄公二十六年，"（伯州犁）上其手，曰：'夫子为王子围，寡君之贵介弟也。'下其手，曰：'此子为穿封

〔1〕《柳宗元集校注》，卷三四，第7册，页2178。
〔2〕杜预，《春秋经传集解》（上海：上海古籍出版社，1988），页334。

戊，方城外之县尹也。谁获子？'"[1]伯州犁的"上下其手"也是动作刻画的神来之笔。

《史记》中也有生动的动作描写，如《项羽本纪》刻画樊哙："哙即带剑拥盾入军门。交戟之卫士欲止不内，樊哙侧其盾以撞，卫士仆地，哙遂入，披帷西向立，瞋目视项王，头发上指，目眦尽裂。"[2]又《刺客列传》刻画荆轲刺秦王："轲既取图奏之，秦王发图，图穷而匕首见。因左手把秦王之袖，而右手持匕首揕之。未至身，秦王惊，自引而起，袖绝。拔剑，剑长，操其室。时惶急，剑坚，故不可立拔。荆轲逐秦王，秦王环柱而走。"[3]但总体来看，这类动作描写在整体叙事中所占的比重十分有限，更多内容还是出之以人物语言和一般性的叙事。有的动作描写虽然颇具画面感，但运用的动作语并不丰富，例如《左传》宣公十四年刻画楚子奋起迎战，有一段十分生动的描写："闻之，投袂而起，屦及于窒皇，剑及于寝门之外，车及于蒲胥之市。秋九月，楚子围宋。"[4]其中真正的动作语只有"投袂而起"一句，至于楚王穿屦整装、带剑而出、登车迎战的一系列动作，虽画面生动，却不是通过直接的动作语来表现。

诸子散文与历史散文相比，记言比重更为增大，叙事内容多为短小的段落，动作描写和动作语的运用更不丰富。例如《孟子》中"齐人有一妻一妾"，这是一段生动有趣的故事。从其情节来看，很可以通过动作来刻画人物形象，但具体的叙事中并未出现生动的动作语：

> 蚤起，施从良人之所之，遍国中无与立谈者。卒之东郭墦间，
> 之祭者乞其余，不足，又顾而之他。此其为餍足之道也。其妻归

〔1〕《春秋经传集解》，页 1054。
〔2〕《史记》，卷七，第 1 册，页 313。
〔3〕同上书，卷八六，第 9 册，页 2535。
〔4〕《春秋经传集解》，页 612。

告其妾，曰："良人者，所仰望而终身也，今若此。"与其妾讪其良人，而相泣于中庭。而良人未之知也，施施从外来，骄其妻妾。[1]

齐人在外狼狈乞食，归家又夸谈炫耀于妻妾，这些描写虽然生动，但所运用的表现手段，却主要不是动作刻画。《庄子》中庖丁解牛一段有很精彩的动作："庖丁为文惠君解牛，手之所触，肩之所倚，足之所履，膝之所踦，砉然响然，奏刀騞然，莫不中音；合于桑林之舞，乃中经首之会。"[2]庖丁之手、肩、足、膝的不同动作，虽然描述细腻，但相对于解牛的复杂过程，这四个动作不过是刻画了庖丁的主要姿态，并未呈现解牛的复杂动作。至于"佝偻承蜩"这个很独特的技艺，《庄子》云："仲尼适楚，出于林中，见痀偻者承蜩，犹掇之也。"[3]其中不过以一"掇"字写其动作，其实是颇为笼统的。

至于像以议论为主的《荀子》、以记叙说明为主的《仪礼》《礼记》，其中动作语的运用就更少特出之处。《仪礼》记述仪节，注重行礼之次第方位，但行礼的动作本身，并无特别复杂之处，例如《大射》记述大射礼：

> 司射入于次，搢三挟一个，出于次，西面揖，当阶北面揖，及阶揖，升堂，当物北面揖，及物揖，由下物少退，诱射。射三侯，将乘矢，始射干，又射参，大侯再发。卒射，北面揖。及阶揖，降，如升射之仪。遂适堂西，改取一个挟之。遂取扑搢之，以立于所设中之西南，东面。[4]

〔1〕焦循撰，沈文倬点校，《孟子正义》（北京：中华书局，2013），卷一七，下册，页605—608。

〔2〕郭庆藩撰，王孝鱼点校，《庄子集释》（北京：中华书局，2012），卷二上，页117—118。

〔3〕同上书，卷七上，页639。

〔4〕郑玄注、贾公彦疏、彭林整理，《仪礼注疏》，李学勤主编《十三经注疏》（北京：北京大学出版社，2000），卷一七，页373—374。

这其中的仪节，突出的是伦常礼义，涉及动作的记述并不追求形象的生动多姿。总的来看，韩愈所取法的先秦两汉之文对动作语的运用并不充分。

韩愈古文的动作语艺术，是很新颖的创造，因此当人们想去追溯这种创造的渊源时，就会感到很困惑。《画记》这样的文字，其渊源何在？后人多有争议。南宋李淦《文章精义》认为此文出于《尚书》之《顾命》。这个意见注意到《画记》对动作语的偏重，之所以溯源于《顾命》，是因《顾命》有一段文字也很注重动作语：

> 二人雀弁，执惠，立于毕门之内。四人綦弁，执戈上刃，夹两阶戺。一人冕，执刘，立于东堂。一人冕，执钺，立于西堂。一人冕，执戣，立于东垂。一人冕，执瞿，立于西垂。一人冕，执锐，立于侧阶。[1]

这段话虽然运用了"执"这一动作语，但反复出现而无变化，与《画记》之变态多姿很不相同。《顾命》的缺少变化，在姚鼐之父姚范看来，是文风"浑穆庄重"的表现，因此他认为《画记》出于《顾命》之说大谬不然，其真正的源头应该是《周礼》之《考工记》。[2]姚鼐将此文收入《古文辞类纂》之"杂记"类；而曾国藩编《经史百家杂钞》也将此归入"杂记"，并以《礼记·深衣》《周礼·考工记》之梓人、匠人、轮人、舆人、辀人、弓人、矢人为"杂记"之源。[3]姚永朴则溯源于《礼记》之《檀弓》《深衣》《投壶》等篇。显然，姚范从逐一

〔1〕 孙星衍撰，陈抗、盛冬玲点校，《尚书今古文注疏》（北京：中华书局，2004），卷二五，页496—498。
〔2〕 姚范，《援鹑堂笔记 文史谈艺》，《历代文话》，第4册，页4128。
〔3〕 《经史百家杂钞》，曾国藩著，李瀚章编撰，李鸿章校刊，《曾文正公全集》（北京：线装书局，2012），第9册。

罗列叙事的角度将《画记》溯源于《考工记》的见解，得到了更多的认可。文章家总是要为韩文找出三代之源，他们的争论，也折射出韩愈《画记》语多创新，在三代两汉之文中罕觅先例。

三、韩愈之后动作语再次衰落

动作艺术是戏剧、舞蹈和造型艺术的核心要素，并非诗文所长。韩愈将丰富的动作语引入诗文创作，这是文章的创造，也与唐代三教交融环境的艺术激发不无关系。韩愈生活在佛老流行的时代，佛教与道教的造型艺术和仪式艺术，都重视以形体动作表现精神，例如佛教的手印，即通过手的不同姿势来表达特定的宗教含义。韩愈虽然排斥佛老，但佛道艺术大行于时，对他也会产生反向激发。

宋代以后，韩愈成为古文典范，他的动作语艺术却后继乏人。欧阳修倾心学韩，的确注意到动作语的运用，例如《醉翁亭记》描写滁人游乐，出现了生动的动作语："至于负者歌于途，行者休于树，前者呼，后者应，伛偻提携，往来而不绝者，滁人游也。"但是，转至下文太守欢宴，动作描写就趋于肤泛：

> 临溪而渔，溪深而鱼肥，酿泉为酒，泉香而酒洌。山肴野蔌，杂然而前陈者，太守宴也。宴酣之乐，非丝非竹，射者中，弈者胜，觥筹交错，起坐而喧哗者，众宾欢也。苍颜白发，颓然乎其间者，太守醉也。[1]

"临溪而渔"之"渔"，"酿泉为酒"之"酿"，"射者中"之"射"，"弈者胜"之"弈"，虽然是刻画行为，但比较笼统，缺少更生动具体的动作表现。

---

[1]《欧阳修诗文集校笺》，卷三九，中册，页1021。

苏轼亦以韩愈为法，但也未能继承韩愈动作语之妙，其《潮州韩文公庙碑》论及韩愈的贡献：

> 自东汉以来，道丧文弊，异端并起，历唐贞观、开元之盛，辅以房、杜、姚、宋而不能救。独韩文公起布衣，谈笑而麾之，天下靡然从公，复归于正，盖三百年于此矣。文起八代之衰，而道济天下之溺，忠犯人主之怒，而勇夺三军之帅。岂非参天地，关盛衰，浩然而独存者乎！[1]

这一段和韩愈在《进学解》中的描绘颇为异趣。韩愈多运用生动的动作语，苏轼则多使用抽象化的动词，如韩愈自云"障百川而东之，回狂澜于既倒"，以一个力挽狂澜的动作形象，表达攘斥佛老、弘扬儒道的努力；苏轼则多用一般化的动词，如"文起八代之衰，而道济天下之溺"，其中起衰之"起"，就是抽象化动词，难以呈现生动的动作形象力量。

在宋代诗文动作语艺术趋于衰落的大环境中，出现了一个非常特别的现象，就是对韩愈《画记》取法者甚多，而且都在自觉取法其中的动作语艺术。例如，秦观《五百罗汉图记》就对画上人物的各种动作详加叙述，略举其中一段：

> 临流而涤钵者三人，涤已而持归者一人，浣衣者、就树绞衣者、浣已而归者、将浣而进者、隔岸而觇者各一人，洗屦者、后洗而纳屦者、振衣而去者各一人，削发者、为削发者、沐而待者、解衣者、既解收衣者各一人，补氉者二人，操刀尺者一人，治线

---

[1]《苏轼文集》，卷一七，第2册，页508。

者三人，泉涌于石、远近而观者十六人。[1]

但是，《画记》仿效者虽代不乏人，并不能改变动作语在古文创作中的整体衰落。正是这种整体的衰落，才使得《画记》的独特性愈发突出。韩愈动作语艺术的后继乏人，在很大程度上，是其古文艺术令后人感到神乎其技、难以取法的重要结果。

第二节　《论佛骨表》崇儒排佛思想的身体关切

韩愈的《论佛骨表》可谓勇猛之辞。此文在中国思想史上影响深远，论之者众；然而有关讨论多称扬文章所体现的排佛勇气，对其中颇为独特的排佛思考缺少充分观察。[2] 自佛教传入中国，舍利信仰也随之传播并日见兴盛。儒家士大夫虽不乏排佛者，但在韩愈之前，罕有人像他这样对舍利持强烈的排斥态度。韩愈如此抵触佛骨，与其儒学思想对身体意义的重视息息相关。这种独特的身体关切，渗透在《论佛骨表》的叙事特点与文体机制之中，塑造了这篇勇力之辞的内在气骨。

一、《论佛骨表》的驱邪焦虑

佛骨舍利在佛教徒眼中无上神圣，有着不可思议的功德。而在韩愈看来，佛骨却是会带来祸患的邪祟。《论佛骨表》的叙事萦绕着浓厚

---

[1] 曾枣庄、刘琳主编，《全宋文》（上海：上海辞书出版社，2006），卷二五八五，第120册，页125。
[2] 关于韩愈《论佛骨表》的讨论，悲心《〈论佛骨表〉与韩愈排佛心态》（《五台山研究》1995年第2期，页8—13）、董海燕《从〈论佛骨表〉看韩愈反佛道斗争的反迷信特点》（《周口师范学院学报》2013年第4期，页8—10）在肯定韩愈排佛勇气的同时，对此文所反映的韩愈排佛思想基础、排佛的特殊方式，进行了细致的分析。笔者则希望进一步聚焦韩愈排斥佛骨的独特思考，观察其围绕排斥佛骨所展开的排佛思想的特殊指向。

的驱邪焦虑。

中国传统习俗中并无对骨骸的崇拜。死者的肌肤筋骨被认为会带上死者的恶秽[1]，在民间对其颇有禁忌。儒家慎终追远，注重丧祭，但并无先人遗骨崇拜。佛教的佛舍利崇拜，与中国传统习俗多有冲突。佛教进入中国，舍利崇拜的推广建立在祥瑞感应的基础上，但舍利之为遗骨的特点并没有消除，舍利的瘗埋犹如葬礼，参与者往往痛哭送葬。武则天时代舍利瘗埋方式有了很大变化，采用了金棺银椁形式，这就更强化了舍利作为遗骨的特点。[2]

除了舍利作为遗骨的特点颇为不祥，更令韩愈不能接受的，是迎奉佛骨引发百姓狂热供奉，其间出现了大量自残行为。《资治通鉴》记载宪宗迎佛骨时，"王公士民瞻奉舍施，惟恐弗及，有竭产充施者，有然香臂顶供养者"[3]。如此文字还是相当克制，苏鹗《杜阳杂编》记载唐懿宗时迎佛骨的盛况，其中特别记载供奉者自残的惨酷，令人难以卒读：

> 时有军卒，断左臂于佛前，以手执之，一步一礼，血流洒地。至于肘行膝步，啮指截发，不可算数。又有僧，以艾覆顶上，谓之炼顶，火发痛作，即掉其首呼叫。坊市少年擒之，不令动摇，而痛不可忍，乃号哭卧于道上，头顶焦烂，举止苍迫。[4]

这虽然是懿宗时的情形，但可以推想宪宗迎请佛骨时的自残供奉，

〔1〕 江绍原，《发须爪：关于它们的风俗》（上海：上海文艺出版社，1987），页29—72。
〔2〕 参见冉万里，《中国古代舍利瘗埋制度研究》（北京：文物出版社，2013），页116—146；张婧文，《晋唐间的舍利瘗埋及其与墓葬的关系》，《南开学报》2018年第2期，页146—152。
〔3〕 司马光编著，胡三省音注，《资治通鉴》（北京：中华书局，1956），卷二四〇，第16册，页7758。
〔4〕 陶宗仪编，《说郛三种》（上海：上海古籍出版社，1988），卷四六，第3册，页2139。

也是惨酷如斯。

如此惨状应该是韩愈奋起上表的直接导火索，这从《论佛骨表》的撰写时间可以看出端倪。韩愈上表并不在宪宗迎奉佛骨之前，而是在佛骨迎到长安宫中供奉之后。据《资治通鉴》记载："（元和十三年十一月）功德使上言：'凤翔法门寺塔有佛指骨，相传三十年一开，开则岁丰人安。来年应开，请迎之。'十二月，庚戌朔，上遣中使帅僧众迎之。"[1]（十四年春正月）"中使迎佛骨至京师，上留禁中三日，乃历送诸寺。"[2]可见，从功德使上言，到佛骨入宫，前后将近两个月。韩愈此时正在朝廷任刑部侍郎，必然早已闻知迎奉佛骨的打算。以其一生坚持排佛的鲜明态度，他本应在初闻此事时即加以阻止，何以要等到佛骨入宫之后，才上表力谏？其中很大的可能，即是迎奉佛骨过程中君民的狂热、其间种种自残之举，令他深感震惊，再也难以保持克制。佛骨迎请是常人一生中难得一遇的稀见之举，韩愈虽一生排佛，但亲眼目睹如此众多的民众疯狂自残，大概是平生首次。

韩愈在表中刻画民众的情状："焚顶烧指，百十为群，解衣散钱。自朝至暮，转相仿效，惟恐后时，老少奔波，弃其业次。若不即加禁遏，更历诸寺，必有断臂脔身以为供养者。伤风败俗，传笑四方。"[3]如此迷狂在韩愈看来，正是佛骨作为"枯朽之骨、凶秽之余"[4]的邪祟力量的体现。他之所以在佛骨入宫后上表，是因为佛骨入宫即将对君王带来巨大伤害。他认为宪宗奉迎佛骨，"取朽秽之物，亲临观之。巫祝不先，桃茢不用"[5]，不经任何禳灾驱邪的仪式就直接面对邪秽之物，后果将很严重。他在全文的开篇直接暗示，佛骨会令君王短寿。佛教

---

[1]《资治通鉴》，卷二四〇，第 16 册，页 7756。

[2] 同上书，页 7758。

[3]《韩愈文集汇校笺注》，卷二九，第 7 册，页 2905。

[4] 同上。

[5] 同上书，页 2906。

未传入中国之前，君王都得享高寿："昔者，黄帝在位百年，年百一十岁；少昊在位八十年，年一百岁；颛顼在位七十九年，年九十八岁；帝喾在位七十年，年一百五岁；帝尧在位九十八年，年百一十八岁；帝舜及禹年皆百岁。此时天下太平，百姓安乐寿考。然而此时中国未有佛也。"[1]佛教自汉明帝时传入中国后，"明帝在位才十八年耳。其后乱亡相继，运祚不长。宋齐梁陈元魏已下，事佛渐谨，年代尤促"[2]。奉佛的朝代都不长久，梁武帝虽在位四十八年，但最后"饿死台城"[3]。

韩愈直接向宪宗建议，以驱除邪祟的决绝态度来驱除佛骨："乞以此骨付之有司，投诸水火，永绝根本。断天下之疑，绝后代之惑。"[4]这与民间驱邪仪式中对邪祟之物的处理方式颇多近似，而"永绝根本"更是对邪祟的强力厌胜。

《论佛骨表》本是一片护君之意，但对佛骨邪祟的强烈担忧，使其行文之间难以斟酌表达，以至于产生了对君王的不敬之义。韩愈因谏佛骨远贬潮州，在到达任所时，向宪宗上奏《潮州刺史谢上表》，称自己"狂妄戆愚，不识礼度，上表陈佛骨事。言涉不敬，正名定罪，万死犹轻"[5]。其"不敬"之处，从表面看是《论佛骨表》行文暗指宪宗奉佛短寿，语涉讥上；然而从更深一层来看，文章强烈的忧惧之语，其实隐含了对君王之力不能压制邪祟的担忧，这更是对君王的轻慢与"不敬"。

中古隋唐时期，儒释道复杂的宗教关系，在民间引发大量三教斗法故事，其中大部分是佛道之间的斗法。至于儒家与佛道之间，有著名的傅奕与胡僧斗法传说，胡僧遇到身为儒者的傅奕，陷入了"邪不

---

[1]《韩愈文集汇校笺注》，卷二九，第7册，页2904。
[2] 同上。
[3] 同上。
[4] 同上书，页2906。
[5] 同上书，页2921。

犯正"的窘境。《隋唐嘉话》记载:"贞观中,西域献胡僧,咒术能死生人。太宗令于飞骑中拣壮勇者试之,如言而死,如言而苏。帝以告太常卿傅奕,奕曰:'此邪法也。臣闻邪不犯正,若使咒臣,必不得行。'帝召僧咒奕,奕对之,初无所觉。须臾,胡僧忽然自倒,若为所击者,便不复苏。"[1]胡僧面对傅奕,不仅咒语失去了法力,而且自己还被傅奕的精神力量所击倒。傅奕虽然没有见到舍利,但他击碎佛牙的传说,同样显示了"邪不犯正"的儒者力量:"贞观中有婆罗僧,言得佛齿,所击前无坚物。于是士马奔凑其处如市。时傅奕方卧病,闻之,谓其子曰:'是非佛齿。吾闻金刚石至坚,物不能敌,唯羚羊角破之。汝可往试之焉。'胡僧缄縢甚严,固求良久,乃得见。出角叩之,应手而碎,观者乃止。"[2]傅奕不为所谓的佛牙神力所迷惑,令其子径直将其击碎,果敢之中仍然是邪不犯正的信心和勇气。这两个传说见诸多种唐人笔记,北宋司马光《资治通鉴》亦加载录[3],足见其流传之广。唐人李冗《独异志》所记载的傅奕与胡僧斗法的版本更加生动。唐高祖令胡僧与傅奕分立宫殿东西两侧,"(胡僧)跳跃禁咒,火出僧口,直触奕。奕端笏曰:'乾元亨利贞,邪不干正。'由是火返焰,烧僧立死"[4]。傅奕口诵"邪不干正"回击胡僧,这是他制胜的精神法宝,也折射出民众对儒士精神力量的期许。

宪宗作为君王,本应"邪不胜正",即使直接面对佛骨,也应不受影响。然而韩愈毫不掩饰的强烈担忧,似乎让君王的"无力"与"无能"暴露无遗,较之"短寿"之语,更会令宪宗震怒。韩愈最后甚至

---

〔1〕 刘悚撰,程毅中点校,《隋唐嘉话》(北京:中华书局,1979),中卷,页21。
〔2〕 同上。"士马",《太平广记》作"士女",见李昉等编,《太平广记》(北京:中华书局,1961),卷一九七,第4册,页1478。
〔3〕 《资治通鉴》,卷一九五,第13册,页6150—6151。
〔4〕 李时人编校,《全唐五代小说》(北京:中华书局,2014),外编卷一二,第7册,页3979。

说"凡有殃咎，宜加臣身"[1]，这固然是出于他的勇气和忠君之诚，可也从另一方面强化了君王的"无力"。这个问题，韩愈事后很快有所意识，他在《潮州刺史谢上表》中的愧疚是由衷之语。尤其值得注意的是，他表达愧疚之后，马上力劝宪宗举行封禅。

前人在高度评价韩愈《论佛骨表》反佛勇气的同时，往往会有这样的不解：为什么抗颜排佛的韩愈，远贬潮州后写的《潮州刺史谢上表》，言辞如此卑屈？欧阳修《与尹师鲁第一书》云："每见前世有名人，当论事时，感激不避诛死，真若知义者，及到贬所，则戚戚怨嗟，有不堪之穷愁形于文字，其心欢戚无异庸人，虽韩文公不免此累。"[2] 在许多后世士人看来，韩愈贬潮后对宪宗不无阿谀献佞之举，最集中的体现就是劝宪宗封禅。南宋洪迈云："考韩所言，其意乃望召还。宪宗虽有武功，亦未至编之《诗》《书》而无愧，至于'纪泰山之封，镂白玉之牒，东巡奏功，明示得意'等语，摧挫献佞，大与谏表不侔。"[3] 金人王若虚云："韩退之不善处穷，哀号之语，见于文字。……至潮州谢表，以东封之事迎宪宗，是则罪之大者矣。封禅，忠臣之所讳也。退之不忍须臾之穷，遂为此谀悦之计，高自称誉其铺张歌诵之能而不少让，盖冀幸上之一动，则可怜之态，不得不至于此。"[4]

王若虚的意见很有代表性，但讳言封禅是宋代以下士人的观念，唐人并不以劝帝封禅为阿谀之举。封禅是君王功成治定后告成于天的盛礼，韩愈在《潮州刺史谢上表》中高度颂扬宪宗的功业成就："陛下即位以来，躬亲听断，旋乾转坤，关机阖开，雷厉风飞，日月清照。

---

[1] 《韩愈文集汇校笺注》，卷二九，第 7 册，页 2906。

[2] 《欧阳修诗文集校笺》，外集卷一七，下册，页 1793。

[3] 《容斋五笔》，卷九，洪迈撰，孔凡礼点校，《容斋随笔》（北京：中华书局，2005），下册，页 939。

[4] 王若虚著，胡传志、李定乾校，《滹南遗老集校注》（沈阳：辽海出版社，2006），卷二九，页 330。

天戈所麾，莫不宁顺，大宇之下，生息理极。……陛下承天宝之后，接因循之余，六七十年之外赫然兴起，南面指麾，而致此巍巍功治也。"[1]

韩愈如此颂扬，有其现实基础。封禅之地泰山所在的兖州，属于淄、青节度使管辖，宪宗时被藩镇李师古、李师道所割据。元和十四年二月，朝廷讨伐淄青节度使李师道叛乱的战争取得胜利，全国重新统一于中央政权之下。当时士人纷纷请求宪宗封禅，刘禹锡在《贺平淄青表》中说："泰岳既宁，登封有日……西周士庶，方观饮至之容；东岳烟云，已望告成之礼。"[2]柳宗元《柳州贺破东平表》云："介丘雾息，已望翠华之来；沂水风生，更起舞雩之咏。"[3]由此现实背景来看，韩愈在宪宗平定淄青之后劝其封禅，并非突兀之举，但他对宪宗丰功伟业极力颂扬，称此时封禅为"千载一时不可逢之嘉会"；如此颂扬之语，出现在对自己的"狂妄戆愚"无比愧疚之后，其间还是流露出弥补自己不敬之过的用心。

韩愈《论佛骨表》的出语不敬，对于一个文章大家来讲，是因忧惧之深而带来的颠倒失次。驱邪避患的急迫心理，令其不能思虑周详、从容命笔。

二、佛骨之忧与韩愈身体观

佛教传入中国后，舍利崇拜影响日著，韩愈之前虽不乏排佛者，但罕见对舍利如此强烈的抵触。韩愈排斥佛骨，与其对身体意义的重视息息相关。韩愈一生以弘扬儒道为己任，儒家对身体意义有其独特的思考，而韩愈又为儒家的身体观赋予了新的内容。

孟子从心性儒学的视角，强调道德精神的内在体验，而这样的内

---

〔1〕《韩愈文集汇校笺注》，卷二九，第 7 册，页 2923。
〔2〕《刘禹锡全集编年校注》，下册，页 1042。
〔3〕《柳宗元集校注》，卷三八，第 7 册，页 2404。

在体验，又会通过士君子身体形貌举止和气度姿态自然地展现于外。《孟子·告子上》云："形色，天性也。……惟圣人然后可以践形。"[1]所谓"践形"，即是让人的形体、颜色，充盈道德的精神。孟子以养"浩然之气"自励，他说："我善养吾浩然之气……其为气也，至大至刚，以直养而无害，则塞于天地之间。其为气也，配义与道。无是，馁也。是集义所生者，非义袭而取之也。行有不慊于心，则馁矣。"[2]充满道德精神的浩然之气，需要在人的身心中去长养，修身与养气密不可分。杨儒宾指出："孟子所说的道德意识是种'在身中体现的道德意识'"，"道德意识与形体一体相连"。[3]荀子则强调礼义对士君子身心的约束与调整，《荀子·修身》云："礼者，所以正身也；师者，所以正礼也。无礼何以正身？无师，吾安知礼之为是也？"[4]在《劝学》中，荀子更明确提出君子之学的目的，即在于"美其身"："君子之学也，入乎耳，箸乎心，布乎四体，形乎动静，端而言，蠕而动，一可以为法则。……君子之学也以美其身。"[5]无论是孟子还是荀子，都强调道德与身体的紧密联系，所不同的是，前者希望道德精神内在地充盈于身体，并通过身体的气象举止表现于外；后者则强调通过礼义的教化约束，让身体言行合度，符合道德之美。

韩愈同样关注身心的一致，其古文的学习与创作具有浓厚的精神修养色彩。对此本书第一章第三节有详细讨论。韩愈的诗文，刻画了许多身体力量与精神气魄高度统一的英雄形象，《调张籍》刻画的李白与杜甫，即是两位顶天立地、气势磅礴的英雄："想当施手时，巨刃磨

---

[1]《孟子正义》，卷二七，下册，页937—938。

[2] 同上书，卷六，上册，页199—202。

[3] 杨儒宾，《儒家身体观》（上海：上海古籍出版社，2019），页11。

[4]《荀子集解》，卷一，上册，页33。

[5] 同上书，页12—13。

天扬。垠崖划崩豁，乾坤摆雷硠。"[1]前文提到的《曹成王碑》中描绘李晟驰骋疆场，行文间也凸显出一位在辽阔疆场上纵横驰骋、所向披靡的英雄形象。

然而，韩愈并没有简单因循儒家传统的身体观。无论是孟子抑或荀子，他们对道德与身体之协调一致的关注，始终是以道德为重的。在荀子看来，人的身体因为与自然本性相联，难逃各种欲望的沾染与牵制，因此需要用礼义约束调整，以达成"美其身"的目的。孟子追求道德在身体的内在充盈，但他始终以道德为根本，当身体与生命的需求限制了道义的追求，应当"舍生取义"。《孟子·告子》云："生，亦我所欲也。义，亦我所欲也。二者不可得兼，舍生而取义者也。"[2]这显然是继承了孔子"志士仁人，无求生以害仁，有杀身以成仁"（《论语·卫灵公》）[3]的思想。

与上述思考不同，韩愈对自然身体、自然生命的意义，给予了更多的关注。他很注重士君子个体对于古道的发明，自称"己之道乃夫子、孟轲、杨雄所传之道也"（《重答张籍书》）[4]，而这个个体，不仅充满向善的道德力量，也包含着生动有力的生命力量，性情生动淋漓。道学家对韩愈的种种批评，大多指向其性情的驳杂不醇，缺少修养自持的工夫。韩愈的同时代人批评他以文为戏，而韩愈并无意于净化与纯粹自己的"个性"，他认为自己的"感激怨怼奇怪之辞"，这些性情淋漓的文字"亦不悖于教化"（《上宰相书》）[5]。韩愈论文，强调"不平则鸣"，这既包含了困苦之"鸣"，也包含了欢乐之"鸣"，揭示了人心

〔1〕《韩愈全集校注》，第2册，页704。
〔2〕《孟子正义》，卷二三，下册，页783。
〔3〕《论语正义》，卷一八，下册，页620。
〔4〕《韩愈文集汇校笺注》，卷四，第2册，页562。
〔5〕同上书，卷六，第2册，页646。

感物而动的生动状态。[1]这个生动的内心状态，才是文有造诣的根本。文章离开生动"个性"难于有成，"道"离开生动的"个性"则会失去活力。这个"个性"在很大程度上，就与自然生命的喜怒哀乐、七情六欲紧密相连。

韩愈在《送高闲上人序》中，指出张旭草书所以神妙，就在于他内心情感充沛、波澜起伏："往时张旭喜草书，不治他伎。窘穷忧悲、愉佚怨恨、思慕酣醉、无聊喜怒，不平有动于心，必于草书焉发之。观于物，见山水、崖谷、鸟兽、虫鱼、草木之花实，日月、列星、风雨、水火、雷霆、霹雳、歌舞、战斗，天地事物之变，可喜可愕，一寓于书。故旭之书，变动犹鬼神，不可端倪，以此终其身而名后世。"[2]他非但没有嘲笑张旭内心汹涌的情感波涛，反而认为这才是其书艺精妙的根本所在。

韩愈对自己的身体是否保有激情与活力很敏感，面对衰老和病痛，也颇为焦虑。他在《祭十二郎文》中自道："年未四十，而视茫茫，而发苍苍，而齿牙动摇。念诸父与诸兄皆康强而早世，如吾之衰者，其能久存乎！"[3]在《潮州刺史谢上表》中，他再一次表达："臣少多病，年才五十，发白齿落，理不久长。加以罪犯至重，所处又极远恶，忧惶惭悸，死亡无日。"[4]在《赴江陵途中寄赠王二十补阙李十一拾遗李二十六员外翰林三学士》中，他感叹："失志早衰换，前期拟蜉蝣。自从齿牙缺，始慕舌为柔。因疾鼻又塞，渐能等薰莸。"[5]又如《赠刘师服》："羡君齿牙牢且洁，大肉硬饼如刀截。我今呀豁落者多，所存十

---

[1] 参见本书第五章第一节，页208—209。
[2]《韩愈文集汇校笺注》，卷一一，第3册，页1154—1155。
[3] 同上书，卷一三，第4册，页1470。
[4] 同上书，卷二九，第7册，页2922。
[5]《韩愈全集校注》，第1册，页222。

余皆兀韢。匙抄烂饭稳送之，合口软嚼如牛呞。"[1]身体的齿豁鼻涩，种种衰惫之状，令他甚感狼狈。

当然，对身体衰老的焦虑，并没有让韩愈走上养身惜命的道路。他的焦虑来自对身体倘失去活力，就不能完成明道重任的担忧。其间折射的，是他将自然生命的健康与活力，视为弘道不可或缺的基础。与儒家传统的身体观相比，他在追求道德化身体的同时，更加尊重自然身体的健康与生命活力。因此，他对割股疗亲这种毁伤身体以追求孝道的做法，表示了明确反对，其《鄠人对》云：

> 鄠有以孝为旌门者，乃本其自于鄠人。曰："彼自剔股以奉母。疾瘳，大夫以闻其令、尹，令、尹以闻其上，上俾聚土以旌门，使勿输赋以为后劝。"鄠大夫常曰："他邑有是人乎？"愈曰：母疾，则止于烹粉药石以为是，未闻毁伤支体以为养。在教未闻有如此者。苟不伤于义，则圣贤当先众而为之也。是不幸因而致死，则毁伤灭绝之罪有归矣。其为不孝，得无甚乎？苟有合孝之道，又不当旌门，盖生人之所宜为，曷足为异乎？既以一家为孝，是辨一邑里皆无孝矣；以一身为孝，是辨其祖父皆无孝矣。然或陷于危难，能固其忠孝而不苟，生之逆乱，以是而死者，乃旌表门闾，爵禄其子孙，斯为为劝已。翅非是而希免输者乎？曾不以毁伤为罪，灭绝为忧。不腰于市而已黩于政，况复旌其门！[2]

在韩愈看来，疗疾依靠药石，割股是荒谬的，身体发肤受之父母，不可毁伤，倘若孝子因割股而亡，此毁伤之罪，岂不是更大的不孝？

---

[1]《韩愈全集校注》，第 2 册，页 585。
[2]《韩愈文集汇校笺注》，卷三四，第 7 册，页 3161—3162。

旌表鼓励这样的行为就更荒唐，很可能让希望借此逃避赋税的别有用心之人钻空子。行文之间，他显然对割股这一毁伤肢体之举极不以为然，真正的道德不应该建立在对身体的自残自伤之上。

韩愈对道教的批评，很大程度上也指向服食丹药对身体的巨大伤害。在《唐故太学博士李君墓志铭》中，他记述了几位服食丹药而殒命的人，下笔没有一丝回避地记录了这几人痛苦死去的惨状：

> 工部既食水银得病，自说若有烧铁杖自颠贯其下者，摧而为火，射窍节以出，狂痛呼号乞绝。其茵席常得水银，发且止，唾血十数年以毙。殿中疽发其背死。刑部且死，谓余曰："我为药误。"其季建一旦无病死。……卢大夫死时，溺出血，肉痛不可忍，乞死乃绝。[1]

丹药给服食者带来的巨大身体痛苦，彻底揭穿了其延年养生的谎言。这些充满惊恐甚至血淋淋的文字，表达了韩愈对丹药残身的强烈恐惧和极度厌恶。

韩愈没有躲进自我的世界养身惜命，临大节亦从未贪生怕死，他对自然身体和自然生命的尊重，是对身体力量与道德精神深层联系的思考。在这一点上，他和道家的重生贵生思想，虽然都表现出对自然生命的重视，但彼此的立脚点颇为不同。老子重视人的自然生命，提倡贵生养身："盖闻善摄生者，陆行不遇兕虎，入军不被甲兵；……夫何故？以其无死地。"[2]对世人追逐名利而不知养生有很深的无奈，认为目迷五色、放纵欲望会极大地伤身："五色令人目盲；五音令人耳

---

〔1〕《韩愈文集汇校笺注》，卷二四，第6册，页2656。
〔2〕陈鼓应著，《老子注译及评介》(北京：中华书局，2009)，页250。

聋；五味令人口爽；驰骋畋猎，令人心发狂。"[1]庄子继承了老子的贵生思想，注重养生，认为自然生命是最可宝贵的存在，反对因贪恋外物、追逐名利而损害身体与生命："夫天下至重也，而不以害其生，又况他物乎！"（《让王》）[2]道家贵生，是反抗自然本性所遭受的扭曲，是通过"少私寡欲""绝圣弃智""心斋""坐忘"来实现个体生命合于自然之道。韩愈对身体和自然生命的重视，则是致力于更全面地激发儒者履道的主体力量。充满生命活力、性情生动淋漓的身体，不仅不是成德向善的阻力，反而是最好的助力。韩愈反感甚至厌恶一切刻意残害身体的行为，百姓自残奉养佛骨的惨酷，自然令他难以容忍。从传统儒家强调道德生命的视角看，韩愈对自然身体、自然生命的重视，确有"不醇"之处，但恰恰是这种"不醇"，体现了更具活力的儒家身体观新思考。

三、以"表"谏君的身体关切

《论佛骨表》的佛骨批判，是围绕忧君所发。韩愈希望尽快阻止佛骨入宫对君王身体造成伤害，行文之间贯穿了护君王之身、立德教之本的深刻用心。要体会这一点，需首先辨明此文的文体是"表"，还是"疏"。

在韩集所有传世版本中，韩愈这篇文章的文体皆标示为"表"。但清人姚范在《援鹑堂笔记》中，根据《旧唐书》的记载，认为此文当是一篇"疏"。姚云：《旧书》'愈素不喜佛，上疏谏曰'云云。《新书》'上表极谏'。当从《旧》。"[3]姚范所举出的《旧唐书》记载，见于《宪宗本纪》和韩愈本传。《旧唐书·宪宗本纪下》云："丁亥，徐州军

---

[1] 《老子注译及评介》，页104。
[2] 《庄子集解》，卷九下，页965。
[3] 姚范，《援鹑堂笔记》（道光十六年淮南监掣官署刻本），卷四二。

破贼二万于金乡。迎凤翔法门寺佛骨至京师，留禁中三日，乃送诣寺，王公士庶奔走舍施如不及。刑部侍郎韩愈上疏极陈其弊。"[1]又《旧唐书》韩愈本传："愈素不喜佛，上疏谏曰：……疏奏，宪宗怒甚。间一日，出疏以示宰臣，将加极法。"[2]《旧唐书》对于"上表"和"上疏"，并非笼统不分，而是有着清晰的分殊。在韩愈本传内，言及韩愈在潮州上表谢恩，则云："愈至潮阳，上表曰。"[3]姚范显然注意到《旧唐书》行文中的"表""疏"之别，由此判断韩愈之文当作"论佛骨疏"，其言不为无据。[4]

姚范是桐城古文大家姚鼐叔父，其说对古文家产生很大影响。马其昶《韩昌黎文集校注》于此文解题之下，特别援引姚氏之说："此篇当从《旧书》，题做《论佛骨疏》。"[5]桐城后学今人吴孟复主编的《古文辞类纂评注》，亦在此文注释中赞同姚氏之说。[6]高海夫于20世纪末主编《唐宋八大家文钞校注集评》[7]也援引姚说。

对于韩愈此文的文体，中村裕一在《唐代制敕研究》中做出辨析，指出《旧唐书》只是节引韩文，韩愈文集中所录则为全文，文末有"无任感激恳恳之至，谨奉表以闻"之语，这是"表"的典型格式。韩愈《潮州刺史谢上表》文末云："无任感恩恋阙、惭惶恳迫之至，谨附表陈谢以闻。"这与佛骨文"奉表"之语同一格套。中村裕一进一步指出，唐人疏文有其独特的格式，例如权德舆于德宗贞元十一年上《论度支疏》，开篇云："十一月十二日，将仕郎守右补阙臣权德舆谨

---

〔1〕 《旧唐书》，卷一五，第2册，页465—466。
〔2〕 同上书，卷一六〇，第13册，页4198—4200。
〔3〕 同上书，页4201。
〔4〕 《援鹑堂笔记》，卷四二。
〔5〕 马其昶校注，马茂元整理，《韩昌黎文集校注》（上海：上海古籍出版社，1998），卷八，下册，页684。
〔6〕 《古文辞类纂评注》，上册，页564。
〔7〕 《唐宋八大家文钞校注集评》，卷一，页23。

昧死顿首上疏皇帝陛下。"[1]结句云:"不胜愚瞽恫款之至,伏惟陛下裁择,谨奏。"[2]这与表文的格式有明显区别。因此,韩愈此文乃是一篇表文。[3]

中村裕一所以得出和姚范不同的结论,是因为他立论的依据是公文格式,而非内容特点。姚范则主要从内容特点来立论,认为"汉仪四品:章、奏、表、议。'章以谢恩,奏以按核,表以陈情,议以执异',则《迎佛骨》正当名'奏议',或云《论迎佛骨书》,或云《论迎佛骨疏》为近"[4]。这里对四种公文文体的说明,出自蔡邕《独断》,姚范据此认为韩愈此文以议论行文,不符合"表以谢恩"的特点,应属"奏议"之体。中村裕一从公文格式来判定文体,这一做法显然比姚范更为合理。单纯根据议论性内容的有无多寡来判断公文的文体类型,很容易出现差误。表文虽以陈情为主,但并非不能包含议论,只是议论方式与奏议颇多不同。

韩愈此文是"表"还是"疏",对于理解其书写特点和内在用心,十分重要。中国古代公文体类颇多,就上行公文而言,"表"与"奏"构成两大基本的文体类型,两者的内涵与功能有明显分殊。概括来讲,"表"以书写"忠君心曲"为主,着眼礼仪教化的君臣之情;"奏"则注重向君王做一般性的政务汇报。

汉蔡邕《独断》提出公文四品:"章、奏、表、驳议。"刘勰《文心雕龙》将其分为三类:章表、奏启和议对。刘永济《文心雕龙校释》云:"敷奏之文,汉分四品。舍人衡论,则约以三类。本篇兼论章、表二品,陈谢之类也。下二篇各论一品,而以启附奏,以对附议,至其联谊,则以奏事之末,或云谨启,故与奏合论,而对策之文,亦以陈

<hr />

[1]《权德舆诗文集》,卷四七,下册,页740。
[2]同上书,页741。
[3]参见中村裕一,《唐代制敕研究》(东京:汲古书院,1992),页453—458。
[4]《援鹑堂笔记》,卷四二。

政献说，合审宜之义也。分合之际，具见别裁。"〔1〕《文心雕龙》所论章表、奏启和议对，其中"奏""议"两类因比较接近，后世或将其归并为一，例如姚鼐《古文辞类纂》就将"议对"之作归在"奏议"中，因此，古代上行公文，最具明显区别的是"章表"与"奏启"两类。

关于章表的内涵，刘勰指出："原夫章表之为用也，所以对扬王庭，昭明心曲。"（《文心雕龙·章表》）〔2〕至于"奏启"，则云："奏者，进也，言敷于下，情进于上也。……夫奏之为笔，固以明允笃诚为本，辨析疏通为首。"（《文心雕龙·奏启》）〔3〕"章表"是臣下对君王"昭明心曲"的私人陈情，"奏启"则是公务之报告。李曰刚《文心雕龙斠诠》云："表之所言，臣下之私心；奏之所述，经国之公事。"〔4〕

将"表"的"对扬王庭，昭明心曲"，解释为"表之所言，臣下之私心"，虽然揭示了其注重抒情的特点，但对表之内涵的总结不无表面化。与现代公文相比，表是中国古代公文非常独特的形式，它强调臣下对于君王陈述心曲，富有鲜明的抒情特色。但"私人"陈述的内容，并不一定是"私心"。这一形式的广泛运用，与中国古代君主观中强烈的教化内涵颇有关系。

深受儒家思想影响的中国传统君主观念，具有鲜明的政教合一色彩，君王不仅要掌握一国之政务，更要成为教化之表率，以道德化成天下。面对君王政教的双重身份，臣下与君王的联系也有着不同的形式。作为呈报公务的"奏启"，满足了臣下向君王报告政务的需要，而作为"昭明心曲"的"章表"，则是臣下向君王表达君臣伦常之情的重要媒介，两者形成不同的文体传统。

历史上表文的核心内容，是称贺、谢恩之类的礼仪性表达。由于

---

〔1〕 刘永济校释，《文心雕龙校释》（北京：中华书局，2010），页85。
〔2〕 《文心雕龙注》，卷五，上册，页408。
〔3〕 同上书，页422。
〔4〕 李曰刚，《文心雕龙斠诠》（台北：南天书局图书有限公司，2018），上册，页967。

表达流于程式化，表文也因此屡屡被批评为僵化格套；但这些内容，恰恰是君臣伦常之情最日常化的表达，在古人生活中很有意义。表文的内容多与礼仪文教活动有关，臣下有关于封禅、郊祀、兴学等方面的建议，多以表文上呈。进呈著述也要撰写表文。南宋王应麟将"表"之功能，概括为"贺""谢""进书、进贡、陈情"。[1]这些都与礼仪教化关系紧密。

"表"之陈情，往往流露着浓厚的忠君之情，围绕着君王作为教化大本的核心精神来展开。《文选》选录的诸葛亮《出师表》，是表达忠君之情的千古杰作，文中对后主的殷殷嘱托，正寄托着对其成为明君的期待。李密的《陈情事表》在忠孝两难的矛盾中，称赞晋武帝"以孝治天下，凡在故老，犹蒙矜育"[2]的盛德。无论是期待后主"亲贤臣，远小人"[3]，还是称誉晋帝"以孝治天下"，都不是一般的政治功业，而是对君王教化典范形象的信赖与期待。与"表"有明显区别的"奏"，则着眼于政务汇报，以言事清晰全面、态度明允笃诚为首要，内容则涉及国家政务的方方面面。表文既是以表达忠君之情，树立君王德教形象为重，内容就以谢恩称贺之类为主，谏议、批评非其主流，即使有这类内容，也多托以委婉讽谏。诸葛亮《出师表》对后主的规谏，出之以殷厚忠恳之言；曹植《求自试表》将有志不获骋的无奈，包含在君臣之情的委婉书写之中。

"表"与"奏"两类公文的书写传统延续于唐代。唐代的上行公文，据《唐六典》记载有六种类型："凡下之通于上，其制有六：一曰奏抄，二曰奏弹，三曰露布，四曰议，五曰表，六曰状；皆审署申覆而施行焉。"[4]其中"表"与"状"两类，大体上延续了历史上"表"

---

〔1〕 王应麟，《玉海·辞学指南》，卷三，《历代文话》，第2册，页965—966。

〔2〕《全晋文》，卷七十，《全上古三代秦汉三国六朝文》，第3册，页1865。

〔3〕《全三国文》，卷五八，同上书，第2册，页1369。

〔4〕 李林甫等撰，陈仲夫点校，《唐六典》（北京：中华书局，2014），上册，页241—242。

与"奏"的书写传统。

韩愈《论佛骨表》是"表"而非"疏",这个问题之所以重要,就在于"疏"是"奏"这一类文体。韩愈用表文论谏佛骨,其出发点不是将迎佛骨视为一般的政务之失,而是从忠君忧国来看待佛骨对君王的伤害、对华夏之教的蹧摧。唐人的谏表,不少是批评君王行为的疏失,例如《谏猎表》《谏夜饮表》《谏马射表》《谏幸同州校猎表》《谏銮驾亲征吐蕃书》《谏格猛兽表》等。这些行为,对君王的身体健康都会造成危害,君王爱护自己的身体,是其君临天下、承担教化之责不可或缺的保证。从韩愈的急切与焦虑中不难感受到,佛骨进入宫廷对君王的危害,更远甚于夜饮、射猎、亲征蛮敌以及与猛兽格斗这些行为。君王身体受到佛骨的伤害,意味着其所承载的教化秩序行将失坠。

总之,在韩愈的儒学思考中,人的自然身体不再是完全从属于精神追求、鲜少独立意义的存在,相反,任何精神与道德追求,都需要建立在充沛旺盛的生命力之上。君王护惜身体、避免邪行与邪僻的伤害,才能立一国之本、立教化之本。韩文影响深远,其间的身体反思,也潜移默化地影响着后人的思考。是尊重生命,还是刻意鼓励自残以殉教,往往成为人们区别正信与邪教的标尺。理解韩愈佛骨之忧的深刻用心,不仅对理解儒佛冲突很有意义,更对理解中国身心观念的历史演变极具启发。《论佛骨表》作为思想史上的重要文本和古文史上的经典名作,其作为勇力之辞的深刻意味,值得反复涵咏。

第三节　狠重之美

谈到韩愈古文语言中所呈现的身体力量,就不能不提其狠重的文风。韩愈不少作品具有"驱驾气势,若掀雷抉电"[1]的强力乃至暴力之

---

[1]　司空图,《题柳柳州集后序》,《全唐文》,卷八〇七,第9册,页8488。

美，迥异于文人风雅的美学趣味。舒芜曾提出用"狠重奇险"来概括韩诗的特点，这个概括很精当，但其中的"狠重"还需要与"奇险"区别来看。[1]仔细观察韩愈诗风、文风的演变，会发现其早年的艺术创新，多集中于"怪奇"一面，直到元和时期，"狠重"风格才鲜明而充分地发展起来。与韩愈声气相投的卢仝等人的一些作品，也有狠重的特点。

韩愈为什么形成这样的文风？前人多从其个性上解释，明人陆时雍称韩愈有"蹶张"[2]之病，舒芜则认为韩愈性格躁急褊狭，其狠重的文笔，在某种程度上是病态性格的折射。这种理解有失简单。韩愈的性格虽有郁躁褊急之病，但其狠重文风在贞元年间表现并不明显，到元和时期才充分呈现，其背后有着复杂的社会政治文化成因，不能简单归之于个人性格。

一、狠重文风对暴力的推重

最能反映韩愈诗歌"狠重"风格的作品，要推他在元和十一年创作的《调张籍》。在诗中，韩愈表达了对李白、杜甫的无限景仰。对前代诗人的追慕，本是诗歌中常见的题材，但韩愈笔下的李、杜，已不是笔参造化的风雅诗人，而是挥舞巨斧、开天辟地、震荡乾坤的巨人猛士："伊我生其后，举颈遥相望。夜梦多见之，昼思反微茫。徒观斧凿痕，不瞩治水航；想当施手时，巨刃磨天扬。垠崖划崩豁，乾坤摆

---

[1] 舒芜认为韩诗"狠重奇险"的境界，就是"用又狠又重的艺术力量，征服那些通常认为可怕可憎的形象，以及其他种种完全不美的形象，而创造出某种'反美'的美，'不美'的美"，可见，舒芜所说的"狠重"着眼于韩愈艺术力量的生猛有力。本书受舒文启发，但以"狠重"概括韩愈诗文通过强大的艺术力量所创造的强力、暴力之美。舒芜的意见，参见陈迩冬选注《韩愈诗选·序》（北京：人民文学出版社，1984），页8—11，16—19。

[2] 陆时雍，《诗镜总论》，丁福保辑，《历代诗话续编》（北京：中华书局，2006），下册，页1421。

雷硠。"[1]如此雄壮奇崛的构思,让诗意充满强烈的震撼,作为惊天动地的猛士,李、杜的一举一动,都要掀起电闪雷鸣般的呼啸与波澜,所谓"平生千万篇,金薤垂琳琅。仙官敕六丁,雷电下取将"[2]。而韩愈的继踵前贤、追随李杜,也不再是怅望文华的风流儒雅之思,而是成为同样掀天揭地之英雄的强烈愿望:"我愿生两翅,捕逐出八荒。精神忽交通,百怪入我肠。刺手拔鲸牙,举瓢酌天浆。腾身跨汗漫,不着织女襄。"[3]杜甫曾渴望"掣鲸碧海"的伟力,到了韩愈的诗中,这种渴望变成了捕逐八荒、"刺手拔鲸牙"的强悍旋律。

这种震荡乾坤的强力之美,是韩愈诗文"狠重"风格的核心特征。不少韩愈的诗歌作品,都激荡着撼动心魂的狠重之风。轻柔的雪花,在韩愈的笔下仿佛成了奔射的激湍,连坚固的屋椽、堂阶都会被摧折:"京城数尺雪,寒气倍常年。泯泯都无地,茫茫岂是天?崩奔惊乱射,挥霍讶相缠。不觉侵堂陛,方应折屋椽。"(《酬蓝田崔丞立之咏雪见寄》)[4]他赞叹友人刘师服牙齿壮健,竟将之喻为猛士挥舞的大刀:"羡君齿牙牢且洁,大肉硬饼如刀截。"(《赠刘师服》)[5]即使是描写前人笔下缥缈超逸的桃花源,韩愈也不无狠重的渲染:"架岩凿谷开宫室,接屋连墙千万日。嬴颠刘蹶了不闻,地坼天分非所恤。种桃处处惟开花,川原近远蒸红霞。"(《桃源图》)[6]桃花源的建造者,专注于"架岩凿谷"的伟构,世间"嬴颠刘蹶""地坼天分"亦略不动心,这是《调张籍》中磨天挥扬巨伟之猛士的另一种呈现。这种对强力的欣赏,有时甚至变成血腥的刻画,例如《和虞部卢四酬翰林钱七徽赤藤

---

[1] 《韩愈全集校注》,第 2 册,页 703—704。
[2] 同上书,页 704。
[3] 同上。
[4] 同上书,页 625。
[5] 同上书,页 585。
[6] 同上书,页 630。

杖歌》中，把一根赤藤手杖，想象成"赤龙拔须血淋漓"[1]。又如《元和圣德诗》直接刻画凌迟灭族的残酷场面："婉婉弱子，赤立伛偻。牵头曳足，先断腰膂。次及其徒，体骸撑拄。末乃取辟，骇汗如写。挥刀纷纭，争刏脍脯。"[2]

值得注意的是，这种狠重风格的作品，就其构思而言，都是奇特甚至奇怪的，把李、杜想象成猛士，把雪花想象成奔射的激湍，都是不落流俗的奇思，但单纯从"怪奇""奇险"等角度来认识这些作品并不完满；"奇"与"怪"等评语，并不能点出这些作品中对强力乃至暴力的推重。

韩愈从早年开始，作诗做文就追求"不专一能，怪怪奇奇"（《送穷文》）。他探索过许多艺术手法，如《嗟哉董生行》以散文句式为诗，乃至引虚字入诗、《落齿》《赠侯喜》的自嘲调侃、《苦寒》对寒苦之态的刻骨描绘，都是很能自出新意的笔墨。而作于贞元十七年的《山石》，呈现出幽奇险怪的风格。这种风格在其贬谪阳山之后得到进一步深化。其在北还路上创作的《谒衡岳庙遂宿岳寺题门楼》，对衡岳庙的描绘，更将幽奇险怪之风做了浓重渲染，读来令人心魂悚动：

> 须臾静扫众峰出，仰见突兀撑青空。紫盖连延接天柱，石廪腾掷堆祝融。森然魄动下马拜，松柏一径趋灵宫。粉墙丹柱动光彩，鬼物图画填青红。升阶伛偻荐脯酒，欲以菲薄明其衷。庙令老人识神意，睢盱侦伺能鞠躬。手持杯珓导我掷，云此最吉余难同。[3]

诗中的氛围，不是来自强力乃至暴力的震荡，而是一种不可知、

---

〔1〕《韩愈全集校注》，第1册，页473。
〔2〕同上书，页409。
〔3〕同上书，页213。

无可左右的神秘存在。《山石》中幽僻的山寺，荒凉中萦绕神秘的气息，寺墙上惊动心目的壁画，只在一束火把之下，如惊鸿一瞥般呈现出神采，而无尽的神秘隐藏在黑暗之中。《谒衡岳庙遂宿岳寺题门楼》中突然间扫去阴气晦昧的神秘力量、庙中青红填绘的鬼物图画、对神意的虔诚占卜，在在都呈现出幽奇难测的气氛。这样的作品，一直被认为最能体现韩诗艺术风格的创新，但如果仔细体味，就能发现它们偏于幽奇怪异，与前面讨论的狠重之风明显不同。

韩愈的《陆浑山火和皇甫湜用其韵》，在幽奇怪异中同时呈现强力与狠重。此诗作于元和二年，是韩愈较早呈现出狠重风格的作品：

> 山狂谷很相吐吞，风怒不休何轩轩！摆磨出火以自燔。有声夜中惊莫原，天跳地踔颠乾坤。赫赫上照穷崖垠。截然高周烧四垣，神焦鬼烂无逃门。三光弛隳不复暾，虎熊麋猪逮猴猿。水龙鼍龟鱼与鼋，鸦鸱雕鹰雉鹄鹍，燖炰煨爊孰飞奔？[1]

诗中描绘烈焰吞天的山火，充满"山狂谷狠""神焦鬼烂"的凶猛力量，虽然与《谒衡岳庙遂宿岳寺题门楼》一样不乏神鬼怪异之意象，但其间天地翻覆的汹涌气势，和后者的森然神秘大异其趣。

韩愈"狠重"风格的强力之美，来自一种介乎神人之间的英雄气魄，《调张籍》中的李、杜，其挥动巨仞、开天辟地的形象，已然是伟岸的英雄，而非一般的猛士。韩愈以"狠重"的笔法称赞其同道贾岛时，在世人眼中低首苦吟的贾岛，也成为拔天倚地、勇武非常的英雄："无本于为文，身大不及胆。吾尝示之难，勇往无不敢。蛟龙弄角牙，造次欲手揽。众鬼囚大幽，下觑袭玄窨。天阳熙四海，注视首不颔。鲸鹏相摩窣，两举快一啖。夫岂能必然，固已谢黯黮。"（《送无本

———
〔1〕《韩愈全集校注》，第1册，页433。

师归范阳》）〔1〕

中国古代虽然战争文学不甚发达，但对英雄人格的描摹史不绝书。《诗经·商颂》刻画首领相土之威猛，《史记》书写众多豪侠勇猛的人物形象，游侠诗和边塞诗中，亦不乏英勇善战、纵横驰突的豪侠。与这类英雄书写有所不同的是，韩愈将英雄人格的塑造，渗透到更为广泛的题材之中，而且呈现出推重暴力血腥的倾向。

暴力血腥的刻画笔墨，在西方文学，尤其是以《荷马史诗》为代表的史诗传统中大量存在。《伊利亚特》描写阿喀琉斯在战争中的凶猛暴烈，称其"宛如烈火凶莽，横扫山谷里焦燥的树干，将茂密的森林成片烧燃，疾风呼啸，席卷熊熊的火势延蔓"〔2〕。他或长枪直捣敌人之太阳穴，"捣出内里喷飞的脑浆、砸烂头骨"〔3〕；所乘战车"沾满喷洒的血汤"〔4〕。场面十分血腥。中国少数民族的英雄史诗，也有许多这方面的内容。在《格萨尔》《江格尔》《玛纳斯》这些史诗中，英雄拥有超凡的伟力。传唱这些史诗的民族甚至认为，对这些作品的传唱本身，都会惊天动地。这些英雄充满激情与原始活力，例如格萨尔具有超众的神力，又有七情六欲；玛纳斯狂放不羁，眼神如湖泊般深邃，鼻梁如高耸的大山，喘气如旋风，眼中射出火焰。……他挥刀冲锋，所经之处人头落满地，尸体一排排，他的宝剑上鲜血流淌，难以入鞘。他杀死敌首，剖腹取心，饮其鲜血。……发起怒来，敌人魂飞魄散，身边的勇士也会吓得全身发抖。《江格尔》中的洪古尔能征善战，性格奔放，宝剑上总滴着鲜血。〔5〕

韩愈的狠重之笔和英雄史诗中的上述笔墨多有近似，这在诗骚以

---

〔1〕《韩愈全集校注》，第 2 册，页 568。

〔2〕 陈中梅译注，《伊利亚特》（南京：译林出版社，2000），页 562—563。

〔3〕 同上书，页 558。

〔4〕 同上书，页 563。

〔5〕 郎樱，《中国北方民族文学比较研究》（北京：民族出版社，2011），页 34—35。

来的中国汉族文学中罕有呈现。韩愈何以形成这样的艺术追求？学界注意到佛教的影响。唐代变文中《降魔变文》《破魔变文》等作品，表现神魔争斗。韩愈独特的文风是否受到这类作品的影响，值得分析。在佛教文学的降魔内容中，佛之降魔，依靠的是"法力"，神魔之争斗是"斗法"，因此在对魔的降服中，佛展现出的是智慧的力量，而不是充满血性的强力，例如《破魔变文》描写佛如何面对魔王的进攻：

> 于是魔王击一口金钟，集百万之徒党。……纵猛风以前荡，勒毒龙而向后。蚖蛇盘结，遍地盈川，神鬼交横，摇精动目。更有飞天之鬼，未邀其形，或五眼六牙，三身八臂，四肩七耳，九口十头，黄发赤髭，头尖额阔。或腕粗臂细，头小脚长，披其弄于山川，呼吸吐其云雾，摇动日月，震撼乾坤，作啾唧声，传波吒号。魔王自领军众，来至林中。先铺碜礒之云，后降泼墨之雨。方樜檞木，福塞虚空，捧石攀山，昏蔽日月。强风忽起，拔树吹沙，天地既不辩东西，昏暗岂知南北，一时号令，便下天来，逡速之间，直至菩提树下。[1]

面对群魔来势汹汹，佛以"慈悲善根力"来退敌：

> 于是我佛菩提树下，整念思惟道："他外〔道〕等总到来，如何准拟？"遂起慈悲善根力，方便降伏邪徒，不假干戈，宁劳士马。如来所持器杖，与彼全殊，且着忍辱甲，执智慧刀，弯禅定弓，端慈悲箭，骑十力马，下精进鞭。惭愧刀而未举，鬼将惊忙；智慧剑而未输，波旬怯惧。垂烟吐炎之辈，反被自烧；戴石

---

〔1〕 王重民等编，《敦煌变文集》（北京：人民文学出版社，1957），页347—348。

擎山之徒，自沈自坠。[1]

面对佛的"慈悲善根力"，张牙舞爪的群魔似乎立刻失去了招架之力，望风而溃。这里的神魔之间缺少强力交锋，佛也不是韩愈"狠重"之作中血气充盈、掀天揭地的英雄。与这类降魔、破魔变文相比，佛教密宗明王的狰狞恐怖，与韩愈笔下的暴力狠重似乎更多近似，近年来，学界日益关注密宗对韩愈诗歌的影响，有关讨论已注意到这一点。[2] 然而，对于韩愈这样自觉攘斥佛老的创作者来讲，佛教对其诗文的影响只能停留于习熟闻见的一般感染，很难成为形塑其艺术精神的根本力量。韩愈的狠重文风，或许在表现特点上受到佛教的某些影响，但其精神内涵，则与佛教并无密切的联系。这种狠重文风的形成，有韩愈个性因素的影响，但时代社会的因素更值得关注。

二、元和时期狠重文风的形成

韩愈之狠重风格在元和以后才得到显著发展，其元和以前的作品，少数也带有"狠重"笔墨，如作于贞元十九年的《送灵师》，描写水势激荡有"怒水忽中裂，千寻堕幽泉"[3] 之语，贞元十六年的《归彭城》之"刳肝以为纸，沥血以书辞"[4]、永贞元年的《叉鱼》之"血浪凝犹沸，腥风远更飘"[5] 等也下笔狠重。但这些笔墨还比较零散，没有形成一种鲜明强烈的艺术风格。这一时期，即使是一些关乎杀伐驱遣的作品，也没有用狠重之笔浓墨渲染，如永贞元年之《射训

---

[1]《敦煌变文集》，页 348—349。

[2] 关于密宗与韩愈诗歌艺术的关系，参见陈允吉，《古典文学佛教溯源十论》（上海：复旦大学出版社，2002），页 149—164；黄阳兴，《图像、仪轨与文学——略论中唐密教艺术与韩愈的险怪诗风》，《文学遗产》2012 年第 1 期，页 49—60。

[3]《韩愈全集校注》，第 1 册，页 149。

[4] 同上书，页 85。

[5] 同上书，页 164。

狐》《谴疟鬼》出现了斩杀谴责邪怪的内容，但表现得怪奇有余而狠重不足。《射训狐》仅以一句"枭惊堕梁蛇走窦，一矢斩颈群雏枯"[1]刻画射杀之举，《谴疟鬼》仅止于"赠汝以好辞，咄汝去莫违"[2]的厌恶驱赶。

就传世的韩愈诗文作品来看，元和元年六月到元和二年春夏，韩愈在长安任权知正五品上的国子博士。这一时期，他和孟郊等人创作了不少"险语破鬼胆"的联句诗，以构思奇险相尚，而其中某些句子颇有"狠重"之意，如《征蜀联句》："更呼相簸荡，交矿双缺矍。火发激铦铓，血漂腾足滑（愈）。飞猱无整阵，翩鹘有邪夏。江倒沸鲸鲲，山摇溃犷獌（郊）。"[3]

今天传世的韩愈诗作中，元和三年的《和皇甫湜陆浑山火》是最早的狠重之作。元和四年的《和虞部卢四汀酬翰林钱七徽赤藤杖歌》、元和五年的《月蚀诗效玉川子作》、元和六年的《寄卢仝》《石鼓歌》《送无本师归范阳》等作品，更反映出韩愈的狠重追求已趋于成熟。这一时期韩愈结交的卢仝等人，其诗风都具狠重之风。韩愈《陆浑山火和皇甫湜用其韵》的皇甫湜原作，今已不传，或许与韩诗有着同样的特色。马异称赞卢仝诗作"长河拔作数条丝，太华磨成一拳石"（《答卢仝结交诗》)[4]，而卢仝最为著名的《月蚀诗》便充满"狠重"之气：

> 忆昔尧为天，十日烧九州。金烁水银流，玉炒丹砂焦。六合烘为窑，尧心增百忧。帝见尧心忧，勃然发怒决洪流。立拟沃杀九日妖，天高日走沃不及，但见万国赤子䫴䫴生鱼头。此时九御导九日，争持节幡麾幢旐。驾车六九五十四头蛟螭虬，掣电九火

---

〔1〕《韩愈全集校注》，第 1 册，页 190。

〔2〕同上书，页 200。

〔3〕同上书，第 2 册，页 1083。

〔4〕《全唐诗》，卷三六九，第 11 册，页 4155。

辀。汝若蚀开龃龋轮，御辔执索相爬钩，推荡轰訇入汝喉。红鳞
焰鸟烧口快，翎鬣倒侧声酸邹。撑肠拄肚礧傀如山丘，自可饱死
更不偷。不独填饥坑，亦解尧心忧。[1]

韩愈对卢仝此作十分欣赏，写了《月蚀诗效玉川子作》的模拟之作。

韩愈从河南重返长安后，狠重文风一直被延续在其创作中，前文
举出的《调张籍》《送无本师归范阳》《曹成王碑》等一系列狠重之作，
都是元和后期的创作。

与文笔日趋狠重相伴随的，是韩愈在元和以后刚猛政教追求的不
断强化。弘扬儒道、攘斥佛老、尊王攘夷，这是韩愈一生思想追求的
主旋律，但这一旋律在其人生的不同阶段，有着不同的呈现。

贞元时期，韩愈坎坷于仕进之路，其文字多抒发寒士的屈抑之叹。
在辗转世路的过程中，外族侵扰与藩镇跋扈叛乱的时代痛苦，他也有
亲身的经历。早年到长安求仕，"穷不自存"，族兄韩弇几乎是其唯一
的依靠，但韩弇于贞元三年作为浑瑊部下，赴平凉参与与吐蕃的会盟，
竟遇吐蕃劫盟而被害。[2]其后韩愈在长安，得到北平王马燧的厚待，
与马家结下一生情缘，其中与马燧之子马畅关系尤为亲密。他也不会
不知道，马燧是吐蕃很畏惧的唐朝名将，吐蕃用离间计使马燧被罢免
了副元帅、节度使的兵权。在京城做北平王的马燧，英雄完全无用武
之地，家族亦逐渐衰落。[3]这些对韩愈早年人生发生重要影响的人物，
他们在唐王朝与外族矛盾中的遭遇，不会不在韩愈心中留下痛苦的触
动，但今天流传下来的韩愈诗文作品中，并没有因韩弇、马燧的遭遇
而表达抗击外族的内容。其中或许有文献的遗失，但总的来看，今天

----

〔1〕《全唐诗》，卷三八七，第12册，页4365。
〔2〕《旧唐书》，卷一九六下，第16册，页5252。
〔3〕同上书，卷一三四，第11册，页3700—3701。

传世的贞元时期的韩文、韩诗都没有这方面的内容，在一定程度上还是反映了贞元时期韩愈对待外族这个问题的态度。

对于安史之乱后日益严重的藩镇割据动乱，韩愈在贞元时期也有亲身经历。贞元十二年，韩愈受董晋知遇，出任宣武军节度使观察推官。贞元十五年，董晋去世后不到十天，汴州即发生兵乱。韩愈在《汴州乱》中真实地记录了动乱的惨烈：

> 汴州城门朝不开，天狗堕地声如雷。健儿争夸杀留后，连屋累栋烧成灰。诸侯咫尺不能救，孤士何者自兴哀。
> 母从子走者为谁？大夫夫人留后儿。昨日乘车骑大马，坐者起趋乘者下。庙堂不肯用干戈，呜呼奈汝母子何！[1]

动乱发生时，韩愈正护送董晋灵柩西归，妻子儿女仍在汴州。他焦急不安的心情，都表露在《此日足可惜赠张籍》中：

> 夜闻汴州乱，绕壁行彷徨。我时留妻子，仓卒不及将。相见不复期，零落甘所丁。骄女未绝乳，念之不能忘。忽如在我所，耳若闻啼声。中途安得返，一日不可更。[2]

韩愈用诗歌记录了动乱中的苦难，对于跋扈嚣张的藩镇，他有强烈的愤懑，在贞元十六年创作的《归彭城》中感叹："天下兵又动，太平竟何时？讦谟者谁子，无乃失所宜。"诗中书写了献策无由的无奈："我欲进短策，无由至彤墀"[3]，流露的是有志不获骋的苦闷，而非指斥

---

〔1〕《韩愈全集校注》，第1册，页46。
〔2〕同上书，页55。
〔3〕同上书，页85。

兵乱为祸的刚猛。今天传世的韩愈贞元时期的作品，很少出现渴望平定藩镇叛乱的强势声音。

元和之后，虽然仕途仍不无曲折，但在尊王攘夷、坚决镇压藩镇之乱这些问题上，韩愈发出了明显强劲有力的声音。元和二年，韩愈《张中丞传后叙》对于加诸张巡、许远的诽谤之辞，给予有力的驳斥。任职河南期间，韩愈先是以权知国子博士的身份分教东都生。不久改真博士，后行尚书都官员外郎，仍分司东都。元和五年冬，由尚书都官员外郎改河南令。从仕途来看，属于闲官冷职，韩愈本人对此也颇有不满。但在任职期间，他仍然在自己的职责岗位上多有刚猛举措，政风强硬，对横行地方的宦官势力、图谋不轨的藩镇势力给予坚决打击，其勇武甚至上达天听，赢得宪宗的赞扬。皇甫湜《韩愈神道碑》对此有明确的记载：

> 中官号功德使，司京城观寺，尚书敛手就职。先生按六典，尽索之以归，诛其无良，时其出入，禁哗众以正浮屠。授河南令。魏、郓、幽镇各为留邸，贮潜卒以橐罪士，官无敢问者。先生将摘其禁，以壮朝廷，断民署吏，候旦发，留守尹以闻，皆大恐，令遽相禁。有使还为言，宪宗悦曰："韩愈助我者。"是后郓邸果谋反东都，将屠留守以应淮蔡。[1]

韩愈从河南任返回长安后，到以行军司马跟随裴度参与平定淮西叛乱的战争，这六年间，虽然仕途也有起伏，但总的来看，由于宪宗坚持削藩，重用李吉甫、武元衡、裴度这些主战官员，而他们对韩愈都十分信任赏识，韩愈在这段时间政治上比较活跃，直接参与了淮西之战。他的军事才华与胆识，再一次得到施展。其《论淮西事宜状》充分体现了

---

[1] 皇甫湜撰，《韩愈神道碑》，《全唐文》，卷六八七，第 7 册，页 7037—7038。

他的军事谋略，面对朝廷主和之风，他坚决主战，有勇有谋。

穆宗时期，韩愈于长庆元年任兵部侍郎。长庆二年冒着绝大的危险，以朝廷宣谕使身份赴镇州，王庭凑"严兵拔刃、弦弓失以逆"（李翱《韩公行状》）[1]，韩愈临危不惧，"抗声数责"（皇甫湜《韩愈神道碑》）[2]。苏轼称韩愈"勇夺三军之帅"（《潮州韩文公庙碑》）[3]，正是对其军事才华和不畏强暴之气势的赞叹。在前往镇州的路上，韩愈有诗赠裴度，表达了自己再着征衣的激动心情："窜逐三年海上归，逢公复此着征衣。旋吟佳句还鞭马，恨不身先去鸟飞。"（《奉使镇州行次承天行营奉酬裴司空》）[4]"衔命山东抚乱师，日驰三百自嫌迟。风霜满面无人识，何处如今更有诗？"（《镇州路上谨酬裴司空相公重见寄》）[5]

元和时期，韩愈的攘斥佛老，相对于贞元年间表现出更为强硬的姿态。贞元中，韩愈写信给张籍，感叹排佛老之不易："仆自得圣人之道而诵之，排前二家有年矣。不知者以仆为好辩也，然从而化者亦有矣，闻而疑者又有倍焉。顽然不入者，亲以言谕之不入，则其观吾书也，固将无所得矣。"（《答张籍书》）[6]虽然排二氏之志甚坚，但从他今天传世的作品来看，贞元时期还没有提出很强硬的攘斥佛老主张。

元和六年，洛阳吕氏子炅，弃母抛妻入王屋山修道，韩愈力斥其非，作《谁氏子》云："神仙虽然有传说，知者尽知其妄矣。圣君贤相安可欺，乾死穷山竟何俟。"[7]表达了鲜明的批判态度。这首诗如果与贞元十年创作的《谢自然诗》对比，就可以感受到两者的口气颇有不

---

〔1〕 李翱撰，《韩公行状》，《全唐文》，卷六三九，第7册，页6461。

〔2〕 皇甫湜撰，《韩愈神道碑》，《全唐文》，卷六八七，第7册，页7038。

〔3〕《苏轼文集》，卷一七，第2册，页508。

〔4〕《韩愈全集校注》，第2册，页862。

〔5〕 同上书，页863。

〔6〕《韩愈文集汇校笺注》，卷四，第2册，页553—554。

〔7〕《韩愈全集校注》，第2册，页546。

同。《谢自然诗》感叹谢自然飞升得道不过是背弃人伦的荒谬之事，表达了对时人盲昧无识的无奈，所谓"感伤遂成诗，昧者宜书绅"[1]。《谁氏子》虽然也希望教化入道之人，但"罚一劝百政之经，不从而诛未晚耳"[2]的口气则殊为严厉。元和十四年，韩愈对于宪宗迎佛骨上书切谏，请求"以此骨付有司，投诸水火，永绝根本"（《论佛骨表》)[3]。如此强势的态度，正出之以攘斥夷狄的鲜明立场，而字句间所流露的气势，与其对抗藩镇时的刚猛勇武有着共同的基调。

韩愈元和时期的政教态度，与时代的大背景密不可分。元和一朝，唐宪宗强势削藩、加强中央集权，同时民族矛盾也有所缓解。宪宗注意改善与吐蕃的关系，元和十年，双方在陇州重开停止多年的互市，表明政治关系有了明显改善。这种状态为长庆初年唐蕃会盟，奠定了良好的基础。[4]来自异族之外患的缓和，暂时形成了唐王朝四夷宾服的面貌，这正可以为韩愈攘斥夷狄之强硬气势背书。从韩愈贞元、元和精神面貌的变化来看，其著名的"五原"，尤其是《原道》，更像是元和时期的作品。学界对"五原"的创作时间有不同的看法[5]，从内容来看，"五原"所呈现的攘斥异端的恢宏气势，更接近元和时期韩愈的精神面貌，特别是《原道》提出对佛教要"人其人，火其书，庐其居"[6]，这种强硬的态度，与《论佛骨表》十分接近。当然这个看法没有确凿的文献证据，但在《原道》成于元和后的传统意见尚不能被完

---

[1]《韩愈全集校注》，第 1 册，页 20。

[2] 同上书，第 2 册，页 546。

[3]《韩愈文集汇校笺注》，卷二九，第 7 册，页 2906。

[4] 卢勋等著，《隋唐民族史》（成都：四川民族出版社，1996），页 470—473。

[5] 对于"五原"的创作时间，宋人程颐认为是"少作"，朱熹认为"皆是江陵以前所作"；清人李光地认为绝非少作，当为晚年所作；近代学者刘成忠认为作于韩愈三十九岁前，李长之认为当在永贞元年，钱仲联定为贞元二十年前后，童第德认为作于元和八年韩愈四十六岁以后，刘真伦认为贞元二十年前后较为近真，然对成于元和后韩愈晚年诸说，尚无确凿证据驳斥，参见《韩愈文集汇校笺注》，卷一，第 1 册，页 16—19。

[6] 同上书，页 4。

334 ｜ 同道中国

全否定的前提下，从韩愈元和时期尊王攘夷态度趋于强硬的变化来观察《原道》的创作时代，也可以丰富对这一问题的认识。

韩愈狠重文风的成熟，与其元和时期政治上尊王攘夷，文化上弘扬儒道、攘斥佛老之追求趋于刚猛恰相同步。其在歌颂宪宗平定西川之功的《元和圣德诗》中刻画对战俘行刑的血腥场景，在与张籍等人创作《征蜀联句》时逞露暴力的偏尚，都直接体现出狠重文风与其政治文化诉求的联系。卢仝充满狠重暴力之气的《月蚀诗》，前人多认为是影射指斥宦官，亦非单纯的暴狠怪诞之笔；而韩愈的狠重文风，与其刚猛政教追求的内在联系也很值得关注。

三、狠重文风与文武关系

韩愈伴随刚猛政教追求所形成的狠重文风，何以在艺术趣味上如此推重强力乃至暴力和血腥？后人在肯定韩愈政教文化成就的同时，也往往对此趣味表达不满。这一现象的形成，当然与韩愈的个性有关，但元和时期特殊的文武矛盾对韩愈精神性情的影响，也颇值分疏。

唐宪宗积极加强中央集权，强势削藩，平定外患，这一系列举措都要面对安史之乱以来复杂的文武矛盾。他信用宰辅，希望依靠文臣控驭藩镇，其所信靠的杜黄裳、李吉甫、武元衡、裴度等宰相，都是文武兼资的一代能臣，这极大地激发了元和士人允文允武的热情。韩愈虽是读书进身的文士，但他在元和年间铁腕为政、积极参与军事行动，同样表现出发扬蹈厉、文武兼资的追求。但是，元和时期复杂的文武矛盾，使士人言武难免矫激与奋厉。韩愈狠重文风的暴力血腥之嗜，在很大程度上，是这种矫激奋厉之气与诗人褊急性情合力形成的结果。

唐朝初年，社会有浓厚的尚武风气，到武周时期，此种风气开始转衰，文事渐盛。随着科举（主要是进士科）成为社会风尚所归，到玄宗之世，崇尚文教之风日益兴盛。陈寅恪先生在从"关陇集团"的角度观察唐代前期政治格局之变时，特别注意到"文""武"关系的变化："'关陇集团'本融合胡汉文武为一体，故文武不殊途，而将相可兼任；今既别产生一以科举文词进用之士大夫阶级，则宰相不能不由翰林学士中选出，边镇大帅之职舍蕃将莫能胜任，而将相文武蕃将进用之途，遂分歧不可复合。"[1] 陈先生所描述的文武殊途，是就初唐政治演变的大势而言，但在安史之乱爆发前，文人士大夫好尚侠风，人臣文武合一、出将入相仍然很普遍，例如贞观中以明经入仕的裴行俭，因善于征战，高宗称赞他"文武兼资"。玄宗时期的张说、杜暹、裴耀卿等，皆以文臣领兵。著名诗人高适，在安史之乱中就展露出军事才华，安史之乱后任剑南节度使，多次平定叛乱，抵抗了吐蕃的进攻。盛唐诗坛的边塞诗，就充分展现了士人尚武的精神风貌。

安史之乱以后，藩镇割据加深，唐王朝中央集权力量削弱，倚重文臣对抗武人，这在整体上加剧了"文""武"之间的对立。唐末昭宗之世发生了朱温大规模残害朝士的"白马驿之祸"。朱温的幕客李振，为虎作伥，表现得异常狠毒："天祐中，唐宰相柳璨希太祖旨，潜杀大臣裴枢、陆扆等七人于滑州白马驿。时振自以咸通、乾符中尝应进士举，累上不第，尤愤愤，乃谓太祖曰：'此辈自谓清流，宜投于黄河，永为浊流。'太祖笑而从之。"[2] 他的"清流""浊流"之说，所以得朱温欣赏，也正是宣泄了身为武将的后者心中对文士朝臣的怨恨。

文武之间的对立，在很大程度上会强化士人以"文"立身的导向，由此带来对"武"的轻视。晚唐杜牧，身为文采风流的士人而重视军事，尝为《孙子》作注，在当时颇为罕见，而他自己也感叹士人对于"文""武"

---

〔1〕 陈寅恪，《隋唐制度渊源论稿 唐代政治史述论稿》（北京：生活·读书·新知三联书店，2001），页235。
〔2〕 薛居正等撰，《旧五代史》（北京：中华书局，1976），卷一八，第1册，页253。

早已不能兼备："复不知自何代何人分为二道，曰文、曰武，离而俱行，因使搢绅之士，不敢言兵，或耻言之。苟有言者，世以为粗暴异人，人不比数。呜呼！亡失根本，斯最为甚。"（杜牧《注孙子序》）[1]

在安史之乱后文武日趋对立的大背景下，唐宪宗元和一朝的文武关系，呈现出某种特殊的面貌。由于宪宗积极加强中央集权，加强宰辅权力，削藩以及平定外患的态度鲜明而坚决，文臣的军事参与热情和参与程度因此都有明显提高。[2]

面对安史之乱以来的武人跋扈，唐王朝的统治者一直期望通过文臣来控驭骄兵悍将；杜佑就力主"卿相统兵"，认为这是唐代前期长期承平的重要原因。[3]但是，才堪将帅的文臣本不易得，在藩镇跋扈、王权暗弱的局势中，肃、代、德三朝，文臣作战成功之例并不多见。房琯在安史之乱中指挥失败，被史书称为"用兵素非所长"[4]；杜佑重视军事，其《通典》论兵颇详，但面对具体的指挥作战，亦不无乏力。贞元十六年，徐州爆发兵乱，德宗命宰相杜佑统兵平乱，但杜佑并未能赢得胜利，朝廷只能屈服于乱兵的要求。[5]韩愈曾经投奔的汴州节度使董晋，奉天之难时为华州刺史。朱泚部将仇敬、何望之侵袭华州，董晋

〔1〕 吴在庆撰，《杜牧集系年校注》（北京：中华书局，2008），卷十，第3册，页783。
〔2〕 关于唐代的文武关系，陈寅恪、高明士、方震华都有讨论。方震华对唐代后期士人的军事参与尤其有细致分析，方文着眼于安史之乱后士人军事参与的整体观察，本书的讨论则集中于宪宗朝。参见陈寅恪，《唐代政治史述论稿·统治阶级之氏族及其升降》，《隋唐制度渊源论稿 唐代政治史述论稿》，页183—235；高明士，《中国中古政治的探索》（台北：台湾五南图书出版有限公司，2006），页201—224；及方震华，《才兼文武：唐代后期士人的军事参与》，《台大历史学报》第50期，页1—31；方震华，《权力结构与文化认同：唐宋之际的文武关系（875—1063）》（北京：社会科学文献出版社，2019），页230—259。
〔3〕 杜佑撰，王文锦等点校，《通典》（北京：中华书局，1988），卷一四八，第4册，页3780。
〔4〕 《旧唐书》，卷一一一，第10册，页3321。
〔5〕 同上书，卷一四七，第12册，页3978—3979。

难以抵抗，弃州而走。[1]孔巢父宣慰李怀光时，竟被杀戮。[2]

宪宗即位后，文臣在军事上的屈抑状态有了改变。宰相杜黄裳、李吉甫、武元衡、裴度，都在平定藩镇之乱的问题上积极有为，而面对强藩畏缩退让的官员受到黜落。刚健有为的宰辅之臣，无疑会成为士人的楷式。元和一朝，有不少具备军事才能且用力于疆场的文臣，例如郗士美"举进士，继以书判献策，三中高第"，担任黔州刺史时，即能设奇略平叛贼夷僚之乱。《资治通鉴》元和十年："诸军讨王承宗者互相观望，独昭义节度使郗士美引精兵压其境；己未，士美奏大破承宗之众于柏乡，杀千余人，降者亦如之，为三垒以环柏乡。"[3]因为"屡以捷闻"，被宪宗誉为"吾故知士美能办吾事"。[4]又如辛祕，元和初拜湖州刺史，抗击李锜叛军，李锜部将不把"儒者"辛祕放在眼里，反被辛祕一举击破。[5]又如胡证，贞元中进士及第，有"安边才略"。元和九年，党项寇边，朝廷特任命其为单于都护、御史大夫、振武军节度使。[6]崔弘礼，亦进士出身，史书称其"通涉兵书，留心军旅之要，用此累更选用，历践藩镇"[7]柳公绰三应制举，登贤良方正、直言极谏等科，在平定淮西叛乱中亦擅治兵，其所统率的军队"战每克捷"[8]。这些才兼文武的文臣的涌现，反映了元和士人积极参与军事的时代风气，在平定淮西叛乱的战役中，身为河朔从事的林蕴，上书武元衡，激励其平寇之志："自兵兴以来，仅六十年，人皆尚武，各思功

---

[1]《旧唐书》，卷一四五，第12册，页3935。
[2]同上书，卷一五四，第13册，页4096。
[3]《资治通鉴》，卷二三九，第16册，页7846。
[4]《旧唐书》，卷一五七，第13册，页4145—4147。
[5]同上书，卷一五七，第13册，页4150—4151。
[6]同上书，卷一六三，第13册，页4259。
[7]同上书，页4266。
[8]同上书，卷一六五，第13册，页4300—4302。

业。"[1] 这种"尚武"之风，显然在元和朝得到明显强化。

韩愈在元和时期，对士人的允文允武表现出热切的肯定与赞美。他所推重的古文运动先驱元结，就在安史之乱中表现出抗敌勇气和军事才华，《新唐书》本传记载：（元结）在安史之乱中任"右金吾兵曹参军，摄监察御史，为山南西道节度参谋。募义士于唐、邓、汝、蔡，降剧贼五千"[2]。韩愈的兄长韩会与崔造、卢东美、张正则交厚，时人谓之"四夔"，其中崔造在朱泚乱时为建州刺史，"闻难作，驰檄邻州，请齐举义兵，遂调发所部，得二千人，德宗闻而嘉之"[3]。韩愈本人直接继承了这些前辈允文允武的雄风，并对此大力标举，其元和四年为薛达所做墓志铭，特别记述其既富文才，又有高强的武艺：

> 君少气高，为文有气力，务出于奇，以不同俗为志。始举进士，不与先辈揖。作《胡马》及《圜丘》诗，京师人未见其书，皆口相传以熟。及擢第，补家令主簿，佐凤翔军。军帅武人，君为作书奏，读不识句，传一幕以为笑，君色不为变。后九月九日大会射，设标的高出百数十尺。令曰："中，酬锦与金若干。"一军尽射，莫能中。君执弓，腰二矢，指一矢以兴。揖其帅曰："请以为公欢。"遂适射所，一座起随之。三发连三中，的坏不可复射。中，辄一军大呼以笑，连三大呼笑，帅益不喜，即自免去。（《国子助教薛君墓志铭》）[4]

类似薛达这样的士人，在当时应该并不少见，韩愈诗文上的同道樊宗师，诗风险怪狠重，而他是通过武科制举进身，韩愈撰写的《南

---

〔1〕 林蕴，《上宰相元衡宏靖论兵书》，《全唐文》，卷四八二，第 5 册，页 4928。
〔2〕 《新唐书》，卷一四三，第 15 册，页 4684。
〔3〕 《旧唐书》，卷一三〇，第 11 册，页 3625。
〔4〕 《韩愈文集汇校笺注》，卷一四，第 4 册，页 1587—1588。

阳樊绍述墓志铭》云："自祖及绍述，三世皆以军谋堪将帅策上第以进。"[1]虽然樊宗师后来并未成为武将，但能够通过武科制举，说明其娴于武艺。韩愈对薛达武艺的称赞、与樊宗师的交谊，都反映了他对文武兼擅的推重。

但值得注意的是，宪宗朝文臣更为积极的军事参与，并不能从根本上消除安史之乱以来的文、武对立。元和士人所追求的文武兼擅，与初盛唐士人的文武兼资多有不同。在中晚唐文臣受到倚重、文武对立加剧的大背景下，元和士人追求的文武兼擅，是以文为本，期望文人兼擅武事，成为中央王朝对抗藩将叛乱的有力依靠。文臣与武将的深刻矛盾，仍然包含在他们的文武兼擅理想中。

韩愈对士人才兼文武的肯定，同样是出于对文臣能够控驭武将，成为君主政治中兴之核心倚重的强烈期望。在平定淮西的战争中，身为文臣的柳公绰治军有方，韩愈闻之非常激动，赞扬他："阁下书生也，诗书礼乐是习，仁义是修，法度是束。一旦去文就武，鼓三军而进之。陈师鞠旅，亲与为辛苦，慷慨感激，同食下卒。将二州之牧以壮士气，斩所乘马以祭踬死之士，虽古名将何以加兹！"（《与鄂州柳公绰中丞书》）[2]柳公绰身为文臣而擅长军事，亦是韩愈强烈的自我期许。他从柳的文而能武，看到了文臣对抗武将的希望，其《再答柳中丞书》云："丞相公卿士大夫劳于国议，握兵之将、熊罴貙虎之士，畏懦蹴踏，莫肯杖戈为士卒前行者。独阁下奋然率先扬兵界上，将二州之守，亲出入行间。与士卒均辛苦，生其气势，见将军之锋颖凛然，有向敌之意。用儒雅文字、章句之业，取先天下武夫，关其口而夺之气。"[3]他认为柳的行为，有力地压制了武将轻蔑文臣的气焰。在淮西

---

〔1〕《韩愈文集汇校笺注》，卷二四，第6册，页2576。

〔2〕同上书，卷九，第3册，页935—936。

〔3〕同上书，页944。

之役中，韩愈作为行军司马深为裴度所倚重，也是对文而能武之理想的亲身践履。其在战后创作的《平淮西碑》中，着力突出宪宗的独断之力和裴度的指挥之功，将其视为相比于武将的具体征战更为重要的决胜之本，同样是突出文臣在削藩战争中的关键意义。

韩愈元和时期政教诉求之刚猛，正是建立在他自身才兼文武、发扬蹈厉的精神人格追求之上。他虽是读书进身的文人，但在元和时期铁腕为政、积极参与军事行动，其诗文的狠重文风，正是允文允武之精神人格的折射，然而元和时期独特的文武矛盾，使这种精神人格的表达往往入于矫激。

元和士人以文驭武的热切期望，主要还是依赖宪宗主战的信心和对主战文臣的信任，在现实中并不具有坚实的制度保障，面对严峻的军事压力更显脆弱。前述在元和中积极讨伐王承宗"屡有献捷"的郗士美，元和十二年败于王承宗，宪宗不得不下令停止对王用兵。[1]柳公绰讨伐淮西时，具体的军事指挥多有赖出身将门的李听。[2]文臣才兼文武，甚至以文驭武的理想，在现实中会遭遇诸多挫折，武臣仍然是驰骋疆场的主力。平定淮西叛乱的功臣，除了裴度、韩愈等几位文臣，大量的还是武将。韩愈《平淮西碑》，高度肯定裴度在战争中的作用，引起以李愬为代表的武将的抗议，以至于宪宗不得不令段文昌重新撰写碑文。[3]

面对这种难以消除的文武矛盾，韩愈允文允武的发扬蹈厉就很难不带有奋厉矫激之态。盛唐边塞诗豪迈而不失天然，韩愈狠重文风所

---

[1]《资治通鉴》，卷二三九，第16册，页7854；方震华，《权力结构与文化认同：唐宋之际的文武关系（875—1063）》，页244。

[2]《旧唐书》，卷一六五，第13册，页4302；方震华，《权力结构与文化认同：唐宋之际的文武关系（875—1063）》，页242。

[3]《旧唐书》，卷一六〇，第13册，页4198。黄楼指出："改撰后的《平淮西碑》主旨由韩碑的称颂宪宗'惟断乃成'转变为段碑的'追美将帅'，性质发生了较大的变化。"见所著《〈平淮西碑〉再探讨》，《碑志与唐代政治史论稿》（北京：科学出版社，2017），页64—88。

流露的对强力乃至暴力、血性乃至血腥的欣赏，其实是对尚武之志强烈到某种失衡的表达，之所以说失衡，正如前文所分析，它要刻意把勇武表达到与文人风雅决然不同的生蛮暴狠的状态，不如此不足以展现雄雄"武"风。这无疑是尚武而入于矫激的独特心理的折射。这种艺术风格所以能获得韩愈诗友同道的响应，也在于它传达了某种时代共通的情绪，而不仅仅是韩愈个人褊急性格的反映。

对于韩愈诗文的狠重之笔，论者多有批评。事实上，责备韩愈对暴力表现失当是容易的；将之归因于个性脾气，也不无简单化。对于韩愈来讲，"狠重"文风是在元和这一独特时代自觉形成和发展的，因此要理解其间的失衡、失当，也要深入其独特的时代背景。宪宗之后，唐王朝面对藩镇跋扈日趋乏力，文臣的军事参与热情不断降低。宋代惩前朝之弊以文治国，在制度上改变了"文""武"关系格局，士人对"才兼文武"这一传统理想的理解，相对于元和时期有了明显改变。韩愈及其同道在元和年间所形成的充满血性与强力的狠重文风，在元和之后鲜有嗣响，与此"文""武"关系的变化，其间的联系很值得思考。

当然，艺术和文化思考都是复杂的，无论是个性因素，还是时代因素，都不能对作家的艺术与思想做出完全解释。韩愈的狠重笔墨在元和时期才趋于成熟，但其元和时期的创作也并非篇篇皆着狠重色彩，甚至在淮西之战行军途中的创作，也没有狠重之笔。这一现象，很可能与淮西战役统帅裴度不喜诗文新异之笔有关。裴度在给李翱的信中，批评韩愈"恃其绝足，往往奔放，不以文立制，而以文为戏"[1]。推重暴力的狠重文风，当然也属过于"奔放""不以文立制"的笔墨。韩愈在战火燃烧的行军途中的作品，不少是与裴度的酬和之作，例如《奉和裴相公东征途经女几山下作》《桃林夜贺晋公》《晋公破贼回重拜台司以诗示幕中宾客愈奉和》《次韵潼关上都统相公》等，这些作品都颇为

---

〔1〕 裴度撰，《寄李翱书》，《全唐文》，卷五三八，第6册，页5462。

平正，符合裴度的诗歌趣味。裴度是淮西征战途中韩愈重要的诗歌交流对象，韩愈这一路的创作都没有狠重特色，即使是《晚秋郾城夜会联句》这样用语生僻、颇逞才学的作品，也极少狠重笔墨，与此不无关系。这说明从个性与时代来理解艺术，要有复杂灵活的视角。

韩愈古文对语言变革的激进追求，以有限的身体力量追求无限精神的超越努力，激发出强烈的艺术张力，塑造了神奇的动作语艺术与狠重文风，在古文的创作中掀起天风海雨，把古典散文带进全新的艺术世界。

下编

———

明道

第八章 "文质论"在汉唐间的流行

——从"文质"到"文道"（上）

韩愈围绕"明道"所建构的"文道观"，成为宋代以下一千余年中国文学思想的核心观念。在"文道观"盛行之前，中古文论流行的核心概念是"文质"，而自中唐古文运动之后，"文质"概念的影响力显著削弱。从"文质"到"文道"，这种核心观念的兴替转换，离不开韩愈在思想上的创造性贡献。他在主体自觉和国家精神文化自觉的意义上，建构文与道的关系，彻底摆脱了中古"文质观"中的文教色彩与中和趣味。他对文道观理论内涵创新之深入，超过了包括柳宗元在内的许多中唐古文作者。要理解这一点，需首先回溯中古文质论的理论特点及其所产生的广泛影响，在此背景下，可以更好地理解韩愈"文道观"截断众流、建立全新思想范式的创造性努力。

第一节　中古"文质论"的渊源与旨趣

魏晋到初盛唐的文学批评中，文与质是一对重要概念，"文质论"构成了中古文论的核心内容。"文质论"何以流行于中古，其思想内涵是什么？对这些问题，有关研究已经做出了不少探讨，其中王运熙的见解最精辟。他认为在绝大多数语境中，中古文论中的文与质是指作品语言的文华与质朴和以此为基础的作品整体风貌，并非指作品形式与内容的关系；"文质论"的核心追求是"文质彬彬"，即文华与质朴两种风格的中和之美。这种用法直接受到先秦以来修养论与政论中文质观念的影响。[1]

一、中古"文质论"的思想渊源

"质"指事物未经雕饰的状态，《说文解字》："朴，木素也。"注："素犹质也。以木为质，未雕饰，如瓦器之坯然。"[2]"文"是指对事物的雕饰与文绘。如用"文质"来探讨思想问题，一般"质"是指本性素质，而"文"指礼仪、言行修养。

先秦儒家注重用中和的思路来看待两者的关系。《论语》讨论文质，中和色彩就很浓。《论语·雍也》："质胜文则野，文胜质则史，文质彬彬，然后君子。"何晏《集解》引包咸曰："野，如野人，言鄙略也"；"史者，文多而质少"；"彬彬，文质相半之貌"。邢昺疏："言文华质朴相半，彬彬然，然后可为君子也。"[3]邢昺发挥了包咸的意见，将文质视为文华和质朴两种风格。南朝梁皇侃《论语集解义疏》曰："质，实也；胜，多也；文，华也；言若实多而文饰少，则如野人；野人鄙略，大朴也。"[4]又曰："史，记书史也；史书多虚华无实，妄语欺诈。言人若为事多饰少实，则如书史也。"[5]皇侃以质实来解释"质"，也是将文质理解为"多饰少实"和"质实"两种风格，而"文质彬彬"则是两种风格的中和之美。

这种注重中和的文质观，在孔子之后更趋丰富，逐渐由关注个体修养，转向讨论时代的礼乐风格，很多质文代变的改制论就是代表，

---

[1] 王运熙先生的意见主要见于《魏晋南北朝和唐代文学批评中的文质论》，见所著《文心雕龙探索》（上海：上海古籍出版社，1986），页222—240；《文质论与中国中古文学批评》，《文学遗产》2002年第5期。

[2] 许慎撰，段玉裁注，《说文解字注》（上海：上海古籍出版社，1981），页252。

[3] 《论语注疏》，卷六，页86。

[4] 皇侃疏，《论语集解义疏》，卷三，《景印文渊阁四库全书》（台北：台湾商务印书馆，1983），第195册，页391。

[5] 同上。

《礼记·表记》云：

> 子曰："夏道尊命，事鬼敬神而远之，近人而忠焉。先禄而后威，先赏而后罚，亲而不尊，其民之弊，惷而愚，乔而野，朴而不文。殷人尊神，率民以事神，先鬼而后礼，先罚而后赏，尊而不亲，其民之弊，荡而不静，胜而无耻。周人尊礼尚施，事鬼敬神而远之，近人而忠焉，其赏罚用爵列，亲而不尊，其民之敝，利而巧，文而不惭，贼而蔽。"……子曰："虞、夏之质，殷、周之文至矣。虞、夏之文，不胜其质；殷周之质，不胜其文。"[1]

这种质文代变的看法，在汉代颇为常见。董仲舒、何休阐发春秋公羊大义时，质文代变成为改制说的重要内容，《春秋繁露·三代改制质文》云："王者以制，一商一夏，一质一文。"[2]《春秋》桓十一年"郑忽出奔卫"，《解诂》曰："王者起所以必改文质者，为承衰乱救人之失也。天道本下，亲亲而质省；地道敬上，尊尊而文烦。故王者始起，先本天道以治天下，质而亲亲；及其衰敝，其失也亲亲而不尊；故后王起，法地道以治天下，文而尊尊，及其衰敝，其失也尊尊而不亲，故复反之于质也。"[3]何休以"亲亲"释"质"，以"尊尊"释"文"，与董仲舒改制质文论的理解完全一致。这里，"文"与"质"显然是指制礼作乐的不同风格，孔子所追求的文质两种风格的"彬彬"之美，在改制论中通过历史变化中的质文相救来实现，即不同时代的礼乐风格，或偏于质，或偏于文，随时而变，通过质文相救，达到文质彬彬之境。

---

[1]《礼记正义》，卷五四，页1732—1735。
[2]《春秋繁露义证》，卷七，页204。
[3] 何休注，徐彦疏，《春秋公羊传注疏》，李学勤主编，《十三经注疏》，卷五，页116—117。

改制说的质文代变，将文质彬彬之美放在历史循环中实现，从变化的角度阐发中和精神。扬雄在其《太玄》中，运用《周易》的阴阳理论，阐释文质的消长变化。《太玄·文》："阴敛其质，阳散其文，文质班班，万物粲然。初一，（袷襫）[袷襫]何缦，玉贞。测曰：（袷襫）[袷襫]何缦，文在内也。次二，文蔚质否。测曰：文蔚质否，不能俱睟也。次三，大文弥朴，孚似不足。测曰：大文弥朴，质有余也。次四，（裴）[斐]如邠如，虎豹文如，匪天之享，否。测曰：斐邠之否，奚足誉也。次五，炳如彪如，尚文昭如，车服庸如。测曰：彪如在上，天文炳也。次六，鸿文无范，恣于川。测曰：鸿文无范，恣意往也。次七，雉之不禄，而鸡苳（穀）[穀]。测曰：雉之不录，难幽养也。次八，雕鷇，（穀）[穀]布亡于时，文则乱。测曰：雕鷇之文，徒费日也。上九，极文密密，易以黼黻。测曰：极文易，当以质也。"[1]由于运用了《周易》的阴阳理论，扬雄对文质观的中和内涵有了别样的阐释。

两汉时期的儒家文质观，也出现了并非中和论式的看法。例如《礼记》中多次提到，礼所体现的伦理道德是"礼之质"，而礼的仪节制度是"礼之文"。《礼记·乐记》："中正无邪，礼之质也"[2]；"升降上下，周还裼袭，礼之文也"。[3]《礼记·曲礼》："行修言道，礼之质也。"[4]如董仲舒提出："志为质，物为文。文著于质，质不居文，文安施质？质文两备，然后其礼成。文质偏行，不能有我尔之名。俱不能备而偏行之，宁有质而无文。……《春秋》之序道也，先质而后文，右志而左物。"（《春秋繁露·玉杯》）[5]又云："诗道志，故长于质；礼

〔1〕 扬雄著，郑万耕校释，《太玄校释》（北京：北京师范大学出版社，1989），页142。
〔2〕《礼记正义》，卷三七，页1271。
〔3〕 同上书，页1269。
〔4〕 同上书，卷一，页15。
〔5〕《春秋繁露义证》，卷一，页27。

制节，故长于文。"[1] 董仲舒以"质"为内心之志，礼的仪节制度为"文"，直接继承了《礼记》的说法，明确以"质"为重。西汉末年刘向提出"修文""反质"之说，其论"质"之重要，则云："君子之所以理万物者，一仪也。以一仪理物，天心也。五者不离，合而为一，谓之天心。在我能因自深结其意于一。故一心可以事百君，百心不可以事一君。是故诚不远也。夫诚者，一也。一者，质也。君子虽有外文，必不离内质矣。"(《说苑·反质》)[2] 这里显然也接续了董仲舒以人的内在道德情感为"质"的看法，其"虽有外文，必不离内质"的认识，也是明确的"尚质"之论。东汉末年，郑玄注《礼记》，多次以"本"训"质"，如《礼记·曲礼》"行修言道，礼之质也"，郑注云："言道，言合于道，质犹本也，礼为之文饰耳。"[3] 这些看法注重以质为本，对文质关系的理解，并非中和式的，而是带有一些本质论的特点。

中和论文质观反映了孔子协调仁礼关系的独特思考。孔子持论，仁礼并重，他认为礼不应是徒有其表的仪式，不能脱离仁的内涵，认为"礼云礼云，玉帛云乎哉"，"乐云乐云，钟鼓云乎哉"(《论语·阳货》)[4]。又云："先进于礼乐，野人也。后进于礼乐，君子也。如用之，则吾从先进。"(《论语·先进》)[5] 他认为子贡以"礼后"来理解"绘事后素"是深达诗意；但又提出"克己复礼为仁"，指出礼之于仁的重要意义。值得注意的是，在《论语》中，孔子对仁与礼相互关系的思考，并没有表现出本质论的特点。他虽重视仁之于礼的意义，但并没有明确地将仁视为本质，将礼视为仁的表现，因此他思考两者的相互关系，更多地出之以中和的思维方式。《论语》讨论文质关系，之所以体现了

[1]《春秋繁露义证》，卷一，页36。
[2]《说苑校证》，卷二十，页513。
[3]《礼记正义》，卷一，页15。
[4]《论语注疏》，卷一七，页271。
[5] 同上书，卷一一，页159。

中和论的特点，和孔子一本于中和的思想有直接关系。

本质论文质观的思想基础与此不同。儒家孟子哲学和道家思想的影响最可注意。孟子哲学着重从心性角度发扬孔子之仁学。论及仁与礼之关系，明确以仁为本，主张"君子所性，仁、义、礼、智根于心，其生色也，睟然见于面，盎于背，施于四体，四体不言而喻"（《孟子·尽心上》）[1]。对于孟子来讲，一个人只要仁充实于内心，他的一举一动就自然合于礼。以仁为本协调仁礼关系，这是儒家本质论文质观的重要基础。道家以自然为"质"，以人为"文"。道家以自然为世界的根本，因此对"质"的认识，就带有本质论的特点，这对本质论文质观的形成也有影响，如《礼记》就杂糅有道家的因素。西汉董仲舒、刘向的"尚质""反质"说里，也可以看到道家的影响。

然而从汉代儒学的整体倾向来看，无论是孟子哲学，还是道家思想的影响，都是有限度的，因此，儒家文质观本质论视角的发育受到诸多限制。汉代思想深受荀子哲学的影响，荀子着重从礼对自然人性的"化性起伪"来发扬孔子的学说，强调礼对人心的约束与调整，强调文的作用。荀子也提倡"文质彬彬"的思想，他指出："文理繁，情用省，是礼之隆也；文理省，情用繁，是礼之杀也；文理、情用相为内外表里，并行而杂，是礼之中流也。故君子上致其隆，下尽其杀，而中处其中。"（《荀子·礼论》）[2]从某种意义上讲，汉代儒学努力恢复孔子在仁与礼之间保持的张力，并没有彻底转向孟子哲学以仁为本的理论格局，如董仲舒虽然提出"尚质"，但并不是对孟子思想的回复，而是对荀学重礼的理论偏向的调整。他并没有转向孟子以仁为本的心性哲学，从总体上看，其理论格局是融合荀孟、仁礼并重，《春秋繁露》虽强调质的重要，但不废文，对礼乐、制度、名号

---

[1]《孟子注疏》，卷一三上，页426。
[2]《荀子集解》，卷一三，上册，页357—358。

有大量讨论，所阐发的三纲五常，将人内在的道德性与外在的伦常纲纪，共同提升为天道自然。倡"反质"之论的刘向，提倡"诚者，一也，一者，质也"，这可以看到孟子哲学的影响，但他的思想格局仍以折中为核心特征，在提倡"反质"的同时，也倡论"修文"，提出："天下有道，则礼乐征伐自天子出，夫功成制礼，治定作乐。礼乐者，行化之大者也。"（《说苑·修文》）[1]扬雄在《太玄》中提出"无质先文，失贞也"，同时反对"质有余者不受饰"一类观点，指出"玉不雕，玙璠不作器；言不文，典谟不作经"（《法言·寡见》）[2]。儒家文质并重的主张，发挥着很显著的影响。

宋代以后，随着孟子地位升格，心性哲学趋于深化，文质观的本质论视角得到强化。朱熹对《论语》文质的疏解，基本上出之以本质论的视角。他特别指出子贡"文犹质也，质犹文也"是"无本末轻重之差"，与棘子成"质而已矣"的意见"胥失之矣"。[3]又如张栻云："彬彬者，内外相济之意，……夫有质而后有文，质者本也。"（《癸巳论语解》）[4]中和论文质观逐渐退出主流。

在宋代新儒学兴起之前，汉唐时期的文质之说，其理论重心都是在中和论方面。中古文论的文质观被中和的思想趣味所支配。

二、文质彬彬的美学理想

中古文论中的"文质观"强调中和，在玄学的影响下，与自然意趣实现了深度融合。中古大受推崇的文质彬彬之美，是儒家中和精神与自然之道深入会通的结果。

---

〔1〕《说苑校证》，卷一九，页476。
〔2〕《法言义疏》，卷七，页221。
〔3〕《四书章句集注》，卷一二，页135。
〔4〕张栻，《癸巳论语解》，卷三，《景印文渊阁四库全书》（台北：台湾商务印书馆，1983），第199册，页224。

玄学着力探讨自然与名教之关系，以"无"为体，以"有"为用；以自然为体，以名教为用。儒家的中庸之德与道家的自然之旨，形成了深入会通，例如刘邵《人物志》即以老子之说解释中庸之德："凡人之质量，中和最贵矣。中和之质，必平淡无味。故能调成五材，变化应节。是故观人察质，必先察其平淡，而后求其聪明。"(《九征》)[1]"夫中庸之德，其质无名。故咸而不鹾，淡而不醋，质而不缦，文而不缋。能威能怀，能辨能讷，变化无方，以达为节。"(《体别》)[2]"主德者，聪明平淡，总达众材，而不以事自任者也。"(《流业》)[3]"若道不平淡，与一材同用好，则一材处权，而众材失任矣。"(《流业》)[4]王弼以道常无名阐发中和之意："中和质备，五材无名。"[5]

中古文论谈及深具自然英旨的作品，常常赞其具有文质彬彬之美。这同样是中和与自然的会通。《文心雕龙》的《宗经》《征圣》等篇提出为文当以圣人经典为法，圣人之文"衔华而佩实"(《征圣》)[6]。《通变》指出历代文学"斟酌乎质文之间，而隐括乎雅俗之际"[7]。这些都流露出对文质彬彬之美的推重。刘勰所处的南朝时代，文学创作采丽竞繁，刘勰反感"楚汉侈而艳，魏晋浅而绮，宋初讹而新，从质及讹，弥近弥淡"(《通变》)[8]。他大力提倡风骨，注重刚健质朴的文风。这些都是为了矫正时风之弊，而最终的理想则是达到文质彬彬。

《文心雕龙》论文质深切自然之旨，《原道》提出文源于道："道沿

---

〔1〕《人物志译注》，卷上，页13。
〔2〕同上书，页40。
〔3〕同上书，页67。
〔4〕同上书，页71。
〔5〕王弼著，楼宇烈校释，《王弼集校释》（北京：中华书局，1980），页625。
〔6〕《文心雕龙注》，卷一，上册，页16。
〔7〕同上书，卷六，页520。
〔8〕同上。

圣以垂文，圣因文而明道。"[1]人文来自圣人的创制，在根本上是自然之道的体现。刘勰自述写作《文心雕龙》的宗旨是"本乎道，师乎圣，体乎经，酌乎纬，变乎骚"[2]。这里的道包含了儒家的伦理之道，最终归本于道家的自然之道。在刘勰看来，最能体现自然之道的圣人之文，深具中和之美。他赞扬宗经之文"一则情深而不诡；二则风清而不杂；三则事信而不诞；四则义直而不回；五则体约而不芜；六则文丽而不淫"[3]。如此中和之美，正来自经典的涵养。

南朝另一大批评家钟嵘也推重文质彬彬理想，其《诗品》赞美建安诗歌"彬彬之盛，大备于时"[4]，主张作诗要"干之以风力，润之以丹彩"[5]。钟嵘认为曹植的成就最高："骨气奇高，辞采华茂，情兼雅怨，体被文质。"[6]对于那些文质不能兼备的作家，他多有批评，如称刘桢"贞骨凌霜，高风跨俗"，但"气过其文，雕润恨少"[7]；称王粲"文秀而质羸"[8]、班固《咏史》"质木无文致"[9]。陶潜的诗因缺少雕饰，"世叹其质直"[10]，被钟嵘置于中品；曹操的诗"古直"[11]，被置于"下品"；张华的诗"其体华艳""务为妍冶"[12]，被置于中品。如此推重文质兼备，与刘勰十分接近。

《诗品》注重自然，提倡"直寻"。它反对刻意雕琢，欣赏"芙蓉

---

〔1〕《文心雕龙注》，卷一，页3。
〔2〕同上书，卷十，页727。
〔3〕同上书，卷一，页23。
〔4〕钟嵘著，曹旭集注，《诗品集注》（增订本）（上海：上海古籍出版社，2011），页20。
〔5〕同上书，页47。
〔6〕同上书，页117。
〔7〕同上书，页133。
〔8〕同上书，页142。
〔9〕同上书，页14。
〔10〕同上书，页337。
〔11〕同上书，页478。
〔12〕同上书，页275。

出水"之美，称赞谢灵运诗作"名章迥句，处处间起；丽曲新声，络绎奔发。譬犹青松之拔灌木，白玉之映尘沙，未足贬其高洁也"[1]。对于谢诗的堆砌之处，也责备其"颇以繁芜为累"[2]。对于齐梁文学中的堆砌之风，他十分不满："观古今胜语，多非补假，皆由直寻，……大明、泰始中，文章殆同书抄，近任昉、王元长等，词不贵奇，竞须新事，尔来作者，浸以成俗，遂乃句无虚语，语无虚字，拘挛补纳，蠹文已甚，但自然英旨，罕值其人。"[3]总的来看，钟嵘所提倡的文质彬彬理想，同样是中和之美与自然之美的会通。

初盛唐人也多提倡文质彬彬。陈子昂在《与东方左史虬修竹篇序》中慨叹："文章道弊，五百年矣，汉魏风骨，晋宋莫传。"[4]他提倡建安诗歌，友人卢藏用称赞他"卓立千古，横制颓波，天下翕然，质文一变"（《右拾遗陈子昂文集序》）[5]。但陈子昂提倡建安刚健之风，是要挽救文章道弊的局面，最终的理想仍是文质彬彬。盛唐殷璠《河岳英灵集》云："璠今所集，颇异诸家，既闲新声，复晓古体，文质半取，风骚两挟。言气骨则建安为传，论宫商则太康不逮。"[6]大诗人李白也标举文质彬彬的理想，其《古风》其一云："自从建安来，绮丽不足珍。圣代复元古，垂衣贵清真。群才属休明，乘运共跃鳞。文质相炳焕，众星罗秋旻。"[7]诗中赞扬玄宗朝提倡清真质朴的文风，使得文坛"文质相炳焕"。陈子昂提倡文质彬彬与自然元化的流转联系在一起。李白则更明确追求清真自然的美学理想，其《古风》云："一曲斐然子，雕

〔1〕 钟嵘著，曹旭集注，《诗品集注》（增订本）（上海：上海古籍出版社，2011），页201。
〔2〕 同上。
〔3〕 同上书，页220—228。
〔4〕 《全唐诗》，卷八三，第3册，页895。
〔5〕 《全唐文》，卷二三八，第3册，页2402。
〔6〕 李珍华、傅璇琮，《河岳英灵集研究》（北京：中华书局，1992），页119。
〔7〕 王琦注，《李太白全集》（北京：中华书局，1977），卷二，上册，页87。

虫丧天真。"[1] 又云："清水出芙蓉，天然去雕饰。"[2]

从玄学言意之辨的理论出发，中古文论形成了意在言外等理论认识，但并没有简单化地走上否定辞采的道路。面对辞采渐丰的创作变化，中古文论做出了积极的回应，围绕文质彬彬的美学理想，探索辞采之美与自然英旨在创作中如何实现融合。一个有趣的现象是，陶渊明这位在艺术精神和表现手法上深受玄学影响，以简约为尚的诗人，在中古文论中始终没有得到最崇高的地位，这背后的原因是复杂的，其中最重要的，即在于陶诗缺少文华，不符合中古文论普遍标举的文质彬彬理想。

第二节 "质文相救"与李白《古风》其一

中古"文质论"对文学创作产生广泛影响，李白著名的《古风》其一就是典型的例子。《古风》五十九首具有复杂的内涵，前人多有讨论，而《古风》其一则是讨论的焦点，特别是全诗结尾之"我志在删述，垂辉映千春。希圣如有立，绝笔于获麟"，这几句该如何理解，更是引发诸多争论。俞平伯、袁行霈认为此数句表达了李白的政治追求。[3] 此论很有道理。《古风》其一是李白文学理想和政治理想的综合体现，诗中表达了"质文相救"而达于"文质相炳焕"的理想，体现出"文质论"的深入影响。

一、"质文相救"与"文质相炳焕"

李白在《古风》其一中吟咏了古今文学文化的演变：

---

[1]《李太白全集》，卷二，上册，页133。

[2] 同上书，卷一一，中册，页574。

[3] 俞平伯，《李白〈古风〉第一首解析》，《文学遗产增刊》第7辑（1959）。袁行霈，《李白〈古风〉（其一）再探讨》，《文学评论》2004年第1期。

大雅久不作，吾衰竟谁陈。王风委蔓草，战国多荆榛。龙虎相啖食，兵戈逮狂秦。正声何微茫，哀怨起骚人。扬马激颓波，开流荡无垠。废兴虽万变，宪章亦已沦。自从建安来，绮丽不足珍。圣代复元古，垂衣贵清真。群才属休明，乘运共跃鳞。文质相炳焕，众星罗秋旻。我志在删述，垂辉映千春。希圣如有立，绝笔于获麟。（其一）[1]

　　在全诗结尾，李白提到了孔子删诗书、作《春秋》，其中"希圣如有立，绝笔于获麟"两句，是否只表达了李白希望像孔子那样作《春秋》呢？

　　《春秋》三传对《春秋》哀十四年之经文"西狩获麟"的解释有明显的差异。今文《公羊传》与《榖梁传》以麟为祥瑞，呼应王者之德，"获麟"即是王者出现之瑞应。《公羊传》认为是"麟者，仁兽也，有王者则至"，徐彦解为"圣汉将兴之瑞"[2]。《榖梁传》则认为是孔子有王者之德，故麟为其瑞应，杨士勋疏云："孔子有王之德，故亦感得麟来应之，故斯应麟之来，归于王德者，谓孔子也。"[3]《左传》则认为"西狩获麟"是时无明主而出嘉瑞的非正常现象，孔子因之感叹周道凌夷，故有修《春秋》之举。杜预言之甚明："麟者，仁兽，圣王之嘉瑞也。时无明主，出而遇获，仲尼伤周道之不兴，感嘉瑞之无应，故因《鲁史记》而修中兴之教。"[4]

　　《公》、《榖》和《左传》对"获麟"一事的不同理解，源于彼此对孔子及《春秋》之性质的不同认识。今文家认为孔子是素王，《春

---

〔1〕《李太白全集》，卷二，上册，页87。
〔2〕《春秋公羊传注疏》，卷二八，页711—712。
〔3〕范宁集解，杨士勋疏，《春秋榖梁传注疏》，李学勤主编，《十三经注疏》，卷二十，页399。
〔4〕杜预注，孔颖达疏，《春秋左传正义》，李学勤主编，《十三经注疏》，卷五九，页1927。

秋》是孔子革周礼之弊而行其素王之法的产物，意在"变周"。这体现了今文家鲜明的改制之论。公羊家以"质文相救"的理论来阐发"王鲁、新周、故宋"之旨意，认为孔子据鲁史记以明其素王之法，用意在于以"尚质"革除周政尚文之弊端，实现"文质彬彬"之理想政治。《春秋繁露·玉杯》曰："然则《春秋》之序道也，先质而后文，右志而左物。……是故孔子立新王之道，明其贵志以反和，见其好诚以灭伪。其有继周之弊，故若此也。"〔1〕又《春秋》桓公十一年经文："郑忽出奔卫。"《公羊传》："春秋伯子男一也。"何休解诂云：《春秋》改周之文，从殷之质。"〔2〕这一"文质彬彬"之政治蓝图，并非周文大雅的中兴，而是一个新的政治文明。"获麟"之嘉瑞的出现，正是这一新文明实现的印证。《公羊传》云："《春秋》何以始乎隐？祖之所逮闻也，……何以终乎哀十四年？曰：'备矣！'"何休解诂曰："人道浃，王道备，必止于麟者，欲见拨乱功成于麟，犹尧、舜之隆，凤凰来仪，故麟于周为异，《春秋》记以为瑞，明大平以瑞应为效也。"〔3〕

杜预为《左传》做注，认为《春秋》之用意，在于中兴周道。其《春秋左氏传序》云："仲尼曰：'文王既没，文不在兹乎？'此制作之本意也。叹曰：'凤鸟不至，河不出图，吾已矣夫！'盖伤时王之政也。"〔4〕今文家认为，"获麟"是孔子素王之法在《春秋》中得到充分详备之阐述后的嘉瑞之应，古文家则认为"获麟"是嘉瑞无应、周道凌夷已极的体现，是孔子着手作《春秋》的触发点。因此，今古文对"绝笔于获麟"的解释也是不同的，今文家认为孔子所以绝笔，是因为《春秋》已详备其素王之法，有麟出嘉瑞之应为证；古文家则认为"所

〔1〕《春秋繁露义证》，卷一，页27—30。
〔2〕《春秋公羊传注疏》，卷五，页116。
〔3〕同上书，卷二八，页716—718。
〔4〕《春秋左传正义》，卷一，上册，页26。

感而起，固所以为终"[1]，意即孔子感获麟而作《春秋》，获麟亦成为《春秋》之终章。

今、古文意见既如此不同，再来看李白之"希圣如有立，绝笔于获麟"，其与今文家的看法显然更为接近。"获麟"不是世衰已极而不得不作《春秋》的触发，而是素王之法已详备于《春秋》的嘉瑞之应。李白所希宗的孔子，是作为"素王"的孔子；所欲效法的《春秋》，不是对周道的中兴与回复，而是在变周基础上"拨乱发正"、开创新王之法。诗中"垂辉映千春"的豪迈气魄，正呼应了这样的立意。

提倡改制说的公羊家所理解的《春秋》新王之法，是以质变文，革除周文之疲敝而实现"文质彬彬"的理想。《古风》其一的诗意脉络，与"质文相救"的政教观念颇多接近。

全诗首先描述了周文大雅沦丧的过程，突出了周文大雅这一"尚文"之政日益显现的弊端，例如"扬马激颓波，开流荡无垠。废兴虽万变，宪章亦已沦。自从建安来，绮丽不足珍"。扬马之放荡无垠，与建安以来的"绮丽不足珍"，都是"文"过其"质"而出现的问题。周政的"大雅正声"还能保持"文质彬彬"，但在衰落的过程中不断出现"文"过其"质"之弊。救弊则须"尚质"。《古风》其一中的"圣代复元古，垂衣贵清真"即是"以质变文"。崇尚"清真"的救弊措施，带来了"文质相炳焕，众星罗秋旻"的理想局面。这并非对"大雅"的简单回复，而是变革周文所开创的新文明。李白最后表达要像孔子那样作《春秋》，明素王之法，这是他自身"乘运共跃麟"的体现。"垂辉映千春"不是让周政重光，辉映后世，而是建构"文质彬彬"的新文明，它将具有无限生命力。

李白《古风》五十九首，贯穿了以"清真"质朴救世风之浇薄

---

[1]《春秋左传正义》，卷一，上册，页27。

的鲜明主题，例如"玄风变大古，道丧无时还"（其三十）[1]、"一曲斐然子，雕虫丧天真"（其三十五）[2]、"吾亦洗心者，忘机从尔游"（其四十二）[3]。组诗的最后一首，集中书写了天真质朴之沦丧："恻恻泣路歧，哀哀悲素丝。路歧有南北，素丝易变移。万事固如此，人生无定期。"[4]这是对全诗的总结。钱志熙认为李白以"古风"命名这一组诗有其特别用心，"古风"与"咏怀""感遇"的意旨并不相同，表达了李白志在《雅》《颂》《国风》的复古诗学理想。[5]李白《古风》五十九首，虽然与阮籍《咏怀》和陈子昂、张九龄《感遇》有密切的渊源关系，但后者更多感慨个人际遇，关注的是个人在时代中的焦虑与痛苦。《古风》组诗则更加着眼于历史与时代的宏大反思，即世风如何背离清真质朴而趋于沦丧，反思历史运势的变化。

但是，"古风"命名所指，未必只是复《雅》《颂》《国风》之古，应该是复元古"清真"之古，这不是对周文的否定，而是要在克服周文之弊的基础上，实现"文质彬彬"的新理想。

在对待周文的态度上，李白在《古风》其一中所表达的与杜甫明显有别。杜甫生在一个"奉儒守官"的家庭中，对周文有强烈的景仰与向往。在诗作中，他多次流露出以周朝比拟圣代，以周宣中兴比拟唐室复振的看法，如《北征》"不闻夏殷衰，中自诛妺妲"[6]，《洗兵马》"后汉今周喜再昌"[7]。对于自己的诗歌创作，他所追求的是"别裁伪体亲风雅，转益多师是汝师"（《戏为六绝句》）[8]。虽然杜甫也很善于学习

---

〔1〕《李太白全集》，卷二，上册，页125。

〔2〕同上书，页133。

〔3〕同上书，页140。

〔4〕同上书，页155。

〔5〕参见钱志熙，《李白〈古风〉五十九首的整体性》，《文学遗产》2010年第1期。

〔6〕《杜诗详注》，卷五，第2册，页490。

〔7〕同上书，卷六，第3册，页628。

〔8〕同上书，卷一一，页1089。

前代成就，但他强调要别白真伪，继承周文的真精神。因此，杜甫是在遵从"周文"的基础上，追求"周文"复振，并非如李白要以质变周，而达成一种"文质彬彬"的新文明。

二、《古风》其一与初盛唐"文质论"

李白《古风》其一对待周文的态度并不是孤立的，与初盛唐政教观念中"从周""变周"之论的复杂演变有密切联系。

唐朝立国之初，沿前代之习尊崇礼学。赵翼云："六朝人最重三礼之学，唐初犹然。"[1]唐初武德年间释奠太学，以周公为先圣，孔子配享，贞观中才有所改变。尊周公与崇尚礼学的倾向是直接联系在一起的。高宗武则天时期，政教倾向开始发生变化。从表面看，这一时期大阐礼乐，封禅泰山，修建明堂，重礼之倾向与太宗时期似乎是接近的，但内在的精神追求并不相同。武则天大周时期改元载初的诏书，就透露出个中消息。这篇诏书在阐述改元之由时提出："今推三统之次，国家得天统，当以建子月为正。考之群艺，厥义昭矣。宜以永昌元年十有一月为载初元年正月，十有二月改腊月，来年正月改为一月。"[2]又认为大周上继"周、汉"，而"自魏至隋，年将四百，称皇僭帝，数十余家，莫不废王道而立私权，先诈力而后仁义"，因此不足以"当三统之数"。诏书进而提出改元之后，当"以周汉之后为二王，仍封舜禹成汤之裔为三恪，所司求其苗裔，即加封建，其周隋宜同列国"[3]。这篇诏书肯定了大周上继周、汉，而尤可注意的是，其改元的依据，主要是公羊学的三统说。在此之前，王勃曾撰作《大唐千岁历》，提出大唐应上继周、汉，不当近承北朝之周、隋，他的主张并

---

〔1〕 赵翼著，王树民校证，《廿二史札记校证》（北京：中华书局，1984），卷二十，页440。
〔2〕《改元载初赦文》，《全唐文》，卷九六，第1册，页997。
〔3〕 同上书，页999。

没有引起重视。他所依据的主要是五行说：

> 以土王者，五十代而一千年；金王者，四十九代而九百年；
> 水王者，二十代而六百年；木王者，三十代而八百年；火王者，
> 二十代而七百年。此天地之常期，符历之数也。自黄帝至汉，并
> 是五运真主。五行已遍，土运复归，唐德承之，宜矣。魏、晋至
> 于周、隋，咸非正统，五行之沴气也，故不可承之。[1]

载初改元的诏书，也对五行之说有所引用，如云："昔在包牺开木
德之运，轩辕应土行之序，循环终始，布在方策，莫不绩著帝猷，功
宣皇道。方列三微之统，乃膺五行之历。"又云大周当"恢皇家正土之
符，继炎刘真火之序"[2]。这些都是对五行说的阐发。但总的来看，这
篇诏书最重要的立论之据是公羊三统说，其以"周、汉之后为二王"，
即"王者存二王之后"（《公羊传》隐三年何休解诂[3]）之意；而对大周
"得天统"，"以建子月为正"的判定，也是"推三统之次"的结果。依
据三统说，与依据五行说，虽然都可以得出上继周汉的结论，但两者
的含义是颇为不同的。五行说以五德循环为基本精神，三统说则含有
改制革新的追求。[4]具体到这篇诏书对武周的定位，就包含了改制的
精神。诏书指出武周"得天统，以建子月为正"，这与汉代公羊家三正
说中对夏商周三代之中周的判定是一致的。《公羊传》隐元年何休解诂
云："夏以斗建寅之月为正，……殷以斗建丑之月为正，……周以斗建

---

〔1〕《旧唐书》，卷一九○上，第 15 册，页 5006。
〔2〕《改元载初赦文》，《全唐文》，卷九六，第 1 册，页 998。
〔3〕《春秋公羊传注疏》，卷二，页 42。
〔4〕 关于五德终始说与公羊三统说的差异，蒋庆认为："通三统说是今文说，终始五德说是
　　古文说。通三统说是要解决新王兴起改制立法时新王之统与前王之统的关系问题，终始
　　五德说则是要解决某一期代兴起其必然的宿命依据问题。……二说在性质上有根本的区
　　别。"参见所著《公羊学引论》（沈阳：辽宁教育出版社，1995），页 310—312。

子之月为正。"[1]又《白虎通·三正》云:"周为天正,色尚赤也;……殷为地正,色尚白也;……夏为人正,色尚黑。"[2]根据公羊三统说的改制精神,武周应该是在改汉之制的基础上建立的新制,根据"文质再而复"的原则,此新制与周朝一样"尚文"。

由此可见,武周对自身政教的定位,已经不是唐朝初年以回复周朝礼制为核心的"从周"之意,而是要建立崇尚礼乐的新制度。尽管这个思想在改元诏书里得到系统的阐发,但它的精神其实在高宗及武则天掌权之后,就开始形成。在这样的政教政策影响下,武则天时期的大阐礼乐,就不同于唐初之重礼,而特别强调引入革故鼎新的宏大气象格局,如武则天本人特别喜欢宏丽之文,显示其开辟的气象。活跃在高宗、武则天时期的重要文人初唐四杰,就十分强调以宏大刚健和开辟新时代的气魄来阐发雅颂之音。四杰都提倡雅颂,如骆宾王主张"弘兹雅奏,抑彼淫哇;澄五际之源,救四始之弊"(《和道士闺情诗启》)[3];王勃提出:"夫文章之道,自古称难,圣人以开物成务,君子以立言见志;遗雅背训,孟子不为;劝百讽一,扬雄所耻。苟非可以甄明大义,矫正末流,俗化资以兴衰,家国由其轻重,古人未尝留心也。"(《上吏部裴侍郎启》)[4]四杰所论并不是简单地回复雅颂,而是贯以宏大刚健和开辟变化的格局,如杨炯称赞王勃以刚健的骨气振作文风(《王勃集序》)[5],卢照邻则提出"王风国咏,共骊翰而升沉;里颂途歌,随质文而沿革",文学随时而变,作者当"发挥新题,孤飞百代之前;开凿古人,独步九流之上,自我作古"(《乐府杂诗序》)[6]。可

---

〔1〕《春秋公羊传注疏》,卷一,页10。

〔2〕《白虎通疏证》,卷八,页363。

〔3〕骆宾王著,陈熙晋笺注,《骆临海集笺注》(上海:上海古籍出版社,1985),卷七,页223。

〔4〕《王子安集注》,卷四,页129—130。

〔5〕同上书,卷一,页3—7。

〔6〕卢照邻著,李云逸校注,《卢照邻集校注》(北京:中华书局,1998),卷六,页339—340。

见，四杰对周文雅颂的提倡，是在新变基础上重阐礼乐文明。这一时期的政教观，我们不妨称之为"新周"论。

武则天之后，中宗与睿宗废除了武周上承周汉的做法。进入玄宗朝，政教倾向又发生变化。唐玄宗在开元年间励精图治，开辟了开天盛世的格局，而仔细分析玄宗开元时期的一些重要举措，会发现其中体现出一种鲜明的"尚质"倾向。

作为玄宗的重要辅弼，张说非常强调礼须关乎人事、切于人心。早在武则天时代，张说于垂拱四年参加"词标文苑科"对策（一说为"学综古今科"）。他提出"以义制事，以礼制心"[1]的主张，并强调兴立学校的重要，认为皇王之道的精髓即在于"养老用上庠之礼，教胄取《大学》之义"[2]。但遗憾的是，虽然张说这篇对策很受赏识，但他这套想法并没有真正被武则天重视。张说任东宫侍读后，努力用他的思想影响玄宗，他对武后一方面大阐礼乐，一方面却废学轻儒深为不满，提出崇礼必须兴学，所谓"经天地，纬礼俗者，文教也。社稷定矣，固宁辑于人和；礼俗兴焉，在刊正于儒范。……臣愚，伏愿崇太学，简明师，重道尊儒，以养天下之士。今礼经残缺，学校陵迟，历代经史，率多纰缪。实陛下阐扬之日，刊定之秋"[3]。玄宗深受张说的影响，史称其"在东宫，亲幸太学，大开讲论，学官生徒，各赐束帛。及即位，数诏州县及百官举经通之士，又置集贤院，召集学者校选，募儒士及博涉着实之流"[4]。张说思想的核心，在于强调礼需切于人心，例如他对封禅之义的阐发，就注重其中的道德含义。玄宗受其影响，开元时期的举措多着力于淳朴风俗，提倡礼乐关乎人心的道德内涵，而从政教格局来看，这种努力又体现了在武则天大阐礼乐而入于虚饰

〔1〕《对词标文苑科策》，《张说集校注》，卷二九，第 4 册，页 1372。

〔2〕同上书，页 1388。

〔3〕《（上东宫）劝学启并答令》，同上书，卷二七，第 3 册，页 1307。

〔4〕《旧唐书》，卷一八九上，第 15 册，页 4942。

的背景下，以质变文的用心。

玄宗的"尚质"有诸多体现。从最表面的例子来看，他即位初年，曾力戒浮华，提倡节俭之举。《资治通鉴》记载："上以风俗奢靡，秋，七月，乙未，制：'乘舆服御、金银器玩，宜令有司销毁，以供军国之用；其珠玉、锦绣，焚于殿前；后妃以下，皆毋得服珠玉锦绣。'戊戌，敕：'百官所服带及酒器、马衔、镫，三品以上，听饰以玉，四品以金，五品以银，自余皆禁之；妇人服饰从其夫、子。其旧成锦绣，听染为皂。自今天下更毋得采珠玉，织锦绣等物，违者杖一百，工人减一等。'罢两京织锦坊。"[1]而从更为精神化的层面来讲，他曾大力提倡老庄清真之道，"开元二十九年，于玄元皇帝庙置崇元（玄）学，令习《道德经》《庄子》《文子》《列子》，待习成后，每年随举人例送名至省，准明经考试，通者，准及第人处分，其博士置一员"[2]。玄宗提倡《孝经》是十分著名的。他于开元十年亲自作《孝经注》，并"颁行天下及国子学"。天宝二载，他又修改自己的《孝经注》并刻石太学，再次颁行天下；天宝五载，"诏天下家藏《孝经》"[3]。这一举措的用意，在于弘扬"亲亲"之道，而以公羊学的文质观来看，这也是"尚质"之举。《公羊传》隐元年何休解诂云："质家亲亲，……文家尊尊。"[4]又桓十一年何休解诂云："王者起所以必改质文者，为承衰乱救人之失也。……王者始起，先本天道以治天下，质而亲亲；及其衰敝，其失也亲亲而不尊，故后王起，法地道以治天下，文而尊尊；及其衰敝，其失也尊尊而不亲，故复反之于质也。"[5]《孝经》是阐发"亲亲"之义的重要经典，玄宗对它的提倡也是"尚质"。杜甫在《有事于南郊赋》

〔1〕《资治通鉴》（北京：中华书局，2011），卷二一一，第14册，页6702。
〔2〕 王溥，《唐会要》，卷七七，下册，页1404。
〔3〕 同上书，卷三五，下册，页645。
〔4〕《春秋公羊传注疏》，卷一，页16。
〔5〕 同上书，卷五，页117。

中写道，在玄宗的治理下，"人人自以遭唐虞"，"家家自以为稷卨"[1]，虽不无溢美，但也可以见出玄宗朝"淳朴"为尚的政教旨归。

玄宗朝的官方文献，对自身政教政策的阐释主要依据五行学说，并不像武则天载初改元那样明确标举公羊学的改制说。如张说《开元正历握乾符颂》云：

> 禹以金德王，故夏后之有天下也，生数四百年。契以水德王，故殷人之有天下也，成数六百年。稷以木德王，故周人之有天下也，成数八百年。伯益之命中夭，而尧族以火德乘之；故汉室之有天下也，生数再及二百年；其间距王而兴，不能复大禹九州之迹，及胜残百年之命者，皆五神之余气也。咎繇降德，皇唐复兴，土精应王，厚德载物，生数五百，成数千年，命历有归，此其大较。修德增祚，与天无穷。[2]

这里以五德说来解释开元十二年修《大衍历》之举。天宝九载，处士崔昌上《五行应运历》，建议国家上承周汉，所依据的仍然是五德说。[3]这一建议被正式采纳，同年礼部试即以"土德惟新赋"为题。[4]当然，在以标举五德终始说为核心的同时，官方上承周汉的政策里，也容纳了公羊三统说的一些因素，如以周汉为二王，但与武则天改元载初明确标举三统说，显然是有区别的。这反映出官方的政教态度，并不过分强调改制革新的因素。

但在玄宗朝士人的心目中，以改制革新来看待自己所身处的"圣朝"，这样的时代体认还是相当强烈。张说提倡礼乐本于人心，其用意

---

[1]《杜诗详注》，卷二四，第8册，页2607页。
[2]《张说集校注》，卷一一，页595—596。
[3]《旧唐书》，卷九，第1册，页224。
[4] 王谠著，周勋初校证，《唐语林校证》（北京：中华书局，1997），卷五，页461。

在于建立礼乐与儒术并重、文质彬彬的一代新格局。开天时期既大阐礼乐，又强调士人对儒术的理解，这一时期所形成的"文儒"理想，正与对文质彬彬之新格局的向往相一致。今天所见的初唐文献中尚没有"文儒"这一概念，至盛唐才屡见记载，如韦抗称赞张说"英宰文儒叶"（《奉和圣制送张说上集贤学士赐宴》）[1]；王维称裴耀卿"文儒之宗伯"（《裴仆射济州遗爱碑》）[2]。"文儒"这个概念，最早见于东汉王充之《论衡》，指有著作之能的儒者，如《论衡·书解》指出"文儒之业，卓绝不循"[3]；"文儒怀先王之道，含百家之言"（《论衡·效力》）[4]；"（文儒）才能千万人矣"（《论衡·效力》）[5]。盛唐时代对文儒的运用亦渊源于此，指兼通"文""儒"之人，而其中的"文"，当是广义的概念，既指狭义的文章写作，又指广义的礼乐之文。"文儒"兼备"文"与"儒"，正是文质彬彬之体现，如此"卓绝不循"的文儒，正是改制革新时代的中坚，盛唐时代英风豪放的开阔气魄正来自一大批"文儒"的出现。[6]

李白是"文儒"中颇有代表性的人物，《古风》其一表达了他认为自己身处的"圣代"，是一个变周之弊、真正达于文质彬彬的新时代。圣代的文明不是周文大雅的简单复归，而是在"文质相炳焕"中建立的新文明。这种豪迈的气魄有其现实基础。玄宗的许多举措，正给人以受命开新、一代英主的面目，而李白对自己的时代有这样的体认，也和他豪迈奔放的精神风格有直接的关系。李白深受纵横家思想

---

〔1〕《全唐诗》，卷一〇八，第 4 册，页 1117。
〔2〕陈铁民校注，《王维集校注》，卷九，第 3 册，页 760。
〔3〕《论衡校释》，卷二八，第 4 册，页 1151。
〔4〕同上书，卷一三，第 2 册，页 584。
〔5〕同上书，页 581。
〔6〕关于"文儒"型士人在开元时期的形成及其特征，以及在天宝时期的转变，参见葛晓音，《盛唐"文儒"的形成和复古思想的滥觞》，见其《诗国高潮与盛唐文化》（北京：北京大学出版社，1998），页 274—300。

影响，对其颇有影响的赵蕤云"三代不同礼，五霸不同法，非其相反，盖以救弊"（《长短经叙》）[1]，这一思想与公羊改制之说，虽理论基础有差异，但也有许多可会通之处。在改制革新精神的影响下，盛唐文儒以文质彬彬为核心追求，对前代文化成就表现出开阔的接受格局。

可见，李白《古风》其一的精神旨趣，与盛唐政教背景有密切联系。当然，以杜甫为代表的周文复振的精神追求，在当时也是存在的。殷璠《河岳英灵集序》指出："开元十五年后，声律、风骨始备矣。"而其原因在于："寔由主上恶华好朴，去伪存真，使海内词场，翕然尊古，南风周雅，称阐今日。"[2]这里"恶华好朴"接近"以质变文"，而"去伪存真"接近"周文复振"。从殷璠所论来看，这两种理解并行于时。但从开元时期"文儒"的流行可以看出，李白"变周革新"的理想在当时更为盛行。天宝以后，周文复振的追求渐趋强烈。

综上所述，李白《古风》其一是在"质文相救"的政教观念框架中阐述其文学理想与政治理想。此诗是谈政治还是谈文学的矛盾，可由此得到消解。诗意传达了开创文质彬彬新文明的气魄，与杜甫复兴周文之沉郁迥然不同。这对理解"文质论"在汉唐间的显著影响与复杂内涵，很有意义。

第三节　"文质论"与中唐《春秋》学

以啖助、赵匡为代表的中唐《春秋》学，体现了中唐儒学的新变化，柳宗元等古文家深受其影响。啖、赵围绕"从周""变周"有大量思考，这说明中唐《春秋》学也深受"文质论"影响，其与初盛唐政教思想的复杂联系很值得思考。

---

〔1〕《全唐文》，卷三五八，第4册，页3636。
〔2〕《河岳英灵集研究》，页117。

啖助和赵匡共同开创了新的经学风气，但他们彼此之间有比较明显的思想差异。对此有关的研究已多有分析。[1]值得进一步讨论的是，啖、赵的思想分歧与初盛唐思想有何种联系；啖、赵虽有差异，但也多有会通之处，其会通之处何在？

啖助论及《春秋》宗旨，有这样的看法：

> 《春秋》者，救时之弊，革礼之薄。何以明之？《前志》曰："夏政忠，忠之弊野，殷人承之以敬；敬之弊鬼，周人承之以文；文之弊僿，救僿莫若以忠。复当从夏政。"夫文者，忠之末也。设教于本，其弊犹末；设教于末，弊将若何？武王、周公承殷之弊，不得已而用之。周公既没，莫知改作，故其颓弊，甚于二代，以至东周王纲废绝，人伦大坏。夫子伤之，曰："虞夏之道，寡怨于民；殷周之道，不胜其弊。"又曰："后代虽有作者，虞帝不可及已！"盖言唐虞淳化，难行于季末，夏之忠道，当变而致焉。是故《春秋》以权辅正，以诚断礼，正以忠道，原情为本，不拘浮名，不尚狷介，从宜救乱，因时黜陟。或贵非礼勿动，或贵贞而不谅，进退抑扬，去华居实，故曰："救周之弊，革礼之薄也。"[2]

啖助依公羊学"三教"说以论《春秋》宗旨，认为《春秋》乃为"变周"而作。这在理论上似乎并无多少新意。尽管啖助特别申明，何

〔1〕参见吉原文昭，《关于唐代〈春秋〉三子的异同》，林庆彰、蒋秋华主编，《啖助新〈春秋〉学派研究论集》（台北："中央研究院"中国文哲研究所，2002），页339—397；朱刚，《从啖助到柳宗元的"尧舜之道"》，同上书，页183—212；赵伯雄，《〈春秋〉学史》（济南：山东教育出版社，2004），页390—394。

〔2〕陆淳纂，《春秋啖赵集传纂例》，《丛书集成初编》（北京：中华书局，1985），卷一，页1—2。

休对"变周之文"的阐发,"不用之于性情,而用之于名位"是自己很不同意的,但这并不能改变他以"变周"论《春秋》宗旨的基本意趣。

在这一点上,赵匡持论与啖助颇有不同。他指出:

> 啖氏依公羊家旧说,云《春秋》变周之文,从夏之质。予谓《春秋》因史制经,以明王道。其指大要,二端而已,兴常典也,著权制也。故凡郊庙、丧纪、朝聘、蒐狩、昏取,皆违礼则讥之;是兴常典也。非常之事,典礼所不及,则裁之圣心,以定褒贬,所以穷精理也。精理者,非权无以及之,……圣人当机发断,以定厥中,辨惑质疑,为后王法。[1]

赵匡认为《春秋》宗旨在于"兴常典,著权制",圣人"当机发断"是出于救世的目的,而他认为《春秋》"救世之宗指",在于"尊王室,正陵僭,举三纲,提五常,彰善瘅恶,不失纤芥,如斯而已"[2]。也就是说,《春秋》是针对春秋乱世的具体问题,特别重申周政中"尊王室""举三纲"等基本宗旨,圣人因遇到新的问题而必须"著权制""当机发断",但其核心旨趣则在于"从周"而非"变周"。

关于啖、赵之差异,不少研究者已经加以揭示,其中吉原文昭的分析最为详明。[3]值得注意的是,啖、赵围绕"变周"抑或"从周"的分歧,有着比较复杂的思想史背景,对此朱刚认为,啖助提倡"尧舜之道"以革周礼之薄,这一主张,植根于初盛唐以来士族与庶族之间的思想对立,反映了庶族士人以"尧舜之道"与士族之家所标榜之

---

〔1〕《春秋啖赵集传纂例》,《丛书集成初编》,卷一,页6。

〔2〕同上。

〔3〕参见吉原文昭,《关于唐代〈春秋〉三子的异同》,《啖助新〈春秋〉学派研究论集》,页339—397。

礼学相对峙的精神旨趣。[1]朱文强调士庶矛盾对唐代思想史的影响，但初盛唐以来政教观念中"变周"与"从周"之论的分歧，包含了比较复杂的思想内涵，值得做更多观察。

啖助本人出生于开元十二年，一生大部分时间都生活在玄宗朝，其思想的形成，与玄宗朝的思想环境有密切联系。赵匡生卒不详，年辈稍晚于啖助，大概是在天宝年间度过其年轻时代。

开元文儒追复淳古，追求"文质相炳焕"的新文明，而啖助以夏变周，"正以忠道，原情为本"的追求，与开元文儒的取向颇多接近。所不同的是，初盛唐时期对公羊改制说的继承，还在很大程度上保留了"改正朔、易服色"等与"改名位"相联系的内容，如武则天建立大周，就进行了受命改制、改正朔、易服色等一系列举措；玄宗朝虽无改名位之举，但也有修《大衍历》、易服色等活动。啖助在他的《春秋》学中，对这些内容明确加以否定，他批评何休改制之说"不用之于性情，而用之于名位"；在对三传的取舍中，他明确不取公羊之日月例。这体现了对初盛唐以来所流行的改制说的变化与调整。

啖助"变周"论与开元"变周革新"思想的接近，还表现在他所提倡的"正以忠道，原情为本"，是基于"大公之道"。盛唐文儒普遍以"公义"相期许，以"公道"相砥砺，如王维向张九龄干谒，就自称是"感激有公义，曲私非所求"（《献始兴公》）[2]。李白曾赞美自己所处的时代："大国置衡镜，准平天地心。群贤无邪人，朗鉴穷清深。"（《送杨少府赴选》）[3]柳宗元高度称赞啖、赵之《春秋》学"明章大中，发露公器"，并举"纪侯大去其国"一条以为证，主要是针对啖助的思想而言。啖助所追求的"大公之道"，与开元时期的思想环境明显有

---

〔1〕　参见朱刚，《从啖助到柳宗元的"尧舜之道"》，《啖助新〈春秋〉学派研究论集》，页183—212。

〔2〕　《王维集校注》，卷二，第1册，页113。

〔3〕　《李太白全集》，卷一六，中册，页776。

关，而赵匡则显得较为疏远。他的"从周"论，沿袭了天宝以后"周文复振"的呼声，更强调树纲常、正名教，他的《春秋》学集中于阐发圣人以名教治理天下的深微之知。

赵匡认为，《春秋》的核心，是圣人以名教治理天下的一套深微的智慧，这套智慧绝非简单易知之理。他说："或曰：圣人之教，求以训人也；微其辞何也？答曰：非微之也，事当尔也。人之善恶，必有浅深，不约其辞，不足以差之也。若广其辞，则是史氏之书耳，焉足以见条例而修《春秋》乎？辞简义隐，理自当尔，非微之也。故成人之言，童子不能晓也。县官之才，民吏不能及也。是以小智不及大智，况圣人之言乎？此情性自然之品汇，非微之也。今持不逮之资，欲勿学而能，此岂里巷之言，苟尔而易知乎！"[1] 在赵氏看来，《春秋》宗旨隐微，但圣人不是有意要隐微其辞，而是常人难以拟议圣人的智慧，他要做的工作就是尽力揭示圣人的这种用心。

啖、赵二人皆讲权变之知与中道。啖助认为圣人"以诚断礼，以权辅正"，"从宜救乱，因时陟黜"。赵匡则认为圣人"当机发断，以定厥中"。但啖助的"权"与"从宜"，是本之以大公之道的"大中之道"；而赵匡的"着权制"，不过是圣人树纲常、正名教以救乱世之深刻用心的体现。例如"（隐公）四年冬十有二月，卫人立晋"，啖氏云："言立，明非正也；称人，众词也；所以明石碏之贵忠，而善其义也。此言以常法言之，则石碏立晋，非正也，盖当时次当立者不贤，石碏不得已而立晋，以安社稷也。故书卫人立晋，所以异乎尹氏之立王子朝，即原情之义而得变之正也。"[2] 又"（庄公）十九年秋，公子结媵陈人之妇于鄄，遂及齐侯、宋公盟"。啖氏云："媵，卑者之事也，称公子，嘉其忧国之义也。先地而后盟，见出境也。此言结之卒及他

---

〔1〕《春秋啖赵集传纂例》，页7—8。
〔2〕陆淳纂，《春秋微旨》，《丛书集成初编》（北京：中华书局，1991），卷上，页4。

处，并不见于经，必非命卿也。嘉其既出境外，能与齐宋为盟，以安社稷，故特书公子，此亦变之正也。此与屈完书族义同。"[1]

这些都说明，啖助所论的"权"，乃是基于"安社稷"的大公之道。赵匡所论之"权"，则是圣人面对复杂的环境，发扬纲常名教之精神的深微智慧，如"（庄公元年）王使荣叔来锡桓公命"，赵氏云："天王之恶，莫斯甚乎？何乃此去天字？曰：有之而著矣。春秋之义，以明微也，此言杀弟及出居，睹文见义矣，至于锡桓公命，岁月已深，王又易代，若不异其文，则无以见恶矣。"[2] 又"（僖公）九年夏，公会宰周公、齐侯、宋子、卫侯、郑伯、许男、曹伯于葵丘"，赵氏云："凡诸侯在丧而出，以丧行者称子，以吉行者称爵，志恶之浅深也。"[3] 可见，赵氏志在发明的，是圣人端严纲常名教之深心微志。啖、赵的不同，吉原文昭氏有相当深入的揭示，此处不赘。

然而令人感兴趣的是，啖、赵既有如此明显的差异，为什么又能形成一个共同的学派，其会通之处何在？首先，啖助提出自己的"变周"，只"用之于性情"，而不"用之于名位"，这样他的"正以忠道，原情为本"，就是以不变革周礼之纲常名教制度为前提。在对待《春秋》的问题上，他与赵匡都非常重视对"例"的总结，就说明了这一点，今传《春秋啖赵集传纂例》，总结《春秋》之"例"，包含了啖、赵二人共同的努力。

啖助所追求的"大公之道"，和周礼是有矛盾的。从上述所引的例子来看，他所论的"变不失正"，正是努力地调和二者，但这样的调和不无勉强。在有些场合，啖助对"原情"之义的阐发并不基于"大公之道"，这时他的旨趣就只表现为"以诚断礼，以权辅正"，即强调从

---

[1] 《春秋微旨》，《丛书集成初编》，卷上，页19。

[2] 同上书，卷上，页13。

[3] 同上书，卷中，页34。

内在心性去理解纲常名教，发挥了公羊学"重志"的理论倾向。董仲舒云："礼之所重者在其志。志敬而节具，则君子予之知礼。……然则《春秋》之序道也，先质而后文，右志而左物。……是故孔子立新王之道，明其贵志以反和，见其好诚以灭伪，其有继周之弊，故若此也。"（《玉杯》）[1]与汉代公羊学不同的是，啖助将"重志"的倾向极大地强化了，例如"（隐公元年）五月，郑伯克段于鄢"，啖氏曰："不称段出奔，言郑伯志存乎杀也。此言若云郑段出奔，则郑但有逐弟之名，而无杀弟之志也。"[2]这里明确揭示郑伯有"杀弟之志"，较之《公》《穀》之说，其"重志"之意甚为显豁。《公羊传》对郑伯杀弟之志并未明揭，《穀梁传》只是说："段，弟也，而弗谓弟，公子也，而弗谓公子，贬之也。段失子弟之道矣。贱段而甚郑伯也，何甚乎郑伯？甚郑伯之处心积虑，成于杀也。"[3]对郑伯杀弟之志的揭示也比较迂曲。

又如"（庄公）二十七年春，公会杞伯姬于洮"，"淳闻于师曰：'参讥之也，公及杞侯、伯姬，俱失正矣'"。[4]这里不仅直接参与相会的鲁公与杞伯姬受到讥责，就是未曾出面的杞侯也被批评，责其不能正杞伯姬之行，揭示其志之非当。类似的例子还见于"（桓公）五年，天王使仍叔之子来聘"，啖氏云："参讥之也。"[5]啖助还提出道德自励之说以阐发"以诚断礼"之意，如"（庄公）二十二年正月，葬我小君文姜"，"淳闻于师曰：'文姜之行甚矣，而有小君之礼，其无讥乎？'曰：'父子之道，天性也；君臣之义也，君有过，臣有犯而无隐；母有罪，则子不可得而贬也。故宣父曰：'子为父隐，父为子隐，直在其中矣。'故曰：'君虽不君，臣不可以不臣；父虽不父，子不可

<hr>

[1]《春秋繁露义证》，卷一，页27—30。
[2]《春秋微旨》，卷上，页3。
[3] 同上书，页2。
[4] 同上书，页21。
[5] 同上书，页7—8。

以不子。葬，生者之事也，臣子之礼也，其可亏乎！'"〔1〕这些都体现了他基于内在心性来阐发周礼的努力。

赵匡以正名教、树纲常为旨归，而他也接纳了原情、重志等旨趣，例如"（僖公）二十八年春，晋侯侵曹，晋侯伐卫"，赵氏云："曷为不言遂，非因曹而伐卫，异乎侵蔡而伐楚也。此言齐桓侵蔡为私忿，因以讨楚为名，故言遂以原其情也。"〔2〕又如"（定公十三年）晋赵鞅归于晋"，赵氏云："叛而称归，君宥而反之也，且原其初入晋阳之心，拒中行，非叛君也。"〔3〕又如"（僖公）四年春，公会齐侯、宋公、陈侯、卫侯、郑伯、许男、曹伯，侵蔡，蔡溃，遂伐楚，次于陉"，赵氏曰："齐桓伐楚而讨不贡，则是尊王室也，曷为无异辞乎？曰：怒蔡兴师，假名及楚，非其诚也，故书曰遂，明其因蔡而伐楚。"〔4〕这些都体现了"重志"的旨趣，也是啖、赵二人得以会通之处。

除了"原情""重志"之旨趣的接近，啖、赵二人的会通，还表现在对"知"的强调上。啖助对"正以忠道，原情为本"的运用，并不是简单地准之以心性，而是强调运用智慧来处理具体问题。他与赵匡都强调圣人之"知"，不同的是，他所倡之"知"本于大公，更多地表现为发扬公器、归本人心简易之理的"大中之道"；赵匡所倡之"知"，则因基于圣心隐微而表现为"当机发断，以定厥中"的精微之理。但二人对"知"的强调是一致的。他们共同关注《春秋》之"例"的总结，就说明了这一点。啖、赵的《春秋》学是政治哲学，与荀子哲学以圣人之"辨""知"约束人心的理论追求有直接渊源关系。

可见，啖、赵会通的核心精神，是以原情重知的心性追求和政治智慧来重树纲常名教，这在唐代思想史上，显示了玄宗朝思想格局的

---

〔1〕《春秋微旨》，卷上，页19—20。
〔2〕同上书，卷中，页39。
〔3〕同上书，卷下，页75。
〔4〕同上书，卷中，页31—32。

结束、中唐新思想时代的来临。

第四节　中唐《春秋》义例学与"文质论"

义例学是作为经学的《春秋》学的核心内容，在经学史上颇具创新意味的中唐《春秋》学，也对义例的总结倾注了巨大的热情，《春秋集传纂例》（以下简称《纂例》）即是这方面的代表作。宋元以后言义例者，多标举啖、赵等人之意见，其义例学上的成就，颇为可观。同样值得关注的是，中唐《春秋》学包孕着复杂的内涵，而这种复杂性，正是在围绕义例的讨论中得到集中呈现，因此，不关注啖、赵等人的义例学思想，难以对中唐《春秋》学的整体面貌获得更为清晰的认识。中唐《春秋》学与"文质论"的复杂联系，也可以从其义例思想获得深入的把握。

一、《春秋集传纂例》：中唐《春秋》学之集成

据史志记载，啖助、赵匡、陆淳（质）有多种《春秋》学著作，但今天传世较为完整的，只有《春秋集传纂例》、《春秋集传辩疑》（以下简称《辩疑》）、《春秋微旨》（以下简称《微旨》）三种。[1] 如果将三部著作的内容进行对比就会发现，《辩疑》与《微旨》各有其侧重，前者突出"考经推理"的疑辨学风，后者侧重"立忠为教，原情为本"、推重"尧舜之道"，这固然是中唐《春秋》学的核心要旨，但并不能赅备其完整内涵，只有《纂例》一书，在包容《辩疑》与《微旨》之思想内涵的同时，又加入对"常典"与"权变"的复杂思考，强化了对

---

[1] 关于啖助、赵匡、陆淳（质）等人的著作，张稳蘋、户崎哲彦有细致的钩稽考辨，参见张稳蘋，《啖、赵、陆三家之〈春秋〉学研究》（东吴大学中国文学研究所硕士论文，2000），页78—88；户崎哲彦《关于中唐的新〈春秋〉学派》，《啖助新〈春秋〉学派研究论集》，页462—482。

"尊王室""正陵僭"的提倡，集成式地表达了中唐《春秋》学的思考。

陆淳（质）所纂《春秋微旨》是中唐《春秋》学研究最受关注的作品，在历史上，此书也被视为中唐《春秋》学的代表作。柳宗元在《答元饶州论春秋书》中所提到的那些令其深受震动的新《春秋》学观点，大多可以在《微旨》一书中看到。而通观全书，会发现此书有很鲜明的倾向，就是推重尧舜至公之道，讲求"立忠为教、原情为本""变不失正"。

《微旨》十分鲜明地提倡"责君""正君"之义，儆惩人君之言所在多有，例如桓公"十五年五月郑伯突出奔蔡"，《微旨》云："淳闻于师曰：'祭仲逐君，其恶大矣；没而不书，其义何也？曰：逐君之臣，其罪易知也，君而见逐，其恶甚矣，圣人之教，在乎端本清源，故凡诸侯之奔，皆不书所逐之臣，而以自奔为名，所以儆乎人君也。"[1]这里，陆淳（质）等人将贬责的锋芒避开逐君之臣，而指向被逐之君。类似责君甚于责臣之意见，又见于闵公二年"十有二月，郑弃其师"。郑帅高克弃师而逃，其罪显而易见，但陆淳（质）等人则认为："夫人臣之义，可则竭节而进，否则奉身而退，高克进退违义，见恶于君，罪亦大矣，不书其奔，其意何也？曰：'高克见恶于君，其罪易知也，郑伯恶其卿，而不能退之以礼，兼弃其人，失君之道矣。故圣人异其文而深讥焉。'"[2]将高克弃师的罪责，又推本到郑伯有失为君之道。

类似的"责君"之义，还表现为针对周天子的"正王"之旨，例如成公"十六年曹伯归自京师"，陆淳（质）等认为："曹伯之篡，罪莫大焉，晋侯讨而执之，其事当矣，王不能定其罪名，失政刑也，书

---

〔1〕《春秋微旨》，卷上，页10。
〔2〕同上书，卷中，页28—29。

曰'归自京师'而不名'曹伯',以深讥王,而不罪负刍也。"[1]《微旨》所发明的"责君"之义,多是自我作古而为三传所无,例如桓公五年"秋,蔡人、卫人、陈人从王伐郑",《左传》:"秋,王以诸侯伐郑,郑伯御之,战于缤葛,王卒大败,祝聃射王中肩,王亦能军。"《公羊传》:"其言从王伐郑何?从王,正也。"《穀梁传》:"举从者之辞也,其举从者之辞,何也?曰,为之辞伐郑也,郑,同姓之国也,在乎冀州,于是不服,为天子病矣。"三传皆无"责王"之义,《公羊传》甚至以"从王"为正。陆淳(质)等人则认为,圣心所贬,乃在"王之失政",所谓"三国之军不行,而使微者从王,不待贬绝而罪见者也,陈佗杀太子而立,王不能讨,又许其以师从,王之失政,亦可知矣"[2]。

"责君""正君"之辞,在《微旨》中大量出现,成为其讨论褒贬的核心主题,而强调"尊君"的意见,远未有如此鲜明与显著。这样的褒贬倾向,与《微旨》所推重的"公天下"之义,显然有值得注意的关联。《微旨》认为,人君当以"公天下"为心,不应以名位土地人民为私有,而行"家天下"之私。对"纪侯大去其国"褒贬之旨的分析,则于此有精彩发明:"淳闻于师曰:国君死社稷,先王之制也,纪侯进不能死难,退不能事齐,失为邦之道矣,春秋不罪,其意何也?曰:天生民而树之君,所以司牧之,故尧禅舜,舜禅禹,非贤非德,莫敢居之,若捐躯以守位,残民以守国,斯皆三代以降家天下之意也。故语曰:'唯天为大,唯尧则之','韶尽美矣,又尽善也','武尽美矣,未尽善也','禹,吾无间然矣'。达斯语者,其知《春秋》之旨乎!"[3]这样的"公天下"之义,构成了《微旨》的核心精神,陆

---

[1]《春秋微旨》,卷下,页59。
[2] 同上书,卷上,页8。
[3] 同上书,页16。

淳（质）《微旨序》即云："传曰：'唯天为大，唯尧则之'，'韶尽美矣，又尽善也'，'武尽美矣，未尽善也'，'禹，吾无间然矣'。推此而言，宣尼之心，尧舜之心也；宣尼之道，三王之道也。故《春秋》之文，通于礼经者，斯皆宪章周典，可得而知矣。其有事或反经，而志协乎道，迹虽近义，而意实蕴奸，……则表之圣心，酌乎皇极，是生人以来，未有臻斯理也。"[1]可见在陆淳（质）等人看来，《春秋》宪章周典之处，并非其真正的精微所在；圣心的深远微妙，在于以尧舜之道，变通周典，而酌乎皇极。

《微旨》倡"公天下"之义，推重至公之道，这体现在许多问题上，例如，《微旨》于庄公"二年，夫人姜氏会齐侯于禚"论孝之大端，在正亲以大义，而非徇家人之私爱："姜氏齐侯之恶著矣，亦所以病公也。曰，子可得制母乎？夫死从子，通乎其下，况国君乎？君者，人神之主也，风教之本也，不能正家，如正国何？若庄公者，哀痛以思父，诚敬以事母，威刑以督下，车马仆从，莫不俟命，夫人徒往乎？夫人之往，则公威命之不行，而哀戚不至尔。"[2]

《微旨》否定徇私忘公之"孝"，完全回避了公羊学极为推重的"复仇"之义。公羊学之注重"复仇"，前人已多有论及[3]，例如前举"庄四年，纪侯大去其国"，《公羊传》即发明"荣复仇"之义："大去者何？灭也，孰灭之？齐灭之，曷为不言齐灭之？为襄公讳也。《春秋》为贤者讳，何贤乎襄公？复仇也。何仇尔？远祖也。哀公亨乎周，纪侯谮之。以襄公之为于此焉者，事祖祢之心尽矣。"[4]类似这样的"荣复仇"褒贬之旨，在《微旨》中已不复可见。

---

〔1〕《春秋微旨》，卷上，页1。
〔2〕同上书，页14。
〔3〕关于《公羊传》"荣复仇"之义，段熙仲有深入的分析，参见所著《春秋公羊学讲疏》（南京：南京师范大学出版社，2002），页552—558。
〔4〕《春秋公羊传注疏》，卷六，页142—143。

《微旨》认为《春秋》褒贬，能变化周典，而得"变之正"，例如桓公"六年，蔡人杀陈佗"，陆淳（质）等认为："臣弑其君，子弑其父，凡在官者，杀无赦。陈佗杀太子之贼也，蔡虽邻国，以义杀之，亦变之正也，故书曰蔡人。"[1] 蔡杀陈佗，所以得到宽宥，是因为"以义杀之"，而《微旨》屡屡指出，变化周典而得"变之正"的"义"，是"安社稷""保天下"的至公之义。隐公"四年冬十有二月，卫人立晋"，啖助云："言立，明非正也，称人，众词也。所以明石碏之贵忠，而善其义也。此言以常法言之，则石碏立晋，非正也，盖当时次当立者不贤，石碏不得已而立晋，以安社稷也。故书卫人立晋。……即原情之义，而得变之正也。"[2]

《微旨》所强调的"变之正"，与公羊学所说的"权"有所不同。《公羊传》有大量以"权"说经的内容，但《微旨》更倾向使用"变之正"的说法，这一说法出自《穀梁传》，其间的区别，可通过何休《解诂》对执郑祭仲之传以为知权的解释来理解。桓公十一年九月，"宋人执郑祭仲"，《公羊传》："祭仲者何？郑相也。何以不名？贤也。何贤乎祭仲？以为知权也。其为知权奈何？古者郑国处于留，先郑伯有善于郐公者，通乎夫人，以取其国而迁郑焉，而野留，庄公死已葬，祭仲将往省于留，涂出于宋，宋人执之，谓之曰：'为我出忽而立突。'祭仲不从其言，则君必死，国必亡；从其言，则君可以生易死，国可以存易亡，少辽缓之，则突可故出，而忽可故反，是不可得则病，然后有郑国。古人之有权者，祭仲之权是也。权者何？权者反于经，然后有善者也。权之所设，舍死亡无所设，行权有道，自贬损以行权，不害人以行权，杀人以自生，亡人以自存，君子不为也。"[3] 何休解

〔1〕《春秋集传微旨》，卷上，页8—9。
〔2〕同上书，页4。
〔3〕《春秋公羊传注疏》，卷五，页113—115。

诂："权者，称也。所以别轻重，喻祭仲知国重君轻，君子以存国，除逐君之罪，虽不能防其难，罪不足而功有余，故得为贤也。"[1]段熙仲《春秋公羊学讲疏》引陈人卓："此《公羊传》精义也，逐君罪重，存国功尤重，存国之功除逐君之罪，所以为别轻重也。"[2]可见，公羊学的"权"是以"轻重"为核心，以功与过的对比来得出褒贬之义，祭仲所以受到褒扬，是因为功大于过。这种功过权衡、以功覆过的思路，在《公羊传》中相当常见，例如僖公十七年"夏，灭项"，《公羊传》云："孰灭之？齐灭之，曷为不言齐灭之？为桓公讳也。……桓公尝有继绝存亡之功，故君子为之讳。"徐彦解云："言灭国例书月者，恶其篡而罪之，今桓公功足除其灭，是以不月。"[3]这种功过相除的思路，强调的是对行为功过的轻重考虑。[4]

《微旨》所谓"变之正"，则认为合乎"大义""公义"的行为，虽不合周典，但犹得其"正"，这是对"皇极""大中"之道的追求。陆淳（质）认为《春秋》精义在于"酌乎皇极"，这里的"皇极"，语出《尚书·洪范》，孔颖达正义将"皇极"训为"大中"。通观《微旨》的思想倾向，可知"大中"是以"尧舜之道"变化周典的结果，并非宪章周典、权衡事功所得。

《微旨》论"变之正"，往往与其所标举的"原情为本"联系起来。"原情"是强调从动机出发，善善恶恶，例如"郑伯克段于鄢"，啖助云："不称段出奔，言郑伯志存乎杀也；此言若云郑段出奔，则郑伯但有逐弟之名，而无杀弟之志也。"[5]这与汉代公羊学"原心定罪"的主

---

〔1〕《春秋公羊传注疏》，卷五，页113。
〔2〕《春秋公羊学讲疏》，页559。
〔3〕《春秋公羊传注疏》，卷一一，页275—276。
〔4〕关于公羊学"以功覆过"原则，高恒有细致的讨论，参见所著《公羊〈春秋〉学与中国传统法制》，柳立言主编，《传统中国法律的理念与实践》（台北："中央研究院"历史语言研究所，2008），页21—22。
〔5〕《春秋微旨》，卷上，页3。

张非常接近。《公羊传》隐公元年论及《春秋》书法之"及"与"暨"之区别："及，犹汲汲也；暨，犹暨暨也。及，我欲之；暨，不得已也。"何休解诂："举及、暨者，明当随意善恶而原之。欲之者，善重恶深；不得已者，善轻恶浅，所以原心定罪。"[1]董仲舒《春秋繁露·精华》:《春秋》之听狱也，必本其事而原其志，志邪者不待成，首恶者罪特重，本直者其论轻。"[2]公羊学从"原心"出发特重"首恶"，而对"首恶"的强调，在《微旨》中多次可见。

值得注意的是，"原情"在《微旨》的褒贬体系里，其意义与"原心定罪"之于公羊学并不相同。公羊学的"原心"，与权衡功过之轻重的原则相关联，影响到对功过的评判衡量。《微旨》之论"原情"则是推重"至公"，讲求"变之正"，以"至公之道"变化周典而得"变之正"，此"变之正"所以受到褒扬，并非以功覆过，而是合于"公义""大义"而为正，往往基于内心之志，因此"原情"是"以诚断礼"的体现。《微旨》将公羊"原心定罪"的事功权衡，转向了推重至公、以诚为本的原则。这是中唐儒学变化中很值得注意的现象。

《微旨》议论褒贬的原则倾向，和啖助的《春秋》学观点有着极为密切的联系，啖助论《春秋》宗旨：《春秋》以权辅正，以诚断礼，正以忠道，原情为本，不拘浮名，不尚狷介，从宜救乱，因时黜陟。"(《春秋宗指议第一》)[3]其核心，即以尧舜至公之道行"变周"之义，而"变"的基础，在于"以诚断礼""立忠为教，原情为本"。

但是，啖助的观点，并不能赅备啖、赵这一学派的全部意见，赵匡虽然和啖助"深话经意，事多响合"，但彼此也有明显分歧，如果说啖助之论突出"变周"之义，赵匡则坚持以"从周"为前提。《微旨》

---

〔1〕《春秋公羊传注疏》，卷一，页16。
〔2〕《春秋繁露义证》，卷三，页92。
〔3〕《春秋啖赵集传纂例》，卷一，页2。

所不太着墨的"尊王"之义，在《纂例》中则得到更丰富的表达，例如天子是否亲迎的问题，《纂例》明确提出，天子不当亲迎，所谓："考之大体，固无自逆之道，王者之尊，海内莫敌。故嫁女即使诸侯主之；适诸侯，诸侯莫敢有其室；若屈万乘之尊而行亲迎之礼，即何莫敌之有乎？"[1]有关研究所关注的啖、赵学派的"尊王"之论，基本出于《纂例》。[2]

与《微旨》重"变之正"不同的是，赵匡将"权"推为《春秋》之核心宗旨，认为《春秋》之大要在于"兴常典，著权制"，"蒐狩昏取，皆违礼则讥之，是兴常典也；非常之事，典礼所不及，则裁之圣心，以定褒贬，所以穷精理也。精理者，非权无以及之。故曰可与适道，未可与立；可与立，未可与权。是以游夏之徒，不能赞一辞，然则圣人当机发断，以定厥中，辨惑质疑，为后王法。何必从夏乎？"[3]这里所谓"权"，是对"非常之事"、周典"所不及"者进行裁断。圣心之智慧，在于如何将周典之原则，贯彻于典制所未尝规定的复杂现实之中，而并非如啖助所论，以至公之道变化周礼，而得"变之正"。在公羊学传统中，"权"意味着对事功的权衡考虑，是"知"的体现，而非"诚"的运用，赵匡之所以以"权"为其《春秋》之论的核心，就在于他所理解的《春秋》宗旨，是"知"而非"诚"，是圣人合理恰当地贯彻典制的智慧，是对褒贬分寸的恰当掌握。他所提出的"圣人当机发断，以定厥中"之"中"，并非啖助所谓圣心"酌乎皇极"之"皇极"。前者出于"知"，后者本乎"诚"。

《纂例》相对于《微旨》，更充分地体现了《春秋》所呈现的圣虑深微的一面。例如《纂例·丧礼总论》："凡诸侯在丧，而有竟外之事，

---

[1]《春秋啖赵集传纂例》，卷二，页34。
[2] 张稳蘋对中唐《春秋》学尊王思想有细致的分析，其中举出的例证，多出自《纂例》，参见所著《啖、赵、陆三家之〈春秋〉学研究》，页128—133。
[3]《春秋啖赵集传纂例》，卷一，页6。

以丧行者称子；以吉行者称爵，志恶之浅深也。"〔1〕又如赵匡论用兵之例十分详密，体现了《春秋》"著权制"之义："《春秋》纪兵曷无曲直之辞与？曰：兵者，残杀之道，灭亡之由也，故王者制之。王政既替，诸侯专恣，于是仇党构而战争兴矣；为利为怨，王度灭矣。故《春秋》纪师无曲直之异，一其罪也。不一之，则祸乱之门辟矣。其差者、甚者，则存乎其文矣。又曰：兵出殊称，何也？正名位也，王命之大夫曰某，君命之大夫曰某人，不称帅师，避不成辞也。年远人多难详，下大夫称师，讥委重于卑也，内之师少，则但称伐，或称及，详内以异外也。大夫书帅师，纪其为将也；不书帅师，不成师也。外则一之，莫能详也。君不称师，重君也；戎狄举号，贱之也。"〔2〕《春秋》诸侯相征伐，为周典常制所不及，故赵匡以为圣人当机发断，以定褒贬，其论精密，义理深微。类似这样的意见，在《微旨》中呈现较少，而是《纂例》的主要内容。

当然，作为一个学派，啖、赵之间有明显的会通之处，因此，《纂例》中许多出自啖助的对于例法的讨论，也与赵匡颇为接近。同时《微旨》所看重的责王正君之义、以诚断礼的裁断，也可以见诸《纂例》，例如"诸侯奔"，啖助曰："凡人君奔例书名者，罪其失地，言非复诸侯也。或曰：臣出其君非至公，而其罪不彰，无乃掩奸乎？答曰：出君之罪，史氏知之也，《春秋》举王纲，正君则，而治道兴矣，不善之积，莫非己招也。"〔3〕这与《微旨》常见的正君之论，如出一辙。

因此，在反映中唐《春秋》学之伦常观念方面，《纂例》一书是更为集成的体现，它融合了啖、赵之间不无分歧的意见。

至于《纂例》与《春秋集传辩疑》，后者则是对《纂例》所不及备

---

〔1〕《春秋啖赵集传纂例》，卷三，页63。
〔2〕同上书，卷五，页95。
〔3〕同上书，卷七，页156。

载的疑辩三传的内容进行汇辑，陆淳（质）于《辩疑凡例》中云："集传取舍三传之义，可入条例者，于《纂例》诸篇言之备矣，其有随文解释，非例可举者，恐有疑难，故纂啖、赵之说著《辩疑》。"[1] 其下所列凡例，则概括了取舍三传的标准，这些标准也贯穿在《纂例》疑辩三传的内容之中。

综观《纂例》《微旨》《辩疑》三书，《纂例》是对中唐《春秋》学内涵最全面的反映。陆淳（质）述《纂例》之成书过程云："啖子所撰《统例》三卷，皆分别条流，通会其义；赵子损益，多所发挥，今故纂而合之，有辞义难解者，亦随加注释，兼备载经文于本条之内，使学者以类求义，昭然易知。其三传义例，可取可舍，啖、赵具已分析，亦随条编附，以怯疑滞，名《春秋集传纂例》，凡四十篇，分为十卷云。"[2]《纂例》汇总了啖、赵、陆三人对义例的思考，是一部集中反映三人思想分歧与会通的作品，欲全面完整地理解中唐《春秋》学，应当对《纂例》给以充分的关注。

二、中唐《春秋》义例学的基本宗旨与方法

啖、赵等人谈义例，最显而易见的特色，是要摆脱三传之义例传统的束缚。赵匡严厉批评三传"其宏意大旨，多未之知，褒贬差品，所中无几。……至于分析名目，以示惩劝，乖经失指，多非少是"。如此悖谬错乱，遂使"圣典翳霾千数百年"[3]，所以要摆脱三传，直接发明圣经义例。

当然，所谓摆脱三传，其实是依据自身的原则对三传进行取舍，是融合三传义例而言例。自汉代以来，言义例者，多拘守一传，例如，

---

[1] 陆淳纂，《春秋集传辩疑》，《丛书集成初编》（北京：中华书局，1985），凡例。
[2]《春秋啖赵集传纂例》，目录，页1。
[3] 同上书，卷一，页6—7。

刘歆《春秋左氏传条例》、杜预《春秋释例》即专据《左传》言例，何休《文谥例》专据《公羊传》，范宁《春秋穀梁传例》专据《穀梁传》。[1] 啖、赵等人则融合三传之例，对三传义例的取舍标准有两个主要内容：其一，在基本宗旨上，以"兴常典，著权制"的原则，反对公羊的改制之论，提倡宪章周典而"明常著变"；其二，在方法上，以"考经推理"的原则，驳斥三传言例之不合经、悖于理的地方。这使得啖、赵等人之言例，反对以史例说经，注重褒贬之义，同时也增加了强调义例内在贯通一致、立论有据的学术化色彩。

《纂例》一书的基本格局，是由赵匡"兴常典，著权制"这一宗旨所奠定的，因此，《纂例》对义例的分析，尤其关注"常典"与"权变"的关系。《公羊传》提出"常事不书"的原则，其立意之重点，乃在于发明孔子圣心独运之智慧，侧重在孔子"作"《春秋》之"作"意；而公羊所理解之"作"，则包含了鲜明的改制创法之思想。赵匡虽然也强调孔子圣心制作，但认为其核心宗旨，在于宪章周典，补常法所不及，其立足点，仍在周典之常制，因此，他虽然接续了公羊家"常事不书"的说法，但其用意则侧重"常事"与"权变"的关系，对于《春秋》缀述之体的概括，鲜明地体现出着眼于"常""变"之间的特点：

> 故褒贬之指在乎例，缀叙之意在乎体，所以体者，其大概有三，……所谓三者，凡即位、崩薨、卒葬、朝聘、盟会，此常典所当载也，故悉书之，随其邪正而加褒贬，此其一也；祭祀、婚姻、赋税、军旅、蒐狩，皆国之大事，亦所当载也，其合礼者，夫子修经之时，悉皆不取，故《公》《穀》云："常事不书"，是

---

[1] 关于汉代《春秋》义例学撰作情况，王葆玹做了详细的梳理，参见所著《今古文经学新论》（北京：中国社会科学出版社，1997），页114—119，184—191。

也。其非者，及合于变之正者，乃取书之，而增损其文，以寄褒贬之意，此其二也；庆瑞、灾异、及君被杀、被执，及奔放逃叛、归入纳立，如此并非常之事，亦史册所当载，夫子因之加褒贬焉，此其三也，此述作之大凡也。[1]

通观《纂例》一书，其中讨论"常典"即周典礼制的内容十分丰富，如"王臣来聘"例，啖助云：《周礼》云天子时聘以结诸侯之好，人君亦有聘士之礼。《穀梁》曰：'聘诸侯，非正也。'言天子不当聘诸侯，殊误矣。"[2]此处以《周礼》驳《穀梁传》之非。又如对告月视朔例、郊庙雩社例等的讨论，更有许多考求周礼典制之语。又如"朝"例，论及诸侯相朝之义则云："据《周礼》，五等之制，以牧伯帅之，则必令相朝，但不知令几年一行耳，其正礼不可得而寻也。"[3]虽然"正礼不可得而寻"，但据"常典"以论《春秋》述作之义的用心，还是显然可见。

在关注"常典"这个问题上，啖、赵与杜预据《左传》而言例多有接近之处。杜预将义例区分为正例、变例、非例，正例是经国之常制，反映了周公垂法；变例则是孔子新意。其《春秋经传集解序》云："其发凡以言例，皆经国之常制，周公之垂法，史书之旧章，仲尼从而修之，以成一经之通体。……诸称'书''不书''先书''故书''不言''不称''书曰'之类，皆所以起新旧，发大义，谓之变例。然亦有史所不书，即以为义者，此盖《春秋》新意，故传不言'凡'，曲而畅之也。"[4]杜预认为，《春秋》是孔子依据鲁国国史所修，鲁国旧史秉承周公遗制，孔子作《春秋》"因鲁史策书成文，考其真

---

〔1〕《春秋啖赵集传纂例》，卷一，页7。
〔2〕同上书，卷四，页68。
〔3〕同上书，页66。
〔4〕《春秋左传正义》，卷一，第16册，页16—20。

伪，而志其典礼，上以遵周公之遗制，下以明将来之法"[1]。杜预非常关注对"正例"的探讨。《释例》中有不少内容是在综辑坟典，探究古礼，明周公遗制，以此为基础分析《春秋》的褒贬旨意。例如《释例》分析"即位例"，则云："凡有国有家者，必审别嫡庶以明正统。君薨之日，嗣子之位国已定也。《尚书·顾命》即是天子在殡之遗制也，推此亦足以准诸侯之礼矣。天子诸侯丧制与士不同，国史每备而录其得失，嗣子位定于初丧而改元必须逾年者，继父之业，成父之志，不忍有变于中年也。遭丧继立者，每新年正月必改元正位，百官以序，故国史皆书即位于策以表之。隐既继室之子，于第应立，而寻父娶仲子之意，委位以让桓。天子既已定之，诸侯既已正之，国人既已君之，而隐终有让国授桓之心，所以不行即位之礼也。"[2]这里，《释例》先以大量篇幅分析"典策之正文"，根据《尚书》等文献记载加以推度考订所谓"即位"之礼制，再以此为基础，对比分析隐公何以不行即位之礼。

杜预对"经国之常制"的关注，与啖、赵等考求"常典"的追求颇多近似。这里需要特别说明的是，赵匡曾经明确批评杜预以"五十凡"为周公遗制的说法，所谓："杜预云，凡例皆周公之旧典礼经，按其传例云，弑君称君，君无道也；称臣，臣之罪也；然则周公先设弑君之义乎？又云大用师曰灭，弗地曰入，又周公先设相灭之义乎？又云诸侯同盟，薨则赴以名，又是周公称先君之名以告邻国乎？虽夷狄之人，不应至此也。"[3]赵匡并非否定《春秋》包含周公旧典之义，只是不同意从经文之"凡"来简单化地推度。赵匡所概括的缀叙三体，与杜预三体五情之"三体"，其着眼"常""变"的特点，是非常接近的。需要说明的是，杜预言义例，或重史实而淡化褒贬之义，但啖、

---

[1]《春秋左传正义》，卷一，第16册，页12。
[2] 杜预，《春秋释例》，卷一，《景印文渊阁四库全书》（台北：台湾商务印书馆，1983），第146册，页6。
[3]《春秋啖赵集传纂例》，卷一，页8—9。

赵对此颇为不满。例如，"公即位例"，啖助就取《穀梁传》"继弑君不书即位，正也"这一包含鲜明褒贬之旨的意见，而不同意《左传》的解释，《左传》认为庄公、闵公、僖公之不书即位，是由于特殊原因而未行即位之礼，啖助认为此说"妄也"[1]。

啖、赵等人言例，对公羊义例中一切改制因素都完全回避，或袭其貌而略其神，例如公羊言例特重内外，赵匡所论缀叙之体之一，也是"详内而略外"，但《公羊传》认为，详内的宗旨在于自近者始，正人先正己。隐公十年"六月，辛未，取郜，辛巳，取防。……内大恶讳，此其言甚之何？《春秋》录内而略外，于外大恶书，小恶不书；于内大恶讳，小恶书"。何休解诂："于内大恶讳，于外大恶书者，明王者起当先自正，内无大恶，然后乃可治诸夏大恶，因见臣子之义，当先为君父讳大恶也。内小恶书，外小恶不书者，内有小恶，适可治诸夏大恶，未可治诸夏小恶，明当先自正然后正人。"[2]

啖、赵等人也强调内外之别，《纂例》所讨论的例法，多区分内外，如"内逆女""外逆女""内大夫卒""外大夫卒""内伐""外伐"等。但对内外的理解，与《公羊传》多不同。《春秋》何以详内？原因在于记本国事，自然较他国为详细，"凡内灾皆书日，内事自详也"[3]。而至于恶行，无论内外，皆当书之：《公羊传》曰：外大恶书，小恶不书；内大恶不书，小恶书；殊非也。立教之体，事无巨细，皆论其可否，何得论其小大乎？且外事于例合书即书，小小侵伐等及大夫出奔已来悉书之，何名小恶不书乎？内恶如弑君等，俱隐避其文，以示臣礼，然而不地不葬，以见事实。至于诸恶，无不书者，何言大恶不书乎？"[4]啖、赵等人驳斥了公羊对内外书法的解释。

---

〔1〕《春秋啖赵集传纂例》，卷二，页20。
〔2〕《春秋公羊传注疏》，卷三，页74—75。
〔3〕《春秋啖赵集传纂例》，卷九，页195。
〔4〕同上书，卷九，页190。

此外，他们对《公羊传》《穀梁传》的日月例，也指为"穿凿妄说"而一切不取，认为"凡用日月，史体当耳，非褒贬之意"[1]。就《公羊传》而言，内外例与日月例，都与其改制说有一定联系。啖、赵的意见，虽从穿凿处立论，但与其反对改制之说的思想倾向不无关系。他们曾多次指出，三传言义，以《穀梁传》最精，其原因就在于，《穀梁传》既无《左传》以史说经之倾向，也不似《公羊传》立意改制而多"非常异议可怪之论"。

啖、赵等人言例之又一显著特色，是以"考经推理"的方式取舍三传，树立己意。所谓"考经"，包含两层含义，一是综考《春秋》经文，属辞比事以得其义。例如赵匡据《春秋》经文，考证四时之祭皆用夏时，其文云："周虽以建子为正，至于祭祀，则用夏时本月以行四时之祭，故桓公八年正月烝，则夏之仲冬也；……此事理制都无定证，今考经推理，宜尔故也。"[2]又如对于赵匡所言用兵之例，人或疑之，质之陆淳（质）："今用赵氏之例，何知必然？"陆淳（质）云："据《春秋》书侵者凡五十有七，无事迹者莫知，其可验者，亦可略举。"[3]其下据《春秋》书侵之经文左证赵氏之说。属辞比事以求义例，本是义例学的核心，而在《春秋》义例学史上，今天所知极为注重通贯全经以说明义例的，杜预《春秋释例》是较早的代表。啖、赵等人"考经"以言例，与杜预颇多近似。

"考经"的另一含义，是将《春秋》与其他儒家经典旁通综观，例如，对禘义之讨论，则考究《礼记》之文以立论。这主要是为了考订所谓"常典"。这些"考经"之论，强调经文之佐证，经文内在事理的一致，使啖、赵等人对义例的探求，有了很强的学术化色彩。在"考

---

[1]《春秋啖赵集传纂例》，卷九，页197。
[2] 同上书，卷二，页26。
[3] 同上书，卷五，页96。

经"的这两层含义中，前者是主要的，《春秋》义例主要还是据《春秋》经文本身属辞比事以定，《纂例》论《春秋》之省文就指出："此等皆以示讥耳，此止施于《春秋》义例之内，不可遍求于五经也。"[1]这说明，啖、赵等人之考经还是服务于褒贬大义的经学追求，并未充分实证化。

啖、赵等人虽重经文之佐证，但也讲求"推理"，即在考经基础上，断之以"理"。这在驳斥三传时，能揭示其错讹悖谬，但仍包含很多主观臆测的成分。前人批评啖、赵陷于穿凿，即是针对这种"推理"的弊端而言。中唐《春秋》学疑辨学风之局限与成就，也多由此体现。对此，有关的研究多有讨论，此处不再赘述。

总之，中唐《春秋》学之言例，是以"明常典，著权制"为基本框架，吸纳"立忠为教，原情为本"、以诚断礼之因素，在方法上提倡"考经推理"，其精神宗旨与"考经推理"的方法之间，有相互增强的作用，因此在很大程度上，它接续和深化了杜预义例学的学术化特点，宋元以下，言义例者不乏其人，观点言人人殊，但由于啖、赵之论能立足考经推理之详密推求，因此，其观点仍然很受重视。从中唐思想史环境来看，啖、赵等人的义例学对"变周""从周"的复杂思考及其现实关怀，是理解中唐儒学制度思考的重要切入点。

啖、赵《春秋》学在中唐时期产生了不小的影响，柳宗元与啖、赵学派关系颇深。韩愈复兴儒道的一些想法，也与啖、赵之论有近似之处。他重视先王设立纲常名教、圣心独断的智慧。他对"知"的理解，既强调先王之"知"归本于简易之理，同时也流露出圣知深微、常人难以虑及的倾向，这两者并存于韩愈的思想中。他的《原道》反复申明先王之道不过是百姓易知可行的人伦之理："其为道易明，而其为教易行也。是故以之为己，则顺而祥；以之为人，则爱而公；以之

---

[1]《春秋啖赵集传纂例》，卷八，页187。

为心，则和而平；以之为天下国家，无所处而不当。"〔1〕这与啖助《春秋》学以圣人之志归于简易的宗旨，是十分接近的。但另一方面，韩愈也流露出圣虑深微的认识，如其《平淮西碑》刻画圣心独断以成蔡功，就很强调圣虑之周详深微。韩愈的诗文常因表达这一常人难及的智慧而生出磅礴气势，如他讥讽那些訾议李杜的浅见之人，是"不知群儿愚，哪用故谤伤"(《调张籍》)〔2〕，言辞间对于那些"小知不及大知"之人，有无尽的轻蔑。他为张巡辩诬的文字，也斥责诽谤之人其见"与儿童无异"(《张中丞传后叙》)〔3〕。韩愈这种对"知"的矛盾体认，与啖、赵《春秋》学徘徊于圣心简易和圣心深微之两端的状态十分接近。

但是，韩愈彻底摆脱了啖、赵之说中的"文质论"影响，提倡道统："尧以是传之舜，舜以是传之禹，禹以是传之汤，汤以是传之文、武、周公，文、武、周公传之孔子，孔子传之孟轲。轲之死，不得其传焉。荀与扬也，择焉而不精，语焉而不详。由周公而上，上而为君，故其事行；由周公而下，下而为臣，故其说长。"(《原道》)〔4〕这一理论固然可以溯源于《孟子》，但联系初盛唐以来改制说的流行，以及啖助《春秋》学中仍然留有的公羊改制因素，就可以看到韩愈之论已无改制说之影响，他将古圣人之道贯通为一，提倡"先王之教"，提倡人伦纲常之道。文质说退出了韩愈的思考，这是他开拓思想新格局的重要体现。

---

〔1〕《春秋啖赵集传纂例》，卷一，第1册，页4。
〔2〕《韩愈全集校注》，第2册，页703。
〔3〕《韩愈文集汇校笺注》，卷三，第1册，页296。
〔4〕同上书，卷一，第1册，页4。

第九章 | 韩愈建构"文道观"

——从"文质"到"文道"（下）

韩愈"文道观"的出现，终结了"文质论"风行中古的影响力。宋代以下近千年的时间里，"文道观"成为思想文化中的核心观念。中唐复杂社会文化矛盾所激发的"中国自觉"，以及由此形成的夷夏思考，塑造了韩愈内涵独特的"文道观"，这一观念不仅是古文的创作理论，也反映了颇具国家意识的中国精神与文化自觉，反映了中国道统与文统之间的复杂关系，因而影响深远。20世纪对"文道观"的认识经历了曲折的历程，要充分认识"文道观"的意义，需要深入观察韩愈变革思想传统、回应时代问题的探索。

第一节 20世纪文道观阐释的曲折历程

一、"道"与"文"：内容与形式？

20世纪的文道观阐释，一个颇为流行的视角，是将"道"与"文"视为内容与形式。任访秋发表于1957年的《论韩愈和柳宗元的散文》，明确提出了这样的看法："在创作上，韩、柳也有他们系统的理论。先就内容与形式的关系来说，他们提出了近于我们现在所说的'内容决定形式'的看法。韩愈讲：'夫所谓文者，必有诸其中。是故君子慎其实。实之美恶，其发也不掩。'（《答尉迟生书》）柳宗元也说：'始吾幼且少，为文章以辞工。及长乃知文者以明道，是故不

393

苟为炳炳朗朗，务采色，夸声音，而以为能也。'（《答韦中立论师道书》）所以他们反对那些徒事辞采华美，而忽略内容，或者为追求形式，而歪曲现实事理的作风。"[1]钱冬父在 1979 年出版的《唐宋古文运动》中，对此有更明确的发挥，认为当古文作者"把文与道相提并论的时候，当他们从文艺理论的角度来'明道'的时候，这个道就成为与形式相对待的内容、与艺术性相对待的思想性以及它们之间的主次关系。"[2]孙昌武先生在 1984 年出版的《唐代古文运动通论》中，也认为韩愈通过提倡"文以明道"，明确解决了文章内容与形式的关系，认为"'文以明道'，'道'是内容，是创作的中心"。[3]

上述这些意见，都产生了比较大的影响，但从内容与形式的关系来认识"道"与"文"，是否妥当？内容与形式是 20 世纪从西方引进的一对概念。西方的形式概念有着深厚的哲学渊源和复杂内涵。以毕达哥拉斯学派为代表的自然美学意义上的"数理形式"，柏拉图作为精神范式的先验"理式"（form），亚里士多德的与"质料"相对应的"形式"，以及古罗马时代出现的与内容相对应的"形式"，这四种形式概念在西方美学史上最具代表性。[4]其中柏拉图和亚里士多德的"形式"观念侧重一元论，认为形式是美和艺术的本质规定和现实存在。亚里士多德把事物的存在归纳为"质料因"与"形式因"两大要素，质料是构成事物的原料，而形式则是事物本身的现实存在。古罗马时代与"内容"相对的"形式"观点，是二元论的。黑格尔则用辩证法阐释内容与形式的关系，认为"美是理念的感性显现"，"艺术的内容就是理念，艺术的形式就是诉诸感官的形象。艺术要把这两方面调和成为一种自由的、统一的整体"。"美的要素可分为两种：一种是内在的，即

---

〔1〕 任访秋，《论韩愈和柳宗元的散文》，《新建设》1957 年第 9 期。
〔2〕 钱冬父，《唐宋古文运动》（上海：上海古籍出版社，1962），页 19。
〔3〕 《唐代古文运动通论》，页 128。
〔4〕 参见赵宪章，《形式概念的滥觞与本义》，《文学评论》1993 年第 5 期。

内容；另一种是外在的，即内容所借以显现出意蕴和特性的东西。内在的显现于外在的，就借着外在的人才可以认识到内在的。"对于内容和形式的关系，黑格尔认为"一定的内容就决定它的适合的形式"，"形式的缺陷总是起于内容的缺陷"。[1]列宁指出："黑格尔则要求这样的逻辑：其中形式是具有内容的形式，是活生生的实在的内容的形式，是和内容不可分离地联系着的形式。"[2]20世纪初兴起的俄国形式主义，对内容与形式两分的传统观念进行批评，其对形式的理解与亚里士多德的"形式"观有内在的渊源关系，与黑格尔有明显区别。[3]

"形式"概念在20世纪引入中国，中国学者对之有复杂的思考。王国维提出"一切之美皆形式之美"，以先天普遍必然和后天特殊偶然区分优美、宏壮和古雅，体现了康德的决定性影响。朱光潜在《我的文艺思想的反动性》（1956）里自道其早期标榜形式主义与克罗齐的"艺术即直觉"说密不可分。梁宗岱、戴望舒引进象征主义纯诗说，高度关注形式在诗歌中的意义。[4]相较于这些形式与内容一元论的意见，对"内容"与"形式"进行两分，并认为"内容决定形式"的见解影响更为广泛。胡适的《白话文学史》对白话文学之意义的讨论，就渗透着"内容与形式"这样的理解。他在《谈新诗》中说："文学革命的运动，不论古今中外，大概都是从'文的形式'一方面下手，大概都是先要求语言文字文体等方面的大解放。""若想有一种新内容和新精神，不能不先打破那些束缚精神的枷锁镣铐。"[5]胡适提倡白话文的理论基础，就在于白话文是一种解放的形式，可以更好地表现新内容和新精神。毛泽东《在延安文艺座谈会上的讲话》（1943年发表），确定

〔1〕 以上黑格尔的有关论述，见黑格尔，《美学》（北京：商务印书馆，1979），页78。
〔2〕 列宁，《哲学笔记》（北京：人民出版社，1960），页89。
〔3〕 参见汪正龙，《从学术立场重新认识形式主义》，《文艺理论研究》2006年第4期。
〔4〕 参见张旭曙，《二十世纪中国美学文艺学的形式概念》，《文学评论》2014年第3期。
〔5〕 胡适，《胡适文集》（北京：北京大学出版社，1998），第2卷，页142。

了"文艺从属于政治"的基调,形式的独立地位和价值受到内容的约束。中华人民共和国成立后,苏联文艺思想体系产生深刻影响,内容和形式的关系被纳入辩证唯物主义的框架,20世纪初期苏联马克思主义文艺思想在批判俄国形式主义文论的过程中,遵照马克思主义的基本原则,对于内容与形式的内涵做了清晰的界定,将"内容与形式的关系"问题,视为文艺理论的中心问题,并认为在这个问题上体现了唯物主义和唯心主义的斗争。毕达可夫指出:"文学作品的内容,就是作家从一定的社会理想中悟解出来的、并反映在作品中的人类生活以及社会和自然环境。"[1]文学作品的形式,则是指"受内容制约的文艺作品的形象","形象的形式及作品的体裁、结构和语言等因素的任务,是完全地、准确地、生动地传达作品的内容"[2]。这种对内容与形式的界定,是从辩证唯物主义原则出发所得出的认识。物质与意识的辩证关系也是正确认识内容与形式之关系的前提与保证。在此基础上,苏联文论尤其关注对现实主义和形式主义的讨论,认为现实主义与形式主义分别体现了对内容与形式之关系的正确与错误的认识。现实主义与形式主义的矛盾斗争,也因此成为新中国不少文学史叙述的主线。

在"形式"概念进入中国并经历曲折演变的大背景下,观察中唐古文文道观的现代阐释,就可以看到许多值得关注的现象。1949年以前,学界对文道关系的阐释,并未呈现出"内容与形式"两分、"内容决定形式"的理论旨趣,其中最有代表性的,是郭绍虞《中国文学批评史》的有关论述。此书1934年初版。解放后,郭绍虞先生在认真学习马克思主义以后,对自己的旧作做了很大的调整,于1959年出版了《中国古典文学理论批评史》(上)。郭氏在初版中以"复古"和"演进"的关系来观察中国文学批评思想的演变过程,而在1959年的

---

[1] 毕达可夫,《文艺学引论》(北京:高等教育出版社,1958),页196。
[2] 同上书,页197。

修订再版中，原先文学观念演进与复古的历史，变成了形式主义与现实主义起伏消长、相互斗争的历程。[1] 在初版中，他没有提"现实主义""形式主义"问题，而是对于"贯道"与"载道"等，做出了细致的辨析，指出"唐人主文以贯道，宋人主文以载道，贯道是道必籍文而显，载道是文须因道以成。轻重之间，区别显然"[2] 他进而分析："论文而局于儒家之道，以为非此不可作，所以可以云'载'。论文而不囿于儒家之道，则所谓道者，'万物之所然也，万理之所稽也'，'圣人得之以成文章'（并《韩非子·解老》篇语）。此所以文与天地并生，而亦可以云'贯'。……是故言文以明道，则可以包括贯道、载道二者，言载道，则只成为道学家的文论，言贯道，也只成为古文家的文论。"[3] 这就从"道"之内涵的差异，来阐释"贯道"与"载道"所体现出的不同的文道关系。

中华人民共和国成立以后，从"内容决定形式"的角度对文道关系所做的决定论阐释，日渐流行，进而像钱冬父《唐宋古文运动》更将"文道观"的意义上升到以现实主义反对形式主义的高度，认为"古文运动中的'明道''载道'的主张，是以强调文学的思想内容来反对六朝骈文中的空洞无物的形式主义文风的"[4]。郭绍虞先生对旧作的修订，突出了现实主义与形式主义的斗争，也体现了时代风气的显著影响。今天反思"内容决定形式"这一视角对于文道关系研究的意义，可以看到它无疑有积极的一面，可以推进对于"道"的思想内涵的认识。事实上，对于"道"的思想内涵，哲学界和文学界的有关研究者都颇为关注，认识日趋丰富；但是，从"内容决定形式"这一理

---

[1] 关于郭绍虞观点的前后变化，参见拙文《马克思主义与唐代文学思想史的建构》，《文学遗产》2016 年第 6 期。
[2] 郭绍虞，《中国文学批评史》（北京：商务印书馆，2015），页 356。
[3] 同上书，页 357。
[4] 钱冬父，《唐宋古文运动》，页 22。

论视角出发，往往会对"文"，对"文道关系"难以展开更为深入的观察。"文"作为"形式"往往被简单视为与作为"内容"的"道"相对的艺术表现方式，这就难以揭示"文"的复杂内涵，及其与"道"的深层联系。一个直接可见的简单化认识，就是将中唐古文视为出于反对骈文这一形式主义文风的创作。这样的理解，在胡适的《白话文学史》中就初露端倪，在新的时代风气中又被进一步强调，但这显然并不符合中唐古文作者对骈文的实际认识。钱穆1957年发表于《新亚学报》的《杂论唐代古文运动》，以细密的分析揭示了韩柳对待骈俪的复杂态度，认为古文运动的胜利不能简单理解为散文形式对骈俪形式的胜利，而是散文文学性对实用性的胜利。[1]钱文的讨论，较之将古文视为反形式主义文风的观点，无疑更加深入。

二、突破简单化的内容决定论

从"内容与形式"的角度观察文道关系，容易落入简单化的决定论。不少学者都对此有所关注，并积极探索克服这一局限的方法。

孙昌武虽然以"内容与形式"的关系来界定"道"与"文"，但他关注到韩愈思想与文学的复杂性，指出在韩愈的思想里"改造现实的理想，救世济时的热忱又是与保守的政治态度、迂腐的儒学信仰交织在一起的。在文学上，他是文体、文风和文学语言的革新家，是一种富有艺术性的新散文的创造者，但'复古'的追求，'尚奇'的偏爱又限制了他前进的步伐"[2]。这分别指出了韩愈思想与文学中所存在的新与旧、进步与保守；同时孙昌武也指出，韩愈文体改革，是以宏大的气魄和创造力，大胆、全面地冲决了骈文的凝固程式，从内容到表现手法，发展了许多重要的散文体裁。张清华在指出韩柳二人对文道关

---

〔1〕《中国学术思想史论丛》，页51—54。
〔2〕《唐代古文运动通论》，页135。

系理解之共性的基础上，又辨析了二人对"道"的理解的差异，指出"文以明道"是韩愈"继承儒家的文学观点，在新形势下提出来的完整概念，是他的社会观、道德观、文化观的总和"。[1]葛晓音从儒道内涵的演变，来观察韩柳等古文作者在古文思想和创作上的革新，指出韩、柳"否定乐正教化、文关兴衰的旧说，将治国平天下的关键归结于修身正心，得人进贤，并提出不问贵贱，唯问贤愚的取士原则"[2]。"变历代文人奉行的'达则兼济''穷则独善'的立身准则为'达则行道''穷则传道'，并肯定了穷苦怨刺之言在文学上的正统地位，扭转了以颂美为雅正的传统文学观。"[3]熊礼汇则提出了颇具创获的"古文之学"概念，特别指出古文是一种文体特征、艺术精神和为文法度独特的散文文体，并非单行奇句、自由行文之散文皆可称为古文。他说："作为文体概念的'古文'，是韩愈提出来的，在八家眼中具有独特的含义。首先，古文的思想内容必合于'古道'。所谓'古道'，也就是儒道；其次，古文'句读不类于今者'而'辞'必学'古'，'今者'指'类于俳优者之辞'的'俗下文字'，即行文讲究'绣绘雕琢'、'声势之逆顺、章句之短长'的骈体文，'古'则指'古人'之文，或'古之立言者'之文；第三，古文的艺术精神必本于'古道'。总之，古文是一种自具首尾、篇幅有限，遣词造句取法三代两汉之文，行文一气贯注，重在明道、纪事，而以具有本于儒学的艺术精神为必备条件的单篇散文。"[4]这里对"古文"的界定，体现了对文道关系的深入认识，而"古文精神"正是将"文""道"联系起来的内在纽带。在《韩愈古文艺术精神论》中，熊礼汇进一步指出，唐代古文运动是在特

[1]《韩学研究》，页293—294。
[2]葛晓音，《汉唐文学的嬗变》（北京：北京大学出版社，1990），页170。
[3]同上书，页174。
[4]见熊礼汇，《中国古代散文艺术二十四讲》的第一讲《略谈古文的文学性、艺术美和鉴赏方法》（武汉：武汉大学出版社，2010）。

殊政治背景下出现的文化整合运动，韩愈倡导的古文，既是实施文化整合的利器，同时又是文化整合的结晶。从其古文文体论入手、从其古文家人格精神入手、从其古文创作入手，去探索韩愈的古文艺术精神，有助于我们更清晰地认识中唐文化整合对古文的影响，认识唐代乃至北宋古文发展的特点。这就指出了艺术精神对文化和人格的整合，为探索"文"与"道"如何在特定的文化环境下，通过作家人格实现相互连接，提供了一个行之有效的思考角度。朱刚《唐宋四大家的道论与文学》，则从辨析韩柳欧苏道论的内涵入手反思文道关系，提出了许多很有启发性的见解。[1]

　　海外学者对这一问题也有不少独特的思考，其中陈幼石、蔡涵墨的分析值得关注。陈幼石《韩柳欧苏古文论》指出："'文'之'纯'与'道'之'真'，这是韩愈古文方案提出的古文作家新理想的两个方面，作为一个文学理论家，韩愈对古文运动的主要贡献就是坚持了以严格的儒家观点解释'道'，并以儒家思想来规定纯净的文学风格理想。"[2]陈著结合具体作品，讨论了韩文从追求"师法古人"、"务去陈言"到"辞事相称"的发展过程，认为"韩愈散文背后有一个统一原则，能够转变作品的主题，由于这原则的灵活使用，我们能了解到韩愈如何能使某些与儒家立场相矛盾的题材的作品，最终可以和儒道达到和谐一致。……韩愈在文体复古中曾多次做出富于想象力的尝试，力图把文学领域随着儒道也划入儒学的版图"[3]。陈著对于韩愈如何实现"文"之"纯"与"道"之"真"的分析，为理解韩愈文道观的内涵，提供了独特的视角。对于柳宗元，陈著指出："'文以明道'这四个字中最中心的一个字，以柳宗元的思想体系来说不在'道'而在

---

〔1〕　朱刚，《唐宋四大家的道论与文学》（北京：东方出版社，1997）。
〔2〕　陈幼石，《韩柳欧苏古文论》（上海：上海文艺出版社，1983），页5。
〔3〕　同上书，页38—39。

'明'。这'明'的实践过程是'以理析之';而'明'的目标是'定其是非'。"[1]

蔡涵墨在其《韩愈与唐代对统一性的寻求》一书中，对于韩愈的"文道观"，以"诚"为核心，建立了"文"与"道"一本论的阐释。他认为"诚"对于韩愈来说，意味着人能达到的最高状态。韩愈将《中庸》中以"诚"为抽象的天道原则与《大学》中以"诚"为修身的实行方法相结合，形成儒家生活的终极目标：通过内心道德修养，积极投身于现实世界以启发自我的精神追求，恢复真实无妄的天性，达到成己成物的至诚状态。只有在这种状态下，文与道才为统一的一体。当达到"诚"的状态，文学作品也就辞足可以成文，文道自然同一。古文包含了一种精神和道德力量，这种力量来源于它与古道的最终统一，因此以古文作为工具最合适不过。蔡著进而指出，韩愈建立的文章道统，由理论和实践两方面组成，互为表里，相互印证。理论上，文与道为一体；实践上，韩愈积极取法三代两汉之古文，推动达成文道同一的境界。[2]蔡著对韩愈文道一体的阐释，有鲜明的心性儒学色彩。

综上所述，20 世纪的有关研究，在运用"内容与形式"的二元视角阐释文道关系的过程中，也对这一阐释所存在的局限多有认识，努力探索更为内在地理解文道关系的视角与方法。

近二十多年来，学界对"文"的思想史意义展开探索，这为认识中唐古文的文道关系，提供了新视角，其理论贡献与局限，也很值得反思。[3]

---

[1] 《韩柳欧苏古文论》，页 48。

[2] Charles Hartman, *Han Yu and the T'ang Search for Unity*. Princeton: Princeton University Press, 1986.

[3] 关于"文"与思想史研究的有关问题，拙文《"文"与唐宋思想史》亦有讨论，见《海外中国古典文学研究》（北京：社会科学文献出版社，2016），页 86—99。

在中国传统思想文化环境中，"文"从广义上讲，指政治制度层面的文教礼仪；从狭义上讲，指语言文字、诗文辞章，这两者都与中国传统作为知识精英的"士"阶层密切相关，展现了中国文化的核心内容。对"文"的思想史意义的思考，也是意在对中国核心价值传统进行反思，从思考方法上看，学界对"文"的思想史意义的探索，体现了语言哲学、过程哲学和概念史等理论视角的重要影响。

包弼德《斯文：唐宋思想的转型》在关于唐宋思想史的讨论中，针对唐宋古文的文道关系，做出独到的观察和阐释。《斯文》指出，古文运动之前的中世之"文"，被视为宇宙秩序和上古遗产的体现。这构成了"斯文"传统。先唐的"斯文"概念从狭义上讲，指古代圣人传授下来的典籍传统；从广义上讲，则是孔子在六经中保存的写作、从政、修身等行为规范。初唐士人认为"斯文"是价值观的基础和来源。唐宋古文运动对以"斯文"为价值观基础的信念进行挑战，最终转向以伦理原则为价值观基础的道学。《斯文》认为，中唐到北宋的士人，一方面坚持"斯文"在确立价值观方面的权威意义，以期获得统一的价值标准和思考模式；一方面主张对价值观做独立探求。这两者之间的"张力"，是古文演变的核心动因，也是唐宋思想演变的核心问题。对于韩愈来讲，"写作古文保证能够解决一个不平则鸣的本然自我，与一个按照应然的观念所建立的自我之间的张力"[1]。"古文就是人自立之后所作的'文'。这种形式建立在个人通过古代的文发现圣人之道的基础上，因为它由一种使人想起古人的方式来表达，所以即使它打破了当前为文的习俗，它也并非与文化传统不一致。"[2]

《斯文》作者包弼德自道其分析方法受到以英国斯金纳和德国柯赛

---

〔1〕 参见包弼德著，刘宁译，《斯文：唐宋思想的转型》（南京：江苏人民出版社，2017），页169。

〔2〕 同上书，页172。

勒克为代表的概念史研究的影响。[1] 书中对"斯文""文""古文"之内涵的理解，体现了将概念置于历史语境中加以认识的努力。《斯文》认为，在唐宋转型的语境中，"古文"意味着坚持斯文典范与表达本然自我之间的张力，因此，《斯文》对古文家文道关系论的理解，既非一元论，也不是简单的二元论，它从一个独特的视角阐发了"古文"之"古"的内涵，也为更内在地理解"文""道"关系，提供了独到而富有深度的解读。

与《斯文》的概念史路径不同的是，林少阳、陈赟等人对"文"的思想意义的思考，显示了语言哲学和过程哲学的影响。林少阳《"文"与日本的现代性》一书主要关注"文"作为"文字辞章"这个狭义的层面，讨论语言变迁、文学审美之转变与日本近代性的关联。从理论渊源上看，林著对书写体（écriture）的关注，深受雅克·德里达"文字学"的影响，小森阳一在为此书所作的"序言"中特别指出："林少阳这种从'文'的概念重新探讨汉字文化圈的语言思想和文学理论的意识，是与欧洲语文圈中雅克·德里达提出的'文字学'相呼应的。德里达批判了流播广布的'索绪尔语言学'中的声音中心主义，'索绪尔语言学'的前提是语言（langue）与言语（parole）的二元对立，其中言语（parole）被定位为声音语言，而用文字写成的'文'的书写（écriture），却被隐而不彰。这一状况为德里达所力诋。在声音主义中，占据着统治地位的是这样一种幻想：以声音方式发出的语言，即言语（parole）直接显现在这个世界，其间具有的单一性意义开示了真理。但是，始于文字的符号的空间定型化，仅仅将语言作为发声行为的踪迹留存下来，其中的意义确定总是被延迟，最后成为不可确定性。德里达的解构方法就是在关注到这种'差延'（différrance，差异与延迟）作用的情况下，力图去把握踪迹留存的样态。尽管林少阳

〔1〕《斯文：唐宋思想的转型》，再版序，页3—7。

并未提及于此，但这一方法始终贯穿在他的著作之中。"〔1〕的确，林书正是在"尝试一种从语言学角度观察历史的可能"〔2〕，它对于"话语历史"的考察，对"隐喻"的分析，都与德里达"文字学"的基本旨趣相一致。

陈赟《"文"的思想及其在中国文化中的位置》一文，亦颇为关注"文"在中国思想史中的意义，其理论路径可看到过程哲学的影响。陈文提出："如果说中国思想的核心是上下（包括天人、古今）之间的通达，那么，这一通达是通过'与于斯文'的方式展开的：在具体的个人那里意味着将其物理－生物的生命转化为'文－化'的生命，对于世界而言，就是将自然的世界转换为'文－化'的世界。当然，文包括天文与人文，本真的人文的展开是止于文之自明的方式，是人文与天人之间的通达与和谐。"〔3〕

陈文这种对"文"之"化成"意义的强调，凸显了对"过程"的关注，这与安乐哲以"过程哲学"来观察中国古代哲学颇有近似之处。安乐哲认为："过程性的思维方式，正是自古以来中国宇宙论的特征，……这种思维方式在世界哲学中会照明一条道路，将本体论的思维方式抛在后面。"〔4〕"中国从生生不息的《易经》开始，就是一种过程哲学"，这个"过程"的核心是"创造"（creativity），"道"不是已经创造好的东西，而是我们要参与的一个过程，我们得行走，道给我们一个方向，给我们材料，可是我们要自己创造我们的将来，所以这个道是有创造性的。安乐哲与郝大维翻译《中庸》，将"诚"译为"creativity"，并认为不仅仅是creativity，而是co-creativity，协同创

---

〔1〕 林少阳，《"文"与日本的现代性》（北京：中央编译出版社，2004），序言，页1。

〔2〕 同上书，绪论，页5。

〔3〕 陈赟，《"文"的思想及其在中国文化中的位置》，《中国文化研究》2006年冬之卷。

〔4〕 安乐哲著，彭国翔编译，《自我的圆成：中西互镜下的古典儒学与道家》（石家庄：河北人民出版社，2006），序言，页6。

造。[1] 这与陈著对"文"之特性的认识，多有接近之处，陈赟认为："正是文－化的世界使得生命的存在超越了贫瘠、枯竭而有了活泼的本源，生命也因此而有了分别、层级与尊严。""通过世世代代展开的文化境域的建造，世界的丰富性与具体性才显现出来。"[2]

林少阳从语言哲学的视角所做的观察，较多地着眼于声音语言与文字书写之间的复杂关系，适合讨论东亚近代转型中的言文关系；陈赟的观察，则着重于"文"作为"礼仪文教"的化成作用，这两者都对于认识古文的文道关系稍显隔膜。与之相比，《斯文》的讨论，则更为切近。但是，《斯文》对"文""道"的理解，还是较多地受到道学的影响，尚未能充分观察"文"与"道"独特的内涵。古文传统启发了道学的兴起，并受到道学的否定，但古文所提供的价值观探求之路，却并不因道学对古文的否定而退出历史，相反，古文之路在中国传统社会的后半期，一直作为与道学并行的选择而产生持久的影响力，对古文家"文道观"内涵的思考，需要有更开阔的视野。

第二节　韩愈"文道观"的"主体自觉"

一、以"主体自觉"突破儒家传统文教观

韩愈"文道观"为儒家的文教思想带来显著的新变化，它以鲜明的主体自觉，改变了传统文教论侧重"教化"的思想格局。

儒家一向注重文教，汉唐时期的文教论，其理论基础主要是荀子的礼教、乐教思想。荀子认为人性本恶，因此需要通过礼义教化来"化性起伪"，而乐教则是最重要的教化手段。《荀子·乐论》云："乐者，乐

---

〔1〕　安乐哲，《当代西方的过程哲学与中国古代哲学》，《中国思想史研究通讯》第3辑。
〔2〕　见陈赟，《"文"的思想及其在中国文化中的位置》。

也，人情之所必不免也，故人不能无乐。乐则必发于声音，形于动静，而人之道，声音、动静、性术之变尽是矣。故人不能无乐，乐则不能无形，形而不为道，则不能无乱，先王恶其乱也，故制《雅》《颂》之声以道之，使其声足以乐而不流，使其文足以辨而不思，使其曲直、繁省、廉肉、节奏足以感动人之善心，使夫邪污之气无由得接焉。是先王立乐之方也。"[1]《毛诗大序》的内容与《荀子·乐论》《礼记·乐记》十分接近，主张诗、乐、舞一体，提出"情动于中而形于言，言之不足，故嗟叹之，嗟叹之不足，故永歌之，永歌之不足，不知手之舞之，足之蹈之也"[2]；论乐与政治的关系，认为"治世之音，安以乐，其政和。乱世之音，怨以怒，其政乖。亡国之音，哀以思，其民困"[3]。

强调礼义约束的文教思想，视儒家经典为风雅正声，提倡对经典的遵循与取法。孔子称赞《诗经》之《关雎》"乐而不淫，哀而不伤"[4]，刘勰在《文心雕龙·宗经》中，认为儒家经典是为文之典范，创作者应"禀经以制式，酌雅以富言，是仰山而铸铜，煮海而为盐"[5]。

韩愈讨论"文""道"关系，与此颇为不同。首先，他强调主体对于"道"的积极体认，肯定主体的能动意义。第二，他改变了文教观追求中和的美学旨趣。在韩愈看来，圣人的创作之所以堪为典范，不在于典雅中正，而在于体现了不因循故常、卓荦奇伟的精神境界，所谓"圣人之道不用文则已，用则必尚其能者。能者非他，能自树立不因循者是也"（《答刘岩夫书》）[6]。他最推重先圣百家之文卓荦不群的个性，其《进学解》借太学生之口，述其取法先圣百家之道云："先生口

---

[1] 《荀子集解》，卷一四，下册，页379。
[2] 毛亨传，郑玄笺，孔颖达疏，龚抗云等整理，《毛诗正义》，李学勤主编《十三经注疏》，卷一，页7。
[3] 同上书，页9。
[4] 《论语注疏》，卷三，页45。
[5] 《文心雕龙注》，卷一，上册，页23。
[6] 《韩愈文集汇校笺注》，卷八，第2册，页866。

不绝吟于六艺之文，手不停披于百家之编。……作为文章，其书满家，上规姚姒，浑浑无涯，《周诰》《殷盘》，佶屈聱牙，《春秋》谨严，《左氏》浮夸，《易》奇而法，《诗》正而葩，下逮《庄》《骚》，太史所录，子云相如，同工异曲，先生之于文，可谓闳其中而肆其外矣。"[1] 如此取法六艺百家，皆是着眼其独擅之处。

第三，对于文的抒情内涵，韩愈的理解更为丰富。汉唐时期的儒家文教思想，"教化"意味甚浓，比较关注道德情感在教化中的意义。毛诗对此的阐述最为充分。《毛诗大序》提出"诗言志"，这里的"志"，既指诗人的伦理意志，也包含了诗人的道德情感。《毛诗大序》云："《关雎》，后妃之德也，风之始也，所以风天下而正夫妇也，故用之乡人焉，用之邦国焉。风，风也，教也，风以动之，教以化之。"[2] 又云："上以风化下，下以风刺上，主文而谲谏，言之者无罪，闻之者足以戒，故曰风。……吟咏情性，以风其上。"[3] 这种风化之力，与乐教思想多有不同。乐教关注的是对自然人情欲望的克制，所谓"先王耻其乱，故制《雅》《颂》之声以道之，使其声足乐而不流，使其文足论而不息，使其曲直、繁瘠、廉肉、节奏足以感动人之善心而已矣，不使放心邪气得接焉"[4]。虽然《乐记》也提到"感动人之善心"，但这种感动，并不是立足于内在主体德性的基础，至少《乐记》没有深刻地阐发这一问题，它的重点在于"不使放心邪气得接焉"。毛诗所提倡的风化，则立足在教化者与被教化者内心德性的呼应。因此"上以风化下"，强调的是德性的感召；"下以风刺上"，强调的是"主文而谲谏"，即通过彼此内在的道德主体发挥交互的影响。由此再来看《毛诗序》"主文而谲谏"，这种温和婉转的方式，正与其风化的诗教十分协

---

〔1〕《韩愈文集汇校笺注》，卷二，第1册，页147。
〔2〕《毛诗正义》，卷一，页5—6。
〔3〕同上书，页15—17。
〔4〕《礼记正义》，卷三九，页1333。

调。《礼记·经解》有"温柔敦厚，诗教也"[1]之说，后人亦多以"温柔敦厚"为诗教精神。这个意见是出于先秦，还是出于汉代，学者有不同的意见，但至少在汉代已经流行，而毛诗"主文而谲谏"的风化观，是对温柔敦厚之诗教精神的独特阐发。

中古时期，文学和文学思想获得长足发展，对于文学抒情特征的认识更为深入，而"风骨"这一关乎文学抒情品质的核心范畴，也和儒家的文教思想逐渐融合起来。所谓"风骨"，是作品所呈现的独特美学特征，建立在超越性的精神气局与充沛激越之情感的结合之上，《文心雕龙·宗经》云："怊怅述情，必始乎风；沉吟铺辞，莫先于骨。结言端直，则文骨成焉；意气骏爽，则文风清焉。"[2]"风骨"显然是对文学作品在表达道德情感时，其抒情特征的一种更为丰富和深入的认识，它涉及作者本人的精神气局、抒情遣辞的特殊美学特征。初唐陈子昂提倡"风骨"与"兴寄"，开启唐代诗文的复兴之路，其著名的《与东方左史虬论修竹篇序》云："东方公足下：文章道弊五百年矣，汉魏风骨，晋宋莫传，然而文献有可征者。仆尝暇时观齐梁间诗，彩丽竞繁而兴寄都绝。每以咏叹，思古人，常恐逶迤颓靡，风雅不作，以耿耿也。一昨于解三处见明公《咏孤桐篇》，骨气端翔，音节顿挫，光英朗练，有金石声。遂用洗心饰视，发挥幽郁。不图正始之音，复睹于兹，可使建安作者，相视而笑。"[3]而陈子昂的朋友卢藏用，从儒家文教之复兴来认识陈子昂的意义，提出："道丧五百岁而得陈君，……卓立千古，横制颓波，天下翕然，质文一变。"（《右拾遗陈子昂文集序》）[4]这说明儒家的文教观进一步容纳了"风骨"这样的抒情内涵。"风骨"的提倡，带来了盛唐文学的伟大成就，显示了儒家文教观对文学抒情性

---

[1]《礼记正义》，卷五十，页1368。

[2]《文心雕龙注》，卷一，上册，页23。

[3]《全唐文》，卷八三，第3册，页895。

[4] 同上书，卷二三八，第3册，页2402。

的最丰富的认识。盛唐文坛宗主张说，提倡为文"天然壮丽"，就是对"风骨"的直接继承。

值得注意的是，无论诗教对道德情感的肯定，还是"风骨"观对道德情感之丰富性的认识，都没有从根本上改变儒家文教观的理论格局。文教观以文学为教化之工具，以礼为其核心精神，因此对抒情性的肯定，是以道德情感为其核心，毛诗推重诗人的道德情感，"风骨"观也着眼于超迈凡尘的精神气局，不太关注普通凡俗的人情境界。对"文质彬彬"之中和精神的推重，也鲜明地渗透在儒家文教思想中。毛诗认为诗人的道德情感，符合"乐而不淫，哀而不伤"的中和旨趣；而"风骨"观也贯穿了中和的美学趣味，《文心雕龙·风骨》称赞有"风骨"的作品"捶字坚而难移，结响凝而不滞"，"意新而不乱"，"辞奇而不黩"[1]，体现了中和之旨。

如此理论追求，对文学情感内涵的认识就有其狭隘之处。西晋陆机提出"诗缘情而绮靡"（《文赋》）[2]，其"缘情"之"情"偏重自然人情。儒家诗教推重道德人情，自然人情是需要节制和约束的对象，因此"缘情"就很难在儒家的创作思考中受到充分关注。对文学抒情与丽藻的批评，也是经常出现的声音。

韩愈的"文道观"也很重视道德情感内涵，其讨论为文之"气"，继承了孟子"养气"之论对道德情感涵蓄长养的传统，因此，韩愈对"风骨"观多有肯定。他高度评价陈子昂，认为"国朝盛文章，子昂始高蹈"[3]，而他对于高蹈奇崛的文学境界的向往，正与"风骨"论一脉相承。但韩愈的"文道观"对情感的复杂状态有了更多容纳，对道德人情和自然人情之间的复杂联系有了新的安顿。韩愈为文，多写个

---

〔1〕《文心雕龙注》，卷六，下册，页513—514。
〔2〕陆机撰，张少康集释，《文赋集释》（上海：上海古籍出版社，1984），页71。
〔3〕韩愈，《荐士》，《韩愈全集校注》，第1册，页355。

人的穷愁感愤，但他认为自己的"感激怨怼奇怪之辞"，"不悖于教化"（《上宰相书》）。[1]

综上所述，韩愈的"文道观"突出了"主体自觉"，摆脱了儒家文教思想以"教化"为核心的传统格局。"文"不再只是传达礼义修身的中正平和，而是更多地表现了仁义内在的体验，展示作者奇崛的性情，表达丰富的情感。唯陈言之务去的韩愈，不再重复"风雅""文质彬彬"等传统儒家文教思想的"陈言"，为儒家文教带来新的内涵。

二、天宝复古：韩愈文道观的理论萌渐

韩愈"文道观"相对于儒家传统文教观的显著变化，其理论上的萌渐，可以追溯至天宝以后出现的文学复古思潮。

儒家的文教观，在初盛唐时期十分流行，天宝后期出现的文学复古思潮，同样以文学的教化意义相倡导，提倡风雅正声。柳冕提出："文章本于教化，形于治乱。"（《与徐给事书》）[2]梁肃认为："文章之道，与政通矣，世教之污崇，人风之薄厚，与立言立事者邪正臧否皆在焉。"（《丞相邺侯李泌文集序》）[3]"夫大者天道，其次人文，在昔圣王以之经纬百度，臣下以之弼成五教，德又下衰，则怨刺形于歌咏，讽议彰乎史册，故道德仁义，非文不明；礼乐刑政，非文不立；文之兴废，视世之治乱，文之高下，视才之厚薄。"（《常州刺史独孤及集后序》）[4]

然而，天宝以后的文学复古论，理论上有一个显著变化，就是将提倡教化从王政大端、王者之责，更多地转向士君子之责任与使命。传统的儒家文教思想，是以教化为王政之根本，是为政者所关注之

---

[1]《韩愈文集汇校笺注》，卷六，第3册，页646。
[2]《全唐文》，卷五二七，第6册，页5356。
[3] 同上书，卷五一八，第6册，页5259。
[4] 同上书，页5260。

事；教化能否推行，是王政休明、国家昌盛与否的体现。王勃《上吏部裴侍郎启》提出："夫文章之道，自古称难，圣人以开物成务，君子以立言见志，遗雅背训，孟子不为，劝百讽一，扬雄所耻，苟非可以甄明大义，矫正末流，俗化资以兴废，国家由其轻重，古人未尝留心。"[1]他认为这是身负朝廷取士重责的裴侍郎"宜深以为念者"。而在复古论这里，士君子自身当以弘扬教化为己任，则是一个很普遍的声音。萧颖士自道己志："丈夫生遇升平时，自为文儒士，纵不能公卿坐取，助人主视听，致俗雍熙，遗名竹帛，尚应优游道术，以名教为己任，著一家之言，垂沮劝之益，此其道也。"（《赠韦司业书》）[2]独孤及赞扬萧颖士"修其辞，立其诚，生以比兴宏道，殁以述作垂裕"（《唐故殿中侍御史赠考功郎中萧府君文章集录序》）[3]。

在复古论者看来，教化的实现要依靠德行与文学俱备的士君子，李华就提出"六义"之兴，有赖文行兼备之"作者"，所谓："文章本乎作者，而哀乐系乎时；本乎作者，六经之志也；系乎时者，乐文武而哀幽厉也。立身扬名，有国有家，化人成俗，安危存亡，于是乎观之。"（《赠礼部尚书清河孝公崔沔集序》）[4]士君子的文德修养，显然成为教化兴废的根本所在。

柳冕对"养才"与推行教化之关系的论述，更深入地阐明了这一旨趣："天地养才而万物生焉，圣人养才而文章生焉，风俗养才而志气生焉，故才多而养之，可以鼓天下之气，天下之气生，则君子之风盛。"（《答杨中丞论文书》）[5]柳冕认为，能够发挥移风易俗之力"鼓天下之动"的是"君子之风"，而这要靠长养人才，所以士君子的养

---

〔1〕《全唐文》，卷一八〇，第2册，页1829。
〔2〕《萧颖士集校笺》，卷三，页72。
〔3〕同上书，卷三八八，第4册，页3941。
〔4〕同上书，卷三〇五，第4册，页3196。
〔5〕《全唐文》，卷五二七，第6册，页5359。

成，对教化有着至关重要的作用。柳冕大力提倡培养文行兼擅的"君子儒"，他说："尧舜殁，雅颂作；雅颂寝，夫子作；未有不因于教化，为文章以成国风。是以君子之儒，学而为道，言而为经，行而为教，声而为律，和而为音，如日月丽乎天，无不照也；如草木丽乎地，无不章也；如圣人丽乎文，无不明也；故在心为志，发言为诗，谓之文，兼三才而名之曰儒，儒之用，文之谓也。"（《答荆南裴尚书论文书》）[1]

复古论者对士君子在教化之道中的重要地位的肯定，体现了士人的新自觉，这与韩愈"文道观"充分肯定士人体"道"之能动性的理论追求，有相当密切的联系。所不同的是，复古论者还在很多方面保留了传统文教思想的影响，例如论文必以教化为本，而韩愈论文，则很少以风雅教化立论。对于文教观所推重的中和美学精神，复古论者也多有认同，独孤及提到萧颖士感慨汉世以下，文风衰落："文质交丧，雅郑相夺，盍为之中道乎？"而他认为萧本人的文章："深其致，婉其旨，直而不野，丽而不艳。"（《唐故殿中侍御史赠考功郎中萧府君文章集录序》）[2]独孤及本人的文章，则被梁肃誉为"宽而简，直而婉，辩而不华，博厚而高明"（《常州刺史独孤及集后序》）[3]。

韩愈的古文前辈对"主体自觉"有了初步的追求，但不能彻底摆脱传统儒家文教思想的种种"陈言"。只有韩愈"唯陈言之务去"，创造了充满新思考的"文道观"。

第三节　韩愈"文道观"的"中国自觉"

韩愈所建构的"文道观"，不仅关注"主体自觉"，而且与"中国

---

[1]《全唐文》，卷五二七，第 6 册，页 5357。

[2] 同上书，卷三八八，第 4 册，页 3941。

[3] 同上书，卷五一八，第 6 册，页 5260。

自觉"紧密关联。在中唐特殊的时代环境中，韩愈对夷夏问题有了深入而独特的思考，这在很大程度上，对其"文道观"的建构产生很大影响。

韩愈提倡文章复古，与其独特的夷夏观有密切关联。以排佛为焦点的夷夏思考，促使韩愈反思"中国之法"。这深刻地塑造了他内涵独特的中国道统与文统认识，以及文道并重、"三代"与"两汉"兼取的古文创作追求。陈寅恪先生在《论韩愈》中指出，韩愈以佛教为夷狄之法而大力排斥，这是韩愈所以为古文运动领袖的根本所在。[1] 陈先生对这一观点并未展开论述。长期以来，学界虽然对韩愈的夷夏观以及古文思想皆有探讨，但对两者之间的内在联系缺少足够观察，这是文学与思想研究不能充分贯通带来的缺憾。事实上，如果对昌黎诗文做整体分析，联系中晚唐的时代背景，会发现韩愈的夷夏思考并没有简单沿袭传统以民族与文化区别夷夏的视角，而是有了更浓厚的国家意识。这种夷夏新识在很大程度上塑造了他古文思想的独特品格，对其建构极具理论新意的"文道观"有重要影响。

一、"中国"与"外国"：韩愈夷夏观的国家意识

韩愈夷夏之防的焦虑，主要着眼于排佛，他认为佛教是来自"外国"的夷狄之法，奉佛之人，是"举夷狄之法而加之先王之教之上"（《原道》）[2]。他对佛教的"外国"身份极为强调，也极为排斥。

在排佛辞旨最为鲜明的《论佛骨表》中，韩愈反复申明佛法来自"中国"之外："伏以佛者夷狄之一法耳。自后汉时流入中国，上古未尝有也。"他激烈地反对佛骨入宫，原因亦在于佛陀为一"外国人"：

---

〔1〕 陈寅恪，《论韩愈》，《金明馆丛稿初编》（北京：生活·读书·新知三联书店，2001），页 328—329。

〔2〕 《韩愈文集汇校笺注》，卷一，第 1 册，页 3。

"夫佛本夷狄之人，与中国言语不通，衣服殊制。口不言先王之法言，身不服先王之法服，不知君臣之义，父子之情。假如其身至今尚在，奉其国命，来朝京师，陛下容而接之，不过宣政一见，礼宾一设，赐衣一袭，卫而出境，不令惑众也。况其身死已久，枯朽之骨，凶秽之余，岂宜令入宫禁？"[1]在韩愈看来，即使佛陀亲自"奉其国命"，作为外交使节来访中国，宪宗也不过是以外宾之礼接待，何况如今已是"枯朽之骨"，中国之君岂能如此隆重礼奉。

以佛教出于"外国"而加以排斥，这本是中古以来排佛论常见的论调，如周武帝对慧远指佛教乃"外国之法，此国不须"[2]；后赵著作郎王度："佛，外国之神，非诸华所应祠奉。"[3]但是，韩愈对佛教出于"外国"的反感，并不是简单的旧论重申，从他以极大的勇气精心撰写的《论佛骨表》看，其对佛教出于"外国"的强烈抵制，对佛陀"奉其国命"而来的假设，都流露出浓厚的国家意识。柳宗元《永州龙兴寺修净土院记》云："中州之西数万里，有国曰身毒，释迦牟尼如来示现之地。"[4]《史记·大宛列传》"（大夏）东南有身毒国"，司马贞《史记索隐》引孟康曰："即天竺也，所谓浮图胡也。"[5]佛陀出自身毒国，身毒国和唐帝国，是不同的国家政体。当然，古人的主权政体国家意识，并不像近代以来那样典型，钱穆先生说中国人"常把国家观念消融在天下或世界的观念里"[6]。唐帝国并不等同于近代以来的民族主权国家，但它是独立的政治实体，拥有独立的外交权和军事权，因此韩愈在表达对"外国之法"的排斥时，他所要维护的，并不仅仅是抽象

〔1〕《韩愈文集汇校笺注》，卷二九，第 7 册，页 2904—2905。
〔2〕释道宣，《广弘明集》，卷十，《大正新修大藏经》（台北：新文丰出版公司，1983），第 52 册。
〔3〕房玄龄等撰，《晋书》（北京：中华书局，1974），卷九五，第 8 册，页 2487。
〔4〕《柳宗元集校注》，卷二八，第 6 册，页 1867。
〔5〕《史记》，卷一二三，第 10 册，页 3164。
〔6〕钱穆，《中国文化史导论》（修订本）（北京：商务印书馆，1994），页 23。

的文化意义上的中国，也包含着对作为政治实体的唐帝国之精神文化的维护，包含着值得关注的国家意识。[1] 在他看来，佛教作为一种"中国"之外其他国家政体的文化，侵入唐帝国所代表的"中国"，必将重创"中国之法"。

韩愈之攘夷，着眼于"外国"而并不聚焦于"胡汉"，和安史之乱后胡汉民族矛盾阴影下的夷夏焦虑有明显差别。唐朝安史之乱前的社会和士人，对少数民族及其文化，总体上持开放和包容的态度；这一胡汉和谐的局面，在安史之乱中被严重破坏。安禄山领范阳、平卢、河东三镇起兵，先后占领唐东西两京，河南、关中大片土地。叛军所过之地，百姓流散、田地荒芜。安史乱军的主力多是少数民族如契丹、奚、昭武九姓胡等，其铁蹄践踏的血腥残暴，激化了胡汉之间的民族矛盾。无论是安史之乱中，还是战乱平定后相当一段时间里，朝野上下对安史叛军羯胡乱华的声讨，始终没有停止。杜甫在安史之乱中创作的诗歌，就屡屡直揭安史叛军是"羯胡"，他为"东胡反未已"（《北征》）[2] 忧念不已，也坚信"胡命其能久，皇纲未宜绝"（《北征》）[3]。安史之乱后，唐朝统治者对异族武将多怀猜忌，唐代宗对仆固怀恩、唐

---

[1] 关于中国古代的对外关系，受藩属体系、朝贡体系的影响，与近代民族主权国家之间的国际关系，颇多差异，参看费正清编，杜继东译，《中国古代的世界秩序：传统中国的对外关系》（北京：中国社会科学出版社，2010），页1—12。但不少学者指出，借鉴现代国际关系来认识中国古代的对外关系，仍然是有意义的，因为春秋战国时期的诸侯国、汉唐时期的汉帝国、唐帝国与周边政权，都具有独立的军事权、外交权，可视为"前国家实体"，彼此的关系，也可借鉴现代国家间关系来加以认识，参看王日华，《国际体系与中国古代国家间关系研究》，《世界经济与政治》2009年第12期。唐人言及唐帝国与周边政权的关系，多以"中国"自称，所谓"中国"，不仅仅是指文化中国，也包含对唐帝国这一政治实体的自觉，有政治中国的含义，例如《旧唐书·东夷传》："（盖苏文）自立为莫离支，犹中国兵部尚书兼中书令职也。"（卷一九九上）此处比较唐帝国与高丽两国官职，其中的"中国"即特指唐帝国。韩愈在排佛时希望辨明的"中国""外国"之别，就包含了对唐帝国的国家自觉。

[2] 《杜诗详注》，卷五，第2册，页395。

[3] 同上书，页403。

德宗对李怀光的不信任，都是其中很典型的例子。中唐时期蔑视中央、骄傲纵恣的武将多为胡人，因此武臣跋扈、藩镇割据的时代之弊，也与胡汉矛盾有着割不断的联系。[1]

　　韩愈虽身处安史之乱后的中唐之世，但很少从胡汉民族矛盾的角度来解读时事之忧。在为安史之乱中的忠臣张巡、许远进行剖辩的《张中丞传后叙》中，他述及安史叛军，并未以"羯胡"目之，而是称之为"贼"。[2]这一点，倘若与李翰《进张巡中丞传表》相比较，就体现得更为明显。李表虽亦称叛军为"贼"，但屡有"逆胡构乱""逆胡背德"之论。韩愈的《后叙》正是补李翰《张中丞传》之不足，行文全无"逆胡"之语，应当不是偶然，而是透露了他对胡汉这一视角的淡化和回避。在著名的《平淮西碑》中，他回溯唐王朝的功业与忧患，言及玄宗朝所遭遇的安史战乱，也未有胡人构乱之语，其文云："至于玄宗，受报收功，极炽而丰，物众地大，孽牙其间。"[3]"唐承天命，遂臣万方。孰居近土，袭盗以狂。往在玄宗，崇极而圮。河北悍骄，河南附起。"[4]这里，他仍将安史之叛，视为盗贼作乱。

　　"盗贼"一词所着眼的，是安史叛军之为叛乱者的身份，而非为胡人的民族身份。杜甫安史之乱中的创作，也常以"盗贼"指称当时的叛乱者，例如"所忧盗贼多，重见衣冠走"（《将适吴楚留别章使君留后兼幕府诸公》）[5]，"朝宗人共挹，盗贼尔谁尊"（《长江二首》其一）[6]，

〔1〕 关于安史之乱后的胡汉民族矛盾，及其对唐人夷夏观的影响，学界论之已详，参看傅乐成《唐代夷夏观念之演变》，参看所著《汉唐史论集》（台北：联经出版事业有限公司，1983），页209—226。

〔2〕《韩愈文集汇校笺注》，卷三，第1册，页296—298。

〔3〕 同上书，卷二十，第5册，页2195。

〔4〕 同上书，页2197—2198。

〔5〕《杜诗详注》，卷一二，第4册，页1288。

〔6〕 同上书，卷一四，第5册，页1491。

在《有感五首》其三中更有"盗贼本王臣"[1]之名句。但杜甫同时也有"东胡反未已""胡命其能久"等特别指明叛乱者胡人民族身份的表达。而遍检韩集，其论及安史叛军，已经完全没有逆胡之语，其对胡汉之别的弱化，是相当明显的。

韩愈对于安史之乱后日益严重的藩镇割据动乱问题，也有很多痛切的体验。贞元十二年，韩愈受董晋知遇，出任宣武军节度使观察推官。贞元十五年，董晋去世后不到十天，汴州即发生兵乱。韩愈在《汴州乱》中真实地记录了动乱的惨烈："汴州城门朝不开，天狗堕地声如雷。健儿争夸杀留后，连屋累栋烧成灰。诸侯咫尺不能救，孤士何者自兴哀。"[2]在贞元十六年创作的《归彭城》中感叹："天下兵又动，太平竟何时？讦谟者谁子，无乃失所宜。"[3]

然而值得注意的是，韩愈对藩镇割据、武臣骄纵的忧虑，并未着眼于胡汉民族矛盾的维度。在他看来，胡汉将领皆是王臣，胡族将领也有忠心竭诚的忠臣，他为奚族将领李惟简撰写墓志，嘉其忠于王室。[4]他对河北藩镇乖离王室的鞭挞，从未刻意指明其为胡族的身份。在著名的《送董邵南序》中，他委婉规劝董邵南不要前往河北之地，也未有一语流露不要身事羯胡之意。

韩愈这种态度，与其同时代人相比尤见独特。与韩愈同时的元稹、白居易等人，对胡汉华夷相杂表达了强烈忧虑。元稹《和李校书新题乐府十二首》中的《法曲》《立部伎》《胡旋女》就是典型的代表。《立部伎》云："宋沇尝传天宝季，法曲胡音忽相和。明年十月燕寇来，九庙千门房尘浣。我闻此语叹复泣，古来邪正将谁奈？奸声入耳佞入心，

〔1〕《杜诗详注》，卷一一，第4册，页1178。
〔2〕《韩愈全集校注》，第1册，页46。
〔3〕同上书，页85。
〔4〕韩愈，《唐故凤翔陇州节度使李公墓志铭》，《韩愈文集汇校笺注》，卷二十，第5册，页2133—2135。

侏儒饱饭夷齐饿。"[1]诗中直指天宝年间的法曲胡音相和导致燕寇长驱南下,而《胡旋女》中"万过其谁辨终始,四座安能分背面"[2]的胡旋舞,更是令君心沉迷、为祸甚巨。《法曲》则慨叹胡风绵延不息:"胡音胡骑与胡妆,五十年来竞纷泊。"[3]

元稹的焦虑,获得了白居易的充分应和,其《新乐府》组诗中的《法曲》,以"美列圣正华声也"为旨归[4],表达了不令华夷相交侵的鲜明态度:"法曲法曲合夷歌,夷声邪乱华声和。……乃知法曲本华风,苟能审音与政通。一从胡曲相参错,不辨兴衰与哀乐。愿求牙旷正华音,不令夷夏相交侵。"[5]在《时世妆》中,白居易严厉批评深受外族影响的流行妆容"髻堆面赭非华风"[6]。

元、白对胡服、胡妆、胡舞、胡乐的排斥,反映了当时很多人的心声。元和以后唐代士女服饰出现回复汉魏以前旧观的趋势,改尚宽衣大袖,当时贵族妇女衣袖竟然大过四尺,裙摆拖地四五寸,以至于李德裕任淮南观察使时,曾奏请用法令加以限制。[7]韩愈的夷夏思考,没有简单应和时人以胡汉论华夷的流行意见,在胡汉矛盾阴影如此浓重的中唐时代,其思考可谓特立独行。

韩愈的夷夏观,也与以《春秋公羊传》为代表的儒家礼义夷夏观有所不同。《春秋公羊传》强调不以民族,而以文化礼义来区分夷夏。《公羊传》宣公十二年载:"夏,六月,乙卯,晋荀林父帅师及楚子战于邲,晋师败绩。大夫不敌君,此其称名氏以敌楚子何? 不与晋而与

〔1〕 周相录校注,《元稹集校注》(上海:上海古籍出版社,2011),页732。
〔2〕 同上书,页737。
〔3〕 同上书,页727。
〔4〕 顾学颉点校,《白居易集》(北京:中华书局,1979),页52。
〔5〕 同上书,页56。
〔6〕 同上书,页82。
〔7〕 《新唐书》,卷二四,《舆服志》,页532;关于中唐服饰风气的变化,参看孙鸿亮,《论唐代服饰及夷夏观的演变》,《唐都学刊》2001年第3期。

楚子为礼也。"[1]楚庄王能讲礼义，故赞之"有礼"，进爵为子，而对晋国加以贬责。西汉董仲舒进一步申发《公羊传》的夷夏之论，《春秋繁露·竹林》云："《春秋》之常辞也，不予夷狄而予中国为礼。至邲之战，偏然反之，何也？曰：《春秋》无通辞，从变而移。今晋变而为夷狄，楚变而为君子，故移其辞以从其事。"[2]

这种以能否持守儒家礼义为核心区分夷夏的态度，是儒家传统夷夏观最突出的特色。韩愈在《原道》中将之概括为"诸侯用夷礼则夷之，夷而进于中国则中国之"[3]。韩愈虽然援引《春秋》公羊之义，但通读韩集，从其整体的思考来看，他也并未完全遵循这个礼义尺度来区别夷夏。这里一个颇值得关注的例子，是他对元和年间淮西节度使吴元济的认识。吴元济叛变朝廷，作乱一方，时人多以"淮夷"目之。柳宗元听闻平叛捷报，特意创作《平淮夷雅》进献朝廷，以彰宪宗中兴功业。[4]其《献平淮夷雅表》云："伏见周宣王时称中兴，其道彰大，于后罕及。……平淮夷，则《江汉》《常武》。"[5]他将唐王朝平定淮西之乱，比喻为周宣王平定淮夷叛乱。然而韩愈在受宪宗之命撰写《平淮西碑》时，却完全不以"淮夷"指目叛军，而是像指称安史叛军一样，目之以"盗贼"。此碑为朝廷巨制，韩愈下笔极为谨慎，文成进献时，撰有《进撰平淮西碑文表》，其中称宪宗功业："伏以唐至陛下，再登太平，划刮群奸，扫洒疆土。天之所覆，莫不宾顺。然而淮西之功，尤为俊伟。碑石所刻，动流亿年。"[6]可见，他将淮西之战，视为宪宗之除奸，而非平定夷狄。宪宗因听信谗言，否定了韩愈的碑文，

---

[1]《春秋公羊传注疏》，卷一六，页349。
[2]苏舆撰，钟哲点校，《春秋繁露义证》（北京：中华书局，2002），卷二，页46；关于公羊学夷夏观，参见陈其泰，《儒家公羊学派夷夏观及其影响》，《史学集刊》2008年第3期。
[3]《韩愈文集汇校笺注》，卷一，第1册，页3。
[4]《柳宗元集校注》，页8—21。
[5]同上书，页1。
[6]《韩愈文集汇校笺注》，卷二八，第7册，页2883。

复令翰林学士段文昌重新撰写，段碑再次沿用时人之论，以"淮夷"指称叛军，其铭云："淮夷怙乱，四十余年。长蛇未翦，寰宇骚然。"又将碑文立意，归于"刻之金石，作戒淮夷"。[1]

韩碑对"淮夷"之语的回避，不应是偶然的。称吴元济为"淮夷"，虽然是袭用《诗经》成语，但这一称谓鲜明地带有以吴为"夷狄"的用意。吴元济本人并非胡族，以其为"夷狄"，显然是着眼其悖逆纲常的叛乱之举，这就令这一称谓有了文化夷夏观的意味。然而吴元济虽叛乱悖谬，但仍是唐王朝国家的臣子。韩愈不以夷狄目之，无疑透露出他对儒家的文化夷夏论并未简单因循，这在中唐的时代风气中，同样颇为特立独行。中唐《春秋》学复兴，啖助、赵匡等人的新《春秋》学皆大力申明公羊学的文化夷夏论，如陆淳《春秋集传微旨》云："十有二年，冬十月，晋伐鲜虞。……淳闻于师曰：'往已伪会而假道，又因不备而伐人，此乃夷狄之所为也，今以中国侯伯反行诈于夷狄，故以夷狄书之。'"[2]晋行夷狄之举，而以夷狄书之，这正是典型的礼义夷夏观。柳宗元深受啖、赵新《春秋》学影响，韩愈门人皇甫湜《东晋元魏正闰论》提出："所以为中国者，以礼义也；所谓夷狄者，无礼义也。"[3]这也是文化夷夏论的典型看法。在这样的时代风气里，韩愈没有简单因循时论，于此亦可见其"自树立，不因循"的思想性格。

韩愈对待道教的态度，也从一个侧面反映了其夷夏观并不能简单归于文化夷夏论。在《原道》中，韩愈对佛老表达了相同的攘斥态度，认为信奉佛老之说者，皆是"举夷狄之法而加之先王之教之上"[4]。但是，如果通观韩集对佛、道两教的各类论述，会发现韩愈夷

---

〔1〕《全唐文》，卷六一七，第6册，页6237。

〔2〕陆淳，《春秋集传微旨》，《丛书集成初编》（北京：中华书局，1991），页86。

〔3〕《全唐文》，页7031。

〔4〕《韩愈文集汇校笺注》，页3。

夏思考的重心，基本都在排佛这一端。论及道教的有关作品，如《谢自然诗》《唐故太学博士李君墓志铭》等，或讥学道之荒诞，或叹服食之无知，词锋虽然激烈，但无一语着眼于夷夏之辨。这与其涉及佛教的相关论述形成明显差异。在《与孟尚书书》中，他表明自己排佛之心迹："何有去圣人之道，舍先王之法，而从夷狄之教以求福利也？"[1]在《女挐圹铭》中称佛为夷鬼。[2]《与浮屠文畅师序》亦从佛为夷狄之法立论。[3]无论是佛理还是道教之论，皆与儒道相悖，倘若单纯从文化夷夏观出发，两者都当归入夷狄之说，然韩愈攘夷之论，多着力于排佛，很少涉及作为中国本土宗教的道教，这同样折射出其夷夏思考中的国家意识。

韩愈所以形成如此独特的夷夏思考，与德宗、宪宗朝边患压力加大、王权重振呼声增强密切相关。

开元十八年（730），吐蕃与唐划定边界。安史之乱后，吐蕃不断侵扰，构成巨大的边防压力。当时朝臣王涯感叹："今天下无犬吠之警，海内同覆盂之安，每蕃戎一警，则中外咸震。"[4]对吐蕃须严加防范的议论也极为流行，李绛上书所论即颇具代表性："自古及今，戎狄与中国并，虽代有衰盛强弱，然常须边境备拟，烽候精明，虽系颈屈膝，而亭障未尝一日弛其备也。何者？夷狄无亲，见利则进，不知仁义，惟务侵盗，故强则寇掠，弱则卑伏，此其天性也。是以圣王以禽兽蚊蚋待之，其至也则驱除之，其去也则严备之。……古人曰：'备豫不虞，有备无患'，此经国之常制也。"其中"夷狄无亲"一语，很能反映时人的畏惧之心与华夷隔阂。[5]

---

〔1〕《韩愈文集汇校笺注》，页886。
〔2〕 同上书，页2695。
〔3〕 同上书，页1073—1074。
〔4〕 王涯，《论讨吐蕃事宜疏》，《全唐文》，页4581。
〔5〕 李绛，《延英论边事》，《全唐文》，卷六四五，第7册，页6528—6529。

吐蕃虽与唐王朝有甥舅和亲关系，但彼此作为政权的对立，也十分尖锐。安史之乱后，吐蕃不断侵扰，构成巨大压力，以至于边防成为中唐士人最为忧念的问题，杜佑创作《通典》特别设边防之目，钩稽历代典章制度，详述备边之论，就是有深切的现实关怀。韩愈对吐蕃的残暴无信有切身体会，他早年到长安求仕，"穷不自存"，族兄韩弇几乎是其唯一的依靠，但韩弇于贞元三年作为浑瑊部下，赴平凉参与与吐蕃的会盟，竟遇吐蕃劫盟而被害。[1]其后韩愈在长安得到北平王马燧的厚待，与马家结下一生情缘，其中与马燧之子马畅关系尤为亲密。马燧是吐蕃极为畏惧的唐朝名将，吐蕃用离间计使马燧被罢免了副元帅、节度使的兵权。在京城做北平王的马燧，英雄完全无用武之地，其家族亦逐渐衰落。[2]吐蕃对唐王朝的侵扰压迫，在韩愈心中有浓重的阴影，这也反向强化了他希望唐王朝中兴振作的国家意识。

在韩愈所身处的德宗、宪宗两朝，士人希望王权能不断加强，希望建立更强盛的王朝政治秩序。韩愈和其同时代士人，普遍有崇尚忠义的尊君追求。柳宗元撰写的《南霁云睢阳庙碑》高度赞扬南霁云的忠勇。[3]白居易将自己视为君王的鹰犬。韩愈亦尊崇君王及其所代表的国家秩序，在《平淮西碑》中，他高度赞誉宪宗平叛的丰功伟业，称"凡此蔡功，唯断乃成"[4]。这种强烈的忠义情怀，也进一步强化了他的国家意识。

由边患压力和王权重振所增强的国家意识，在中晚唐不断有所强化。"中国"与"外国"国家政体之别的某种自觉意识也在增强。五代时期编纂的《旧五代史》，出现了《外国传》，其中记载的所谓"外

〔1〕《旧唐书》，卷一九六下，第16册，页5252。

〔2〕同上书，卷一三四，第11册，页3700—3701。

〔3〕《柳宗元集校注》，卷五，第2册，页418—419。

〔4〕《韩愈文集汇校笺注》，卷二十，第5册，页2199。

国"，在以往的史书中，是归类于《四夷传》所记载的蕃夷之下。虽然学界对《旧五代史》这一"外国"传目的可靠性尚存疑问，但并无确凿的依据可以证明其伪。[1]从中晚唐国家意识的增强来看，这一传目的出现，亦不无其现实基础。韩愈以政治中国为基础的夷夏思考，和这种独特的时代环境，其间应当是存在值得关注的联系。晚唐武宗排佛，其时对佛教的管理，从祠部转归掌管外国人事务的鸿胪寺。[2]这显然强化了佛教作为外国宗教的定位，与韩愈视佛教为外国之教而加以排斥的用心颇为一致。

韩愈夷夏观的国家意识，反映了他对唐帝国国家精神文化发展的思考。长期以来，学界对韩愈夷夏观的认识，大体还是在民族与文化的分析视角中展开。陈寅恪先生认为，中唐一般古文家因"远则周之四夷交侵，近则晋之五胡乱华"[3]的焦虑，而有"尊王攘夷"之主张；傅乐成从疏忌武人、排斥异族及其文化的角度，细致讨论了唐代安史之乱后夷夏之防转严的变化。[4]这些讨论都强调了民族矛盾对夷夏思考的激发，虽然并非针对韩愈而发，但对韩愈夷夏观的研究，产生了重要影响，例如刘真伦对韩愈夷夏观做了细致的辨析，指出韩愈倡言道统，首严华夷之辨，是回应民族生存的深重危机。尊王攘夷的侧重

---

[1] 关于《旧五代史》之《外国传》，陈尚君《旧五代史新辑会证》（上海：复旦大学出版社，2005）不取"外国列传"为名，理由有二：一、各类文献无引称"外国"传者；二、与唐、宋正史之一般体例亦不合。见页4271。钱云《从"四夷"到"外国"：正史周边叙事的模式演变》（《复旦学报》2017年第1期）亦认为，"外国传"非《旧五代史》旧有之类传名。然上述意见仍偏于推断，似难定论。

[2]《旧唐书》，卷一八上，第2册，页605。

[3]《金明馆丛稿初编》，页320。

[4] 傅乐成《唐代夷夏观念之演变》对于唐代夷夏观的研究有重要影响。孙鸿亮《论唐代服饰及夷夏观的演变》（《唐都学刊》2001年第3期）、李建华《中唐文坛的夷夏之辨》[《云南民族大学学报（哲学社科版）》2011年第1期]、王成龙《唐代"夷夏之防"观念的演变——从北方胡族内附角度来看》（陕西师范大学硕士学位论文，2014年5月）等也集中讨论了这一问题，相关的分析亦集中从民族与文化的视角梳理唐人的夷夏思考。

点在大一统的民族文化传统，而不在"非我族类，其心必异"的民族歧视。[1] 刘著着力辨析了韩愈夷夏观重文化而非族类，颇具启发意义，但思考的视角还是侧重民族与文化。笔者则希望关注韩愈夷夏观更为浓厚的国家意识，从国家意识出发，可以更充分看到韩愈在唐王朝这个统一帝国面临社会思想危机时的深刻反思。

当然，韩愈这种国家夷夏观，对于传统的儒家文化夷夏观，不是否定，而是一种丰富和发展。两者都反对以族别来区分夷夏。儒家文化夷夏观贯彻"尊王攘夷"之旨，其夷夏思考与"尊王"紧密联系在一起。中唐《春秋》学复兴，通过阐发公羊大义而重申儒家文化夷夏观的中唐士人，也是有着"尊王"的强烈用心。如前所述，柳宗元深受公羊学文化夷夏观的影响，而他正是有着崇尚忠义的强烈追求。但是，韩愈深具国家意识的夷夏观，并不是对"尊王攘夷"的简单重复。后者之"尊王"，是尊崇周天子所象征的天下礼仪秩序，韩愈则将唐帝国国家政治文化需要融入夷夏观的文化思考，从而对"中国之法"形成更复杂的认识，丰富了儒家文化夷夏观单纯以儒家礼义来界定华夏之道的做法。如果说儒家文化夷夏观的理想是礼义中国，那么韩愈夷夏观的理想则是一个道统与文统并重、精神文化形态更为丰满的中国，对此，下文将进一步阐述。从这个意义上讲，韩愈和他的同时代人虽感受到相同的时代焦虑，却能根据时代的需要，对文化夷夏观这一儒学传统理论做出新的发展，这无疑是其儒学复兴之功的又一重要体现。

---

[1] 刘真伦，《韩愈思想研究》（开封：河南大学出版社，2018），页219—222。陈来指出："韩愈所理解的'道'不仅是一种精神价值，它包含一整套原则，其中包括仁义代表的道德原则，《诗》《书》《易》《春秋》代表的经典体系，礼乐刑政代表的政治制度，以及儒家所确认的分工结构（士农工商）、伦理秩序（君臣、父子、夫妇）、社会礼仪（服、居、食）乃至宗教性礼仪（郊庙）。这实际是韩愈所了解的整个儒家文化——社会秩序。"陈来，《宋明理学》（上海：华东师范大学出版社，2004），页18—19。

二、"中国之法"的精神与文化传统

在独特夷夏观的视野下，韩愈对"中国之法"的认识，呈现出十分丰富的内容。他认为中国的精神传统是以儒家为根本道统，同时具有绵延不绝、多元而丰富的文化传统，此为中国之文统。道统与文统并重，相互之间形成独特的张力，共同构成"中国"的丰富内涵。这种独特的"中国"观，也直接塑造了其古文思想文道并重、"三代"与"两汉"兼取的旨趣。

韩愈《原道》所阐述的道统，反映了他对中国精神传统的认识，包含着复杂的国家政教建设之用心。道统不是单纯的儒家义理，而是以仁义为核心，涵盖了个人与社会生活方方面面的一整套礼乐制度安排："其文：《诗》《书》《易》《春秋》；其法：礼、乐、刑、政；其民：士、农、工、贾；其位：君臣、父子、师友、宾主、昆弟、夫妇；其服：麻、丝；其居：宫室；其食：粟米、蔬果、鱼肉。"[1]这套礼乐制度，完美地安顿了人们的生活，让人们身心安泰、幸福和平。

这是一套涵盖政治社会生活、礼仪秩序以及士人个体修身的完整政教体系，这一体系不能简单等同于孟子的仁政理想，也不能被《仪礼》《礼记》所记载的士人礼仪传统所完全涵盖。从其关注天下国家制度施设的角度看，它接近《周礼》所呈现的王政制度理想。《周礼》勾画了王政的理想制度版图，设官分职涵盖了对社会生活全面的教化管理。《周礼》对汉唐国家的建设产生深刻影响，唐朝的国家建制也取尚《周礼》。唐玄宗时期编纂的《唐六典》即是以《周礼》为蓝图构造唐王朝的政治体系。韩愈《原道》虽然表达颇为精简，但其对先王之教的阐述，还是取意于儒家王政教化体系的规模。同时，韩愈又立足《大学》正心诚意、修齐治平的理想，将王政教化和士人的正心诚意联

---

[1]《韩愈文集汇校笺注》，卷一，第1册，页4。

系起来。正是这样的体系，全面安顿了人伦社会，既能安顿个人，也能"以之为天下国家，则无所处而不当"；既能安顿现实，也能沟通神明，所谓"郊焉而天神假，庙焉而人鬼飨"。

韩愈进一步说，这套体系传承有序，构成了中华道统："由周公而上，上而为君，故其事行；由周公而下，下而为臣，故其说长。"[1]儒道最初由圣君推行，至周公而下，才转入先贤的传述。这再一次说明，中国道统是国家政教与士人正心诚意、自我修身传统的贯通。

《原道》从国家政教的角度阐发"道统"之内涵，而佛老之为蠹害，正体现在它伤害了这一儒家政教体系。佛老的清净寂灭，让人脱离人伦："今其法曰：'必弃而君臣，去而父子，禁而相生养之道。'以求其所谓清净寂灭者。"[2]追求修身养性，却抛弃了天下国家："今也欲治其心，而外天下国家，灭其天常，子焉而不父其父，臣焉而不君其君，民焉而不事其事。"[3]对于构建了政教体系以安顿人伦的圣人，老子却说："圣人不死，大盗不止；剖斗折衡，而民不争。"[4]这些都是对道统的巨大伤害。宪宗迎奉佛骨，韩愈看到时人"断臂脔身，以为供养者。伤风败俗，传笑四方"[5]，为佛教之于中国政教传统的伤害而深感忧虑。可见，韩愈所树立的道统，作为政治中国的精神传统，不是一套单纯的儒家义理原则，而是丰富的国家政教施设，这是其夷夏观国家意识的折射。

韩愈不仅通过道统树立了中国的精神传统，还通过文统阐发了中国的文化传统。在《送孟东野序》中，韩愈为宽慰世路失意的好友孟郊，构建出一个贯穿百代的善鸣者谱系：

---

〔1〕《韩愈文集汇校笺注》，卷一，第 1 册，页 4。
〔2〕 同上书，页 3。
〔3〕 同上。
〔4〕 同上书，页 2。
〔5〕 同上书，卷二九，第 7 册，页 2905。

其在唐虞，咎陶、禹其善鸣者也，而假之以鸣。夔不以文辞鸣，又自假于《韶》以鸣。夏之时，五子以其歌鸣。伊尹鸣殷，周公鸣周。凡载于《诗》、《书》、六艺，皆鸣之善者也。周之衰，孔子之徒鸣之，其声大而远。《传》曰："天将以夫子为木铎。"其弗信矣乎？其末也，庄周以其荒唐之辞鸣。楚，大国也。其亡也，以屈原鸣。臧孙辰、孟轲、荀卿，以道鸣者也。杨朱、墨翟、管夷吾、晏婴、老聃、申不害、韩非、慎到、田骈、邹衍、尸佼、孙武、张仪、苏秦之属，皆以其术鸣。秦之兴，李斯鸣之。汉之时，司马迁、相如、杨雄，最其善鸣者也。其下魏晋氏，鸣者不及于古，然亦未尝绝也。[1]

他指出魏晋以后"鸣者不及于古"，这显然是因为他将魏晋以下视为中国文化在佛教侵杂之下的衰落期，此时的鸣者"其声清以浮，其节数以急，其词淫以哀，其志弛以肆，其为言也，乱杂而无章"[2]，正是一派衰世之音；而中国文化昌明的三代两汉，诸子百家、文人才士与儒家先圣先贤，都是善鸣者，共同构成了未受佛教侵杂的中国文化的生动景象。韩愈对这个中国文化传统，深入学习，用心继承。在《进学解》中，他说自己对前代典范的钻研，"口不绝吟六艺之文，手不停批百家之编"，有着闳中肆外的气魄。[3]

值得注意的是，韩愈所树立的中国之道统与文统，彼此有着明显的差别。道统以儒家仁义之旨为根本，在道统的传承中，甚至连荀子与扬雄，都是不够纯粹的。反观文统，其间的思想脉络极为丰富，《送孟东野序》中的"善鸣者"遍及百家，其中包括与儒学有明显分歧的

---

[1]《韩愈文集汇校笺注》，卷九，第3册，页982—983。
[2] 同上。
[3] 同上书，卷二，第1册，页147。

墨家、道家、法家、纵横家等。

韩愈对道统、文统的分歧，并不刻意弥合，而是在坚持道统之纯粹的同时，对文统表现出兼容并蓄的接受态度，他学习的内容，甚至涉及士大夫所轻视的术数方技之书。在《答侯继书》中，他自称："仆少好学问，自五经之外，百氏之书，未有闻而不求、得而不观者。"即使是目前尚未用心的术数阴阳方技之书，他也认为读之不为无益："至于礼乐之名数，阴阳、土地、星辰、方药之书，未尝一得其门户。虽今之仕进者不要此道，然古之人未有不通此而能为大贤君子者。仆虽庸愚，每读书，辄用自愧。今幸不为时所用，无朝夕役役之劳，将试学焉。"[1]他极力举荐樊宗师，称赞他"穷究经史，章通句解。至于阴阳、军法、声律，悉皆研极原本。又善为文章，辞句刻深。独追古作者为徒，不顾世俗轻重。通微晓事，可与晤语。又习于吏职，识时知变，非如儒生文士止有偏长"（《与袁滋相公书》）[2]。樊宗师学养之宽博，正是韩愈对士人为学格局的期待。

韩愈之所以不刻意弥合道统与文统的差异，是因为两者都是统一在政治中国这个共同的国家基础之上。道统是政治中国的精神传统，这是由儒家塑造的；而文统作为政治中国的文化传统，反映了政治中国内部的文化丰富性。政治中国既有儒家这一立国之本，也包含着与儒家不同的多元文化。佛教之所以不能被包含在这种多元性之中，在于佛教是"外国之法"。中国文统的多元包容，很难用儒家传统的礼义夷夏观来解释，它来自韩愈深具国家意识的夷夏思考。

三、"文道并重""三代两汉兼取"：走出宗经复古旧格局

韩愈在古文创作上，追求文道并重、文以明道，兼取"三代两汉"

---

〔1〕《韩愈文集汇校笺注》，卷六，第 2 册，页 678。
〔2〕 同上书，卷九，第 3 册，页 931。

之文以为文章复古之典范。这种独特的古文思想走出了古文前辈宗经复古的旧格局，其理论上的创新，与其夷夏观的激发和影响有着密切的关系。

韩愈追求文道并重、修辞明道，但并不将"文"简单视为"道"的传声筒，而是主张在对前代之文的广泛学习中，在对"三代两汉之文"的深入钻研中，让儒家的仁义之道，内化于古文的创作之中，所谓"行之乎仁义之途，游之乎《诗》《书》之源，无迷其途，无绝其源，终吾身而已矣"[1]。由此所创作的古文，具有"仁义之人，其言蔼如"[2]的感染力。韩愈所追求的文道合一，正是这样的境界。这一古文理想，与其对"中国之法"道统与文统并重的认识，颇有关联。

活跃在韩愈之前的唐朝文章复古论者，虽然在具体主张上互有差异，但宗经复古是一个最主要的旋律，即推重儒家经典，对六经以下的创作基本持否定态度。初唐卢藏用即以六经为准的，高下后世之文：

> 昔孔宣父以天纵之才，自卫返鲁，乃删《诗》《书》，述《易》道而修《春秋》，数千百年文章粲然可观也。孔子殁二百岁而骚人作，于是婉丽浮侈之法行焉。汉兴二百年，贾谊、马迁为之杰，宪章礼乐，有老成之风；长卿、子云之俦，瑰诡万变，亦奇特之士也。惜其王公大人之言，溺于流辞而不顾。其后班、张、崔、蔡，曹、刘、潘、陆，随波而作，虽大雅不足，其遗风余烈，尚有典型。宋、齐之末，盖憔悴矣，逶迤陵颓，流靡忘返，至于徐、庚，天之将丧斯文也。(《右拾遗陈子昂文集序》)[3]

---

[1]《韩愈文集汇校笺注》，卷六，第 2 册，页 700。
[2] 同上。
[3]《全唐文》，卷二三八，第 3 册，页 2402。

在他看来，六经之后，文章不断衰颓，文章的流变史，就是六经之旨不断沦丧的历史。类似这样的意见，在天宝到贞元的古文运动前驱者的论述中极为常见。贾至云："仲尼删《诗》述《易》作《春秋》，而叙帝王之书，三代文章，炳然可观。洎骚人怨靡，扬、马诡丽，班、张、崔、蔡、曹、王、潘、陆，扬波扇飙，大变风雅，宋、齐、梁、隋，荡而不返。"（《工部侍郎李公集序》）[1]被时人称为"萧夫子"的萧颖士，自称"经术之外，略不婴心"（《赠韦司业书》）[2]，他认为"六经之后，有屈原、宋玉，文甚雄壮，而不能经。厥后有贾谊，文词最正，近于理体。枚乘、司马相如，亦瑰丽才士，然而不近风雅。扬雄用意颇深，班彪识理，张衡宏旷，曹植丰赡，王粲超逸，嵇康标举，此外皆金相玉质，所尚或殊，不能备举。左思诗赋有《雅》《颂》遗风，干宝著论近王化根源，此后夐绝无闻焉"（李华《扬州功曹萧颖士文集序》）[3]。

李华是古文运动又一位重要前驱，他也表达了类似的看法："文章本乎作者，而哀乐系乎时。本乎作者，六经之志也；系乎时者，乐文武而哀幽厉也……夫子之文章，偃、商传焉，偃、商殁而孔伋、孟轲作，盖六经之遗也。屈平、宋玉哀而伤，靡而不返，六经之道遁矣。论及后世，力足者不能知之，知之者力或不足，则文义浸以微矣。"（《赠礼部尚书清河孝公崔沔集序》）[4]

独孤及作为李华之后影响很大的古文导师，亦是对六经之后的文章多所批评："后世虽有作者，六籍其不可及已。荀、孟朴而少文，屈、宋华而无根。"（梁肃《常州刺史独孤及集后序》）[5]"自典谟缺、

---

〔1〕《全唐文》，卷三六八，第4册，页3736。
〔2〕《萧颖士集校笺》，卷三，页76。
〔3〕《全唐文》，卷三一五，第4册，页3198。
〔4〕同上书，页3196。
〔5〕同上书，卷五一八，第6册，页5261。

《雅》《颂》寝，世道陵夷，文亦下衰，故作者往往先文字后比兴，其风流荡而不返，乃至有饰其词而遗其意者，则润色愈工，其实愈丧。"（独孤及《检校尚书吏部员外郎赵郡李公中集序》）[1]另一位古文前驱柳冕则云："故《大雅》作，则王道盛矣；《小雅》作，则王道缺矣；《雅》变《风》，则王道衰矣；诗不作，则王泽竭矣。至于屈宋，哀而以思，流而不反，皆亡国之音也。至于西汉，扬、马以降，置其盛明之代，而习亡国之音，所失岂不大哉！"（《谢杜相公论房杜二相书》）[2]

相较于上述作者，古文前驱萧颖士对汉代以下作家的成就有了较多肯定，他称"贾谊文词最正，近于理体"，又称"扬雄用意颇深，班彪识理，张衡宏旷，曹植丰赡，王粲超逸，嵇康标举"（李华《扬州功曹萧颖士文集序》）[3]。但是作为一位"经术之外，略不婴心"的作者（《赠韦司业书》）[4]，他仍然对六经以下作者多有批评："六经之后，有屈原、宋玉，文甚雄壮，而不能经。……枚乘、司马相如，亦瑰丽才士，然而不近风雅。"[5]

上述意见虽然对文章流变的观察各有不同，但宗经复古的基本取向是一致的。对六经以后的文章，皆以批评为主，或有所肯定，也颇为勉强，这与韩愈追复三代两汉之文所表现出的丰富包容性，有明显差别。韩愈自述为文"非三代两汉不敢观"，对"三代"与"两汉"持兼取之态度。

韩愈所以能走出宗经复古的旧格局，与其夷夏思考的激发多有关系。他的文章复古，立足于由夷夏思考所激发的中国精神文化传统之自觉；兼容"三代"与"两汉"的包容性，正是其道统与文统并重的

---

[1]《全唐文》，卷三八八，第4册，页5945—5946。
[2] 同上书，卷五二七，第6册，页5354。
[3] 同上书，卷三一五，第4册，页3198。
[4]《萧颖士集校笺》，卷三，页76。
[5]《全唐文》，页3198。

第九章 韩愈建构"文道观" | 431

折射，而古文运动前驱则缺少这样的思想诉求。

萧颖士、李华、独孤及等人，对安史之乱所带来的生人流离、价值崩坏，有痛苦的经历与感受。萧颖士因战乱避地襄阳时，其漂泊之惨状，在《登故宜城赋》中有细致的记录：

> 变之始也，予旅寓于淇园。初提挈而南奔，崩波滑台，逼迤夷门，亡车徒于鼎城，摈图籍于辕辕。背维嵩，遵汝渍；回环乎郏、叶，飘泊乎穰、宛。嗟岁聿之云暮，结穷阴之涸沍；市萧条以罕人，盗充斥以盈路。微奔走之仆御，有啼呼之幼孺；川层冰而每涉，途积雪而犹步。昼兮夜兮，曾莫解于驰骛。惟寝与食，曷尝忘于恐惧。[1]

在痛苦的经历中，他感叹丧乱的发生，正在于承平时期的儒道不行、浇风横肆："今执事者反诸，而儒书是戏，蒐狩鲜备。忠勇翳郁，浇风横肆，荡然一变，而风雅殄瘁。故时平无直躬之吏，世难无死节之帅。其所由来者尚矣！"[2] 李华对安史之乱的惨况，屡屡形诸笔端："自狂虏肆乱，江湖流毒，地荒人亡，十里一室"（《常州刺史厅壁记》）[3]，他更感叹战乱中，忠臣节士多被摧折："自丧乱以来，士女以贞烈殂毙者众"（《哀节妇赋》）[4]，在残酷的战争中，道德的纲维殊难维系："丧乱以来，时多苟且，松贞玉粹，亦变颓流。"（《与表弟卢复书》）[5]

上述思考，将社会动荡、价值失守归因于儒道不振，而儒道衰微

---

[1]《萧颖士集校笺》，卷一，页34。
[2] 同上。
[3]《全唐文》，卷三一六，第4册，页3207。
[4] 同上书，卷三一四，第4册，页3189。
[5] 同上书，卷三一五，第4册，页3195。

的原因，源于六经之旨的沦丧，故而需要通过宗经复古来重振儒道。韩愈则是从夷夏冲突的角度重新思考儒道，将其视为中国的精神道统，同时充分肯定中国文统的丰富内涵，及其对道统的重要意义；因此他没有一味宗尚六经，贬抑后世之文，而是能兼取"三代"与"两汉"，文道并重。

余论　韩愈夷夏思考的影响

韩愈的夷夏新识，在宋代以后有了越来越多的回响。例如，北宋石介的《中国论》所流露的强烈中国边界意识，正是一种对"国家"的自觉。北方政权带给中原王朝的敌国压力，激发了更为自觉的立足政治中国的"中国"国家意识，这与韩愈的夷夏思考，有着明显的精神联系。

宋初复兴儒学的三先生之一石介，推重韩愈，也继承了韩愈夷夏思考的基本路径，其《中国论》特别强调中国与夷狄之间的分界："居天地之中者曰中国，居天地之偏者曰四夷。四夷外也，中国内也。天地为之乎内外，所以限也。"[1]中国和夷狄之间，应各安其处，不能彼此相易，相易则乱：

> 仰观于天，则二十八舍在焉；俯观于地，则九州分野在焉；中观于人，则君臣、父子、夫妇、兄弟、宾客、朋友之位在焉。非二十八舍、九州分野之内，非君臣、父子、夫妇、兄弟、宾客、朋友之位，皆夷狄也。二十八舍之外干乎二十八舍之内，是乱天常也；九州分野之外入乎九州分野之内，是易地理也；非君臣、父子、夫妇、兄弟、宾客、朋友之位，是悖人道也。苟天常乱于

---

[1]　石介著，陈植锷点校，《徂徕石先生文集》（北京：中华书局，2009），卷十，页116。

上，地理易于下，人道悖于中，国不为中国矣。[1]

石介指出，中国和夷狄，当遵守相互之间的界限，而佛老之所以为害中国，就在于不守分限，侵入中国："闻乃有巨人名曰'佛'，自西来入我中国；有庞眉名曰'聃'，自胡来入我中国。各以其人易中国之人，以其道易中国之道，以其俗易中国之俗，以其书易中国之书，以其教易中国之教，以其居庐易中国之居庐，以其礼乐易中国之礼乐，以其文章易中国之文章，以其衣服易中国之衣服，以其饮食易中国之饮食，以其祭祀易中国之祭祀。"[2]

要消除佛老的危害，在石介看来，须彼此各守其地："各人其人，各俗其俗，各教其教，各礼其礼，各衣服其衣服，各居庐其居庐。四夷处四夷，中国处中国，各不相乱，如斯而已矣，则中国，中国也；四夷，四夷也。"[3]这种鲜明的边界意识以及与夷狄各安其处的理想，使夷夏关系在很大程度上，类似两个政治实体间的国与国关系。这里可以很清晰地看到来自韩愈的影响，所不同的是，韩愈着眼于"人其人，火其庐"，消除佛教对中国的侵扰，而石介是令其退出中国，"四夷处四夷，中国处中国"。

石介对中国夷狄关系的理解，在很大程度上是宋王朝和北方辽、西夏等政权之间紧张关系的投射。北方政权对宋王朝的压力，程度远远超过了中唐时期吐蕃带给唐王朝的边患压力，但就性质而言，两者多有近似之处。吐蕃的边患，强化了中唐士人的国家意识，而北方政权对宋王朝的敌国压力，也激发了类似的国家自觉。对此，葛兆光在对宋代"中国"意识凸显的考察中多有揭示。葛文指出，北方辽、西

---

[1]《徂徕石先生文集》，卷十，页116。
[2] 同上书，页116—117。
[3] 同上书，页117。

夏和后来金、元等异族的崛起，打破了唐以前汉族中国人关于天下、中国与四夷的传统观念和想象，有了实际的敌国意识和边界意识。[1]葛文所说的敌国意识与边界意识，就体现出对作为政治实体的中国的国家自觉。谭凯进一步认为，11世纪多政权并存的格局，促使一种外交的"世界性格局"在这一时期出现，中国社会政治精英中萌发和兴起了"国族"意识。[2]

谭凯对宋人"国族"意识的关注，引发了学界的讨论。刘云军依据黄纯艳的研究，认为宋朝国内面对辽、金政权，仍坚持绝对的华夷观，其应对之策和理论来源都在春秋以来的华夷观和"中国"观的框架内，难以与民族主义和民族国家意识相联系。[3]的确，宋人大量关于夷夏的讨论中，仍是从民族和文化角度区别夷夏，例如，《春秋》学在宋代极为兴盛，其尊王攘夷思想中的礼义夷夏观仍广受关注；针对北方异族政权各种贬抑胡虏夷狄的论调，仍然折射出强烈的民族矛盾。但即使如此，石介《中国论》立足中国与他国之别的国家自觉展开的夷夏思考，仍然不应轻易忽视。宋人在敌国压力下所激发的"中国"国家认同，虽然不能简单类同于西方现代的国族意识，但仍然值得做进一步思考。

韩愈以文道论为核心的古文思想，在宋以后产生深远影响。宋代以下的古文家继承韩愈文道并重之旨，对道统与文统之间的复杂张力，从未简单地加以统一；道学家重道轻文，期望完全用道统规范文统；

[1] 葛兆光，《宋代"中国"意识的凸显——关于近世民族主义思想的一个远源》，《文史哲》2004年第1期。

[2] （瑞士）谭凯，《肇造区夏：宋代中国与东亚国际秩序的建立》，殷守甫译（北京：社科文献出版社，2020），页157—233。

[3] 刘云军，《宋朝国族主义——历史抑或假象？》，《上海书评》2020年11月10日；刘文针对谭著关于夷夏的讨论，援引了黄纯艳的意见进行分析，参见黄纯艳，《绝对理念与弹性标准：宋朝政治场域对"华夷""中国"观念的运用》，《南国学术》2019年第2期。

但无论经过怎样的争论，文道之间的张力始终得以维持。文道论何以有如此强大的生命力？一个重要的原因，是它反映了韩愈颇具国家意识的中国精神与中国文化自觉，反映了中国道统与文统之间的复杂关系。这种新自觉在宋代以后获得了越来越多的知音。韩愈对中国道统与文统的理解，极大地影响了人们理解"中国"精神文化结构的基本取向，而与此对应的古文文道论，也因此拥有了深入人心的思想感染力。韩愈夷夏思考中超越民族与文化而呈现的国家意识，不仅为夷夏论这一古老思想命题赋予新意，更为如何理解"中国"的精神文化，赋予了新的认识结构。

结语 | "同道中国"的文明意义

韩愈古文是中华文明的核心经典，宋代以下千年时间里，无数人对韩文沉潜涵咏，心追口摹。在家族礼法、亲缘乡土传统很深的中国社会，以韩文为代表的古文，涵育了自励自强、同道相知的精神共同体，塑造了"同道中国"的文明传统。"同道中国"让中国人摆脱外在的依傍，追求道德的绝对性与内在性，树立了同道的思想价值基础；通过文以明道，让同道拥有丰富的情感文化基础；通过发明师道，让同道拥有交流传承基础。正是这三个基础的结合，让古文塑造的"同道中国"情理兼备、血肉丰满、生气淋漓。

韩愈古文在传承中不断引发后人的思考，当然也不乏争议。宋人对韩愈的复杂态度，反映了韩愈的"同道"精神，对宋人日趋显著的"同理"追求的特殊意义。20世纪以来，陈寅恪为弘扬韩愈历史文化成就做出重要贡献。他的有关见解，深受内藤湖南"唐宋变革说"影响，"唐宋变革说"所带来的积极启发与所存在的局限，值得深入反思。这些意见起伏、赞誉与争议，一次次印证了韩愈的重要影响，反映出理解韩愈是一项十分艰巨但极有意义的课题。

韩愈古文是塑造中华文明精神价值的"深文本"，其深刻的意义、深邃的思理以及复杂的语言，需要以贯通古今的视野，在复杂的文本环境中加以解读。对中华文明的深入理解，需要对韩文与杜诗这样的"深文本"不断做出新的探索。

第一节　韩愈为"唐宋八大家"之首："同道"对"同理"的意义

韩愈是"唐宋八大家"之首，这个"首"，并不只意味着开端，更意味着首要与主脑。韩愈古文奠定了古文传统的基本道路。宋代古文以韩愈为法而又有新的创造，展现出与韩文有所不同的风格。而宋代古文相对于韩文所发生的变化，令人更加深切地感受到韩文所特有的重要意义。

宋代是韩愈传承的重要时期，无论是古文家还是理学家，在继承韩愈古文理想的同时，都明显增加了"理"的反思。古文家令文章更趋理性化、平易化；理学家则更加强化韩文"拟圣"的超验与神圣，探索形而上的"天理"。宋人重"理"，不是否定"同道中国"的理想，而是面对更复杂的现实矛盾和群体纷争，希望通过将"同道"发展为"同理"来回应现实的挑战。

欧阳修是宋代古文运动的领袖，他推崇韩愈，但不满于韩文的艰深奇僻，希望古文更加关注现实，更加平易而理性。韩文的艰深僻涩，很大程度上出自其"拟圣"的脱俗追求，欧阳修则希望以更加务实的理性态度来理解"圣人之道"。他认为："（圣人之道）易知而可法，其言易明而可行，……其事乃世人之甚易知而近者，盖切于事实而已。"（《与张秀才第二书》）[1] 他明确反对学者虚谈性命，主张多关心具体的现实问题。对此学界言之已详。关于文道关系，如前所述，韩愈认为"文"承载着修身成德、优入圣域的修养意义，强调对"文"深入沉潜涵咏；欧阳修则明显弱化了这种修养论的体认，其《答吴充秀才书》云："圣人之文虽不可及，然大抵道胜者，文不难而自至也。"[2] 这里起

---

〔1〕《欧阳修诗文集校笺》，外集卷一六，下册，页1759—1760。
〔2〕同上书，居士集卷四七，中册，页1177。

主导作用的，显然是"道"。"道胜"之人，在"文"上取得成就并不是很困难的事情。这与韩愈对"文"的强烈关注与投入，显然颇为异趣。欧阳修古文特有的"六一风神"，即表达了理性化、平易化的文风追求。

苏轼追随欧阳修，对古文理性化、平易化的趋向做了更加丰富而深入的开拓。他认为"道"是物之"理"，包括宇宙万物的全部规律，不限于儒家之道；认为"道可致而不可求"，要通过实践修养获得对"道"的认识，既认识事物的规律，又养成内在的德行修养；而"文"在这一过程中发挥着重要作用："物固有是理，患不知之，知之患不能达之于口与手。所谓文者，能达是而已。"(《答虔倅俞括一首》)[1]他主张"道艺两进"："居士之在山也，不留于一物，故其神与万物交，其智与百工通。虽然，有道有艺，有道而不艺，则物虽形于心，不形于手。"(《书李伯时山庄图后》)[2]诗文创作如果能随物赋形、辞达无碍，就反映出对"道"的透达无遗。

宋代理学家则发展了韩愈"拟圣"神圣化的一面。北宋道学家不断表现出机械模拟圣人言语的文风，他们所谓"作文害道"[3]，并非一概排斥文字表达，只是针对有别于圣人言语风格的文字，这显然是对韩愈别白"文"之正伪精粗一面的极端化强调。

黄宗羲《宋元学案》记载，石介的门人何群曾"请复古衣冠"，得到石介的称赞。[4]胡瑗的弟子也喜欢衣冠异于众人。宋初以来，模拟圣人之风相沿不断，道学家中出现了直接模拟儒家经典之作，如邵雍《皇极经世书》之模仿《周易》、周敦颐《通书》之模仿《论语》。对北

---

〔1〕《苏轼文集》，卷五九，第 5 册，页 1793。
〔2〕同上书，卷七〇，页 2211。
〔3〕程颢、程颐著，王孝鱼点校，《二程集》(北京：中华书局，2004)，卷一八，页 239。
〔4〕黄宗羲原著，全祖望补修，陈金生、梁运华点校，《宋元学案》(北京：中华书局，2007)，卷二，第 1 册，页 119。

宋道学"拟圣"之作，陈植锷有细致的讨论。[1]可见，道学家并非无意于"文"。他们对"圣人之文"有极端化的强调与模仿，继承了韩愈对儒道的神圣性体验，进而沿着这种体验，走向对儒学做形上的性理思考，最终聚焦于对"天理"的探索。

无论是欧阳修平易文风对务实理性的强调，还是理学家对抽象而超越的"天理"的思考，两者都是以继承韩愈古文"拟圣"为前提。前者希望"拟圣"更加务实，后者希望"拟圣"拥有超越性的思想基础。两者的分歧，使得韩愈古文凡圣相即、情理兼备、文道并重的理想格局趋于分裂。宋人将韩愈古文的"同道"理想引向"同理"追求，但宋学的"同理"世界，在某种程度上，割裂了"同道"的丰富。

理学家认为"作文害道"，只拘守"圣人言语"的古老文体；将表达现实人情百态的丰富新文体斥为害道，不主张在作文上倾心用力，由此带来机械模拟圣人言语的险怪文风。欧阳修对险怪文风十分排斥，他所反对的险怪文风，与道学机械模拟圣人言语的文风有密切关系。关于北宋初期的险怪文风，朱刚有细致的分析。[2]其中虽头绪众多，但道学模拟圣人言语的追求，显然是造成险怪的一个重要原因。

欧阳修反对险怪言语，追求平易；在他的影响下，宋代古文家都以平易畅达为尚。但是，如果从语言的丰富性来看，宋代古文失去了韩愈古文变态百出的多样性。韩愈古文虽然有艰深奇僻之笔，但也不乏平易流畅之篇，语言的浑涵汪洋、千汇万状，正是其古文艺术的魅力所在。北宋道学家机械模拟圣人言语的险怪文风固然不足法，但就是宋代的古文家，也在平易务实的追求中，多少失去了韩愈古文千变万化的语言创造。

宋人欲将韩愈古文的"同道"世界向"同理"方向发展，但这个

---

〔1〕 参见陈植锷，《北宋文化史述论》（北京：中国社会科学出版社，1992），页203—218。

〔2〕 朱刚，《唐宋"古文运动"与士大夫文学》，（上海：复旦大学出版社，2013），页58—105。

过程弱化了韩愈古文世界凡圣相即、情理圆融的丰富情态。宋人为什么要将"同道"引向"同理"？很重要的原因，是时代环境的变化。本书导论提到，中唐儒学的核心困境是如何构建儒学的普遍性。这主要反映了门阀制进一步衰落、科举制推行、官僚体制发展的时势背景下，大批没有显赫门第的士人进入官僚体制后，希望突破门第家族的束缚，重思儒学的普遍意义。韩愈古文的"同道"理想，反映了这一群体最基本的精神诉求。宋代以后，门阀制彻底衰落，官僚士大夫走向政治社会舞台的核心，此时他们要更多面对政治治理中的现实问题，以及在士人内部出现的分裂与矛盾。宋代古文家提倡务实理性，是希望更深入地关注现实；理学家建构"天理"世界，则是希望寻找一种更普遍的精神纽带。宋人将"同道"发展成"同理"，不是要否定"同道"，而是要令"同道"的普遍主义追求能在现实中更好地实现，能在抽象超越的层面获得更深入的精神根基。然而，宋人的"同理"思考，是对时代矛盾的回应，同时也折射了时代的分歧、对立与纷争；与之相比，韩愈古文所建构的"同道"世界，更具普遍包容之力，更能反映儒学普遍性的生动力量。因此，宋代士人虽然对韩愈有多方面的批评，但始终改变不了韩愈的巨大影响力。韩愈在特殊的中唐时代所建构的"同道"理想，如此深刻地表达了士人的基本诉求，而深陷各种现实矛盾和党派纷争的宋代士人，已经无法如此纯净地去表达普遍主义的深刻理想。宋代士人的困境，在宋代以后也一直延续。韩愈古文也正是在宋以后一千年间，成为士人的理想图腾与精神典范。在这一千年间，无数士人一面在慨叹韩文"难学"，一面又在倾心取法，因为韩文寄托着他们无限渴望却又受制于现实而难以充分企及的"同道"理想，以及这理想所激发的丰富创造。苏轼称韩愈"匹夫而为百世师"，对韩愈思想文化创造有无限景仰。"同道"的理想光芒并未在"同理"的世界中暗淡，而是有了持久的垂范意义。

第二节 "唐宋变革说"的启发与局限

近代以来，韩愈古文引发的争议颇为激烈。陈寅恪《论韩愈》，对弘扬韩愈的历史贡献起了极为重要的作用。值得注意的是，陈先生此文体现出"唐宋变革说"的显著影响。他提出："唐代之史可分前后两期，前期结束南北朝相承之旧局面，后期开启赵宋以降之新局面，关于政治社会经济者如此，关于文化学术者亦莫不如此。退之者，唐代文化学术史上承先启后转旧为新关捩点之人物也。"[1]

"唐宋变革说"近些年受到学界的诸多批评，这一学说虽然有不少值得反思之处，但它的确对中国社会历史研究产生了相当大影响，带来很大启发。它的提出，和内藤湖南深厚的中国古典诗文造诣密切相关。在古典诗学与文章学中，唐宋诗之争、韩愈"文起八代之衰"都是持续千年的诗文课题。中唐在诗文之变中的枢纽地位深受关注。清人叶燮称中唐不是"一代之中"，而是"百代之中"。他在《百家唐诗序》中说："吾尝上下百代，至唐贞元、元和之间，窃以为古今文运诗运，至此时为一大关键也。"[2]陈衍则提出："余谓诗莫盛于三元：上元开元，中元元和，下元元祐也。"[3]沈曾植则云："吾尝谓诗有元祐、元和、元嘉三关。"(《与金甸丞太守论诗书》)[4]这里都把"元和"视为诗运的重要转关期。至于韩愈大变八代之文，易骈为散、开创古文，更是文章家公认的文运转关。

内藤湖南对唐宋变革的界定，与诗运、文运之变完全同步。诗文是社会文化精神最集中而深刻的反映，诗运、文运的转关，折射了社

---

〔1〕《金明馆丛稿初编》，页 297。

〔2〕叶燮，《己畦集》，卷八，《四库全书存目丛书》，第 244 册，页 82。

〔3〕陈衍著，郑朝宗、石文英校点，《石遗室诗话》(北京：人民文学出版社，2004)，卷一，页 7。

〔4〕沈曾植撰，钱仲联辑，《沈曾植未刊遗文（续）》，王元化主编，《学术集林》(上海：上海远东出版社，1995)，卷三，页 116。

会文化的变迁。内藤湖南是一位深通诗文的历史学家、社会学家，深厚的诗文素养，让他的社会历史研究能够深入中国社会的血脉与肌理，深入捕捉到中国社会变化的节奏。遗憾的是，20世纪以来的社会历史文化研究，越来越削弱与诗文的联系，带着"诗文盲区"展开的中国思想与社会观察，固然可以理论愈发精密、论证愈发翔实，但对文化的洞见与穿透力都会减弱。在对"唐宋变革说"不断的反思中，学界提出了许多新的历史分期见解，希望关注"唐宋"之外其他的历史转变节点，但这些新见解为何没有引起如"唐宋变革"般强烈的反响？这和"诗文盲区"不无关系，这些新的思考已经在很大程度上脱离了对诗文的关注，难以像内藤学说那样，关注到中国社会肌体的生命脉动。

陈寅恪关注"唐宋变革说"，以此来为韩愈的文化贡献发覆，这在今天仍然很值得尊重。但也要看到"唐宋变革说"作为一种社会历史学说，能够很好地阐释韩愈所身处的历史时代，但要全面理解韩愈古文的精神文化内涵，还是多有局限的。这主要与"近世性"这一"唐宋变革说"的理论内核有关。

内藤湖南"唐宋变革说"的核心观点是"宋代近世说"，体现在八个方面：贵族政治的衰微与君主独裁政治的代兴、君主地位的变化、君主权力的确立、人民地位的变化、官吏任用法的变化、朋党性质的变化、经济上的变化、文化上的变化。他认为，唐宋之交在社会各方面都出现了划时代的变化，贵族势力入宋以后趋于没落，代之以君主独裁的庶民实力的上升，经济上则是货币经济大为发展而取代实物交换；思想文化方面，训诂之学式微，自由思考展开。宋代以后的文化，逐渐摆脱中世旧习的生活样式，形成了独创的、平民化的新风气，达到极高的程度。[1]

---

[1] 参见内藤湖南，《概括的唐宋时代观》，刘俊文主编、黄约瑟译，《日本学者研究中国史论著选译第1卷 通论》（北京：中华书局，1992），页10—18。

内藤湖南依托西方史学中的"近世"观来认识唐宋变革，受到不少质疑。"二战"以后，东京大学"历研派"代表前田直典、石母田提出"宋代中世说"，认为宋代是中国古代和中世的分野，而非中世、近世的分野。"历研派"与"京都派"关于"中世"与"近世"的争论，从 20 世纪 50 年代到 70 年代，持续了二十多年。[1]

20 世纪后期，美国学者对内藤假说中"近世"观所隐含的"历史目的论"的局限，做了比较全面的反思。所谓历史目的论，就是"认为历史的终点就是现代性的实现，这种现代性以地中海文明为代表"[2]。在后现代思潮影响下的美国历史学者，认为要"把历史理论看作某一时间和地域的思想构造来检讨，并且使学术有可能拒绝一种目的论的观点"[3]。在这种观念的影响下，美国学者对唐宋转型提出了新的认识：在社会史方面，把唐宋的社会转型定义为士或士大夫之身份的重新界定，以及他们逐渐变为"社会精英"的过程，以此来取代以往把这一转型定义为门阀制的终结和"平民"的兴起；在政治史方面，对 12 世纪的制度发展的关注，超过了对皇权独裁的研究；在思想史和文化史方面，有三种显著的变化：第一，从唐代基于历史的文化观转向宋代基于心念的文化观；第二，从相信皇帝和朝廷应该对社会和文化拥有最终权威，转向相信个人一定要学会自己做主；第三，在文学和哲学中，人们越来越有兴趣去理解万事万物如何成为一个彼此协调和统一的体制的一部分。[4]

美国学者的意见，在承认并深入研究唐宋时期重大社会变化的同时，对内藤学说的"近世"观做了进一步消解。目前学界普遍认为

---

〔1〕 参见张广达，《内藤湖南的唐宋变革说及其影响》，《唐研究》（北京：北京大学出版社，2005），卷一一，页 38—49。

〔2〕 《斯文：唐宋思想的转型》，页 527。

〔3〕 同上书，页 528。

〔4〕 同上书，页 524—547。

"唐宋某些领域是从某一形态转变为另一形态，但不再追究新的形态是否具备'近世'的特征"[1]。"近世"观已经在很大程度上淡出"唐宋变革说"。但是，从历史的认识角度来说，史观的重要性是不能被轻易否定的，对于唐宋之际重大的社会变革，可以不采用"中古"或"近世"的史观作为认识模式，但仍然需要新的框架。美国学界认同"历史分期论"而拒绝"历史目的论"，固然可以使学者的研究更多地面对唐宋变化的史实，避免进行变革性质的论定，但也会制约对这一变革的社会性质的认识，所以柳立言指出："谈唐宋变革而不理会其中的史观（中古文化形态—近世文化形态）"，"是夺其魂魄"之举。[2]

内藤湖南借鉴西方的"近世"观来阐释唐宋社会之变，利用近代、现代社会的政治文化形态来比照观察，这当然有一些简单化的地方，但也有"后见之明"的独特效果。柳立言在反思20世纪"唐宋变革说"之演变趋势时，也指出这种"后见之明"对于认识唐宋变革的启发性。他认为："'近世'一词可以弃而不用，但中国历史经过唐宋变革期之后，出现哪些特征？或进入哪种政治、经济及社会等形态或模式呢？利用'后见之明'未尝不可以深化我们对历史问题的研究。中国不必步上西方的后尘，不必走过西方的近世，不必照搬西方的民主，不必追随西方的资本主义模式……我们的确需要以中国土生土长的变化形态来说明中国史的发展过程，不必牵强附会（例如有名的资本主义萌芽情结），但是否也有一些所谓'普世价值'，例如法律平等和人身自由等基本人权，崇尚理性、经世济民的情怀及追求最大利益的倾向等，是可以作为比较的项目的？研究宋代经济的葛金芳就说：'各国经济发展会因地理环境、资源禀赋、自然和人文环境种种的不同而呈

---

[1] 柳立言，《何谓"唐宋变革"》，《中华文史论丛》第81期（上海：上海古籍出版社，2006），页141。
[2] 同上书，页171。

现出千姿百态、变化无穷，但是地无分中西，人无分南北，各国、各民族、各地区的人民都要走向机器生产和市场经济的诉求，却是古今一理，中外皆同的。'也就是说，我们可否提问，宋代距离这些普世价值或诉求有多远？为什么？"[1]

因此，"唐宋变革说"在一个世纪中所显示出来的生命力，恰恰就在于利用"后见之明"观察历史上的中国。"近世性"这个理论核心，为理解唐宋社会历史、政治经济提供了诸多"后见之明"，但对于理解唐宋文学的变化，却有着相当明显的局限。

中唐到北宋的诗文变化，是否可以视为一种近世性文学的不断成长？什么是文学的近世特征？这些问题很难回答。"唐宋变革说"注重贵族文化向平民文化的演变，因此受此理论影响的很多学者，主要从日常化、理性化、世俗化的趋向来观察唐宋文学之变。日本学者吉川幸次郎认为宋代社会是"早期近世"，而宋诗具有叙述性，注重日常生活、哲学性论理性，社会意识突出等特点，在人生观上追求悲哀的扬弃，崇尚以宁静安详的心境为基础的平淡风格。[2]这些特点的概括，在20世纪的宋诗研究中产生了巨大的影响。

中唐文学的确也出现了理性化、日常化的现象，例如白居易的诗歌，就与宋诗的上述特点颇多接近之处。然而，韩愈的古文却呈现出与白居易诗歌极为不同的面貌。如何用文学的近世性特征来认识韩愈，是很困难的事情。查尔斯·泰勒对现代性自我的分析，展现出对文学近世性更为丰富的认识。他认为启蒙运动的自然主义和理性主义，与18世纪以后的浪漫主义，代表了达致现代性自我的不同道路。他特别指出，浪漫主义的重要特征是"表现主义"，即"我们是通过内在的声

---

〔1〕 柳立言，《何谓"唐宋变革"》，《中华文史论丛》第81期，页141—142。

〔2〕 吉川幸次郎著，郑茂清译，《宋诗概说》（台北：联经出版事业有限公司，1977），页11—46。

音或冲动接近本性，那么我们只有通过表达我们在自身发现了什么才能充分了解这种本性"[1]。泰勒认为表现主义是"新的更完整的个体性的基础"，它认为"每一个体都是不同的、独特的，这种独特性决定了他或他应该怎样生活"。[2] 因此，表现主义"助长了极端的个体性"[3]。相比于启蒙运动中的自然主义和理性主义，浪漫主义对内在个体性的充分强调，创造了有内在深度的主体形象，使现代自我进一步内在化和主观化。

韩愈古文的精神世界，是否可以用查尔斯·泰勒所说的浪漫主义来理解呢？通过本书的分析，可以看到两者之间有接近之处，但韩愈古文"同道"追求的丰富内涵，用浪漫主义、表现主义的框架，是很难充分阐释的。"唐宋变革说"对认识韩愈的社会历史定位提供了帮助，但对于理解他的思想文化贡献，却有着明显的局限。

"唐宋变革说"是社会历史理论，伟大的思想创造与文学创造虽然都产生于特定社会历史之中，但无不拥有超越时代的永恒价值。要理解这种价值，需要理解思想家与艺术家在回答时代课题时，所承载的深厚精神传统及其独创性所在，这样的理解不是单纯的社会历史分析所能实现的。韩愈古文丰富的精神创造，需要突破"唐宋变革说"的局限来加以认识。

第三节　"同道中国"与中华文明

韩愈开创的古文传统，与中国源远流长的诗歌传统，都有深刻的思想文化内涵，但两者的精神侧重有所不同。

---

[1]　《宋诗概说》，页578。
[2]　同上书，页580。
[3]　同上书，页581。

中国的诗歌传统渊源于《诗经》,《诗经》有着浓厚的乡土情蕴以及宗族伦理情味和宗国情感,植根于故土,情深于亲人。[1]中国诗歌继承了这种传统。杜甫沉郁顿挫的家国之思,就是最好的代表。韩愈所开创的古文,虽然也有许多亲情的书写,但其重心则从乡土亲情,转向了士人的以道自励与同道相知。古文是士人的自强之文,是嘤其鸣矣、求其友声的同道之文。

韩愈古文所塑造的"同道共同体"的基础,是每一位士人的自励自强;韩文所展现的"拟圣"精神、"定名"追求和"天性忠诚",无不体现了对绝对之善的内在体悟,体现了自强者的内在修养。韩文以激进的语言创新、勇猛有力的新文风,展现了自我超越的巨大力量;开放的师道追求,则唤起同道的相知相感;这些都极大地打开了普遍主义的精神视野。韩愈不仅吸引了当时的同道之人,也在其身后引发无数士人的追随与景仰。他开创了一条全新的道路,吸引了无数的同路人、同行者。这条路并不平坦,行路人需要绝大的勇气和毅力,所有走上这条道路的人,都感受到此路开拓之艰难,因此由衷敬仰韩愈的力大思雄,钦佩其卓绝的才华。为什么如此艰难,还是有那么多人走上此路而义无反顾?因为只有这条路,才能让人挣脱凡俗的束缚、乡土的羁绊,超越家的视野,看到更广大的世界。苏轼对韩愈"匹夫而为百世师,一言而为天下法"的评价,道尽了这条道路的崇高意义。

这条路崎岖不平,韩愈的后继者不断在探索如何化解攀登时的艰难。苏轼以他的达观与超然,看淡行路中的风雨;朱熹以其深邃的哲思,让行路的体验更加深沉。他们也批评韩愈对行路中的问题思考未周,但这些都改变不了一个基本的事实,那就是他们都走在韩愈所开创的这条道路上,一生都在前进而非后退。这也是无数在韩愈身后继

---

〔1〕 赵敏俐,《论〈诗经〉与中国文化精神》,见所著《周汉诗歌综论》(北京:学苑出版社,2002),页18—25。

踵前贤者的共同写照。

　　韩愈一生抗俗，身后也不断受到世俗嘲弄，在世俗化流行的当下，人们对韩文似乎有更多隔膜。然而韩愈的精神遗产，在今天是不应忽视的。中国文化如何面向世界、如何回应世俗化挑战？对于这些迫切需要回答的时代课题，韩愈古文会带来丰富启示，引发深入的思考。站在今天的立场回看历史，韩愈的排佛有其封闭与狭隘；但进入历史情境来观察，则可以深刻感受到韩愈在佛教的挑战下，打开儒学新格局，使之拥有"无贵无贱、无长无少"开阔气象的努力。他围绕"中国之道"的主体自觉，立足士人自励自强，寻找文化融合之路，塑造了中华文明的独特品格。探索韩愈古文的深邃世界，反思"同道中国"的历史经验和精神价值，对于深入理解中华文化，思考其未来发展，有重要启发意义。

参考书目

传统文献

〔清〕阮元（校刻），《十三经注疏（附：校勘记）》（北京：中华书局，1980）

李学勤（主编），《十三经注疏》（北京：北京大学出版社，1999）

〔晋〕杜预（集解），《春秋经传集解》（上海：上海古籍出版社，1988）

〔汉〕董仲舒著，苏舆义证，钟哲点校，《春秋繁露义证》（北京：中华书局，1992）

〔西晋〕杜预著，《春秋释例》，《景印文渊阁四库全书》（台北：台湾商务印书馆，1983）

〔唐〕陆淳纂，《春秋集传纂例》，《丛书集成初编》（北京：中华书局，1985）

〔唐〕陆质著，《春秋微旨》，《丛书集成初编》（北京：中华书局，1985）

〔唐〕陆质著，《春秋集传辨疑》，《丛书集成初编》（北京：中华书局，1985）

〔唐〕韩愈、李翱注，《论语笔解》，《丛书集成初编》（北京：中华书局，1991）

〔清〕刘宝楠撰，高流水点校，《论语正义》（北京：中华书局，1990）

〔宋〕朱熹撰，《四书章句集注》（北京：中华书局，1983）

〔清〕皮锡瑞著，吴仰湘点校，《经学通论》（北京：中华书局，2018）

〔清〕皮锡瑞著，《经学历史》（北京：中华书局，2018）

〔西汉〕司马迁撰，顾颉刚等点校，赵生群等修订，《史记》（北京：中华书局，2013）

〔东汉〕班固撰，《汉书》（北京：中华书局，1962）

〔南朝宋〕范晔撰，《后汉书》（北京：中华书局，1965）

〔西晋〕陈寿撰，《三国志》（北京：中华书局，1982）

〔唐〕房玄龄等撰，《晋书》（北京：中华书局，2015）

〔南朝〕沈约撰，王仲荦点校，丁福林等修订，《宋书》（北京：中华书局，2018）

〔南朝〕萧子显撰，王仲荦点校，景蜀慧等修订，《南齐书》（北京：中华书局，2017）

〔唐〕姚思廉撰，卢振华、王仲荦点校，景蜀慧等修订，《梁书》（北京：中华书局，2022）

〔唐〕姚思廉撰，张维华、王仲荦点校，景蜀慧、郑小容修订，《陈书》（北京：中华书局，2021）

〔北齐〕魏收撰，唐长孺点校，何德章、冻国栋修订，《魏书》（北京：中华书局，2018）

〔唐〕魏徵等撰，汪绍楹、阴法鲁点校，吴玉贵、孟彦弘修订，《隋书》（北京：中华书局，2019）

〔后晋〕刘昫等撰，《旧唐书》（北京：中华书局，1975）

〔宋〕欧阳修、宋祁撰，《新唐书》（北京：中华书局，1975）

〔宋〕薛居正撰，陈垣等点校，陈尚君、唐雯、仇鹿鸣修订，《旧五代史》（北京：中华书局，2015）

陈尚君辑纂，《旧五代史新辑会证》（上海：复旦大学出版社，2005）

〔宋〕欧阳修撰，陈垣等点校，陈尚君修订，《新五代史》（北京：中华书局，2016）

〔元〕脱脱等撰，《宋史》（北京：中华书局，1985）

〔宋〕司马光著，《资治通鉴》（北京：中华书局，2011）

〔汉〕刘向辑录，《战国策》（上海：上海古籍出版社，1985）

徐元诰撰，王树民、沈长云点校，《国语集解》（北京：中华书局，2002）

〔唐〕吴兢著，谢保成集校，《贞观政要集校》（北京：中华书局，2003）

〔唐〕赵元一撰，夏婧点校，《奉天录（外三种）》（北京：中华书局，2014）

〔清〕吴任臣，《十国春秋》（北京：中华书局，1976）

〔唐〕刘知几著，张振珮笺注，《史通笺注》（北京：中华书局，2022）

〔清〕王夫之（著），《读通鉴论》（北京：中华书局，1975）

〔清〕王夫之（著），《宋论》（北京：中华书局，1964）

〔清〕章学诚著，叶瑛校注，《文史通义校注》（北京：中华书局，2004）

〔清〕赵翼著，王树民校证，《廿二史札记校证》（北京：中华书局，1982）

〔宋〕吕大防等撰，徐敏霞点校，《韩愈年谱》（北京：中华书局，1991）

〔元〕辛文房撰，傅璇琮主编，《唐才子传笺》（1—5册）（北京：中华书局，1995—2002）

〔清〕徐松撰，孟二冬补正，《登科记考补正》（北京：燕山出版社，2003）

〔明〕黄宗羲原著，全祖望补修，陈金生、梁运华点校，《宋元学案》（北京：中华书局，2007）

〔南朝〕慧皎撰，《高僧传》（北京：中华书局，1992）

〔宋〕赞宁撰，范祥雍点校，《宋高僧传》（北京：中华书局，1987）

〔唐〕李林甫等撰，陈仲夫点校，《唐六典》（北京：中华书局，2014）

〔宋〕王溥，《五代会要》（上海：上海古籍出版社，2006）

〔唐〕杜佑撰，王文锦等点校，《通典》（北京：中华书局，1988）

〔宋〕王溥撰，《唐会要》（北京：中华书局，1998）

〔宋〕宋敏求编，《唐大诏令集》（北京：中华书局，2008）

〔唐〕李吉甫撰，贺次君点校，《元和郡县图志》（北京：中华书局，1983）

〔宋〕晁公武著，孙猛校，《郡斋读书志》（上海：上海古籍出版社，1990）

〔宋〕陈振孙撰，徐小蛮、顾美华校，《直斋书录解题》（上海：上海古籍出版社，2015）

〔清〕永瑢等撰，《四库全书总目》（北京：中华书局，2016）

〔清〕张之洞著，范希曾补正，《书目答问补正》（上海：上海古籍出版社，2010）

朱谦之校释，《老子校释》（北京：中华书局，2017）

王焕镳集诂，《墨子集诂》（上海：上海古籍出版社，2005）

陈鼓应著，《老子注译及评介》（北京：中华书局，2009）

〔清〕郭庆藩撰，王孝鱼点校，《庄子集释》（北京：中华书局，2012）

陈鼓应注译，《庄子今注今译》（北京：商务印书馆，2016）

〔清〕焦循撰，沈文倬点校，《孟子正义》（北京：中华书局，2013）

〔清〕王先谦撰，沈啸寰、王星贤点校，《荀子集解》（北京：中华书局，1988）

〔战国〕韩非著，陈奇猷校注，《韩非子新校注》（上海：上海古籍出版社，2000）

〔清〕黎翔凤校注，《管子校注》（北京：中华书局，2004）

杨伯峻集释，《列子集释》（北京：中华书局，2012）

王恺銮校正，《尹文子校正》（上海：上海书店出版社，1996）

〔汉〕贾谊撰，阎振益、钟夏校注，《新书校注》（北京：中华书局，2000）

〔汉〕扬雄著，郑万耕校释，《太玄校释》（北京：北京师范大学出版社，1989）

〔汉〕扬雄著，汪荣宝义疏，陈仲夫点校，《法言义疏》（北京：中华书局，1987）

〔汉〕刘向撰，向宗鲁校证，《说苑校证》（北京：中华书局，1987）

〔汉〕桓谭著，朱谦之校辑，《新辑本桓谭新论》（北京，中华书局，2009）

〔汉〕王充撰，黄晖校释，《论衡校释》（北京：中华书局，1990）

〔汉〕徐幹撰，孙启治整理，《中论解诂》（北京：中华书局，2013）

〔三国魏〕刘邵著，王晓毅译注，《人物志译注》（北京：中华书局，2019）

〔三国魏〕王弼著，楼宇烈校释，《王弼集校释》（北京：中华书局，1980）

〔晋〕葛洪著，王明校释，《抱朴子内篇校释》（北京：中华书局，1996）

〔晋〕葛洪著，杨明照校笺，《抱朴子外篇校笺》（北京：中华书局，1996）

〔北齐〕颜之推撰，王利器集解，《颜氏家训集解》（上海：上海古籍出版社，1980）

〔北齐〕刘昼著，傅亚庶校释，《刘子校释》（北京：中华书局，1998）

〔唐〕王通撰，张沛校注，《中说校注》（北京：中华书局，2013）

〔宋〕朱熹、吕祖谦撰，严佐之导读，《朱子近思录》（上海：上海古籍出版社，2000）

〔宋〕黎靖德编，王星贤点校，《朱子语类》（北京：中华书局，1986）

〔清〕何焯著，《义门读书记》（北京：中华书局，1987）

李时人编校，《全唐五代小说》（北京：中华书局，2014）

〔唐〕封演撰，赵贞信校注，《封氏闻见记校注》（北京：中华书局，2005）

〔唐〕李肇撰、赵璘撰，《唐国史补·因话录》（上海：上海古籍出版社，1979）

〔唐〕刘肃撰，许德楠、李鼎霞点校，《大唐新语》（北京：中华书局，1984）

〔唐〕范摅撰，唐雯校笺，《云溪友议校笺》（北京：中华书局，2017）

〔唐〕郑处诲著、裴庭裕著，田廷柱点校，《明皇杂录·东观奏记》（北京：中华书局，1994）

〔五代〕王定保撰，黄寿成点校，《唐摭言》（西安：三秦出版社，2011）

〔宋〕王谠著，周勋初校证，《唐语林校证》（北京：中华书局，1997）

〔宋〕钱易著，黄寿成点校，《南部新书》（北京：中华书局，2002）

〔宋〕洪迈撰，孔凡礼点校，《容斋随笔》（北京：中华书局，2005）

〔宋〕王钦若等编纂，周勋初等点校，《册府元龟》（南京：凤凰出版社，2006）

〔宋〕洪兴祖撰，白化文等点校，《楚辞补注》（北京：中华书局，2006）

〔清〕严可均辑，《全上古三代秦汉三国六朝文》（北京：中华书局，2012）

〔南朝〕萧统编，〔唐〕李善注，《文选》（上海：上海古籍出版社，2005）

〔南朝〕萧统编，〔唐〕李善、吕延济、刘良、张铣、吕向、李周翰注，《六臣注文选》（北京：中华书局，1987）

〔宋〕姚铉编，《唐文粹》（上海：上海古籍出版社，1994）

〔宋〕李昉等编，《文苑英华》（北京：中华书局，1982）

〔清〕董诰编，《全唐文》（北京：中华书局，1983）

〔清〕彭定求编，《全唐诗》（北京：中华书局，1960）

吴纲编，《全唐文补遗》（1—9）（西安：三秦出版社，1994—2005）

吴纲编，《全唐文补遗·千唐志斋新藏专辑》（西安：三秦出版社，2006）

陈尚君辑校，《全唐诗补编》（北京：中华书局，1992）

陈尚君辑校，《全唐文补编》（北京：中华书局，2005）

周绍良、赵超主编，《唐代墓志汇编续集》（上海：上海古籍出版社，2001）

北京大学古文献研究所编，《全宋诗》（北京：北京大学出版社，1998）

曾枣庄、刘琳主编，《全宋文》（上海：上海辞书出版社，2006）

高海夫主编，薛瑞生、淡懿诚执行主编，《唐宋八大家文钞校注集评》（西安：三秦出版社，1998）

〔宋〕程颢、程颐著，王孝鱼点校，《二程集》（北京：中华书局，2004）

〔清〕姚鼐著，吴孟复、蒋立甫评注，《古文辞类纂评注》（合肥：安徽教育出版社，2004）

王重民等编，《敦煌变文集》（北京：人民文学出版社，1957）

〔汉〕蔡邕著，邓安生校注，《蔡邕集编年校注》（石家庄：河北教育出版社，2002）

〔三国魏〕阮籍著，陈伯君校注，《阮籍集校注》（北京：中华书局，2012）

〔北周〕庾信撰，倪璠注，许逸民点校，《庾子山集注》（北京：中华书局，1980）

〔唐〕陈子昂撰，徐鹏校点，《陈子昂集（修订本）》（上海：上海古籍出版社，2013）

〔唐〕王勃著，蒋清翊注，《王子安集注》（上海：上海古籍出版社，1995）

〔唐〕杨炯撰，祝尚书笺注，《杨炯集笺注》（北京：中华书局，2016）

〔唐〕卢照邻著，李云逸校注，《卢照邻集校注》（北京：中华书局，1998）

〔唐〕骆宾王著，陈熙晋笺注，《骆临海集笺注》（上海：上海古籍出版社，1985）

〔唐〕张九龄撰，熊飞校注，《张九龄集校注》（北京：中华书局，2008）

〔唐〕王维撰，陈铁民校注，《王维集校注》（北京：中华书局，2017）

〔唐〕孟浩然著，佟培基笺注，《孟浩然诗集笺注》（上海：上海古籍出版社，2000）

〔唐〕李白著，〔清〕王琦注，《李太白全集》（北京：中华书局，1977）

〔唐〕李白著，安旗等笺注，《李白全集编年笺注》（北京：中华书局，2020）

〔唐〕萧颖士著，黄大宏、张晓芝校笺，《萧颖士集校笺》（北京：中华书局，2017）

〔唐〕杜甫著，〔清〕仇兆鳌注，《杜诗详注》（北京：中华书局，1979）

〔唐〕杜甫著，谢思炜校注，《杜甫集校注》（上海：上海古籍出版社，2016）

〔唐〕元结著，孙望校，《元次山集》（北京：中华书局，1960）

〔唐〕独孤及撰，刘鹏、李桃校注，《毘陵集校注》（沈阳：辽海出版社，2006）

〔唐〕陆贽撰，王素点校，《陆贽集》（北京：中华书局，2006）

〔唐〕梁肃著，胡大浚、张春雯整理校点，《梁肃文集》（兰州：甘肃人民出版社，2000）

〔唐〕权德舆撰，郭广伟点校，《权德舆诗文集》（上海：上海古籍出版社，2008）

〔唐〕李观著，《李元宾文集》，《丛书集成初编》本（北京：中华书局，1985）

〔唐〕欧阳詹撰，杨遗旗校注，《欧阳詹文集校注》（武汉：华中科技大学出版社，2013）

〔唐〕孟郊著，华忱之、喻学才校注，《孟郊诗集校注》（北京：人民文学出版社，1995）

〔唐〕韩愈著，马其昶校注，《韩昌黎文集校注》（上海：上海古籍出版社，1987）

〔唐〕韩愈著，钱仲联集释，《韩昌黎诗系年集释》（上海：上海古籍出版社，1994）

〔唐〕韩愈著，屈守元、常思春校注，《韩愈全集校注》（成都：四川大学出版社，1996）

〔唐〕韩愈著，罗联添校注，《韩愈古文校注汇辑》（台北：“国立编译馆”，2003）

〔唐〕韩愈撰，刘真伦、岳珍校注，《韩愈文集汇校笺注》（北京：中华书局，2010）

〔唐〕韩愈著，〔清〕方世举笺注，郝润华、丁俊丽整理，《韩昌黎诗集编年笺注》（北京：中华书局，2012）

〔唐〕韩愈撰，〔宋〕魏仲举集注，郝润华、王东峰整理，《五百家注韩昌黎集》（北京：中华书局，2019）

陈迩冬选注，《韩愈诗选》（北京：人民文学出版社，1984）

〔唐〕柳宗元撰，《柳宗元集》（北京：中华书局，1979）

〔唐〕柳宗元撰，尹占华校注，《柳宗元集校注》（北京：中华书局，2013）

〔唐〕李翱撰，郝润华、杜学林校注，《李翱文集校注》（北京：中华书局，2021）

〔唐〕皇甫湜撰，《皇甫持正文集》（北京：北京图书馆出版社，2004）

〔宋〕朱熹撰，《昌黎先生集考异》（上海：上海古籍出版社，1985）

〔唐〕刘禹锡著，瞿蜕园笺证，《刘禹锡集笺证》（上海：上海古籍出版社，1989）

〔唐〕刘禹锡撰，陶敏、陶红雨校注，《刘禹锡全集编年校注》（长沙：岳麓书社，2003）

〔唐〕张籍撰，徐礼节、余恕诚校，《张籍集系年校注》（北京：中华书局，2011）

〔唐〕白居易著，朱金城笺校，《白居易集笺校》（上海：上海古籍出版社，1988）

〔唐〕白居易撰，谢思炜校注，《白居易诗集校注》（北京：中华书局，2006）

〔唐〕白居易撰，谢思炜校注，《白居易文集校注》（北京：中华书局，2011）

〔唐〕元稹著，周相录校注，《元稹集校注》（上海：上海古籍出版社，2011）

〔唐〕杜牧撰，吴在庆校注，《杜牧集系年校注》（北京：中华书局，2008）

〔唐〕李商隐著，刘学锴、余恕诚集解，《李商隐诗歌集解》（北京：中华书局，2004）

〔唐〕李德裕撰，傅璇琮、周建国校笺，《李德裕文集校笺》（北京：中华书局，2017）

〔唐〕皮日休著，萧涤非、郑庆笃整理，《皮子文薮》（上海：上海古籍出版社，2017）

〔唐〕罗隐撰，李定广校笺，《罗隐集系年校注》（北京：人民文学出版社，2013）

〔宋〕石介著，陈植锷点校，《徂徕石先生文集》（北京：中华书局，2009）

陈植锷著，周秀蓉整理，《石介事迹著作编年》（北京：中华书局，2011）

〔宋〕范仲淹撰，李勇先、刘琳、王贵蓉点校，《范仲淹全集》（北京：中华书局，2020）

〔宋〕欧阳修著，洪本健笺，《欧阳修诗文集笺》（上海：上海古籍出版社，2009）

〔宋〕苏洵撰，曾枣庄、金成礼笺注，《嘉祐集笺注》（上海：上海古籍出版社，2001）

〔宋〕曾巩撰，陈杏珍、晁继周点校，《曾巩集》（北京：中华书局，2013）

〔宋〕苏轼撰，茅维编，孔凡礼点校，《苏轼文集》（北京：中华书局，2004）

〔宋〕苏轼撰，〔清〕王文诰注，孔凡礼校，《苏轼诗集》（北京：中华书局，2016）

〔宋〕秦观撰，徐培均笺注，《淮海集笺注》（上海：上海古籍出版社，2000）

〔宋〕王安石撰，刘成国点校，《王安石文集》（北京：中华书局，2021）

〔宋〕王安石撰，李壁笺注，刘辰翁评点，董岑仕点校，《王安石诗笺注》（北京：中华书局，2022）

〔宋〕朱熹撰，郭齐、尹波点校，《朱熹集》（成都：四川教育出版社，1996）

〔明〕宋濂著，《宋濂全集》（杭州：浙江古籍出版社，2012）

〔清〕方苞著，刘季高校点，《方苞集》（上海，上海古籍出版社，2008）

〔清〕姚鼐著，刘季高标校，《惜抱轩诗文集》（上海：上海古籍出版社，1992）

〔清〕曾国藩著，李鸿章点校，李瀚章编纂，《曾文正公全集》（北京：线装书局，2012）

〔清〕何文焕辑，《历代诗话》（北京：中华书局，2004）

丁福保辑，《历代诗话续编》（北京：中华书局，2006）

〔清〕王夫之等撰，丁福保辑，《清诗话》（上海：上海古籍出版社，2015）

郭绍虞编选，《清诗话续编》（上海：上海古籍出版社，1983）

王水照主编，《历代文话》（上海：复旦大学出版社，2007）

〔清〕蒲铣著，何新文、路成文校证，《历代赋话校证》（上海：上海古籍出版社，2007）

〔晋〕陆机撰，张少康集释，《文赋集释》（上海：上海古籍出版社，1984）

〔南朝〕刘勰著，范文澜注，《文心雕龙注》（北京：人民文学出版社，2006）

〔南朝〕刘勰著，刘永济校释，《文心雕龙校释》（北京：中华书局，2010）

〔南朝〕钟嵘著，曹旭集注，《诗品集注》（增订本）（上海：上海古籍出版社，2011）

〔日〕遍照金刚撰，卢盛江校笺，《文镜秘府论校笺》（北京：中华书局，2019）

〔宋〕魏庆之著，王仲闻点校，《诗人玉屑》（北京：中华书局，2007）

〔宋〕计有功著，王仲镛校笺，《唐诗纪事校笺》（北京：中华书局，2007）

〔清〕陈鸿墀纂，《全唐文纪事》（上海：上海古籍出版社，1987）

〔宋〕严羽著，郭绍虞校释，《沧浪诗话校释》（北京：人民文学出版社，2005）

〔明〕吴讷著，于北山点校；〔明〕徐师曾著，罗根泽点校，《文章辨体、文体明辨序说》
（北京：人民文学出版社，1998）

〔清〕王夫之撰，舒芜点校，《薑斋诗话》（北京：人民文学出版社，2005）

〔清〕刘熙载著，《艺概》（上海：上海古籍出版社，1978）

〔清〕孙梅编，李金松校点，《四六丛话》（北京：人民文学出版社，2010）

〔清〕林云铭著，胡佳点校，《韩文起》（上海：华东师范大学出版社，2015）

〔清〕陈衍著，郑朝宗、石文英校点，《石遗室诗话》（北京：人民文学出版社，2004）

近人论著（以姓氏拼音为序）

〔美〕包弼德，《斯文：唐宋思想的转型》，刘宁译（南京：江苏人民出版社，2017）

〔美〕包弼德，《历史上的理学》，王昌伟译（杭州：浙江大学出版社，2010）

Barrett, Timothy Hugh. *LiAo: Buddhist, Taoist, or Neo-Confucian*?（London: Oxford University
Press, 1992）

卞孝萱、张清华、阎琦，《韩愈评传》（南京：南京大学出版社，1998）

卞孝萱、卞敏，《刘禹锡评传》（南京：南京大学出版社，2011）

蔡尚思，《中国古代学术思想史论》（广州：广东人民出版社，1990）

曹虹，《阳湖文派研究》（北京：中华书局，1996）

曹明纲，《赋学概论》（上海：上海古籍出版社，1998）

岑仲勉，《隋唐史》（北京：中华书局，1982）

岑仲勉，《郎官石柱题名新考订：外三种》（北京：中华书局，2004）

〔加〕查尔斯·泰勒，《自我的根源：现代认同的形成》，韩震等译（南京：译林出版社，2001）

Chaffee, John and de Bary, Wm. Theodore. *Neo-Confucian Education: The Formative Stage* （Berkeley: University of California Press, 1989）

陈才智，《元白诗派研究》（北京：社科文献出版社，2007）

陈冠明，《唐代裴度集团平叛日历考》（北京：中国古文献出版社，2013）

陈克明，《韩愈述评》（北京：中国社会科学出版社，1985）

陈克明，《韩愈年谱及诗文系年》（成都：巴蜀书社，1999）

陈来，《宋明理学》（北京：生活·读书·新知三联书店，2011）

陈来，《朱熹哲学研究》（北京：中国社会科学出版社，1988）

陈弱水，《唐代文士与中国思想的转型》（桂林：广西师范大学出版社，2009）

陈尚君，《唐代文学丛考》（北京：中国社会科学出版社，1997）

陈尚君，《贞石诠唐》（上海：复旦大学出版社，2016）

陈少明，《做中国哲学：一些方法论的思考》（北京：生活·读书·新知三联书店，2015）

陈贻焮，《杜甫评传》（北京：生活·读书·新知三联书店，2022）

陈寅恪，《隋唐制度渊源论稿　唐代政治史述论稿》，（北京：生活·读书·新知三联书店，2001）

陈寅恪，《金明馆丛稿初编》（北京：生活·读书·新知三联书店，2001）

陈寅恪，《金明馆丛稿二编》（北京：生活·读书·新知三联书店，2001）

陈幼石，《韩柳欧苏古文论》（上海：上海文艺出版社，1983）

陈允吉，《中唐文论研究》（北京：中国社会科学院出版社，2010）

陈允吉，《古典文学佛教溯源十论》（上海：复旦大学出版社，2002）

陈植锷，《北宋文化史述论》（北京：中国社会科学出版社，1992）

陈柱，《中国散文史》（北京：东方出版社，1996）

程方平，《隋唐五代的儒学》（昆明：云南教育出版社，1991）

程千帆，《唐代进士行卷与文学》（上海：上海古籍出版社，1980）

褚斌杰，《中国古代文体概论》（增订本）（北京：北京大学出版社，1990）

〔日〕川合康三，《终南山的变容》，刘维治、张剑、蒋寅译（上海：上海古籍出版社，2007）

〔英〕崔瑞德，《剑桥中国隋唐史》（北京：中国社会科学出版社，1990）

戴伟华，《唐方镇文职僚佐考》（桂林：广西师范大学出版社，2007）

戴伟华，《唐代使府与文学研究》（桂林：广西师范大学出版社，2007）

DeBlasi, Anthony. *Reform in the Balance: The Defense of Literary Culture in mid-Tang China*

（Albany: State University of New York Press, 2002）

De Bary, Wm. Theodore. *Neo-Confucian Orthodoxy and the Learning of the Mind-and-Heart*（New York: Columbia University Press, 1981）

邓国光，《韩愈文统探微》（台北：文史哲出版社，1992）

邓国光，《文章体统：中国文体学的正变与流变》（上海：上海古籍出版社，2013）

邓小军，《唐代文学的文化精神》（台北：台湾文津出版社，1993）

丁俊丽，《清代韩愈诗文文献研究》（北京：人民文学出版社，2020）

〔日〕东英寿，《复古与创新：欧阳修散文与古文复兴》（上海：上海古籍出版社，2013）

杜继文、魏道儒，《中国禅宗通史》（南京：江苏古籍出版社，1993）

杜晓勤，《唐代文学的文化视野》（北京：中华书局，2022）

段熙仲，《春秋公羊学讲疏》（南京：南京师范大学出版社，2002）

Egan, Ronald C. *The Literary Works of Ou-Yang Hsiu*（1007—1072）（Cambridge: Cambridge University Press, 1984）

房本文，《唐代古文运动发微》（合肥：安徽大学出版社，2017）

方坚铭，《牛李党争与中晚唐文学》（北京：中国社会科学出版社，2009）

方介，《韩柳新论》（台北：台湾学生书局，1999）

方丽萍，《贞元京城文学群落研究》（北京：人民出版社，2011）

方震华，《权力结构与文化认同：唐宋之际的文武关系（875—1063）》（北京：社会科学文献出版社，2019）

费孝通著，岳永逸注解，《乡土中国》（北京：中华书局，2020）

费孝通著，麻国庆编，《美好社会与美美与共：费孝通对现时代的思考》（北京：生活·读书·新知三联书店，2019）

冯友兰，《中国哲学史新编》（北京：人民出版社，1998）

冯至，《杜甫传》（长沙：百花文艺出版社，2003）

冯志弘，《北宋古文运动的形成》（上海：上海古籍出版社，2009）

〔美〕傅佛果，《内藤湖南：政治与汉学（1866—1934）》，陶德民、何英莺译（南京：江苏人民出版社，2016）

傅乐成，《汉唐史论集》（台北：联经出版事业有限公司，1983）

傅璇琮，《李德裕年谱》（北京：中华书局，2013）

傅璇琮，《唐翰林学士传论》（沈阳：辽海出版社，2005）

傅璇琮，《唐翰林学士传论 晚唐卷》（沈阳：辽海出版社，2007）

傅璇琮、祝尚书，《宋才子传笺证 北宋前期卷》（沈阳：辽海出版社，2011）

傅璇琮，《唐五代文学编年史》（沈阳：辽海出版社，1998）

〔日〕副岛一郎，《气与士风：唐宋古文的进程与背景》（上海：上海古籍出版社，2013）

Fuller, Michael. *The Road to East Slope: The Development of Su Shih's Poetic Voice*（Stanford: Stanford University Press, 1990）

甘怀真，《唐代家庙礼制研究》（台北：台湾商务印书馆，1991）

高明士，《中国中古政治的探索》（台北：台湾五南图书出版有限公司，2006）

葛晓音，《唐宋散文》（上海：上海古籍出版社，1990）

葛晓音，《诗国高潮与盛唐文化》（北京：北京大学出版社，1998）

葛晓音，《汉唐文学的嬗变》（北京：北京大学出版社，1990）

葛兆光，《中国思想史》（上海：复旦大学出版社，2001）

葛兆光，《宅兹中国：重建有关"中国"的历史论述》（北京：中华书局，2011）

龚书炽，《唐宋古文运动》（上海：商务印书馆，1945）

谷曙光，《韩愈诗歌宋元接受研究》（合肥：安徽大学出版社，2009）

顾易生，《柳宗元》（上海：上海古籍出版社，1979）

郭建勋，《辞赋文体研究》（北京：中华书局，2007）

郭绍虞，《照隅室古典文学论集》（上海：上海古籍出版社，1983）

郭绍虞，《中国文学批评史》（北京：商务印书馆，2010）

郭预衡，《中国散文史》（上海：上海古籍出版社，2000）

过常宝，《楚辞与原始宗教》，（北京：东方出版社，1997）

韩国磐，《隋唐五代史论集》（北京：生活·读书·新知三联书店，1979）

Hartman, Charles. *Han Yu and the T'ang Search for Unity*（Princeton: Princeton University Press, 1986）

何寄澎，《唐宋古文新探》（北京：北京大学出版社，2010）

何寄澎，《北宋的古文运动》（上海：上海古籍出版社，2011）

洪本健，《欧阳修和他的散文世界》（上海：上海古籍出版社，2017）

侯外庐，《中国思想通史》（北京：人民出版社，1959）

〔日〕户崎哲彦，《柳宗元永州山水游记考》（京都：中文出版社，1996）

黄楼，《碑志与唐代政治史论稿》（北京：科学出版社，2017）

黄阳兴著，《咒语·图像·法术——密教与中晚唐文学研究》（深圳：海天出版社，2015）

黄永年，《六至九世纪中国政治史》（上海：上海书店出版社，2004）

蒋凡，《文章并峙壮乾坤——韩愈柳宗元研究》（上海：上海教育出版社，2001）

蒋伯潜，《十三经概论》（上海：上海古籍出版社，1985）

蒋寅，《大历诗人研究》（北京：北京大学出版社，2007）

蒋寅，《百代之中：中唐的诗歌史意义》（北京：北京大学出版社，2013）

姜书阁，《骈文史论》（北京：人民文学出版社，1986）

赖瑞和，《唐代高层文官》（北京：中华书局，2017）

赖瑞和，《唐代中层文官》（北京：中华书局，2011）

赖瑞和，《唐代基层文官》（北京：中华书局，2008）

雷闻，《郊庙之外：隋唐国家祭祀与宗教》（北京：生活·读书·新知三联书店，2009）

李碧妍，《危机与重构：唐帝国及其地方诸侯》（北京：北京师范大学出版社，2015）

李丹，《唐代前古文运动研究》（北京：中国社会科学出版社，2012）

李道英，《唐宋古文研究》（北京：北京师范大学出版社，1992）

李德辉，《全唐文作者小传补正》（沈阳，辽海出版社，2011）

李浩，《唐代关中士族与文学》（北京：中国社会科学出版社，2003）

李浩，《唐代三大地域士族文学研究》（北京：中华书局，2002）

李华瑞，《"唐宋变革"论的由来与发展》（天津：天津古籍出版社，2010）

李锦绣，《唐代财政史稿》（北京：中国社会科学出版社，2007）

李四龙，《天台智者研究》（北京：北京大学出版社，2003）

李零，《中国方术考》（上海：东方出版中心，2000）

李伟，《晚唐五代士风递嬗与古文变迁研究》（上海：上海古籍出版社，2022）

李曰刚，《文心雕龙斠诠》（台北：南天书局图书有限公司，2018）

李珍华、傅璇琮，《河岳英灵集研究》（北京：中华书局，1992）

林庆彰、蒋秋华，《啖助新〈春秋〉学派研究论集》（台北："中研院"文哲所，2002）

林纾著，武晔卿、陈小童校注，《韩柳文研究法校注》（北京：北京联合出版公司，2019）

林纾著，石城、王思桐校注，《左传撷华》（北京：北京联合出版公司，2019）

刘国盈，《唐宋古文运动论稿》（西安：陕西人民出版社，1984）

刘国盈，《韩愈丛考》（北京：文化艺术出版社，1999）

刘国盈，《韩愈评传》（北京：北京师范学院出版社，1991）

刘俊文，《日本学者研究中国史论著选译第1卷 通论》，黄约瑟译（北京：中华书局，
    1992）

刘宁，《唐宋之际诗歌演变研究》（北京：北京师范大学出版社，2002）

刘宁，《汉语思想的文体形式》（上海：华东师范大学出版社，2012）

刘宁，《唐宋诗学与诗教》（北京：中国社会科学出版社，2012）

刘师培著，刘跃进讲评，《中国中古文学史讲义》（南京：凤凰出版社，2011）

刘跃进，《秦汉文学论丛》（北京：商务印书馆，2008）

刘真伦，《韩愈集宋元传本研究》（北京：中国社会科学出版社，2004）

刘真伦，《韩愈思想研究》（开封：河南大学出版社，2018）

柳立言，《传统中国法律的理念与实践》（台北："中研院"史语所，2008）

卢宁，《韩柳文学综论》（北京：学苑出版社，2006）

卢勋等，《隋唐民族史》（成都：四川民族出版社，1996）

《鲁迅全集》修订编辑委员会编，《鲁迅全集》（北京：人民文学出版社，2005）

陆双祖，《唐代文质论研究》（北京：新华出版社，2016）

陆扬，《清流文化与唐帝国》（北京：北京大学出版社，2014）

罗立刚，《史统·道统·文统》（上海：东方出版中心，2005）

罗联添，《韩愈研究》（台北：学生书局，1981）

罗联添，《柳宗元事迹系年暨资料类编》（台北："国立编译馆"，1981）

罗时进，《晚唐诗歌格局中的许浑创作论》（西安：太白文艺出版社，1998）

罗宗强，《隋唐五代文学思想史》（北京：中华书局，2003）

马宗霍，《中国经学史》（北京：商务印书馆，1984）

马起华，《唐韩文公愈年谱》（台北：台湾商务印书馆，1982）

马积高，《赋史》（上海：上海古籍出版社，2000）

〔日〕麦大维著，《唐代中国的国家与学者》，张达志、蔡明琼译（北京：中国社会科学出版社，2019）

毛汉光，《中国中古社会史论》（上海：上海书店出版社，2002）

毛汉光，《中国中古政治史论》（上海：上海书店出版社，2002）

蒙文通，《中国史学史》（上海：上海人民出版社，2006）

蒙文通，《经史抉原》（成都：巴蜀书社，1995）

闵泽平、熊礼汇，《唐宋八大家学术档案》（武汉：武汉大学出版社，2012）

莫砺锋，《杜甫评传》（南京：南京大学出版社，1998）

欧明俊，《古代散文史论》（上海：上海三联书店，2013）

浦卫忠，《春秋三传综合研究》（台北：台湾文津出版社，1995）

启功，《启功丛稿》（北京：中华书局，1999）

钱冬父，《唐宋古文运动》（北京：中华书局，1980）

钱基博，傅宏星校订，《韩愈志　韩愈文读》（武汉：华中师范大学出版社，2012）

钱穆，《宋明理学概述》（北京：九州出版社，2020）

钱穆，《中国学术思想史论丛》（合肥：安徽教育出版社，2004）

钱志熙，《唐诗近体源流》（北京：北京大学出版社，2015）

钱锺书，《七缀集》（北京：生活·读书·新知三联书店，2019）

〔日〕清水茂，《清水茂汉学论集》，蔡毅译（北京：中华书局，2003）

卿希泰主编，詹石窗副主编，《中国道教思想史》（北京：人民出版社，2009）

仇鹿鸣，《长安与河北之间：中晚唐的政治与文化》（北京：北京师范大学出版社，2018）

〔日〕浅见洋二，《距离与想象：中国诗学的唐宋转型》（上海：上海古籍出版社，2013）

冉万里，《中国古代舍利瘗埋制度研究》（北京：文物出版社，2013）

沙红兵，《唐宋八大家骈文研究》（北京：人民文学出版社，2008）

尚永亮，《庄骚传播接受史综论》（北京：文化艺术出版社，2000）

尚永亮，《唐五代逐臣与贬谪文学研究》（武汉：武汉大学出版社，2007）

沈文君，《贾至研究》（西安：陕西人民教育出版社，1998）

〔日〕市川勘，《韩愈研究新论：思想与文章创作》（台北：台湾文津出版社，2004）

〔日〕松本肇，《韩柳文学论》，孙险峰译（北京：中华书局，2014）

孙昌武，《唐代古文运动通论》（北京：中华书局，2019）

孙昌武，《韩愈散文艺术论》（北京：中华书局，2019）

孙昌武，《柳宗元评传》（南京：南京大学出版社，1998）

谭家健，《中国古代散文史稿》（重庆：重庆出版社，2006）

谭家健，《中华古今骈文通史》（北京：社会科学文献出版社，2018）

汤用彤，《魏晋玄学论稿》（北京：生活·读书·新知三联书店，2009）

汤一介，《中国儒学史》（北京：北京大学出版社，2011）

唐晓敏，《中唐文学思想研究》（北京：北京师范大学出版社，2000）

唐长孺，《魏晋南北朝隋唐史三论》（武汉：武汉大学出版社，1993）

陶敏，《唐代文学与文献论集》（北京：中华书局，2010）

陶文鹏，《唐宋诗词艺术研究》（北京：社科文献出版社，2018）

〔美〕田安，《知我者，中唐时期的友谊与文学》，卞东波、刘杰、郑潇潇译（上海：中西书局，2021）

王葆玹，《今古文经学新论》（北京：中国社会科学出版社，1997）

王葆心编纂，熊礼汇标点，《古文辞通义》（武汉：武汉大学出版社，2008）

王达敏，《姚鼐与乾嘉学派》（北京：学苑出版社，2007）

王达敏，《中国现代化进程中的桐城派》（合肥：安徽大学出版社，2020）

王德权，《中唐士人的自省风气》（增订本）（台北：台湾政治大学出版社，2019）

王基伦，《韩柳古文新论》（台北：里仁书局，1996）

王南冰，《中唐李元宾研究》（北京：中国社会科学出版社，2017）

王水照，《宋代文学通论》（增订本）（上海：复旦大学出版社，2022）

王水照、朱刚，《苏轼评传》（南京：南京大学出版社，2004）

王水照、吴鸿春编选，《日本学者中国文章学论著选》（上海：上海古籍出版社，1994）

王运熙，《文心雕龙探索》（上海：上海古籍出版社，1986）

王运熙，《中国古代文论管窥》（增订本）（上海：上海古籍出版社，2006）

温公颐，《先秦逻辑史》（上海：上海人民出版社，1983）

吴承学，《中国古代文体形态研究》（北京：北京大学出版社，2013）

吴光兴，《八世纪诗风》（北京：社科文献出版社，2013）

吴文治，《韩愈资料汇编》（北京：中华书局，1983）

吴文治,《柳宗元资料汇编》(北京:中华书局,1964)

吴文治,《柳宗元简论》(北京:中华书局,1979)

吴相洲,《中唐诗文新变》(北京:学苑出版社,2007)

吴夏平,《唐代文馆文士社会角色与文学》(北京:中国社会科学出版社,2012)

吴小林,《唐宋八大家汇评》(济南:齐鲁书社,1991)

吴小林,《柳宗元散文艺术》(太原:山西人民出版社,1989)

吴小如,《读书丛札》(北京:北京大学出版社,1987)

吴小如,《含英咀华》(北京:北京大学出版社,2014)

吴小如,《吴小如讲杜诗》(天津:天津古籍出版社,2012)

吴宗国,《唐代科举制度研究》(北京:北京大学出版社,2010)

吴宗国,《盛唐政治制度研究》(上海:上海辞书出版社,2004)

咸晓婷,《中唐儒学变革与古文运动递嬗研究》(杭州:浙江大学出版社,2016)

肖瑞峰,《刘禹锡新论》(杭州:浙江大学出版社,2020)

谢汉强、陈琼光,《柳宗元研究文集》(南宁:广西人民出版社,1993)

谢汉强、区克莎,《柳宗元研究文献集目》(南宁:广西人民出版社,1993)

熊礼汇,《先唐散文艺术论》(北京:学苑出版社,1999)

熊礼汇,《中国古代散文艺术史论》(武汉:湖北人民出版社,2005)

徐复观,《中国文学精神》(上海:上海世纪出版集团,2006)

徐复观,《中国艺术精神》(北京:商务印书馆,2010)

徐复观,《两汉思想史》(上海:华东师范大学出版社,2001)

徐洪兴,《思想转型——理学发生过程研究》(上海:上海人民出版社,1996)

严耕望,《唐史研究丛稿》(香港:香港新亚研究所,1969)

严耕望,《唐仆尚丞郎考》(北京:中华书局,1986)

阎琦、周敏,《韩昌黎文学传论》(西安:三秦出版社,2003)

杨伯,《欲采蘋花不自由:复古思潮与中唐士人心态研究》(天津:南开大学出版社,2010)

杨承祖,《元结研究》(台北:"国立编译馆",2002)

杨国安,《宋代韩学研究》(北京:中国社会科学出版社,2006)

杨儒宾,《儒家身体观》(上海:上海古籍出版社,2019)

杨向奎,《唐代墓志义例研究》(长沙:岳麓书社,2013)

叶政欣,《杜预及其春秋左氏学》(台北:台湾文津出版社,1989)

〔日〕吉川幸次郎,《宋诗概说》,郑茂清译(台北:联经出版事业有限公司,2012)

余嘉锡,《四库提要辨证》(北京:中华书局,2007)

余嘉锡,《古书通例》(上海:上海古籍出版社,1985)

余英时，《朱熹的历史世界》（北京：生活·读书·新知三联书店，2011）

〔美〕宇文所安，《中国"中世纪"的终结》，陈磊、陈引驰译，田晓菲校（北京：生活·读书·新知三联书店，2006）

俞樟华，《史记艺术论》（北京：华文出版社，2002）

于景祥，《骈文论稿》（北京：中华书局，2012）

郁贤皓，《唐刺史考全编》（合肥：安徽大学出版社，2000）

袁本秀，《柳宗元之历史意识与史学文献》（台北：台湾东大图书公司，1994）

曾子鲁，《韩欧文探胜》（北京：中国文学出版社，1993）

查金萍，《宋代韩愈文学接受研究》（合肥：安徽大学出版社，2010）

查屏球，《唐学与唐诗——中晚唐诗风的一种文化考察》（北京：商务印书馆，2001）

查屏球，《从游士到儒士——汉唐士风与文风论稿》（北京：复旦大学出版社，2005）

翟景运，《晚唐骈文研究》（北京：商务印书馆，2010）

翟满桂，《一代宗师柳宗元》（长沙：岳麓书社，2002）

詹福瑞，《中古文学理论范畴》（北京：中华书局，2005）

张宝三，《五经正义研究》（上海：华东师范大学出版社，2010）

张国刚，《唐代藩镇研究》（北京：中国人民大学出版社，2010）

张清华，《韩学研究》（南京：江苏教育出版社，1998）

张清华、陈飞，《韩愈与中原文化》（北京：学苑出版社，2005）

张清华、杨丕祥，《韩愈研究》（开封：河南大学出版社，2012）

张仁青，《丽辞探赜》（台北：文史哲出版社，1985）

张瑞麟，《韩愈与宋学：以北宋文道观为讨论核心》（台北：花木兰出版社，2012）

张晓芒，《中国古代论辩艺术》（太原：山西人民出版社，2001）

张勇，《柳宗元儒佛道三教观研究》（北京：中华书局，2020）

张跃，《唐代后期儒学》（上海：上海人民出版社，1994）

章士钊，《柳文指要》（上海：文汇出版社，2000）

章太炎，《国故论衡》（上海：上海古籍出版社，2006）

章太炎，《国学讲演录》（上海：华东师范大学出版社，1995）

赵伯雄，《春秋学史》（济南：山东教育出版社，2004）

赵昌平，《赵昌平自选集》（桂林：广西师范大学出版社，1997）

赵海菱，《杜甫与儒家文化传统研究》（济南：齐鲁书社，2007）

赵敏俐，《周汉诗歌综论》（北京：学苑出版社，2002）

赵汀阳，《惠此中国：作为一个神性概念的中国》（北京：中信出版社，2016）

赵汀阳，《天下体系：世界制度哲学导论》（北京：中国人民大学出版社，2011）

郑雅如，《亲恩难报：唐代士人的孝道实践及其制度化》（台北：台湾大学出版中心，

2014）

〔日〕中村裕一，《唐代制敕研究》（东京：汲古书院，1992）

周云之、刘培育，《先秦逻辑史》（北京：中国社会科学出版社，1984）

周相录，《元稹年谱新编》（上海：上海古籍出版社，2004）

周裕锴，《宋代诗学通论》（上海：上海古籍出版社，2007）

朱刚，《唐宋四大家的道论与文学》（北京：东方出版社，1997）

朱刚，《唐宋"古文运动"与士大夫文学》（上海：复旦大学出版社，2013）

祝尚书，《北宋古文运动发展史》（成都：巴蜀书社，1995）

祝尚书，《宋元文章学》（北京：中华书局，2013）

后　记

　　涵咏韩文多年，一次次为其艺术与精神的独创伟力所震撼。这种力量出自唐朝这一中华文明的黄金时代。每思及此，就不由得感慨，唐朝这个似乎非常熟悉的朝代，其实还有太多的问题值得深思。

　　唐朝是文化交流的盛世，是文学艺术的盛世，同时也是思想创造的盛世。韩文与杜诗奠定了中国人的精神版图，其思想贡献在中国历史上产生了深远影响。盛唐诗歌巨大的精神魅力，在中国人的思想世界中占有重要位置。然而这样的创造，常常处在当前学术分科带来的的认识盲区中。在通行的哲学史与思想史论述里，唐代似乎只是魏晋玄学和宋明理学两个高峰之间的过渡，甚至低谷。

　　对唐朝思想文化贡献的认识不能充分展开，与唐代研究一些更深层的缺憾不无关系。唐朝是一个开放包容的时代，充满文化交流的"大进大出"与社会变化的"大开大合"。宁欣先生将唐代文化交流的特点概括为"大进大出"，意即文化的对外传播和对内吸收，都非常持久深入。同时，唐朝三百年间，政治、经济、社会、文化、思想各个方面，都发生了极为显著的、大开大合的变化。陈伯海先生认为唐代是一个变革的时代，是古代封建社会关系和社会制度发生局部性（部分）质变的时代。目前，学界对唐文化"大进大出"与"大开大合"的多姿多彩，都有越来越细致的揭示，但对其内在的文化机制还缺少更深入的思考。中华文明多元一体的深层文化机制、思想机制，很大程度上缔造于"大进大出""大开大合"的唐朝，唐朝开放中有融合、多样中有统一。如此复杂的关系如何建构，如何深化，如何激发新的文化创造，这些问题似乎都缺少足够充分的讨论。这个问题不加以深思，对唐代开放包容的理解也会流于表面。

深入理解唐朝，对20世纪以来所形成的现代学术格局，提出了最尖锐的挑战。一方面要跳出学科的畛域做融通的思考，只有不拘守文史哲的现代学科分野，跨越人文科学与社会科学的分界，才能充分理解唐代丰富而深刻的精神创造；另一方面，要摆脱现代学术长期形成的研究范式的束缚。唐朝经历了从门阀社会向士大夫官僚社会的变化，但如果只是把门阀社会和官僚社会两种研究视角和范式简单叠加，很难揭示唐朝更为深层的社会机制。研究者需要走出中古与宋代两种研究范式，寻找到更恰切的思考角度，这是目前唐代研究特别需要迎接的挑战。

在思考韩愈古文的过程中，我一次次感受到这样的挑战。韩愈古文是唐代文化创造的一个缩影，它有继承六艺之文、百家之编与回应佛老挑战的"大进大出"，也展现了"文起八代之衰"的"大开大合"。韩愈崇儒排佛、文化创新的激进追求，充分呈现了唐代思想文化转折开合的宏阔波澜。品读韩文，既要理解其纵横古今的开阔，又要体会其回应时代课题、自树立不因循的深刻独创。韩愈大变中古家言传统，以"拟圣"奠定古文之神髓；以追寻"定名"，改变中古深具形名色彩的思想方式，塑造独特的运思结构；以开放的师道，为士人创造新的行为方式；以激进的语言新变，塑造新的表达方式。古人以立德、立功、立言为三不朽，韩愈则塑造了士人的所思、所行与所言。其于中华文明，亦有不朽之意义。韩愈所建构的"文道观"，将中华道统的统一与"文"的多样性相融合，这也奠定了其古文"同道中国"理想的基本格局。这是唐朝这个开放融合时代重要的精神遗产，对于认识中华文明的多元一体格局、探索中华文明走向世界的道路，有重要启发。韩愈礼赞李白与杜甫："李杜文章在，光艳万丈长。"韩文的光芒，同样照耀了中华文明的道路，为中华文明的新生做出了卓越的贡献。

品味韩文，犹如唐人的壮游，有艰难，有曲折，更有一次次打开视野、思想纵横遨游的快乐。在探索韩文的壮游之路上，我得到了许多师友的帮助，铭感于心，无时或忘。非常感谢韩愈研究会老会长张清华先生多年来对我从事韩愈研究的热情鼓励，感谢大力推动学术与思想研究的三联书店对小书的关心。韩文是理解中华文明的核心文本，韩愈是一本读不尽的"大书"，希望有更多的朋友能通过这本"大书"，获得对中华文明更丰富的认识。

刘　宁

2023 年 1 月